ERIC WALZ

Die Schleier der Salome

Buch

Der Tag ihrer Geburt vor 2000 Jahren ist einer der dunkelsten Momente in der Geschichte Judäas. Es ist der Tag, an dem ihr Großvater König Herodes aus Angst vor jener Weissagung, es sei ein Feind seines Reiches geboren worden, alle neugeborenen Jungen im Land ermorden lässt, und auch Salomes Leben ist von der ersten Stunde an bedroht. Gegen den Widerstand von Neidern und Intriganten gelingt der jungen Frau der Aufstieg zur Fürstin von Ashdod, das unter ihrer Hand zu einem Zentrum der Wissenschaften und Künste erblüht. Doch Salome regiert in einer unruhigen, von strengen Priestern und gewalttätigen Sektenführern beherrschten Zeit, und stets hängt ihre heimliche Liebe zu dem griechischen Architekten Timon wie ein Damoklesschwert über ihr. Für Timon begeht sie schließlich den größten Fehler ihres Lebens!

Von ihrem Volk enttäuscht und als Verräterin verstoßen führt sie ihr Weg zunächst ins Rom der Cäsaren, doch sie kehrt zurück ins Heilige Land, wo der letzte Kampf um die Krone Judäas beginnt …

Autor

Eric Walz wurde 1966 in Königstein im Taunus geboren. Nach einer kaufmännischen Ausbildung arbeitete er mehr als zehn Jahre lang in verschiedenen Branchen und Positionen. Eine berufliche Krise nutzend erfüllte er sich den Kindheitswunsch, Bücher zu schreiben. Sein Debütroman „Die Herrin der Päpste" wurde ein großer Erfolg. Nach langen Jahren in Berlin lebt Eric Walz heute als freier Autor in der Nähe von Stuttgart.

Liste lieferbarer Titel

Die Herrin der Päpste (36493)
Die Sternjägerin (36523)
Die Glasmalerin (36718)

Eric Walz

Die Schleier der Salome

Roman

blanvalet

FSC
Mix
Produktgruppe aus vorbildlich
bewirtschafteten Wäldern und
anderen kontrollierten Herkünften

Zert.-Nr. SGS-COC-1940
www.fsc.org

Verlagsgruppe Random House FSC-DEU-0100
Das für dieses Buch verwendete FSC-zertifizierte Papier
Holmen Book Cream liefert Holmen Paper, Hallstavic, Schweden.

1. Auflage
Taschenbuchausgabe Januar 2008 bei Blanvalet,
einem Unternehmen der Verlagsgruppe
Random House GmbH, München.

Umschlaggestaltung: HildenDesign, München
Umschlagmotiv: ©The Bridgeman Art Library:
»The Queen of the Harem«,
Max Ferdinand Bredt (1868–1921)/Private Collection,
Photo © Christie's Images
MD · Herstellung: Heidrun Nawrot
Satz: deutsch-türkischer fotosatz, Berlin
Druck und Einband: GGP Media GmbH, Pößneck
Printed in Germany
ISBN: 978-3-442-36888-4

www.blanvalet.de

Für Christian

KÖNIGREICH JUDÄA

1. und 2. Jahrhundert

0 N 50 km

JERUSALEM
1. und 2. Jahrhundert

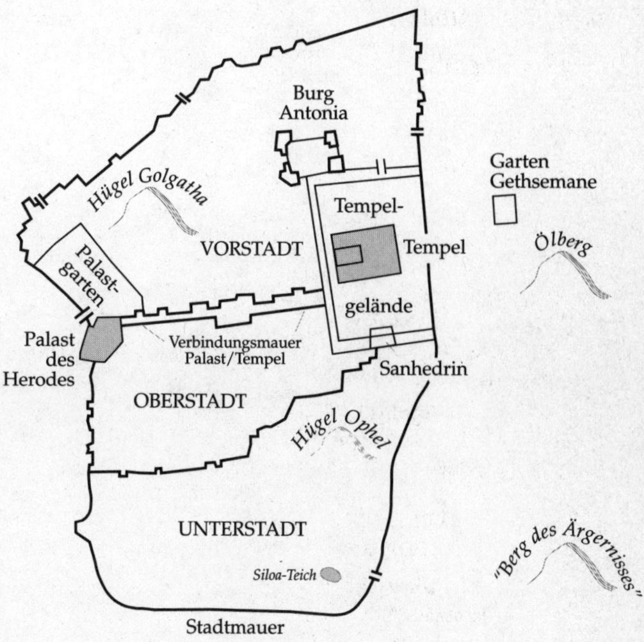

© Kartographie Fischer-Leitl, München 2005

Prolog

An dem Abend, an dem die Frau geboren wurde, die von ihrem Volk sowohl bewundert als auch gehasst, von Propheten bekämpft und in den Schriften verachtet wurde und die ihrem Land eine letzte, kurze Blüte inmitten des Zerfalls bescherte, empfing König Herodes eine für ihn wichtige und höchst erfreuliche Botschaft.

»Die Kinder sind tot.«

»Alle?«

Der Offizier zögerte einen Moment, die Antwort kam ihm nur schwer über die Lippen. Doch ein Blick seines Königs ließ ihn die Sprache schnell wiederfinden. Er schluckte. »Alle.«

Stille breitete sich im Großen Saal der Festung Masada aus. Niemand von der königlichen Familie rührte sich. Nur das Licht der Fackeln zuckte, von den Wänden reflektiert, im Raum umher.

Herodes legte den Kopf in den Nacken, als versuche er, Widerspruch und Verrat im Raum zu wittern. »Schön«, sagte er schließlich. »Gut gemacht. Damit ist die Gefahr gebannt, die von dem unbekannten Säugling ausging.«

»Ja, mein König«, bestätigte der Offizier zähneknirschend. »Der *Messias* ist tot.«

Herodes drückte seinen wuchtigen Körper ruckartig aus dem Thronschemel hoch. »Der Feind der Königreiche ist tot«, brüllte er den Mann vor ihm an. »Niemand hat von einem Erlöser gesprochen, vom *Messias*. Die Prophezeiung meines Sternendeuters besagte, dass …«

Herodes keuchte. Er griff sich an den massigen Unterleib und an die Brust, dann setzte er sich wieder und schickte den Offizier aus dem Raum. »Heute«, fuhr er leiser fort, »ist ein Feind des Königreiches geboren worden, und zwar irgendwo auf dem Weg des wandernden Sternes, den wir seit einigen Tagen auf der Strecke zwischen Masada und Bethlehem am Himmel sehen. Deshalb mussten alle Säuglinge auf dieser Strecke sterben.«

Archelaos, Herodes' ältester Sohn, beobachtete, dass niemand Anzeichen von Entsetzen oder Traurigkeit über diese grauenhafte Nachricht vom vielfachen Kindesmord zeigte. Er war mit den Gewohnheiten an diesem Hof und im Umgang mit seinem Vater Herodes nicht vertraut, da er erst vor wenigen Tagen hierher zurückgekehrt war, nachdem er neun Jahre in Rom erzogen worden war. Dort herrschten Recht und Ordnung. Kaiser Augustus regierte das Imperium mit strenger Hand, aber umsichtig. Was für ein Gegensatz war dazu Judäa: Ein Massenmord an Säuglingen! Archelaos war der Schreck ins Gesicht geschrieben. Mit seinen dürren, zittrigen Fingern hob er den Weinkelch zum Mund und trank hastig.

»Was schaust du so dämlich?«, fragte Herodes. »Hat man dich in Rom verhätschelt? Oder passt dir irgendetwas nicht?«

Archelaos bemerkte, dass sein Vater ihn argwöhnisch beäugte. Es war gefährlich, das Misstrauen des Königs zu erregen. Archelaos' ältere Brüder waren schon vor Jahren wegen nie bewiesener Gerüchte über Verschwörungen hingerichtet worden, und er selbst könnte leicht der Nächste sein, denn er hatte noch drei jüngere Brüder, die bereitstanden, seinen Platz als Nachfolger auf dem Thron des Heiligen Landes einzunehmen. Also riss er sich zusammen und spülte seinen Schrecken mit einem weiteren Schluck Wein hinunter. Wie üblich beruhigte ihn der Rebensaft schnell. Er hörte auf zu zittern und schaffte es sogar, seinen Vater anzulächeln.

»Nein, Vater. Ich war nur überrascht. Das ist alles.«

»Es war nötig, den Befehl zu geben«, erklärte Herodes. »Ein König hat die oberste Pflicht, seine Herrschaft zu sichern. Nichts anderes. Vernachlässigt ein König diese Pflicht, ist sein Leben keine Drachme wert. Der Feind der Königreiche war mein Feind. Unser aller Feind. Darum musste er sterben, bevor er gefährlich werden konnte. Ich habe es für meine Söhne getan, vor allem für dich, Archelaos, denn du bist jetzt der Älteste.«

Archelaos fühlte sich unwohl, da sein Name mit dem Mord an kleinen Kindern in Verbindung gebracht werden sollte. Was, wenn sich das bis zu seinen Freunden in Rom herumspräche? Die würden ihn für einen Barbaren halten und niemals wieder einladen.

»Nicht wahr, ihr alle seid mir dankbar für meine Weitsicht?«, gellte Herodes und blickte in die Gesichter seiner Söhne, die unterschiedlicher nicht sein konnten.

Archelaos konnte mit keinem seiner Brüder etwas anfangen, wie er nach seiner Ankunft festgestellt hatte. Antipas war trotz seiner erst achtzehn Jahre bereits dick und unförmig und beugte häufiger den Rücken vor seinem Vater als die Sklaven. Er war ein Widerling. Philipp wiederum, mit fünfzehn der Jüngste, war blass und schweigsam wie eine Figur aus Elefantenholz, und seine matten Augen spiegelten die ganze Humorlosigkeit seines Wesens wider.

Im Vergleich zu ihnen, fand Archelaos, war er der Einzige, der den Titel Prinz verdiente.

»Moment«, rief Herodes. »Einer von euch fehlt. Alle meine Söhne sollten hier sein, um mir zu danken und sich mit uns zu freuen. Archelaos, wo ist Theudion?«

Archelaos war froh, dass sein Vater endlich ein anderes Thema gefunden hatte. Es lag ihm nicht, lange über ernste Dinge zu reden. Bei den Reichen und Edlen in Rom gab es ein Spiel, wonach derjenige, der als Erster ein ernstes Thema zur Sprache brachte, drei Becher Wein nacheinander und ohne abzusetzen trinken musste. An den hunderten geselligen Abenden war ihm diese Strafe nur ein einziges Mal auferlegt worden. Jemand hatte ihn gefragt, welche Späße es am Jerusalemer Hof gebe, woraufhin er in ein allzu langes Lamento über die Freudlosigkeit des dortigen Hoflebens verfiel. »Früher war mein Vater ein lustiger Mensch«, erklärte er seinen Freunden, »der jede Woche wenigstens zwei Feste gab, und alle seine Kinder durften bis spät in die Nacht daran teilnehmen, so jung sie auch waren. Meine Familie machte Ausflüge, zum Beispiel zu den blühenden Gärten Jerichos, wo ich und meine acht Geschwister Faltern nachjagten und auf Ölbäume kletterten, oder zum See Genezareth, wo mein Vater Herodes selbst, bis zu den Knien im Wasser stehend, Netze auswarf und Fische fing. Doch eines Tages ließ er meinen ältesten Bruder auspeitschen und befragte ihn nach einer angeblichen Verschwörung. Obwohl mein Bruder nichts zu sagen wusste, peitschte man weiter und weiter. Bis er starb. Und danach war nichts mehr wie vorher. Unser Leben wurde eng und …«

»Haha, verloren«, unterbrach einer seiner Freunde lachend. »Du musst drei Becher Wein trinken. Du warst zu ernst.«

Er trank sie, und danach gewöhnte er sich schnell an die römische Art zu leben, an Wein und Heiterkeit und lange Nächte, die ihn alles Gemeine und Schlechte vergessen ließen. Er sprach nie mehr über Jerusalem.

Und jetzt, wo er sich wieder bei Hofe befand und seinen Vater ständig sah, hätte er am liebsten die Augen geschlossen, die Hände auf die Ohren gepresst und sich vorgestellt, im Kreis der lustigen Senatorensöhne zu sitzen. Das Leben an diesem Hof machte ihn ganz krank.

Archelaos ergriff schnell die Möglichkeit, über seinen Bruder Theudion zu reden, und gewann ein wenig seine natürliche Heiterkeit zurück. »Ja, hast du es denn vergessen, Vater?«, schmunzelte er. »Theudion läuft wie ein Besessener durch die Gänge, krank vor Sorge, und sein Gesicht ähnelt mehr denn je dem eines Geiers, ganz eingefallen, nur die riesige Nase ragt unerschütterlich hervor. Ich habe ihn eben noch gesehen, kurz bevor wir uns hier wegen … nun ja«, beendete Archelaos seinen Redeschwall.

»Was hat das zu bedeuten?«, fragte Herodes mit zusammengezogenen Augenbrauen. »Wovon redest du, Kindskopf? Und hör auf zu grinsen, das ist ja nicht auszuhalten.«

Archelaos trank einen weiteren Schluck Wein. »Theudions Frau, deine Schwiegertochter, Herodias … erinnerst du dich nicht?«

Herodes sah angestrengt aus, so als fiele es ihm schwer, sich an Herodias zu erinnern. Sein Gedächtnis ließ merklich nach, und seine Familie war groß: Kinder aus neun Ehen, zahlreiche Schwiegerkinder, Neffen, Nichten, Enkel, Großneffen, Schwägerinnen … Fast jedes Jahr kam ein neues Mitglied hinzu und ein anderes ging. Frauen wurden geheiratet und wieder in die Wüste geschickt, Leben und Tod feierten gleichermaßen ihre Feste am herodianischen

Hof, und selbst Archelaos hatte Mühe, diese vielen Namen und Nasen auseinander zu halten.

»Was ist mit ihr?«, fragte Herodes ungeduldig.

»Sie liegt im Kindbett.«

»Im …« Herodes stockte der Atem. Er stemmte sich langsam aus dem Thronschemel. »Heute? Wieso erfahre ich das erst jetzt?«

Archelaos versuchte, dem Blick standzuhalten. Was hatte er denn nun schon wieder falsch gemacht? Es war schwierig für ihn, sich den plötzlich wechselnden Launen seines Vaters anzupassen. Aus Unsicherheit antwortete er auf die Weise, die er aus Rom kannte – mit einem Scherz.

»Herodias ist Monate lang mit einem Bauch herumgelaufen, als habe sie drei Bälle und eine Gans verschluckt, und du, Vater, hast es nicht bemerkt?«

Herodes blies die Backen auf. »Dass sie *heute* niederkommt, das, du bartloser Dummkopf, habe ich nicht gewusst. Weißt du denn nicht, was das möglicherweise bedeutet? Keiner von euch?« Sein Blick blieb auf Antipas haften. »Du auch nicht?«

»Vielleicht, Vater«, antwortete Antipas zögerlich, »wenn du es uns erklären würdest …«

Antipas krümmte unter dem Gebrüll des Herodes den Rücken wie unter einem Peitschenhieb.

»Das werde ich auf der Stelle tun«, schrie Herodes. »Folgt mir.«

Theudion blickte hinaus in die Nacht. Das Salzmeer, in dem kein Fisch und keine Pflanze leben konnte, lag ausgestreckt wie eine Leiche vor ihm. Er hasste dieses tote Gewässer. Helles Mondlicht reflektierte vom Gestein des Berges, auf dem die Festung Masada erbaut war, und verlieh dem Wasser einen rötlichen Schimmer. Die Sterne des Firmaments glitzerten auf der spiegelglatten Oberfläche.

Und doch war das Salzmeer nichts anderes als eine Verlängerung der Ödnis, von der es umgeben war – und ein Symbol für die tödliche Macht des Herodes. Denn sein Vater hatte in den dreißig Jahren als König von Judäa an den Ufern des Salzmeeres einen Gürtel von Festungen errichtet, von denen Masada die größte war, die gewaltigste und unbezwingbarste, ein Manifest seiner Herrschaft. Die Mauern ragten fünf Mann hoch unmittelbar vor dem Abgrund auf, so dass von dort niemand eindringen konnte. Nur ein einziger Pfad wand sich den Berg hinauf, so schmal, dass nicht einmal zwei Esel nebeneinander gehen konnten. Jahr um Jahr waren die Gesteinsblöcke von Tieren und Sklaven hinaufgeschafft worden, jeder Einzelne eine Herausforderung und Gefahr. Tausend Kamele, Pferde und Menschen waren den steilen, hundert Meter hohen Felsen hinuntergestürzt, bevor ganz oben der letzte Stein gesetzt war. Masada nannte sich Festung, es war jedoch eine Stadt nur für Herodes, eine Anlage mit Sälen, Hallen und Gärten, Türmen und Lagerräumen sowie mit Quartieren für Hunderte von Soldaten. Mit erbitterter Kraft war der Berg besiegt worden. Man riss ihn innerlich auf, schlug riesige Quader aus ihm heraus, bohrte tiefe Löcher in ihn hinein und nutzte diese Wunden nun als unterirdische Getreidesilos und Brunnenschächte. Masada konnte nicht ausgehungert werden und nicht verdursten, und seine Mauern konnten nicht stürzen. Masada ließ jeden zurückschrecken, der diese Festung bekämpfen wollte, aber es ging das Gerücht um, dass der Berg sich eines Tages für die erlittenen Qualen rächen werde.

Da Theudion seinen Vater hasste, hasste er auch Masada und das Tote Meer. Warum musste sein ersehntes erstes Kind ausgerechnet hier das Licht der Welt erblicken?

Herodias' Schreie klangen einsam, noch war kein Sohn da, der sie im Schreien ablöste. Theudion konnte es kaum abwarten, ihn auf dem Arm zu halten. Gott, es musste ein Sohn werden. Er würde bei ihm alles anders machen, als es in seiner eigenen Kindheit gewesen war und bis heute anhielt. Neunzehn schreckliche Jahre! Sein Junge sollte eine glücklichere Jugend erleben, dafür wollte er sorgen und um das hatte er den Herrn gebeten.

Schritte hallten durch die Gänge heran. Noch bevor Theudion sehen konnte, wer sich ihm näherte, spürte er seinen Vater. Wie immer in solchen Augenblicken zogen sich seine Organe zusammen, und sein Herz klopfte heftig.

Die gewaltige Gestalt seines Vaters stand vor ihm, die Familie im Gefolge.

»Nun?«, fragte Herodes.

Theudion wunderte sich über das Interesse seines Vaters; ein ›Nun‹ war mehr, als man erwarten konnte. Nicht einmal bei der Geburt seiner eigenen Kinder hatte Herodes – wie in anderen Familien üblich – im Vorraum gewartet, sondern er war anderen Beschäftigungen nachgegangen. Manchmal, so die Gerüchte, schlief er bei einer Frau, wenn eine andere gerade in den Wehen lag. Und jetzt dieser Aufwand für ein Enkelkind?

»Sie hat es noch nicht überstanden«, berichtete Theudion.

»Weiß man schon das Geschlecht des Kindes?«

»Woher soll ich das wissen? Es ist jedem Mann verboten, die Geburt zu stören.«

Herodes ging ohne ein weiteres Wort an Theudion vorbei und öffnete die Tür, die zum Geburtsraum führte. Er ignorierte ebenso Theudions Proteste wie auch die entsetzten Mienen der Ammen und Helferinnen. Ein Mann, noch dazu der Schwiegervater, gehörte nicht hierher. Doch wer konnte es wagen, dies auszusprechen! Einige der Frauen warfen Decken über die schamhaften Stellen der werdenden Mutter.

Herodias blieb nur der Moment eines Lidschlages, um zu erfassen, dass ihr Schwiegervater, ihr Gemahl, ihr Schwager und noch einige mehr sie bei der Geburt beobachteten, dann wurde sie erneut vom Schmerz gepackt und wölbte schreiend ihren Körper hoch.

»Du beleidigst Herodias«, rief Theudion und stellte sich vor Herodes, um ihm die Sicht zu erschweren, doch dieser Versuch schlug fehl. Theudion war dünn wie sein Bruder Archelaos, wenn auch aus anderem Grund. Während Archelaos fast nur Wein zu sich nahm und deshalb ausgemergelt wirkte, ernährte Theudion sich vorwiegend von geistiger Nahrung. Er las täglich etwa sechs Stunden in den heiligen Schriften und versenkte sich morgens, mittags und abends je eine Stunde ins Gebet. Gegen seinen Vater wirkte er wie eine Ziege vor einem alten Elefanten. Das Einzige, worin er seinen Körper mit dem von Herodes messen konnte, war die Länge und Dichte des schwarzen Bartes, der Wangen und Kinn vollständig bedeckte.

Herodes schob ihn einfach zur Seite. »Mach dich nicht lächerlich«, brummte er. »Ich habe schon weitaus verführerischere Weiber als deine Frau gesehen.«

Antipas dachte anders darüber, denn er sah zum ersten Mal eine nackte Frau. Er schob sich, unbemerkt von den anderen, die nur für den Zwist zwischen Vater und Sohn Augen hatten, nahe an das Bett der Herodias heran und starrte sie an. Ihr Gesicht gefiel ihm nicht, denn es war feucht, aufgedunsen und gerötet von den Qualen der Geburt, Brust und Bauch waren mit Laken bedeckt. Anders die Arme, sie waren weiß und glatt und wurden zu beiden Seiten von Ammen gehalten, als wären sie an ein Kreuz geschlagen. Und die Schenkel, so prall und ...

Plötzlich packte Theudion ihn am Kragen und zerrte ihn zur Seite. »Du Kröte! Hast du keine Ehrfurcht vor meinem Weib?«

»Was Vater darf, darf ich auch.«

»Antipas«, rief Herodes ihn zur Ordnung, woraufhin Antipas den Rücken krümmte. »Ja, Vater?«

»Du hast mich doch vorhin gefragt, warum die bevorstehende Niederkunft der Herodias mich interessiert. Nun will ich es dir sagen, euch allen sagen.« Herodes' linker Arm beschrieb eine weit ausholende Geste, während sein rechter langsam unter sein Gewand schlüpfte. »Die Prophezeiung besagt, dass heute ein Feind der Königreiche geboren werde.«

»In Bethlehem«, stimmte Antipas ein.

»Nein, nicht ganz.«

Eine Frau trat aus dem Pulk des Gefolges hervor: Akme, die Schwester des Königs. Als sie ihre Hand hob und damit Herodes' bärtige Wange streichelte, klimperten ihre schweren goldenen Armreife, um die sie von den anderen, weiblichen Mitgliedern der herodianischen Familie beneidet wurde. Sie lächelte Herodes mit jenem Ausdruck an, den er offenbar schätzte und den andere an ihr fürchteten. Hatte sie nicht ebenso gelächelt – so ging das Gerede –, als sie ihrem Bruder die angebliche Verschwörung seiner ältesten Söhne zutrug und ihnen damit die Schlinge knüpfte? Als sie einige der Frauen des Königs der Verbannung in die Wüste zutrieb? Nie war jemand dabei, wenn sie ihr Netz webte, und gerade darum war sie allen unheimlich.

Was sie diesmal zu sagen hatte, konnte allerdings jeder der Anwesenden unterschreiben. »Niemand hier versteht, worauf du hinauswillst, Herodes. Deine Sorge um das Königreich, die Prophezeiung, die Kinder von Bethlehem, dein Befehl, das alles konnten wir noch nachvollziehen. Warum wir nun jedoch hier bei deiner Schwiegertochter stehen ...«

Ein langgezogener Schrei der Herodias unterbrach Akme und lenkte die Aufmerksamkeit für einen Augenblick wieder auf die Tatsache, dass jeden Augenblick ein wunderbares Ereignis stattfinden würde.

»Es ist so weit«, rief eine der Ammen, und sofort lief jede der Frauen los, um die nötigen Hilfsmittel herbeizuholen. Der Geruch von Blut klebte in der Luft.

Langsam und sorgfältig, als säße er zu Gericht, erklärte Herodes: »Der genaue Wortlaut des Astrologen besagt, dass der Feind zwischen Bethlehem und Masada geboren wird. Er könnte also auch hier zur Welt kommen.«

Sein rechter Arm löste sich aus den Falten seines Gewandes, und seine Faust hielt einen Dolch umklammert, den Herodes zur Sicherheit immer bei sich trug. Wie ein Wind zog nun ein vielstimmiges Aufheulen durch den Raum, ein Gemisch aus Angst, Schrecken und ungläubigem Entsetzen.

Theudion rührte sich einige Augenblicke lang nicht von der Stelle, dann stürzte er sich auf Herodes, doch dieser warf ihn zurück und befahl Antipas, seinen Bruder festzuhalten.

Herodes beugte sich zum Gesicht seiner Schwiegertochter hinunter, die ihn mit großen Augen anstarrte. Der Schmerz erfasste immer wieder ihren Leib, sie versuchte, Worte zu formen, die ihr in der Kehle stecken blieben, und sie warf ihren Kopf auf dem Kissen hin und her wie ein stummes, heftiges Nein.

»Solltest du einen Knaben gebären«, raunte Herodes ihr zu, »so ist er des Todes, bevor er den ersten Atemzug machen kann.«

Herodias rang nach Luft. Ihr Unterleib schien zu zerreißen, ihr Kopf zu zerspringen. Auf ihren Lippen spürte sie den Atem des Herodes.

»Wenn es hingegen ein Mädchen ist, so soll es leben, denn eine

Frau kann niemals das Königreich bedrohen. Bemühe dich also, Herodias, dass es ein Mädchen wird. Bemühe dich um deinetwillen.«

»Du bist ein Verbrecher«, schrie Theudion. Seine Augen waren wie glühende Kohlen. »Ein wahnsinniger Mörder. Ich hasse dich, Herodes, alle Welt hasst dich.«

In diesem Moment stieß Herodias einen gewaltigen Schrei aus, um gleich darauf zu verstummen. Kurz danach ertönte ein zweiter Schrei. »Es sind zwei Kinder«, rief die Amme. »Gelobt sei Gott.«

Herodes beugte sich steif über seine Schwiegertochter. Schließlich trat er einen Schritt auf die Amme zu, die die Neugeborenen, in eine Decke gewickelt, auf dem Arm hielt. Schweigend schlug er die Decke zurück. Seine Hand krampfte sich um den Dolch.

Nachdem Herodes mit seiner Gefolgschaft wieder im Thronsaal war, schritt er die Wandmosaike ab, die im flackernden Licht all das lebendig werden ließen, was er in seinem Leben erreicht hatte. Da war sein Schlachtensieg über die vor ihm herrschende Hasmonäerdynastie, die er mit Stumpf und Stiel ausrottete, um seine eigene Herrschaft zu manifestieren. Gleich daneben sein Treffen mit Kaiser Augustus auf Rhodos, nach dessen Sieg über Kleopatra. Herodes war zuvor mit der ehrgeizigen Königin vom Nil verbündet gewesen, wechselte nach deren Niederlage jedoch bedenkenlos die Seite, um einer Eroberung Judäas durch das Römische Imperium zuvorzukommen. Weitere Mosaike zeigten die Einweihung der Stadt Sebaste, eine von vielen Gründungen, die den neu erworbenen Reichtum Judäas verkörperten; weiterhin die Anlage riesiger Gewürzhaine bei Jericho, deren Duft nicht nur über das halbe Land zog, sondern auch römischen Kaufleuten gefiel. Gleich daneben der Ausbau der gigantischen Festung Masada, in der sie sich jetzt befanden, mit dem Land zu Füßen, das Gott den Juden zugewiesen hatte. Und schließlich das Beste und Vollkommenste, das er geschaffen hatte: der Tempel des Einen Gottes, der wie die Pyramiden der heidnischen Ägypter für die Ewigkeit gebaut war. Der Tempel war das Herz und die Seele der Juden – ihr Kopf war er selbst, Herodes. Alles geschah nach seinem Willen.

Der heutige Tag war ein Beispiel dafür. Er hätte die männlichen Nachkommen Theudions ohne Zögern getötet, doch das war nicht nötig geworden. Eines der Kinder, ein Junge, war bereits blau und kalt zur Welt gekommen. Das andere, ein Mädchen, war kränklich und schwach.

»Es wird später schwierig sein, sie zu verheiraten«, brummte er und blickte dem Säugling in die Augen. »Sie hat etwas Glanzloses.«

»Gib sie mir zurück«, forderte Theudion.

»Einen Moment noch. Ich werde ja wohl meine Tochter im Arm halten dürfen.«

»Ich bin der Vater.«

»Ich weiß, dass du das glaubst. Aber ist dir nie der Gedanke gekommen, dass Herodias und ich …«

Theudion erbleichte. »W-was sagst du da?«, stammelte er.

Herodes lachte und lachte. »Ein Scherz, mein Sohn. Wie kann jemand, der so widerspenstig ist wie du, immer wieder auf meine Scherze hereinfallen? Du liest zu viele fromme Bücher, sage ich dir. Das vernebelt den Geist.«

Theudion knirschte mit den Zähnen und nahm das Mädchen seinem Vater aus den Armen.

»Übrigens«, fügte Herodes hinzu. »Ich will, dass sie nach meiner Großmutter benannt wird.«

»Nein«, erwiderte Theudion trotzig und schickte sich an, den Saal zu verlassen.

»Du wirst sehen, dass es nach meinem Willen geht, wie immer. Sie wird nach meiner Großmutter benannt werden. Sie wird Salome heißen.«

Als Theudion verschwunden war, ließ Herodes sich auf einen Schemel sinken. Er war bester Laune, wie immer, wenn er einen Sohn getroffen und besiegt hatte. Er wusste genau, was jetzt in Theudion vorging – Fromme waren allzu leicht zu durchschauen. Gott, so dachte Theudion, hatte ihm den ersehnten Knaben vorenthalten, weil er, Herodes, diesen sonst ermordet hätte. Obwohl er den Knaben nicht angerührt hatte, würde Theudion ihm die Schuld an dessen Tod geben. Oh, wie sehr würde der Hass auf ihn wachsen! Und wie oft würde das Mädchen vorgeworfen bekommen, dass es überlebt hatte, während der Bruder elend zugrunde gegangen war! Was für eine Zukunft konnte ein derart kränkliches und unerwünschtes Kind schon haben?

Er schickte sein Gefolge und die Familie hinaus, außer seiner Schwester Akme, die stets an seiner Seite blieb. Dann ließ er seinen persischen Astrologen kommen. »Wie lautet das Horoskop für meine jüngste Enkelin?«, fragte er ihn.

Der alte dunkelhäutige Mann in seinem nachtblauen Gewand trat vor den König und hielt ihm ein Pergament vor, auf dem Punkte und wirre Linien gezeichnet waren. »O König, mächtige Gestirne stehen zu dieser Stunde miteinander im Wettstreit. Ich deute Stärke und Zorn, List und Vernunft, Widerstand und Hingabe, doch ich kann nicht erkennen, welche Seite obsiegen wird. Sie wird zerrissen sein und Zerrissenheit bringen. Sie ist zu Großem geboren, doch mächtige Gegenkräfte stemmen sich gegen sie und könnten sie zu Fall bringen. Sie wird Unruhe erzeugen. Ihr schlimmster Feind ist sie selbst.«

Herodes lehnte sich zurück und blickte seine Schwester amüsiert an. »Endlich mal wieder eine typische Herodianerin.«

Erster Teil

... und schütte Deinen Zorn über sie

1

Durch den Königspalast zog ein leichter Wind, der nach Frühling roch, und Salome lugte, nachdem sie die Gemächer ihrer Eltern verlassen hatte, zwischen zwei Säulen hindurch in den zartblauen Morgenhimmel. Von welchem Gang, welcher Säulenhalle und welcher Balustrade des erhöht stehenden Palastes man auch blickte, immer sah man in die Weite der Welt, und das gefiel Salome. Nach Norden, Süden und Osten dehnte sich die Stadt Davids und Salomos aus, die heute die Stadt des Herodes, ihres Großvaters, war: die Heilige Stadt Jerusalem. Aus der Menge der braunen und gelben Häuser ragten vereinzelt halbrunde Theater und ein ovales Amphitheater auf, ein Hippodrom, der Hügel Golgatha, die Festung Antonia und gleich daneben – alles überragend und gar nicht weit vom Palast entfernt – der Tempel des Einen Gottes, der in seinem weißen Marmor glänzte, als sei er aus Licht erbaut. Und diese ganze, wunderbare Stadt wurde von einer Mauer eingefasst wie ein Juwel von einem silbrigen Reif. Tausende Händler saßen am Rand der ungepflasterten Gassen und boten in großen Säcken ihre Waren feil: Weihrauch, Myrrhe und Zimt, Getreide, Feigen und Sharonfrüchte, Öl und Honig … An warmen Tagen zogen die Düfte bis zum Palast hinauf.

Nach Westen hingegen erstreckte sich die teils steinige, teils von Zedern bewaldete Hügellandschaft, die kein Ende zu haben schien. Von den Karten, die manchmal im Palast herumlagen, wusste Salome jedoch, dass sich irgendwo hinter diesen steinernen Wellen ein blaues Meer verbarg und dass sich an dessen Ufer Städte wie Perlen auf einer Schnur reihten, eine jede mit einem schöneren Namen als die andere: Askalon, Ashdod, Apollonia … Jeden

Morgen verschwanden zwei oder drei Kamelkarawanen hinter den Hügeln, und nicht selten wünschte Salome, mit ihnen bis zum Meer reisen zu können.

Mehrere laute Trompetenstöße ließen Salome zusammenzucken. Nicht das Geräusch erschreckte sie, sondern seine Bedeutung. In diesem Moment wurde einem Lamm im Innenhof des Tempels die Kehle durchschnitten, sein Blut von den Priestern aufgefangen und der Altar damit bespritzt. Der Gedanke daran, dass eines der niedlichen Tiere, die sie auf Ausflügen in die Umgebung stets umarmte, vor Angst schreiend auf einem Marmorblock festgehalten wurde und in dem Moment verstummte, wo ihm der Schnitt ... Ein weiterer Trompetenstoß erschallte. Sie hielt sich die Ohren zu, und als sie die Hände sinken ließ, hörte sie die Psalmgesänge der Gläubigen vom Tempel wie ein dunkles Murmeln herüberhallen.

Heute war *passah*, der Gedenktag zur Befreiung der Juden von der ägyptischen Knechtschaft. Jerusalem war voller Pilger, ebenso die Höfe des Tempels bis zu den Ausgängen. Aus ganz Judäa strömten die Juden herbei, auch aus Persien, Ägypten, Syrien und Armenien. Über der Heiligen Stadt trieb der schwere, modrige Gestank des Fettes, das den Lämmern entnommen worden war und nun in offenen Feuern verbrannte.

Salome verzog ein wenig den Mund. Diesen Teil des Feiertages mochte sie nicht. Erst heute Abend, wenn die große Familie zum Festschmaus zusammenkam, beschwingte Musik aufgespielt wurde, alle durcheinander redeten und Kinder wie sie mit kleinen Gaben beschenkt wurden, würde sie *passah* wieder mögen. Zwischen Mandelgebäck, ungesäuertem Brot, Fruchtmus und gedünstetem Huhn mit Datteln ließen sich die Geschenke genießen. Nur das gekräuterte Lamm rührte sie nie an, allem Drängen ihres Vaters zum Trotz.

Sie blickte sich um, sah aber niemanden. Herodes, der großen Versammlungen stets misstrauisch gegenüberstand, hatte fast seine gesamte Palastgarde auf die Straßen der Unterstadt geschickt, und die Familie und die Bediensteten nahmen zum großen Teil an den Zeremonien teil, so dass Salome sich ziemlich allein vorkam. Nur ihre Mutter hatte sich lustlos in ihre Gemächer zurückgezogen.

Doch das war kein Problem. Im Palast des Herodes gab es reichlich Möglichkeiten, sich die Zeit zu vertreiben. Da waren Fischteiche, deren bunten Bewohnern Salome stundenlang zuschauen konnte, Ölbäume zum Klettern, weite Säulenhallen und unheimliche, endlose Kellergewölbe zum Versteckspielen. Mit wem Salome sich die Zeit vertrieb, konnte sie vorher nie wissen. Sie streifte einfach durch die vielen Gänge und Hallen, bis sie ein anderes Kind traf. Ob es nun ein entfernter Vetter war, die Tochter eines Beamten oder der Enkel der alten Waschfrau, spielte dabei keine Rolle. Sie durchschaute die Familienverhältnisse und den unübersichtlichen, riesigen Palast nicht und hatte keine Ahnung, mit wem sie sich die Zeit vertrieb. Heute war es anders, denn sie traf auf Berenike, ihre liebste Gefährtin. Berenike war irgendwie mit ihr verwandt.

»Komm mit«, rief ihre gleichaltrige Freundin fast atemlos und zupfte sie am Ärmel ihrer Tunika. »Da vorne passiert etwas!«

»Was denn? Wo denn?«, fragte Salome erfreut, denn sie vermutete ein außergewöhnliches Ereignis, und die waren ihr immer die liebsten.

»Kann ich nicht sagen.« Berenike schüttelte betroffen den Kopf. »Du musst selber sehen.«

Salome rannte an der Balustrade entlang, so schnell sie konnte.

»Warte!«, rief Berenike und versuchte, ihr zu folgen. »Nicht so rasch, Salome. Du sollst dich doch nicht anstrengen.« Wie fast immer, mahnte sie vergeblich.

Als sie an einer Ecke angelangt waren, von wo aus sie einen besonders guten Blick auf den Tempel des Einen Gottes hatten, streckte Berenike den Arm aus und rief: »Da!«

Salomes Blick folgte der Richtung. Über dem Tor, das zum Inneren Bezirk des Tempels führte, hatte, seit Salomes Großvater König geworden war, ein bronzener Adler geprangt, doch nun waren drei Männer dabei, ihn mit schweren Hämmern und Schwertern zu zerschlagen. Sie schienen nicht in königlichem Auftrag zu handeln, denn ein Dutzend Wachen stürmte heran, und es kam zu einem kurzen Gefecht, bevor die Männer überwältigt wurden. Die Hälfte des linken Adlerflügels, eine Kralle und der Schnabel lagen zertrümmert am Boden, der Rest war nur noch ein Mitleid erregendes Überbleibsel der Größe und Macht, die der schwere, dunkle Vogel zuvor verkörpert hatte.

Salome war ein wenig enttäuscht. Wofür hatte sie sich dermaßen abgehetzt? Sie keuchte schwer, und alle paar Atemzüge musste sie kurz und trocken husten. Seit sie denken konnte, erging es ihr so, egal, was man dagegen unternahm. Die Ärzte mit den langen Bärten konnten ihr ebenso wenig helfen wie die Priester mit den noch viel längeren Bärten. Nicht anstrengen, nicht aufregen, das war das Ergebnis der Weisheit eines Dutzends Gelehrter. Ihre Eltern nahmen es hin. Als Prinzessin von Judäa musst du dich nicht anstrengen, und als Frau nicht aufregen, mahnte ihr Vater sie manchmal. Doch Salome wollte das Gegenteil. Sie *wollte* sich anstrengen, sie *wollte* sich aufregen. Sie hatte ein Recht darauf, und nur weil ihr dieses Recht von Gott oder sonstwem verwehrt wurde, war sie nicht bereit, darauf zu verzichten.

Die drei Männer wurden von den Soldaten abgeführt. Alles war viel zu schnell vonstatten gegangen, fand Salome, und schlimmer noch, sie verstand überhaupt nicht, *was* vonstatten gegangen war.

»Schön«, sagte sie und sah Berenike unschlüssig an. »Ein toter Vogel liegt nun noch toter am Boden. Und was jetzt?«

Berenike schüttelte die dunklen Locken, die Salome manchmal an die Garnrollen von Schneiderinnen erinnerten. Jedes Haar auf Berenikes Kopf schien seinen festen, vorbestimmten Platz zu haben, und Salome war froh, dass ihre eigenen schwarzen Haare viel zu dünn dafür waren, denn ihre Mutter hätte sie sonst ebenso herrichten lassen. So durfte sie sie nach hinten kämmen und dort mit einem farbigen Seidenband zusammenbinden. Am liebsten hätte sie die Haare zwar offen getragen, aber ihre Mutter meinte, dann würde sie noch elender aussehen als ohnehin, und verbot es.

»Das war nicht einfach ein Adler«, wusste Berenike zu berichten. »Mein Vetter Kephallion sagt, Großvater hat ihn dort aufhängen lassen. Der Adler versinn ... versinnbild ...« – Berenike versuchte angestrengt, sich an den genauen Wortlaut zu erinnern – »ver-sinn-bild-licht die römische Präsenz.«

Das mochte stimmen. Wann immer die Familie zum Mahl beisammen saß – jede Woche zum Ruhetag, dem *shabbat,* und an den wichtigsten anderen Feiertagen –, schwärmte Herodes von seiner Freundschaft mit dem Octavianus Augustus, dem Herrn des Römischen Imperiums. Dieser hatte die Dynastie des Herodes sogar ehrenhalber in die julische Herrscherfamilie aufgenommen, und einige seiner Verwandten stellten die Paten für Mitglieder der herodianischen Familie. Über formelle briefliche Höflichkeitskontakte gingen diese Patenschaften zwar nie hinaus, die symbolische Bedeutung war dennoch nicht zu unterschätzen.

»Mein Vetter Kephallion sagt außerdem«, erklärte Berenike weiter, »dass Herodes unser Land Judäa verrät, wenn er einen römischen Adler vor den Tempel hängt. Fast alle Juden hassen unseren Großvater deswegen, und auch, weil er sich in vielen Dingen nicht an die vorgegebenen Gebräuche unserer Ahnen hält. Wo wir hier wohnen, das ist kein jüdischer Hof, sondern eigentlich ein römischer. Und das ist nicht im Sinne unseres Herrn, sagt mein ...«

Salome zog eine Grimasse. »Mein Vetter Kephallion, mein Vetter Kephallion. Immer dasselbe.«

Berenike senkte traurig den Kopf, und Salome tat es sofort Leid, dass sie ihrer Freundin wehgetan hatte. Wenn Berenike nur nicht ständig alles nachplappern würde, was sie von ihrem zwei Jahre älteren Vetter vorgesagt bekam.

»Jedenfalls«, meinte Salome, »ist das noch kein Grund, den schönen Adler kaputtzuschlagen.«

»Doch, der Adler ist eine bildliche Darstellung, und Darstellungen sind uns Juden von Gott nicht erlaubt worden, sagt mein ... habe ich gehört«, berichtigte Berenike.

Hinter einer Ecke kam eine Gruppe Männer hervor, denen Herodes voranging. Offenbar hatte er wegen des Vorfalls die Zeremonien im Tempel verlassen. Der König musste sich auf einen Sklaven stützen, um bei seiner schweren Gestalt noch selbst gehen zu können. Er verzog schmerzhaft das Gesicht, biss die Zähne zusammen und kniff bei jedem Schritt die Augen zu. Nur die Kraft seiner Stimme hatte er noch nicht eingebüßt.

»Ich will, dass die drei Lumpen auf der Stelle hingerichtet werden«, rief er. »Sie sollen hängen, so dass es alle sehen. Keine Gerichtsverhandlung, das ist nicht nötig, denn ihr Verbrechen ist das schlimmste überhaupt und bedarf keines Beweises.«

Einer der Schreiber sah den König erwartungsvoll an.

»Hochverrat, du Narr«, schrie Herodes, sichtlich empört, dass er das schlimmste aller Verbrechen überhaupt benennen musste. »Was sie getan haben, war kein Anschlag auf den Tempel, es war ein Anschlag auf mich. Verschwörer allesamt, Abtrünnige, Eidesbrecher, Aufrührer …« Herodes unterbrach die Aufzählung der Eigenschaften der drei Zerstörer des Bronzeadlers und hielt inne. Fast hätte er die beiden Mädchen übersehen.

Mühsam humpelte Herodes einige Schritte zurück und baute sich vor Salome und Berenike auf. Er beugte sich zu den Mädchen hinab und richtete sich dann wieder auf. »Joazar«, rief er.

Der Hohepriester löste sich aus der Mitte der Gruppe und trat neben Herodes. Wie immer in solchen Momenten bildeten sich kleine Schweißperlen auf seiner Stirn. »Ja, mein …« Er räusperte sich, um weiterreden zu können. »Ja, mein König?«

Herodes sah den Hohepriester an, was diesen noch nervöser machte, und deutete fragend zu Salome und Berenike hin.

Jetzt verstand Joazar. »Oh, die mit dem Haarband ist deine Enkelin, Theudions einziges Kind. Und die mit den Locken ist die Enkelin deines verstorbenen Bruders, mein König.«

»Sie wird einst eine hübsche Frau werden«, bemerkte Herodes. Er ließ offen, welche von beiden Mädchen er meinte, doch die meisten konnten es sich denken. Berenikes Gesicht war wie aus Elefantenholz geschnitzt, auffallend hell, glatt und schimmernd, ihre Augen groß und zauberhaft, ihre Bewegungen schon in diesem zarten Alter frauenhaft anmutig. Salome hingegen sah immer aus, als habe sie gerade eine schlimme Krankheit überstanden. Ihr Haar schien auf dem Kopf festgeklebt, ihre Haut zeigte bisweilen rote Flecken, und ihre ganze Erscheinung wirkte unschön. Ihr Blick aus geröteten Augen flatterte meist unruhig umher, so dass es schien, sie wolle unsichtbare Schmetterlinge einfangen. Das Einzige, was die beiden Mädchen äußerlich gemeinsam hatten, war ihre etwas zu große, typisch herodianische Nase, deren Wurzel weit oben an der Stirn lag, und die schlanke Figur.

Herodes nickte zufrieden: »Wenn ich noch drei Jahre hätte, würde ich sie zur Frau nehmen.«

Hier hätte Joazar sofort protestieren müssen, denn nach mosaischem Gesetz waren Verbindungen mit Enkelinnen verboten. Den König jedoch kümmerte das mosaische Gesetz wenig, umso mehr kümmerte Joazar sein eigenes Leben, und er beschränkte sich daher auf ein kaum sichtbares Heben seiner Augenbrauen. »Und welche, mein König?«

Herodes lächelte, was in den letzten Jahren äußerst selten geworden war. »Diejenige, die weniger Ärger macht«, rief er, woraufhin die Männer einheitlich lachten. »Frauen sind nicht dazu gemacht, Ärger zu stiften. So würde ich also die mit den Locken nehmen. Sie ist vielleicht ein wenig zu vornehm, doch so sind Frauen nun einmal, wenn sie einen prachtvollen Körper haben. Die andere – das sehe ich auf einen Blick – ist wie ihr Vater. Die macht nur Kummer, die würde ich nicht wollen. Außerdem sieht sie unheimlich aus, findet ihr nicht? Als wäre etwas in ihrem Kopf nicht in Ordnung.«

Erneut brach die Gefolgschaft in Gelächter aus, das Herodes sichtlich genoss.

»Ich würde dich auch nicht wollen«, sagte Salome unbekümmert und verstand überhaupt nicht, weshalb die Miene ihres Großvaters sich plötzlich wieder verdunkelte.

»Du unverschämte Göre. Weißt du nicht, dass sich so eine Bemerkung nicht für dich geziemt?«

Salome kannte die Bedeutung des letzten Wortes nicht, wollte es aber vor Berenike, die so viele Begriffe wusste, nicht zugeben. Daher antwortete sie diplomatisch: »Ich habe nur dasselbe getan wie du, Großvater. Das kann doch nicht falsch sein.«

Einige Männer lachten nun auch über diese Bemerkung, und das brachte Herodes noch mehr auf. Er zog Salome an ihrem Ohr heran und rupfte ihr mit der anderen Hand an den Haaren. »Da siehst du, was bei uns mit vorlauten Frauen gemacht wird. Ich sollte dir deine hässlichen dünnen Haare abscheren lassen und …«

Herodes hielt plötzlich inne, krümmte sich und fasste sich an den Bauch. Durch sein Gewand drang Blut. »Das Geschwür ist wieder aufgeplatzt«, rief Joazar und winkte den Arzt herbei. »Bringt den König in den Schlafraum. Rasch.« Salome wurde zur Seite geschubst. Die Beamten ließen Pergamente und Federn fallen und stützten den König, manche riefen Befehle, andere stoben davon. Herodes krallte seine Hände in die Schultern und Arme derer, die ihn so vorsichtig wie möglich auf die weißen Kacheln des Palastbodens legten. Er war jetzt kaum noch Herr seiner Stimme, doch schließlich brachte er einige verkrampfte Laute hervor.

Während Berenike ängstlich zurückwich, trat Salome näher an den König heran. Sie sah, wie sein Blick in alle Richtungen flackerte und der Mund Worte zu formen suchte. »Ich ... ich will ... «, stammelte er in das Durcheinander um ihn hinein. Joazar hielt sein Ohr dicht an sein Gesicht und wich im nächsten Moment wieder zurück. Mit einer Urgewalt, die ihm in diesem Moment niemand zugetraut hätte, rief der König: »Richtet die drei Verschwörer hin. Sofort. Sie sollen sterben, bevor ich selbst sterbe.« Dann kamen Sklaven mit einer Trage und brachten Herodes fort.

Salome und Berenike sahen den Männern nach, die zwischen Säulen und Pilaster verschwanden. Schnell wurde es wieder friedlich, und nur das Gezwitscher der Vögel erfüllte die Frühlingsluft.

»Er tut mir Leid«, sagte Berenike mit belegter Stimme. »Wir sollten für ihn beten.«

Salome wunderte sich über dieses Mitleid. Alles, was sie bisher bei ihrem Großvater erlebt hatte, waren Wutausbrüche, Flüche und Trunkenheit. Außerdem, so hatte sie erfahren, hätte er sie beinahe umgebracht, damals, kurz nach ihrer Geburt, und die Vorstellung, dass der dicke, jähzornige Mann bereits den Dolch über sie gehalten hatte, machte ihn in ihren Augen nicht sympathischer. Alle Menschen hatten Angst vor ihm, die Familie, die Priester, die Diener und das Volk, einfach jeder. Nur ihr Vater nicht, der Herodes widersprach, wo er konnte. Für Theudion gab es nur die Thora, das Buch Gottes, die ihm Licht und Luft war. Kein Geld und kein Mensch und nicht einmal sein eigenes Leben bedeuteten ihrem Vater so viel wie die Worte des Herrn, die er in sorgfältig zusammengelegten Schriftrollen in einer schweren Truhe aufbewahrte.

»Ich werde nicht für Großvater beten«, entgegnete Salome und fragte seufzend beim nächsten Atemzug: »Was wohl aus den drei Männern wird, die den Adler abgeschlagen haben?«

»Sie werden aufgehängt«, erwiderte Berenike. »Das ist die Strafe für Hochverrat, sagt mein Vetter Kephallion.«

Salome sah Berenike ebenso verwundert wie verärgert an. »Wieso weiß Kephallion so viele Dinge und ich nicht?«

»Er bekommt Unterricht.«

»Den will ich auch.«

Berenike kicherte amüsiert. »Du bist doch kein Junge, Salome. Nur Jungen bekommen Unterricht von den *Rabbinern*. Das ist« – Berenike überlegte scharf – »Tradi ... Tradition.«

Salome kniff die Lippen zusammen, bis sie bleich wurden.

»Das werden wir ja sehen«, rief sie und rannte davon.

Zur gleichen Stunde lag Herodias auf der römischen Marmorbank und nippte bei jedem Atemzug an dem Wein, auf dessen Oberfläche weiße Rosenblüten schwammen. Sie stützte ihren Kopf in die rechte Hand und betrachtete abwechselnd die Spiegelungen im Wein, die verschönernde Arbeit der Sklavin an ihren Füßen und den polierten Glanz des Marmorbodens. Sie hatte schon vor geraumer Zeit alle Webteppiche aus dem Gemach entfernen lassen, obwohl Theudion, ihr Gemahl, diese als jüdische Handwerksarbeit sehr schätzte. Doch ihr waren sie zu rustikal, zu gemein. Sie war doch keine Beduinenfrau oder Krämersgattin, sie war eine Prinzessin von Judäa!

Ihr Blick fiel auf eine Stelle an der Wand, und sie fragte sich, ob sich nicht genau dort ein großer, silberner Wandteller gut machen würde, vielleicht mit einem Spiegel darin. Doch selbst wenn, dachte sie und seufzte leise, die Summe, die Theudion für ihren Unterhalt von seinem Vater bekam, reichte hinten und vorne nicht.

Sie leerte den noch halbvollen Kelch in einem Zug und schluckte auch die drei Rosenblütenblätter hinunter. Hieß es in Ägypten nicht, Rosen könnten Schönheit verleihen? Sie versuchte, den Kelch auf dem kleinen Tisch neben der Bank abzustellen, doch ihr Arm war zu kurz, und so ließ sie den Kelch einfach fallen. Die Sklavin hob ihn auf, ohne dass Herodias ein Wort hätte sagen müssen.

Herodias drehte sich auf der Bank herum und stützte den Kopf nun in die Linke.

»Ich war mit dem einen Fuß noch nicht ganz fertig, Herrin«, sagte die Sklavin.

In einem Tonfall, als sei sie kurz vor dem Einschlafen, antwortete Herodias: »Wen kümmern schon meine Füße? Es sieht sie ja doch keiner.«

»Sagtest du mir vor einigen Tagen nicht, Herrin, dass eine deiner Schwägerinnen dich heute besuchen wird?«

Herodias merkte auf. Tatsächlich, die Sklavin sprach die Wahrheit. Die junge Frau des Antipas würde heute ihren Anstandsbesuch bei ihr absolvieren. Sie stammte aus dem benachbarten Wüstenland Nabatäa, eine arabische Heidin also, sehr schön, doch ein wenig zu dürr, fand Herodias. Außerdem ließ ihr Geschmack, was Kleidung betraf, sehr zu wünschen übrig. Herodias erhob sich. »Lass das mit den Fußnägeln«, befahl sie der Sklavin. »Lege mir die blassgelbe Tunika und das mit Perlen besetzte Tuch heraus. Während ich mich anziehe, steckst du mir die Haare auf. Aber höher als sonst, hörst du?«

Beim Namen des Unaussprechlichen Gottes, sie würde ihrer Schwägerin zeigen, wer die schönste Frau des Palastes war. Es reichte schon, dass diese neue Wichtigtuerin größere Gemächer als sie bewohnte. Neun Räume, unglaublich! Dazu kam, dass die Beamten sie besonders untertänig behandelten und jeden ihrer Wünsche binnen Stunden erfüllten, während Herodias manchmal zwei Tage darauf warten musste. Dabei war dieses Weib eine Fremde und nur durch Heirat mit dem drittältesten Sohn des Herodes eine Prinzessin geworden, während sie schon von Geburt an zur herodianischen Familie gehörte und außerdem die Frau des zweitältesten Sohnes war. Die neun Räume hätten eigentlich ihr zugestanden, stattdessen musste sie sich mit sieben zufrieden geben.

Im Schlafgemach stellte Herodias sich vor das Spiegelglas und hielt sich das Kleid vor. Zarte Töne standen ihr besonders gut, denn ihre rosige Haut, ihr leicht rundlicher Körper und die seidig rotblonden Haare würden von kräftigen Farben nur unvorteilhaft erdrückt. Sie wusste, dass ein Kleid immer nur ein Diener sein sollte, dazu erschaffen, die Schönheiten, Verlockungen und Rundungen ihres Körpers zu betonen. In dieser zartgelben, anschmiegenden Seide war sie für jeden Mann begehrenswert, und genau das wollte sie ihre Schwägerin wissen lassen. Rasch strich sie noch ein wenig von dem sündhaft teuren persischen Karmesin auf die Lippen, denn diese waren allzu schmal und bedurften eines deutlichen Akzents, und dabei übte sie mit ihren Kulleraugen den treuherzigen Blick, mit dem sie ihre Schwägerin empfangen würde.

»Was tust du da?«

Herodias wandte sich nicht zu ihrem Mann um, der unbemerkt hereingekommen war, sondern schenkte ihm nur einen Blick durch das matte Spiegelglas. »Ich nenne es Schönheit schaffen«, erklärte sie.

»Und ich nenne es Falschheit. Hör auf damit.«

Herodias' Lippen zitterten. »Warum? Was soll ich denn den lieben langen Tag sonst tun, außer mich pflegen?«

»Du könntest mir einen Sohn schenken«, schlug ihr Theudion mit harter Stimme vor. »Dazu bist du offenbar nicht in der Lage – oder willens. Also hast du auch keine Schönheit verdient.« Er riss ihr das Gewand aus den Händen und trat mit seinen Sandalen darauf herum, bis es schmutzig und zerrissen war. »Jetzt kannst du es flicken, du wolltest doch etwas tun.«

Theudion setzte sich, ohne sie weiter zu beachten, an den Schreibtisch, nahm sich Pergament und begann zu schreiben, wie er es jeden Morgen bis zum frühen Nachmittag tat. Er beschäftigte sich mit nichts und niemand anderem als der *thora*. Die Abschrift, an der er derzeit saß, war seine vierundachtzigste.

Herodias hob das zerstörte Gewand auf und wischte damit ihre Tränen von den Wangen. Verlangte sie denn zu viel, wenn sie schön sein wollte? War es eine Sünde, sich Zufriedenheit zu wünschen? Und lag es denn an ihr, dass sie keine Kinder mehr bekam nach diesem grauenhaften Erlebnis bei Salomes und des toten Knaben Geburt? Am Tage begehrte sie nichts sehnlicher als ein weiteres Kind, um das sie sich kümmern konnte, das ihr ein wenig Abwechslung in den luxuriösen, aber immer gleichen Alltag des Palastes bringen würde, und in der Nacht, wenn Theudion auf ihr lag und sich mühte, wenn er ihr einen Klaps versetzte und »Streng dich an« rief, träumte sie von anderen Männern. Ganze Arenen voll von stämmigen, schamlosen, lüsternen Männern waren ihr im Schlaf bereits begegnet, und sie hatte sich unter ihrem Eindruck bisweilen dermaßen im Bett geräkelt, dass Theudion schon misstrauisch geworden war. Die Träume waren stärker als sie, sie konnte sie nicht kontrollieren. Mit einem Mann badete sie nackt in Wannen voll Gold und Perlen, mit einem anderen trieb sie es auf dem Thronschemel des Königs und mit einem dritten gar im Allerheiligsten, im Zentrum des Tempels, wo die Bundeslade stand, das Geschenk Gottes an die Israeliten. Das waren frevlerische Träume, gewiss, doch seit kurzem schämte sie sich ihrer nicht mehr. Sie waren ihre letzte Freude.

»Vater, Mutter«, rief Salome und stürmte in das Gemach hinein. »Ich weiß etwas, das euch interessiert, ganz bestimmt.«

»Wie du wieder aussiehst.« Herodias schüttelte den Kopf. Dass Salome sich nicht unwohl fühlte, so wie sie herumlief. Gewiss, sie konnte ja weder etwas für ihre Hautausschläge noch für die reizlosen Haare und den bei der geringsten Anstrengung auftretenden Husten, mit dem sie spätestens in sechs Jahren jeden Mann vergraulen würde. Aber wie Herodias immer sagte: Selbst einem Olivenstumpf kann man noch ein hübsches Kleid überziehen und damit Würde verleihen. Ihrer Tochter jedoch schien es gleichgültig zu sein, wie sie auf andere wirkte. »Deine Tunika ist verrutscht. Du hast auch die falschen Sandalen dazu an. Und das Seidenband hängt lustlos wie ein Trauerflor an deinem Haar herunter. Hat dich jemand in diesem Aufzug gesehen?«

»Berenike. Und Großvater.«

Herodias wechselte einen stummen Blick mit ihrem Mann. Seit Monaten stieg die Spannung, denn Herodes' körperlicher Verfall war offenkundig, und es wurde gemunkelt, er verfasse beinahe wöchentlich ein neues Testament, in dem Fürstentümer, Paläste, Titel, Ämter, Schätze und vor allem der Goldreif des Königs munter vom einen zum anderen gereicht wurden. Herodes' Erbe zu werden war ein Glücksspiel. Und nun das! Es ging dem Alten also wieder besser.

»Also«, fragte Theudion ungeduldig. »Was wolltest du uns erzählen?«

Salome schürzte leicht trotzig die Lippen. »Erst muss ich euch noch etwas anderes sagen. Berenike weiß viel mehr als ich, weil sie ihren Vetter Kephallion hat, der ihr andauernd neue Sachen erzählt. Ich will auch klug werden.«

Theudion runzelte die Stirn. »Wozu?«

»Um besser zu verstehen, was vorgeht. Um die Welt zu verstehen.«

»Ich erkläre dir die Welt: Dein Großvater ist ein gottloser Tyrann, der seine Familie und sein Volk unterdrückt. Mehr musst du nicht wissen.«

»Ich möchte mitreden können.«

»Mitreden! Wie stellst du dir das vor?« Er blickte sie ein wenig verächtlich an. »Wenn du etwas wissen willst, wende dich an Kephallion. Er gibt dir sicher ein paar Brocken seines Wissens ab.«

»Ich mag ihn nicht. Er ist kein netter Junge und stößt uns immer herum. Außerdem will ich keine Brocken. Ich will Unterricht an der Schule.«

Herodias lachte auf, als habe jemand einen Witz erzählt. Natürlich fand auch sie es für eine Frau unabdingbar, viel zu wissen, das Wichtige jedoch lernte man nicht von alten, verstaubten Lehrern, nämlich die Kunst der Schönheit, der Verführung und der Illusion, kurz, die Kunst, sich einen reichen, möglichst mächtigen Mann zu angeln.

Theudion fixierte seine Tochter mit Falkenaugen. »Es ist nicht Brauch, Mädchen an der Schule zu unterrichten.«

»Dann soll Großvater den Brauch ändern.«

»Das kann er nicht.«

»Ich könnte ihn fragen.«

Theudions Augen blitzten. »So weit kommt es noch, dass du mit dem Feind des Volkes zusammenarbeitest. Jeder untersteht den Bräuchen, auch du. So steht es in der *thora*, darum musst du dich fügen. Du musst dich sogar gern unterwerfen, ja, frohlocken musst du.«

Nach Frohlocken war Salome überhaupt nicht zumute. Sie grübelte einen Moment, dann sagte sie: »Wie soll ich die Bräuche befolgen, wenn ich sie nicht kenne? Um sie kennen zu lernen, brauche ich Unterricht wie Kephallion.«

Theudion öffnete den Mund, um etwas zu sagen, schloss ihn aber wieder. Eine leichte Röte stieg ihm ins Gesicht. »Nein«, sagte er, »das musst du verstehen.«

»Ich verstehe es *nicht*«, beharrte Salome und stampfte mit dem Fuß auf. »Was ich weiß, sage ich dir nur, wenn ich Unterricht bekomme.«

Ruckartig stand Theudion auf und sprang mit einem Satz zu Salome. Er packte sie mit seinen dürren Händen an den Schultern und rief: »Niemals wieder wirst du in diesem Ton zu mir sprechen. Ich habe wahrlich genug Geduld mit deiner anmaßenden Art bewiesen. In etwas mehr als einem Jahr wirst du zwölf Jahre alt und dann im religiösen Sinne mündig sein, und da erwarte ich, dass du den Worten des Herrn folgst. Was du wissen musst, bringe ich dir bei, weitere Ansprüche hast du nicht zu stellen. Du bist« – er versuchte gar nicht erst, den Satz, der ihm auf der Zunge lag, zurückzuhalten – »du bist eben nur ein Mädchen. Gott weiß, dass ich selbst es gerne anders hätte.«

Nach diesen Worten wandte er sich wieder seiner Schreibplatte zu. »Und nun erzähle, was du erlebt hast«, fügte er mit wieder ruhiger Stimme hinzu.

Salome senkte den Kopf. Nach diesem Ausbruch ihres Vaters und der abgeschlagenen Bitte um Unterricht war ihr jede Lust vergangen, das Erlebnis in allen Farben auszuschmücken. Knapp berichtete sie: »Drei Männer haben den Adler am Tempel kaputtgemacht. Großvater hat befohlen, alle drei töten zu lassen. Dann ist er zusammengebrochen und hat geblutet.«

Theudion erhob sich langsam von seinem Schemel. Erneut tauschte er einen Blick mit Herodias, doch diesmal schienen sie verschiedene Gedanken zu hegen. »Es geht zu Ende mit ihm«, sagte Herodias mit großen, begierigen Augen.

»Ja, und der alte Tyrann will dieses Ende zu einem weiteren Fanal machen. Wie viele Menschen sollen noch unschuldig sterben, weil er sich verfolgt glaubt? Diese drei Männer haben nur ein kleines Verbrechen begangen. Sie verdienen den Tod nicht, ebenso wenig wie die Kinder von Bethlehem oder meine hingerichteten Brüder diesen Tod verdienten.«

Herodias berührte ihren Mann am Arm, um ihn zu beschwichtigen. Sie kannte seine Vorliebe für einen Eklat und wusste, dass ihnen diese Eigenschaft bisher nur Nachteile gebracht hatte. Warum wohl musste sie mit sieben Räumen vorlieb nehmen, während Antipas und seinem anmaßenden Weib zwei Räume mehr zur Verfügung standen!

»Das will er bestimmt nicht hören«, stellte sie fest.

»Niemand will das hören«, bestätigte er. »Umso wichtiger ist, dass es trotzdem jemand ausspricht.« Er schritt eilig zur Tür.

»Nicht, Theudion«, rief sie hinter ihm her. »Vielleicht stirbt er ja, bevor das Urteil vollstreckt wird. Du machst uns nur unglücklich. Bleib hier.«

Doch ihre Worte waren nur Luft. Theudion knallte die Tür hinter sich zu, und Herodias blieb zurück und ballte die Hände zu Fäusten. Sie legte den Kopf in den Nacken, atmete einige Male tief durch und stieß voller Wut und Verachtung die Luft wieder aus den Lungen. Dann sah sie ihrer Tochter in die Augen, die wie fast immer leicht gerötet waren.

»Er ist töricht, das war er schon immer«, sagte sie. Sie streichelte ihrer Tochter nachdenklich über die dünnen Haare und meinte schließlich: »Zum Glück hast du nichts von ihm, sonst wärst du nie auf den Gedanken gekommen, etwas, das jemand anderer von dir haben will, von dem, was *du* haben willst, abhängig zu machen.«

Das war wirklich schlau von Salome, dachte Herodias. Auch wenn es diesmal bloß um unnützen Unterricht gegangen war – ihre Tochter hatte vielleicht Talente, die bisher verborgen geblieben waren.

»In dieser Welt müssen wir Frauen zusammenhalten, Kleines. Wir haben nur wenige Möglichkeiten, und die müssen wir geschickt nützen. Männer erfüllen unsere Wünsche, und je mehr Männer wir haben, umso mehr Wünsche werden uns erfüllt.«

Salome lächelte sie mit einem Ausdruck an, als sei sie mit jedem Wort einverstanden.

Wie Schatten standen die vier Brüder in dem düsteren Raum und warteten auf den Tod ihres Vaters. Sie waren in ihre weiten Gebetsmäntel eingehüllt, wie es der Brauch vorsah, und bildeten zusammen mit den etwas abseits stehenden Würdenträgern der Beamtenschaft die *chewra qadischa*, die Heilige Gesellschaft, die nach alter Überlieferung den Sterbenden in seinen letzten Stunden begleitete und ihn nach seinem Tod zur Bestattung vorbereitete. Jenen Teil ihrer Aufgabe würden die Königssöhne freilich nur symbolisch übernehmen, die Bediensteten übernahmen die Arbeit.

Vier *cohenim*, Priester aus dem Tempel des Einen Gottes, standen an den Bettflanken und hielten die Kessel, aus denen der Rauch der Myrrhe quoll. Trotz dieses reinigenden Harzes erfüllte bestialischer Gestank, der einem kaum Luft zum Atmen ließ, das Gemach. Archelaos, Antipas und Philipp schützten sich mit feuchten Tüchern gegen die üblen Ausdünstungen des Geschwürs, das Herodes heute oder morgen umbringen würde. Nur Theudion hielt stand, so wie er es immer getan hatte: mit hoch erhobenem Kopf und vor der Brust verschränkten Armen.

»Herr, wir rufen dich um Hilfe!«, murmelte der alte Hohepriester abseits jeden Lichts in einer Ecke. »Du, der Beschützer, stelle dich nicht taub. Wenn du uns schweigend von dir weist, dann ist keine Hoffnung mehr. Höre uns, wenn wir dich rufen, wenn wir zu dir um Hilfe schreien und betend unsere Hände entgegenstrecken zum innersten Raum deines Heiligtums hin ...«

Jeder der Brüder wusste, wie unsinnig das Gebet war. Natürlich glaubten sie alle mehr oder weniger an den Einen Gott und seine Kraft, doch mit dem Glauben des Herodes war es nicht weit her, und es hätte gewiss eines wesentlich frommeren Juden bedurft, um in einem solch hoffnungslosen Fall noch Rettung durch den Herrn zu erwarten. Hier betete niemand wirklich, hier zählte jeder nur noch die Atemzüge des Kranken.

»Herr, wir suchen bei dir Zuflucht; enttäusche uns nicht. Rette uns, wie du es versprochen hast. Erhöre uns, hilf uns schnell! Sei uns ein ...«

Der Hohepriester verstummte, als er sah, dass Herodes den Kopf hob. Der König stützte sich auf seine Ellenbogen und richtete sich erstaunlich mühelos auf. Stirn und Wangen waren aufgequollen, und die Haut war aschgrau, fast transparent. Es war das Gesicht eines Menschen, der nicht mehr in diese Welt gehörte. Herodes ließ jedoch keinen Zweifel daran, dass er noch lebte.

»Sind die drei Männer …« Er röchelte. »Sind sie hingerichtet worden, wie ich befohlen habe?«

Der Hohepriester trat einen Schritt zum Bett und verneigte sich leicht. »Sie wurden bei Sonnenuntergang hingerichtet.«

Herodes röchelte erneut. »Sie sollen die ganze Nacht am Galgen bleiben.«

Wie eine Klinge sausten Theudions Worte durch den Sterberaum. »Das ist verboten. Das Gesetz besagt, dass niemand über Nacht gehängt bleiben dürfe, um das Land nicht unrein werden zu lassen.«

Jeder der Männer wusste nur zu gut, wie Recht Theudion hatte. Er hatte das Gesetz Gottes und damit des Volkes Israel nach Wort und Sinn korrekt wiedergegeben. Aber keiner sprang Theudion zur Seite.

Herodes schien die ganze Kraft, die ihm geblieben war, in seine Stimme zu legen. »Sie bleiben, wo sie sind, bis sie verfaulen«, presste er hervor, dann fiel er auf das Kissen zurück. Mühsam sog er die stickige Luft ein, und es dauerte eine Weile, bis sein Atem den normalen Rhythmus wiederfand.

Theudion trat aus der Reihe seiner Brüder nach vorne und bedachte seinen Vater mit einem verächtlichen Blick. »Noch im Tod verschlingst du Leben, Herodes. Du stirbst, wie du gelebt hast. Als Scheusal.« Ohne eine weitere Geste an Herodes und die anderen zu verschwenden, drehte Theudion sich um und ging zum Erstaunen aller hinaus. Er hatte die *chewra qadischa* verlassen.

Herodes' Atem ging schneller als zuvor. Einige Augenblicke verstrichen, ehe der König mit einer kleinen Bewegung seines Zeigefingers andeutete, einen Befehl geben zu wollen.

»*Sofer*«, rief er den amtlichen Schreiber mit seinem Titel herbei. Der Gerufene trat mit einer Tafel neben ihn und beugte sein Ohr zum Mund des Königs. »Neufassung meines letzten Willens«, diktierte Herodes, und das plötzlich gestiegene Interesse seiner Söhne bereitete ihm eine letzte Wonne. »Hinaus auch mit euch«, rief er. »Ihr könnt eure Gier morgen befriedigen.«

2

Die Sonne brannte heiß auf jene Anhöhe nieder, die sich wie eine Pyramide aus der Ebene südlich von Jerusalem erhob. Das Land war hier weit unfruchtbarer als in allen anderen Gegenden des Königreiches. Es gab keine Palmenhaine wie um Jericho, keine sattgrünen Weiden wie zwischen Joppe und Lydda und keine blühenden Gärten wie in Askalon oder Hebron. Kleine Sandwirbel tanzten über den kargen Boden, verschwanden und tauchten an anderer Stelle wieder auf, und trockene Winde heulten tags wie nachts die Hänge auf und nieder. Niemand wollte hier leben. Die Erde ernährte kaum die wenigen, ausgemergelten Bergziegen, selbst die Wolken eilten über die Ebene hinweg. Sie regneten sich im Süden bei Askalon und Hebron ab, zogen, von warmen Winden getrieben, weiter nach Nordosten, sammelten dort über dem Salzmeer und dem Jordan neue Kraft und segneten dann wieder Jericho mit ihrem Nass. »Der Herr hat diese Stelle an den gefallenen Engel verloren«, sagten die Leute seit jeher.

Vielleicht hatte König Herodes gerade aus diesem Grund der Ebene eine besondere Ehre zugedacht. Vor zwanzig Jahren hatte er angefangen, Fuhrleute und Handwerker hier zwangsweise anzusiedeln, und um diese ernähren zu können, machte er auch Bauern ansässig und befahl ihnen, der rissigen Erde etwas Weizen abzutrotzen. Ein Bauwerk sollte entstehen, ein Bauwerk, das nur er benutzen würde, niemand sonst. Als es fertig gestellt war, wurde den neuen Siedlern befohlen, dort zu bleiben bis zu dem Tag, an dem sie ein letztes Mal von Herodes benötigt würden, und so warteten die Menschen dieses Ödlands seit zwanzig Jahren auf die Ankunft des Königs. Heute nun kam er endlich, um sie abzulösen und für immer auf dem Gipfel der Anhöhe zu bleiben, im Herodeion, seinem Grabmonument.

Pauken schlugen zum Schritt der tausend Männer und Frauen, Priester, Beamten und Soldaten, die ihren König auf seinem letzten Weg begleiteten. Akme, die Schwester des Königs, ging der Prozession voran. Eigentlich stand ihr dieses Recht nicht zu, und es hatte sie auch niemand darum gebeten. Sie hatte dennoch diesen Platz eingenommen und damit ihren Neffen Archelaos als ältesten Prinzen von dieser ehrenvollen Aufgabe verdrängt. Vierzig Jahre lang war sie im Schatten des Königs gestanden, nun warf sie ihren Schatten auf seine Söhne.

Akme stieg die Stufen im Innern des Herodeions hinab. Sie fand es merkwürdig, dass jemand sich einen Berg als Grabstätte aussuchte, um sich dann doch tief in die Erde scharren zu lassen, aber ihr Bruder hatte zeitlebens viele skurrile, ja, törichte Einfälle gehabt. Gerade seine Eigenschaft, kreuz und quer und ohne Zusammenhang zu denken, mal seinem Verstand und mal den Astrologen zu vertrauen, war ihr stets zugute gekommen. So hatte ihr Herodes jeden Unsinn geglaubt, den sie ihm erzählte. Eigentlich ein Witz: Er hatte jedem misstraut, außer ihr, dabei hätte er niemandem misstrauen müssen – außer ihr.

Die Grabkammer des Herodeions sah Akme heute zum ersten Mal. Sie hatte etwas Römisches an sich, etwas Heidnisches. Akmes amüsierter Blick glitt über Mosaike an den Wänden, die Wälder, Wiesen und Tiere darstellten. Gewiss, sie waren geschmackvoll, in einer jüdischen Grabstätte jedoch eigentlich verboten. Die Motive wurden unterbrochen von bronzenen Tafeln, auf denen die Ruhmestaten des Königs eingraviert waren. Abgesehen davon, dass die Taten übertrieben und teilweise gar erfunden waren, belustigte Akme die Tatsache, dass sie nicht bloß in der aramäischen Sprache des Volkes und in der hebräischen Zeremoniensprache der heiligen Schriften abgefasst waren, sondern auch in Griechisch und Römisch. Noch ein Sakrileg also! Herodes hatte ganze Arbeit geleistet, um der Priesterschaft, den Noblen und dem Volk ein letztes Mal zu zeigen, dass er im Innersten kein Jude, sondern Römer war. Wirklich ein letztes Mal? Akme korrigierte sich, denn ihr fiel Herodes' Testament ein, das außer dem Hohepriester bisher nur ihr bekannt war.

Der Sarg wurde unter Psalmgesängen in das Grab hinabgelassen und mit Erde bedeckt. Einer nach dem anderen zog daran vorbei, und damit auch an Akme, die als Einzige beharrlich neben ihrem toten Bruder verharrte. Ein *Rabban*, ein Gelehrter der Schrift Gottes, betete unermüdlich das *qaddisch* zur Heiligung Gottes: »Erhöht und geheiligt werde sein großer Name in der Welt, die er erneuern wird …«

Es dauerte den ganzen Nachmittag, bis alle dem König die letzte Ehre erwiesen hatten und auch der *Rabban* gegangen war. Oben warteten bereits die Handwerker, um das Grabmal mit Mörtel und schweren Türen zu verschließen. Neben Akme blieben noch Archelaos, Antipas und Philipp in der Grabkammer. Theudion war nicht erschienen. An seiner statt stellte Herodias sich mutig in den engsten Kreis der Familie, ihre Tochter an der Hand. Alle schwiegen. Irgendwann, eine ganze Weile war vergangen, verließen die Söhne des Herodes nacheinander die Gruft, Antipas jedoch nicht, ohne Herodias einen langen Blick zuzuwerfen. So blieben – entgegen jeden Brauchs – drei Frauen in der Gruft zurück, von denen keine die Tochter des Toten war.

Akme blickte der jungen Salome einen Moment in die Augen. Seit einigen Jahren schon beobachtete sie das Mädchen. Das Horoskop des Sternendeuters anlässlich von Salomes Geburt hatte sie neugierig gemacht: Sie ist zu Großem geboren, sie wird Unruhe erzeugen … Ähnliches war ihr selbst vorhergesagt worden. Und tatsächlich fand sie in Salomes Augen eine Neugier, die ihr bekannt vorkam. Als sie selbst so alt wie Salome war, hatte sie auf die gleiche Weise Menschen und ihre Verhaltensweisen beobachtet. Sie hatte ebenso unscheinbar wie dieses Mädchen ausgesehen und war ebenso wenig zur Kenntnis genommen worden. Wer hätte damals gedacht, dass sie heute eine bedeutende Rolle innehaben würde, eine Rolle, die noch nicht zu Ende gespielt war. Das Beste würde erst noch kommen.

»Geht jetzt«, forderte sie Herodias auf. »Ich habe meinem Bruder noch etwas zu sagen.«

Die sechzigjährige Akme wartete, bis die Schritte verhallt waren und sie mit den Mosaiken, einem Dutzend Fackeln und dem Toten allein war. So tief im Berg war es kalt und feucht, durch den Gang zog ein Wind, und die Kammer lud keineswegs zum Verweilen ein, aber Akme setzte sich dennoch auf den Boden und strich über die Erde, die Herodes bedeckte. Ihr Blick hatte alle Zärtlichkeit, mit der sie Herodes früher bedacht hatte, verloren. »Mein armer, dummer Bruder«, flüsterte sie in die Kälte und Düsternis. »Neun Frauen hast du gehabt und vierzehn Kinder gezeugt, und nun stehst du doch ohne einen König da, der diesen Namen verdient. Du hast alle Söhne, die mir ebenbürtig waren, umgebracht, und mir nur Kinder, Narren, Katzbuckler und einfältige Trotzköpfe als Gegner hinterlassen. Glaubst du wirklich, dass einer von ihnen lange regiert?« Sie lächelte die Erde zwischen ihren Fingern an. »Ich sage dir etwas, Herodes, das dich staunen lassen wird. Am Ende werde *ich* herrschen. Eine Frau auf dem tausendjährigen Thron Davids.«

Ein erleichtertes Raunen ging durch die Menge, als Akme endlich die Stufen der Gruft heraufkam. Man hatte in der weiträumigen Säulenhalle gewartet, die wie ein Pfropfen auf den Gipfel des Hügels gebaut war und Menschen wie auch Hunderten von Eidechsen ein wenig Schutz vor der Hitze bot. Vielen Leuten waren die Beine schwer geworden, und sie wünschten sich nichts mehr, als endlich wieder in ihren Sänften, auf Pferden oder in Streitwagen nach Jerusalem zurückzukehren.

Auch Archelaos wollte so schnell wie möglich diesen Ort verlassen, wenn auch aus anderen Gründen. Im Palast wartete Joazar auf ihn, mit dem versiegelten Testament des Herodes in Händen. Dann würde Archelaos endlich Gewissheit bekommen, dass er und keiner der anderen die Führerschaft des Volkes Israel erhielte. Nun, Theudion hatte sich gewiss selbst um diese Möglichkeit gebracht, aber Antipas hatte sich stets derart hündisch verhalten und Philipp derart unauffällig, dass ihre Thronfolge nicht ausgeschlossen war. Herodes war ja auch nicht mehr Herr seiner Sinne gewesen, als er dieses letzte Testament diktierte. Hatte er vielleicht doch Theudion ernannt, gerade wegen dessen Chuzpe, dieser dummdreisten Ehrlichkeit? Archelaos schwirrte der Kopf.

Als er sich abwenden wollte, um den Hügel zu verlassen, ertönte Akmes kräftige Stimme über den Köpfen der Versammelten.

»Ihr Freunde und Bewunderer unseres verstorbenen Königs, hört mich an.«

Sofort wandten sich ihr alle zu und staunten über die neuerliche Verletzung des Zeremoniells.

»Lasst uns nicht von hier gehen, ohne dem nächsten Herrscher zu huldigen, dem Nachfolger Herodes des Großen, Blut von seinem Blut.« Kein einziger der Anwesenden blickte ihr nicht auf die Lippen, als sie verkündete: »Es ist der Wille meines Bruders gewesen, dass sein Sohn sein Werk fortführt. Jubelt ihm zu, Freunde, und erweist ihm Achtung: Archelaos.«

Für einen Moment regte sich nichts und niemand in der Säulenhalle des Herodeions. Es war üblich, dass die Verwahrer des Testamentes, die Priesterschaft und ihr Oberhaupt, den Willen des Verstorbenen proklamierten, und die Leute brauchten einen Atemzug, um sich auf die neuartige Situation einzustellen. Doch dann begannen Einzelne, dem Wunsch Akmes zu folgen, und ließen Archelaos hochleben. Weitere schlossen sich an, und schließlich gab es kaum jemanden, der den Namen des neuen Herrschers nicht mit seinen Rufen ehrte. Archelaos selbst fiel eine Last von den Schultern, und er hob seine Arme und dankte den Menschen.

Akme hatte – niemand wusste, woher – plötzlich den goldenen Stirnreif in Händen, das Symbol der Königsherrschaft, und streckte ihn Archelaos entgegen. Er wollte auf sie zugehen, den Reif nehmen und ihn aufsetzen, doch im letzten Moment legte sich von hinten mahnend eine faltige Hand auf seine Schulter. Sie gehörte Nikolaos. »Zu früh, Archelaos«, raunte er ihm gerade laut genug zu, damit er den allgemeinen Jubel durchdrang.

Archelaos erschrak. »Glaubst du etwa, sie spricht nicht die Wahrheit?«

Nikolaos' alte Augen blickten zu Akme hinüber, als könne er ihre Gedanken lesen. Dann sagte er: »Sie würde es nicht verkünden, wenn es einen Gegenbeweis gäbe. Wenn du mich so fragst: Ja, Herodes hat dich zu seinem Nachfolger ernannt.«

Archelaos war zum zweiten Mal erleichtert. »Nun also«, seufzte er froh. »Warum hältst du mich dann zurück?«

Nikolaos vergrub die Hand in seinem langen weißen Bart, so wie es Archelaos schon tausendmal beobachtet hatte. Sein alter Lehrer war ein Grieche aus dem syrischen Damaskus, weshalb ihn alle auch Nikolaos von Damaskus nannten. Seine detaillierten Kenntnisse der Regionen und Völker zwischen Athen und Alexandria hatten ihn zum Berater des Imperators Augustus für die Angelegenheiten des Ostens gemacht und später dann auch zum Erzieher für jenen Sohn des Herodes, der einige Jahre in Rom verbracht hatte. Anfangs mochte Archelaos den Alten überhaupt nicht. Nikolaos war Philosoph und Historiker, und das war ein Menschenschlag, mit dem Archelaos nichts anfangen konnte. Philosophen waren seiner Meinung nach viel zu ernst und ausgewogen, sehr genau und deshalb sehr anstrengend. Philosophen waren bestens geeignet als Erzieher für künftige politische Träumer, aber doch nicht für *ihn*. Er wollte weder ein *magnus*, ein Großer, noch überhaupt ein politischer Mensch werden, sondern er wollte *leben*. Das war doch wirklich nicht zu viel verlangt. Doch Nikolaos brachte ihm rasch bei, dass er, wenn er weiterleben wolle, entweder ein Mindestmaß an politischem Geschick erlernen oder einen entsprechend gebildeten Vertrauten als Ratgeber haben müsse. In Anbetracht der Hinrichtungen seiner Brüder erschien ihm dieser Rat absolut vernünftig, und er entschied sich für die zweite Möglichkeit. Seither blieb Nikolaos – mit Genehmigung des Augustus – an seiner Seite. Der alte Mann war für ihn ein unverzichtbarer Ratgeber geworden, ein Lotse in den gefährlichen Fahrwassern des Hofes.

Nun war Herodes tot, das Schlimmste war überstanden. Er würde regieren, alles war von jetzt an leichter. Schon bald würde er Nikolaos danken, ihn ehren – und entlassen. Für die täglichen Pflichten eines Herrschers gäbe es genug Beamte. Der Alte sollte sich in seinen verdienten Ruhestand begeben, er sollte nach Rom gehen, wo sein Sohn lebte, seine halb fertige Vita des Augustus zu Ende schreiben und die letzten Jahre genießen.

Aber noch verteilte der Philosoph seine Ratschläge. Nikolaos tätschelte ihm die Schulter, wie er es damals am ersten Unterrichtstag gemacht hatte. »Herodes ist wie alle Herodianer vom Imperator Augustus in die julische Familie aufgenommen worden, wie du weißt.«

Archelaos machte ein ratloses Gesicht. »Was hat denn *das* damit zu tun?«

»Kaiser Augustus ist das Oberhaupt der julischen Familie, und sein Imperium ist die Schutzmacht Judäas. Ich kann nicht glauben, dass dein Vater so ungeschickt war, das Testament nicht unter einen höflichen Vorbehalt zu stellen, nämlich unter den Vorbehalt der Einwilligung des Imperators. Wenn du jetzt schon den Reif nimmst, beleidigst du Augustus.«

Nicht in hundert Jahren wäre Archelaos auf diese Bedeutung gekommen. »Wie wahr«, lachte er. »Nicht auszudenken, was alles hätte passieren können.«

Nikolaos nickte gelassen mit dem Kopf. Er würde noch viel, sehr viel Arbeit mit seinem Schüler haben. Ein König hatte es nie leicht, denn er hatte Neider, Gegner und – viel schlimmer – Beamte, die ihm das Leben vergällen konnten. Doch wenn er sich außerdem mit drei Brüdern und einem übermächtigen Imperium auseinander setzen musste, erforderte das einen geschickten Geist und einen starken Willen.

Es schien ihm nicht so, als verfüge Archelaos darüber. Damals in Rom verbrachte der Junge kaum Zeit mit den Denkaufgaben, die er ihm auftrug. An den besten Tagen verfolgte Archelaos den Unterricht, indem er den Kopf auf die Faust stützte und sich hier und da eine Notiz machte. An den schlechtesten Tagen erschien er schlicht nicht. Die meiste Zeit verbrachte er im Kreis von so genannten Freunden, die gackernd wie Hühner durch die Stadt zogen und bei denen abzusehen war, dass sie später ihre Berufung und Lebensaufgabe darin sahen, auf nächtlichen Feiern als Gast aufzutauchen. Hier in Jerusalem lernte Archelaos ein wenig konzentrierter, denn er musste sich irgendwie von der Düsterkeit des Hofes ablenken. Trotzdem war er einfältig geblieben. Man konnte nur hoffen, dass der junge König – sollte er es denn tatsächlich werden – an der schwierigen Aufgabe wachsen würde, die vor ihm lag.

Was Akme anging, so war sie eine unberechenbare Größe. Würde sie sich fortan solcher Einmischungen enthalten oder weiterhin versuchen, Archelaos in schwierige Situationen zu bringen? Nikolaos nahm sich vor, sie gut im Auge zu behalten.

Archelaos ging auf seine Tante zu, doch anstatt sich den Reif von ihr aufsetzen zu lassen, nahm er ihn ihr ab und brachte ihn zu seinen Brüdern. »Gemeinsam«, rief er, »bringen wir das Symbol unseres Königtums in die Heilige Stadt, wo es der Hohepriester aufbewahren wird, bis das Testament verlesen und seinem Sinn nach erfüllt ist.«

Dann gingen alle endlich zu ihren Sänften und Gespannen. Herodias schloss sich auf dem Weg dorthin Akme an. Akme schien von dem Verlauf der Dinge unbeeindruckt zu sein, nichts deutete darauf hin, dass sie über Archelaos' diplomatische Einmischung verärgert war. Sie plauderten über die staubige Rückreise nach Jerusalem und die baldige Ausgestaltung des Leichenschmauses, der beim Tod eines Angehörigen für Familie, Freunde und Volk traditionell gegeben wurde.

Doch Salome hatte eine andere Sicht der Dinge. Sie lief neben ihrer Großtante Akme her und sah, wie diese ihre Finger derart in die Handballen presste, dass sogar ein wenig Blut daraus floss.

»Judäa, Idumäa und Samaria, Galiläa, Peräa und Moab, Golan, Trachon, Dan und Basan«, zählte der greise Hohepriester die Ländereien auf, aus denen das Königreich des Herodes bestand. Zu dem ursprünglichen Stammland des Volkes Israel waren unter Herodes einige eroberte oder vom Imperator Augustus geschenkte Gebiete hinzugekommen, so dass das Königreich im Norden die römische Provinz Syrien und im Süden die Provinz Ägypten berührte. Im Westen durch das von den Römern so genannte *mare nostrum* natürlich begrenzt, erstreckte sich das Land nach Osten weit über den Jordan hinaus bis in die Wüste. Fruchtbare Gegenden befanden sich in diesem Reich. Auf den Hochebenen weideten zahllose Rinder und Schafe auf dunkelgrünen, feuchten Wiesen, die Hänge der flachen Berge waren übersät mit Rebstöcken, und in den Tälern gediehen Dattelpalmen und Feigenbäume. Dort, wo das Land flach war, wuchs der Weizen kräftig und hoch.

An Wasser mangelte es fast nirgendwo. Der Jordan mit seinen Nebenflüssen und der See Genezareth versorgten Peräa, Samaria, Galiläa und Golan, also den gesamten Norden und Osten. Aus dem Gebirge Juda im Süden sprudelten unzählige Quellen, so als könne das Gestein die Wasser kaum noch zurückhalten. Sie sammelten sich in den Tälern, von wo aus sie fast ganz Idumäa und Judäa bewässerten und fruchtbar machten. Und die warmen, feuchten Winde vom Meer schufen aus den Küstenstreifen ein Paradies aus Zedernwäldern, Hainen und Obstfeldern. Gewiss, es gab auch einige Wüstenflecken im Königreich, doch selbst die wurden für Handelswege genutzt, die mit Brunnen gesäumt waren.

Der Ruf des Gelobten Landes reichte bis nach Rom, wie zumindest jene der Brüder wussten, die dort einige Jahre gelebt hatten. Der gesamte Osten war dort hoch angesehen, denn er besaß eine Vergangenheit und Würde, der Italien nichts entgegensetzen konnte. Das syrische Antiochia und das ägyptische Alexandria galten als die zweite und dritte Stadt des Imperiums, und das Land zwischen ihnen erblühte unter der Strahlkraft dieser beiden Sonnen. Einige Römer faszinierte allein schon die Lage Syriens und Judäas als Tor zu weit entfernten, geheimnisvollen Gegenden, deren Namen man nicht kannte und die daher nur halb zu existieren schienen wie Götterburgen. Andere gierten nach den wohlriechenden Gewürzen und Früchten, nach Zimt und Zitronen, wieder andere verfielen der Anziehungskraft seiner mystischen Religionen, der ekstatischen Kulte oder den ernsten philosophischen Lehren. Alles Schöne und Geheimnisvolle schien vom Osten zu kommen, und vielleicht gerade weil man diesen Osten in Rom nicht ganz verstand, erlag man dort völlig seinen Reizen.

So jedenfalls dachte das römische Volk. Für den Imperator, und da durfte sich niemand etwas vormachen, war der Osten zum einen ein Wirtschaftszentrum, zum anderen ein Bollwerk gegen die feindlichen Perser.

Obwohl die Söhne des Herodes den Umfang des Königreiches genau kannten, beugten sie sich dennoch über die Karte und folgten dem Finger des Hohepriesters. Denn heute ging es um die Aufteilung in Fürstentümer, und jeden Einzelnen interessierte, womit sein Vater ihn für eine üble Kindheit und Jugend entschädigte.

Salome saß mit ihrer Mutter, mit ihrer Großtante Akme und einigen anderen Frauen und Kindern ein wenig abseits. Auch ihre Freundin Berenike war dabei, weiterhin waren noch zwei Männer anwesend. Der eine, so wusste Salome, war Nikolaos. Sie konnte ihn sich gut merken, weil seine alten Augen so scharfsinnig zwischen dem weißen Bart und den Kopfhaaren hervorleuchteten. Den anderen Mann hatte sie noch nie gesehen. Er wirkte kriegerisch, trug eine fremdartige Uniform, sprach kein Wort und schien ihr doch – sie wusste auch nicht, warum – der wichtigste Mann im Raum zu sein.

»Archelaos wird dem Willen des Herodes nach König des ganzen Landes«, erklärte der Hohepriester und legte seine Hand auf die Karte. »Judäa, Samaria und Idumäa beherrscht er direkt, das übrige Land über die eingesetzten Fürsten, Antipas und Philipp, die zu gleichen Teilen Land erhalten.«

»Und ich?«, fragte Theudion und suchte nach einem Flecken auf der Karte, der noch nicht vergeben war. Doch der alte Mann schien ihn nicht gehört zu haben, denn er sprach einfach weiter.

»Seiner edlen Schwester vermacht Herodes das Gebiet um die Städte Jebna und Ashdod an der südlichen Küste.« Das war eine Überraschung. Eine Frau als Herrscherin eines Teilgebietes von Judäa hatte es noch nicht gegeben, und auch wenn sie keinen Fürstentitel erhielt und Archelaos ihr außerdem als König vorstand, so konnte sie sich doch einen eigenen Hof einrichten. Akme stand nun auf und gesellte sich lächelnd zu ihren Neffen, während Theudion einige Schritte zurückwich.

»Und ich?«, wiederholte er seine Frage, ohne mehr Beachtung als vorhin zu erzielen.

»Dazu wird Geld verteilt. Die edle Akme erhält vierzig *talente*, Augustus tausend *talente*, dessen Gemahlin Livia und dessen Stiefsohn Tiberius je fünfhundert *talente*. Die männlichen und weiblichen Enkel des Herodes, die Neffen, Nichten, Großneffen und Großnichten erhalten jeweils fünf *talente*.«

Theudions Augen wurden größer, sein Blick schien zwischen Schmerz und Zorn zu schwanken. »Und ich?«, fragte er ein drittes Mal. Nun wandte der Hohepriester sich ihm zu.

»Ach ja, Theudion, du erhältst – ein *talent*.«

Theudion wich entsetzt zurück. Er setzte sich neben Herodias, die ihn jedoch weder berührte noch ansah. »Das kann nicht sein«, rief sie. »Das habe ich nicht verdient.«

»Deine Tochter Salome übrigens ist von der Schenkung an die Enkelkinder ausgenommen. Sie erhält nichts.« Er betonte jedes Wort, als er hinzufügte: »Keinen einzigen *sekel.*«

So viel verstand Salome von den Dingen schon, dass sie und ihre Eltern von Herodes quasi verstoßen worden waren. Auch Berenike und der blöde Kephallion würden Geld erhalten, nur sie selbst nicht. Und ein *talent* für ihren Vater – das hörte sich wenig an. Herodias standen die Tränen in den Augen, und Salome bereute, dass sie neulich nicht einfach den Mund gehalten hatte, als ihr Großvater so mürrisch zu ihr gewesen war.

Sie schob ihre Hand in die ihrer Mutter, doch die schüttelte sie einfach ab und weinte in ihren Ärmel.

Theudion ermahnte sie. »Nicht jetzt, Herodias, nicht hier vor den anderen. Das haben wir nicht nötig. Wir sind stolz genug, um …«

»Lass mich in Ruhe mit deinem gottverfluchten Stolz«, schrie sie ihn mit geröteten Augen an. »Er hat uns arm gemacht. Hörst du? Arm!«

»Nur arm an Geld«, ergänzte er gereizt. »Nicht arm an …«

»Ja!«, brüllte sie ihn noch lauter als zuvor an. »Ja, an Geld. Was denn sonst, du … du …« Herodias stürzte aus dem Raum.

Für einen Moment verlor Theudion die Kontrolle über seinen Körper. Die Schultern und Arme hingen kraftlos herab, der Kopf sank nach vorne. Sein ganzer Körper wurde scheinbar nur noch durch die Tunika zusammengehalten. Doch schon im nächsten Augenblick richtete er sich auf wie Phönix aus der Asche. »Wir brauchen das Geld dieses Schlächters nicht«, rief er sich und den anderen zu.

Antipas ging auf seinen Bruder zu. Er hatte gerade Peräa, Moab und Galiläa erhalten, reiche, fruchtbare Provinzen entlang des Flusses Jordan und am See Genezareth, Landstriche voller Haine, Getreidefelder und Festungen. Er war bester Laune.

»Wenn das so ist«, meinte er grinsend, »dann kannst du mir dein eines *talent* gerne abtreten. Ich kaufe mir davon eine Kuhherde und schicke dir die Milch. So machst du dir nicht deine Hände mit Schlächtergeld schmutzig und musst nicht verdursten.«

Er war zwar der Einzige, der über seine Bemerkung lachte, dafür umso ausgiebiger. Selbst als Theudion ihn am Kragen packte und als hässlichen, fetten Widerling beschimpfte, konnte er sich vor Lachen nicht halten. Theudion hielt es nicht mehr aus. Wie zuvor seine Frau stürmte er aus dem Raum.

Salome blieb allein auf ihrer Bank zurück. Ihre Freundin Berenike zwinkerte ihr zwar aufmunternd zu, das tröstete sie jedoch nicht. Irgendetwas hatten die anderen richtig gemacht und sie und ihre Eltern falsch. Ob es daran lag, dass sie weniger wussten als die anderen? Salome kam nicht weiter mit ihren Überlegungen, denn nun trat der fremde Krieger, der die ganze Zeit abseits gestanden hatte, zu den Erben in die Mitte des Raumes.

»Ich hoffe, es ist allen klar, dass dieses Testament der Zustimmung des Imperator Augustus bedarf, für den ich hier als Römer und als Kommandant der Grenzgarnisonen zum Schutzkönigreich Judäa spreche.«

Der alte Nikolaos antwortete umgehend, um einer womöglich ungeschickten Bemerkung seines Schülers zuvorzukommen. »Selbstverständlich, Coponius. Die Vollstreckung durch den Imperator wird hier von niemandem angezweifelt.«

Und Archelaos fügte hinzu: »Ich selbst werde es sein, der in einigen Monaten nach Rom reisen wird, um bei Augustus um Bestätigung zu bitten.«

»Du allein?«, fragte Antipas und funkelte seinen Bruder an. »Nein, ich reise mit dir. Ich will nicht, dass du vor dem Augustus für uns alle sprichst. Es betrifft ebenso Philipp und mich – und natürlich Tante Akme. Um Missverständnisse zu vermeiden, sollten wir …«

»Willst du damit etwa sagen, dass ihr mir nicht traut?«

Ein Streit um Worte und Wendungen brach aus, der zunehmend wirr wurde und Akme bald veranlasste, sich aus der Gruppe zu lösen. Sie setzte sich neben Salome und legte den Arm um sie. »Sieht so aus, als seist du hier vergessen worden. Die eine kümmert nur das Geld und den anderen der Stolz. Doch wer kümmert sich um dich?«

Salome antwortete nicht sofort. Sie kannte die Frau an ihrer Seite kaum, wusste von ihr nur, dass sie ihre grauen Haare und den schrumpeligen Hals fast immer unter einem Kopfschleier verbarg und wegen ihres vielen klimpernden Schmuckes schon auf hundert Schritte zu hören war. Aber sie schien viel zu wissen, nur darauf kam es an. Das machte sie interessant – und sympathisch. Außerdem: Hatte ihre Mutter nicht erst neulich gesagt, dass Frauen zusammenhalten müssten, um Erfolg zu haben?

»Kannst du mir etwas beibringen?«, fragte sie.

Ihre Großtante lachte. »Noch nie hat mir jemand eine solche Frage gestellt.«

»Dann trauen sie dir vielleicht nichts zu, Großtante, oder sie haben Angst vor dir.«

Die Alte zog die Augenbrauen in die Stirn. »Du scheinst keine Angst zu haben. Findest du das klug?«

Salome überlegte. »Ich weiß nicht, ob das klug ist. Gerade deswegen brauche ich ja jemanden, der mir ein bisschen was beibringen kann.«

Die Alte lachte erneut und zog damit sogar den Blick der Streithähne auf sich, die jedoch sofort weiterdebattierten. »Ich könnte dir sogar eine ganze Menge beibringen«, sagte die Alte schmunzelnd. »Doch das wäre ein bisschen früh. Und ob jemand wie du dieses Wissen überhaupt nutzen könnte ...«

»Und wie!«, behauptete Salome und ertrug den forschenden Blick der Alten. »Ich weiß, dass ich nicht so aussehe, aber ich kann lernen.«

»Die meisten Mädchen und Frauen verlieren rasch die Lust daran, weißt du? Oder die Lust wird ihnen ausgetrieben. Wie auch immer, deine Begeisterung hält höchstens bis zum Ehestand oder zur Mutterschaft an. Dann sind dir andere Dinge wichtiger, und alles, was du gelernt hast, war vergebens. Also spare dir und mir die Mühe und sei wie die anderen Mädchen dieser Familie: gleichgültig.«

»Ich *bin* nicht wie die anderen«, rief Salome so heftig, dass sie gleich darauf husten musste. Als sie sich wieder gefangen hatte, fuhr sie nicht weniger bestimmt fort: »Alle sagen, ich sei hässlich, außer Berenike, und die sagt es bloß aus Freundschaft nicht. Sobald ich schreie oder lache, kriege ich schwer Luft. Ich bin nicht so schön wie die anderen, und ich bin nicht so gesund wie die anderen, also will ich wenigstens klüger als die anderen sein.«

»Hm.« Akme lehnte sich nachdenklich zurück. Sie hatte viel erreicht in ihrem Leben. Sie hatte geholfen, Herodes zu dem zu machen, was er gewesen war, im Guten wie im Schlechten. Sie stand ihm nahe genug, um etwas von seinem Ruhm abzubekommen, der bis nach Rom zu Augustus drang, und war doch stets so weit im Hintergrund geblieben, um nicht vom Volk gehasst zu werden. Sie war immer die wichtigste Frau im Leben des Königs gewesen, und nun erhielt sie einen Teil seines Landes.

Doch sie hatte auch einiges verloren. Ihren Gatten hatte sie nie geliebt, und sein Tod in einer Schlacht bereitete ihr kaum Kummer. Ihre einzige Tochter dagegen ... Der Schmerz über diesen furchtbaren Verlust wütete bis heute in ihrem Herzen. Manchmal hörte sie das Lachen der Kleinen in ihren Träumen, jenes Lachen am Tag ihres zwölften Geburtstages, als sie die religiöse Volljährigkeit erlangte. Nur eine Woche später lag sie sterbenskrank in ihren Armen und schloss ihre fieberglühenden Augen für immer.

Von dieser Stunde an war sie einsam gewesen, und einsam fasste sie bald darauf den Entschluss, eines Tages gegen alle Traditionen Königin zu werden. Ohne diesen Lebensplan wäre sie verrückt geworden, und sie opferte ihm fortan das Wenige, das sie noch besaß: ihre Gedanken, ihre Zeit, ihre Familie. Nach außen ließ sie sich nichts anmerken, aber in ihrem Innern brannte sich dieses Ziel ein wie die Gebote in den Berg Sinai. Wenn ich nicht Königin werde, dann will ich nicht mehr leben, sagte sie sich jeden Morgen als Erstes und jeden Abend als Letztes. Sie war seither weit gekommen. Noch war sie lange nicht am Ziel, noch war es nicht einmal in Sicht, noch standen ihr Hindernisse im Weg, doch zum ersten Mal spürte sie heute seine Nähe.

Sie sah ihre Großnichte an. Sie war fast so alt wie ihre Tochter an ihrem letzten Tag. Oh, es gab keine Ähnlichkeit zwischen den beiden, weder im Aussehen noch im Charakter, da machte sie sich nichts vor. Und doch spürte sie, dass von dem Mädchen ein Gefühl ausging, mit dem sie lange nichts mehr zu tun gehabt hatte: Zuneigung. Und sie stellte überrascht fest, dass sie dieses Gefühl, ohne es zu wissen, vermisst hatte.

»Hast du schon einmal das Meer gesehen?«, fragte sie.

Salome schüttelte den Kopf, so dass ihr Zopf hin und her flog.

»Nun, meine Kleine, vielleicht sollten wir mit dieser Lektion anfangen.«

Salome nahm allen Mut zusammen und schob die kleine Hand in die größere und faltige Hand der alten Frau.

Salome schlenderte durch die Gänge des Jerusalemer Palastes. Ihre Hand glitt an den Marmorkacheln der Wand entlang. Die Strahlen der tief stehenden Sonne drangen weit in das Innere der Residenz ein und ließen die Säulen lange Schatten werfen, und die Kleine erlaubte sich den Luxus, darüber zu hüpfen, auch wenn es sie ein wenig anstrengte. Der Palast war luftig und großzügig gebaut. Manchmal konnte man sogar noch weit entfernte Leute in anderen Teilen des monumentalen Baues sehen, in einem der vielen Höfe, Treppenaufgänge oder einer Halle. Fast immer lag das Gewisper der Höflinge oder die Rufe der Wachen in der trockenen Luft.

Seit einer Stunde suchte sie vergeblich ihre Mutter. »Mutter«, rief sie zum hundertsten Mal, ohne eine Antwort zu erhalten.

Sie gelangte in einen kleinen, im Durchmesser kaum acht Schritte messenden Hof mit einem Brunnen in der Mitte, aus dem eine dünne Fontäne spritzte. Hier war sie noch nie gewesen. Durstig kniete sie sich auf den Stein, trank einige Schlucke des erstaunlich kühlen Wassers und wischte sich den Mund ab. Dann setzte sie sich. Der Tag war heiß und der Leichenschmaus für den toten König schwer gewesen. Ihre Mutter war mitten während des Mahls, unbemerkt von Theudion und den anderen, gegangen, was Salome sogleich ausnutzte, um noch zwei weitere Portionen der süßen Mehlspeise zu vertilgen, die ihr nun großen Durst machte.

Zwei Soldaten liefen aufgeregt an ihr vorbei. Salome stellte sich ihnen in den Weg und fragte, wo sie sich befinde.

»Für so etwas haben wir jetzt keine Zeit«, antwortete einer.

»Dann klammere ich mich an dein Bein und lasse so lange nicht los, bis ich weiß, wo ich bin.«

Der Soldat grinste. »Du weißt, was du willst, nicht wahr?« Er erklärte ihr, dass von diesem Hof die Gemächer zweier Prinzen abgingen, ordnete den Himmelsrichtungen die Namen von Antipas und Philipp zu, kniff Salome in die Wange und lief dann mit seinem Kameraden weiter, als sei er auf der Flucht. Eine merkwürdige Unruhe erfüllte den Palast.

Salome blickte in die einzelnen Gänge und entschied sich, in den dunkelsten zu gehen. Hier befanden sich die Gemächer des Antipas. Der Marmor war nicht hell wie fast überall, sondern rotbraun und übersät mit quadratischen Ornamenten, von denen einem schwindelig werden konnte. Obwohl keine Fackel brannte, erkannte Salome, dass am Ende des Ganges ihre Mutter eine Tür hinter sich schloss und in den Korridor trat. »Mama«, rief Salome und rannte ihrer Mutter in die Arme. »Wo warst du so lange? Ich habe dich überall gesucht.«

»So? Ich ...« Sie zupfte an ihrer Tunika und dem Obergewand, der *stola*, herum und ließ dabei ein klingendes Säckchen zwischen die Falten des Stoffes fallen. Da sie keine Anstalten machte, ihren Satz zu beenden, fragte Salome: »Hast du Onkel Antipas besucht?«

»N-na ja. Ich habe ...« Sie stockte. Sie hatte so viel an ihrer *stola* gezupft, dass diese unordentlicher als vorher aussah. »Wie fröhlich du aussiehst, Liebes«, wechselte sie das Thema. »Hast du dich gut amüsiert?«

»Ich habe zwei Portionen Kuchen gegessen, Mutter«, beichtete Salome.

Herodias winkte ab. »Ich will mal nicht so sein, Liebes. Du darfst sogar noch eine essen, wenn du niemandem erzählst, mich hier getroffen zu haben.«

Salome nickte, froh, ihre Mutter bei so guter Laune zu sehen. »Natürlich nicht. Wir Frauen müssen doch zusammenhalten. Stell dir vor, Tante Akme hat uns eingeladen, an ihrem Hof zu wohnen.«

»Ist das wahr?« Herodias strahlte über das ganze Gesicht, und ihr Atem ging schwer, so, als sehe sie Berge von Schätzen vor Augen. Unwillkürlich tastete ihre rechte Hand über die schmucklose Kehle, die andere griff in ihre rotblonden Locken, die nicht so wohlgeordnet waren wie sonst. »Wunderbar. Wir werden leben können, ich meine, richtig leben.«

Salome freute sich, dass ihre Eltern einmal einer Meinung waren, noch dazu derselben Meinung wie sie. Darum konnte sie auch nicht verstehen, weshalb ihre Mutter traurig zurück zur Tür blickte, aus der sie eben gekommen war, und flüsterte: »Nur schade, dass …« Mehr konnte sie nicht verstehen.

»Was sagst du da?«

»Nichts, mein Kind, gar nichts«, beteuerte Herodias und lächelte wieder.

Nachdem sie ein paar Schritte gegangen waren, hörten sie Stimmen, die wirr durch den Palast riefen, und die Schritte vieler Menschen, die rannten. Ein Diener kam auf sie zugelaufen.

»Herrin!«, rief er außer Atem. »Der edle Archelaos bittet alle Familienmitglieder, in den Thronsaal zu kommen.«

»Warum? Was ist geschehen?«

»Das Volk«, erklärte er, »es hat sich zusammengerottet.«

Unterhalb des Palastes hatten sich mehrere tausend Menschen versammelt. Die meisten hatten an dem Leichenschmaus für das Volk in der Unterstadt teilgenommen und waren anschließend einem Aufruf gefolgt, vor die Mauern des Königspalastes zu ziehen. Niemand wusste so genau, woher der Aufruf kam und was dahinter steckte, doch gerade das stachelte die Neugier der Menschen an. Zu ihnen gesellten sich Männer und ganze Cliquen, die während der Herrschaft des Herodes mundtot gemacht worden waren: Gegner des weltlichen Lebensstils der Königsfamilie ebenso wie Gegner der römischen Bevormundung. Nun sahen sie die Möglichkeit, ihrem aufgestauten Ärger Luft zu machen. Und diese Masse wiederum gab sogar den Armen für kurze Zeit Mut, auf ihr Los aufmerksam zu machen, an dem die hohen Steuern unter Herodes einen hohen Anteil Schuld trugen. Die Mischung war brandgefährlich, kein Zweifel, doch noch schwangen die Menschen nur Reden und gaben sich selbst einen harmlos klingenden Namen: Volksversammlung.

»*Knesset*?«, rief Archelaos und musste aufstoßen. Er hatte es sich auf dem Schmaus gut gehen lassen und ein knappes Dutzend Kelche voll mit dem besten Wein des herodianischen Kellers geleert. Sein Schluckauf brachte ihn zum Lachen; er entschuldigte sich dafür immer wieder beim Hohepriester, doch das änderte nichts. Archelaos hatte weder seinen Bauch noch seinen Kopf unter Kontrolle.

Einige Mitglieder der Familie hatten sich im Thronsaal zusammengefunden, die einen betrunken, die anderen übersatt, fast alle schläfrig, und das alberne Betragen ihres neuen Familienoberhauptes kümmerte sie recht wenig. Mit einer Ausnahme.

Akme amüsierte sich königlich über ihren Neffen, der mit zerzausten Haaren und roter Nase auf einem Thron saß, der ihm in mehrerlei Hinsicht viel zu groß war. Tatsächlich war Archelaos ein lang aufgeschossenes, schmächtiges Bürschchen, das wie eine hübsch angezogene Holzpuppe zwischen den schweren, goldverzierten Lehnen des Herrscherschemels wirkte. Der Rausch ließ seine ohnehin weichen Gesichtszüge noch weiter verschwimmen. Akme konnte sich an keine einzige Situation erinnern, in der ihr Bruder so hilflos ausgesehen hatte wie sein Sprössling jetzt. Die Jahre in Rom, in denen er weich geworden war, und die letzten Jahre in Judäa, die ihn ängstlich gemacht hatten, trugen nun ihre faulen Früchte. Doch das konnte ihr nur recht sein.

»Es sind Pharisäer darunter«, berichtete der Hohepriester empört und wischte sich die Stirn mit einem Tuch trocken. »Man muss auf sie Acht geben, denn sie verstehen es, das Volk gegen die Lebensweise dieses Hofes aufzuwiegeln. Einerseits verbreiten sie neue und falsche Lehren im Namen des Einen Gottes, andererseits sind sie ungewöhnlich rückständig. Sie missbrauchen den Herrn für ihre schäbige Stimmungsmache, und die Leute fallen darauf herein.«

Akme schmunzelte in sich hinein. Sie hatte keine von Herodes unterdrückte Gruppe vergessen, als sie heimlich über Mittelsmänner diese Kundgebung initiierte. Auch die Pharisäer nicht, jene beliebte Sekte, der die religiösen Gesetze zu lasch und die Lebensweise der Bevölkerung zu freizügig waren. Ein paar aufrührerische Andeutungen hatten genügt, ein paar Hinweise, dass kein Zeitpunkt für Forderungen günstiger sei als ein Thronwechsel, und schließlich der Fingerzeig auf den Schmaus, der eine hervorragende Möglichkeit für eine Versammlung bot, und schon war die Giftbrühe bereitet. Archelaos stand vor einer schwierigen Aufgabe, und er konnte fast alles nur falsch machen.

»Holt mir …« Archelaos gickste und kicherte dann kurz. »Holt mir Nikolaos. Er weiß, was zu tun ist.«

»Er schläft«, berichtete der Hohepriester.

Archelaos lachte. »Dann wecke ihn.«

»Er lässt sich nicht wecken. Er muss zu viel getrunken haben.«

Akme unterdrückte ein Lachen. Ein Mann wie Nikolaos war zu alt und zu besonnen, um sich besinnungslos zu trinken, daher hatte sie dafür gesorgt, dass ein Pulver seinen Schlaf ein wenig tiefer machte.

Sie ging auf Archelaos zu und stellte sich neben den Thron, wie sie es früher bei Herodes oft getan hatte. »Mein Lieber, wenn ich dir einen Rat geben darf …«

»Aber ja«, rief er freudig aus und stieß erneut auf. »Gerne.«

Sie legte den Arm um Archelaos. »Sprich mit ihnen. Sie sollen sich im großen Vorhof des Tempels versammeln und deine Ansprache hören. Sage ihnen, du möchtest noch auf die Bestätigung des Augustus warten und dann auf ihre Forderungen eingehen. Stelle einen Steuernachlass in Aussicht, eine Amnestie. Erkläre, dass du alles anders machen willst als dein Vater. Und wenn sie frech werden, dann vergiss nicht: Du bist der künftige König. Die ganze Familie vertraut darauf, dass du sie beschützt.«

Dieser Rat leuchtete Archelaos ein. Er bedeutete wenig Arbeit, versprach großen Nutzen und unterstrich seine herausragende Stellung. »Ja«, rief er grinsend, »so machen wir es. Vielen Dank, Tante.«

»O, gern geschehen. Doch nun rasch, bevor Schlimmeres passiert.«

Archelaos sprang auf und bemühte sich, beim Verlassen des Saals möglichst aufrecht und gerade zu gehen, was ihm jedoch nicht gelang und lächerlich aussah. Die Familie schloss sich ihm an, nur Akme und der Hohepriester blieben zurück und sahen ihm nach.

»Hm«, brummte der Geistliche und trocknete seine Stirn. »Seine Trunkenheit, deine Vorschläge, die Versprechungen – ich bin mir nicht sicher, ob dieser Rat seinen Zweck erfüllt, edle Akme.«

Akme setzte sich auf die Lehne des Thronschemels und strich über die reichen Verzierungen. »Er wird, Hoher Priester, er wird.«

Zwei Stunden verbrachte Sadoq nun schon inmitten dieser lärmenden Masse, die wenig gemeinsam hatte. Den einen war das Getreide zu teuer, den anderen die Tempelsteuer zu hoch, die dritten verlangten als Straßenbauarbeiter höhere Löhne und die vierten eine strengere Bestrafung bei Vergehen gegen das Gesetz Gottes. Sadoq verlangte nichts. Er hatte sich bei dem öffentlichen Leichenschmaus kostenlos den Bauch gefüllt, dabei keinen Augenblick an den toten Herodes oder seinen Nachfolger gedacht und war nur in der Herde mitgelaufen, um später seinem gebrechlichen Vater davon berichten zu können. Denn eine *knesset* hatte es zum letzten Mal gegeben, als dieser noch ein junger Mann gewesen war, etwa so alt wie Sadoq jetzt.

Die Sonne neigte sich schon dem Horizont zu, und Sadoq spielte mit dem Gedanken, sich auf den Weg zum Haus seines Vaters zu machen. Er wollte nicht im Dunkeln gehen, denn dann kamen die Prostituierten wie Nachttiere aus ihren Löchern und sprachen ihn alle paar Schritte an, nannten ihn einen hübschen Burschen und verlockten ihn. Das wollte er nicht. Sein Vater hatte ihm jeden Umgang mit diesen Frauen streng verboten.

Die skeptischen Blicke der Männer, die um ihn herumstanden, bestärkten ihn in seinem Entschluss. Ihnen gefiel wohl nicht, dass er keine lautstarken Forderungen stellte. Dazu kam, dass ihm trotz seiner neunzehn Jahre noch kein Bart gewachsen war, nicht mal ein Flaum oder auch nur ein Ansatz davon. Er sah rasiert aus, obwohl er es nicht war. Die dunklen Kopfhaare wiederum krausten sich von selbst in saubere Locken und erweckten den Anschein, er schneide und lege sie, obwohl er genau das nicht tat. Sein Vater hätte ihm das nie gestattet, denn das Schneiden und Rasieren der Haare war gegen Gottes Gesetz, was natürlich auch die Männer links und rechts von ihm wussten. Diese *knesset* wurde Sadoq unheimlich.

Langsam wand er sich an den Leuten vorbei und erregte gerade darum weiteres Missfallen. »Der geht einfach«, riefen einige, während andere sich betont schwer zur Seite schieben ließen. Aber mit viel Geduld gelangte er doch noch nahe an das Tor, durch das er den Vorhof des Tempels verlassen wollte.

Plötzlich kündigte eine einzelne, dunkel tönende Tuba an, dass gleich etwas geschehen würde. Sadoq stellte sich auf die Zehenspitzen und blickte quer über den Vorhof des Tempels. Dieser war so groß wie ein griechisches Stadion, umrahmt von Säulen und mit Fliesen belegt, deren verschiedene Farben ein großes Ornament ergaben. An allen Tagen außer am *shabbat*, dem Ruhetag, und bei wichtigen Festen galt der Vorhof als der gesellschaftliche Treffpunkt Jerusalems. Kaufleute wickelten hier ihre Geschäfte ab, Väter führten ihre Kinder spazieren, Redner verbreiteten ihre Ansichten über alles Mögliche, und Reisende bestaunten die Pracht und die Aussicht. Diesen Teil des Tempelgeländes durften auch Ungläubige betreten, doch wenige Schritte weiter, über den Bögen, die ins Innere führten, warnten bronzene Schrifttafeln in vielen Sprachen, dass nur die Kinder Israels dort geduldet waren – bei Todesstrafe.

Sadoq sah Archelaos, der zunächst mit einigen Hochrufen, schnell jedoch mit einem unfreundlichen Gemurre begrüßt wurde. Sadoq konnte von seiner Position aus kaum etwas erkennen oder von der Rede hören, aber die Nachrichten verbreiteten sich schnell nach hinten zu ihm durch. »Wie kann er es wagen, betrunken das Tempelgelände zu betreten«, hieß es, und dann: »Was? Er lässt sich vom Augustus einsetzen? Von einem Heiden?« Vereinzelt gab es auch Beifall, wenn Archelaos eine Maßnahme ankündigte, doch selbst das gereichte ihm nicht zum Vorteil, denn die Leute hielten ihn jetzt für schwach und willfährig. Vielleicht verstanden sie erst in diesem Moment vollkommen, dass Herodes tot war und die Zeiten nun in vielerlei Hinsicht andere waren. Nach Herodes begann nun auch sein Schatten, die Welt zu verlassen.

Einzelne Zwischenrufe machten den Anfang, dann schrien ihm die Leute von überall ihre Forderungen entgegen. Was auch immer Archelaos zur Beschwichtigung unternahm, die Steuern konnten den Leuten nicht niedrig genug, die Amnestie nicht umfassend genug, die Löhne nicht hoch genug sein. Wie auf einem Markt ging es zu, nur dass hier die Preise nicht niedriger, sondern höher wurden. Schließlich flogen sogar einige Gegenstände auf die Bühne, von der herab Archelaos redete. Dem Sohn des Herodes blieb nichts anderes, als den Hof fluchtartig zu verlassen.

Sadoq lächelte. Da hatte er seinem Vater nachher vieles zu erzählen. Er beobachtete noch einen Moment lang die tobende Menge, dann entschloss er sich endgültig zu gehen.

Doch plötzlich, fast vor seiner Nase, wurde das Tor von außen geschlossen. Auf den Balustraden marschierten Soldaten auf und spannten ihre Bögen. Noch bevor Sadoq verstand, was geschah, fielen die ersten Männer auf dem Hof getroffen zu Boden. In alle Richtungen rannten die Menschen davon. Aus einem der Tore strömten haufenweise Soldaten und packten jeden, der ihnen in die Finger kam und schlugen ihn, Greise wie Kinder.

Sadoq war wie gelähmt. Noch immer begriff er nicht, was hier vorging. Das konnte nicht sein, ein Blutbad im Vorhof des Tempels, das gab es nicht, unmöglich. Doch keine drei Schritte von ihm entfernt schlug der Knauf eines Schwertes krachend auf den Kopf eines Flüchtenden, und an einer anderen Stelle trat ein Soldat mit seinen Stiefeln auf einen Jungen ein, der noch die Tracht des Unmündigen trug. Ein Mann fiel, von einem Pfeil getroffen, vor seinen Füßen zu Boden. Jetzt erst rührte Sadoq sich. Er kniete sich neben den Mann und versuchte ihm zu helfen, doch der Pfeil steckte zu tief. Sadoq sah auf seine Hände, die rot und klebrig waren, und unter dem Körper des Mannes kroch langsam das Blut hervor.

Sadoq blickte auf. Von vorne kam ein Soldat auf ihn zu, das Schwert erhoben. Sadoq sprang geradewegs auf den Soldaten zu und warf ihn zu Boden. Er setzte sich auf den Bewaffneten, rang ihm das Schwert aus den Händen und umklammerte es mit beiden Händen. Er spürte, wie seine blutnasse Hand an dem Griff klebte, und dachte noch, es sei falsch, zu dem vielen Blut nun auch noch das des Soldaten zu vergießen. Doch im gleichen Moment stieß er zu.

3

Salome saß im Sand und streckte ihre Füße den Wellen entgegen, die sanft plätschernd kamen und gingen. Sie zählte sie bis neunundsiebzig, dann kam sie nicht weiter, denn niemand hatte ihr bisher erklärt, was dieser Zahl folgte. So begann sie nacheinander die vielen krächzenden Vögel zu zählen, dann die seltsamen, seitlich gehenden Krabbeltiere am Strand, und schließlich stand sie auf und sammelte neunundsiebzig Muscheln, die sie in ihrer geschürzten Tunika vor sich hertrug. Nachher würde sie sie in der Sänfte putzen und vielleicht eine Kette daraus machen.

Salome blickte in alle Richtungen ihrer neuen Heimat. Das Blau des Himmels und das des Meeres gingen fast nahtlos ineinander über, dazu die salzige Luft und der weiche Sand – es gab nichts, das ihr nicht gefiel. Der Tross war von Jerusalem aus eine Weile am Flüsschen Sorek entlang gezogen und schließlich nach Emmaus gelangt, einer Stadt, die nicht groß, jedoch voll gestopft mit Menschen war. Die Häuser waren hier weit höher als jene in Jerusalem, aber sie sahen aus, als könnten sie jeden Augenblick zusammenfallen. Dazu schien es, als hätte hier jeder etwas zu verkaufen. Die Menschen rannten neben den Sänften her, riefen Zahlen und scheuten sich nicht einmal, ihre Waren durch die geschlossenen Vorhänge zu halten. Lustig daran fand Salome nur den Schrei, den Herodias ausstieß, als ihr ein Käfig mit einem seltsam aussehenden Vogel darin vor die Nase gehalten wurde. Die Wachen mussten die aufdringlichen Händler schließlich mit Hieben vertreiben.

Doch je näher sie der Küste kamen, umso flacher, grüner und blühender wurden die Gärten und Wiesen. Gleichgültig, aus welcher Richtung der Wind wehte, er brachte einen aromatischen Duft mit, den Salome noch nicht kannte und von dem ihre Mutter ihr erzählte, er komme von den Balsamhainen dieser Gegend. Derzeit befanden sie sich irgendwo zwischen Jebna und Ashdod, also bereits im Land ihrer Großtante. Und schon morgen würde man in Ashdod Einzug halten, wo angeblich ein kleines Paradies auf sie wartete, das dem von Jerusalem in nichts nachstand.

»Was machst du da?« Von der Straße, wo der Tross Rast hielt, kam Berenike herbeigelaufen. Salomes Eltern waren nicht die Einzigen, die am Hofe von Ashdod leben würden. Auch Berenikes Eltern und einige weitere aus der Familie, die nur Geld und kein Land geerbt hatten, mussten sich entscheiden, wo sie wohnen wollten. Da Antipas unbeliebt war und Philipp eine reizlose Gegend im Nordosten des Königreiches regieren würde, blieb nur die Wahl zwischen dem kleinen Land der alten Akme und dem Kernland des Archelaos – das nach den jüngsten Ereignissen als unsicher galt.

»Ich sammele Muscheln«, erklärte Salome.

»Wie viele hast du?«

»Neunundsiebzig«, antwortete sie, stolz, diese Zahl zu kennen.

»Dort liegen noch ein paar schöne«, rief Berenike begeistert und machte einen langen Satz in den Sand. »Wenn du noch einundzwanzig sammelst, dann hast du …«

»Nein, sag es nicht«, unterbrach Salome und kniff die Augen zu, denn um die Muscheln zu halten, konnte sie nicht die Hände auf die Ohren pressen. »Ich will die Zahl selber herausfinden.«

Berenike dachte über den Satz nach. »Wenn ich sie dir sage, hast du sie doch selber herausgefunden.«

»Nein, das ist zu einfach. Ich will mir etwas anderes überlegen.«

Salome ließ Berenike stehen und stapfte zu den Sänften zurück, die im Schatten einiger Palmen abgestellt waren und deren weißer Stoff sich in der Meeresbrise blähte. In einer dieser weißen Sänften saß ihre Mutter und verbrachte die Zeit mit Dösen. Herodias hatte gewiss genug Muße, ihr zu helfen, doch Salome zog es zu der blauen Sänfte ihrer Großtante an der Spitze des Trosses. Gemeinhin diktierte Akme dort Briefe; ihre Stimme tönte jedenfalls tagein und tagaus unermüdlich wie die eines *Rabban* über den Tross. Im Moment jedoch war es in der Sänfte ruhig, und so schob Salome vorsichtig den Schleier zur Seite und lugte hinein.

»Welch nette Überraschung«, begrüßte Akme sie und legte die Feder zur Seite. »Ich kann eine kurze Unterbrechung gebrauchen. Also, komm herein.«

Salome kletterte umständlich in das Vehikel, und als sie endlich bequem darin saß, war sie schon wieder völlig außer Atem.

»Ich habe ein großes Problem«, gab sie ernst zu, meinte jedoch nicht ihren Husten.

Ihre Großtante lachte. Sie tat das im Allgemeinen nicht oft, nur wenn Salome bei ihr war. »Tja, davon sollte jeder eines haben, denn es regt zum Denken an, weißt du? Ich schätze, deswegen bist du auch zu mir gekommen. Weil du nachgedacht hast.«

Salome verstand nur die Hälfte von dem, was ihre Großtante sagte; es konnte jedoch nicht schaden, ihr zuzustimmen. Ihr Blick fiel auf das Pergament, auf dem Akme geschrieben hatte, und sie nahm es in die Hand. Salome spürte, wie Akme kurz zusammenzuckte, sich dann aber wieder beruhigte, vermutlich weil sie sich daran erinnerte, dass Salome nicht lesen konnte. »Wem schreibst du?«

»Einer alten Freundin«, erklärte Akme bereitwillig. »Ich habe ihr einen Gefallen getan und bitte sie nun ihrerseits um einen.«

Salome konnte in der Tat nicht lesen, sie konnte allerdings bereits die aramäischen Buchstaben von griechischen und römischen unterscheiden. Ihre Großtante schrieb eindeutig einen Brief an eine Römerin. Ob es etwas damit zu tun haben mochte, dass ihre Onkel und ihr Vater sich derzeit auf dem Weg zum römischen Kaiser befanden? Doch wenn sie so direkt fragen würde, erhielte sie bestimmt keine Antwort.

»Warum fährst du nicht nach Rom wie die anderen?«, fragte sie.

Ihre Großtante schien kurz zu überlegen, ob sie antworten solle. »In den meisten Fällen«, erklärte sie, »ist es nicht nötig, selbst vor Ort zu sein, um etwas zu erreichen. Dafür hat Gott die anderen Menschen erschaffen.«

»Dafür? Wirklich?«

»Wozu sonst? Ich wäre dumm, würde ich andere nicht benutzen«, erklärte ihre Großtante und sah Salome eindringlich an.

»Sogar Gott?«

Akme lachte so vergnügt, als sei sie vierzig Jahre jünger, als seien ihre Haare nicht grau und Stirn und Wangen nicht voller Falten. »Du bist wunderbar lustig, meine Kleine, ja wirklich. Gott benutzen, das ist die einfachste Übung von allen. Dazu braucht es nicht mal Verstand. Außerdem schreibe ich diesen Brief, weil die jüdische Bevölkerung es nicht gerne sieht, wenn man als Bittsteller nach Rom reist. Davon kommt ihr stolzes Blut in Wallung. Von einem Brief dagegen bekommt keiner etwas mit.«

Das leuchtete Salome ein, nur verstand sie nicht, weshalb die anderen nicht so klug wie ihre Großtante waren. »Ich möchte Unterricht, Großtante, denn eines Tages will ich so werden wie du.«

»Sehr schmeichelhaft. Aber ich bekam nie einen normalen Unterricht, denn Wissen bedeutet, stark zu sein, und nichts genießen die Männer mehr als ihre Stärke und die Macht über Frauen. Sie fürchten, jemand könnte den Unsinn, den sie predigen, und die unvernünftige Halsstarrigkeit, mit der sie sich gegenseitig das Leben schwer machen, irgendwann erkennen. Die geistlichen Gelehrten haben nicht zugelassen, dass ich ebenso viel wissen durfte wie sie, denn sie wollten verhindern, dass ich Einfluss auf meinen Bruder nehmen könnte. Das war sehr dumm von ihnen. Ich habe mich nämlich nicht unterkriegen lassen und andere Wege gesucht, um wenigstens ein Stückchen Macht zu bekommen. Ich habe angefangen, die Menschen durch Beobachtung zu studieren, habe ihre vordergründigen Verhaltensweisen und verborgenen Gesten, ihre Intrigen und ihre Sehnsüchte erforscht. Schon bald vermochte ich, Schwächen zu erkennen und auszunutzen. Die Welt ist voller Schwächen, weißt du? Es gibt praktisch keine Eigenschaft, die ich mir nicht zu Diensten machen kann: Geldgier, Ruhmsucht und Eitelkeit, Liebe, Leidenschaft und Mitleid, Glaubenseifer, Freundschaft, Rachsucht, Neid, Gerechtigkeitssinn, Stolz, Fürsorge ... Jeder hat eine Schwäche, einen Punkt, an dem man ihn packen kann. Deinem Vater, zum Beispiel, habe ich ein Amt gegeben, in dem er endlich seinem Volk dienen kann – als Marktherr. Nur auf diese Weise gelang es mir, ihn davon zu überzeugen, an den Hof einer Frau zu kommen. Er glaubt, ich halte viel von ihm, doch im Grunde ist er ein Esel. Nur deinetwegen gab ich ihm einen Posten.«

Salome bemühte sich, keines der Worte zu vergessen. Endlich bekam sie einen ersten Einblick in die Welt der Wissenden. Und wie spannend diese Welt war, mindestens ebenso spannend wie all das Neue in ihrem Leben, die Landschaften und Leute, denen sie begegnet war. Jetzt, in dieser Sänfte, hörte sie erstmals von den Geheimnissen der Mächtigen.

Sie spann die Worte ihrer Großtante im Stillen weiter und wendete sie auf die Menschen an, die sie kannte. »Dann war die Schwäche meines Großvaters wohl die Angst.«

Die Augen der Alten flackerten kurz auf. »Ich staune«, sagte sie. »Nicht viele Menschen deines Alters hätten das so klar erkannt. Ja, Herodes ängstigte die Vorstellung, eine Verschwörung könnte ihn stürzen. Da er selbst die vor ihm herrschende Dynastie gewaltsam beseitigt hatte, lebte er ständig in der Furcht, ihm könnte dasselbe widerfahren. Anfangs bezwang er diese Angst, indem er sich in ein Projekt nach dem anderen stürzte: die Haine, der Tempel, die Gründung neuer Städte ... Doch so sehr er sich auch mühte, es gab immer einzelne Widerständler im Volk, die ihm seine Morde übel nahmen, und diese wenigen reichten aus, um die Angst wach zu halten. Zeitweise litt er unter entsetzlichen Albträumen. Er errichtete ein Spitzelwesen, sicherte sich das Bündnis mit dem Imperium, schickte Söhne in die Obhut des Augustus, nahm einen zunehmend römischen Lebensstil an, flüchtete sich in die Arme von Sternendeutern und sonstigen Scharlatanen und brachte damit natürlich nur noch mehr Juden gegen sich auf, die er wiederum nur durch noch mehr Unterdrückung und Überwachung kontrollieren konnte. Weil er selbst so viel Angst hatte, wollte er, dass alle Angst hatten. Es war eine Spirale ohne Ende. Du hast ja gesehen, was aus ihm geworden ist.«

»Du hast dich nicht vor ihm gefürchtet, oder?«

Ihre Großtante schüttelte sacht den Kopf. »Dazu hatte ich keinen Grund. Ich sagte ja, ich kannte seine Schwächen, und ich bediente mich ihrer. Du siehst, meine Kleine, die Menge des Wissens ist nicht entscheidend. Eine kleine Auswahl davon genügt, um die Ziele zu erreichen, die man sich gesetzt hat.«

Plötzlich wandelte sich ihr Blick. Forschend sah sie Salome an. »Und du?«, fragte sie. »Wir haben noch gar nicht über dich gesprochen. Welche Wünsche hegt meine Kleine?«

Salome überlegte einen Moment. »Wenn ich dir das sage, kennst du meine Schwäche.«

Die Alte stutzte kurz, als habe sie mit allem, nicht jedoch mit dieser vorwitzigen Antwort gerechnet. Dann lächelte sie Salome an und streichelte ihr über die Haare. »Gut«, sagte sie, »dann machen wir ein Spiel. Ich werde erraten, welches deine Wünsche sind.«

Salome war begeistert. Endlich einmal ein Spiel, bei dem sie im Mittelpunkt stand. »Oh ja«, rief sie mit leuchtenden Augen.

Die Alte leckte sich die Lippen. »Du wünschst dir, klug zu werden, nicht wahr?«

»Das war ja leicht zu erraten, Großtante.«

»Stimmt. Möchtest du schön werden?«

Salome überlegte. »Ich weiß nicht so recht. Vielleicht ja, aber nicht so wie Berenike. Oh, sie ist hübsch. Manchmal wünsche ich mir ihre weiche Haut. Aber irgendwie« – sie suchte nach dem richtigen Wort – »irgendwie *passt* ihre Schönheit nicht zu mir.«

»Eines Tages wirst du dir wünschen, schön zu sein, glaub mir.«

Salome zuckte mit den Schultern. »Andere Dinge sind mir wichtiger. Weißt du, Großtante, eines Tages möchte ich Königin werden.«

Salome bemerkte, wie ihre Großtante kurz zusammenzuckte, so wie vorhin, als sie den Brief in die Hand genommen hatte. »Jawohl, Königin«, bekräftigte sie.

Die Alte sah sie mit einer Mischung aus Interesse und Verwunderung an. »Und warum willst du das?«

»Es heißt, Großvater hätte mich beinahe umgebracht, damals bei meiner Geburt. Und nun hat er uns arm gemacht. Keiner konnte gegen ihn ankommen. Außer du, Großtante. Im Vergleich zu dir war Großvater dumm. Darum möchte ich so wie du werden. Ich will allen zeigen, dass ich reich und mächtig werden kann.«

Akme streichelte ihr über die Haare. »Du musst vorsichtig sein, wem du von deinen Wünschen erzählst, meine Kleine. Du musst lernen, zu schweigen, selbst wenn dir danach zumute ist, alles in die Welt hinauszuschreien. Du musst lernen, dich zu beherrschen und dich zu verbergen. Und vor allem musst du lernen, Feinde zu erkennen und unschädlich zu machen. Wenn du wirklich einmal Königin werden willst, hast du noch einen langen, einsamen und gefährlichen Weg vor dir. Man wird dich demütigen, missbrauchen, enttäuschen und verraten. Dir werden sich Menschen entgegenstellen, von denen du das nie erwarten würdest, und selten wird dir der Dank derer zuteil, denen du helfen willst. Du wirst dich wehren müssen und dabei Mittel einsetzen, die du dir heute nicht im Traum vorstellen kannst. Nach all dem wirst du eine völlig andere Frau sein. Ich weiß, wovon ich rede.«

Salome hatte Akme mit pochendem Herzen zugehört. Sie bekam erstmals ein wenig Angst vor diesem Leben, das eben noch so aussichtsreich und verlockend schien. Sie war ihrer Großtante nicht böse wegen dieser Erklärungen, im Gegenteil, hier bei ihr fühlte sie sich sicher. Nur diese alte Frau konnte sie lehren, den Weg zu gehen, der sie zur Macht führte.

Es war eine jener Stunden, die Livia Drusilla liebte. Vom Forum Romanum drang leise das Treiben eines gewöhnlichen Arbeitstages in den Palatinischen Palast herauf, die Sonne füllte das Arbeitszimmer mit Wärme und Licht, und das Windspiel am Fenster schickte milde Töne in den Raum. Der *Volturnus*, der trockene Ostwind, brachte frische Gebirgsluft vom Apennin herbei, die sich angenehm mit dem Duft armenischer Rosen aus dem Palatinischen Garten vermischte. Ein Krug kühlen Wassers mit einem Schuss Rotwein stand bereit. Livia schenkte sich davon, ohne den Blick von dem Pergament zu lassen, in einen Kelch ein und trank einen kleinen Schluck. Schon nach wenigen Zeilen huschte ein Lächeln über ihr Gesicht, einige Augenblicke später unterbrach ihr kurzes, helles Auflachen die gedämpfte Stimmung des Arbeitszimmers. Dieser mit fast bösartiger Ironie gewürzte Stil war einfach zu köstlich! Wie ihre Freundin den Archelaos und dessen Brüder beschrieb …

»*Am besten beschreibe ich dir meine vier Neffen mit folgendem Beispiel*«, stand da. »*Würdest du jedem von ihnen die Aufgabe geben, während deiner Abwesenheit sieben Tage lang auf dein Haus aufzupassen, so ginge der Jüngste von ihnen, Philipp, dreimal täglich zu festgesetzten Zeiten durch das Gebäude, rüttelte brav an allen Läden, ob sie auch gut verschlossen sind, und prüfte, ob auch ja keine Fackel zu löschen vergessen worden sei. Doch wehe, etwas geschähe, dann würde er nicht wissen, was zu tun sei. Theudion stünde die ganze Woche mit verschränkten Armen vor dem*

Vordereingang, ohne zu bemerken, dass hinten herum längst jemand eingedrungen war und das Haus leer geräumt hat. Antipas, der Nächstältere, würde für teures Geld eine zehnköpfige Wachmannschaft verpflichten, aber nicht, ohne es dir nach deiner Rückkehr gewiss zehnmal unter die Nase zu reiben, wie aufopfernd er war. Mit Archelaos, dem edlen Haupterben des Königreiches, ist es ganz einfach: Er würde sieben Tage lang in deinem Haus feiern bis zur Besinnungslosigkeit. Deine Möbel wären schnell dahin.«

Livia lachte erneut laut auf. Nach dieser Beschreibung sah sie die vier Herodianer geradezu vor sich, und selbstverständlich verstand sie nun auch, worauf dieser Brief hinauslief. Sie nahm das Pergament mit zum Fenster und hielt es in die Sonnenstrahlen, um den ernsteren Teil zu lesen, in dem Akme deutlich und ausgesprochen ehrlich ihre Bitte darlegte. Die Jüdin wusste, dass sie ihr gegenüber kein Blatt vor den Mund zu nehmen brauchte.

Als sie geendet hatte, ließ sie das Pergament sinken und blickte nachdenklich hinunter zum Forum, wo vor dem eben fertig gestellten Tempel des *Divus Julius Caesar*, des zum Gott erhobenen Großonkels und Adoptivvaters ihres Gemahls, die Priesterschaft ein Weihrauchopfer darbrachte. Mächtig stieg der Qualm des kostbaren arabischen Harzes aus der Opferschale in den Himmel und wehte, vom *Volturnus* getrieben, in Livias feine Nase. Sie nickte sanft. Die Entwicklung war vielversprechend. Überall in den Provinzen und sogar in den souveränen Schutzkönigreichen am Rande des Imperiums wurde nicht nur Julius Cäsar selbst, sondern auch Augustus als Sohn eines Gottes mittlerweile göttliche Verehrung zuteil. Die einfachen Menschen vom Lande kauften sich von windigen Geschäftemachern kleine Statuen mit seinem Abbild, stellten sie in ihrem Hausaltar auf und beteten jeden Abend davor. Augustus sollte sie von ihrem Rheuma kurieren, ihre Ehe retten, ihre Konkurrenten verjagen und die Rüben schneller wachsen lassen. In Rom und dem Imperium galt er als der Vater der Pax Romana, des jahrzehntelangen römischen Friedens, und damit des Wohlstandes und der Sicherheit, ja, manche nannten dieses Zeitalter sogar Pax Augusta und ehrten Augustus mit dem Titel *restitu-*

tor orbis. Augustus war nach den furchtbaren Bürgerkriegen und Wirren nach Cäsars Ermordung tatsächlich der Retter der Welt geworden und erntete nun die Früchte. Diese Entwicklung war nicht wieder rückgängig zu machen. Wer auch immer ihrem Gemahl eines Tages nachfolgen würde – vermutlich Tiberius, ihr Sohn –, hätte unbeschränkte Macht.

Nur ein Land verweigerte die Verehrung hartnäckig: Judäa. Wer konnte wissen, ob es nach Augustus' Tod nicht den ganzen Osten gegen einen zweiten Imperator aufzuwiegeln verstand. Doch ohne den reichen Osten zu regieren war das unmöglich. Umso wichtiger war es, in diesem Land eine Führung zu haben, die mit dessen widerspenstigem Volk umzugehen wusste und trotzdem Rom nahe stand. Ihrer Freundin einen Gefallen tun, hieße in diesem Fall also sogar, dem Imperium einen Gefallen zu tun.

Dennoch musste sie behutsam und geschickt vorgehen, denn Augustus hielt nichts von Frauen auf Thronen – Kleopatras unberechenbarer Regierungsstil, der Ägypten den Untergang gebracht hatte, diente ihm hierbei als Dauerbeispiel. Es konnte Jahre dauern, ihn dorthin zu bringen, wo sie ihn haben wollte, doch auch eine lange Reise begann mit einem ersten Schritt, und den täte sie noch heute.

Livia nippte erneut an dem erfrischenden Mischgetränk und blickte dabei auf das Absendedatum des Briefes. Er war vor neun Tagen geschrieben und mit einem persönlichen Eilboten ins ägyptische Alexandria geschickt worden. Der Bote hatte von dort eine der schnellen römischen Postbarken nach Rom genommen und war gerade noch rechtzeitig eingetroffen, bevor Augustus über Herodes' Testament entschied.

Es klopfte dreimal, und so wusste Livia, dass niemand anderes als Augustus vor der Tür stand. Sie unternahm keine Anstalten, den Brief zu verbergen, obwohl er nicht für die Augen ihres Gemahls bestimmt war. Augustus würde es nicht wagen, auch nur einen einzigen Blick darauf zu werfen.

»Komm herein, mein Lieber«, rief sie. Nach mehr als vierzig Ehejahren konnte sie mit einem Blick erkennen, welcher Stimmung er war und wie sie ihn zu nehmen hatte. Heute war er zweifelsfrei lustlos. Klein, nicht mehr schlank, ein wenig unter seinem krummen Rücken leidend, sah er nicht aus wie der Herr eines Imperiums, nur seine durchdringenden Augen ließen ahnen, dass er nicht durch Zufall so mächtig geworden war. Sie hatte ihn nie unterschätzt, und genau darum wusste sie, wie sie mit ihm umgehen musste.

Obwohl sie die Antwort kannte, fragte sie: »Nun, wie geht es dir?«

Er brummte etwas vor sich hin und hielt ihr seinen Arm entgegen, über dem die Toga lag. Augustus hätte genug Diener gehabt, die ihm das umständliche, faltenreiche Kleidungsstück über die Tunika anziehen konnten, aber manchmal kam er damit zu ihr. Sie tat ihm stets gerne den Gefallen, und heute ganz besonders, denn er ersparte ihr damit einen Weg und schaffte ihr einen hervorragenden Vorwand, ein Gespräch zu beginnen, das nötig war.

»Musst du wieder Gesandtschaften aus den Provinzen empfangen?«, fragte sie. »Woher diesmal? Germanien? Africa? Armenien?«

»Judäa«, antwortete er mundfaul.

»Ach richtig«, rief sie und warf ihm die Toga über die linke Schulter, so dass ihm der Stoff vorne und hinten bis zu den Füßen reichte. Dann ging sie um ihn herum und setzte die Ankleide mit geübten Bewegungen fort. »Die herodianische Familie lässt sich ihr Testament bestätigen. Du wirst es natürlich tun, nicht wahr? Immerhin hat dein alter Bundesgenosse Herodes dir, mir und meinem Sohn einen ordentlichen Geldbetrag hinterlassen. Tiberius und ich werden unseren Teil stiften, für einen Tempel vielleicht oder für ein paar Rennen im Circus.«

Diese Regelung zugunsten von ihr und Tiberius im Testament des Herodes ging zweifelsohne auf den heimlichen Einfluss Akmes zurück. Livia wusste nicht, ob Augustus ihrem Sohn das Geld gönnte, denn er mochte ihn nicht; er würde jedoch einsehen müssen, dass dieses Erbe und seine Verwendung die Beliebtheit von Tiberius förderten – und ihn ein Stück weit dem römischen Thron näher brachten. Doch Augustus ging nicht darauf ein, sondern redete ausschließlich von dem Ärger, den er befürchtete.

»Sie werden mich belästigen«, erklärte er ungehalten. »Die ganze Sippe reist an, mit Frauen und womöglich mit schreienden Kindern. Sie werden ihre Familienstreitigkeiten vor mir ausbreiten wie Waschweiber und sich gegenseitig diskreditieren. Jeder von ihnen wird mich mit schwülstigen Worten umschmeicheln und um den Königstitel buhlen. Grinsen werden sie, allesamt. Ich hasse das.«

Livia verzog das Gesicht. »Ich gebe dir Recht«, sagte sie empört. »Das ist ein schlechter Stil und zeigt, wie ungeordnet die Verhältnisse in Judäa nun sind. Und dieser Erbe, dieser Archelaos, scheint die Dinge nicht annähernd so gut im Griff zu haben wie sein Vater. Gab es nicht erste Unruhen in der Gegend? Was, wenn die Juden sich offen gegen ihn stellen?«

Augustus sah zu, wie Livia eine weitere Stoffbahn der Toga über seinen linken Arm drapierte, so dass sie besonders würdevoll fiel. Doch seine Gedanken waren woanders. »Die Perser könnten sich die wirre Situation zunutze machen.«

»Du sagst es«, gab ihm Livia nachdrücklich Recht, wobei ihr die Perser jedoch ziemlich egal waren.

»Andererseits kann ich doch das Testament des Herodes nicht völlig ignorieren«, klagte Augustus.

»Natürlich nicht. Du könntest es allerdings – wie drücke ich es am besten aus? – modifizieren. Gestalte die Dinge so, wie sie für Rom günstig sind, nicht für irgendwelche Bengel eines zweitklassigen Schutzkönigreiches. Und vor allem: Überstürze nichts. Lasse dir mit deiner Entscheidung viel Zeit, denn du hast sie. Wie sagst du immer: Schnell genug getan, was gut genug getan.«

Augustus' Miene hellte sich ein wenig auf, und als Livia ihm zu verstehen gab, dass die Toga fertig gewickelt sei, nahm er sie an beiden Schultern und gab ihr dankbar einen Kuss.

»Du hilfst mir in so vielen Dingen, kümmerst dich um meine Belange …«

»Ich bitte dich.« Sie lächelte ihn verlegen an. »Dafür ist eine Frau doch da.« Noch einmal strich sie mit ihren feingliedrigen Fingern am Stoff entlang, um sich zu vergewissern, dass er richtig saß, denn ihr Gemahl war einen halben Kopf kleiner als sie, und die weite Toga durfte nicht über den Boden schleifen. Doch sie stellte fest, dass Augustus' Bauch die geringe Körpergröße wieder ausglich. Sie lächelte ihren Gemahl wie eine schöne Erinnerung an und nickte ihm aufmunternd zu.

Er machte sich ohne sie auf den Weg zum Audienzsaal, so wie es immer gewesen war. Aber dort angekommen, würde er ihre Worte im Munde führen.

Während sie gedankenverloren ihren Blick über Roms Tempel, Villen und Arenen schweifen ließ, faltete sie den Brief zu einem winzigen Viereck zusammen und verstaute ihn in ihrem Gewand. Ihr war klar, welchen Auftrag sie als Nächstes zu geben hatte, und rief nach ihrem *secretarius*.

»Bringe mir den Boten, der den Brief überbrachte«, befahl sie, und wenige Augenblicke später stand er vor ihr. Sie erkannte sofort, dass Akme den richtigen Mann ausgewählt hatte. Er hatte die Augen eines Mörders.

Sadoq lehnte am Türrahmen und beobachtete die Menschen, die auf der staubigen, ungepflasterten Gasse vorübergingen. Am *jom rischon*, dem ersten Wochentag, war es besonders lebhaft in der engen Unterstadt, wo Haus an Haus stand und kaum genug Platz für die Kräuterkübel vor den Türen war. Kleine Händler warteten im Schatten ihrer duftenden Gewürzsäcke auf Kundschaft, Hirten trieben laut blökende Schafe zum Markt, Frauen trugen ihre Wäsche in Beuteln oder Flechtkörben zu nahen Bächen, Jungen und *Rabbiner* machten sich auf den Weg zu ihren Schulen, und Kaufleute nahmen begierig ihre Geschäfte wieder auf, die sie am Vortag, dem *shabbat*, hatten ruhen lassen. Nur die Bettler fehlten am *jom rischon*, denn sie gaben jenes Geld aus, das sie am gestrigen Feiertag reichlich geschenkt bekommen hatten. Auf den ersten Blick war alles wie sonst.

Doch seit der blutigen *knesset* hatte Jerusalem sich verändert. Eine seltsame Spannung lag über der Stadt. Konnte Sadoq früher an den Fenstern der anderen Häuser lehnen, seinen Kopf in die Küchen stecken und zur heißen Mittagszeit ein Schwätzchen mit den Nachbarn halten, fand er in letzter Zeit die meisten Läden geschlossen. Die Leute waren wortkarg geworden, jeder schien abgelenkt, schien auf etwas zu warten, ohne zu wissen, worauf. Alle senkten den Kopf und gingen mit schweren Schritten, trieben entweder ihre Esel nicht richtig an oder traten und schlugen sie mehr denn je. Trauer, Resignation und Wut lagen dicht beieinander.

Einige wenige hingegen waren in einer geradezu euphorischen Stimmung. Sie taten, als sei ihnen eine neue Sonne aufgegangen, und träumten von der Vertreibung der Herodianer. Und sie träumten von einer großen Schlacht, mit der sie alle Unterdrückung durch verweltlichte Halbgläubige und die Heiden abschütteln würden. Das Wort vom *Messias* machte die Runde, jener Gestalt, die sie eines Tages von allem Elend befreien würde. Von jeher verstand jeder unter diesem Namen etwas anderes. Für die einen war der *Messias* einfach ein gerechter Herrscher, ein Gesalbter, denn das bedeutete das Wort. Andere erwarteten im *Messias* eine Art Priesterkönig, wieder andere eine von Gott gesandte Erlösergestalt. Die Euphoriker jedoch erfanden nun eine ganz neue Deutung: Der *Messias* sollte ein machtvoller, rächender Kriegsfürst sein, und sein Kommen war nahe.

Zu denen, die so dachten, gehörte auch Sadoqs bester Freund Zelon. Der Name kam aus dem Griechischen und bedeutete »der Eifrige«. Tatsächlich war Zelon von allen Freunden immer der Aufgeweckteste und Leidenschaftlichste gewesen, der keine Langeweile kannte und alles ausprobierte, was die Gebote zuließen – manchmal auch, was sie nicht zuließen, was er früher mit einem Augenzwinkern abtat. Doch auch er hatte sich unter dem Eindruck der blutigen *knesset* verändert und redete ständig über Politik und Glauben, was er früher kaum getan hatte. »*Shalom*, Sadoq«, begrüßte ihn Zelon. »Was tust du hier? Keine Arbeit?«

»*Shalom*, Zelon. Nein. Das Geschäft geht nicht gut, seit die Römer und Griechen unsere Stadt aus Vorsicht meiden.«

»Ach, die Heiden brauchst du nicht«, meinte Zelon. »Ohne die sind wir besser dran. Was ist schon Geld? Ich sage dir, du könntest ...« Er unterbrach sich und trat einen Schritt näher an Sadoq heran. Flüsternd sprach er weiter. »Schließe dich doch der Gruppe an, der ich angehöre. Wir werden schon sehr bald eine heilige Aufgabe erfüllen und können jeden gebrauchen.«

»Welche heilige Aufgabe?«

Zelon sah ihn misstrauisch an. »Das sage ich dir erst, wenn du unserer Gruppe angehörst. Du wärst willkommen, denn du hast einen guten Namen, seit du diesen herodianischen Hund getötet hast.«

»Du meinst den Soldaten.«

»Das Volk hat bei dem Gemetzel vierunddreißig Männer verloren, die Wache der Königsfamilie nur einen Mann. Und den hast du getötet. Jeder kennt nun deinen Namen. Für uns bist du ein Held, Sadoq, nur du selbst willst noch keiner sein.«

»So ist es«, entgegnete Sadoq ein wenig ärgerlich. »Ich würde den Mord rückgängig machen, wenn ich könnte. Doch in jenem Moment ... Hört auf, meinen Namen zu benutzen. Ich will mit eurer Gruppe nichts zu tun haben.« Das hatte ein wenig scharf geklungen, daher klopfte er Zelon auf die Schulter und fuhr etwas freundlicher fort: »Aber an dir liegt mir etwas. Wir sind Freunde seit Kindertagen, darum bitte ich dich: Verlasse die Gruppe, bevor es zu spät ist. Lass uns die Toten des Gemetzels ehren. Sie sollen nicht zum Vorwand für neues Blutvergießen werden.«

Zelon streifte Sadoqs Hand ab. »Vorwand?«, rief er und vergaß, dass sie auf einer belebten Gasse standen. »Ich kann nicht glauben, dass du so etwas sagst. Wärst du kein Held des Volkes, Sadoq, ich würde dich bei nächster Gelegenheit niederstechen wie einen Hammel.«

Sadoq blickte seinen Freund erschrocken an. In seinen Augen glitzerte etwas, das Sadoq noch nie zuvor bei einem Menschen gesehen hatte.

Hinter einem Stapel Fässer lauerte Akmes Bote, krampfte seine Hand um den Dolch und beobachtete Archelaos, wie er aus der Schenke trat und seine dünnen Arme dem Sternenhimmel über Rom entgegenreckte.

»Ah, das war gut«, rief Archelaos und blieb noch einen Augenblick so stehen. Seine Augen waren geschlossen, sein Gesichtsausdruck friedlich. Nikolaos erinnerte sich nicht, wann er seinen Schüler das letzte Mal so entspannt gesehen hatte. In den Jahren in Jerusalem, in der Nähe des Königs, hatte Archelaos angestrengt und unruhig gewirkt. Sein ohnehin langes und schmales Gesicht war an den Wangen ein wenig eingefallen, und die Augenhöhlen waren tiefer geworden. Unmittelbar nach Herodes' Tod lebte Archelaos zwar wieder auf, fiel aber in ein anderes Extrem und torkelte täglich betrunken durch den Königspalast. Erst hier in Rom fing er sich wieder. Hier war sein eigentliches Zuhause. Die Hauptstadt des Imperiums mit ihren tausend Straßen, Tavernen und Lichtern, ihren billigen Festen und schrankenlosen Vergnügungen war seine eigentliche Sehnsucht, und Archelaos wäre gewiss lieber ein römischer Patrizier mit mittlerem Einkommen als ein unermesslich reicher König von Judäa geworden.

Archelaos öffnete seine Augen wieder und funkelte den zwölfjährigen Sohn seines Beraters an. »Wie ich dich beneide, Timon. Dein Vater war so weise gewesen, dich hier zu lassen. Mich hat man von Rom weggerissen.«

»Mit Weisheit hat das nichts zu tun«, wiegelte Nikolaos ab, bevor sein Sohn etwas dazu sagen konnte. »Ich habe Timon damals nicht deswegen in der Obhut des Palatinischen Palastes belassen, weil Rom für ihn so gut und Jerusalem so schlecht gewesen wäre. Ich glaube sogar, dass das fromme Jerusalem manchen Vorzug vor dieser Stadt hat, die sich immerzu nur amüsieren will. Doch der Hof des Herodes erschien mir damals als zu gefährlich.«

»Gehen wir weiter«, bat Archelaos, dem die bloße Erwähnung seines Vaters die Laune verdarb. »Ich möchte noch eine andere Taverne aufsuchen, in die ich früher gerne gegangen bin. Keine Angst, alter Freund, ich werde mich nicht betrinken, denn ich möchte auf eines der Schankmädchen einen guten Eindruck machen. Ich habe sie« – Archelaos kicherte und zwinkerte mit einem Auge – »sehr verehrt, um nicht zu sagen …«

»Bitte, Archelaos, nicht. Ich habe verstanden.«

»Ich nicht«, wandte Timon ein.

»Alles andere hätte mich auch sehr beunruhigt«, scherzte Nikolaos, seufzte und nickte Archelaos schließlich zu. Sein Schüler schwelgte offenbar in Erinnerungen, daher erklärte er sich mit diesem zweiten Tavernenbesuch einverstanden, obwohl er müde war und Timon eigentlich von den Tavernen fern halten wollte.

Sie gingen am Circus Flaminius vorbei, in dem fast täglich Tausende von Römern ihre favorisierten Wagenlenker anfeuerten. Dann hallte die ganze Gegend wider vom Gepolter der Streitwagen und dem ekstatischen Gebrüll der Massen. Doch jetzt war es still, und die oval geformten Mauern erhoben sich wie riesige Schatten neben ihnen.

Als sie weitergingen, huschte zwischen den Bögen des Circus der Bote hervor und folgte ihnen, wobei er Karren, Pfeiler und Mauervorsprünge als Sichtschutz benutzte.

Sie überquerten den Tiber auf der *Pons Agrippae* und kamen in den vierzehnten Bezirk, das Transtiberim, das niemals schlief. Betrunkene rempelten sie an, Bettler streckten ihnen ihre hohlen, ausgezehrten Hände entgegen, Urin rann die Rillen des Pflasters entlang, und aus etlichen Häusern drang der Gesang schlüpfriger Lieder und die aufreizenden Klänge von Tamburinen, die zum Takt wilder Tänze rasselten. Nikolaos bedauerte, nur langsam gehen zu können, denn die Gegend gefiel ihm ganz und gar nicht. Sein Sohn hingegen lief immer wieder ein Stück voraus, bis er manchmal nicht mehr zu sehen war.

»Timon«, rief er streng, woraufhin sein Sohn sofort, wenn auch aufstöhnend und die Augen verdrehend zurückkam.

»Ich kenne Rom wie die Falten meiner Tunika, Vater. Du kannst unbesorgt sein. Hier sind wir sicherer als in manch anderer Gegend von Rom. Denn die Leute hier besitzen nichts.«

»Diese Logik hast du nicht aus meinem Philosophieunterricht«, erwiderte Nikolaos und blinzelte.

Archelaos lachte. »Lass dir nichts einreden, Timon. Wir beide kennen Rom besser als alle Philosophen und Vornehmen, sogar besser als der Augustus.«

Diesmal hatte Archelaos selbst einen Namen ausgesprochen, den er an diesem Abend eigentlich verdrängen wollte. Er schwieg verlegen, dann fragte er Timon: »Kennst du hier irgendwo einen Schmuckhändler?«

»Gleich dort drüben«, sagte Timon strahlend, der froh war, dass er seine Kenntnisse von Rom unter Beweis stellen konnte. »Er ist ein griechischer Händler. Wenn du einen jüdischen brauchst ...«

Archelaos verneinte. »Suche mir bitte einen Reif oder eine Kette für das Mädchen in der Taverne aus. Ich bin sicher, du findest das Richtige für sie.« Archelaos tauchte mit der Hand tief in seine Toga ein, holte ein halbes Dutzend goldene *aurea* und noch einmal so viele silberne *denari* heraus und drückte sie Timon in die Hand.

Der Junge spitzte die Lippen und pfiff gedehnt. »Dafür bekomme ich den halben Laden.« Gleich darauf lief er zu einer Tür, klopfte an und verschwand in einem dunklen Hausflur.

Eine Weile standen die beiden Männer nebeneinander und schwiegen. Der Geruch von billigem Wein lag über der Gasse, und aus einem der Fenster quoll der beißende Rauch eines Kohlenfeuers, auf dem offenbar ein Fisch verbrannte. Das wilde Gezeter eines darauf folgenden Ehestreites war nur schwer zu ertragen.

Von hinten näherte sich der Bote auf leisen Sohlen.

»Du bist schweigsam«, sagte Archelaos. »Machst du dir Sorgen, wo Timon bleibt?«

Nikolaos schüttelte leicht den Kopf. »Er kann gut auf sich aufpassen. Es ist seltsam, denn obwohl ich weiß, dass er noch sehr jung ist, fühle ich mich an seiner Seite sicher. Deshalb habe ich ihn vorhin zurückgerufen, nicht, um ihn zu beschützen. Ich würde ihm jederzeit mein Leben anvertrauen, und das kann ich wirklich nicht von vielen Menschen sagen.«

»Ja, er ist gewitzt«, bestätigte Archelaos, und Nikolaos meinte, neben der Bewunderung auch etwas Neid in der Stimme seines Schülers zu hören. Nicht zum ersten Mal ertappte er sich bei einem solchen Verdacht. Archelaos hatte nie den Eindruck erweckt, gewitzt oder stark oder gebildet sein zu wollen. Immer wieder demonstrierte er, was er von diesen Eigenschaften hielt, wie gleichgültig, ja, ablehnend er ihnen begegnete. Heiterkeit, Witz und eine schnelle, leicht gehässige Zunge, die allerlei Klatsch zu verbreiten wusste, genügten ihm zum Zeitvertreib. Jeder seiner Freunde passte in die gleiche Schablone. Auch wenn Archelaos es nie zugeben würde, er sah auf zielbewusste Menschen herab, auf Menschen, die sich anstrengten. Aber dann gab es Momente, in denen er das Gefühl bekam, diese Menschen würden auch auf ihn herabsehen, und das passte ihm nicht. Dann wollte er sein wie sie, doch da ihm das zu aufwändig und langweilig schien, blieb er so, wie er war, und versteckte seine Missgunst hinter zahllosen Witzen und viel Wein.

Hatte er ihn je gemocht, fragte sich Nikolaos.

Zum ersten Mal stellte er sich diese Frage. Er mochte nicht, dass er gackerte, dass er dumme Fragen stellte, dass ihm die einfachsten Dinge nicht einfielen, dass er nach Wein roch, dass er die Juden vor dem Tempel getötet hatte, dass er wie ein Süchtiger durch Rom streifte, auf der Suche nach Lust, dass er ...

»Dann bist du vielleicht deswegen so still, weil du mein Betragen für unwürdig hältst?«, fragte Archelaos überraschend.

Die Gelegenheit war günstig und käme nicht so schnell wieder. Jetzt könnte er ihm alles an den Kopf werfen. Archelaos selbst hatte das entscheidende Wort ausgesprochen: unwürdig. Ja, das war er.

Warum unterstützte er ihn? Warum half er ihm, König zu werden?

Weil Archelaos das geringste Übel war, darum. Antipas war indiskutabel, ein furchtsamer Charakter, in dem sich Grausamkeit verbarg, die die Zeit zum Vorschein bringen würde. Von allen ähnelte Antipas seinem Vater Herodes am meisten. Und Philipp am wenigsten. Der jüngste der Söhne war wie eine Apparatur, der man keine Emotion entlocken konnte, und Augustus hätte ihn genau deshalb sicher am liebsten auf dem Thron Judäas gesehen. Doch Philipp war zu jung, fast noch ein Kind, und er verfügte weder bei den Soldaten noch bei den Beamten seines Landes über einen Klüngel, der ihn unterstützt hätte. Theudions Inthronisation wiederum war völlig illusorisch: Er war im Testament praktisch ignoriert worden, und Augustus würde den letzten Willen seines toten Freundes nicht auf so eklatante Weise auf den Kopf stellen.

Es blieb nur Archelaos übrig. Umso wichtiger war es, ihn aufzurütteln, ihm einen Funken Ehre einzuhauchen.

»In der Tat«, bestätigte Nikolaos die Frage seines Schützlings und faltete die Hände vor dem Bauch. »Es ist einem König nicht angemessen, sich in einer solchen Gegend herumzutreiben und Schankmädchen mit Schmuck zu beschenken. Auch um der guten Erinnerung wegen nicht. Ein König sollte ...«

»Ach, hör schon auf mit diesem Gerede vom König«, platzte Archelaos dazwischen und setzte sich auf einen schmutzigen Treppenabsatz. Er steckte seinen Kopf zwischen die Knie und jammerte: »Seit zehn Tagen schon hält Augustus mich hin. Keinem von uns hat er bisher das Erbe bestätigt. Er mag mich nicht, das spüre ich deutlich. Wenn ich freundlich zu ihm bin, gibt er mir das Gefühl, eine Schranze zu sein, trete ich fordernd auf, behandelt er mich wie einen frechen Ehrgeizling. Und heute Nachmittag ist er ohne ein Wort zur Kur gefahren, und ich muss zwei weitere Wochen warten. Dabei habe ich ihm nichts getan, im Gegenteil. Niemand verehrt sein Rom so wie ich.«

Nikolaos griff sich in den Bart. Er hatte Augustus jahrelang als Berater für den Osten zur Seite gestanden und kannte ihn. Augustus war so kalt, wie seine grauen Augen vermuten ließen, ein nüchterner Rechner mit der Begabung, die größere Wahrscheinlichkeit zu erkennen und auf sie zu setzen. Während ganz Rom beim Wagenrennen leichtherzig auf die bestaussehenden, muskulösesten oder gefälligsten Lenker setzte, dachte Augustus nur an die Kolbenhärte der Räder und die Erfahrung der einzelnen Pferde – und gewann fast immer. Er hatte nicht den geringsten Spaß an den Rennen, aber er gewann, während viele andere mit leichterem Geldbeutel, jedoch vergnügt nach Hause gingen. So war Augustus. Wenn er Archelaos das Erbe bisher noch nicht bestätigt hatte, hatte das nichts mit Sympathie zu tun. Es gab einen triftigen politischen Grund – oder jemand hatte ihm einen solchen eingeredet.

»Sicher gefiel ihm dein Vorgehen gegen die *knesset* nicht, was ich gut nachvollziehen kann. Deine Entscheidung zur schnellen Gewalt zeugte von Unreife.«

Archelaos hob seinen Kopf und sah Nikolaos mit geröteten Augen an. »Sie haben mich gereizt, und da ...« Seine Faust hämmerte auf sein eigenes Knie. »Ich war nicht bei mir«, sagte er mit belegter Stimme. »Und du hast geschlafen. Es ist nicht gerecht, dass ich von dir und Augustus wegen eines einzigen Fehlers derart gemein behandelt werde. Du weißt, dass ich sonst nie hart gehandelt habe.«

Ihm fiel noch etwas ein, das er nicht an Archelaos mochte, dachte Nikolaos. Er war ein entsetzlicher Jammerlappen.

»*Ich* behandele dich gemein?« Nikolaos atmete tief durch. »Ich habe heute vor seiner Abfahrt mit Augustus gesprochen«, offenbarte er Archelaos. »Ich habe ihm dargelegt, dass dein Verhalten gegen die Volksversammlung nichts anderes als Loyalität gegen Rom bewiesen habe, dass diese Leute allesamt romfeindliche Aufwiegler und religiöse Eiferer waren, dass du vielleicht überreagiert hast, aber nur zum Nutzen und nicht zum Schaden Roms. Damit habe ich Augustus zwar nicht direkt angelogen, wahr würde ich es jedoch auch nicht nennen, was ich da gesagt habe. Ich und gemein! So gemein möchte ich auch einmal von jemandem behandelt werden.«

Archelaos' Blässe verschwand schlagartig. »*Das* hast du gesagt?«

»Oh ja, und ich glaube, bei ihm etwas erreicht zu haben. Augustus wird dich wohl noch eine Weile hinhalten, doch nach seiner Rückkehr aus der Kur als König bestätigen. Er hört auf meine Worte, denn ich habe ihm noch nie einen Rat gegeben, der nicht zu seinem Vorteil war. Also enttäusche mich nicht, Archelaos, und vor allem – enttäusche Augustus nicht.«

Archelaos überhörte die Warnung. Er vernahm nur das Wort König und fiel seinem Lehrer um den Hals. Er weinte fast, als er sagte: »Du bist so gut zu mir, Nikolaos. Du bist mein einziger Freund. Ich glaube, bald habe ich genug gelernt, um alles richtig zu machen. Wenn du einmal meine Hilfe brauchst, bin ich ebenso für dich da wie du für mich.«

Timon räusperte sich. »Dann sind wir schon zwei«, sagte er und überreichte Archelaos einen silbernen Armreif mit winzigen Knospen darauf, von der jede einen weißblau schimmernden Stein enthielt.

Archelaos staunte über das herrliche Stück. »Die Frauen werden dich einmal lieben, Timon«, sagte er, diesmal ohne Neid in der Stimme. »Nicht nur wegen deines Aussehens, sondern auch wegen deines Geschmacks.«

»Danke«, erwiderte Timon strahlend, als habe er heute zum ersten Mal ein solches Kompliment erhalten. Tatsächlich jedoch galt er trotz seiner mageren zwölf Jahre den Mädchen im Palatinischen Palast als Liebling, denn er hatte blonde Locken, ein hübsches Gesicht und war der Beste seines Alters im Speerwurf, im Diskuswerfen und im Ringen.

»Vier *denari* sind übrig geblieben«, sagte Timon. »Für meine Dienste berechne ich nur zwei davon.«

»Timon«, rief Nikolaos empört.

»Schon gut«, lachte Timon. »Es war ein Witz, Vater. Du weißt doch, dass ich niemals …«

Timon kam nicht weiter, denn in diesem Moment rannte der Mann in die Gruppe, und alle drei fielen zu Boden.

Archelaos schrie sofort, noch bevor er verstand, was vor sich ging, doch im Transtiberim bedeutete ein Schrei um Hilfe nicht mehr als woanders ein Husten.

Der Mann zog ein langes Messer und stach zu. Nikolaos stöhnte auf und fasste sich an den Oberschenkel. Wie eine Katze sprang Timon nun auf den Mann, doch er war sehr kräftig und nicht zu Fall zu bringen. Timon krallte sich von hinten an seiner Schulter fest und rief: »Archelaos. Schnell, schlage ihn.«

Archelaos sah mit weit aufgerissenen Augen zu, wie der Mann den Jungen auf seinem Rücken hin und her schüttelte, um ihn abzuwerfen. Doch mit zusammengebissenen Zähnen hielt Timon stand. »Tu doch was!«, rief er.

Archelaos sah, wie sein Lehrer auf dem Boden lag und das Gesicht vor Schmerzen verzog. Er brachte es nicht fertig, sich neben ihn zu knien und ihn zu stützen, und auch nicht, sich dem Mann mit der Waffe zu nähern. »Hilfe«, rief er stattdessen und ging einige Schritte rückwärts.

Auch der Mann ging rückwärts. Er war es leid, sich von Timon ärgern zu lassen, und rammte ihn gegen eine Hauswand. Timon fiel zu Boden, und der Mann fuhr herum und schnitt ihm mit dem Messer quer über den Oberkörper. Blut quoll unter der gespaltenen Tunika hervor. Nun stand dem Mann nichts mehr entgegen, seine Tat zu vollenden. Er stieß weitere zwei Male auf den hilflosen Nikolaos ein, und dann blickte er zu Archelaos.

Der wich langsam zurück und streckte seine Hände abwehrend vor. »Tu mir nichts, bitte. Ich ... ich gebe dir Geld. So viel du willst. Und ich werde ... werde dich auch nicht verraten.«

Der Mann richtete sich stumm vor seinem Opfer auf. Er sah zu Timon, der langsam wieder zu sich kam, ließ seinen Dolch fallen und verschwand zur großen Verwunderung von Archelaos. Der stieß seufzend alle Luft aus und hielt die Hände vor das Gesicht. »Danke«, murmelte er kaum hörbar. »Ich danke dir, mein Gott.«

Timon schleppte sich halb benommen zu seinem Vater, der reglos am Boden lag. Er rüttelte an seiner Schulter, streichelte sein Gesicht. Tränen rannen über sein junges Gesicht. »Vater«, bettelte er. »Vater, bitte, wach doch auf. Es tut mir Leid, Vater. Ich konnte ihn nicht aufhalten. Ich habe dich hierher gebracht, Vater. Bitte vergib mir. Wach doch auf, Vater.«

Wie durch ein Wunder bewegten sich plötzlich die Lippen des Alten. Er konnte seine Augen nicht öffnen, keine Regung war in seinem Gesicht zu erkennen, aber er wisperte etwas, so leise und so undeutlich, dass Timon es unmöglich verstehen konnte.

»Ich höre dich nicht, Vater«, schluchzte Timon. Seine Tränen benetzten die Wangen des Alten, und in diesem Moment schlug Nikolaos die Augen auf. Sie waren voll von Liebe, und sein Mund verzog sich zu einem kaum sichtbaren Lächeln. Doch gleich darauf zuckte Schmerz durch seinen Körper, und sein Kopf fiel zur Seite. Timons junger, verwundeter Körper beugte sich in stummer Klage über die Leiche seines Vaters.

Archelaos hatte die letzten Augenblicke fast reglos verfolgt. Erst jetzt löste sich seine Starre. Er begriff, dass er noch lebte und dass sein Lehrer gestorben war. Vorsichtig, als ginge er über Glasscherben, näherte er sich Vater und Sohn und kniete sich neben sie. »Gott wird ihn lieben«, sagte er, da ihm nichts anderes einfiel.

Timon lockerte die Umarmung seines Vaters und richtete sich auf. Voller Verachtung sah er Archelaos an. »Warum hast du uns nicht geholfen?«

»Der Mann war groß wie ein Bär und außerdem bewaffnet. Gegen solche Räuber kann man nichts ausrichten.«

Timon wischte sich die Tränen von den Wangen. Seine Wunde an

Bauch und Brust schien er gar nicht zu bemerken. »Ein Räuber hätte den Schmuck und das Geld genommen.«

Archelaos blickte verdutzt auf den Reif, der gut sichtbar neben der Leiche lag, und auf die verstreut herumliegenden Münzen. »Das hieße ja …«

»Der Mann wollte nur meucheln«, ergänzte Timon. Mit Blick in das Dunkel, in dem der unbekannte Mann verschwunden war, schwor er: »Und ich werde herausfinden, wer dahinter steckt.«

»Akme«, donnerte Augustus und stürmte in den Thronsaal des Palatinischen Palastes, in dem Archelaos und seine Brüder warteten. Es war später Abend, und niemand hatte die Rückkehr des Augustus von seinem Kurort in Norditalien so bald erwartet. Doch schlimme Nachrichten hatten ihn nach Rom zurückgetrieben.

Er betrat dermaßen schnell und überraschend den Thronsaal, dass der Beamte, der ihn ankündigen sollte, erst zu sprechen begann, als Augustus fast schon auf seinem Sessel saß.

»Imperator Caesar Octavianus Augustus, Vater des Vaterlandes, vom Senat zum dreiunddreißigsten Male mit der tribunizischen Gewalt bekleidet, Triumphator, Pontifex Maximus, Konsul und Prinzeps von Rom.«

Die vier Herodianer hatten sich bereits wieder erhoben, als der Diener hinzufügte: »Und die edle Livia Drusilla, Gemahlin des Erhabenen.« Sie blieb etwas abseits stehen.

Ein weiteres Mal senkten sich die Köpfe der Brüder, doch noch bevor sie sie wieder heben konnten, fuhr Augustus sie an: »Akme, eure Tante, berichtet mir, dass ein Aufruhr in Judäa ausgebrochen ist, und zwar in Jerusalem und manchen Gebieten des Archelaos und des Antipas. Warum muss ich das von *ihr* erfahren? Wieso schafft *sie* es, deren Gebiet nicht vom Aufruhr betroffen ist, mich eher zu benachrichtigen als eure eigenen Leute? Kann mir das jemand erklären?«

Archelaos war von der Nachricht so bestürzt, dass er gar nicht so schnell Worte formen konnte, wie Augustus erneut zu schimpfen begann: »Nun, wenn ihr es nicht könnt, ich kann es. Eine Administration ist nur so fähig wie der Kopf, der sie führt. Eure Leute taugen nichts, also taugt ihr auch nichts. Keiner von euch wird König, jedenfalls nicht, bis ihr dieses ärgerliche Land im Griff habt.«

Archelaos schluckte. Außer hilflosen Gesten brachte er nichts zustande. Antipas verbeugte sich, wohl weil er glaubte, das könne nie schaden, und Philipp und Theudion ließen die Beschimpfungen über sich ergehen. Für Theudion stand zwar ohnehin nichts auf dem Spiel, aber er wollte um eine Erhöhung des geerbten Geldbetrages nachsuchen.

»Ich verfüge hiermit«, rief Augustus, »dass Antipas und Philipp als Tetrarchen die von Herodes bestimmten Ländereien regieren sollen. Ohne die Zustimmung Roms dürfen ihre Fürstentitel nicht erweitert werden, auch nicht durch Erbschaft. Archelaos wird zum Ethnarchen ernannt, zum Regenten des Volkes. Er regiert zwar die ihm vererbten Gebiete und erhält nominell die Oberhoheit über die Tetrarchen, doch das königliche Siegel und der goldene Reif verbleiben in Rom, bis er sich als würdig erweist.«

Er gab einem Beamten durch Kopfnicken ein Zeichen, und dieser stampfte einmal mit der *lancea decreta*, der Lanze des obersten Rechtes, auf den marmornen Boden, so dass es durch den riesigen leeren Thronsaal hallte. Es hörte sich entsetzlich endgültig an, und Archelaos musste sich sehr beherrschen, nicht jammernd auf die Knie zu fallen. Regent, das war viel zu wenig, das war wie eine Degradierung. Was würden seine römischen Freunde nun von ihm denken?

Einen Moment lang blieb es ruhig, dann trat Livia einige Schritte näher an den Thron, so dass sie ins Blickfeld des Augustus gelangte. Sehr diskret brachte sie ihrem Gemahl damit einen weiteren Punkt in Erinnerung.

Er räusperte sich. »Außerdem bestimme ich, dass das Erbe der Akme bestätigt wird. Sie erhält außerdem den Titel einer Tetrarchin. Im Übrigen werden das Testament und die damit versprochenen Geldsummen bestätigt.«

Erneut tönte der dumpfe Klang der *lancea decreta* durch den Saal. Archelaos stand vor einem Trümmerhaufen.

»Verzeih, Erhabener«, wandte Theudion ein und hob vorsichtig den Zeigefinger wie auf einer Schulbank. »Ich habe von meinem Vater lediglich ein *talent* hinterlassen bekommen. Ich habe jedoch eine Frau und eine Tochter zu versorgen.«

Mit dieser Angelegenheit hatte Augustus sich nicht beschäftigt, sie war ihm neu und erschien ihm eher unbedeutend in Anbetracht dieses Berges von Problemen, die Judäa verursachte. Auch ein kurzer Blickwechsel mit Livia brachte ihm keinen Aufschluss – ihr war der Sachverhalt ebenso gleichgültig. Wenn er allerdings daran dachte, dass sein Stiefsohn Tiberius, dieser griesgrämige Misanthrop, fünfhundert *talente* geerbt hatte, der eigene Sohn des Herodes jedoch nur eines, war er versucht, diesem Theudion zuzustimmen. »Sechstausend *denari* sind in der Tat nicht viel für einen Mann deines Ranges. Wie kam es zu dem geringen Vermächtnis deines Vaters?«

»Eine Meinungsverschiedenheit kurz vor seinem Tod, Erhabener.«

Antipas mischte sich ein. Er zog den Kopf ein wenig ein, wie eine Schildkröte in unbekanntem Terrain, und machte einen Schritt auf den Thron zu. »Wenn ich sprechen darf, erhabener, weiser, göttlicher Imperator.«

Augustus verdrehte die Augen. »Ja doch. Wir sind ja hier, um zu sprechen, und nicht, um uns anzuschweigen.«

»Gewiss, erhabener, göttlicher …«

»Nun sprich endlich.«

Antipas leckte sich die Lippen und grinste Augustus an. »Es ging bei besagter Meinungsverschiedenheit um den römischen Adler vor dem Tempel, Erhabener. Theudion nahm die Zerstörer des Adlers vor unserem Vater in Schutz.«

Mehr musste Augustus nicht hören. Säufer, Speichellecker, Hasenfüße und sogar romfeindliche Widerständler, wie er jetzt erfahren musste: Diese Familie machte ihn ganz krank, und er wollte endlich auf das politisch Bedeutsame der Audienz zu sprechen kommen. »An den Geldsummen wird nichts verändert«, schloss er den Fall lapidar ab.

Das Scheppern der *lancea decreta* verbot jede weitere Einrede für Theudion. Er war geschlagen.

Augustus beugte sich nach vorne und fixierte Archelaos, so dass es diesen schauderte. »Wie«, fragte er, »gedenkst du den Aufstand zu bekämpfen?«

Zu dieser Frage fiel dem neu ernannten Ethnarchen gar nichts ein. Schließlich war er kein Offizier, sondern Herrscher. »Einfach so«, antwortete er und schickte ein verlegenes Kichern hinterher.

»Einfach so?«, echote Augustus. Er würde seine Kur um eine Woche verlängern müssen, beschloss er in diesem Augenblick. Dieses lächerlich kleine Land und seine nicht weniger lächerlichen Führer kosteten ihn alle Beherrschung, die er unzweifelhaft besaß, und wäre Judäa wegen seiner Lage im Gürtel von Schutzkönigreichen, der sich wie ein Polster zwischen sein Imperium und die Perser legte, nicht so wichtig gewesen, hätte er es längst fallen lassen. Es kostete ihn gewiss hundert Tage seiner Gesundheit.

Mit einer Stimme, die nur mühsam seine Ungeduld verbarg, erteilte er Archelaos Unterricht in der Kunst des Regierens: »Du, Archelaos, rufst Rom formell um Hilfe an. Dann marschieren meine Legionen ein und besetzen die großen Städte. Nur um Jerusalem kümmerst du dich selbst, da es eine schwierige Stadt voller empfindlicher Menschen ist, wie ich gehört habe.«

Archelaos stockte der Atem. »Erhabener, diese ... diese Einmischung wird das ganze Volk beleidigen, auch die, die nicht am Aufstand beteiligt sind. Das werden sie mir nie verzeihen.«

Augustus blickte den jungen Ethnarchen mitleidlos an. »Rege dich nicht auf, Archelaos. Die Legionen ziehen sich nach der Niederschlagung des Aufstandes wieder hinter die Grenzen zurück, immer bereit, dir zur Seite zu springen, wenn du wieder einmal versagst.«

»Das ... das bedeutet die faktische Hoheit Roms über Judäa. Ich glaube nicht, dass mein Vater, dein Freund, so etwas wollte.«

Augustus verzog keine Miene, als er antwortete: »Herodes ist tot. Entweder du akzeptierst mein Angebot, oder dein Volk wird dir die Herrschaft nehmen – und ich werde sie dann deinem Volk nehmen. Das Ergebnis ist für Rom das Gleiche, hingegen nicht für dich«, schloss er nüchtern. Er erhob sich, und den Herodianern blieb nichts anderes übrig, als sich zu verneigen.

Als Archelaos sich wieder aufrichtete, war Augustus bereits fort. Livia stand neben ihm, mit einem höflichen, aber kalten Blick aus grauen Augen. In diesem Moment verstand er, dass sie es war, die Augustus gegen ihn beeinflusst hatte.

»Ich hörte von dem Überfall«, sagte sie mit teilnahmsloser Stimme. »Sehr betrüblich.«

»Ja, Erhabene«, erwiderte Archelaos so höflich, wie es ihm möglich war. Er war eben degradiert und als Versager tituliert worden. Sein Land war in Aufruhr, sein wichtigster Berater, der den Augustus vielleicht noch hätte zu seinen Gunsten einnehmen können, war getötet worden, seine Brüder waren wie Feinde, und nun sprach er mit einer Intrigantin, die ihm seinen Königstitel missgönnte. Wer konnte wissen, wie weit sie gehen würde, um ihm zu schaden? Er erinnerte sich der Gerüchte, die er als Jugendlicher in Rom aufgeschnappt hatte und die sich um die vielen Todesfälle in der julischen Familie drehten. Augustus' vielversprechender Neffe, seine beiden Enkel, sein bester Freund und potenzieller Nachfolger, sie alle waren tragischen Unfällen oder rätselhaften Krankheiten zum Opfer gefallen. Nur Livias Sohn Tiberius, der Stiefsohn des Augustus, war noch übrig geblieben. Waren das Zufälle?

»Ich hörte, der Junge ist verletzt«, fuhr Livia mit kühlem Unterton fort.

»Eine tiefe Schramme. Sein Körper wird eine Narbe zurückbehalten. Der Tod seines Vaters ist bedeutend schlimmer.«

Livia nickte. »Auch Augustus schmerzt der Tod von Nikolaos außerordentlich, und er möchte, dass der letzte Wille seines langjährigen Beraters und treuen Dieners erfüllt wird.«

»Die Bestrafung des Täters?«

Livia schüttelte mit übertriebener Traurigkeit den Kopf. »Schwerlich, mein guter Archelaos. Wir werden den Mann wohl niemals finden. In Rom gibt es zu viele Räuber.«

Archelaos wusste nicht, woher er den Mut nahm, hinzuzufügen: »Und Meuchelmörder, Erhabene.«

Livia blieb ungerührt wie eine Festung, die gerade mit einem Kiesel beschossen worden war. Keine Augenbraue und kein Finger regten sich an ihr, und weder der Rhythmus noch der kalte Ton ihrer Worte änderten sich. »Wenn du dahingehend einen Verdacht hast, mein Guter, solltest du ihn Augustus mitteilen, damit er dich schützen kann. Willst du das jedoch aus Mangel an Beweisen nicht tun, so ist es besser, für alle Zeit darüber zu schweigen, denn wo es einen Meuchelmord gegeben hat, ist der zweite vielleicht schon nicht mehr weit. Ich wäre sehr besorgt.«

Archelaos konnte Livias Blick nur einen Moment lang standhalten, dann schlug er die Lider nieder. »Du hast gewiss Recht, Erhabene.«

Sie berührte Archelaos an der Schulter und führte ihn langsam zur Pforte des Thronsaales. »Wie dem auch sei, mein Guter, Nikolaos hat erst kürzlich gesagt, dass er für den Fall seines Todes dich als Vormund seines Sohnes haben möchte.«

»Mich?«, hallte Archelaos' Stimme durch den Saal. Das kam überraschend, ja, das war undenkbar. Sein Lehrer hatte ihn zwar oft unterstützt, aber er hatte keine allzu hohe Meinung von ihm gehabt. Frauen und Wein, lustige Abende voller Sinnlichkeit und verdöste Tage hatten dem alten Philosophen nie gepasst. Seine Auffassung von einem Herrscher war antiquiert gewesen, dominiert von Begriffen wie Disziplin und Aufopferung, Anstand und Ernst, also von Langeweile. Wieso also sollte der Alte Timon in seine Obhut geben, wo der Junge doch beim hochmoralischen, ernsten und aufopfernden Augustus viel besser aufgehoben wäre?

»Hat er diesen Wunsch schriftlich niedergelegt oder dem Erhabenen mündlich mitgeteilt?«, fragte er und schaffte es ein weiteres Mal, provokant zu klingen.

»Weder noch, mein Guter. Er hat diesen Wunsch mir erst vor wenigen Tagen mitgeteilt.«

»Nur dir, Erhabene, sonst niemandem?«

»So ist es. Ich habe die Sache Augustus vorgetragen, und er ist einverstanden. Timon geht mit dir nach Judäa als dein Mündel.«

»Timon hat mir gesagt, dass er in Rom bleiben will, um ...«

»Um?«

Der Junge wollte den Mörder seines Vaters finden. Wenn Archelaos genauer darüber nachdachte, war es tatsächlich besser, Timon daran zu hindern, denn je mehr der Junge schnüffelte, umso eher könnten der Mörder und seine Anstifter sich provoziert fühlen und alle Zeugen des Verbrechens beseitigen wollen.

Erneut hielt er dem Blick Livias nicht stand. »Nichts, Erhabene. Ich werde ihn nach Judäa mitnehmen. Zu seinem eigenen Besten.«

»Eine weise Entscheidung, Archelaos. Augustus ist vorhin vielleicht ein wenig hart mit dir ins Gericht gegangen, denn du hast auch Vorzüge. Deine Fähigkeit zur Einsicht und zum schnellen Lernen ist für mich offensichtlich. Nur weiter so, dann wird sich alles zu unserer Zufriedenheit entwickeln.«

Archelaos wurde den Verdacht nicht los, dass er in diesem unser nicht eingeschlossen war.

Coponius blickte mit leicht gerümpfter Nase auf das, was die Diener am Hofe der Akme an Speisen auf die lange Tafel stellten, und verstand nicht mehr, wieso er der Einladung der Tetrarchin so bereitwillig gefolgt war. Er hätte nun wirklich genug anderes zu tun gehabt, als sich hier mit obskuren Nahrungsmitteln voll stopfen zu lassen. Zwar war seine wichtigste Aufgabe erledigt und der jüdische Aufstand in den Städten seines Verantwortungsbereiches niedergeschlagen, aber noch waren nicht alle der zweitausend gefangenen Juden gekreuzigt worden. Und die Soldaten des Archelaos hatten es auch nach elf Monaten noch nicht verstanden, Jerusalem einzunehmen, was ja derzeit wohl das Wichtigste war. Doch die alte Akme schien weder die geplante Bestrafung ihrer Landsleute zu kümmern noch die blutigen Kämpfe um die Hauptstadt. Sie beging das traditionelle jüdische Tempelweihefest mit großem Aufwand.

»Klassische Speisen zu *chanukka*«, erklärte ihm Herodias und deutete nacheinander auf geräucherte Klumpen aus Fleisch, das offenbar zunächst zerhackt und dann unsinnigerweise wieder zusammengefügt worden war, schrumpelige Dreiecke und Hörnchen aus Teig sowie angekokelte Fladen. Herodias hielt ihm einen faustgroßen, gebackenen Teigklumpen vor den Mund. »Das hier ist eine Spezialität. *Sufganiot* nennen wir sie.«

Da Herodias keine Anstalten machte, ihm das Ding mit dem unaussprechlichen Namen auszuhändigen, aß er ihr aus der Hand, was sie wohl auch wollte. Ihre Augen glitzerten, und ihr kleiner, rundlicher Körper schob sich einen Fingerbreit näher an seinen heran.

»Da ist ja etwas drin«, rief er angeekelt.

Sie lachte hell auf, so dass ihr einen Moment lang die Familie zusah, wie sie ihn fütterte. »Eingekochtes Obst«, erklärte sie amüsiert. »Und nun probiere dies hier. Käsekuchen.«

Coponius schluckte. »Ein Kuchen aus Käse?«

»Nein, nicht aus Käse. Er heißt nur so.«

Kein Wunder, dass niemand in Rom, niemand im ganzen Imperium diese Juden verstand. Ein Käsekuchen ohne Käse! Ein Gott ohne Namen, noch dazu nur ein Einziger! Bis er von Augustus in den Osten geschickt worden war, hatte er noch nie einen Juden gesehen, denn verglichen mit anderen Völkern wie den Galliern, den Griechen oder Illyrern waren sie zahlenmäßig unbedeutend und in einer abseitigen Weltecke heimisch. Was er jedoch über dieses Volk gehört hatte, reichte ihm. Die Juden glaubten, anders zu sein als andere Menschen, ja, sie hielten sich für ein auserwähltes, ein besseres Volk. Sie begnügten sich nicht einfach damit, ihren Gott zu ehren, sondern sie behaupteten, er sei überhaupt der Einzige. Das war ein unerhörter Anspruch, denn mit ihm wurde ausgedrückt, dass alle Gottheiten Roms, Griechenlands, des Nordens, des Orients und Afrikas, alle Götter, die innerhalb des Imperiums toleriert, geachtet und nebeneinander verehrt wurden, Hirngespinste waren, ihre Statuen eine Lüge und ihre Tempel leere, nutzlose Bauten. Wer waren die Juden, so etwas behaupten zu dürfen? Vielleicht, dachte er, sollte man dieses Land einfach besetzen und den Kindern die Wahrheit beibringen, dass nämlich nicht die Juden, sondern die Römer auserwählt waren, und dass ihre Götter zwar nicht die Einzigen, aber die Mächtigsten von allen waren. Doch ein solcher Befehl lag ihm nicht vor – leider. Er hätte der jüdischen Überheblichkeit gerne einen Dämpfer verpasst.

Diese Herodias allerdings hatte es in sich, mochte sie auch jüdisch sein. Ja, bei Venus, ihretwegen lohnte sich sein Abstecher an den Hof der Greisin, noch dazu, wo ihr Gemahl in Ausübung seines Amtes weit fort war. Coponius wartete einen Moment, bis die übrige Gesellschaft wieder in ihre Gespräche vertieft war, nahm dann den Käsekuchen und ließ sich von Herodias eine Kostprobe in den Mund schieben, nur um kurz an ihrem Finger zu lutschen.

»Man findet es schnell köstlich, nicht wahr?«, fragte sie und räkelte sich leicht.

»Oh ja«, bestätigte er. »Sehr. Wenn man nur mehr davon haben könnte.«

»Zu viel davon ist schwer bekömmlich, Coponius.«

»Ich kenne meinen Körper gut«, erwiderte er. »Und er gibt mir eindeutige Zeichen, dass ich noch mehr davon brauche.«

Herodias schmunzelte. »In diesem Fall ist es ratsam, einige Kräuter zu sich zu nehmen, die dafür sorgen, dass alles verträglich bleibt. Sie wachsen im Garten, an verborgenen Stellen, die ich gut kenne. Ich war schon häufiger dort.«

Coponius' Lippen verzogen sich unter seinem kurz geschorenen Bart zu einem Lächeln. Sie flüsterte ihm zu, wo sie ihn erwarten würde.

Herodias sprach mit Akme und bat um Verständnis, dass sie sich zurückziehen müsse, sie habe ein Frauenproblem. Kaum jemand unter den zwanzig Gästen bemerkte, wie sie wegging, doch nur ein paar Schritte weiter spielte Kephallion mit einigen anderen Kindern auf dem Boden und sah ihr mit verächtlich verzogenen Mundwinkeln nach. Er hatte schon die ganze Zeit über die angeregte Unterhaltung der beiden mit angesehen und behielt nun den Römer im Auge.

»Kephallion, du bist dran«, mahnten Berenike und Salome gleichzeitig. Widerstrebend nahm er den Würfel auf. Er hatte von Anfang an keine Lust zu diesem albernen Spiel gehabt, aber dieser Zeitvertreib war für Kinder üblich, und außerdem konnte er auf diese Weise ein paar kleine Münzen gewinnen, die jedes der Kinder zuvor von seinen jeweiligen Eltern bekommen hatte. Zeigte der Würfel ein S, so müsste er einen seiner *sekel* in einen Topf legen, zeigte er ein G, bekäme er den ganzen Inhalt des Topfes, bei einem H immerhin noch die Hälfte des Inhalts und bei einem N leider nichts. Selbstverständlich sorgte Kephallion dafür, dass er häufig G und H würfelte, selten dagegen S und N. Das war zwar geschummelt, aber die anderen waren entweder jünger als er, oder sie waren Mädchen so wie Berenike und Salome. Was sollten Mädchen schon mit den *sekeln* anfangen?

»Jetzt habe ich es gesehen«, rief Salome, kaum dass Kephallion seinen Wurf gemacht hatte. »Du suchst dir vorher einen Buchstaben aus, drehst ihn nach oben und legst den Würfel dann einfach. Du musst ihn werfen.«

»Ich werfe ihn doch«, gellte Kephallion. »Glaubst du etwa, ich betrüge?«

»Es gibt auch noch die Möglichkeit, dass du einfach zu dumm bist, um den Würfel richtig zu werfen.«

Kephallion blies seine ohnehin drallen Backen noch weiter auf. Er schob sich nacheinander die beiden Ärmel seiner Tunika bis zu den speckigen Oberarmen hoch, spuckte in die Hände und stieß Salome an den Schultern nach hinten, so dass sie auf den Rücken fiel. »Von dir lasse ich mich nicht beleidigen, du Tochter einer Verräterin.«

»Das bin ich *nicht*«, rief sie und rieb sich die Handgelenke, die sie sich aufgeschlagen hatte.

»Aha. Und warum tändelt deine Mutter andauernd mit dem römischen Feind? Er ist schuld, dass unser Volk gedemütigt wird, und sie wirft sich ihm an den Hals.«

Die Blicke aller Kinder gingen zu Coponius, der sich soeben von der Tetrarchin verabschiedete. Als er schon fast draußen war, rief sie ihn noch einmal zurück: »Kommandant! Ich höre, es gibt Probleme bei der Einnahme Jerusalems. Mein Neffe ist ein guter Junge, doch nur unter Druck ist er zu großen Taten fähig. Du solltest ihm im Namen des Augustus vorschlagen, entschiedener vorzugehen – das wird Wunder bei ihm wirken.«

»Mir scheint«, meinte Coponius, »er geht überlegt vor, um sich die Jerusalemer Juden nicht endgültig zu Feinden zu machen. Er sagt, es gebe viele Friedliebende in Jerusalem, und er will warten, bis der Aufstand in der Stadt von selbst zusammenbricht. Ich möchte ihm diese Zeit ungern nehmen.«

Akme spielte mit einem ihrer vielen Armreife und sagte, scheinbar ganz nebenbei: »Es mag sein, wie du sagst. Ich könnte mir allerdings denken, dass Augustus schnelle Erfolge sehen will. Möglich, dass er schon bald jemanden nach Judäa versetzt, der besser Herr der Lage wird als du.«

Coponius war die Freundschaft zwischen der alten Akme und der Gemahlin des Imperators nicht unbekannt. Es war besser für ihn, sie nicht zur Feindin zu haben, und außerdem konnte es ihm egal sein, ob Archelaos bei seinem Volk beliebt war oder nicht. Im Übrigen bedrängten ihn im Moment ganz andere Gedanken und körperliche Bedürfnisse. »Ich werde auf ihn einwirken«, versprach er und verabschiedete sich endgültig.

»Siehst du«, sagte Salome am anderen Ende des Raumes und streckte Kephallion die Zunge heraus. »Meine Mutter ist nicht mit dem Römer befreundet. Sie hat ihn nur gastfreundlich behandelt, wie es bei uns Sitte ist, und nun ist er weg.«

Kephallion grinste breit. »Wenn ich dir beweise, dass es doch so ist, kriege ich dann deine Münzen?«

Salome wusste, dass ihre Eltern im Vergleich zu den anderen Verwandten am Hofe wenig Geld besaßen. Nur einmal im Jahr, zu *chanukka* eben, bekam sie einige Münzen, und da sollte sie es nun riskieren, sie bei einer Wette zu verlieren? Kummervoll blickte sie in ihre hohle Hand, wo die polierten Silberlinge blitzten. Trotzdem: Sie durfte nicht kneifen. Kephallion konnte sonst leicht behaupten, dass er Recht behalten hatte.

»Und wenn du verlierst, kriege ich deine.«

»Abgemacht«, sagte er und gab allen Kindern ein Zeichen, ihm zu folgen. Sie rannten hinaus.

Die Wintersonne stand am klaren Himmel, doch frische Böen machten den Aufenthalt im Freien nicht angenehm, vor allem wegen der kurzen Tuniken, die sie trugen.

Wie immer, wenn sie hier nach draußen kam, vergaß Salome nicht, ihren Blick über die Schönheit dieses Landes gleiten zu lassen. Der kleine Palast war ein Stück außerhalb Ashdods auf einer luftigen Anhöhe erbaut. Von der einen Seite sah man hinunter auf die Stadt mit ihren breiten, von Säulen gesäumten Straßen und quadratischen Plätzen. Ein Garten schlängelte sich quer von Westen nach Osten, vorbei an großzügigen Kaufmannsvillen, in dem zwischen Beeten und wilden Sträuchern mächtige Zypressen und Dattelpalmen aufragten, und selbst die zurückhaltende winterliche Farbenpracht leuchtete noch in Rot und Blau bis zum Palast herauf. Weiter hinten, am Horizont, schillerte das Meer wie ein Spiegel im Mittagslicht. Die Welt schien dort ihr Ende zu haben, und Ashdod schien der letzte und prachtvolle Außenposten des Volkes Israel zu sein, ein Refugium wie von Gott selbst erschaffen.

Die Aussicht in die andere Richtung war ebenso herrlich. Hier war der Palast von Zitrushainen umgeben, die zu dieser Jahreszeit in voller Frucht standen und einen herben, aromatischen Duft verströmten, der alles beherrschte. Sie dienten ausschließlich der Schatztruhe von Salomes Großtante, der die Haine gehörten. Die Ernte wurde mit schnellen Barken nach Smyrna, Korinth und Athen gebracht, wo die Menschen auch im Winter nicht auf die wohlschmeckenden, gelben und hellroten Früchte verzichten wollten, ja, manche gelangten sogar nach Rom, wie ihre Großtante gern erzählte, und seien es nur die getrockneten Schalen, die in Patriziervillen als Würzmittel verwendet wurden. In wenigen Tagen bereits würden die arabischen und persischen Sklaven mit riesigen Körben anrücken und die Früchte pflücken, aber heute, am Festtag, waren die Haine noch menschenleer.

Lautstark raschelten Millionen von Blättern im tosenden Wind, und die Kinder hatten Mühe, ihr eigenes Wort zu verstehen. »Wohin willst du?«, fragte Salome.

»Das wirst du gleich sehen«, antwortete Kephallion siegesgewiss. Zwischen den niedrig wachsenden Bäumen hindurch liefen sie bis zu einer Stelle, von wo aus die Tetrarchie der alten Tante zu ihren Füßen lag. Salome überblickte die Gegend des Hinterlandes. Wie ein riesiger grüner Teppich mit farbigen Tupfen breiteten sich die Haine vor ihr aus, nur unterbrochen von den Furchen der Bewässerungsgräben, die von hier oben geheimnisvollen Schriftzeichen glichen.

»Wo ist der Beweis?«, fragte Salome und sah Kephallion dabei zu, wie seine Augen durch den Blätterwald spähten. Sie staunte, wie dieser Junge, der die Figur und oft auch den Ausdruck eines Hammels hatte, derart konzentriert und sprungbereit wirken konnte. Plötzlich lachte er leise. Sie hasste dieses knurrende Lachen, doch sie verspürte auch Angst, wann immer sie es hörte. Sie folgte Kephallions Blick und entdeckte den Grund für seine Freude. Dreißig Schritte entfernt, an einen der vielen Stämme angebunden, stand das Pferd des Römers und rupfte die spärlichen Unkräuter aus dem Boden.

»Er kann nicht weit sein«, sagte Kephallion grinsend und spähte weiter. Und noch bevor er Coponius und Herodias ausmachen konnte, hatte Salome sie schon entdeckt.

Die beiden waren durch das Gewirr von Stämmen und Zweigen fast verdeckt. Der schwarze Offiziersumhang des Römers lag ausgebreitet auf der Erde. Coponius kniete darauf, nur mit einem knappen weißen Wolltuch bekleidet, das um seine Hüften geschlungen war.

Herodias räkelte sich vor ihm. Sie war nahezu nackt. Ihre Hüften kreisten, und ihre Finger glitten wieder und wieder durch ihre rotblonden Haare.

Coponius sank bei diesem Anblick in die Knie, bis er schließlich wie ein Besiegter vor Herodias lag. In diesem Moment brach Herodias ihren Tanz abrupt ab und beugte sich zu dem Römer. Sie streichelte ihn am ganzen Körper, griff nach dem Umhang und rollte sich zusammen mit Coponius darin ein.

»Er ist nicht der Erste, mit dem sie das macht«, zischte Kephallion leise durch die Zähne. »Eine Sünderin vor Gott.« Kephallion spuckte vor Salomes Füße. »Und du bist ihre Tochter. Du wirst einmal wie sie werden, noch viel schlimmer, denn du bist krank, hässlich und dumm und wirst dich jedem an den Hals werfen, der dich bloß kurz ansieht. Aber die Zeiten werden dann nicht mehr so gottlos sein, und du musst für deine Sünden büßen.«

Kephallion griff nach ihrer Faust, öffnete sie und nahm die Münzen heraus. Er und die anderen Kinder gingen davon, nur Berenike blieb bei Salome und versuchte, sie mit Umarmungen und Worten zu trösten.

»Mach dir nichts aus seinem Geschwätz. Er redet ständig so ein Zeug daher. Sein Vater schimpft immerzu mit ihm, deswegen ist er zu anderen so gemein. Das hat nichts mit dir zu tun.«

Salome war wütend. Wieder war sie dumm genannt worden und

konnte nicht das Gegenteil beweisen. Auf widerwärtige Weise hatte Kephallion die Wahrheit gesagt. Ja, sie war krank und hässlich und dumm und wusste nicht, was sie gegen die beiden ersten Übel tun sollte. Nur gegen das dritte Übel gab es ein Mittel. Sie wollte, nein, musste es bekommen. Alle am Hof sollten sehen, wozu sie fähig war.

Durch die Gassen Jerusalems trieb Staub, vermischte sich mit dem Qualm schwelender Feuer, und Sadoq mittendrin. Er kämpfte sich über quer liegende Karren, umgestürzte Säulen und mit Nägeln gespickte Holzpfeiler voran. Manchmal glaubte er, ersticken zu müssen, und manchmal ließen ihn seine Beine und Arme im Stich, wenn er ein Hindernis überwinden oder mühsam umgehen musste. Seine Muskeln gehorchten ihm kaum mehr; er hatte schon die halbe Stadt durchquert.

Als das Inferno losbrach, hatte er sich gerade auf der südlichen Mauer befunden, um einen Blick auf die Belagerer zu werfen. Eben noch hatte sein Freund Zelon sich über die Unfähigkeit der Soldaten des Archelaos lustig gemacht – die meisten davon griechische Söldner –, und im nächsten Moment krachte ein Geschoss keine zehn Schritte von ihnen entfernt in einen Turm und gleich darauf ein zweites in den unteren Teil der Mauer. Die Erde bebte unter den Steinbrocken, die nun im Takt eines Atemzuges einschlugen und auch das Stadtgebiet trafen. Manche der Katapultgeschosse zogen einen brennenden Schweif hinter sich her.

»Ein Angriff! Ich muss zu meinem Vater«, rief Sadoq, doch Zelon hielt ihn fest.

»Jetzt kämpfe mit uns. Gott will, dass wir einen Sieg erringen, und was Gott will, will auch dein Vater.« Zelon gab ihm ein Schwert in die Faust. Sadoq fühlte etwas Ähnliches wie damals, als er die Wache auf dem Tempelhof erstochen hatte. Das Schwert gab ihm Kraft, gab ihm Macht. Er mochte es. Doch er traute ihm nicht, oder besser, er traute sich selbst nicht. So warf er es wieder weg.

»Du Verräter«, zischte Zelon ihn an, und vielleicht wäre er von ihm erschlagen worden, wenn ein Geschoss nicht unmittelbar neben ihnen eingeschlagen wäre. Sie fielen beide zu Boden. Staub und Geröll bedeckten sie. Beide waren unverletzt. Sadoq kam zuerst wieder auf die Beine und rannte davon. Zunächst nach Norden, in Richtung seines Elternhauses, doch dann brach die griechische Phalanx des Archelaos in die Stadt ein und streckte jeden nieder, der ihr vor die Lanzen kam. Brände und panisch fliehende Menschen hinderten Sadoq daran, schnell voranzukommen.

So lief er noch immer durch Jerusalem. Auf den verwüsteten Straßen hielt er ab und zu eine der Gestalten an, die wie Geister aus dem gelben Staub auftauchten. »Vater?«, fragte er, oder: »Hast du meinen Vater gesehen?« Niemand wusste, wer Sadoqs Vater war, und jeder hatte mit sich selbst genug zu tun.

Als die ersten Brände schon wieder erloschen waren, als sich die Schwaden über der Stadt Davids lichteten und der Himmel seine blaue Farbe langsam zurückgewann, stand Sadoq endlich vor seinem Elternhaus. Die vordere Fassade war zur Hälfte eingebrochen. Er betrat das Haus seiner Kindheit durch jenes Fenster, an dem er früher immer seiner Mutter beim Backen der Brote zugesehen oder durch das er seinem Vater zum Abschied zugewunken hatte. So wie heute. Der untere Sims war herausgebrochen, Sadoq ging durch das Fenster wie durch ein Tor. Die wenigen Möbel, die sie besaßen, waren umgekippt, die Luft im Haus war staubig und heiß. Hustend, die Augen zusammengekniffen, tastete Sadoq sich voran. »Vater?«, rief er.

Er hörte ein leises Wimmern und lief so schnell wie möglich in den Nebenraum. Dort kniete eine Nachbarin neben seinem Vater. Sadoq begriff sofort, dass er tot war.

»Sie kamen herein und haben auf ihn eingeschlagen, weil er sie beschimpfte«, jammerte die Frau. »Er hatte noch nicht einmal die Kraft, den Stock gegen sie zu erheben, aber sie waren zu fünft und haben ihn getötet.«

Sadoq wollte weinen, aber er kämpfte dagegen an. Er durfte jetzt nicht weinen. Er musste stark sein. Er musste so sein, wie sein Vater es sich von ihm gewünscht hätte. »Gott verfluche Archelaos«, rief er. »Gott schütte seinen Zorn über alle Herodianer aus.«

Am nächsten Tag bestattete Sadoq seinen Vater auf dem Ölberg östlich der Heiligen Stadt. Beinahe hätte er ihm diesen Wunsch nicht erfüllen können, denn fast jeder Jude wollte ein Grab auf dem Ölberg haben, und der gestrige Tag hatte viele das Leben gekostet. Die Menschen trampelten sich auf dem Hügel fast tot, es gab kaum Plätze für die neuen Gräber. Sadoq sah keine andere Möglichkeit, als eine Familie von dem Platz zu vertreiben, den sie besetzt hatten. Es waren nur drei Frauen und ein kleiner Junge, so dass sie Sadoqs Aufforderung, sich einen anderen Platz zu suchen, nichts entgegensetzen konnten.

»Das war unhöflich«, mahnte ihn die Nachbarin.

Sadoq setzte sich darüber hinweg. Er war ihr keine Rechenschaft schuldig, wohl aber seinem verstorbenen Vater, und der verdiente sein Grab auf dem Ölberg.

Mit bitterer, unbeweglicher Miene verfolgte er die Gebete, die ein Freund von ihm sprach, der Einzige, der heute zu seinem Haus gekommen war und ihm Mut zugesprochen hatte. Gemeinsam schaufelten sie das Grab zu, dann ging er zusammen mit seinem Freund Menahem davon. Er war ein stiller, nachdenklicher Mann in Sadoqs Alter, der sich ebenfalls nicht an dem Aufstand beteiligt hatte. Seine Großeltern waren einst von Herodes' Geheimagenten ermordet worden, woraufhin sein Vater den Kampf gegen die königliche Herrschaft aufnahm und mehrere Beamte ermordete, um schließlich gefasst und hingerichtet zu werden. Seine Mutter verfiel dem Wahnsinn und starb bald darauf. Wenn jemand wusste, dass Gewalt die Menschen für immer veränderte, dann war es dieser Freund, der seine ganze Familie verloren hatte.

Menahem führte Sadoq vom Ölberg auf die Straße nach Jericho. Sie sprachen kaum ein Wort, denn beide ahnten, was sie erwartete. Als sie den Hügel überwunden hatten und den Hang zur Straße hinuntergingen, blickten sie auf eine Reihe von Kreuzen, die bis zum Horizont reichten, und an jedem Kreuz hing ein Jude.

»Ich habe es nicht glauben können, als du es mir erzählt hast«, flüsterte Sadoq.

Menahem nickte. »Unfassbar, dass Archelaos so weit gegangen ist. Er hat alle Gefangenen an die Römer ausgeliefert, und die haben jeden Einzelnen gekreuzigt. Das ist, als habe Archelaos selbst sie gekreuzigt.«

Sadoq hatte alles, was zu den Herodianern zu sagen war, gestern schon in den Himmel geschrien. Wortlos, mit bebenden Herzen, gingen sie die Straße entlang, neben ihnen Leid, Siechtum und Tod. Alle zwanzig Schritte kamen sie an einer misstrauisch dreinblickenden, römischen Wache vorbei, die Acht gab, dass niemand mit den Gekreuzigten sprach oder sie gar anfasste. Eine Besichtigung dagegen war erlaubt, sogar willkommen: Eine bessere Abschreckung als diese Massenhinrichtung konnten die Römer sich wohl nicht vorstellen.

Nachdem sie eine Weile gegangen waren, packte Menahem ihn am Arm. »Dort«, sagte er. Vor ihnen hing Zelon.

Seine Kleidung war an den Beinen zerfetzt, über die nackte Brust zogen sich blutige Striemen von Peitschenhieben und seine rechte Wange war aufgeschürft und entzündet. Zelon war nicht tot, sein Kopf bewegte sich noch, aber er konnte sie nicht sehen, und selbst wenn, so wäre er zum Sprechen zu schwach gewesen. Die sengende Sonne, der Durst, der Blutverlust, das würde ihn noch heute umbringen.

Sadoq stand wie ein Büßer vor Zelon. Er verstand nicht mehr, was ihn in den letzten Monaten von diesem Freund entzweit hatte, wieso er ihm nicht gefolgt war. Zelon hatte Recht behalten. Gegen Archelaos und die Römer, gegen alle, die sich an dem Volk Israel und seinem Land vergriffen, musste etwas getan werden. Die Feinde durften jedoch nicht unterschätzt werden; Zelons Methode des offenen, gewaltsamen Widerstands wirkte bei ihnen nicht. Ihre militärische Macht war zu groß. Sie konnten nur geschlagen werden, wenn sie die Feindschaft eines ganzen Volkes spüren würden, wenn ihre Bastionen umringt wären von Hass, demselben Hass, den Sadoq für sie und ihre Helfer empfand. Und dazu musste er zunächst die Seelen der Menschen gewinnen.

»Wir gründen eine Gruppe«, erklärte Sadoq, gleichermaßen an Menahem wie an Zelon gewandt. »Und wir nennen sie nach diesem Helden am Kreuz, wir nennen sie Zeloten.«

Zweiter Teil

Geheimnisse

4

Salome zog ihre schmale Hand von der Klinke zurück, nach der sie eben erst gegriffen hatte. Ihr Mut war verflogen. Eben noch schien alles so einfach, sie war willens gewesen, das Unmögliche zu schaffen. Da war diese Tür nur ein Stück Zedernholz, und der Raum dahinter bloß ein Zimmer voller Männer und Jungen. Doch die Berührung der Klinke veränderte alles. Jetzt war der Raum ein *cheder*, ein Schulzimmer, ein heiliger Raum des Wissens, wo der Lehrer, der *melammed*, ein König war, und die Tür war die verbotene Grenze, die sie als Mädchen, obwohl mit beinahe sechzehn Jahren schon seit vier Jahren volljährig, nicht zu überschreiten hatte. Allein vor der Pforte zu stehen schien ihr ungeheuerlich. Salomes junges Herz überschlug sich fast. Sie hustete zweimal wie immer, wenn sie sich aufregte, dann wieder und wieder, bis sie sich krümmte. Schließlich wich sie einige Schritte von der Tür zurück, um sich zu beruhigen. Es dauerte noch eine Weile, bis sie wieder normal atmen konnte. Ehrfurchtsvoll blickte sie zur Tür.

Was für eine unsinnige Idee das doch war! Nie würde man ihr gestatten, sich am Unterricht zu beteiligen. Wieso auch? Nicht einmal ihrer Großtante war es damals gelungen, den *Rabban* zu überzeugen. Alle Mädchen bekamen nach alter Sitte das Lesen und Schreiben von den Vätern beigebracht, ebenso das Notwendigste über Gebote, Verbote und die Riten des Glaubens, und wo es keine Väter mehr gab, übernahmen andere männliche Verwandte die Einweisung in die grundlegenden Fertigkeiten. Doch mehr sollte nicht sein. »Du sollst die Söhne lehren …«, stand bedeutungsvoll in der *thora*, und das schloss Salome nun einmal von weitergehenden Studien aus. Selbst wenn Theudion gewollt hätte, konnte er ihr nichts mehr beibringen, denn ihre Großtante beschäftigte ihn mittlerweile als *Toparch*, als Bürgermeister, der Stadt Jebna, und er war nur noch selten am Hofe. Akme wiederum erzählte ihr zwar viel, und sie lernte dabei eine Menge, doch wenn sie mit Jungen wie Kephallion mithalten wollte, musste sie auch das wissen, was in der Schule gelehrt wurde.

So war sie erstmals vor zwei Jahren mitten in der Nacht zur Lade ihres Vaters geschlichen und hatte jene Abschrift der *thora* auf ihr Zimmer mitgenommen, die die Aufschrift *Genesis* trug. Was sie damals von der Erschaffung der Welt las, raubte ihr fast den Atem. Keine Müdigkeit konnte sie daran hindern, alles über die ersten Menschen und die Schliche des Bösen zu erfahren, über den ersten Mord und die große Flut. Da sie noch nicht viel Übung im Lesen hatte, kam sie nur langsam voran, und nach jedem Absatz ließ sie die Schriftrolle sinken und sich das Geschriebene – den Blick in die winzige Flamme der Öllampe vertieft – noch einmal durch den Kopf gehen. Sie war geradezu vernarrt in die vielen Geschichten, die das Buch erzählte.

Als sie etwa in der Mitte des Textes angekommen war, passierte jedoch etwas Seltsames. In einem plötzlichen Anflug von Ärger zog sie die Augenbrauen zusammen und schleuderte die Rolle in die nächste Ecke. Zwar bekam sie im nächsten Augenblick Gewissensbisse und hob die Schrift wieder auf, aber ihren Ärger konnte und wollte sie nicht verleugnen. Sie las noch einmal: »*Noach hatte drei Söhne: Sem, Ham und Jafet. Deren Kinder wurden nach der großen Flut geboren. Jafets sieben Söhne waren Gomer, Magog, Madai …*« Und ein paar Zeilen weiter: »*Hams vier Söhne waren …*« Und schließlich: »*Sems fünf Söhne waren …*«

»Haben die alle nur Söhne gehabt?«, fragte sie in das Halbdunkel ihres Zimmers hinein. »Warum redet das Buch immer nur von Söhnen und nie von den Töchtern?«

Sie war an einem Punkt angelangt, wo sie entscheiden musste, ob sie trotz ihres Ärgers weiterlesen wollte oder nicht. Sie entschied sich dafür – und bereute es nicht. Von diesem einen Makel abgesehen, fand sie die Geschichten ungeheuer spannend: Moses' aufregende Erlebnisse in Ägypten, die Belagerung Jerichos, der Besuch der unermesslich reichen und klugen Königin von Saba in Salomos Palast, der Kampf Davids gegen Goliath ... Jede der mit anderen Titeln versehenen Rollen, die Salome in den folgenden Monaten aus der Lade stibitzte, enthielt einen Schatz von Erzählungen. Allerdings gab es nicht nur Unterhaltsames. Vorschriften und Gebote und Bestrafungen füllten ganze Rollen, und Nacht für Nacht schrien ihr glühende Propheten aus den Seiten Mahnungen und Warnungen entgegen. Manchmal träumte sie schlecht, und dann musste sie sich am nächsten Abend überwinden, wieder zur Rolle zu greifen. Doch sie fürchtete, wenn sie einmal mit dem Studium aufhörte, würde sie nie wieder damit anfangen. So las sie, gleichgültig ob sie sich dabei quälte, ärgerte oder amüsierte. Wenn sie etwas nicht verstand, ging sie damit nicht etwa zu ihrem Vater, der ihr leicht hätte helfen können, und auch zu sonst niemandem. Nicht nur, dass sie ihr heimliches Tun damit verraten hätte, sie wollte es sich auch nicht leicht machen. Lieber grübelte sie eine ganze Woche nach und las bestimmte Stellen dreimal, viermal oder sogar fünfmal, als sich etwas erklären zu lassen.

»Was dir jemand schenkt, macht dich schwach«, hatte ihr die alte Akme eingeschärft und hinzugefügt: »Nur, was du dir mit eigener Mühe erarbeitet hast, gibt dir wahre Macht.«

Daran hielt sie sich. Doch trotz Geduld und beharrlichem Lesen und Lernen gab es noch so manche Lücke in ihrem Verständnis des Textes, zumal Theudion seine Rollen mit nach Jebna genommen hatte. Ihr fragmentarisches Wissen könnte ihr bei dem heutigen Vorhaben zum Verhängnis werden.

Wieder war sie an einem wichtigen Punkt in ihrem Leben angelangt, und ihr blieb nur, sich zu stellen oder sich selber mit Ausreden zu vertrösten und abzuziehen.

»Das kommt nicht in Frage«, murmelte sie und trat erneut an die Tür. Was konnte schon passieren? Schlimmer als jetzt konnte sie nach diesem Versuch nicht dastehen. Bevor ihr die Aufregung wieder zusetzen konnte, trat sie wie ein frischer Wind in den *cheder* ein.

Der Raum war klein, kaum sieben Schritte von der einen zur anderen Seite, doch das makellose Weiß der Wände ließ ihn größer wirken. Hinter dem einen Fenster glänzten die Blätter einer Dattelpalme, das andere wurde von breiten Sonnenstrahlen ausgefüllt, die auch über den Köpfen der Schüler lagen. Sieben Jungen in unterschiedlichem Alter saßen im Halbkreis hinter ihren Pulten, auf denen aufgeschlagen ihre *siddurot* lagen. Als Salome eintrat, sahen sie wie auf Befehl von den Gebetbüchern auf, starrten sie an und kicherten.

»Ha«, rief Zacharias sie zur Ordnung und brachte ihre Köpfe dazu, sich wieder über die Worte des Einen Gottes zu beugen. »Wer noch einmal die Frechheit besitzt, dieses Mädchen statt Gott zu schauen ...«, drohte Zacharias, ohne seinen Satz zu vervollständigen. »Und nun zu dir.«

Er verließ seine Position zwischen den beiden Fenstern und trat nahe an Salome heran. Seine Gestalt hatte sie stets beeindruckt, solange sie ihn kannte. Und sie kannte Zacharias schon, seit sie auf der Welt war. Er war Kephallions Vater, also auch ein Verwandter, der es an sich nicht nötig gehabt hätte zu lehren. Doch seine genaue Kenntnis der Schrift Gottes in Verbindung mit seiner vornehmen Stellung und der ihm eigenen Frömmigkeit machte ihn zu einer Idealbesetzung für den Posten des *melammeds*, des Lehrers, und zugleich für das des *Rabban*, eines Schriftgelehrten. Hoch aufgeschossen, schlank, mit langem, grauem Kinnbart und ersten Altersfalten, war er zudem die Verkörperung von Würde. Salome wusste, dass er es mit dem Glauben genau nahm.

»Ich unterstelle dir den Verstand zu wissen, dass du nicht hierher gehörst. Wenn du also keine gute Erklärung für dein Eindringen hast ...« Er ließ den Satz mittendrin ausklingen.

»Verzeih mir, *Rabban*, ich habe durchaus das Gefühl, hierher zu gehören. Ich kann nichts dafür, es ist einfach da.«

Kephallion kicherte, doch nicht lange.

»Ein Tag zusätzliches Studium der *thora*«, erlegte sein Vater ihm auf.

»Aber Vater, ich ...«

»Noch zwei Tage zusätzliches Thorastudium. Einen für deinen Widerspruch und einen dafür, dass du mich hier drin Vater genannt hast. Im *cheder* bin ich nichts als dein *melammed* und *Rabbiner*, dein Lehrer.«

»Drei Tage?«, stöhnte Kephallion.

»Sieh mal an, du machst Fortschritte im Rechnen.« Nun kicherten die übrigen Schüler über Kephallion, doch Zacharias bestrafte sie deswegen nicht. Der kurze, feindliche Blick, den sein Sohn nun Salome zuwarf, brachte Zacharias wieder auf die Ursache der Aufregung zurück.

»So, du meinst also, hierher zu gehören?«, fragte er fast amüsiert. Die Bestrafung seines Sohnes schien seine Laune eher gebessert als getrübt zu haben. »Ich gebe zu, das ist eine ungewöhnliche Erklärung, zudem schwer zu widerlegen. Warum fällt dir das ausgerechnet heute ein?«

Salome zögerte nicht, die Wahrheit zu sagen. »Weil ich mich seit heute würdig fühle, unterrichtet zu werden, *Rabbiner*.«

»Oho«, rief Zacharias gedehnt und neigte den Kopf hin und her. »Das nenne ich gewagt.« Langsam, die Hände auf dem Rücken gefaltet, ging er zu seinem Podium am Ende des Raumes zurück und wandte sich von dort aus wieder den Schülern zu. »Ich wäre geneigt, das Mädchen Salome zur Probe bei uns aufzunehmen, wenn niemand von euch etwas dagegen hat. Wer also Einwände hat ...«

Diese Einschränkung war eine maßlose Enttäuschung für sie. Sechs der sieben Jungen hätten bestimmt keine Einwände, sie kannte sie von vielen Spielnachmittagen und kam gut mit ihnen aus. Kephallion hingegen ... Von ihm sollte ihre Zukunft abhängen? Dieser Gedanke empörte sie.

Schon reckte Kephallion seinen Arm in die Höhe. »Ich habe Einwände.«

Zacharias grinste wie über ein lange erwartetes Ereignis, das endlich eintrat. »Welche Überraschung, Kephallion. Nun, da du der Einzige bist, der Bedenken hat, solltest du diese auch begründen.«

»Sie ist ein Mädchen«, platzte Kephallion heraus, als lüfte er ein Geheimnis. »Wir hatten noch nie Mädchen im *cheder*.«

»Begründe es nicht mir gegenüber, sondern dem Mädchen selbst«, forderte ihn Zacharias auf. »Ihr beide werdet auf der Grundlage der *thora*, der Schriften und der Überlieferungen miteinander disputieren. Jetzt sofort. Und wer die besseren Argumente hat ...«

Zacharias bat die beiden nach vorne, wo sie Auge in Auge und vor allen anderen den Disput austragen sollten. Solcherlei war nicht ungewöhnlich im Unterricht des Zacharias. Er sah es als eine gute Übung für seine Schüler an, wenn sie ihren Standpunkt mit durchdachter und sachlicher Beweisführung untermauern konnten und nicht bloß aus emotionalen Gründen an ihm festhielten, weil sie jemanden oder jemandes Art zu denken nicht mochten oder sich gedankenlos der Meinung einer Gruppe unterordneten. So etwas, mahnte er immer, kam öfter vor, als man gemeinhin dachte. Sobald jemand in dieser Richtung disputierte, klatschte Zacharias mit einem Weidenzweig auf das Pult und gab somit zu verstehen, dass der Betreffende eine neue Richtung in seiner Argumentation einzuschlagen hatte.

Zacharias trat neben Salome und fragte: »Bist du bereit?«

Sie nickte, war jedoch alles andere als bereit. Welche Argumente konnte sie schon anführen? Das Wenige, das sie von der *thora* kannte, sprach gegen sie. Kephallion hingegen erhielt seit gut zehn Jahren Lehrstunden über die *thora* und konnte Salome mit Argumenten geradezu in den Boden rammen, wenn er wollte.

Ein Blick in seine Augen genügte ihr, um zu begreifen, dass er genau das vorhatte. Die Jahre in Ashdod hatten ihn nicht milder gemacht, im Gegenteil. Polternd setzte er außerhalb des *cheders* seine Ansichten gegen Gleichaltrige und Jüngere durch, so extrem diese Meinungen manchmal auch waren. Wer wollte Kephallion widersprechen? Allein sein Körper unterdrückte Widerstand. Er war nicht mehr wirklich dick so wie früher, sondern eher breit und kantig, jetzt schon ein Amboss und noch immer nicht ausgewachsen. Seltsam, wie sehr er sich doch von seinem Vater Zacharias unterschied, dachte Salome plötzlich. Sie schienen wirklich nichts gemeinsam zu haben, weder in ihrem Erscheinungsbild noch im Charakter.

Kephallion würde ihr seinen Sieg noch auf Jahre hinaus täglich unter die Nase reiben. Als sie daran dachte, juckte es in ihrem Hals, der Husten stieg auf, das Herz pochte. Schwindel überkam sie, ließ sie torkeln. Sie musste sich auf einem Bord abstützen, um nicht zu fallen. Zacharias bot ihr seinen Arm.

»Bist du tatsächlich bereit oder ...?«

Sie nickte und klopfte sich mit der flachen Hand wieder und wieder auf die Brust. Den anderen musste die Geste lächerlich erscheinen, aber ihr half sie. Sie nickte immer heftiger. Ihr blieb keine Wahl. Sie musste den Disput durchstehen. Was bliebe ihr sonst noch? Langsam löste sie sich von Zacharias' Arm.

Sie rang noch um ihr Gleichgewicht, als die Stimme des *Rabbiners* feierlich verkündete: »So fangt an!«

»Wie ich schon sagte«, begann Kephallion hastig, »du bist ein Mädchen. Was du wissen musst, hat dein Vater dir schon beigebracht, und was noch fehlt, kann dein künftiger Mann dir sagen – wenn du jemals einen findest.«

Die Schüler kicherten, doch Zacharias' Rute peitschte mit lautem Knall auf das Pult. »Keine persönlichen Stellungnahmen«, gebot er. »Deine letzte Bemerkung war unsachlich, Kephallion. Reiß dich zusammen.«

Kephallion presste die Lippen aufeinander, bis sie weiß wurden.

Salome war ein wenig erleichtert, dass Kephallion so forsch mit seiner Argumentation begonnen hatte, denn nun konnte sie sich damit begnügen, ihn zu widerlegen, anstatt ihren Anspruch zu begründen. Das wäre ihr deutlich schwerer gefallen.

Sie räusperte sich, unterdrückte den Husten. »Mein Vater«, begann sie mit zerbrechlicher Stimme, »hat mich die Buchstaben gelehrt, nicht den Sinn hinter den Buchstaben.«

»Den Sinn der Gebote zu kennen, steht dir nicht zu. Gehorche ihnen.«

»Das ist ungerecht. Du darfst die *thora* kennen und ihren Sinn auslegen, ich nicht.«

Kephallion grinste. »Der Herr hat dich auf diesen Platz gestellt, indem er dich eine Frau werden ließ. Einen anderen Platz einnehmen zu wollen ist also von Gott nicht gewollt. Du benimmst dich ungebührlich.«

Ihre Furcht und ihre Aufregung waren jetzt wie weggeblasen, sie vergaß, jemals gehustet zu haben, jemals von Kephallion gedemütigt worden zu sein, vergaß ihr Unwissen über so viele Dinge, vergaß ihren Vater und ihre Mutter und Berenike, die alle meinten, sie gehöre nicht in einen *cheder*. Wie sich alle doch irrten! Bisher hatte sie den Unterricht zwar gewollt, doch erst jetzt wusste sie, dass sie ihn auch wirklich verdiente.

Sie zitierte auswendig: »›Wer im Besitz des Wissens der *thora* ist, weiß, welcher Platz ihm gebührt.‹ Wie«, fuhr sie fort, »soll ich den mir gebührenden Platz kennen und einnehmen, wenn ich die *thora* nicht studieren darf?«

»Das … äh …« Kephallion kratzte sich am Kopf und schien eine passende Erwiderung in allen Ecken des *cheders* finden zu wollen, denn seine Augen huschten unruhig hin und her. Schließlich meinte er, etwas gefunden zu haben. »Wissen ist ein Privileg, und Privilegien stehen Frauen nicht zu. Ihr dürft ja nicht mal als Zeuginnen vor Gericht auftreten. Das habt ihr sonst nur mit den Sklaven gemeinsam. Sogar Nichtjuden werden als Zeugen akzeptiert«, schloss er.

Salome erinnerte sich an die wenigen Stellen der *thora*, in denen von Frauen die Rede war.

»Und was ist mit Deborah?«, platzte sie heraus. »Sie hat als Richterin fungiert, und eine Richterin ist sicher angesehener und privilegierter als eine Zeugin. Und Miriam war sogar eine anerkannte Prophetin, die im Besitz aller Weisheiten der *thora* war.«

»Gegen diese Prophetin stehen fünfzehn männliche Propheten.«

Dieser Sachverhalt war ihr neu. So ging es nicht weiter. Kephallion kannte zu viel aus der *thora*. Mit Wissen allein kam sie nicht gegen ihn an. Sie musste eine andere Taktik einschlagen. Ihr fiel ein, wovon die Tetrarchin schon so oft erzählt hatte: die Schwächen der Menschen. Das war es. Sie musste Kephallion an einer Stelle treffen, die ihn aus dem Konzept bringen würde. Kephallion war leicht erregbar. Er nahm es mit dem Glauben sehr genau, sprach oft von Sünde, von den ungläubigen Römern, die von Gott verdammt seien, und so weiter. Im Gegensatz zu Zacharias, der vernünftig und maßvoll argumentierte, war Kephallion voller Zorn.

»Na, dir gehen wohl die Argumente aus«, provozierte er sie.

»Wenn fünfzehn Propheten gegen eine Prophetin stehen«, sagte sie, »so stehe ich als ein Mädchen eben gegen euch sieben Jungen.«

»Der Vergleich ist Unsinn«, keifte er. »Wir sind hier doch keine Propheten.«

»Ihr vielleicht nicht. Aber die innere Stimme, die mich hierher in den *cheder* getrieben hat, kommt vielleicht von Gott.«

Kephallion schnappte nach Luft. »Du willst dich doch wohl nicht mit einer gottgesandten Prophetin vergleichen wollen?«

Salome zuckte provozierend mit den Schultern. »Wieso nicht? Ich kann doch heute noch nicht wissen, was der Herr mit mir vorhat.«

Die Schüler lachten, und Kephallion wandte sich Hilfe suchend an seinen Vater. »Gegen diese Blasphemie musst du einschreiten.«

Zacharias schüttelte bedächtig den Kopf. »Sie argumentiert gewagt, kein Zweifel. Dennoch: Es ist zwar unwahrscheinlich, jedoch möglich, dass der Herr sie zu etwas Besonderem erhebt.«

»Ich weiß, dass sie nichts dergleichen wird.«

»Nicht einmal ich weiß so etwas. Wie kann dann ein *chamor* wie du so etwas wissen.«

Kephallion ballte unauffällig die Fäuste. Sein Vater hatte ihn einen Esel genannt, er machte ihn vor den anderen lächerlich, wie so oft. Heute war es schlimmer, denn vor ihm stand dieses hässliche Mädchen und verbündete sich geradezu mit dem *Rabbiner*.

»Die Tradition«, keifte er, »lässt ein Mädchen als unsere Mitschülerin nicht zu.«

Die Peitsche des *Rabbiners* klatschte auf das Pult. »*Chamor*«, rief er. »Du argumentierst abstrakt und voreingenommen.«

»Das tue ich nicht«, zischte Kephallion. »Tradition ist nicht abstrakt.«

»*Chamor*«, rief Zacharias erneut. »Tradition muss auf den Worten des Herrn beruhen. Wo erhabene Schriften die Tradition nicht eindeutig stützen, wird Tradition irrelevant, ja, gefährlich. Der Mensch darf Gebote nicht selbstherrlich erweitern, nur weil sie seinem wankelmütigen Empfinden entsprechen. Wir sind zu beschränkt und zu sterblich, um so etwas wagen zu dürfen.«

»Das ist vielleicht deine Meinung, ich dagegen sage …«

Die Rute des Zacharias zischte nur einen Fingerbreit an Kephallions Nasenspitze vorbei und schlug knallend gegen die Wand. Kephallion erstarrte. Die Schüler gaben keinen Mucks mehr von sich. So etwas war noch nie vorgekommen. Hatte Zacharias, der sonst so Gefasste, tatsächlich versucht, seinen Sohn zu peitschen? Oder war ihm die Rute nur ausgeglitten? Jedenfalls klang die Stimme des *Rabbiners* schon wieder ruhig, als er sagte: »Wenn das alles ist, was du vorzubringen hast, Kephallion, schließe ich den Disput hiermit. Du darfst dich setzen.«

Salome war dem Streit mit Staunen gefolgt, aber jetzt war sie erleichtert. Sie hatte gewonnen. Sie hatte Kephallion besiegt und Zacharias und die Schüler überzeugt. Wer durfte sie jetzt noch dumm nennen? Mit bebendem Herzen sah sie zu Zacharias auf, der zu ihr kam, sie mit beiden Händen an den Schultern fasste und auf die Stirn küsste.

»Willkommen«, sagte er, unterstützt vom Applaus der Schüler. »Du darfst dem Unterricht ab morgen beiwohnen, Salome, mit Ausnahme der Tage, an denen du unrein bist. Du hast mich verstanden?«

Sie sah peinlich berührt zu Boden und nickte. An den Tagen ihrer Blutungen galt sie als unrein, als tabu, und kein Mann durfte sich ihr nähern. Daran hatte sie gar nicht mehr gedacht, doch ein aufmerksamer *Rabban* wie Zacharias befolgte dieses Gebot selbstverständlich.

An seinen Sohn gewandt, sagte Zacharias: »Das wäre übrigens ein gutes Argument gegen die Aufnahme Salomes gewesen, was erneut beweist, dass du ein *chamor* bist.«

Kephallion sprang auf, sein Stuhl kippte dabei nach hinten um. »So, jetzt reicht's mir«, schrie er. »Ich habe deine Beleidigungen ein für alle Mal satt.« Ohne ein weiteres Wort stürmte er nach draußen und schlug die Tür hinter sich zu.

Zacharias schmunzelte. Er wirkte geradezu heiter. »Was für ein *chamor*«, murmelte er kopfschüttelnd und hob seine Rute auf. »Was für ein unsagbar dämlicher *chamor*.«

Salome krallte ihre zierlichen Finger in den Stein und schwang sich um die schlanke Säule herum, hüpfte zur nächsten und dann weiter, den halben Säulengang des Palasthofes entlang. So feierte sie ihren Triumph, und nicht einmal der Schwindel hielt sie auf. Erst als er überhand nahm, als die Welt schon wie ein Boot im Sturm schwankte, setzte sie sich auf die von der Sonne erwärmten Fliesen und lehnte sich gegen den Sockel der Säule. Sie lachte, reckte ihre Arme in die Höhe und schloss die Augen.

Was würde Berenike sagen! Und was erst Akme! Der pedantische und tadellose Zacharias, dessen Meinung unangreifbar war, hielt sie für würdig genug, unterrichtet zu werden. Das war grandios, das war nicht zu überbieten. Alles war jetzt anders als noch heute Morgen, alles galt viel mehr. Die Diener, die Familie, der Palast, die singenden Vögel und überhaupt die ganze Welt schienen nur für sie da zu sein, nur ihr zu Füßen zu liegen. Natürlich war das dumm, sie wusste das, aber so fühlte sie in diesem Augenblick nun einmal, und sie gab diesem Gefühl gerne für einen Moment nach, träumte davon, wie ihre Großtante sie für ihren Erfolg schätzen würde ... Immerhin hatte sie etwas geschafft, das nicht einmal ihr gelungen war.

Salome öffnete die Augen. Die Welt stand wieder gerade, die Mosaike der Fliesen drehten sich nicht mehr. Der quadratische Innenhof des Palastes glühte verlassen in der Mittagssonne, nur der überdachte Säulengang bot willkommenen Schatten. Einen Atemzug lang stellte sie sich vor, dass das alles eines Tages ihr gehören könnte. Hier, in Ashdod, würde sie Fürstin sein, bewundert von den Edlen, geachtet von den Römern, geliebt vom Volk. Sie würde nach der Faszination streben, die Kleopatra einst ausstrahlte, und nach dem Ruhm der sagenhaften Königin von Saba. Ihr Name würde an allen Küsten des *mare nostrum* genannt werden und als Sinnbild für Gerechtigkeit gelten. Nach dem heutigen Tag war alles möglich.

Sie stand auf und versuchte, wie eine Fürstin zu laufen, erhobenen Hauptes und mit durchgebogenem Rücken. Langsam ging sie in den Palast hinein in Richtung des *gyneikon,* des großen Frauengemachs, in dem die Tetrarchin wohnte und regierte. Doch auf halbem Weg wurde ihr diese vornehme Art zu gehen mühsam, und so lief sie, wie ihr Herz es gebot, schnell und ohne Rücksicht auf den Husten, der sie erneut quälte.

Die Wache vor dem *gyneikon* ließ sie anstandslos passieren. Es war Salome gestattet, zu jeder Tages- und Nachtzeit die Gemächer der Tetrarchin zu betreten, und sie machte mehrmals wöchentlich davon Gebrauch. Mit der Zeit hatte sich eine vertrauensvolle Nähe zwischen ihr und der fast sechzig Jahre älteren Frau ergeben. Sie nahmen gemeinsam die Mahlzeiten ein, spazierten durch den Säulengang oder begutachteten die Haine. Die Tetrarchin erzählte ihr so manche Anekdote, aus der Salome ihre Schlussfolgerungen ziehen sollte. Mal waren die Schliche der Kaufleute das Thema, ein anderes Mal die Beeinflussbarkeit der Soldaten, die Gier der Hofbeamten nach Titeln oder die Dummheit religiöser Gruppen, die leicht gegeneinander auszuspielen waren. Im Grunde war allen Anekdoten gemein, dass sie Lehrstücke darüber waren, wie Menschen dazu gebracht werden konnten, das zu tun, was man wollte.

»*Shalom*, Großtante. Wie geht es dir heute?«

Die Tetrarchin saß wie fast immer an ihrem Schreibtisch. Dort, hinter der schweren Holzplatte, über Briefe und Berichte gebeugt, wirkte sie erstaunlich agil, so als sei jedes Dokument ein Jungbrunnen für sie. Salome staunte immer wieder, wie ihre Großtante es schaffte, trotz ihres nicht unbeträchtlichen Alters jeden Tag aufs Neue diese ungeheure Disziplin aufzubringen. Nur eine Idee, ein großes Ziel, vermochte solche Stärke zu geben.

»Nicht halb so gut wie dir«, erwiderte sie. »Du siehst so mitgenommen aus wie schon lange nicht mehr, meine Kleine. Immer wenn du mitgenommen aussiehst, hast du dich körperlich oder geistig verausgabt, was bedeutet, dass du irgendeinen Erfolg zu feiern hast.«

Salome war irritiert. »Ich scheine ein offenes Buch zu sein. Erstaunlich, wie du das herausgefunden hast. Je schlechter ich aussehe, umso besser geht es mir also, ja?« Salome musterte die Miene ihrer Großtante, bemerkte das feine Lächeln und rief: »Warte mal, du hast mir gar nichts angemerkt. Jemand hat dir berichtet, so ist es doch.«

Akme lachte und klatschte in die Hände: »Gratulation! Dafür, dass du mich durchschaut hast, und dafür, dass du den alten Zausel von einem *Rabbiner* und seinen widerlichen Sohn übertölpeln konntest.« Sie stand auf und umarmte Salome. »Nicht zu fassen! Ein Mädchen im *cheder* der Jungen!«

Sie lachte erneut, herzlich und erfrischend, und Salome stimmte ein.

»Ich bin wirklich stolz auf dich, meine Kleine. Du hast nicht nur Zacharias' Marotte ausgenutzt, über alles einen Disput abzuhalten, und Kephallions Unfähigkeit, rational zu denken und zu handeln, sondern auch die Antipathie, die zwischen beiden herrscht. Es war Zacharias gewiss eine Wonne, dich aufzunehmen, allein schon, um Kephallion zu ärgern. Meisterhaft, meine Kleine, unübertroffen meisterhaft.«

So wie ihre Großtante es ausdrückte, hörte sich dieser Erfolg fast schäbig an. Sie war nicht mit der Absicht in den *cheder* gegangen, irgendjemanden auszunutzen. Sie wollte lernen. Sinngemäß jedoch sprach ihre Großtante die Wahrheit.

»Nun zieh nicht so ein Gesicht«, erkannte Akme ihre Bedenken. »Du hast zwei Männer übertölpelt, und einer hat es nicht einmal gemerkt. Du hast allen Grund, zufrieden zu sein. Wer weiß, vielleicht folgen andere Mädchen deinem Beispiel und feiern dich eines Tages als ihre Heldin.«

Salomes Gesicht hellte sich wieder auf. »Du hast sicher Recht, Großtante. Ich freue mich schon auf die Miene meiner Mutter, wenn ich ihr davon erzähle.«

Die Tetrarchin nickte und seufzte leise. »Erwarte nicht, dass sie den Wert deines Erfolges erkennt. Deine Mutter hat zwar nichts gegen Manipulation, sie legt allerdings den Schwerpunkt allein auf die Beeinflussung durch weibliche Reize und ... Na, egal, sie wird zumindest nichts gegen deinen kleinen Sieg haben, weil sie weiß, wie ich darüber denke. Sie sieht dich schon als meine Nachfolgerin. Und ich – nebenbei gesagt – auch.«

Salome dachte darüber nach, wie sie ihrem strengen Vater den Unterricht erklären sollte, so dass sie die letzte Bemerkung ihrer Großtante zunächst gar nicht wahrnahm. Es dauerte einen Moment, bis sie die Bedeutung dessen begriff, was Akme soeben gesagt hatte.

Bisher war dieses Thema ein Tabu in ihren Gesprächen gewesen, das ihre Großtante umschiffte wie ein altgedienter Kapitän eine gefährliche Klippe. Alter und Tod schien es für die deutlich über siebzigjährige Tetrarchin nicht zu geben, ja, es war Salome manchmal vorgekommen, als erwarte die alte Frau noch etwas und sei sich sicher, dass sie nicht sterben würde, bevor dieses Ereignis eintrat. Ganz selten, während mancher Lektionen, meinte Salome zu spüren, dass sie nur deshalb unterwiesen wurde, um in die Fußstapfen ihrer Großtante treten zu können, aber das war nur ein diffuses Gefühl gewesen, vielleicht Wunschdenken. Zum ersten Mal nun war dieses eine Wort gefallen, auf das Salome schon lange gehofft hatte: Nachfolge.

Vor Aufregung musste sie kräftig husten, dann stammelte sie: »Du meinst ... ich werde ... dir ...«

»Nachfolgen«, nickte die Tetrarchin. »Und zwar schon sehr bald.«

Das überraschte Salome noch mehr. »Woher willst du wissen, wann du ...?«

Die Alte lachte. »Oh nein, so weit ist es noch nicht«, kam sie dem gehassten Wort zuvor. »Ich werde dir jetzt etwas sagen, meine Kleine, das du niemandem erzählen darfst, nicht deiner besten Freundin, nicht deiner Mutter. *Niemandem*«, betonte sie noch einmal.

Salome trat zum Zeichen des Einverständnisses einen Schritt näher an ihre Großtante heran.

»Also«, sagte die Tetrarchin, »ich beabsichtige, das zu werden, was du mir vor einigen Jahren – in der Sänfte auf dem Weg hierher, du erinnerst dich vielleicht – auch als dein Ziel genannt hast: Königin.«

Salome hatte manchmal diesen Verdacht gehegt. Königin zu werden, wo es vor Prinzen nur so wimmelte, war jedoch in diesem Land so gut wie unmöglich. Wenn Salome davon träumte, eines Tages Königin zu sein, dann kam in diesem Traum auch immer ein Mann vor, ein König, den sie mit viel Überredungskunst dazu bringen würde, ihre eigenen Vorstellungen zu berücksichtigen. Der alten Akme schien hingegen keine Ehe vorzuschweben.

»Großtante«, sagte Salome. »Glaubst du nicht, dass Onkel Archelaos die größeren Aussichten hat, König zu werden?«

»Oh, vergiss Archelaos und die Tradition. Wir leben in einer neuen Zeit, Salome, merkst du das nicht? Unsere Tempel und Paläste sehen hellenisch aus, unsere Kleidung ähnelt mehr und mehr der römischen, unsere Feste sind arabisch opulent. Griechische Kaufleute dominieren die Geschäfte. Die Welt der Ahnen ist alt geworden, Salome, sie geht am Stock. Heute ist alles möglich, die kühnsten Träume werden erfüllt. Ein fremder Mann bestimmt über die Besetzung unseres Throns, und eines nicht mehr allzu fernen Tages werde ich zu ihm nach Rom reisen, und dann wirst du wissen, dass das große Ereignis bevorsteht. Mit mir beginnt eine neue, eine junge Ära. Sobald ich Königin bin, übergebe ich dir meine Tetrarchie. Dann bist du eine Fürstin, meine treueste Gefolgsfrau, und wie ich dich einschätze, wird das erst der Anfang deines Weges sein.«

Salomes Herz bebte. Sie, eine Fürstin! Eine Erbin des Throns von Ashdod, Herrin über hunderttausend Menschen, über fruchtbare Landstriche, über Häfen und Schiffe und Millionen Zitrusbäume und Balsamsträucher und Dattelpalmen. Für immer in diesem Palast leben, hohe Besucher empfangen, nach Rom reisen und mit Augustus und Livia in den Palatinischen Gärten sitzen, das Land der Pyramiden befahren … Sie konnte so vieles erfahren, so viel Wissen aufsaugen, bis sie fast platzte.

»Es ist an der Zeit«, sagte Akme, »dir das Horoskop zur Kenntnis zu geben, das Herodes' Hofastrologe am Tage deiner Geburt erstellte. Er sprach davon, dass du zu Großem geboren seist, aber er sagte auch, dass sich dir mächtige Gegner entgegenstellen werden. Ich werde dir alles beibringen, was du wissen musst, um zu siegen, meine Kleine. Als Frau auf dem Thron musst du noch weitaus härter sein als die Männer. Wo sie strafen, musst du vernichten, wo sie verhandeln, musst du diktieren. Du darfst dir keine Schwäche erlauben. Das Horoskop sprach auch von deiner Zerrissenheit und dass du selbst dein schlimmster Feind wirst. Doch keine Sorge, das Blut der Herodianer und meine Erfahrung werden dich leiten. Du wirst eine Fürstin, von der man noch in tausend Jahren sprechen wird.«

Herodes würde sich im Grabe umdrehen, könnte er davon erfahren. Wie hatte er sie damals genannt? Ein dummes Mädchen. Das machte den heutigen Erfolg noch schöner.

Salome verbrachte die nächsten Stunden schwankend zwischen Stolz über ihren kommenden Aufstieg und Furcht vor dem, was dieser mit sich bringen könnte, und sie kehrte mit keinem einzigen Gedanken zu der Frage zurück, wie ihre Großtante unter Umgehung von Archelaos überhaupt Königin werden wollte.

5

Das Hippodrom von Jerusalem war erfüllt von Rufen. Als wäre es ein vielstimmiger Schwarm von Raben, krächzte das Publikum durcheinander. Man hörte die Namen der verschiedenen Favoriten, die in der Arena ihre Schnelligkeit gegeneinander maßen: Eumenes ... Anaxander ... Demetrios ..., allesamt Griechen, die zur hiesigen Gemeinde gehörten. Es war das Rennen der jungen Männer, das einmal jährlich zwischen allen Fünfzehn- bis Zwanzigjährigen ausgetragen wurde. Der Sieger erhielt keinen Lorbeer wie bei den Olympischen Spielen, ja nicht einmal ein Preisgeld, aber sein Name wurde bei den Griechen Jerusalems hoch geachtet, er würde immer Arbeit haben, jederzeit einen Kredit bekommen, stets in ihren Häusern bewirtet werden, bis ins hohe Alter hinein. Die Familien und Cliquen der neunzehn Wettstreiter taten daher alles, um ihren jeweiligen Mann anzufeuern, und schrien sich dabei die Kehle aus dem Leib.

Nur ein einziger Name durchdrang nicht das Dickicht der Anfeuerungen. Obwohl er in der Spitzengruppe der drei Führenden ritt, gab es niemanden, der Timon lautstark unterstützte. Er hatte hier keine Verwandten und keine Freunde. Der Einzige, der mit ihm fieberte, war Archelaos, und der kam gegen dreitausend Schreihälse nicht an, nicht einmal mit weingeölter Stimme. Von der Ehrentribüne aus, die ihm vom Sprecher der griechischen Gemeinde aus Höflichkeit zur Verfügung gestellt worden war, verfolgte er das Geschehen. Normalerweise hatten Juden nichts im Hippodrom oder in anderen Arenen zu suchen, denn ihr Glauben verurteilte solche Wettkämpfe als heidnisch und verbot die Teilnahme. Dass es ein Jude gewesen war, nämlich Herodes, der Hippodrom und Amphitheater errichtet hatte, wurde von den jüdischen Gläubigen schon für schlimm genug gehalten – und die Griechen bemühten sich, diesen Umstand zu ignorieren, denn sie lebten mit dem Volk Israel zwar friedlich, allerdings nicht gerade herzlich zusammen, und sie dankten ihm für nichts.

Einst hatten ihre griechischen Vorfahren hier das Sagen. Vor dreihundert Jahren hatte Alexander der Große, ihr Alexander, ganz Kleinasien, Syrien und auch Palästina von der Besatzung durch die Perser befreit. Fortan herrschten griechische Offiziere über das Land und zogen Bauern und Händler in Scharen aus dem Mutterland an. Sie bildeten die Elite der Städte und besaßen schon bald weite Ackerflächen. Doch vor einhundertfünfzig Jahren beendete ein jüdischer Aufstand ihre herausragende Stellung. Die griechischen Offizierskönige wurden vertrieben, und nun waren sie nur noch eine geduldete Minderheit, wohlhabend zwar, doch selbst in jenen Städten, die von ihnen geprägt waren, ohne maßgeblichen Einfluss. Was ihnen blieb, war der Traum, die Verhältnisse eines Tages wieder ändern zu können, vielleicht mit Hilfe der Römer.

Die letzten Runden standen bevor. Die Reiter und Pferde der Spitzengruppe wetteiferten noch vehementer um die Führung in der ovalen Arena. Oft waren sie derart dicht nebeneinander, dass die Leiber ihrer Rosse sich aneinander rieben und deren Hufe nur einen Fingerbreit entfernt auf den Sandboden stampften. Timon und die beiden anderen jungen Männer bissen die Zähne zusammen, ihre Hände klammerten sich um die Zügel, und ihre Körper beugten sich über die wehenden Mähnen der Pferde.

Einer von Timons Konkurrenten rutschte wegen der hohen Geschwindigkeit in einer Kurve von dem blanken Pferderücken herunter und stürzte zu Boden. Helfer brachten ihn in Sicherheit. Nun kämpften nur noch zwei Männer um den Sieg.

Die Sympathien waren klar verteilt. Jedes Mal, wenn der andere Mann ein Stück vorne lag, schwappte der Applaus wie eine Welle durch das Hippodrom, und jedes Mal, wenn Timon die Führung übernahm, war nur noch das Getrampel der Pferde zu hören.

Der andere Mann nahm die letzte Kurve besser als Timon. Das Publikum sprang auf, und ein einziges »Demetrios« donnerte von allen Seiten. Doch in der Geraden konnte Timon wieder aufholen und ritt schließlich mit einer viertel Pferdelänge als Sieger ins Ziel.

Ein enttäuschtes Stöhnen ging durch die Menge, und die meisten Zuschauer sackten auf die Bänke zurück. Nur Archelaos sprang auf und applaudierte. Einen Moment lang überlegten die Leute, wie sie sich nun verhalten sollten. Gewiss, Timon war gebürtiger Grieche, sein Vater war ein angesehener Mann aus der griechischen Gemeinde in Damaskus gewesen. Aber sein Vormund war ein Jude, noch dazu der Ethnarch des ungeliebten jüdischen Volkes. Wenngleich man Archelaos zugute hielt, dass er ziemlich unjüdisch lebte und in den vergangenen Jahren gegen seine eigenen Leute hart vorgegangen war, stand man doch nicht voll hinter dem wankelmütigen Herrscher Judäas. Man traute ihm nicht, oder besser, man traute ihm nichts zu.

Das Publikum entschied sich dafür, Timon mit einem höflichen, jedoch reservierten Applaus zu bedenken. Er war der Sieger, der beste Reiter seines Alters in Jerusalem, und diese Leistung respektierte man, nicht mehr und nicht weniger.

Die Menschen warteten noch ab, bis Archelaos den jungen Timon zum Gewinner des Rennens erklärte, dann strömten sie wohlgeordnet aus dem Gebäude. Den Ruhm für den Sieger schienen sie mitzunehmen, um ihn im nächsten Jahr umso ausgiebiger auf den nächsten Sieger zu häufen.

»Komm herauf«, rief Archelaos seinem Schützling zu. Timon klopfte Andromeda, seinem Pferd, anerkennend auf den Hals, flüsterte ihm etwas ins Ohr und führte es zu einem kleinen Holztrog, der mit Wasser gefüllt war. Auf dem Weg zur Tribüne nahm er mehrere Stufen auf einmal, so dass seine schulterlangen blonden Haare im Wind flatterten. Archelaos verfolgte jeden seiner schwungvollen Schritte. Er bewunderte fast alles an Timon und vermisste es an sich selbst. Manchmal wünschte er, Timon einige von dessen Eigenschaften einfach rauben zu können.

Timon ließ sich auf den Schemel neben Archelaos fallen und streckte die Beine aus. Mit den Füßen streifte er sich die locker gebundenen Sandalen ab, dann stieß er einen erleichterten Seufzer aus. Trotzdem schien er nicht froh. »Das war knapp«, sagte er. »Ich habe mir etwas ausgerechnet. Dass es allerdings zum Sieg reichen würde …«

Archelaos grinste schief und goss sich vom Wein ein, ohne Timon etwas anzubieten. »Du bist eben etwas kleiner und leichter als deine Rivalen, das verschafft dir einen Vorteil.«

Timon wandte sich verärgert von ihm ab und schaute quer durch das Hippodrom auf die Ränge, die nun fast leer waren. »Meine Landsleute sehen das wohl ebenso wie du«, meinte er. »Ein Wunder, dass sie überhaupt applaudierten.«

»Die meisten Griechen sind Kaufleute. Sie wollen ihre Geschäfte nicht verderben, indem sie den Regenten beleidigen. Das soll deine Leistung nicht schmälern, Timon. Aber meine niedrigen Steuern für sie haben gewiss zu dem Applaus beigetragen.«

Timon zuckte mit den Schultern. »Wenn du meinst …« Er spürte den Zorn auf Archelaos in sich wachsen. So etwas erlebte er seit Jahren fast jede Woche einmal, doch in letzter Zeit nahm der Zorn und dessen Heftigkeit zu. Er konnte Archelaos nicht verzeihen, dass er seinem Vater damals nicht zu Hilfe gekommen war. In den Jahren als sein Mündel sah er ihn immer als erbärmlichen Feigling, und nachts träumte er sogar von der ängstlichen Stimme, die immerzu rief: Bitte nicht, nein, tu mir nichts. Und doch hatte er sich in den Willen seines Vaters gefügt und Archelaos als Vormund akzeptiert. Nun war er volljährig, und er brachte trotz aller Anstrengung keine Ergebenheit mehr für diesen Mann auf.

Nur wenige Zuschauer hielten sich noch vor den Ausgängen des Hippodroms auf. Außer einem Sklaven, der bereitstand, die Wünsche des Ethnarchen zu erfüllen, war er mit Archelaos auf der Tribüne allein. Vielleicht war jetzt der richtige Zeitpunkt gekommen, und selbst wenn nicht, Timon konnte nicht mehr warten.

»Ich werde gehen«, verkündete er. »Ich bin jetzt beinahe siebzehn Jahre alt. In Jerusalem hält mich nichts. Diese Stadt ist nicht meine Heimat. Ich kann hier nichts bewirken, und ich fühle mich hier nicht wohl. Den Griechen bin ich zu jüdisch und den Juden zu griechisch. In anderen Kategorien denken die Leute hier nicht. Das ist schlimm, doch so ist es nun einmal, und das ist nicht meine Welt. Ich habe nur noch das Rennen abgewartet, weil ich dir meine Teilnahme versprochen habe und dir ein Abschiedsgeschenk machen wollte. Meinen Sieg werde ich dir widmen, Archelaos, alle sollen es wissen. So fällt ein wenig Glanz auch auf dich ab.«

Archelaos verzog sein Gesicht, als habe er soeben eine überraschende Ohrfeige erhalten. Er ließ den Kelch auf den Schoß sinken und blickte Timon ausdruckslos an. Entweder fühlte er nichts, oder er nahm sich sehr zusammen; sowohl das eine wie das andere kümmerte Timon nicht. Er hatte ein Ziel, und Archelaos spielte dabei keine Rolle mehr.

»Findest du das nicht ein wenig undankbar?«, fragte Archelaos. »Ich habe dich zu mir genommen, habe dich an meinem Hof leben lassen, habe dir teure griechische Lehrer gegeben, habe dich wie einen Sohn behandelt und …«

»Nein«, schnitt ihm Timon das Wort ab. »Ich bin nicht dein Sohn, ich habe mich nie wie dein Sohn gefühlt und habe auch nie väterliche Gefühle bei dir gespürt, Archelaos. Du hast mich aus schlechtem Gewissen gut behandelt, und ich habe dir dieses schlechte Gewissen jeden einzelnen Tag gegönnt. Von jetzt an ist mir damit nicht mehr geholfen. Du musst einen anderen Weg finden, deine Schuldgefühle zu beruhigen. Mich kannst du dafür nicht mehr missbrauchen.«

Das waren gefährliche Worte, das wusste Timon, die die meisten anderen Herrscher der Welt auf die eine oder andere Weise geahndet hätten. Archelaos hingegen schluckte und zitterte bloß wie nach einer zweiten Ohrfeige. »Wohin … wohin willst du gehen?«, brachte der Ethnarch mühsam hervor.

»Nach Ashdod.«

Archelaos erhob sich und vergaß, dass er noch den Kelch auf dem Schoß hatte. Das Silbergefäß fiel scheppernd zu Boden und kullerte über die halbe Tribüne. Den Sklaven, der es aufheben wollte, schickte Archelaos mit einer heftigen Handbewegung weg.

»Was, um alles in der Welt, hoffst du in Ashdod zu finden?«

Timon musste nichts sagen, denn die Antwort war ihm ins Gesicht geschrieben. Seine blauen Augen blitzten wie vor einem großen Abenteuer, und sein junger Körper war bis in den letzten Muskel angespannt. Archelaos wusste, was das zu bedeuten hatte.

In den letzten Jahren hatte er es vermieden, mit dem Jungen über die Geschehnisse jenes tragischen Tages in Rom zu sprechen. Dafür hatte er mehrere Gründe. Erstens war es unsinnig, in alten schmerzhaften Wunden zu rühren, zweitens führten solche Diskussionen zu nichts, und drittens war ihm die Erinnerung an die damaligen Geschehnisse peinlich. Hätte er sich vorhalten lassen sollen, dass er für einen kurzen Moment nicht bei der Sache gewesen war? Alles war so schnell gegangen. Nein, er trug keine Schuld an Nikolaos' Tod.

Das Schlimme war, dass irgendjemand anderer sie trug. Seine Brüder Antipas, Philipp und Theudion kamen nicht in Frage – sie hätten ihn selbst und nicht den Ratgeber ermorden lassen, um einen Vorteil daraus zu ziehen. Augustus? Das war ganz und gar ausgeschlossen und auch völlig unbegründet. Die Perser, die Nabatäer oder ein anderes Nachbarvolk, das auf Chaos in der Region hoffte? Auch sie hätten nicht Nikolaos, sondern ihn selbst umgebracht. Nur Akme blieb übrig.

Es hatte eine Weile gedauert, bis er begriff, was für eine gemeine, hinterlistige Person sie in Wahrheit war. Immer wieder stellte sie ihm kleine Fallen, und nicht selten hatte sie damit Erfolg. Sie benutzte die engstirnigen, strengen Pharisäer, um im Land Stimmung gegen ihn zu machen, sie hetzte seine Brüder gegen ihn auf, sie schrieb Lügen über ihn nach Rom und brachte es trotz allem fertig, wenn sie sich trafen, ihm gegenüber den freundlichsten Ton anzuschlagen und ihn anzulächeln wie eine herzensgute Mutter. Wie oft hätte er am liebsten ihren Hals gepackt und zugedrückt. Doch er hatte Angst, viel zu viel Angst vor ihrer Schläue, um auch nur das Geringste gegen sie zu unternehmen, denn Livia, und damit Rom, stand wie ein riesiger Schatten hinter ihr. Nein, er würde die Zeit das Problem lösen lassen. Wie lange konnte sie noch leben? Ein, zwei Jahre? Vielleicht drei, dann wäre er sie los, die Mörderin seines Ratgebers.

Das alles wusste Timon sicherlich auch. Er war jedoch zu jung und zu unvernünftig, um die Zeit für sich arbeiten zu lassen. Er wollte Rache. Womöglich konnte er in Ashdod finden, wonach er suchte, aber es war ein Spiel mit dem Feuer.

»Ich an deiner Stelle würde nicht nach Ashdod gehen«, warnte Archelaos.

Timon lachte verächtlich auf. »Das ist mir völlig klar.«

Diese Bemerkung war wie eine dritte Ohrfeige, und die nahm Archelaos nicht einfach hin. Er trat einen großen Schritt auf Timon zu, der noch immer auf dem Schemel saß, packte ihn am Handgelenk und fauchte: »Du bist ein Narr. Glaubst du, du kannst so einfach nach Ashdod spazieren und Leute beschuldigen? Du bringst nicht nur dich in Gefahr, sondern auch mich, und das lasse ich nicht zu.«

Timon befreite sich mit einem Ruck aus dem Griff. Es war, als habe etwas in ihm all die Jahre nur darauf gewartet, unsanft von Archelaos berührt zu werden. Er sprang auf. Ohne Mühe packte er Archelaos' Handgelenk und verdrehte seinen Arm, so dass dieser aufstöhnte. »Hilfe«, rief Archelaos kläglich, und es waren genau dieses Wort, diese Stimme und dieser winselnde Tonfall, der Timon wieder an den Tod seines Vaters erinnerte. Er verstärkte seinen Griff, so dass der Ethnarch vor Schmerz auf die Knie sank. »Hilfe«, rief er noch einmal, und jetzt konnte Timon nicht mehr an sich halten. Lange unterdrückte Gefühle kochten in ihm hoch, Trauer, Schmerz, Ohnmacht, Schuld und der Zorn von Hunderten von Tagen, und ohne dass er es wollte, hob sich seine Hand und schlug mit unglaublicher Wucht auf die Wange des doppelt so alten Archelaos. Im nächsten Moment spürte er eine Befriedigung, die ihn wie kühles Wasser erfrischte.

Der Ethnarch lag am Boden und verstand noch nicht, was geschehen war. Timon hingegen handelte schnell. Er pfiff seiner Stute Andromeda, die sofort den Wassertrog verließ und herbeitrabte. Noch während Archelaos sich mühsam aufrappelte und seine blutende Lippe betastete, sprang Timon von der Tribüne herunter und landete auf dem Rücken der gescheckten Braunen. Ein leichter Druck seiner Schenkel genügte, und die Stute galoppierte quer durch das Hippodrom, dann die Stufen der Zuschauerränge hinauf und durch einen der kleineren Ausgänge ins Freie.

Timon blickte nicht nach rechts und links, als er durch die Straßen Jerusalems ritt, und er sah nicht ein einziges Mal auf die Mauern der Stadt zurück, so wenig, wie ein entflohener Vogel dem Käfig einen letzten Blick schenkt. Das alles war Vergangenheit, er wollte nie wieder hierher zurückkehren. Die nahe Zukunft hieß Ashdod.

Salomes Stimme floss schon seit geraumer Zeit gleichmäßig und monoton in den *cheder*: »... und ich werde dafür sorgen, dass in eurem Land Frieden herrscht. Wenn ihr euch schlafen legt, braucht ihr nicht zu befürchten, dass euch jemand aufschreckt. Ich werde alle wilden Tiere in eurem Land ausrotten, und kein fremdes Heer wird in euer Land einfallen. Ich werde zur rechten Zeit Regen schicken, so dass die Felder reichen Ertrag bringen. Ihr werdet dann so viel ernten, dass die Dreschzeit sich bis zur Weinlese ausdehnt und die Weinlese bis zur nächsten Aussaat. Ich werde mich euch zuwenden und dafür sorgen, dass ihr viele Kinder bekommt und immer zahlreicher werdet. Ich werde bei euch bleiben und euer Gott sein. Gehorsam bringt Segen.«

Zacharias und alle Jungen im *cheder* wiederholten den Satz aus der *thora*: »Gehorsam bringt Segen.«

Salome wollte ihre Position am Pult verlassen, Zacharias jedoch wünschte, dass sie dort blieb und auch die nächsten Verse aus der *thora* vorlas.

»Warum ausgerechnet ich?«, fragte sie, denn sie wollte sich drücken. Die folgende Passage lag ihr überhaupt nicht.

»Weil du«, antwortete Zacharias bedächtig, »die Einzige hier bist, die die nächsten Verse noch nicht vorgelesen hat.«

Salome schluckte, holte tief Luft und begann.

»Buch Levitikus, Kapitel 26, Vers 14. Wenn ihr mir aber nicht gehorcht und meine Weisungen nicht befolgt, wenn ihr meine Gebote missachtet und ...«

Mit leisem Knarren öffnete sich die Tür des *cheder*, und zu Salomes Erstaunen lugte der Kopf eines blond gelockten Jungen durch den Spalt. Zacharias wandte sich um, machte eine Geste, als falle ihm etwas Vergessenes wieder ein, winkte den Jungen in den Raum und bedeutete ihm stumm, sich zu setzen.

»Mach weiter, Salome«, bat er.

Salome musterte den Jungen neugierig. Sein Aussehen deutete auf eine griechische Herkunft hin, was zunächst einmal nichts Überraschendes war. Im nahe gelegenen Ashdod lebten viele griechische Kaufleute, und nicht selten trafen Delegationen aus Pergamon, Smyrna und Korinth ein, die Geschäfte mit der Tetrarchin abschlossen. Zum einen jedoch war die Tetrarchin vor einigen Tagen nach Rom abgereist, zum anderen war es ungewöhnlich, dass ein so *junger* Grieche sich hier am Hof tummelte und noch dazu den *cheder* besuchte.

Ihr Blick begegnete seinem.

»Salome!«, rief Zacharias. »Setze die Lesung fort.«

»Oh«, schreckte sie auf und las: »Wenn ihr meine Gebote missachtet und euch um meine Rechtsordnung nicht kümmert, dann werde ich lauter Unglück über euch hereinbrechen lassen. Ich werde euch unheilbare Krankheiten schicken, die euch erblinden und langsam dahinsiechen lassen. Ich lasse es nicht mehr regnen; der Himmel über euch wird wie eine eiserne Glocke sein und der Boden unter euren Füßen hart wie Stein. Ich werde Raubtiere auf euch loslassen, die werden eure Kinder und euer Vieh fressen und so viele von euch umbringen, dass die Straßen verlassen daliegen. Ich werde feindliche Heere in euer Land einfallen lassen. Eure Städte lege ich in Schutt und Asche. Vor Hunger werdet ihr das Fleisch eurer eigenen Kinder essen. Die aber von euch, die das alles überleben, werde ich in alle Welt zerstreuen.«

Wie immer herrschte nach diesen Worten eine sekundenlange Stille im Raum. Es war, als zöge jede einzelne der angedrohten Heimsuchungen noch einmal vorüber, mit allen Farben, allen Geräuschen und aller Angst und Trauer. Dann schloss Salome pflichtgemäß: »Ungehorsam bringt Unglück«, und der Chor der Schüler wiederholte den Satz leise und ehrfürchtig.

Zacharias erhob sich. »Nun denn, dann wollen wir es damit für heute bewenden lassen. Bevor ihr geht, möchte ich euch noch einen

Gast vorstellen. Timon ist Grieche, der bereits in Rom und in Jerusalem gelebt hat. Sein Vater hat ihn auf Reisen geschickt, damit er alle Völker des Ostens kennen lernt. Eine weise Tat, wie ich finde. Timon hat mich gebeten, ihn eine Weile an diesem Hof leben zu lassen, damit er unsere jüdischen Bräuche studieren kann, und da die Tetrarchin vor drei Tagen nach Rom abgereist ist und ich in ihrer Abwesenheit als Familienältester dem Hof vorstehe, habe ich seiner Bitte gern zugestimmt. Er wird also eine Weile bei uns bleiben und – wann immer er möchte – auch unseren Unterricht besuchen.«

Kephallion murmelte etwas, das nur seine nächsten Tischnachbarn verstehen konnten.

»Wie war das?«, fragte Zacharias sofort. »Wenn du etwas zu sagen hast, Kephallion, dann sage es offen.«

Kephallion schob sein Kinn nach vorne. »Ich bin *immer* offen. Ich bin der Einzige hier, der *immer offen* die Wahrheit ausspricht, denn ich befolge Gottes Gebot, wonach niemand einen Groll mit sich herumtragen, sondern ihn immer aussprechen soll. Wörtlich habe ich gesagt: Na bestens, zuerst ein Mädchen im *cheder* und jetzt auch noch ein Unbeschnittener.«

»Erstens«, entgegnete Zacharias, »sind deine Meinung und die Wahrheit zwei völlig verschiedene Dinge. Und zweitens: Da du in Gottes Geboten ja so bewandert bist, kennst du sicher auch jenes, das da heißt: Behandelt die Fremden, die in eurem Land leben, wie euresgleichen.«

»Genau das tue ich. Wenn er wie unseresgleichen Gott ehrt, den Götzen abschwört und alle Gebote beachtet, ist er willkommen.«

»Diese Interpretation ist an den Haaren herbeigezogen«, tobte Zacharias. »Immer wieder verdrehst du die Worte des Herrn nach deinem eigenen Willen. Wie sollen wir denn jemals Nichtjuden bekehren, wenn wir sie nicht einmal unterrichten und erst dann mit ihnen reden dürfen, wenn sie bereits unserem Glauben angehören? Das ist doch eine Eselei sondergleichen.«

»Sie sollen überhaupt nicht bekehrt werden. Nicht sie sind auserwählt, sondern wir, und ich sage ...«

»Schluss«, schrie Zacharias so laut, dass es allen in den Ohren wehtat. »Deine Worte sind Gift, Kephallion, und ich lasse nicht zu, dass so etwas hier verbreitet wird. Du wirst Timon mit Respekt begegnen, wie wir alle.«

Zacharias setzte sich erschöpft auf einen Stuhl. Seine rechte Hand massierte die Brust, er keuchte und sagte: »Ihr dürft jetzt gehen.«

Sie hatten kaum den *cheder* verlassen, als die jüdischen Jungen in alle Richtungen davonstoben und Timon zurückließen. Nach wenigen Augenblicken erfüllte eine nahezu vollkommene Stille den kleinen, schattenlosen Hof, nur das sanfte Plätschern eines Brunnens und ein paar entfernte Vogelstimmen zeugten von Leben.

So hatte er sich seinen Aufenthalt nicht vorgestellt. Er war enttäuscht, und das schon zum zweiten Mal an diesem Tag. Nachdem er heute Morgen in Ashdod eingetroffen war, hatte er von dem alten *Rabbiner* Zacharias erfahren, dass die Tetrarchin abgereist sei und erst in einigen Wochen zurückerwartet würde. Da war er zum ersten Mal unzufrieden gewesen. Akme war der einzige Grund seiner Reise nach Ashdod. Was sollte er ohne sie hier tun? Aber dann begriff er schnell, dass der vermeintliche Nachteil in Wahrheit ein Vorteil war. Ohne die Tetrarchin könnte er viel freier ihre mögliche Beteiligung am Tod seines Vaters untersuchen. Er konnte sich unauffällig nach ihr und ihren Helfern erkundigen, konnte sich vielleicht in ihre Räume schleichen, ihre Unterlagen durchsuchen, womöglich sogar den Mörder hier irgendwo aufspüren. Natürlich, sollte er ihre Schuld feststellen, musste er die Zeit überbrücken, bis sie wieder einträfe. Und dafür bildete sein vermeintliches Studium jüdischer Kultur einen hervorragenden Vorwand.

Jetzt aber musste er erkennen, dass ihn hier niemand mochte. Wenn die gleichaltrigen Jungen ihn ablehnten, dann würden ihre Eltern es ihnen vermutlich nachmachen oder ihm zumindest reserviert begegnen. Wie sollte er da brauchbare Informationen sammeln? Eine Ausnahme bildete allein der alte *Rabban*, doch ob der ihm eine Hilfe wäre ...

Timon schlenderte missmutig zu dem kleinen Brunnen und spritzte sich Wasser ins Gesicht, das er auch auf Hals und Nacken verteilte. Dann beugte er sich über die winzige Fontäne und trank begierig von dem erfrischenden Nass.

»Es ist eigentlich nicht zum Trinken gedacht«, sagte jemand und tippte ihm auf die Schulter. Er fuhr herum, verschluckte sich und hustete in seine feuchte Hand. Vor ihm stand das Mädchen, das die Lesung gehalten hatte.

»Entschuldigung«, sagte er. »Ich wusste nicht …«

Sie lächelte. »Woher solltest du auch? Dieses Wasser ist schon zu lange im Brunnen, es könnte verdorben sein. Das nächste Trinkwasser gibt es auf einer Terrasse, nur zwei Ecken von hier.«

Timon betrachtete das als eine Aufforderung, dorthin zu gehen. »Dann nichts wie hin«, sagte er. »Ich sterbe vor Durst.«

Während sie nebeneinander hergingen, betrachtete er das Mädchen. Sie war etwa in seinem Alter. Sie hatte auch ungefähr die gleiche Größe, was nicht erstaunlich war, denn er war für einen siebzehnjährigen Jungen recht klein, und die meisten Mädchen liefen auf gleicher Augenhöhe mit ihm. Ihre Haut war wie die der meisten Juden dunkler als seine, dennoch wirkte sie seltsam blass. Ihr Gesicht war unauffällig, keinesfalls hübsch, aber ihre dunklen Augen strahlten vor Neugier und Lebenskraft. Timon spürte, wie sie versuchte, langsam und vornehm neben ihm zu gehen, doch an ihren Händen, die in unaufhörlichem Betätigungsdrang immer mit irgendetwas beschäftigt waren, konnte er erkennen, dass sie in Wahrheit ein unruhiges Wesen hatte.

Wenigstens eine, die ihn nicht ablehnte, dachte er.

»Was du da von eurem Gott vorgelesen hast, hat mir einen richtigen Schauer über den Rücken gejagt«, sagte er, um ein Gespräch zu beginnen.

Sie lächelte wieder. »Ja, er ist streng.«

»Ich würde dafür sogar noch andere Wörter finden. Glücklicherweise färbt seine Strenge nur auf wenige Juden ab.«

Salome dachte an die Unnachsichtigkeit ihres Vaters und die Selbstherrlichkeit von Zacharias, an die Glaubenseiferer und Traditionalisten im Lande. »Nun ja, mir fallen da schon einige ein.«

»Möglich«, erwiderte er. »Ich glaube allerdings, dass dir ein paar schlechte Erfahrungen den Blick auf das Ganze verstellen.

Vermutlich kennt eine Prinzessin wie du keine einfachen Leute wie Bauern, Knechte, Handwerker und so weiter, denn dann würdest du anders reden. Dein Volk ist das gastfreundlichste, das ich kenne, und bei jüdischen Händlern kaufe ich am liebsten, denn sie betrügen nicht mit falschen Gewichten oder anderen Machenschaften. Ich finde Juden ehrlich und zuverlässig, und ich sage das nicht, um ihnen zu schmeicheln. Natürlich gibt es auch unter euch Besserwisser, Frömmler und falsche Idealisten, doch die finden sich bei allen Völkern.«

»Sie missbrauchen die Gesetze Gottes, um ihren Einfluss zu behalten. Das Volk denkt zu gut von ihnen, plappert alles nach und lehnt Neuerungen ab. Sobald ein *Rabban* mit der Thorarolle wedelt, hört das Volk zu denken auf. So ist es nun mal«, seufzte Salome.

»Lesen Juden häufig in den Gesetzen Gottes?«, wollte er wissen.

»Häufig? Wir lesen *ausschließlich* in seinen Gesetzen. Die heiligen Schriften sind der einzige Schulstoff, den wir haben.«

»Der einzige?«, rief Timon verblüfft. In Jerusalem bei Archelaos war er von griechischen Lehrern unterrichtet worden. Eine jüdische Schule hatte er nie besucht, daher war ihm diese einseitige Bildung bisher unbekannt geblieben.

»Die *thora* und die Schriften«, erklärte sie sichtlich verwirrt über sein Erstaunen, »sind ein umfangreiches Lernwerk. Sie umfassen achtundvierzig Bücher, darunter sechshundertdreizehn göttliche Gebote, die Psalmen, das Hohelied, das Klagelied, die Schriften der Propheten ...«

»Ja, ich glaube schon, dass ihr viel lernt, aber eben nur eine einzige Sache, eine Glaubenslehre. Und das ist nicht gut.«

Sie betraten die Terrasse, die im Schatten eines Dutzends Palmen lag. Ein Sklave war damit beschäftigt, heruntergefallene Früchte oder verwehtes Blattwerk zu beseitigen, ansonsten ruhte dieses am Rande des Palastes gelegene Fleckchen verlassen in der Wärme des Nachmittags. Oleanderbüsche in riesigen tönernen Töpfen verströmten ihren intensiven Duft, und unten im Tal, unter einem Schleier flirrender Hitze, lag Ashdod, dessen weiße Häuser wie ein Perlenhaufen in der Sonne leuchteten.

Timon ging sogleich auf eine steinerne Wanne zu und schöpfte mit einer Kelle Wasser. Er trank es nicht selbst, sondern hielt die Kelle dem Mädchen hin, das, wie er sich jetzt wieder erinnerte, von dem *Rabban* vorhin Salome genannt worden war. Sie dankte ihm mit einem kurzen Blick und trank. Während er die zweite Kelle begierig schlürfte, fragte Salome:

»Was lernen Griechen in der Schule?«

»Ganz unterschiedliche Dinge, der Schwerpunkt ist von Ort zu Ort verschieden. Generell kann man die Grammatik des Dionysios nennen, die Mathematik des Herakleides, die Philosophie Platons, die Schriften des Aristoteles über die Natur ... noch einiges mehr.«

»Was mehr?« Salomes Augen flackerten ungeduldig.

»Hm, du willst es wohl genau wissen, wie?«

»Bei uns gelten solche Dinge als profane Lehren, die dem Wissen über Gott weit untergeordnet sind und nur insofern als nützlich anerkannt werden, wie sie zum besseren Verständnis der Taten des Herrn herhalten können.«

Dieser Satz hörte sich in Timons Ohren einstudiert an. Er konnte sich gut vorstellen, wie der alte Zacharias den Kindern gleich am ersten Schultag zu verstehen gab, dass Fragen nach der Tierwelt oder nach geometrischen Figuren zu unterbleiben hatten. »Selbst Geschichte?«, fragte er.

Salome nickte. »Selbst die, ausgenommen natürlich solche Ereignisse wie der Auszug der Juden aus Ägypten unter Ramses oder unseren Krieg gegen die Philister oder das Joch unter Babylons König Nebukadnesar. Aber sonst ...«

»Du weißt nichts über die römische Republik?«

Salome schüttelte den Kopf.

»Über Athen? Sparta?«

Sie schüttelte erneut den Kopf.

»Karthago ist für dich ein Fremdwort?«

Sie nickte. »Ist das ein Fisch?«

»Puh«, stieß Timon gedehnt aus. »Das klingt ziemlich ...« Er fand nicht sofort das passende Wort. Schließlich fiel ihm nur ein: »Bedauerlich.«

»Und wenn du …« Sie zögerte. »Wenn du mich unterrichten würdest?«

Diese zaghaft vorgebrachte Frage war in seinen Ohren eher ein Angebot. Nichts war ihm lieber als das. Das Mädchen war offenbar wissbegierig, und er konnte ihr problemlos geben, wonach sie verlangte. Für ihn bedeutete das, eine Person zu haben, die ihm so manches über die Tetrarchin berichten und – bildlich gesprochen – einige Türen öffnen konnte. Vielleicht sogar nicht nur bildlich gesprochen.

»Gerne«, sagte er. »Wenn du mir dafür auch ein wenig erzählst – und zeigst. Ich würde zum Beispiel gerne mehr vom Palast sehen, von seiner großartigen Architektur. Wo, zum Beispiel, wohnt die Tetrarchin?«

»Im *gyneikon*, auf der anderen Seite des Palastes.«

»Na, dann los.«

»Jetzt?«

»Warum nicht? Dafür erkläre ich dir alles über die Architektur des Palastes. Er ist korinthisch, weißt du? Das sieht man an den Säulen.«

Er konnte deutlich erkennen, dass er ihren Wissensdurst geweckt hatte, und während er mit ihr den Spaziergang auf die andere Palastseite machte, sprudelte er alles hervor, was er über den korinthischen Baustil wusste.

Das *gyneikon* war ein Geflecht von verschachtelten, ineinander übergehenden Räumen, Fluchten und kleinen Höfen, das es schaffte, die wirkliche Größe dieses Palastteils zu verschleiern. Nur wenige Möbel zierten die Räume. Stoffe oder Mosaike, die als Blickfang dienen konnten, gab es überhaupt nicht. Stattdessen waren alle Böden und Wände mit milchigem Marmor verkleidet. Von der Mittagshitze war in diesen kühlen, steinernen Gemächern nichts mehr zu spüren.

Salome war dankbar dafür, denn während sie neben Timon zum *gyneikon* spazierte, war ihr langsam heiß geworden, was sonst nie passierte. Im Gegenteil – normalerweise hatte sie sogar an schweißtreibenden Sommertagen oft kalte Hände. Nun jedoch …

Es musste an dem neu erworbenen, aufregenden Wissen liegen. Was Timon ihr von Baustilen erzählt hatte, konnte sie erst gar nicht fassen. Sie hatte sich nie Gedanken darüber gemacht, wieso bestimmte Gebäude so und nicht anders gebaut worden waren. Die Unterschiede waren ihr nie aufgefallen. Jetzt aber begriff sie, dass manche der Paläste und Häuser im schlichten dorischen Stil, andere im eleganten ionischen Stil und wieder andere im verspielten, kunstvollen korinthischen Stil erbaut waren und dass die Wahl des Stils häufig mit einer bestimmten Region und historischen Tatsachen zusammenhing. Anhand der Säulen konnte sie also Rückschlüsse auf den Entstehungszeitpunkt des Gebäudes und eventuell auch auf die Herkunft und politische Ausrichtung seines Erbauers ziehen. Das war unerhört spannend, viel fesselnder als der Unterricht des Zacharias und sogar als manche der Lektionen ihrer Großtante. Es kam ihr so vor, als sei mit diesem kurzen Kursus über Architektur das Tor zu einer ganz neuen Welt des Wissens aufgestoßen worden, in der es von Künsten und Wissenschaften nur so wimmelte. Korinthische Säulen waren dabei nur eine Winzigkeit, ein fast nebensächliches Detail im Vergleich zu dem, was es von dieser Welt noch zu erforschen gab.

Timon kannte dies alles offensichtlich. Er hatte Rom gesehen und war über das Meer gefahren. Obwohl noch jung, war er bereits ein Reisender. Wohin würde sein Weg ihn noch führen? In das Land der Pyramiden, nach Babylon, auf den Ätna? Orte, die ihr Vater ihr genannt hatte, über die sie allerdings so gut wie nichts wusste. Als Grieche konnte Timon ihr auch etwas über sein Volk erzählen, denn am Hof von Ashdod erfuhr man wenig über das Leben außerhalb der Tetrarchie. Über Nichtjuden wurde sowieso nie gesprochen, weder über die Sklaven aus Persien und Afrika noch über die Griechen. Nicht einmal die Tetrarchin war in diesen Dingen bewandert. Da war Timon, der Hellene, wie ein Buch, das beredte Auskunft über alle Neuigkeiten geben konnte und doch gleichzeitig geheimnisvoll war.

Außer dem für sein Alter enormen Wissen und seiner Erfahrung und der Aura des Geheimnisses war da noch etwas anderes, das sie zu ihm hinzog, ja, das sie zum ersten Mal überhaupt an jemandem interessierte. Während er sich ausgiebig im *gyneikon* umsah, ließ sie ihn kaum aus den Augen. Misstrauen war dafür nicht der Grund. Etwas an ihm gefiel ihr. Eigentlich gefiel ihr alles an ihm. Er war ein wenig klein, doch das hatte den Vorteil, dass sie ihm direkt in die Augen blicken konnte. Nett war er auch. Nicht nur zu ihr, sondern überhaupt, das spürte sie. Das alles war mehr, als sie von den anderen Jungen des Hofes gewöhnt war und sagen konnte. Timon war überhaupt – nun ja, irgendwie anders.

»Bist du eigentlich die Enkelin der Tetrarchin?«, fragte er, während er ziellos hin und her schlenderte und jeden Gegenstand wenigstens einmal kurz in die Hand nahm.

»Die Großnichte. Aber sie hat mich so lieb wie eine Tochter.«

Timon sah nachdenklich aus, als er sagte: »Sie ist wohl ziemlich ehrgeizig, was?«

»Ja, sehr. Eine Frau wie sie findet man so schnell nicht wieder.«

»Überlässt wohl nichts dem Zufall, oder?«

»Bestimmt nicht.«

»Zupackend?«

»Ohne weiteres.«

»Mit Verbindungen in die ganze Welt?«

»Und darüber hinaus.«

Sie lachten, und in diesem Augenblick blickte Salome in seine blauen Augen, die sie wie zwei Strudel anzogen. Sie hätte sich am liebsten eine ganze Stunde in sie versenkt, das war jedoch aus Gründen des Anstands völlig unmöglich.

»Wenn du lange genug bei uns bleibst, lernst du sie persönlich kennen. Wie lange hattest du vor zu bleiben?«, fragte sie.

»Das kommt ganz darauf an.«

»Worauf?«

»Auf … na ja, ich weiß nicht. Ich …« Er schien nicht die richtigen Worte zu finden, denn seine Versuche einer Erklärung blieben ihm allesamt in der Kehle stecken. Schließlich sagte er: »Deine Großtante möchte ich jedenfalls um nichts auf der Welt verpassen.«

Salome ertappte sich dabei, wie sie sich wünschte, ihre Großtante käme so bald nicht aus Rom zurück.

Sie bemerkte, dass Timon fror. Während er sich umsah, rieb er die Hände, und auf seinen Oberarmen hatte sich eine Gänsehaut gebildet. Kein Wunder, denn seine griechische Tunika war an Armen und Beinen viel kürzer als die jüdischen.

Einem plötzlichen Impuls nachgebend, streckte sie ihre Hand aus und berührte damit seinen Arm. »Du bist ganz kalt«, sagte sie fürsorglich.

Ihre Berührung schien ihn zu überraschen, mit Recht. Was hatte sie sich nur dabei gedacht! Sie war im heiratsfähigen Alter, und da war es ihr verboten, junge Männer zu berühren, außer an den Handflächen. So manches Mädchen ihres Alters war wegen ähnlicher Vergehen gegen den Anstand rasch an einen anderen Mann zwangsverheiratet worden, um es vor weiteren Versuchungen zu schützen.

Sofort zuckte sie zurück. »Entschuldigung. Ich … ich wollte nicht … « Sie spürte, wie ihr alter Bekannter sich wieder in Erinnerung brachte – der Husten. Er stieg wie immer langsam auf, begann zaghaft und steigerte sich zu einem Trommelwirbel. Sie hustete heftig, wendete sich ab, hielt die Hand vor den Mund. So sehr sie auch wollte, sie konnte den Husten nicht unterdrücken.

Wieso jetzt, dachte sie. Wieso ausgerechnet jetzt?

Schließlich ebbte der Husten ab, aber der Schaden war angerichtet. Eine gute Figur hatte sie eben bestimmt nicht abgegeben.

Sie räusperte sich. »Ich hätte dich nicht anfassen dürfen. Es tut mir wirklich Leid.«

»Schon gut«, sagte Timon. »Das macht doch nichts.«

»Bitte, erzähle niemandem davon.«

»Das war doch nicht schlimm. Römische Mädchen machen so etwas andauernd.«

»Hier ist es anders.«

»Gut, ich werde nichts sagen«, versprach Timon ein wenig abwesend und blickte sich um. »Gibt es nicht einen Raum, in dem deine Großtante normalerweise arbeitet? Wo sie Dokumente aufbewahrt und so weiter?«

Salome wies auf eine entfernte Tür, vor der ein Soldat stand. »Dort drüben regiert sie. Doch diesen Raum darf niemand betreten. Er ist ständig bewacht. Wieso fragst du?«

»Nur so«, murmelte Timon enttäuscht. »Lass uns gehen. Mir ist tatsächlich kalt.«

Sie redeten noch über einige belanglose Dinge, und als sie wieder auf dem Hof waren, trennten sie sich ohne viele Worte.

Auf dem Weg zu den Gemächern ihrer Mutter dachte Salome unentwegt an ihre Begegnung mit Timon und lächelte selig vor sich hin.

Plötzlich jedoch durchzuckte sie ein beunruhigender Gedanke: Konnte jemand wie Timon sie überhaupt mögen? Sie fuhr sich mit der linken Hand über die immer noch dünnen Haare, strich über ihre unreine Gesichtshaut, über die ungefärbten Lippen, die schmucklose, braune Tunika, die sachten Wölbungen der Brust und schließlich über die Finger der rechten Hand. Die Berührung hatte Timon wenig ausgemacht, zu wenig. Was genau waren seine Worte gewesen? Nicht schlimm hatte er ihre zarte Geste genannt. Und im nächsten Atemzug über römische Mädchen geredet. Das war nicht gerade taktvoll gewesen, fand sie. Doch nicht genug damit, schenkte er dem Vorfall keine weitere Bedeutung und interessierte sich nur noch für die blöde Tür mit der Wache.

Der Husten! Der Husten musste es gewesen sein, er verdarb alles. Er ließ sie schlecht schlafen, weshalb sie ständig so blass war, und weil sie so blass war, bekam sie immerzu Ausschläge, und darum musste sie die unvorteilhaften Tuniken tragen, die alles verbergen konnten. Wie dumm sie doch gewesen war! Was konnte ein Junge wie er schon mit einem Mädchen wie ihr anfangen? Sie stampfte mit dem Fuß auf und rannte zu ihren Gemächern. Dort angekommen, ging sie ohne Umweg in ihr Zimmer und warf sich bäuchlings auf das Bett.

Am nächsten Morgen erwachte sie sehr früh, ging gleich darauf zum Fenster und öffnete den Laden. Die Sonne stieg soeben golden über den Hainen auf. Noch schwebte ein matter Dunst über den Hügeln, noch hüpften die Vögel munter von Ast zu Ast, noch kühlte ein leiser Wind die Luft, doch Salome wusste, dass dieser Tag einer der heißesten in diesem Jahr würde. Es war der Monat *tamuz*, in dem die Landschaft vom Vormittag bis in den Abend hinein flimmerte und die Sklaven unaufhörlich das Wasser aus den Zisternen in die Bewässerungskanäle füllten. Jede einzelne Pflanze benötigte an solchen Tagen vier Eimer des kostbaren Nass' – einen zum Überleben, die drei anderen für eine reiche Ernte in einigen Monaten. Die Sklaven selbst erhielten täglich drei Kellen des Brunnenwassers, nahmen sie sich mehr, wurden sie auf Anordnung der Tetrarchin nicht mit Peitschenhieben bestraft, die unweigerlich laute Schreie zur Folge gehabt hätten, die wiederum das Hofleben gestört hätten. Stattdessen flößte man ihnen drei Kellen Meerwasser in den Schlund und gab ihnen am selben und am nächsten Tag keinen Tropfen Süßwasser. Danach machten sie so etwas nie wieder.

Die erste Gruppe der Sklaven schlurfte unter Salomes Fenster soeben zur Arbeit. Sie trat zurück, denn in ihrem hauchdünnen Nachtgewand durfte man sie nicht sehen. Sie setzte sich auf das Bett und begann, ihre Haare zu kämmen. Einen Spiegeltisch besaß sie ebensowenig wie eine Dienerin, die ihr zur Hand gehen konnte. Es war ihr eigener Wunsch gewesen, denn wofür hätte sie beides gebraucht? Ein paar Haare kämmen? Eine schmucklose Tunika überziehen? Das konnte sie auch allein und ersparte sich auf diese Weise die mitleidigen oder höhnischen Blicke der hübschen persischen Sklavinnen.

Sie tauchte ihr Gesicht kurz in die am Vorabend bereitgestellte Wasserschüssel, rieb sich mit einem nassen Tuch den ganzen Körper ab und setzte sich wieder auf das Bett.

Sie seufzte. Heute war Unterrichtstag. Wie lange hatte sie damals darauf gehofft, wie viele Nächte einsamen Studiums darauf hingearbeitet! Doch jetzt, wo es so weit war, wo sie alles das lernen durfte, was man Jungen beibrachte, konnte sie sich kaum noch darüber freuen. Timon wusste weitaus mehr, obwohl er fast gleich alt war. Wenn er einen Baum anblickte, war das etwas anderes, als wenn sie das tat, denn er wusste etwas über diesen Baum, sie nicht. Und in der Schule würde ihr auch nie jemand etwas darüber erzählen.

Du wolltest aufhören, an ihn zu denken, ermahnte sie sich.

Vielleicht durfte sie den Maßstab nicht zu hoch anlegen. Verglichen mit Berenike wusste sie viel, und gestern Morgen war sie darauf noch stolz gewesen. Heute, nur einen Tag später, beneidete sie ihre Freundin, denn Berenike war ein hübsches Mädchen. In den letzten Jahren hatte sie sich damit abgefunden, niemals schön zu werden, ja, sie *wollte* überhaupt nicht so schön wie Berenike sein, wenn das bedeutete, dass mürrische alte Männer eines Tages um sie werben würden. Doch mit einem Mal störte sie ihr Aussehen.

Sie schlüpfte in die Tunika und ging in den Speiseraum, wo das Obst bereits angerichtet war, das ihre Mutter und sie allmorgendlich zum Frühstück aßen. Pfirsiche, Feigen und Kirschen waren zu bunten Hügeln aufgeschichtet. Salome nahm sich von allem etwas und knabberte, in Gedanken versunken, an den Früchten herum.

Sie wusste nicht genau, wie viel Zeit vergangen war, als ihre Mutter hereinkam; es musste eine ganze Weile gewesen sein, denn Herodias stand nie früh auf. Sie hatte den vergangenen Abend auf einer Gesellschaft in Ashdod verbracht und wie immer bei solchen Vergnügungen viel Wein getrunken. Ohne einen Gruß setzte Herodias sich hin, griff nach dem Krug Wasser, schenkte sich einen ersten Becher ein, trank ihn in einem Zug leer, schenkte sich einen zweiten ein, trank diesen ebenso schnell leer, und erst nach dem dritten ächzte sie erleichtert auf. Jetzt erst sah sie Salome an.

»Liebes«, sagte sie mit rauer Stimme, aber um ein Lächeln bemüht. »Du bist ja schon munter.«

»Der Unterricht, Mutter.«

»Ach ja, richtig«, erinnerte sie sich und zog ein Gesicht wie zu einer alten Geschichte. Sie brachte noch immer kein Verständnis für Salomes Wunsch nach Gelehrsamkeit auf, hatte jedoch nichts dagegen, denn der Tetrarchin schien diese spröde Neigung nach Wissen zu gefallen.

»Musst du dich nicht beeilen?«, fragte sie.

»Eigentlich schon«, räumte Salome ein. »Doch etwas anderes ist wichtiger.«

Herodias zog die Augenbrauen hoch und fragte: »Wichtiger als Unterricht? Was könnte dir wohl wichtiger sein als der soundsovielte Psalm des soundsovielten Buches des soundsovielten Propheten?«

»Meine Haare, zum Beispiel.«

»Deine …« Herodias stellte ihren Becher ab. »Sag das noch einmal.«

»Meine Haare. Meine Haut. Meine Tunika.«

Herodias reckte ihre Arme in die Höhe. »Verzeih mir, Herr, dass ich ungläubig war. Du hast über Nacht ein Wunder geschehen lassen.«

Salome lächelte ihre Mutter verschämt an. »Lass das doch, Mutter. Es ist kein Wunder geschehen, sondern …«

»Sondern was?«

»Na ja …«

Herodias stand langsam auf, ohne die Augen Salomes auch nur für einen Moment aus dem Blick zu verlieren. Sie ging um den Tisch herum, stellte sich hinter Salomes Stuhl und strich ihr mit beiden Händen über die nach hinten gekämmten Haare.

»Sieh mal an«, sagte sie. »So ist das also.«

»Ich kann es erklären, Mama.«

Herodias lächelte zufrieden. »Nicht doch, du musst nichts erklären und dich auch für nichts entschuldigen. Es ist alles genau richtig, mach dir keine Gedanken. Wehre dich bloß nicht gegen das, was gerade in dir vorgeht. Nimm es, wie es kommt, und tue, wonach dir ist. Wie heißt er?«

»Wer?«

»Stell dich nicht dumm. Ich weiß, dass nur ein Mann diese seltsam rötliche Färbung auf den Wangen – auf *deinen* Wangen – hervorrufen kann.«

»Bitte, Mutter, ich finde ihn lediglich wegen seines enormen Wissens interessant, sonst nichts.«

»Selbstverständlich«, bestätigte Herodias übertrieben. »Und *wen* findest du nur wegen seines Wissens interessant?«

»Timon, den Griechen, der gestern angekommen ist.«

»Ein Grieche ist gut, Kind. Die meisten Griechen haben Geld oder Eltern mit Geld. Und sie sind viel aufgeschlossener gegenüber den Bedürfnissen einer Frau als jüdische Männer.« Herodias überlegte kurz. »Meinst du etwa den kleinen Jungen mit den blond gelockten Haaren? Seiner Größe nach ist er zehn Jahre alt.«

Salome presste die Lippen zusammen. »Er ist in meinem Alter, fast siebzehn. Und er ist nicht klein, er ist so groß wie ich. Er hat schon mehr Abenteuer bestanden als alle Langweiler am Hof zusammengenommen und er …«

»Schon gut, schon gut. Ich wollte nur hören, wie du auf meine provokante Bemerkung reagierst. Und was ich gehört habe, reicht mir völlig. Ich weiß jetzt, womit ich es bei dir und deinem Griechen zu tun habe. Für den Anfang ist er übrigens gar nicht übel. Nimm ihn dir.« Herodias küsste ihren Scheitel. »Von heute an bist du erst so richtig meine Tochter. Und von heute an trägst du die Frisur einer Fürstin.«

Langsam rann der dunkelrote, fast schwarze Wein in den Kelch und verströmte seinen Duft von Waldbeeren. Livia nahm das Gefäß und atmete tief ein. Sie mischte etwas Quellwasser aus den Abruzzen zu dem Wein, streute getrocknete Kräuter hinein und atmete noch einmal tief.

»Hmm«, summte sie gedehnt. »Jetzt ist er richtig.« Sie nippte aber nur daran, dann stellte sie den Kelch wieder ab und machte eine einladende Handbewegung. Beide Frauen setzten sich.

»Danke für das Geschenk«, sagte Livia. »Augustus hat den Weinkeller seit Jahren mit schweren Sizilianern vollgestopft. Da kommen mir hundert Fässer von deinen eigenen Weinbergen sehr gelegen, liebe Freundin.«

Akme grinste. Sie war mit dem Anfang ihres Zusammentreffens mit Livia zufrieden. Nicht nur, dass sie umgehend von der Gemahlin des Augustus empfangen worden war, sie wurde auch mit herzlichen Worten begrüßt.

Dabei war Akme sich auf der Reise nach Rom nicht sicher gewesen, wie offen sie von Livia empfangen werden würde. Immerhin hatten sie sich erst dreimal persönlich gesehen. Das erste Mal vor über vierzig Jahren auf Rhodos während eines Treffens von Augustus und Herodes. Damals hatten sie binnen Augenblicken gemerkt, dass sie von gleicher Art waren, ehrgeizig, geschickt und konsequent, eine Mischung, die unter normalen Umständen ein guter Nährboden für eine langjährige Rivalität geworden wäre. Bei ihnen jedoch war es anders gekommen. Sie agierten in verschiedenen

Bereichen, die eine im Zentrum derzeitiger Macht, die andere abseits des Weltgeschehens, die eine als Gattin eines Herrschers, die andere als Schwester eines solchen. Ihre Interessen kreuzten sich nie, sie liefen parallel, und gelegentlich konnten sie sich gegenseitig unterstützen.

Da sie sich auch dann verstanden, wenn sie nur Briefe tauschten, waren persönliche Treffen unnötig und wegen der großen Distanz und ihres fortgeschrittenen Alters auch anstrengend. Dieses Mal hatte Akme bewusst ein persönliches Treffen gewählt, denn damit unterstrich sie die Dringlichkeit und Bedeutung ihrer Absichten.

»Wir sind ganz unter uns«, erklärte Livia und machte eine Geste, die nicht nur den Raum, sondern den gesamten linken Flügel des Palatinischen Palastes umfasste. Hier hatte Livia ihren eigenen Wohnbereich errichten lassen, das *domus Liviae*, hier empfing sie ohne Einmischung von Augustus ihre Besucher und waltete wie eine Gutsherrin. Akme konnte in diesen Räumen völlig offen sprechen.

»Archelaos ist mir ein Dorn im Fleisch«, erklärte sie. »Er muss endlich entmachtet werden, damit ich den Thron Judäas besteigen kann.«

Livia seufzte und schüttelte bedauernd den Kopf. »Augustus ist noch nicht so weit, den Dummkopf abzusetzen, meine Liebe.«

»Ich weiß nicht, worauf er noch wartet«, sagte Akme ungeduldig. »Mein Neffe begeht einen Fehler nach dem anderen. Die Priester mögen ihn nicht wegen seiner Angst vor den populären Pharisäern, die im Volk gegen ihn predigen, das Volk wiederum hasst ihn wegen seiner unnötigen Grausamkeit während des Aufstands. Er biedert sich bei den Griechen an, die ihn dafür nur verabscheuen, und die Soldaten nehmen ihn nicht ernster als ein dreijähriges Kind.«

»Nicht zu vergessen sein Geiz«, fügte Livia hinzu. »Von deinem Bruder war Augustus gewöhnt, zu jedem Geburtstag und zu den höchsten römischen Feiertagen Geschenke zu bekommen: Pferde, Schmuck, einen goldenen Harnisch, persische Sklaven für die Arena ... Doch von Archelaos kommt nichts.«

»Ich wäre eine wesentlich bessere Herrscherin. Und großzügiger.«

Livia lächelte verständnisvoll, beugte sich vor und tätschelte Akmes Hand. »Das weiß ich doch, meine Liebe. Augustus mag deinen dummen Neffen auch nicht. Was ihm noch fehlt, Archelaos abzusetzen, ist ein wichtiger politischer Grund, und zwar einer, der auch die römischen Interessen berührt. Wenn er beispielsweise unseren Einfluss in der Region in Gefahr sähe, wenn das Gleichgewicht der Kräfte aus den Fugen geriete, wenn Unruhen euer Land erfassten …«

Akme dachte nach. So etwas müsste sich doch irgendwie machen lassen. Wie könnte eine solche Situation eintreten? Und wen könnte sie dafür benützen? Namen, Volksgruppen und Sekten purzelten ihr wild durch den Kopf. Sie setzte sie zueinander in Beziehung, suchte nach Konflikten, entwarf Szenarien und verwarf diese wieder.

Sie grübelte noch, als Livia hinzufügte: »Doch selbst, wenn Archelaos fällt …« Livias Blick suchte den Weinkelch, den sie vorhin stehen lassen hatte. Langsam erhob sie sich, holte ihn und schlenderte wieder zurück. Akme hatte den Eindruck, dass Livia nur Zeit gewinnen wollte, um ihre Worte sorgfältig zu wählen.

Livia nippte kurz an dem Wein, dann sagte sie: »Du bist nicht die Einzige, die den Thron Judäas besteigen möchte, meine Liebe. Dein Neffe Antipas buhlt schon seit Jahren um Augustus' Gunst. Er schickt ganze Schiffsladungen an Geschenken und besticht einige Berater meines Gemahls, damit sie in seinem Sinn auf ihn einreden. Wenn es tatsächlich zu einem Machtwechsel in Judäa kommt, könnte es sein, dass du nicht davon profitierst, meine Liebe.«

Akme sah Livia tief in die glitzernden Augen. Die Römerin, das wusste sie, sagte nichts ohne einen Hintergedanken. Warum brachte sie mit einem Mal Antipas ins Spiel? Natürlich war Akme nicht entgangen, dass dieser Kratzfuß Leute aus der Umgebung des Augustus kaufte, aber die hatten wenig Einfluss im Vergleich zu dem, über den Livia verfügte. Ihre Freundin war der beste Trumpf, und darüber war sie sich auch völlig im Klaren.

Sie will etwas von dir, kam es Akme plötzlich in den Sinn. Du besitzt etwas, das sie haben will. Sie will, dass du sie bestichst, ohne dass es wie eine Bestechung aussieht. Sie will ein Geschenk! Mit etwas Wein war es wohl nicht getan. Denk nach, Akme! Was kann sie gebrauchen? Sie hat Geld, sie hat Macht. Und sie hat Tiberius, ihren Sohn, der von Augustus in Ermangelung anderer Erben adoptiert worden war. Munkelte man nicht, dass einige Mitglieder des Senats nach Augustus' Tod die Republik wiederherstellen wollen, dass einige Truppenteile lieber den jungen Germanicus, den Großneffen des Augustus, als Imperator sehen würden? Tiberius – und Livia mit ihm – stehen auf tönernen Füßen.

»Weißt du, Livia, ich habe mir überlegt, dir für den Fall, dass ich den judäischen Thron besteige, die Stadt Jebna zu überlassen. Kräftige Weiden, einige Bodenschätze, und Jebna besitzt einen Kriegshafen. Auch die dortige Garnison wäre inbegriffen, immerhin dreihundert Mann, und die günstige strategische Lage nicht zu vergessen: Ägypten und Syrien, eure reichsten Provinzen, sind nur wenige Tagesmärsche entfernt. Was sagst du dazu?«

Livia faltete beide Hände vor der Brust. »Ich bin wahrhaft gerührt«, sagte sie. »Das ist eine entzückende Idee, meine Liebe, und ich nehme dankbar an.«

Akme grinste in ihren Weinkelch hinein, doch zu früh, wie sich sogleich zeigte.

»Da wäre nur noch ein kleines Problem, meine Liebe.« Livia goss sich ein wenig von dem Wein nach, obwohl ihr Kelch noch gefüllt war. Wieder ahnte Akme, dass Livia nur Zeit gewinnen wollte, um eine heikle Bitte zu formulieren.

»Sieh mal, wir kennen uns nun schon so viele Jahre«, begann sie. »Was haben wir nicht alles durchgemacht, wie viele Hindernisse haben wir gemeinsam beseitigt, um unsere beiden Völker zu einer trefflichen Zusammenarbeit zu führen! Ohne es zu merken, sind wir darüber alt geworden, und es kann uns jederzeit etwas zustoßen. Das sollten wir bei allem bedenken, was wir fortan zusammen tun.«

»Ich verstehe«, sagte Akme kühl. »Du denkst wirklich an alles, nicht wahr?«

»Du weißt ja, Fehler werden in unseren Kreisen schnell und schwer bestraft.«

»Ja, das kann man sagen. Ich werde also ein Testament aufsetzen, worin ich dir Jebna übereigne.«

»Wie reizend«, rief Livia überschwänglich. »Und du bist sicher, dass du uns lediglich Jebna überlassen könntest, ja? Weißt du, ein bisschen Weideland ist ja schön und gut, aber ich bin schließlich keine Kuh. Und was den Stützpunkt angeht: Um ihn zu sichern, braucht man ein geräumiges Hinterland. Wozu brauchst du noch deine Tetrarchie, wenn du erst Königin bist?«

Akme zuckte zusammen. »Die ganze ...?« Sie brachte das Wort nicht über die Lippen. Das konnte unmöglich Livias Ernst sein.

»Tetrarchie«, bestätigte Livia. »Wird es nicht so ausgesprochen? Meines Wissens nennt man die Fürstentümer bei euch so.«

»Das ist viel Land, Livia.«

Livia nippte bedächtig am Wein. »Wir wollen mal nicht übertreiben, meine Liebe. Korsika ist doppelt so groß, und Korsika ist nun wirklich keine geräumige Insel. Aber bitte, wenn du meinst, dass es *zu viel* Land für *mich* wäre. Ich möchte nicht, dass du dich *gezwungen* fühlst, deiner alten Freundin und Helferin ein Geschenk zu machen.«

Akme schloss die Augen, da sie so am schnellsten überlegen konnte. Sie kannte diesen Tonfall Livias, der das Gegenteil von dem bedeutete, was ihre Worte ausdrückten. Selbstverständlich *sollte* sie sich gezwungen fühlen, das Land der Römerin zu vermachen. Und was würde aus Salome? Sie hatte die Tetrarchie bereits der Kleinen versprochen. Ja, normalerweise bedeutete das gar nichts. Im Laufe der sieben Lebensjahrzehnte hatte sie dutzende Versprechen gebrochen, hunderte Menschen betrogen und enttäuscht, darunter Gehilfen, Handelspartner und natürlich auch Verwandte. Vor allem Verwandte. Aber in den letzten Jahren hatte sie Salome lieb gewonnen, das Mädchen hatte ihre Einsamkeit vertrieben, brachte sie zum Lachen und schenkte ihr Zuwendung und Interesse. Zum ersten Mal seit unendlich langer Zeit war da wieder ein Mensch in ihr Leben getreten, der keine Angst vor ihr hatte, und das tat sehr gut.

Du musst dich zusammenreißen, dachte sie. Du darfst nicht alles, wofür du Jahrzehnte gekämpft und Blut vergossen hast, wegen einer Sentimentalität aufgeben.

Titel und Macht einer Königin waren zum Greifen nahe, ihr Lebensziel beinahe erreicht. Sie wollte nicht länger auf den Thron warten. Sie konnte nicht. Sie war alt, spürte Schmerzen in ihrem Körper, spürte Kälte. Fast ihr ganzes Leben hatte sie auf den Moment gewartet, Königin zu werden, hatte sich bereits als junge Frau bei Nacht in den Thronsaal ihres Bruders geschlichen, auf den Schemel Davids gesetzt, den tausendjährigen Goldreif berührt, den schon Saul auf seinem Haupt getragen hatte. Heute wurde das königliche Symbol in Rom aufbewahrt, aber sie würde es wieder nach Judäa bringen, und das Volk würde ihr dafür noch in zehntausend Jahren danken, ihren Namen ehren ... Sie würde unvergesslich bleiben.

Und was Salome anging, dachte sie, so war es vielleicht sogar besser, wenn sie die Tetrarchie nicht erbte. Sie war ohnehin noch zu jung und musste noch viel lernen. Sie würde sie mit nach Jerusalem nehmen, dann hätte sie sie auch dort immer an der Seite. Zu gegebener Zeit würde sich schon etwas für sie finden lassen.

»Ich möchte keinesfalls geizig erscheinen, liebe Livia. Jebna allein ist wirklich ein zu geringes Geschenk für deine langjährige Freundschaft. Meine Tetrarchie soll dir gehören, sobald ich Königin bin oder tot.«

Livia klatschte erneut in die Hände. »Du bist eine wahre Freundin. Und glaub mir, ich weiß, wie schwer dir diese Entscheidung gefallen ist. Wie ich höre, gibt es an deinem Hof ein junges Mädchen, das du unter deine Fittiche genommen hast. Heißt sie nicht Sala ... Samo ...«

»Salome.«

»Ein hübscher Name. Wie alt ist sie?«

Livia wusste genau, wie sie hieß und wie alt sie war, dachte Akme. Sie hatte ihre Spione überall.

»Fast siebzehn.«

»Siebzehn«, rief Livia übertrieben laut. »Was für ein wundervolles Alter. Man geht träumend durch die Welt und ahnt noch nichts von den schrecklichen Schlägen, die das Schicksal austeilt. Das arme Ding hofft bestimmt auf dein Fürstentum. Und du wirst sie ganz sicher nicht doch begünstigen wollen – irgendwie?«

Akme grinste schief. Ihre so genannte Freundin wurde mit jedem

Satz durchschaubarer. »Keine Sorge. Du bekommst restlos alles. Du kannst gerne einen Vertrauten deiner Wahl benennen, der jederzeit Einsicht in mein Testament nehmen kann.«

»Oh, das wäre doch nicht nötig gewesen«, meinte Livia. »Da du es allerdings anbietest ... Wir könnten auch eine Abschrift in Rom deponieren, was sagst du dazu?«

Akme atmete tief durch und nickte. »Wenn wir jetzt bitte wieder über meinen Thron sprechen könnten ...«

Livia gönnte sich einen etwas größeren Schluck des Weines. »Ja richtig, der Thron«, erwiderte sie. »Meine Liebe, es bedarf nur noch eines Funkens, und der Weg dorthin ist für dich frei, so viel kann ich versprechen. Nun liegt es bei dir, den Funken zu schlagen. Hast du schon eine Idee?«

Sie hatte eine. Archelaos musste mit einer Situation konfrontiert werden, die er nicht mehr beherrschen konnte. Wenn das Volk neuerlich in Unruhe geriet und wenn nur Gewalt es niederhalten konnte, dann wäre die Geduld des Augustus mit dem unfähigen Regenten sicher erschöpft.

»Augustus hat doch vor, die Menschen des Imperiums zählen zu lassen, nicht wahr?«

Livia nickte. »Doch nur die Reichsbewohner, meine Liebe. Die Völker der Schutzkönigreiche sind ausgenommen.«

»Nun«, sagte Akme, »dann solltest du ihn davon überzeugen, dass die Zählung auch auf sie ausgedehnt wird.«

Beim ersten Blick in den Spiegel erstarrte Salome wie einst Lots Frau vor Sodom. Sie erkannte sich beinahe selbst nicht mehr, so sehr hatte sie sich in den letzten beiden Tagen verändert, und für einen Moment schämte sie sich fast für diese Veränderung. Ihre schwarzen Haare trug sie über den Ohren kreisförmig geflochten und zusammengesteckt, außerdem waren sie aus der Stirn nach hinten gestrichen und mit einer Kette winziger Perlen fixiert, die nicht nur hübsch aussah, sondern auch von dem immer noch dünnen Haarwuchs ablenkte. Die weiße Tunika trug sie heute zum ersten Mal; sie strahlte wie der Mond in der Nacht auf ihrer dunklen Haut. Die Ärmel reichten unvorteilhaft lang bis zu den Ellenbogen, um die Hautausschläge am Oberarm zu verdecken, aber zwei silberne Armreife an ihren Handgelenken zogen den Blick auf sich und machten einiges wieder wett. Was sie wirklich erschreckte, war das Karmesin auf ihren Lippen, das rot wie Anemonen leuchtete. Ob das die richtige Aufmachung für ein unverheiratetes Mädchen war, an einem Hof, der von Jungen und Männern nur so wimmelte? Gewiss, Berenike sah geradezu bezaubernd aus, doch sie war von Natur aus hübsch und putzte sich mit Ausnahme der gelockten Haare nicht heraus. Sie dagegen … Das könnte Kritik geben. Und wenn ihr Vater sie erst sähe, wenn er zu einem seiner Besuche nach Ashdod kam. Er wäre imstande, sie mit nach Jebna zu schleppen und in einen finsteren Raum einzusperren, wo sie von morgens bis abends sticken und religiöse Lieder singen müsste. Aber es war zu verlockend, sich ihren Mitschülern – und Timon – einmal so zu zeigen wie jetzt.

Sie drehte ihren Kopf, um sich im seitlich einfallenden Tageslicht besser studieren zu können. Sie musste gestehen: Wenn sie lächelte, hob sich das Weiß ihrer Zähne wunderbar von den Lippen ab, und wenn sie erst die tropfenförmigen Silberohrringe trug, die ihre Mutter ihr versprochen hatte …

Nein, das war zu viel, sie wollte gar nicht weiter darüber nachdenken. Sie nahm die Thoraabschrift unter den Arm und machte sich auf den Weg zum *cheder* auf der anderen Seite des Palastes.

Sie war dem Unterricht in den beiden vergangenen Tagen fern geblieben und hatte Unreinheit als Begründung vorgeschoben. Nach dem Vorfall im *gyneikon*, als Timon sie quasi verschmäht hatte, wäre es ihr unmöglich gewesen, ihm so, wie sie aussah, noch einmal unter die Augen zu treten.

Heute konnte sie es wagen. Ihre neuen, eleganten Sandalen mit den schmalen Riemen klackten auf den Mosaikfliesen der Gänge, und mit jedem Schritt, den sie tat, fühlte sie sich besser. Sie strich mit der Handfläche über die feine Wolle ihres Kleides, tastete über ihre Schläfen, spielte mit den Armreifen. Als sie endlich vor dem *cheder* ankam, bereute sie nichts mehr. So, wie es war, war es richtig.

»Seht euch die an«, rief Kephallion, der mit zwei anderen Jungen auf dem Hof herumlungerte. Er versperrte ihr mit seinem breiten Körper den Zutritt zum Unterrichtsraum.

»Weißt du, wie du aussiehst?«, fragte er.

Sie wusste, dass er darauf keine Antwort erwartete. Er konnte sie noch nie leiden und verzieh ihr auch nicht seine Demütigung beim Disput. Sie konnte ihn nur ignorieren. Immer wieder versuchte sie wortlos, an ihm vorbeizukommen, vergeblich.

Er stieß sie zurück, so dass sie beinahe stolperte.

»Ich habe dich gefragt, ob dir klar ist, wie du aussiehst.«

Sie drehte sich um und wollte weggehen und warten, bis Zacharias kam und sie schützen konnte. Schon hatte sie fast den Hof verlassen, als etwas sie zurückhielt: Kephallion lachte. Es war nicht dieses Lachen allein, sondern mehr die Art, wie er lachte. Weder fröhlich noch bösartig, ja, nicht einmal hochmütig, sondern triumphierend.

Das tat Salome weh. Sie hatte sich das Recht erstritten, in den *cheder* zu gehen, und nun wich sie zurück, weil jemand ihr das Recht mit Gewalt wieder nehmen wollte. Sie sollte es niemandem so leicht machen, sie vom Feld zu jagen. Erneut dachte sie an den Satz Akmes: Nur was du dir mit eigener Mühe erarbeitet hast, gibt dir wahre Macht. Ja, Akme konnte sie fördern, Herodias konnte sie ausstaffieren, Zacharias konnte sie vor Kephallion schützen, aber all das würde ihr nicht den Respekt eines einzigen Menschen einbringen. Sie musste für das, was sie wollte, einstehen. Damals, als sie zum ersten Mal vor dem *cheder* gestanden hatte, wollte sie unterrichtet werden, und sie wurde seither unterrichtet. Nun wollte sie schön sein, und sie würde sich diese Schönheit nicht mehr nehmen lassen.

Kephallion, dachte sie, wenn ich eines Tages Königin bin, werde ich dafür sorgen, dass solche Menschen wie du in diesem Land nichts mehr zu sagen haben.

Sie drehte sich erneut um und ging auf Kephallion zu. »Ja, mir ist klar, wie ich aussehe. Ich sehe wie eine Prinzessin aus, damit du's weißt. Wie eine Prinzessin von Judäa.«

Er presste die Lippen zusammen. »Wie eine der Sünderinnen Sodoms siehst du aus.«

»Na und? Die haben es wenigstens geschafft, in den heiligen Schriften erwähnt zu werden. *Du* schaffst das nie, denn du bist dumm und eifersüchtig.«

Kephallion schlug ihr die *thora* aus der Hand. »Fass dieses heilige Buch nicht an, du lästerliches Weib. Ich werde in die Geschichte meines Volkes eingehen, und du wirst einmal einem Mann dienen, der mir dient.«

Langsam, jedes Wort betonend, zischte sie leise: »Du, Kephallion, wirst in jeder Hinsicht bedeutungslos bleiben, denn du bist das, was sogar dein eigener Vater dir immer wieder sagt: ein *chamor*, ein Esel.«

Er fletschte seine Zähne wie ein Tier, packte Salome an beiden Schultern und schrie: »Weg mit deinem Schmuck. Leg ihn ab.«

Ihre Hand schlug mit einer Wucht auf seine Wange, dass es im Hof widerhallte.

Im ersten Moment begriff Kephallion nicht, was soeben geschehen war. Schon lange hatte sich keiner der anderen Jungen mehr ernsthaft seinen Angriffen widersetzt. Die meisten schlossen sich lieber seiner Meinung an, einige gingen ihm aus dem Weg, denn Widerstand reizte Kephallion aufs Äußerste, und seiner bulligen Kraft konnte niemand ernsthaft etwas entgegensetzen. Jedoch von einem *Mädchen* geschlagen zu werden, das war für ihn wie eine Kriegserklärung.

Er packte ihr Handgelenk mit aller Kraft. Der Schmerz zwang sie in die Knie.

»Weg mit diesem Schmuck«, wiederholte er. Er riss ihr den Reif vom Handgelenk und schleuderte ihn gegen ihren Kopf. Sie schrie auf, fasste sich an die Haare und spürte das Blut zwischen ihren Fingern.

Die beiden anderen Jungen kamen, um Kephallion zu beschwichtigen, aber er beachtete sie nicht. Er riss Salome am Handgelenk hoch, griff in ihre Haare und zerrte an der Kette. Zu Dutzenden sprangen die kleinen, weißen Perlen über den Boden und verteilten sich im ganzen Hof.

»Ich bin noch nicht fertig«, grölte er. Seine kräftige Hand rieb über ihre Lippen, und die Farbe, die er danach an seinen Händen hatte, schmierte er quer über ihre Tunika.

Jetzt erst hielt er inne, um sein Werk zu betrachten. Salome stand schmutzig und zerzaust vor ihm, eine Besiegte. In ihrem Kopf hämmerte der Schmerz, ihre Handgelenke brannten wie Feuer, sie zitterte, und ihr Blick zuckte über den Boden zu den Perlen.

Kephallion grinste, doch die Blicke der beiden anderen Jungen verletzten Salome weit mehr, denn sie waren voller Mitleid. Sie vergrub ihr Gesicht in den Händen. Alle Kraft und aller Stolz in ihrem jungen Körper waren fort, und zum ersten Mal überhaupt siegten die Tränen.

Kephallion hätte zufrieden sein können, doch er war es nicht. Er wollte auch das Letzte zerstören, was sie schön gemacht hatte, das Erste, womit sie begonnen hatte.

Erneut griff er in ihre Haare, zerrte an der Frisur, riss die Klammern heraus und wollte sich eben an den Geflechten zu schaffen machen, als eine Hand ihn herumwirbelte.

Timon schlug zweimal zu, in den Bauch und ins Gesicht Kephallions. Kephallion kippte nach hinten um, rappelte sich allerdings schnell wieder auf.

»Jetzt kannst du was erleben, du elender Grieche.« Wie ein wilder Stier ging er auf Timon los. Der sprang zur Seite, wich einem Schlag aus und gab Kephallion einen Tritt ins Hinterteil. Kephallion stieß gegen eine Säule, schlug sich den Kopf an, prallte zurück und fiel auf den Boden. Aus einer Platzwunde über dem Auge lief das Blut in seine hohle Hand. Er keuchte und kam noch einmal hoch. Ehe er irgendetwas gegen Timon unternehmen konnte, schlug dieser noch einmal zu. »Da hast du's, du Mischblut.« Kephallion stürzte, auf der Nase getroffen, zu Boden.

Diesmal blieb Kephallion liegen und fluchte nicht mehr, sei es aus Erschöpfung oder aus Angst. Mit der einen Hand hielt er sich den Bauch, mit der anderen die blutende Nase, und er sah Timon feindselig, aber auch verwundert und vorsichtig an.

Timon beachtete ihn nicht weiter. Behutsam legte er seinen Arm um Salomes Schultern und führte sie langsam vom Hof. Sie ließ es geschehen. Eine Weile begriff sie nicht, was passiert war und wo sie sich jetzt befand. Sie sah nur Säulen und Mosaike, Bäume und Haussklaven an ihr vorüberziehen, spürte eine Hand, einen Halt, spürte ihren Schritt auf dem Boden, ohne zu wissen, wohin sie lief.

Neben einem schmalen Rinnsal setzte Timon sie sachte auf den

Boden. Er kniete sich neben sie und sah sie eine Weile an, doch sie vermied seinen Blick. Langsam tauchte seine hohle Hand in das plätschernde Rinnsal, schöpfte Wasser und ließ es tröpfchenweise über ihre Wunde am Kopf laufen.

»Sie ist zum Glück nicht schlimm«, sagte er sanft, so als befürchte er, sie könnte in Stücke zerspringen, wenn er zu laut sprach. »Sie blutet nicht mehr.«

Einige Strähnen, die sich aus dem Haargeflecht gelöst hatten, strich er ihr sorgfältig hinters Ohr. Dann wollte er sich ihren aufgeschürften Handgelenken widmen, doch Salome war nun wieder aufmerksam genug, ihn mit einer zugleich dankbaren und zurückweisenden Geste davon abzuhalten. Wortlos ließ er sie eine Weile in Ruhe und wusch sich die Hände.

Salome erkannte erst jetzt, dass sie sich im Hain befand, umgeben von Bäumen und kleinen Bewässerungskanälen und ohne Menschen, die sie ohnehin nur angestarrt hätten. Hier im Schatten, im Schutz des üppigen Blattwerks, war es wohltuend kühl, der Boden hingegen strahlte eine angenehme Wärme aus. Sie tauchte den Arm in den schmalen Bewässerungskanal und kühlte ihr immer noch schmerzendes Handgelenk. Mit der anderen Hand versuchte sie, das Karmesin von der Tunika zu wischen, aber sie merkte, dass es sinnlos war. Kein Wasser würde je diese Farbe wieder auswaschen können. Das teure Kleidungsstück war zerstört, weitaus schlimmer jedoch war der Verlust der Perlenkette. Ihre Mutter würde bei der Tetrarchin betteln gehen müssen, um den Betrag wieder auszugleichen, und Salome wusste, wie sehr Herodias es hasste zu betteln.

»Geht es wieder?«, fragte Timon.

Sie nickte nur und wich weiterhin Timons Blick aus. Er setzte sich zwei Schritte entfernt auf den Boden, lehnte sich an einen Stamm, winkelte die Beine an und betrachtete die Blätter und Baumkronen, die sich an diesem windstillen Tag nicht bewegten. In die Dankbarkeit für seine Hilfe mischte sich der Ärger darüber, dass er sie in diesem Zustand erlebte, schmutzig, verstört, hässlich wie eh und je. Am liebsten wäre sie davongelaufen und nie wieder aus ihrem Gemach hervorgekommen, doch einerseits fühlte sie sich zu schwach, und andererseits war es nun ohnehin zu spät.

»Vielen Dank, Timon«, flüsterte sie in die Stille hinein.

»Das war doch selbstverständlich.«

»Überhaupt nicht. Die beiden anderen Jungen haben nichts unternommen. Wer weiß, wie weit Kephallion noch gegangen wäre.«

Er nickte und sah wieder in die Wipfel der Zitrusbäume.

»Vielleicht gehe ich jetzt besser«, sagte sie und versuchte aufzustehen.

Er sprang sofort neben sie. »Nein, nicht. Du musst erst noch ausruhen.«

Er klang derart sorgenvoll, dass sie lächeln musste. »Also schön, ich bleibe noch.«

Nun lächelte auch er und lehnte sich wieder an den Stamm. Keiner von beiden traute sich, etwas zu sagen, aber nach einer Weile wollte Salome das beklemmende Schweigen brechen. Sie erinnerte sich an etwas, das er vorhin gerufen hatte.

»Wieso hast du Kephallion Mischblut genannt?«

»Weil er wahrscheinlich eines ist. Weißt du, ich habe mich in den letzten Tagen viel mit Höflingen und Sklaven unterhalten, um ... na ja, um dies und das in Erfahrung zu bringen. Nebenbei hörte ich, dass Kephallions Mutter fast ein Jahr vor seiner Geburt eine Affäre mit einem Nichtjuden hatte, vermutlich einem Römer. Man muss sich den Burschen nur ansehen: Eine Nase, wie er sie hat, siehst du bei allen römischen Statuen.«

»In Judäa gibt es keine Statuen. Körperliche Abbildungen beleidigen den Herrn.«

»Hatte ich vergessen.«

»Schon gut. Aber wie kann das wahr sein, was du über Kephallion sagst? Er hasst die Römer. Wenn er selber ein halber ist ... Vielleicht weiß er es ja nicht, ich meine, das mit seiner Abstammung.«

Timon grinste vielsagend. »Ich glaube, er weiß es. Und Zacharias weiß es auch. Gerade deshalb hasst Kephallion ja die Römer.«

Über diese Neuigkeiten vergaß Salome ihre jüngsten Erlebnisse. Sie genoss es, mit Timon zu sprechen.

»Vielleicht sollte ich ihn künftig nicht mehr provozieren, was meinst du?«

»Hast du dich denn deswegen so gekleidet? Weil du Kephallion provozieren wolltest?«

Natürlich konnte sie ihm unmöglich ihre wahren Motive enthüllen. »N-nein«, antwortete sie nur. »Ich dachte einfach nur ... Ich wollte mich eben verändern.«

»Dann lasse dich von Rabauken wie ihm nicht irritieren. Mir gefällt, was du tust. Und wie du aussiehst.«

Dieses Lob brachte sie aus der Fassung, und es kostete sie viel Mühe, ihre Freude nicht allzu deutlich zu zeigen. »W-wirklich?«

»Aber ja. Du hast als einzige Frau an diesem Hof den Mut gehabt, dein Recht auf Wissen einzufordern, und heute dein Recht auf Schönheit.«

Das war das Wundervollste, das je irgendjemand zu ihr gesagt hatte, und es raubte ihr den Atem.

Timon wollte ihr wohl eine Verlegenheit ersparen – oder seine eigene überspielen, jedenfalls sagte er gleich danach: »Komm mit.«

Er zog sie an der Hand hoch.

»Wohin?«, wollte sie überrascht wissen.

»Zum Meer.«

»Das ... das geht nicht. Ich kann nicht einfach den Hof verlassen.«

Er lächelte sie an. »Ich beweise dir das Gegenteil.«

Timon ließ ihre Hand los, er wollte sie nicht zwingen. Er lief voraus, und ihr blieb nur die Wahl, das brave Mädchen zu sein und sich allein in ihr Gemach zu verkriechen oder ihm zu folgen. Doch darum ging es gar nicht mehr. Ihre Beine liefen ihm schon hinterher, bevor sich ihr Kopf entschieden hatte.

Erst bei den Stallungen holte sie ihn ein. Er saß bereits auf seinem Pferd und reichte ihr die Hand. Salome war völlig außer Atem, doch seltsamerweise musste sie nicht husten. Sie hatte es schlicht vergessen. Mühelos zog er sie hinter sich auf den gescheckten Pferderücken, schnalzte, und schon trabte die Stute nach Westen.

Als die Staubwolke vor den Stallungen sich legte, kam Kephallion aus einem Winkel hervor. Er saß auf ein Pferd auf und ritt in die gleiche Richtung davon.

6

Salome lag ausgestreckt im Sand und blickte in den Himmel, wo zwei Schwalben höher und höher in das ungeheure, umfassende Blau kreisten, bis sie fast nicht mehr zu sehen waren, winzige, bewegliche Punkte, die in den Strahlen der blendenden Sonne verschwanden und einen Lidschlag später wieder zum Vorschein kamen. Sie tanzten umeinander, wurden schneller und entfernten sich, bis ihre Rufe nicht mehr zur Erde drangen, flogen weit über das Meer hinaus, wo sie schließlich in jenem fadendünnen Streifen, wo die Luft das Wasser berührte, endgültig dem Blick entschwanden.

Im Licht der Sonne und des Himmels, die im Wettstreit leuchteten, nahm das Meer vor Ashdods Küste eine fast grüne Farbe an; dazwischen blitzten in ständigem Spiel für winzige Momente die kleinen, weißen Schaumkronen der Wellen. Das *mare nostrum* war friedlich wie immer. Kaum hörte man, wie das Wasser auf die flach ansteigenden Ufer traf, nur ein leises Rauschen erfüllte diesen herrlichen Morgen.

Und zwischen all dem war Timon. Er schwamm hin und her, immer in Salomes Sichtweite, durchpflügte mal mit schnellen Bewegungen das Wasser oder peitschte die Arme, auf dem Rücken schwimmend, nach hinten. Gelegentlich tauchte er unter und an einer ganz anderen Stelle wieder auf.

Als Timon aus dem Wasser stieg und durch den feinen warmen Sand auf sie zu stapfte, versuchte sie, ihn möglichst wenig zu beachten, was ihr allerdings nicht gelang. Er trug nur ein leinenes, eng gewickeltes Hüfttuch, das wenig verbarg und zudem vor Nässe troff. Dergleichen war sie nicht gewohnt. Um seinen Hals spannte sich eine feine, goldene Kette, an der ein winziger Lapislazuli befestigt war. Und dann war da noch diese Narbe, die sich von der rechten Brust bis zum Bauchnabel zog und einst eine schlimme Wunde gewesen sein musste.

Einige Schritte von ihr entfernt kniete er sich in den Sand und breitete seine Arme aus wie ein Vogel, der nach dem Bad sein Gefieder spreizt. Da Timon außer seiner Tunika keinen Stoff dabei hatte, blieb ihm nur diese Möglichkeit zu trocknen; es war wohl nur ein Spaß, denn er ließ seine Arme schnell wieder sinken und lächelte Salome an.

»Ist es hier nicht wunderbar?«, fragte er und schüttelte übermütig seine Haare, so dass die Tropfen bis zu ihr spritzten. Sie schrie auf und beide lachten.

»Ja«, antwortete sie knapp, denn sie fürchtete, ihre Stimme könnte zittern und damit verraten, wie erregt sie war. Wie noch nie jemand zuvor wühlte Timon die seltsamsten, aufregendsten und wunderbarsten Gefühle in ihr auf, von denen sie nie gedacht hätte, dass sie ihrer fähig wäre. Irgendwie hatte sie immer geglaubt, die Tatsache, dass sie nicht gesund und schön war, würde sie davon ausschließen, jemals mehr als Respekt oder Freundschaft für einen Mann zu empfinden, geschweige denn das zu tun, was ihre Mutter einst mit Coponius im Hain getan hatte. Doch unwiderruflich kam ihr dieses Bild in den Sinn. Sie stellte sich vor, wie Timon, so wie er war, am Boden lag.

Sie schüttelte den Kopf, als wolle sie sich von einer Benommenheit befreien.

Hör auf damit, sagte sie sich.

»Alles in Ordnung?«, fragte er. »Du sahst gerade aus, als ginge es dir nicht gut.«

»Doch, doch«, erwiderte sie rasch.

Er schwieg, blickte unentschlossen in die Sonne, dann zum Meer. Sein Atem ging schwer, er sog ein paar Mal tief die Luft ein und stieß sie mit einem kurzen Seufzer wieder aus.

»Ich bin nach einer Muschel getaucht, habe aber keine gefunden«, sagte er.

»Wozu auch?«

»Um sie dir zu schenken, selbstverständlich.«

Er schien einen Moment zu überlegen, dann sprang er auf und ging zu seinem Pferd. Am Hals der Gescheckten war an einer Schnur ein Beutel befestigt, den Timon öffnete, einen Lederschlauch hervorzog und dann mit ihm zurückkam. Schwungvoll warf er sich neben Salome in den Sand. Er war ihr so nah, dass sie das Salzwasser roch, das auf seinem Körper trocknete.

»Hier habe ich etwas anderes für dich. Suche dir eins davon aus.«

»Was ist da drin?«

»Öffne, dann wirst du schon sehen.«

Sie holte eine Rolle aus dem Lederschlauch heraus, wie sie für Botschaften verwendet wurde. Zwischen zwei Holzstöcken war Pergament eingespannt und zusammengerollt worden. Zaghaft vor Respekt vor dem dünnen Papier entfaltete sie die ersten Fingerbreit und blickte auf eine Zeichnung. Ein rundes, von Säulen gesäumtes Gebäude mit spitzem Giebel erhob sich inmitten eines Gartens.

»Das stammt von dir?«, fragte sie verblüfft.

»Da war ich noch sehr jung, man sieht es an der krakeligen Strichführung. Das ist der Tempel der Venus in Rom.«

»Venus?«, fragte sie neugierig.

»Die Tochter des römischen Göttervaters Jupiter, Göttin der Liebe, der Schönheit, der Anmut. Sie wurde übrigens nicht weit von hier geboren, an der Küste Zyperns, wo sie der Sage nach dem silbernen Schaum der Wogen entstieg.«

»Klingt faszinierend. Wieso zeichnest du?«

»Einfach so. Na ja, eine Zeit lang, als ich in Jerusalem lebte, habe ich mir überlegt, Architekt zu werden.«

»Du wärst ein prächtiger Architekt«, rief Salome begeistert aus, doch als sie merkte, wie überschwänglich das geklungen hatte, fügte sie sachlich hinzu: »Ich kann mir dich sehr gut als Architekt vorstellen.«

Salome rollte das Papier weiter auf. Einem Aquädukt, wie sie es auch aus Jerusalem kannte, folgte die Zeichnung einer ländlichen Straße mit einigen kleinen Tempeln und Mausoleen auf beiden Seiten.

»Die Via Appia«, erklärte Timon. »Und das hier ist ein Leuchtturm im Hafen von Ostia. Und als Nächstes ...«

»Jerusalem«, jauchzte Salome.

»Ja, der Tempel eures Gottes. Ich nehme an, du entscheidest dich für diese Zeichnung.«

Sie war außer sich vor Freude. Jemand machte ihr ein Geschenk, nicht Geld oder so etwas, nichts, um sie hübscher zu machen, nichts, was mit Münzen bezahlt worden war, sondern ein richtiges Geschenk, das mit eigener Zeit und Arbeit gefertigt worden war. Sie strahlte ihn an, mochte es auch unschicklich sein. Sie war schon so weit gegangen, dass sie mit ihm im Hain geruht und auf dem Pferd gesessen hatte und nun am Strand lag, kaum mehr als eine Handbreit von Timon entfernt. Sie war froh, hier zu sein. Wie konnte sie auch nicht? Er mochte sie, kein Zweifel. Und was ihre eigenen Gefühle betraf ...

Noch einmal schweifte ihr Blick über das halb entrollte Pergament. »Nein«, sagte sie schließlich. »Du müsstest die Rolle zerschneiden, wenn ich eine der Zeichnungen nehme. Das will ich nicht.«

»Gut, dann schenke ich dir die erste Zeichnung«, bot er an. »Den Tempel der Liebesgöttin. So muss ich nur wenig schneiden.«

Sie schluckte. »Der Liebesgöttin?«

»Ist es dir nicht recht? Soll ich ...«

»Nein«, rief sie. »Nein, das ist – sehr freundlich.«

Er nickte ihr lächelnd zu. »Ich reiße es dir gleich ab.« Er faltete das Papier zwischen den Zeichnungen und trennte den einen Teil ab. »Hier bitte«, sagte er. »Ich hoffe, du siehst dir die Zeichnung gelegentlich an.«

»Du weißt ja«, schränkte sie ein. »Zeichnungen missfallen dem Herrn, daher muss ich sie versteckt halten. Natürlich sieht der Herr sie auch so, aber Zacharias und meine Eltern nicht, und darauf kommt es an. Ich werde sie ziemlich oft hervorholen, das verspreche ich.«

Er ließ sich rückwärts in den Sand fallen, verschränkte die Arme hinter dem Kopf und blickte träumend in den Himmel.

Salome blickte nicht weniger verträumt als er.

Er fühlte das, was sie für ihn fühlte, dachte sie. Nichts anderes war jetzt noch wichtig. Eher beiläufig, nur um Timon nicht anzustarren, rollte sie das Pergament weiter auf, betrachtete Mausoleen, Tempel und Brücken, die sie in Italien vermutete. Timon besaß eine große zeichnerische Begabung, fand sie, eine für einen angehenden Architekten nicht unwichtige Fähigkeit. Sie stellte sich vor, wie er herrliche Villen und mächtige Brücken erbaute. Wenn sie erst Fürstin wäre, könnte sie ihm Aufträge verschaffen, er könnte zum Beispiel eine neue Küstenstraße von Jebna nach Askalon ziehen; das wäre für Kaufleute und Reisende eine nützliche Sache. Und dann könnte er die mangelhafte Wasserversorgung in den Städten verbessern, all das, worum sich Herodes nie gekümmert hatte. Und sollte sie eines Tages Königin sein, dann ...

Sie erschrak. Sie hatte die Rolle weiter entfaltet und war auf ein ungewöhnliches Motiv gestoßen. Auf den anderen Zeichnungen Timons waren kaum Menschen abgebildet, und wenn, dann nur als kleine Striche auf den Straßen. Wozu auch, wenn er Architekt werden wollte? Doch von dieser Zeichnung blickten sie die Augen eines Mannes an.

Es war ein Gesicht mit kleinen Furchen an den Wangen, Narben auf der Stirn und einem kurzen Bart an Mund und Kinn und bis zu den Schläfen hoch. Ein gewöhnlicher Mann im mittleren Alter, alles in allem. Doch dem Bild haftete deutlich ein persönliches Urteil an. Vor allem an den dunklen, brutal leuchtenden Augen konnte Salome sehen, wie Timon diesen Mann verabscheute.

»Ich kenne ihn«, murmelte sie nachdenklich.

Erst jetzt bemerkte Timon, dass sie die Rolle weiter entfaltet hatte. Er richtete sich auf und fuhr sich mit der Hand über die Stelle auf seiner Brust, wo sich die Narbe befand. Seine spielerische Fröhlichkeit, seine jugendliche Ausstrahlung waren mit einem Mal wie ausgebrannt. Fordernd fragte er sie: »Woher? Wie heißt er?«

Salome dachte angestrengt nach. »Wie er heißt, weiß ich nicht mehr«, antwortete sie. »Er gehörte vor Jahren zum Gefolge meiner Großtante. Er nahm keine wichtige Stellung ein, glaube ich. Ab und an gab sie ihm einen Auftrag, dann war er eine Weile fort und kam immer wieder zurück. Ich habe ihn jedoch seit – ich weiß nicht mehr genau – seit mehreren Jahren nicht mehr gesehen. Irgendwann war er weg.«

Timon sah aus, als hätte sie ihm soeben die Antwort eines Rätsels präsentiert. Er legte sich wieder in den Sand und starrte in den Himmel. Er schwieg, und auch Salome spürte, dass sie ihn jetzt nicht mit ihrer Neugier behelligen sollte, obwohl sie darauf brannte, mehr über den Mann zu erfahren und weshalb Timon sich so sehr für ihn interessierte. Umso überraschender kam dann seine nächste Frage, die so gar nichts mit dem eben geführten Gespräch zu tun hatte.

»Du hast deine Großtante gern, nicht wahr?«

Sie stutzte. »Selbstverständlich. Sie hat mich immer gut behandelt und mir vieles beigebracht, sie hat zu mir und meinen Eltern gestanden, als es uns schlecht ging. Sie ist großartig.«

Timons Wangenknochen mahlten, er blickte weiter in den Himmel. »Ja, das hört sich alles nach einer lieben alten Frau an.«

»Natürlich muss sie als Herrscherin auch manchmal hart sein, das gehört dazu, vor allem, weil sie eine Frau ist und sich doppelt anstrengen muss, die ihr zustehende Achtung zu bekommen. Doch sie war immer gerecht.«

»Gerecht«, flüsterte Timon fast unhörbar in die sanfte Meeresbrise hinein. Dann blickte er Salome an. Sie konnte viel Zärtlichkeit in seinen Augen entdecken, aber da war noch etwas anderes, ein dunkler Schatten.

»Bist du ihr ähnlich?«, fragte er. »Was würdest du anders als sie machen, wenn du ihr nachfolgen solltest?«

Salome dachte nach. »Was sollte ich schon anders machen wollen?«

»Dir fällt nichts ein?«

»Nichts Wichtiges. Ich würde reisen wie sie, einen Hof unterhalten wie sie, das Leben genießen ...«

»Kommt auch das Volk in deinen Überlegungen vor, oder denkst du nur an dich selbst?«, fragte er ärgerlich.

Salome zögerte. »Ich ... verstehe nicht.«

»Du hast mir erzählt, wie schwierig es für dich war, zu lernen. Willst du es anderen Mädchen nicht leichter machen? Was ist mit den harten Strafen in Judäa? Oder mit der Mitsprache des Volkes bei wichtigen Entscheidungen? Mit der Ablehnung deines Volkes gegenüber den Wissenschaften? Mit den Spitzeln? Mit der Angst, Salome? Die Menschen da draußen fürchten sich vor euch, ist dir das nicht klar?«

Sie runzelte die Stirn. »Nein. Ich ...«

»Ich, ich, ich, das ist alles, woran deine Familie interessiert ist.

Nichts verändern, niemandem helfen, keinem vertrauen. Das solltet ihr euch als Motto zulegen. Du wirst einmal wie alle anderen Herodianer werden, und das ist verflucht schade. Denn in dir steckt eigentlich mehr.«

Salome rang um Worte. Ihr war, als hätte jemand aus einer anderen Welt zu ihr gesprochen. Tatsächlich redete man in der herodianischen Familie nie über mögliche Veränderungen in den Gesetzen, denn die stammten immerhin von Gott selbst. Sogar ihr Vater, der gewiss kein Freund von Herodes gewesen war, hatte stets nur den gewaltsamen Stil kritisiert, mit dem die Macht ausgeübt wurde, nicht jedoch die rechtlichen Fundamente. Salome kannte niemanden, der Judäa verändern wollte. Timon war der Erste.

»Womit würdest du denn anfangen?«, fragte sie ihn.

Er überlegte nicht lange. »Mit den Sklaven. Mein Vater hat mich gelehrt, dass kein Mensch einem anderen gehören dürfe.«

Salome nickte. »Das hört sich weise an.«

»Er war auch weise. Leider habe ich ihm das nie gesagt.«

Sie lächelte Timon an. Auch ihr hatte die Behandlung der Sklaven durch ihre Großtante noch nie gefallen, doch erst durch Timon wurde sie wirklich auf deren Schicksal aufmerksam. »Ich verspreche dir, eines Tages gegen die Sklaverei zu kämpfen.«

»Tust du das nur für mich?«

»Auch für dich. Mehr noch für die Sklaven.«

Damit schaffte sie es, wieder ein Lächeln auf sein Gesicht zu zaubern. Vom einen Moment zum anderen fiel alle Nachdenklichkeit von Timon ab, er war wieder heiter, und seine Augen strahlten sie an.

»Entschuldige, wenn ich etwas grob war. Das liegt daran, dass du mir nicht gleichgültig bist. Komm, leg dich eine Weile neben mich. Wir wollen die Stunde genießen, plaudern und träumen.«

Er nahm sachte ihre Hand und zog sie zu sich. Salome legte sich in den weichen Sand und blickte mit Timon in den Himmel. Er hielt weiter ihre Hand umklammert, und obwohl ihr Herz bis in die Kehle pochte, fühlte sie doch eine vollkommene Ruhe. Gleich darauf kam ihr der Gedanke, dass das, was sie in diesem Moment erlebte, Glück hieß.

Hinter einer Düne zwischen Gräsern, nur wenige Schritte von ihnen entfernt, lugte schon seit einer Weile ein Paar Augen hervor, das jetzt wieder hinter dem Sandhügel verschwand. Kephallion robbte langsam die Düne hinunter, und als er weit genug weg war, stand er auf und klopfte sich zufrieden grinsend den Sand von der Kleidung.

»Volk Israel«, gellte die Stimme Sadoqs über den weiten Platz unterhalb des Tempels des Einen Gottes. Seine Arme erhoben, stand er auf der obersten Stufe vor dem Hauptportal und sprach zu den vielen Menschen, die zu dieser Nachmittagsstunde ihren Geschäften im Zentrum Jerusalems nachgingen.

»Volk Israel«, wiederholte er laut, um mehr Aufmerksamkeit auf sich zu ziehen. Erst als viele stehen blieben und zu ihm aufsahen, begann er: »Der Ethnarch hat uns verraten. Um König zu werden, verneigt er sich vor den Römern und tut alles, was sie wollen. Schon bald werden sie mit ihren Schreibern kommen, mit ihren Nummern, und werden uns alle in ihre Register einsortieren. Aber wir sind kein Teil von ihnen, wir sind keine Zahlen, wir gehören uns allein. Wer gibt dem Ethnarchen das Recht, uns preiszugeben? Wer gibt ihm überhaupt das Recht, irgendetwas in unserem Namen zu tun, wo doch nicht wir es waren, die ihn zum Herrscher gemacht haben, sondern der Augustus in Rom? Nein, Volk Israel, ich sage dir, Archelaos ist nicht dein Gebieter!«

Nach diesen Worten erfüllte Raunen den Platz, die Menschen diskutierten, gestikulierten, manche schimpften, andere klatschten. Sadoq musste nicht weiterreden, er hatte mit diesen wenigen Worten erreicht, was er wollte. Er nickte Menahem zu. Sein Freund stand neben ihm und gab nun seinerseits ein Zeichen, woraufhin sich etwa drei Dutzend Männer auf die Stufen vor das Portal setzten und es blockierten.

Sadoq überschaute seine Gruppe wie ein Feldherr seine Legionen. Drei Dutzend Männer. Mehr Herzen und Köpfe hatte er in diesen Jahren seit der Gründung nicht für sich gewonnen. Seine Zeloten, die Eifernden, waren unbekannt, niemand interessierte sich für sie, und die wenigen, die es doch taten, waren nicht lange in seiner Sekte geblieben. Sadoq kannte die Ursache. In ihren Augen tat er das Falsche. Sie wollten mit Steinen gegen Soldaten vorgehen und Archelaos aus dem Land jagen, doch was sagten Sadoq und Menahem zu ihnen: Keine Gewalt! Wir stellen uns allen Feinden des Volkes in den Weg, ohne zuzuschlagen! Gewalt brauchen wir nicht, nur Festigkeit. Wenn wir eines Tages viele sind und stark, dann werden die Fremden und die Böswilligen an ihrer eigenen Schwäche zerbrechen!

Doch den Zornigen war er damit zu methodisch, den Mutigen zu feige und den Ungeduldigen zu langsam. Und dann gab es noch jene, die sich daran störten, dass sein Bart noch immer nicht richtig wuchs, obwohl er nun doch schon Mitte zwanzig war. Auch die Tatsache, dass Menahem seinen Bart kurz hielt, war ihnen nicht geheuer. Konnten Männer, deren Äußeres nicht im Sinne der *thora* war, sie anführen? Konnte der Herr durch den Mund von Bartlosen sprechen?

Diese Fragen stellte Sadoq sich nicht, ebenso wenig Menahem. Der Herr hatte ihnen nicht beigestanden, als sie ihre Angehörigen verloren, und der Herr jagte die Römer nicht aus dem Land. Sie warfen ihm das nicht vor, aber sie erflehten auch nicht seine Hilfe. Und schon gar nicht beriefen sie sich auf ihn. Er sollte mit dem, was sie taten, nichts zu tun haben.

Drei Dutzend Männer, so wenige waren ihm nur geblieben, doch er hielt an seiner Taktik fest. Seine große Stunde würde noch kommen. Vielleicht war die jetzige ein erster Schritt dorthin.

Er setzte sich mit Menahem zu seinen wenigen Getreuen und ließ niemanden durch, der in den Tempel wollte. Einigen seiner Männer fiel es schwer, angesichts der Beleidigungen standhaft zu bleiben. Ihr wollt euch nur wichtig machen, meinten einige, und andere sprachen ihnen gar ab, im Sinne Gottes und des Volkes zu handeln. Das war hart, das traf ins Herz, aber Sadoqs Stärke gab auch seinen Anhängern Kraft. Setz dich zu uns, Freund, forderte er jeden auf, der ihn beschimpfte, und so machten es die anderen Zeloten ihm nach.

Auf dem Platz tat sich etwas. Ein berittener Offizier der Stadtwache kam aus einer der Straßen und schrie Befehle, die man bis zu Sadoq hinauf unmöglich verstehen konnte. Augenblicke später marschierten Soldaten auf, einige mit Bögen, andere mit Schwertern bewaffnet. Sie bahnten sich unter dem Murren der Bürger einen Weg bis zum Fuß der Stufen.

»Steht auf und geht eures Weges«, schrie der Offizier. »Dann passiert euch nichts.«

Die Zeloten wurden unruhig, Sadoq jedoch blieb ungerührt sitzen.

»Sie werden uns niedermachen«, stieß Menahem hervor.

Sadoq lächelte. »Jeder Pfeil und jeder Schwertstreich macht uns stärker. Sie treffen nur sich selbst.«

»Selbst wenn«, flüsterte Menahem, »bis die das merken, sind wir längst tot.«

Einzelne Zeloten sprangen auf und liefen davon, doch dem Offizier waren das nicht genug. Er schrie einen weiteren Befehl, und die Schützen spannten ihre Bogen.

Menahem schloss die Augen und blieb treu an Sadoqs Seite, wie auch die meisten der anderen Zeloten. Sadoq stimmte einen Psalm an, den einst König David in großer Bedrängnis auf dem Weg nach Jerusalem gesungen hatte: »Hart hat man mir zugesetzt von Anfang an, doch niemals hat man mich vernichten können. Den Rücken hat man mir aufgerissen wie ein Feld, in das man Furchen pflügt. Der Herr aber ist mir treu geblieben ...«

Sadoqs Leute sangen mit, und der Platz war erfüllt von ihren tiefen Stimmen.

Der Offizier zögerte nur kurz, dann hob er unbarmherzig sein Schwert, um das Zeichen für die Schützen zu geben, doch in diesem Moment sprang einer aus dem Volk auf ihn zu und riss ihn vom Pferd. Und wie ein kleiner Funke ein trockenes Feld im Nu in Brand setzt, so griff die Wut und Entschlossenheit eines Einzelnen binnen weniger Momente auf viele andere über, sie fassten Mut und schlugen mit allem, was sie gerade in Händen hatten, auf die Soldaten ein, mit Stöcken und toten Fischen, Körben und sogar mit Geldbeuteln. Die Soldaten hätten ihnen leicht den Garaus machen können, waren allerdings so überrascht, dass sie nur schützend die Arme vor den Kopf hoben, um unbeschadet den Rückzug anzutreten, was ihnen auch gelang. Als sie vom Platz vertrieben waren, brandete kurzer Jubel auf, und Sadoq winkte seinen Rettern dankbar zu.

Die Menschen stoben wie Funken auseinander und verschwanden in der einsetzenden Dämmerung, denn es würde nicht lange dauern und die Soldaten kämen mit Verstärkung zurück, das wusste auch Sadoq und gab seinen Leuten das Zeichen, sich zu zerstreuen. Er selbst floh mit Menahem in eine der kleinen, dunklen Straßen der Unterstadt.

»Von heute an«, sagte er keuchend zu seinem Freund, während sie nebeneinander herrannten, »wird jeder in Jerusalem wissen, wer die Zeloten sind, glaube mir. Von heute an sind wir die vierte Sekte unseres Volkes.«

»Die drei Sekten des Volkes Israel sind«, begann Timon und dachte angestrengt nach. Er stand am Pult des *cheder* und sah aus, als forsche er nach etwas, das in einem entlegenen Winkel seiner Erinnerung verborgen lag.

»Äh«, sagte er und brachte damit die Schüler zum Kichern. Auch Salome amüsierte sich, selbst Zacharias, der ihm diese für einen Juden einfache Frage gestellt hatte, schmunzelte in seinen Bart hinein. Griechen war diese Einteilung in religiöse Gruppen natürlich fremd, in Judäa dagegen hatte sie eine lange Tradition, und wer das Volk Israel wenigstens im Ansatz verstehen wollte, musste die Sekten und die Grundzüge ihrer Überzeugungen kennen. Die Frage lag also ganz in Timons Interesse, doch mit der Antwort kämpfte er noch.

»Die Sadduzäer«, half Zacharias und benannte jene Sekte, der er am meisten Sympathie entgegenbrachte.

»Richtig, die Sadduzäer«, sagte Timon. »Sie werden von den vornehmen, priesterlichen Familien geführt und stellen bis heute auch den Hohepriester. Die geschriebene Lehre Gottes, die *thora*, ist der einzige Maßstab, den sie gelten lassen. Aber sie sind immer um Ausgleich mit fremden Völkern bemüht.«

Zacharias nickte wohlwollend, und Salome grinste in sich hinein. Timon hatte die Sadduzäer sehr schmeichelhaft beschrieben, fand sie. Was er gesagt hatte, stimmte zwar, aber er hatte auch eine Menge unterschlagen, zum Beispiel, dass die Sadduzäer sich für eine Art Adel hielten, dass sie sich oft hochmütig gebärdeten und auf die übrigen Sekten herabsahen, vor allem auf die Pharisäer, die um die Volksgunst buhlten. So etwas hatten die Sadduzäer nicht nötig – meinten sie zumindest.

»Die Pharisäer«, fuhr Timon fort. »Ihr Name bedeutet ›die Abgeschlossenen‹. Sie geben sich volkstümlich und fügen der *thora* ihre eigenen Lehren hinzu. Sie wollen neue Verhaltensweisen festschreiben und das gesamte Leben der Männer und Frauen bis ins Einzelne mit Richtlinien versehen: Kleidung, Festgebaren, welche Vergnügungen erlaubt sind und welche nicht und so weiter.«

Wieder hatte Timon etwas weggelassen, nämlich dass die Pharisäer weit beliebter als die Sadduzäer waren. Nicht bei Salome allerdings, denn wenn es nach den Pharisäern ginge, dürfte sie als Frau nicht am Unterricht teilnehmen und hätte weitaus weniger Rechte als jetzt.

Wenn ich erst Fürstin und Königin bin, dachte sie, werden die Pharisäer meine schlimmsten Gegner sein.

»Die Essäer«, komplettierte Timon seine Aufzählung. »Sie leben arm und bedürfnislos und mischen sich nie in die Politik ein. Viele sind ehelos geblieben, doch es gibt auch Ausnahmen. Sie dienen dem Herrn in Demut, leben manchmal in Gemeinschaften zusammen und predigen Güte.«

»Ausgezeichnet«, lobte Zacharias. »Deine Darstellung war zwar nicht ausführlich, du hast allerdings das Wesentliche wiedergegeben, und darauf kommt es an. Du darfst dich setzen.«

Timon setzte sich neben Salome, und sie zwinkerte ihm beifällig zu. Das meiste seines Vortrages hatte sie ihm beigebracht, denn was Zacharias ihn über die Sekten gelehrt hatte, war umständlich und weitschweifig gewesen, und Timon hatte fast nichts davon begriffen. Das war nur zu verständlich, umgekehrt ging es ihr ja ebenso. Was Timon ihr in den letzten Tagen über die griechischen und römischen Götter erzählt hatte, verwirrte sie. Allein diese vielen Zuständigkeiten der verschiedenen Gottheiten! Manches war ja noch nachvollziehbar, wie zum Beispiel eine Göttin für Weisheit, eine andere für Liebe und eine dritte für Fruchtbarkeit. Oder einige der männlichen Gottheiten, wie solche des Meeres, des Krieges oder des Handels. Brauchte man jedoch wirklich Göttinnen der Morgenröte, des Obstes, der Quellen und des Regenbogens? Einen Gott des Westwindes? Jedes Element und jedes Gefühl hatte eine eigene Gottheit, die darüber wachte. Da war ihr Gott, der einzig und allumfassend war, doch viel unkomplizierter. Schwierig war nur das, was die Menschen aus seinem Willen machten.

Zacharias wollte gerade den Unterricht mit einem anderen Thema fortsetzen, als Kephallion ihm zuvorkam. »Die Aufzählung war unvollständig«, behauptete er. »Es gibt noch eine vierte Sekte.«

»Was redest du da für einen Unsinn?«, fauchte Zacharias.

»Die Zeloten sind die vierte Sekte. Sie wollen das alte Judäa wiederherstellen, das Judäa unseres Herrn, frei von Gottlosen …«

»Falsch«, unterbrach Zacharias schneidend. »Die Zeloten sind ein Häuflein Verirrter, keinesfalls eine Sekte. Ihre Ziele sind rein politisch. Das kann man anhand des Vorfalls vor dem Tempel sehr gut sehen. Es geht ihnen nur um Provokation. Ihre Liebe zum Land und die Ablehnung alles Fremden ist völlig übersteigert und spiegelt nicht den Willen Gottes wider.«

»Sie haben regen Zulauf«, wusste Kephallion zu berichten, und in seiner Stimme schwang Begeisterung mit. Bisher schien er stets die Pharisäer zu favorisieren, jetzt hatte sich das offensichtlich geändert. »In Jerusalem gibt es mittlerweile viele, die ihre Ideen akzeptieren, selbst Pharisäer.«

»Daran sieht man nur, dass die Pharisäer Esel sind«, erwiderte Zacharias heftig. »Ein *chamor*, wer denkt wie sie. Wohin hat die Provokation der Zeloten denn geführt? Zu zahlreichen kleineren Unruhen im ganzen Land, zu unnützen Toten also, und dazu, dass unser Ethnarch zu Augustus abreisen musste, um wieder einmal zu erklären, warum Judäa das einzige Schutzkönigreich ist, das an dem Ast hackt, auf dem es sitzt. Nein, keinesfalls sind diese Narren eine vierte Sekte. Nie und nimmer.«

Zacharias stand mit rotem Kopf vor seinen Schülern. Allen war klar, dass seine Ansprache nicht zum Unterricht gehörte, sondern eher eine Warnung war, dass niemand aus der königlichen herodianischen Familie – zu der hier ja jeder außer Timon gehörte – mit den Ideen der Zeloten sympathisieren dürfe. Das kam überraschend. Bisher hatte Zacharias jedem Schüler freigestellt, welche Sekte er bevorzuge. Aus seiner Neigung für die elitären Sadduzäer hatte Zacharias nie einen Hehl gemacht; er hütete sich allerdings stets, seine Schüler dahingehend zu beeinflussen, und so gab es Anhänger jeder religiösen Richtung in der kleinen Palastschule. Zelotische Ideen jedoch schien er unbedingt vom *cheder* fern halten zu wollen.

Alles sah ganz danach aus, als würden Zacharias und Kephallion gleich wieder eine ihrer berüchtigten Redeschlachten austragen, die in letzter Zeit häufiger wurden und fast immer mit einem lauten Knall der Rute auf dem Pult endeten oder damit, dass Zacharias – völlig erschöpft – den Unterricht für beendet erklärte. Und tatsächlich ließ Kephallion auch diesmal nicht locker; es war fast so, als vertrete er aus Prinzip eine andere Meinung als Zacharias.

Salome lächelte, als sie Timon gähnen sah. Er hatte ihr schon vor einigen Tagen erzählt, dass er dieser Diskussionen längst müde geworden war. Seit er die Palastschule besuchte, hatte er alles über Sekten erfahren, hatte das Buch Levitikus und das zweite Buch Mose gelernt, das Buch Josua und das Buch Rut sowie die Schriften des Propheten Jesaja und einige Psalmen. Mittlerweile schwirrte ihm der Kopf, obwohl er sagte, dass er nichts erfahren habe, das ihm irgendwie nützlich vorkäme.

»Das in euren Schriften am häufigsten behandelte Thema«, hatte er gesagt, »heißt Gewalt. Zorn, Sühne, zerschmetterte Städte, verkohlte Schlachtfelder, misshandelte Menschen, Weltgericht, Strafgericht, Rachegericht ... Euer Gott ist unentwegt damit beschäftigt, euch für irgendetwas zu strafen. Mal passt es ihm nicht, dass ihr feiert, dann wieder, dass ihr jammert, mal nimmt er es euch übel, dass ihr ihn um Hilfe ersucht, dann wieder, dass ihr nicht genug betet. Was mich vor allem an ihm stört, ist seine Gewohnheit, die blutige Niedermetzelung eines jeden zu verlangen, der ihm nicht schmeichelt. Einmal war er sogar zornig, weil die Bewohner Jerusalems nachts auf den Dächern gefeiert haben. Kann er bei dem Lärm sonst nicht schlafen, oder was? Kein Wunder, dass ihr ein ganzes Leben des Studiums braucht, um ihn zu verstehen.«

»Also haben dir meine Erläuterungen nicht geholfen?«, hatte sie ein wenig enttäuscht gefragt, denn sie wollte sich natürlich irgendwie für die vielen Lektionen in Mathematik, Rhetorik und Naturwissenschaft bei ihm revanchieren. Timon hatte sie es zu verdanken, dass die Sterne nun wunderbare Namen trugen, dass die Küsten des *mare nostrum* plötzlich voller lebendiger Völker waren und dass sie zum ersten Mal der Schönheit von Dichtungen begegnet war. Timon malte für sie zum besseren Verständnis des griechischen Theaters Szenen aus alten Dramen, berichtete von den Abenteuern des Odysseus und versuchte sich an Gesängen – was allerdings eher komisch als informativ gewesen war. Die Nachmittage mit ihm waren ausgefüllt mit Lachen und Denken, und Salome genoss jede einzelne Stunde. Doch sie wollte das Glück nicht einfach auskosten, sondern teilen. Sie wollte Timon auch etwas davon geben, denn er wirkte nicht selten traurig oder angespannt. Aber sie stellte fest, dass ihr eigenes Wissen über Gebote, Verbote und himmlische Strafen und Mahnungen spröde war im Vergleich zu den Wundern, die er für sie bereithielt.

Seine Gefühle allerdings verbarg er hinter dieser Mauer aus Wissen, hinter jenen korinthischen Säulen, blauen Sternen und lyrischen Dichtungen, über die er stundenlang erzählte. Er konnte, ohne mit der Wimper zu zucken, gegen Kephallion antreten und würde, um sie zu retten, vermutlich auch gegen dieses scheußliche Monster aus der griechischen Mythologie kämpfen, die Hydra; über sich selbst erzählte er so gut wie nichts. Er blieb rätselhaft.

»Doch, irgendwie haben deine Erklärungen mir geholfen«, räumte er zögernd ein. »Zum einen verstehe ich euer Volk etwas besser. Und zum anderen«, fügte er grinsend hinzu, »kann mir nach diesen komplexen religiösen Büchern keine statische Berechnung und keine mathematische Formel mehr Angst einjagen. Was ist schon der Bau eines Turms gegen achtundvierzig Bücher voll mit einem schlecht gelaunten Gott?«

Sie lächelte ihn an, streichelte seine Wange, strich ihm eine

Strähne aus der Stirn, fasste schließlich seinen Arm an der Stelle, wo sie ihn zum ersten Mal ergriffen hatte, und blickte Timon unmissverständlich an.

Er senkte den Kopf und rang um Worte. »Ich … ich bin gerne hier«, gestand er in jenem Augenblick. »Deinetwegen, Salome.«

Der Knall der Rute riss Salome unsanft aus ihren Erinnerungen und beendete ein weiteres Mal den Disput der Streithähne.

Zacharias fasste sich wieder an die Brust, wischte sich den Schweiß von der Stirn und schloss mit matter Stimme den Unterricht.

»Zum Strand?«, flüsterte Timon ihr zu.

»Zum Strand«, bestätigte sie ebenso leise.

Kephallion blieb zurück und sah ihnen nach. Er wartete, bis alle außer Zacharias gegangen waren. Dieser beachtete ihn absichtlich nicht, sondern räumte Bücher, Schriften und die kleinen Wachstafeln, die die Schüler für Notizen benutzten, ohne Hast unter sein Pult. Kephallion sah sich die künstliche Geschäftigkeit des *Rabbiners* eine Weile an, dann stand er auf und trat zu ihm.

»Wieso duldest du den unbeschnittenen, gottlosen Griechen noch länger in unseren heiligen Räumen?«

Zacharias ließ sich nicht unterbrechen. Ohne aufzusehen, sagte er: »Ach weißt du, Kephallion, ich bin zu müde, um dir zum zehnten Mal zu erklären, was Gastfreundschaft für einen Juden bedeutet – oder zumindest bedeuten sollte. Du würdest es doch nicht verstehen. Außerdem sind diese Räume nicht heilig. Dies hier ist ein Schulzimmer in einem Palast und nicht das Innerste des Tempels, falls dir das noch nicht aufgefallen ist.«

»Der gottlose Grieche missbraucht deine Gastfreundschaft.«

Zacharias räumte weiter auf. »Du warst von Anfang an gegen ihn, nicht, weil du gute Argumente hast. Nein, du siehst nur den Nichtjuden in ihm. Er könnte der vollkommenste Mensch der Welt sein, ausgestattet mit allen Tugenden, er bliebe für dich immer nur ein Unbeschnittener. Du wärst nie in der Lage, auch nur irgendetwas anderes in ihm zu sehen.«

Kephallion widersprach nicht. Zacharias konnte anderer Leute

Motive messerscharf zerlegen und ergründen und ihnen anschließend den Spiegel der niedrigen Gesinnung vorhalten. Er konnte jede Handlung, die man beging, und jede Meinung, die man angenommen hatte, ihrer sachlichen Begründung entkleiden und als nackten Affekt hinstellen, als tierische Emotion. Doch bei niemandem wandte Zacharias diese Taktik so häufig an wie bei ihm, und bei keinem empfand der Alte dabei so viel Lust. Das Schlimme war, dass Zacharias meistens Recht hatte, so auch jetzt.

Kephallion schwieg einen Augenblick, dann sagte er: »Also gut, lassen wir den Griechen beiseite, denn er ist ungläubig und unterliegt daher nicht unseren Gesetzen. Mit Salome ist das anders.«

Zacharias lachte verächtlich vor sich hin. »Nichts, was du sagst, kann mich gegen sie einnehmen. Sie ist klüger als du, fleißiger und wendiger, und das stört dich. Ich nehme dir nicht übel, dass du gegen sie bist – das wäre ich auch, wenn ich so ein *chamor* wäre wie du. Doch tue mir den Gefallen und spinne keine hinterhältigen Ränke, sondern tritt offen gegen sie an.«

»Wie du willst«, sagte Kephallion. »So klage ich Salome ganz offen an, eine Liebschaft mit dem Griechen zu haben. Ich habe die beiden zusammen gesehen, am Strand, wo sie beieinander lagen.«

Zacharias ließ sofort alles stehen und liegen. »Was sagst du da?«, rief er. »Das ist … das ist eine sehr ernste Beschuldigung, Kephallion. Bist du dir sicher? Oder lügst du, um ihr zu schaden?«

Kephallion nahm eines der *siddurot*, der Gebetbücher, und presste es auf sein Herz. Empört rief er: »Beim Namen des unaussprechlichen Gottes, ich schwöre, die Wahrheit zu sagen.« Er trat so nahe an Zacharias heran, dass er seinen Atem spüren konnte, und blickte ihm fest in die Augen: »Sie hat eine Liebschaft mit Timon. Ist dir nicht aufgefallen, dass sie sich neuerdings anders anzieht als früher, dass sie Farbe auf die Lippen aufträgt und Stecknadeln für die Haare benutzt? Sie ist zur Hure geworden, wie ihre Mutter, wie so viele Mütter. Das kannst du nicht dulden. Du weißt doch am besten, was eine verbotene Liebschaft anrichten kann, nicht wahr? Noch dazu mit einem Ungläubigen.«

All die Jahre war Zacharias unverwundbar für Kephallion geblieben. Dieser Mann hatte alles gegen ihn ausgespielt, die größere Bildung, die intellektuelle Erhabenheit und die Stellung als *Rabbiner*. Kephallion konnte die Demütigungen nicht mehr zählen, denen er, seit er denken konnte, ausgesetzt war. Er war dumm genannt worden, rüpelhaft, fett, brutal, charakterschwach, begriffsstutzig, einfältig, schwerfällig … Tausendmal hatte Zacharias ihn einen *chamor* geschimpft, jeden einzelnen Tag seines Lebens. Es hatte lange gedauert, viele herbe, verwirrende Jahre, bis er erkannt hatte, wieso er verabscheut wurde. Zunächst hatte er einfach geglaubt, dass sein Vater von Natur aus abweisend und kalt war und auf die Liebe seiner Familie keinen Wert legte. Seine Eltern sprachen kaum miteinander, und wenn, dann nur mit einem zynischen Unterton. Sie konnten nicht über die einfachsten Dinge reden – gibst du mir bitte deinen Teller, wann kommst du zurück, lösche nachher die Kerzen, bevor du ins Bett gehst –, ohne wie Feinde miteinander zu sprechen. Seine Mutter ging zärtlich mit ihm um, daher wandte er sich immer mehr ihr zu und redete mit Zacharias so wenig wie möglich. Als Folge davon behandelte Zacharias ihn umso verächtlicher. »Du bist das Kind deiner Mutter«, sagte er oft.

Und so war es auch. Eines Tages, als seine Eltern sich allein glaubten, hörte er heimlich ein Gespräch. Sie waren nicht laut, sie schrien nie miteinander. Ihre Feindschaft war nicht leidenschaftlich, sie war eisig. »Du wirst nicht gehen«, sagte Zacharias. »Du kannst es nicht, denn ohne Erlaubnis des Ehemannes wird keine Scheidung ausgesprochen.«

»Ich brauche keine Scheidung, um zu gehen.«

»Solange du mein Weib bist, wirst du dieses Haus nicht verlassen. Tust du es doch, lasse ich dich suchen und wieder hierher schleppen. Dasselbe gilt für Kephallion.«

»Was soll das?«, fragte sie. »Du solltest froh sein, dass ich gehen will, nach allem, was ich dir angetan habe: Ich habe dich betrogen. Ich fand es schön. Ich habe ein Kind mit einem Römer gemacht. Ich würde es jederzeit wieder tun. In Wahrheit bin ich schon lange nicht mehr deine Frau, und Kephallion war noch nie dein Sohn.«

So kalt wie jetzt hatte Kephallion seinen Vater noch nie sprechen hören: »Eben *weil* du mir all das angetan hast, wirst du hierbleiben. Du wirst deines Lebens nicht mehr froh werden. Ich halte unsere Feindschaft noch lange durch, du allein wirst langsam an ihr kaputtgehen.«

Zacharias behielt Recht, und Kephallion hatte seinen Anteil daran. Nachdem er das über seine Mutter gehört hatte – aus ihrem eigenen Munde –, hasste er sie. Für ihre Lust also hatte er büßen müssen. Ihretwegen war er niemandes Sohn, ihretwegen verachtete Zacharias ihn. Und ihretwegen gehörte er nicht zum auserwählten Volk. Doch außer ihm selbst wussten nur noch zwei Menschen davon – und Gott. Seine Eltern würden schweigen, und Gott würde er noch überzeugen, dass er würdig war, den Auserwählten anzugehören. Fortan redete er wie Zacharias mit seiner Mutter, und der Schmerz darüber machte sie von Jahr zu Jahr schwächer, bis sie daran starb. »Weib, du bist Sünde«, hatte er ihr zuletzt ins Ohr geflüstert.

Doch von seinem Vater erhielt er dafür keine Anerkennung. Für nichts, was er tat, nicht für die Befolgung der Gebote, die Einhaltung der Festvorschriften, das Studium der Propheten ... Zacharias schmähte ihn weiterhin und versuchte, ihn zu treffen, wo er konnte. Dafür war dem Alten jedes Werkzeug recht, so auch Salome, die er nur deshalb aufgenommen hatte, um ihn, den Bastard, zu beleidigen.

Doch zum ersten Mal ergab sich die Gelegenheit, Zacharias mit seinen eigenen Waffen zu schlagen. Salome, sein Werkzeug, sein hochgelobter Schützling, entpuppte sich als Sünderin wie zuvor sein Weib. Kephallion kostete jeden einzelnen Moment seines Triumphes aus. Zacharias sollte diejenige zerstören, die er selber aufgebaut hatte.

»Wenn ich selbst der Tetrarchin die Anklage vortrage«, meinte Kephallion, »wirkt es weniger glaubwürdig, als wenn du es tust.«

»Du verlangst von mir ...«

»Soll sie etwa ungestraft davonkommen? Soll sie auch noch ermutigt werden und später ihren Gatten betrügen? Ihm die Kinder ihrer Ehebrüche unterschieben? Ihn zu einem Narren machen, so wie einst ...« An dieser Stelle machte er eine bedeutungsvolle Pause. »Willst du dich mitschuldig daran machen, dass Salome sich weiterhin am Gesetz Gottes vergeht? In diesem Moment, während wir hier reden, sündigt sie wahrscheinlich schon wieder. Und Gott sieht es. Er sieht alles, was in seinem heiligen Land vorgeht. Er verlangt, dass du etwas dagegen unternimmst. Du musst sie anklagen, sobald die Tetrarchin zurück ist.«

Zacharias wandte sich von Kephallion ab, ging zum Fenster und blickte unsicher in das Grün hinaus. »Lass mich bitte allein«, bat er Kephallion ungewöhnlich mild.

»Ach ja«, fügte Kephallion noch hinzu, bevor er den *cheder* verließ. »Der Grieche lehrt Salome Grammatik, Mathematik, Redekunst, kurz gesagt, heidnische Wissenschaften. Die heiligen Schriften, die du lehrst, scheinen sie nicht mehr zu interessieren.«

Timon stemmte sich der Welle entgegen und ertrug ihre Wucht, dann kraulte er mit schnellen Armstößen hinaus ins Meer. Obwohl der Wind nicht stark war, türmten sich die Wogen höher als sonst auf. Die starke Strömung kostete Timon viel Kraft, aber er schwamm unverdrossen weiter, hielt das Gesicht meist unter Wasser und streckte es nur alle fünf Armschläge kurz über die Oberfläche, um einen schnellen Atemzug zu nehmen. Auch als er schon nicht mehr wusste, wie viele Armschläge er gemacht hatte, und ihn jedes Gefühl dafür verlassen hatte, wie weit er mittlerweile von der Küste entfernt war, hielt er nicht inne. Sein Herz schlug wild, seine Arme waren fast taub, aber er schwamm immer weiter. Völlige Erschöpfung war immer schon seine Art gewesen, Klarheit in die Gedanken zu bringen.

Damals, in Jerusalem, wo es kein Wasser zum Schwimmen gab, hatte er in Stunden der Verwirrung oder des Zorns seine Stute genommen und war geritten, was das Zeug hielt. Manchmal hatte er zwei Runden um die gesamte Stadtmauer Jerusalems gedreht, bevor er sich und dem Pferd Ruhe gönnte. Und vor Jerusalem, in Rom, kurz nach der Ermordung seines Vaters, hatte er im *gymnasium* mit Gleichaltrigen gerungen, wieder und wieder, fast einen ganzen Tag lang, wobei es ihm völlig egal gewesen war, ob er gewann oder verlor. Nur die Entkräftung zählte. Mit seinem Körper ermatteten auch seine Gefühle, und in diesen Minuten konnte er am klarsten denken, sich ganz auf seinen Willen konzentrieren und alle störenden Umstände vergessen.

Schwer atmend blickte er zurück zur Küste, die er weit hinter sich gelassen hatte. Salome war kaum noch zu sehen. Von hier aus betrachtet war sie kein Mädchen mehr, das auf ihn wartete, nicht einmal ein Mensch, sondern nur noch ein ferner Punkt.

Am ersten Tag, als er mit ihr ins *gyneikon* spaziert war, hatte er natürlich sofort gemerkt, was sie von ihm hielt. Er kannte die äußeren Anzeichen von Schwärmerei noch aus den Tagen im Palatinischen Palast. Dort war er immer nur auf zwei Sorten von Mädchen getroffen: jene, die ihn *be*lächelten, weil er einen halben Kopf kleiner als gleichaltrige Jungen war, und jene, die ihn *an*lächelten, weil sein Gesicht ihnen gefiel. Diesen feinen Unterschied des Lächelns erkannte er sofort; er bestand aus einer winzigen Biegung der Mundwinkel, aus einem Millimeter, der das Urteil über ihn fällte. Salomes Lächeln war immer ehrlich. Sie mochte ihn, vielleicht sogar sehr, ja, wahrscheinlich sehr.

Während jener ersten Stunde mit ihr hatte er sie überhaupt nicht als Mädchen wahrgenommen, schon gar nicht als junge Frau. Sie war ein wissbegieriges Ding, das ihm gerade recht kam, weil er Informationen brauchte und sie ihm helfen konnte. Er dachte nicht schlecht über sie, sondern er dachte überhaupt nicht an sie. Ihr Aussehen, ihr Husten und ihre Probleme mit den jüdischen Sitten interessierten ihn damals ebenso wenig wie ihre Neugier und Schwärmerei. Das alles war für ihn nur insofern von Bedeutung, wie es ihm nutzen konnte, schneller an sein Ziel zu kommen.

Dann war sie ein paar Tage verschwunden, weil eine dämliche Sitte bestimmte, dass sie unrein war, und in diesen Tagen merkte er, wie abhängig er von Salomes Kenntnissen über Akme und ihrer Stellung am Hof war. Türen und Lippen blieben ihm verschlossen, denn er war ein ungläubiger Fremder, und außer ein wenig Klatsch unter Sklaven und unnütze Hinweise von Zacharias erfuhr er nichts. Er suchte immer noch den Beweis, dass Akme hinter dem Mord an seinem Vater stand.

Dann die Schlägerei: Er konnte Salome vor Kephallions wütendem Angriff retten. Natürlich hätte er ihr ohnehin geholfen, denn nichts fand er widerwärtiger als Jungen, die Mädchen schlugen, überhaupt Starke, die Schwache demütigten. Dass er auf diese Weise auch noch Salomes Dankbarkeit gewinnen konnte, war ein Glücksfall.

Doch im Hain geschah etwas Seltsames. Er nannte Salome indirekt schön – Recht auf Schönheit, hatte er sich so ausgedrückt? –, anfangs nur, um noch mehr ihres Vertrauens zu gewinnen, doch plötzlich stellte er fest, dass er sie tatsächlich schön fand. Nicht einfach hübsch, nein, das war sie nicht einmal. Hübsche Mädchen kannte er aus Rom und Jerusalem, hübsche Mädchen sahen anders aus. Salome dagegen hatte etwas an sich ... Waren es ihre schwarzen Augen, waren es die leicht hervorstehenden Wangenknochen, oder war es ihr Mut? Es traf ihn wie ein Blitz: Er fand Salome einzigartig. Er war fasziniert von ihr und wollte mit ihr zusammen sein; nicht weil sie die Großnichte Akmes, sondern weil sie eine junge Frau war.

Von diesem Moment an bis heute vermischten sich seine Gefühle für sie zunehmend mit dem Plan, den er nach wie vor auszuführen gedachte. Beides vertrug sich nicht miteinander. Er konnte Salome nicht gleichzeitig lieben und ausnutzen, nicht begehren und gebrauchen.

Er würde aufhören müssen, sie zu lieben – oder er müsste ihr die Wahrheit sagen und seinen Plan fallen lassen. Er musste sich entscheiden. Jetzt.

Salome, der Punkt in der Ferne, winkte ihm vom Strand aus zu. Er winkte zurück. Die Strömung hatte ihn noch weiter hinaus aufs Meer getrieben, und er war erschöpft. Nur langsam kam er gegen den Sog an, der ihn immer wieder hinausziehen wollte. Er konnte nicht mehr kraulen, seine Arme hatten die Kraft dazu nicht mehr. Mühsam teilte er mit den Handflächen das Wasser, und beinahe mit jedem Zug stiegen andere Gefühle in ihm hoch, sah er andere Bilder vor sich: der letzte Blick seines Vaters, Archelaos' Feigheit, die Narbe an seinem Bauch, der Mörder, die gehassten Jahre in Jerusalem, und dazwischen Salome, deren Gestalt immer wieder zwischen den auf und ab wogenden Wellen auftauchte. Liebe,

Hass, Trauer, Zorn und der Wunsch nach Rache wechselten sich mit jedem der hastigen Atemzüge ab.

Als er endlich wieder Boden unter den Füßen verspürte, konnte er nur noch auf allen vieren an den Strand kriechen und jenseits der Brandung atemlos in den gelben, heißen Sand fallen. Er spürte Salomes Hand auf seinem Rücken, und er wusste, dass sie ihn gleich besorgt anschauen und – sobald sie erkannte, dass er nur erschöpft war – erleichtert anlächeln würde wie einen übermütigen kleinen Jungen.

Wie könnte er ihr Lächeln ehrlich und aus vollem Herzen erwidern, jetzt, wo seine Entscheidung gefallen war?

Ostia war im Sommer unerträglich. Über der größten Hafenstadt des tyrrhenischen Meeres brannte die Sonne, und die Luft war salzig vom Geruch der Salinen entlang der Küste. Seit Jahrhunderten trotzte man hier dem Wasser das kostbare Salz ab, das Fleisch und Fisch haltbar machte und den Speisen ihre Würze verlieh, aber der oft kräftige Westwind blies ein wenig des feinen Staubes vor sich her. Das Salz brannte in den Augen, legte sich auf das Obst der Märkte und machte die Haut trocken und schuppig, ein ständiges Ärgernis, an das nur gebürtige Ostianer sich gewöhnen konnten.

Doch weitaus anstrengender waren die Menschenmassen, die sich jeden Tag durch die Straßen und über die Piere schoben. Ostia war der Löffel Roms, Ostia fütterte die unersättliche Metropole. Täglich trafen hier Dutzende von Galeeren und Barken aus allen Teilen des Imperiums ein und spuckten ihre Waren aus den prall gefüllten Laderäumen. Getreide und Sklaven, Tiere und Gladiatoren, Gewürze und Marmor ergossen sich über die Molen und wurden von hier auf die letzten Meilen ihres Weges geschickt. An jeder Ecke standen bunt gekleidete Kaufleute und handelten in vielen Sprachen Preise, Termine und Qualitäten aus, so dass vom Vormittag bis in den Abend ein Gewirr von Stimmen über der Stadt lag.

Nachts wiederum, wenn die Salinen abgedeckt und die Händler verschwunden waren, drang der Lärm der trunkenen Seeleute durch die breiten Straßen. Die römische Kriegsflotte nutzte Ostia als Stützpunkt, und da die Küsten des *mare nostrum* fast gänzlich in römischer Hand waren und es zudem keine Piraten mehr gab, hatten die Marinesoldaten wenig zu tun und prassten stattdessen in den Wirtshäusern, denen es nie besser gegangen war als in den letzten vierzig Jahren des Friedens, den sie Augustus verdankten.

Nur der frühe Morgen konnte für den Lärm und Gestank Ostias entschädigen. Wenn die aufgehende Sonne den Himmel rot färbte und eine milde Brise über die Küste schickte, wenn das Geschrei der Möwen die Stille unterbrach und die erste Barke sich vorsichtig in den Hafen tastete, dann – so sagten die Ostianer – gab es keinen schöneren Platz auf der Welt, als an der Spitze der längsten Mole zu stehen und nach Westen in die Weite des Ozeans zu schauen.

Der richtige Ort, um ein Schicksal zu besiegeln, dachte Akme.

Das Schiff, das sie zurück nach Ashdod bringen würde, stand bereit, doch Akme verharrte weiter an der Mole und blickte auf die einfahrende Barke, deren einziger Mast mit dem *Magen David*, dem sechszackigen Schild Davids, geschmückt war und darauf hinwies, dass sich der regierende Monarch Judäas an Bord befand. Geduldig beobachtete Akme, wie das Schiff an dem Pier anlegte und die Landungsstege ausgebracht wurden. Dann sah sie Archelaos, und er sah sie.

Er ging zu ihr auf den Pier. »Tante, was für eine Freude«, begrüßte er sie und machte sogar eine leichte Verbeugung, die seiner höheren Stellung unangemessen war. »Ich wusste nicht, dass du auch nach Rom beordert wurdest.«

Sie lächelte. »Im Gegensatz zu dir bin ich ohne Aufforderung hier. Genau genommen bin ich schon wieder weg. Aber ich wollte unbedingt noch dein Gesicht sehen.«

»Oh, wie nett. Warst du bei Augustus?«

»Nicht – ganz«, antwortete sie gedehnt. »Das wäre auch schwierig gewesen, denn er ist zur Kur nach Nola in Süditalien gefahren.«

»Unmöglich«, behauptete Archelaos. »Ich habe eine Audienz bei ihm. Er selbst hat mir eine Botschaft geschickt und …«

»Erzähl mir nicht, was ich schon weiß«, unterbrach sie ihn unhöflich, und fuhr nicht weniger garstig fort: »Du bist ein Unglücksrabe und Dummkopf, Archelaos. Jeder spielt sein Spiel mit dir, und du merkst es erst, wenn es vorbei ist.«

Er war von ihrem Tonfall überrascht. »Ich verstehe nicht, Tante.«

»Das wundert mich nicht. Wie gefällt es dir eigentlich in den Pyrenäen, hm?«

Archelaos blickte zunehmend verwirrt. »Pyrenäen? Wie soll ich das wissen? Ich war noch nie dort.«

»Nun, das wird sich bald ändern. Du wirst nämlich den Rest deines Lebens dort verbringen, und zwar in einem Ort mit dem hübschen Namen ... Oh weh, jetzt hab ich's vergessen. Kein Wunder, ist ja auch ein kleines, was sage ich, ein winziges Fleckchen Erde. Ja, mein lieber Neffe. Augustus hat dich abgesetzt und wird eine Neuordnung vornehmen. Sobald die Unruheherde in Judäa ausgemerzt sind, wird Augustus mich zur Königin Judäas erheben. Du hast richtig gehört. Zur Königin. Und du kannst dich in den Pyrenäen ausgiebig selbst bemitleiden. Du musst mir unbedingt schreiben, wie du die Kälte dort erträgst.«

Archelaos wurde zuerst blass, dann rot. »Dahinter steckst du, du bösartige ...«

Sie kniff ihm in die Wange. »Was für ein schlaues Kerlchen du doch sein kannst, wenn du dich nur ein bisschen anstrengst. Ja, in der Tat, ich habe mich mit deiner Tollpatschigkeit verbündet und dich aus dem Feld geschlagen. Vor Jahren nahm ich dir deinen einzigen Freund und Berater, der etwas taugte, ich ließ deine dir treu ergebenen Untertanen niedermetzeln, und schließlich ... Na, ich will mal nicht zu viel verraten, damit dir in deinem langweiligen Exil noch etwas zum Grübeln bleibt.«

»Ich habe es immer gewusst. Du hast Nikolaos umbringen lassen, hast dich mit dieser falschen Schlange Livia verbündet ...«

»Sie lässt dich übrigens schön grüßen.«

»Miststück!« Er riss an ihrem Kleid und packte sie am Hals. Zwei abseits stehende römische Legionäre kamen ihr zu Hilfe. Vergeblich zappelte der schmächtige Archelaos in den Armen der Soldaten.

»Führt ihn ab«, befahl sie. »Bringt ihn zu jenem Ort, den Augustus euch aufgetragen hat.«

Während sie Archelaos über die Mole zerrten, stieß er einen

Fluch nach dem anderen aus. »Das wirst du bereuen, Akme. An deiner eigenen Gemeinheit wirst du zu Grunde gehen. Der Rächer, der dir den Todesstoß gibt, ist schon ganz in deiner Nähe.«

Seine Stimme verebbte im Geschrei der Möwen, und bald war er nicht mehr zu sehen, nur seine letzten Worte vom Rächer hallten in ihr nach. Sie nahm sich vor, wachsamer zu sein denn je, und mit dem Gefühl des Argwohns, aber auch dem des Triumphs bestieg sie ihr Schiff.

Die Blumen in Ashdods Gärten verblassten. Der Flieder verlor seine Blüten, und das Grün der Granatapfelbäume büßte seine Frische ein. Träge hing die Luft über den aufgewärmten Teichen. Die Vögel sangen nur noch selten, und die Grillen, die noch vor wenigen Wochen hinter jedem Grashalm zirpten, waren völlig verstummt. Das war der Monat Elul, der Monat, in dem der Sommer leise ging.

Zwei junge Menschen lagen auf dem trockenen Gras und kicherten wie im Frühling in die Stille hinein.

»Ich werde nie den Blick des Kellermeisters vergessen«, lachte Salome, »als du behauptet hast, eigens aus Athen gekommen zu sein, um eine Probe judäischen Weines zur Verkostung dorthin zu bringen.«

»Er hat's nicht geglaubt.«

»Hätte ich auch nicht.«

»Was soll's? Wichtig dabei war ja nur, dass du hinter seinem Rücken zwei Schläuche stehlen konntest, während ich ihn ablenkte.«

Beide wälzten sich vor Lachen im Gras, und Salome trank noch einen Schluck aus ihrem Weinschlauch.

»He«, rief Timon, »nicht so schnell. Das ist süßer zyprischer *commandaria*, ein Verführer, der es mächtig in sich hat.«

Salome schloss die Augen. »Zypern. Dort, wo die Liebesgöttin ihren Ursprung hat. War es nicht so?«

Sie neigte sich zu Timon und fuhr mit ihrer Hand über seine Narbe, von der Brust bis zum Bauchnabel. Sie fühlte sich so unbeschwert wie noch nie. Das Blut rauschte heiß in ihren Adern, das Leben war wunderbar. Sie liebte und wurde geliebt, sie war schön, und sie war bald eine Fürstin. Alles veränderte sich zum Guten.

Sie führte erneut den Schlauch an ihre Lippen und trank einen Schluck.

»Vorsicht, sagte ich«, rief Timon. »Halt! Du bist Wein nicht gewöhnt.«

Sie setzte den Schlauch ab. »Na, irgendwann muss man mit dem Gewöhnen doch mal anfangen.«

Ihrer beider Gelächter war so laut, dass es zwei neugierige Enten verschreckte; schnatternd flatterte das Federvieh in den nahe gelegenen Teich zurück.

»Siehst du«, sagte Timon, »wir trinken zu viel und benehmen uns daneben, das meinen auch die Enten.«

»Heute ist der Erinnerungstag des Weinlesefestes«, erklärte Salome.

»Ist das so etwas wie die römischen Bacchanalien? Betrinken die Juden sich an diesem Tag?«

Salome dachte einen Moment über die Frage nach, sah Timon ernst an und antwortete: »Nein.«

Erneut lachten sie, bis sie vor Erschöpfung ächzten und kraftlos in die dahinziehenden Wolken über ihnen blickten. Ab und an hob Salome den Kopf und vergewisserte sich, dass niemand sie sah. Gewiss, sie hatten sich eine abgelegene Stelle für ihren Umtrunk ausgesucht und den heutigen Festtag verbrachten die Juden in der Regel ohnehin außerhalb der Städte, möglichst dort, wo Weinlesen stattfanden.

Sie wusste, dass sie unvernünftig war, doch an diesem Tag sollte ihr das egal sein. Sie war jung, sie war angetrunken, sie hatte ein Recht, unvernünftig zu sein, wenigstens heute, wenigstens für diese paar Stunden. Der Sommer war schon fast gegangen, war Timon es auch? Es war so wenig zwischen ihnen geklärt worden, fast nichts. Nachdem sie wochenlang gefühlt hatte, dass sie sich immer näher kamen, war Timon seit einigen Tagen wieder merkwürdig distanziert. Ja, er verbrachte noch immer viel Zeit mit ihr, lehrte sie weiterhin, trieb Späße mit ihr wie den Diebstahl des Weins und lag mit ihr im Gras. Er berührte sie allerdings fast nicht mehr und mied die unmittelbare Nähe. Nahm er nur Rücksicht auf die hiesigen Bräuche? So musste es sein. Er liebte sie. Was sonst hielt ihn in dieser Stadt am Rande Judäas, in der er nichts als Psalmen und längst verhallte Worte von Propheten lernen konnte und in der selbst der Hof wegen der Abwesenheit der Tetrarchin glanz- und ereignislos vor sich hindämmerte? Sie musste ihn fragen.

»Wie lange bleibst du noch in Ashdod, Timon?«

Er richtete sich auf, zögerte. »Ich ... ich wollte noch eine Weile bleiben. Schließlich habe ich deine Großtante noch immer nicht kennen gelernt.«

Das war nicht die ideale Antwort, die sie sich erhofft hatte; doch wenigstens ging er noch nicht fort.

»Du bist ja ganz versessen darauf, sie zu treffen.«

»Treffen?«, wiederholte er. »Das ist das richtige Wort. Genau genommen will ich sie tatsächlich treffen, und zwar seit langer Zeit.« Nach einer Pause fuhr Timon zögerlich fort: »Angenommen, du würdest erfahren, dass deine Großtante etwas Schlimmes getan hat, etwas, das du ganz und gar nicht gut finden würdest ...«

»So etwas ist fast nicht möglich.«

»Wenn aber doch!«

»Zum Beispiel?«

»Ein Mord.«

»Eine Hinrichtung, meinst du?«

»Nein, einen Mord. Und zwar an einem harmlosen Mann, der ihr nichts getan hat.«

Nun richtete auch Salome sich auf. Sie runzelte die Stirn. »Wenn der Mann ihr nichts getan hat, wieso sollte sie ihn ermorden?«

»Vielleicht steht er ihr im Weg? Vielleicht hat er etwas, das sie will?«

»Sie hat doch alles, was sie will: Land, Macht, Gold ...«

»Vielleicht will sie noch mehr von allem, vielleicht ist es das, wonach sie strebt.«

»So ein Unsinn«, schimpfte Salome. »Diese Frage ist dermaßen hypothetisch, dass mir die Einbildungskraft für ihre Beantwortung fehlt.«

Sie ließ sich ein wenig ärgerlich ins Gras fallen und blickte einer Wolke nach, die der Wind über sie hinwegtrieb. Sie sah Timon nicht mehr an, obwohl sie spürte, dass er genau das jetzt wollte.

Was redete er auch für ein dummes Zeug daher! Immerzu musste er auf ihrer Familie herumhacken. Ein Mord an einem Mann! Welcher Mann denn?

Da fiel ihr etwas ein. »Der Mann auf der Zeichnung! Hat der etwas mit deiner Frage zu tun?«

Timon druckste herum: »Vergiss einfach, was ich gesagt habe.«

»Nein«, beharrte Salome. »Nein, das will ich nicht, denn ich werde das Gefühl nicht los, dass mit diesem Mann und dir irgendetwas nicht stimmt. Ihr kennt euch, nicht wahr? Ist er verantwortlich für die Narbe? Du bist auf der Suche nach ihm, und Akme soll dir dabei helfen. So ist es doch. Nun rede schon, du weißt doch, dass du mir alles erzählen kannst ...«

»Alles?«

»Sagte ich doch.«

»Und du wirst mit niemandem darüber sprechen?«

Im ersten Moment machte sie ein empörtes Gesicht, dann wurde ihre Stimme sanft, fast zerbrechlich. »Wie kannst du nur so etwas von mir denken, Timon? Ich habe dir so viel zu verdanken, und damit meine ich nicht nur die schönen Kleider, die Frisur und den Schmuck, die ich durch deine Hilfe weiterhin tragen kann. Kephallion lässt mich seither in Ruhe. Auch weiß ich so viel mehr als noch vor einigen Wochen, ich habe durch dich eine ganz andere Sicht auf die Welt, und sollte ich je die Macht erhalten, die ich mir erträume, dann will ich sie für die Menschen einsetzen. Ich werde Schulen bauen, die Spitzel abschaffen ... Keiner in Judäa soll mehr Angst haben. Du hast mir die Augen geöffnet. Aber da ist – noch mehr. Wenn du bei mir bist, fühle ich mich wohl. Ich habe dann das Gefühl, mit dir zusammen alles schaffen zu können. So vieles fällt mir leichter, seit wir uns kennen. Da ist plötzlich ein Mut ...«

»Den hast du immer schon besessen, Salome.«

»Vielleicht. Mein Mut war aber unbeständig, wechselhaft, und jetzt ist eine gleichmäßige Kraft daraus geworden. Alles ist viel leichter geworden, ich brauche nur daran denken, dass du und ich ... Dass wir uns ...« Salomes Stimme erstarb. Sie wusste nicht, wie sie sich ausdrücken sollte. Doch Timon würde verstehen, was sie mit all dem sagen wollte, und nun war es an ihm, etwas darauf zu erwidern. Sie hatte weit mehr gesagt, als das bei unverheirateten Mädchen ihres Alters üblich war, hatte nicht nur einen ungewöhnlich persönlichen Dank ausgesprochen, sondern auch ihre Gefühle vor Timon ausgebreitet. Weiter wollte sie jetzt nicht gehen. Wenn er etwas für sie empfand, sollte er es aussprechen und sich auch in ihre Hand begeben.

»Bei mir ist es umgekehrt«, sagte er und korrigierte sich sofort. »Du hast von deinem Mut gesprochen, von der Beständigkeit einer neuen Kraft – bei mir ist es anders herum. Seit ich dich kenne, fange ich an zu zweifeln. Ich bin mir nicht mehr sicher, ob ich das, was mir bisher das Wichtigste war ...«

Von dem Hügel, auf dem der Palast stand, dröhnte es dreimal laut über ganz Ashdod. Salome packte vor Freude und Überraschung Timons Arm.

»Die Hörner«, rief sie. »Das Begrüßungssignal. Die Tetrarchin ist angekommen, meine Großtante ist da. Endlich.«

Timon sprang auf. »Endlich«, wiederholte er.

Salome ließ sich von ihm auf die Beine helfen. »Entschuldige«, sagte sie. »Ich habe dich unterbrochen. Bitte, sprich weiter. Ich warte schon eine Weile darauf, weißt du?«

Er sah ihr tief in die Augen. »Das läuft uns nicht weg, Salome.«

»Heißt das, du wirst hier bleiben?«, fragte sie hoffnungsvoll.

Er atmete tief durch und sah zum Palast. »Ja, ich werde Ashdod wohl nicht mehr verlassen.«

Salome strahlte vor Glück. Sie nahm Timons Hand und drückte sie. »Dann komm. Ich werde dich der Tetrarchin vorstellen. Du kannst gleich selbst sehen, wie nett sie ist.«

7

Das Zeremoniell am kleinen Hof von Ashdod war ausgeklügelt wie in einem Königspalast. Die Tetrarchin hatte von Anfang an eine komplizierte Hierarchie festgelegt, die strikt eingehalten werden musste. Für Feste, für den Empfang von Besuchern, für Ausflüge,

Mahlzeiten, Mußestunden, Spiele und allerlei mehr gab es Regelungen, wer wann was zu tun hatte und vor allem, wie. Fast jeder erwachsene männliche Verwandte hatte ein zeremonielles Amt auszufüllen, bekam einen hübsch klingenden Titel und ein dazu passendes Gewand. Einer überwachte die Einhaltung der komplizierten *kashrut*, der mehr als fünfzig Speisevorschriften, die zum Beispiel die Zubereitung von Rindern, Ziegen, Schafen und Antilopen erlaubte – solange keine Milch dazu verwendet wurde –, jene von Schweinen, Eseln und Kamelen hingegen generell untersagte. Ebenfalls verboten waren Aale und Rochen, zugelassen waren alle Schuppenfische. Manche Vogelarten waren auf dem Teller gestattet, andere bei Strafe verpönt. Auch Insekten waren untersagt, mit Ausnahme von vier speziellen Heuschreckenarten, die wiederum als Delikatesse angesehen wurden. Andere Ämter waren beispielsweise das des Kämmerers, des Vorkosters und des Hofaufsehers. Die herodianische Familie war in Ashdod zu einem Reigen dienender Gehilfen und Knechte geworden, fühlte sich jedoch wohl dabei.

Alle hatten sich vor dem *gyneikon* versammelt und warteten stehend darauf, dass die Tür sich öffnete und sie nacheinander hereingerufen wurden, um ihre Freude darüber auszudrücken, dass die Tetrarchin wohlbehalten in das Fürstentum zurückgekehrt war.

Doch es tat sich nichts. Allerdings weilte Zacharias seit geraumer Zeit im *gyneikon*. Als Ältester der männlichen Verwandten war es seine Aufgabe, die Fürstin über alle relevanten Vorkommnisse zu informieren, die während ihrer Abwesenheit geschehen waren. Aber so viel war überhaupt nicht vorgefallen, dass es eine Stunde gedauert hätte, es zu berichten. Die Gerüchte vor der Tür schossen ins Kraut: Vielleicht erzählte die Tetrarchin von ihrer Reise, vielleicht gab es Neuigkeiten aus Rom, vielleicht …

»Man erzählt sich«, wisperte Berenike ihrer Freundin Salome ins Ohr, »dass der Ethnarch abgesetzt wurde und Judäa schon bald große Veränderungen bevorstünden. Dass der Reif der Könige bereits auf dem Weg nach Jerusalem sei, um neu vergeben zu werden. Jetzt stellt sich natürlich jeder die Frage, ob der dicke Antipas oder der schweigsame Philipp ihn bekommen. Für wen bist du?«

»Ich bin für Akme.«

Berenike lachte und schüttelte ihre hübschen, sorgfältig gedrehten Locken. »Du weißt genau, dass das nicht geht.«

»Das hast du auch gesagt, als ich Unterricht wollte. Und hast dich geirrt.«

Berenike lächelte sie freundlich und auch ein wenig mitleidig an. »Hätte ich bloß Recht behalten. Du hattest nichts als Scherereien, seit du in die Schule gehst, sieht man einmal von …« Sie unterbrach sich, warf einen verstohlenen Blick auf Timon, der nur einen Schritt entfernt stand, und trat so weit an Salome heran, bis ihre Lippen deren Ohr berührten. »Sieht man einmal von dem Jungen ab, der immer neben dir sitzt. Ich finde ihn ja ein bisschen klein …«

»Er ist nicht klein«, widersprach Salome sofort. »Er ist …«

Die Tür öffnete sich, und Zacharias erschien. Er blickte sich in der Menge der Verwandten um, dann blieb sein Blick auf Timon haften, schließlich auf Salome.

»Salome«, rief er. »Die Fürstin wünscht dich zu sehen.«

Akme saß auf einem Schemel und beobachtete den Streit, der vor ihr ausgetragen wurde.

»Das ist eine Lüge«, rief Salome und funkelte Zacharias mit Habichtsaugen an. »Du erfindest das, weil es dir nicht passt, dass ich auch etwas anderes lernen will als die Bücher der *thora*.«

Zacharias schüttelte energisch den Kopf. »Im Gegenteil, ich habe dich bisher wegen deiner Klugheit geschätzt.«

»Du hast mich nur so lange geschätzt, wie ich jedes deiner Worte für pure Wahrheit nahm. Nun habe ich angefangen, alles, was du sagst, zu prüfen und zu hinterfragen. Ich glaube dir nicht länger, dass Gott alle Tiere am fünften Tag unveränderlich erschaffen hat, da doch Aristoteles bewiesen hat, dass Tiere sich im Lauf der Geschichte verändern. Ich glaube dir nicht mehr, dass der Mond nur aus dem Grund erschaffen wurde, um uns den Monatsanfang kundzutun und damit den Tag der Arbeitsruhe, und ich glaube dir nicht …«

»Du bist wie Eva, ein schwaches, verführbares Wesen, unwürdig, das Wort Gottes in all seiner Reinheit, Schönheit und Tiefe zu begreifen. Wegen deiner Beschäftigung mit den profanen Wissenschaften der Heiden werde ich dich des *cheders* verweisen. Ich hätte gleich am ersten Tag, als du vor mir standest, auf Kephallion hören sollen. Du warst tückisch, hast meine Gutgläubigkeit ausgenutzt … Ich habe sogar noch zu dir gehalten, als du anfingst, dein Äußeres zu verändern. Deine Kleidung und die Bemalung deiner Lippen zeugen von Eitelkeit, ganz die Mutter. Der Herr jedoch verkündete durch den Mund des Propheten Jesaja: ›Seht doch, wie hochnäsig sie sind, die Frauen. Der Tag kommt, an dem ich ihnen allen Schmuck wegnehmen werde. Dann bekommen sie statt Wohlgeruch den Gestank von Fäulnis, statt des Gürtels einen Strick, statt kunstvoll geflochtener Haarpracht eine Glatze, statt der Schönheit die Schande eines Brandmals. Dann werden gleich sieben Frauen sich an einen Mann klammern und darum flehen, als sein Weib zu gelten‹. So sprach der Herr.«

»Oh ja, er beklagt sich viel über die Frauen«, entgegnete Salome sarkastisch. Ihr seit langem aufgestauter Ärger über die Einseitigkeit der *thora*, die Bevorzugung der Männer und Söhne und die Gesetze, die alles verboten, was ihr natürlich schien, machte sich nun Luft. Mochte sein, dass das einfache jüdische Landvolk rücksichtsvoll und gütig war, diese Familie war es nicht – und die Frömmler auch nicht.

»Und was ist mit den Männern?«, rief sie. »Dein Bart, zum Beispiel. Wächst der von Natur aus so spitz zu oder hilfst du da etwas nach? Und der Ring an deinem Finger? Wie nennst du *das*, wenn nicht Eitelkeit?«

»Wie kannst du es wagen, die Worte des Herrn zu verdrehen?«

»Wie kannst *du* es wagen«, übertönte sie ihn, »mir eine Sünde vorzuwerfen?«

»Ich habe selbst gesehen, wie du dich über den halbnackten Griechen gebeugt hast. Kephallion hat mir von euren Treffen erzählt, aber ich wollte mich selbst überzeugen, also bin ich zum Strand gegangen. Der Grieche war weit hinaus ins Meer geschwommen, und als er zurückkam und erschöpft im Sand lag, hast du seinen Rücken gestreichelt.«

»Na und?«

Zacharias' Augen wurden groß, ebenso wie sein Mund. »Na und?«, rief er fast heiser. »Wir sprechen hier über ein schweres Vergehen.«

»Schluss damit«, rief Akme und erhob sich ruckartig von ihrem Schemel. »Euer alberner Disput bringt uns nicht weiter.«

Akme sah ihre Großnichte an. Nein, das war nicht mehr das Mädchen, das sie vor wenigen Monaten verlassen hatte. Salome war eine junge Frau geworden, nicht eigentlich bezaubernd, auf eine seltsame Weise jedoch anziehend. In den großen, sinnlichen Augen und den geschwungenen Konturen des Körpers war deutlich das Erbe der Herodias zu sehen, die Würde ihrer Körperhaltung und der starke Wille und Trotz, der darin zum Ausdruck kam, erinnerten dagegen an Theudion. Dazu der Perlenschmuck, die Frisur ... Sie hatte, seit sie das *gyneikon* betreten hatte, nicht ein einziges Mal gehustet, und das, obwohl sie angesichts der Anschuldigungen aufgeregt sein musste. Keine Frage, nur ein tiefes Gefühl, gefallen zu wollen, konnte diesen rapiden Wandel herbeigeführt haben. Und wem anderem als einem jungen Mann wollte eine knapp Siebzehnjährige schon gefallen?

Die Beschuldigung des Zacharias war wohl gerechtfertigt, dieser Aspekt interessierte sie allerdings wenig. Sie konnte sich noch sehr gut an ihre eigene Zeit zwischen Kindheit und Erwachsensein erinnern, an die heftigen Gefühle, an die Nächte, die sie schlaflos in Gedanken an irgendeinen jungen Mann verbrachte, und an den Hass gegen die Sitten und Bräuche, die Intimität verboten. Mochte Salome ruhig dagegen verstoßen, und mochte sie im Stillen auch Gott verstoßen, so wie sie selbst es schon vor langer Zeit getan hatte.

Ein anderer Aspekt dieser Angelegenheit machte Akme skeptisch: Wer war dieser seltsame Grieche, der angeblich die Welt bereiste? Warum kam er ausgerechnet nach Ashdod? Irgendetwas daran beunruhigte sie.

»Was kannst du mir über diesen Jungen berichten«, fragte Akme. »Wer ist er?«

»Er heißt Timon«, antwortete Salome, erschöpft vom Streit.

»Das weiß jeder. Woher kommt er?«

»Ich habe ihn nicht gefragt. Er war früher in Rom und …«

»In Rom? Und was will er hier?«

»Ich … ich weiß nicht. Lernen vermutlich. Griechen lernen andauernd.«

»Keine spitzfindigen Antworten, bitte. Welche Fragen stellt er? Wollte er auch etwas über mich wissen?«

»Nur das Übliche.«

So kam sie nicht weiter. Ihre Großnichte war in diesen Timon verliebt, das war offensichtlich. Sie musste, um alles über den Griechen herauszufinden, gerissener vorgehen.

»Hast du nun also bei diesem Griechen gelegen oder hast du nicht?«

Zacharias kam mit dem Gebetbuch herbei. »Schwöre auf das *siddur*«, rief er feierlich, doch Akme schob ihn zur Seite.

»Diesen Unsinn brauchen wir nicht. Sieh mich an, Salome, und sage mir die Wahrheit.«

Ihre Großnichte blickte zu ihr auf.

»Nun?«, fragte sie nach und hob Salomes Kinn an. »Du würdest, da bin ich mir sicher, das *siddur* und Gott anlügen, aber nicht mich. Nicht nach allem, was ich für dich und deine Familie getan habe. Also bitte, sage mir die Wahrheit.«

Salome zögerte nur noch einen Moment, dann senkte sie den Kopf. »Wir haben nebeneinander gelegen«, gestand sie. »Und wir haben uns manchmal berührt. Doch wir haben nicht …«

»Diese Vergehen genügen bereits«, empörte sich Zacharias. »Das Mädchen gehört unter die Obhut eines Mannes, damit sie nicht verdirbt. Wir sollten sofort ihren Vater verständigen. Theudion ist ein frommer Mann, er wird die richtige Wahl treffen.«

Akme kniff die Augen zusammen, sah abwechselnd den *Rabbiner* und Salome an und dachte nach. Gleich darauf kam ihr eine Idee.

»Nicht Theudion, sondern ich«, sagte sie an Salome gewandt, »werde dir einen sittenstrengen Mann bestimmen, der dich im Zaum zu halten vermag und der nichts für Eskapaden übrig hat. Dem Brauch und Tradition über alles gehen.«

Zacharias nickte, als habe er soeben einem Spruch aus dem Munde Salomons höchstselbst gelauscht, doch schon im nächsten Augenblick entglitten ihm alle Gesichtszüge.

»Und dieser Mann«, fügte Akme hinzu, »heißt Kephallion.«

Im *gyneikon* hätte man eine Stecknadel fallen hören können. Zacharias war längst hinausgeschickt worden; vergeblich hatte er gegen die Idee einer Ehe zwischen Salome und Kephallion protestiert, wobei er wohl weniger an Kephallion dachte als an seinen Ruf als *Rabbiner*. In einem Nebensatz hatte er seine Besorgnis auf den Punkt gebracht: Salomes Verhalten erinnerte ihn an das ihrer Mutter. Der ganze Hof wusste, dass Herodias nicht deswegen jede Woche in die Ashdoder Kaufmannsvillen eingeladen wurde, weil man mit ihr so blendend Konversation hätte treiben können. Dort trieb man etwas ganz anderes. Nur wenn Theudion für einige Wochen seinen Posten als *Toparch* von Jebna verließ und an den Hof kam, war Herodias ganz Ehefrau. Sie nahm Theudion sogar in die besagten Kaufmannsvillen mit, doch bei solchen Gelegenheiten war die Abendunterhaltung natürlich weitaus förmlicher. Kurz gesagt, jeder außer Theudion wusste, dass Herodias ein frivoles Biest war. Ab morgen hätte Salome denselben Ruf weg, und überall würden die Verwandten wispern, dass sie das schon lange hatten kommen sehen.

Doch an so etwas konnte Salome jetzt kaum denken. Obwohl sie still und reglos auf ihrem Stuhl saß, überschlugen sich ihre Gedanken.

Sie würde Timon vielleicht nie wiedersehen dürfen. Sie musste ihr Leben mit Kephallion verbringen. Und es gab nichts, was sie dagegen tun konnte.

Die Tetrarchin stand schon seit einer Weile am Fenster und beobachtete sie. Salome konnte nur ahnen, was im Kopf ihrer Großtante vorging. War sie enttäuscht? Sitte und Anstand hatten in ihren Lektionen nie eine Rolle gespielt. War sie verärgert, weil diese Angelegenheit die Pläne durchkreuzte, die sie mit ihr gehabt hatte? Und warum hatte sie ausgerechnet Kephallion als Ehemann bestimmt, wo sie doch wusste, dass Salome und er Feinde waren?

Wollte sie sie bewusst hart strafen? Mit jedem Atemzug fühlte Salome sich elender. Sie wusste, dass sie die Tragweite des Ganzen noch nicht begriffen hatte. Alles, was in der letzten Stunde geschehen war, nahm sie wie durch einen Dunst wahr. Doch der würde sich irgendwann lichten, heute Nacht oder morgen, und dann stünde die Zukunft ihr klar und erbarmungslos vor Augen. Davor fürchtete sie sich am meisten.

Eine Ewigkeit schien vergangen, als Akme endlich wieder sprach.

»Archelaos wurde abberufen, ich nehme an, du hast schon davon gehört. Nun, diese Entscheidung des Augustus kann niemanden überraschen. Für Rom ist Stabilität oberstes Gebot. Und Judäa braucht einen Menschen auf dem Thron, der das Land unabhängig halten kann, ohne dass es zu einer unberechenbaren Größe in Roms strategischen Planungen wird. Ein solcher Mensch braucht Stärke, Gewandtheit und die Fähigkeit, in ungewohnten Mustern zu denken. Herodes war so ein Mensch. Bei seinem Tod war Judäa nach außen ein zuverlässiger Bündnispartner, weil er die religiösen Gruppen im Innern unter Kontrolle hatte und weil er unjüdisch denken konnte. Und ich werde sein Werk bald fortsetzen. Ich werde Königin, so wie ich es dir angekündigt habe.«

Salome hob kurz den Kopf. »Das freut mich für dich, Großtante«, sagte sie.

Akme atmete tief durch. »Tja, ich kann verstehen, dass dir momentan andere Dinge durch den Kopf gehen. Das würde mir genauso gehen, wenn ich meine Großtante so hinters Licht geführt hätte.«

Salome wollte protestieren, aber eine kleine Handbewegung Akmes reichte, um sie verstummen zu lassen.

»Ich spreche nicht von deiner Verliebtheit, Salome. Darin sehe ich sogar etwas Positives, denn sie zeigt mir, dass du mutig bist, sonst hättest du dich nicht gegen alle Gesetze mit diesem Griechen eingelassen. Du magst dich vergnügen, mit wem du willst, solange du es heimlich tust. Eine normale Beziehung schadet mir nicht. Und was mir nicht schadet und was mir nicht nutzt, interessiert mich nicht. Ich habe eine Tetrarchie zu regieren und das übrige Judäa sowie die Geschehnisse in Rom im Auge zu behalten, da ist es wichtig, das Bedeutende vom Unbedeutenden zu trennen. Deine Liebelei ist unbedeutend, Salome. Etwas anderes, das du getan hast, ist dagegen bedeutend. Sieh mich bitte an, wenn ich mit dir spreche.«

Salome hob den Kopf.

»Ich habe dir immer vertraut. Ich habe meine Pläne und meine Nachfolge mit dir besprochen. Ich wollte, dass du in meine Fußstapfen trittst. Ich habe in dir eine junge Frau gesehen, die mein Werk fortführen kann. Nun muss ich feststellen, dass du mich anlügst.«

»Ich lüge dich nicht an, Großtante.«

»So? Etwas zurückhalten ist auch eine Lüge. Ich habe dich über den Griechen befragt, doch du bist einsilbig. Nicht, dass diese Informationen über den Burschen von großer Wichtigkeit wären, es geht hier um das Prinzip. Entweder du vertraust mir, oder du vertraust mir nicht.«

»Natürlich vertraue ich dir.«

»Gut, dann wäre das geklärt.« Akme trat zu Salome und legte ihr besänftigend die Hand auf die Schulter. »Wenn ich es mir recht überlege, meine Kleine, muss diese Ehe mit Kephallion nicht sein. Der Junge ist in höchstem Maße unberechenbar, und so jemandem würde ich niemals die Herrschaft über das Fürstentum vererben. Als dein Mann würde er natürlich mitregieren, wenn ich dir …«

In Salomes Augen blitzte Hoffnung auf. »Heißt das, du ziehst mich nach wie vor als Nachfolgerin in Betracht?«

Akme machte ein Gesicht, als ob das niemals in Zweifel gestanden hätte. »Du wirst meine Nachfolgerin werden. Du wirst allen Männern zeigen, was in dir steckt.«

»Oh, danke, Großtante. Und ich muss nicht heiraten?«

Akme wiegte den Kopf hin und her. »Unverheiratet können wir dich nicht lassen, meine Kleine. Doch es muss ja nicht gerade Kephallion sein. Wie wäre es mit …« Sie überlegte ein wenig, dann sagte sie: »Zacharias.«

Salome riss ihren Mund vor Schreck weit auf.

»Nur ein Scherz«, beruhigte Akme sie lachend. »Wirklich nur ein Scherz. Ich dachte in Wahrheit an Timon – vorausgesetzt, er will.«

Salome sprang auf. »Timon? Du lässt mich Timon heiraten?«

»Nur, wenn er will.«

»Oh, er will, Großtante, da bin ich ganz sicher.«

»Er müsste zum Judentum übertreten.«

»Das wird er, Großtante. Ich … oh, ich bin dir ja so dankbar.« Sie fiel Akme um den Hals und schluchzte vor Freude. Innerhalb von wenigen Momenten war wieder einmal alles anders geworden. Nun bekam sie alles, was ihr etwas bedeutete: Timon, ein Fürstentum, eine Aufgabe, Anerkennung …

»Schön«, sagte Akme. »Und nun erzähle mir etwas über deinen Bräutigam. Ich muss alles über den Mann wissen, der meiner Kleinen künftig beim Regieren hilft. Alles, hörst du? Alles, was du weißt.«

Salome sah die Tetrarchin mit großen Augen an und holte tief Luft. Sie hätte ihrer Großtante alles erzählt, was sie wusste, jede Meinung offengelegt, jeden Fetzen Erinnerung vor ihr ausgebreitet, jedes Geheimnis verraten, mit Ausnahme von … Sie hatte versprochen, nie über den Mann auf der Zeichnung zu sprechen. Aber vielleicht war das alles gar nicht so wichtig, und sie enttäuschte ihre Großtante, verspielte ihr Erbe und verhinderte die Heirat wegen nichts als einem unwichtigen, kindischen Geheimnis.

Sie stellte sich Timons Gesicht vor, seinen Körper. Sie konnte Timons Stimme hören, wie sie scherzte und sich zärtlich mit dem Meeresrauschen verband. Sie roch das Salz auf seiner Haut, spürte die Hand, die im Hain vorsichtig ihre Stirn berührte, hörte ihn im Garten von Ashdod lachen, erinnerte sich an sein Schweigen in manchen Momenten, dieses Schweigen, das mehr über ihn sagte als alle Worte, die er gesprochen hatte, und sie fühlte plötzlich, wie kompliziert und zerbrechlich Timon eigentlich war.

Könnte sie jetzt bloß mit ihm sprechen, ihm erklären, in welchem Dilemma sie steckte.

Akme streichelte Salome gütig über die Haare. »Ich höre«, sagte sie.

Timon beugte sich über die Pritsche, auf der er jede Nacht schlief, und wühlte unter der Wolldecke. Achtsam blickte er zur Tür. Man hatte ihn nach seiner Ankunft bei den Dienern des Palastes, nicht bei den Sklaven, einquartiert. Es war eine Klause mit zwei anderen Dienstboten, und man konnte nie wissen, wann sie kamen.

Viel Zeit brauchte er nicht. Er hatte den Dolch, mit dem einst Nikolaos getötet worden war und den der Mörder zurückgelassen hatte, nur in ein Tuch gewickelt und zwischen Rahmen und dem Strohpolster versteckt, das als Matratze diente. Nun musste er ihn nur noch unauffällig in seiner Kleidung verstecken.

Er betrachtete die Waffe, so wie er es in den letzten Jahren immer wieder getan hatte. Die Klinge des Dolches schimmerte rötlich wie ein verwaschener Stoff. Er hatte das Blut seines Vaters nie entfernt, aber die Zeit verwischte jeden Tag mehr die Spuren dieses Verbrechens. Jetzt war die Gelegenheit gekommen, die Klinge mit dem Blut der Mörderin zu färben. Salome würde ihn gewiss gleich der Tetrarchin vorstellen.

Nicht das Attentat machte ihm Angst, er hatte es schon zu häufig im Geiste durchgespielt. Nein, seine schlimmste Angst war, dass er keine Gelegenheit mehr haben würde, Salome alles zu erklären. Sie würde glauben, er habe sie ausgenutzt, und eigentlich hatte sie damit auch Recht. Sie würde auch glauben, dass er sie nie geliebt habe, und diese Vorstellung tat weh: zu gehen, ohne die Wahrheit sagen zu können.

Es war schwieriger, als er dachte, den Dolch unauffällig in der Kleidung zu verstecken. Die warmen Temperaturen ließen eine langärmelige Tunika nicht zu, das könnte Verdacht erregen. Er trug nur eine griechische Tunika, die weit über den Knien endete und sogar eine Schulter und die linke Brust freiließ. Endlich kam er auf die Idee, den Dolch zwischen Gürtelband und Tunika zu stecken, und zwar in seinem Rücken. Einige Falten darüber gelegt und schon …

»Grieche«, rief eine Stimme von hinten. Es war einer der Diener, die hier mit ihm wohnten.

Er wirbelte herum. »J-Ja?« Hatte der Kerl etwas gesehen? Es schien nicht so.

»Ich habe dich schon gesucht. Warum hast du nicht vor dem *gyneikon* gewartet? Du sollst der Tetrarchin vorgestellt werden.«

Timon atmete tief durch. »Ich komme«, sagte er.

Salome zuckte zusammen, als sie Timon hereinkommen sah. Er blickte ernst, so wie damals, als sie über den Mann auf der Zeichnung gesprochen hatten.

Timon blieb in einiger Entfernung stehen und verneigte sich leicht, so wie es vorgeschrieben war. Er benahm sich vorbildlich.

Die Tetrarchin nickte zur Begrüßung. Sie saß auf ihrem Schemel, Salome stand links einen Schritt neben ihr.

»Komm näher«, rief Akme.

Timon zögerte einen winzigen Augenblick, dann schritt er langsam auf die Tetrarchin zu.

Salome ließ Timon nicht aus den Augen. Ein Schauer lief ihr über den Rücken, sie bekam eine Gänsehaut. Nie hatte sie ihn stärker geliebt als jetzt, wo nichts mehr zwischen ihnen stand.

Es war nicht abgesprochen gewesen, und das Protokoll ließ so etwas nicht zu, aber sie gab einem Instinkt nach und ging Timon entgegen.

»Bleib zurück«, rief Akme.

Sie blieb stehen, streckte die Hände nach Timon aus. Sie sagte seinen Namen, ihre Stimme war halb erstickt. »Ich – habe ihr von der Zeichnung erzählt«, fuhr sie fort. »Von dem Mann.«

Timon warf ihr nur noch einen flüchtigen Blick zu, dann rannte er los, zückte einen Dolch und rief etwas auf Griechisch, das Salome nicht richtig verstehen konnte.

»Verhaftet ihn«, schrie die Tetrarchin, und im gleichen Moment brachte eine Wache Timon zu Fall. Er stieß sie weg, doch eine zweite kam hinzu, dann eine dritte.

»Timon!« Salome rannte zu ihm, blieb aber machtlos vor den kämpfenden Männern stehen. »Timon«, rief sie noch einmal.

Mit letzter Kraft konnte Timon einen Arm freimachen und schleuderte den Dolch gegen die Tetrarchin, doch er war schlecht geworfen und verfehlte sein Ziel. Eine Wache rammte einen Schwertknauf in Timons Nacken. Bewusstlos brach er zusammen.

Salome starrte in die Dunkelheit, die sie umgab. Die Läden waren geschlossen, die Öllampen verloschen. Die Neumondnacht ließ nicht den geringsten Lichtschimmer durch die Ritzen dringen. Kopfschmerzen und Fieber hatten sie befallen, Vorwürfe plagten sie, zuerst an sich selbst gerichtet, wegen des gebrochenen Versprechens, dann an Timon, weil er die Großtante ermorden wollte, als Nächstes gegenüber Herodias, der Timons Schicksal völlig gleichgültig war, die nur an das Erbe dachte. Aber dachte sie nicht selbst daran? Hatte sie die Aussicht, Fürstin zu werden, nicht dazu gebracht, Timon zu verraten? Eine Weile tröstete sie sich damit, nicht gewusst zu haben, was sie anrichtete. Das hielt jedoch nicht lange vor.

Irgendwo, dachte sie, hatte ich es doch gewusst. Sie wusste, dass es ein Geheimnis gab, wusste, dass Timon seltsame Fragen über Akme gestellt hatte, und wusste, dass beides zusammenhing. Sie hatte es nicht wissen wollen und sich gegen den Gedanken gewehrt, dass es Timon überhaupt nicht um sie ging, sondern um etwas anderes. Und sie wehrte sich auch jetzt noch dagegen.

Doch schließlich war sie auch zum Denken zu schwach. Sie dachte gar nichts mehr, bewegte sich kaum, trank nichts vom bereitgestellten Wasser, obwohl sie durstig war, öffnete nicht den Fensterladen, obwohl die träge Zimmerluft wie eine schwere Decke auf ihrer Brust lastete. Es gab nur die Dunkelheit und sie, Stunde für Stunde.

Als die Stille der Nacht wich und die Geräusche des Tages auch in ihre kleine, düstere Welt drangen, erwachte auch Salome aus ihrer Apathie. Das Erste, was sie dachte, war, dass noch nicht alles verloren sei, dass sie bei der Tetrarchin ein gutes Wort für Timon einlegen könne.

Herodias betrat auf leisen Sohlen das Gemach und setzte sich auf die Bettkante.

Als sie sah, dass Salome wach war, flüsterte sie. »Wir müssen zur Tetrarchin.«

»Daran habe ich auch gedacht«, erwiderte Salome sofort. »Timon ist kein Jude, er darf nicht nach unseren Gesetzen bestraft werden.«

»Bei einem solchen Verbrechen darf er es«, korrigierte Herodias sanft. »Liebes, ich weiß, dass du an ihm hängst, ja, ich kann dich gut verstehen. Jede von uns ist einmal im Leben unglücklich verliebt. Doch glaube mir, kein Mann ist es wert, dass man sich auf Gedeih und Verderben an ihn hängt. Männer in ihrer Gesamtheit sind unverzichtbar, ja, das sind sie, niemals aber ein einzelner Mann. Lass diesen Mann stark, schön und ergeben sein, lass ihn sinnlich und dankbar sein – es gibt Tausende und Abertausende anderer Männer, die ihn in jeder Einzelheit ersetzen können. Stell dir einen Baum vor, der das ganze Jahr über Früchte trägt. Die Männer sind wie Obst, du brauchst sie nur pflücken, jeden Tag, wann es dir beliebt.« Herodias zwinkerte. »Nun ja, da sie verbotenes Obst sind, muss man geschickt vorgehen.«

Da Salome weiter schwieg, fuhr Herodias fort: »Timon, so hat sich herausgestellt, ist der Sohn von Nikolaos von Damaskus, und er ist ein sehr verwirrter Junge, Liebes. Er gibt der Tetrarchin die Schuld am Tod seines Vaters, was völlig absurd ist. Und in seinen Sachen hat man die Zeichnung eines Mannes gefunden, der einmal hier in den Diensten des Hofes stand. Vermutlich hat er ihn in seinem Wahn schon vor einiger Zeit ermordet, jedenfalls fand man Blutspuren an seinem Dolch.«

Herodias atmete tief durch und schüttelte den Kopf. »Du musst ihn vergessen, Liebes. Er kommt in den Kerker. *Er* hat keine Zukunft, aber *du* hast eine. Und wenn du erst diesen Hof beherrschst, verspreche ich dir, persönlich dafür zu sorgen, dass dir die edelsten, schönsten und tapfersten Männer zu Füßen liegen – oder wo immer du sie liegen haben willst.«

Herodias atmete erneut tief durch und tätschelte Salomes Hand. »So, und nun ziehe dir etwas Feines an, denn soeben trifft eine wichtige Botschaft aus Rom ein, und die Tetrarchin hat den Hof zusammengerufen.«

Salome fühlte sich nicht besser. Sie dachte nur an Timon und wie ihm zu helfen war. Vielleicht, kam ihr in den Sinn, war die Botschaft aus Rom so erfreulich für ihre Großtante, dass sie eine Amnestie aussprach. Vielleicht konnte sie Akme wenigstens dazu bringen, sie zu ihm zu lassen, um mit ihm zu sprechen und ihre Liebe zu bekräftigen. Diese Hoffnung allein war es, die ihr die Kraft gab, aufzustehen und sich für den Empfang anzukleiden.

Gewöhnlich diente der vordere Saal des *gyneikons* zum Empfang hoher Gäste; nur an diesem Tag bestimmte die Tetrarchin es anders. Da die Sonne ungetrübt vom Himmel schien und der Anlass so außergewöhnlich war, dass nicht nur die Familie und die Hofbeamten anwesend sein sollten, sondern auch die herbeigerufenen Kaufleute aus dem reichen Ashdod, befahl sie, den Empfang für den Botschafter auf dem großen Hof abzuhalten. Der fürstliche Thronschemel wurde aufgestellt und Kelche für einen anschließenden Umtrunk bereitgehalten. Die Hofmusiker wurden instruiert, heitere Melodien zu spielen, sobald der offizielle Teil beendet war.

Die Gesellschaft, die sich versammelte, trug natürlich dem Anlass gemäß feinste Kleidung. Da nach Gottes Gebot keine verschiedenen Materialien miteinander verwoben werden durften, kamen die Stoffe aus jüdischen Webereien und waren grober gefertigt als die glänzenden Gewänder aus Mischgewebe von den korinthischen Webstühlen. Ein solches aber trug die Tetrarchin, als sie erschien. Das gelbe Linnen leuchtete wie ein Sonnenstrahl, und die eingewobenen Goldfäden glitzerten bei jeder kleinen Bewegung der Herrscherin. Sie nahm die Verbeugungen der Anwesenden huldvoll entgegen, setzte sich und nickte.

Sie gab ein Zeichen, woraufhin ein Zeremonienmeister verkündete: »Der edle Lucius Coponius, Kommandant der zwölften römischen Legion Victoria.«

Das Erscheinen von Coponius war eine Überraschung. Viele kannten den Römer noch von seinem Besuch an diesem Hof während des jüdischen Aufstands gegen Archelaos. Er befehligte noch immer in der Provinz Syrien jene Legion, die das Grenzgebiet zu Judäa überwachte und die damals Tausende von Juden nach der Niederschlagung des Aufstands gekreuzigt hatte. Auch Salome erinnerte sich noch gut an ihn, allerdings weniger in seiner militärischen Funktion als an seine fröhliche Stunde mit Herodias im Hain.

»Coponius, welche Freude«, begrüßte ihn die Tetrarchin und bat ihn mit einer einladenden Handbewegung, näher zu treten.

Der Kommandant war in vollem Ornat erschienen. Über der weißen *tunica angusticlavia*, die ihn als Mitglied der Ritterschaft auswies, des nach den Patriziern zweithöchsten römischen Standes, trug er einen aus Bronze gefertigten Brustpanzer und einen schwarzen, wollenen Umhang, der auf der Schulter durch eine Spange geschlossen war. Als er auf Akme zuging, rasselte sein Schwert am Hüftgürtel. Seinen Metallhelm mit dem schwarzen Federbusch behielt er auch dann noch auf, als er vor die Tetrarchin trat.

Wortlos hielt er ihr eine Schriftrolle hin.

Akme nahm sie entgegen und betrachtete das Siegel. Sie erwartete eine Botschaft des Augustus. »Die ist ja von Livia«, rief sie erstaunt.

»Von Livia Augusta«, korrigierte er.

»Augusta?«

»Augustus hat ihr diesen Titel testamentarisch verliehen: Die Erhabene.«

Die Tetrarchin sah ihn fragend an. »Testamentarisch?«

»Augustus ist tot«, verkündete er.

Ein Raunen ging durch die Menge. Selbstverständlich hatte hier niemand an der Sterblichkeit des Augustus gezweifelt, denn man hing weder seinem Glauben an, noch war man je Teil seines imperialen Herrschaftssystems gewesen. Doch dieser Mann war seit beinahe einem halben Jahrhundert der Lenker der römischen Welt, er war der Erbe des sagenhaften Cäsar, der Bezwinger Ägyptens und zugleich der große Friedensbringer. Nur sein eigenes Volk sah ihn bereits zu Lebzeiten als Gott, nicht die Juden, und doch erschauerten sie für einen Augenblick. Einen Atemzug lang stand auch hier die Welt still, eine Ära war zu Ende.

Die Tetrarchin las die Schriftrolle, und mit jeder Zeile wurde sie bleicher. »Das kann nicht sein«, flüsterte sie.

Coponius klang mitleidlos, als er den Inhalt zusammenfasste: »Die erhabene Livia Augusta teilt mit, dass der neue Imperator Tiberius verfügt hat, dass die Ethnarchie Judäa von nun an römisches Prokurat ist. Die Fürsten Antipas und Philipp sowie du selbst dürfen ihr Territorium weiter regieren, jedoch nur unter der Oberhoheit eines Prokurators. Zu diesem wurde ich bestimmt.«

»Das kann nicht sein«, flüsterte sie erneut. »Das ist ein Irrtum. Ich werde Königin.«

»Davon ist mir nichts bekannt.«

Akme schien ihn nicht gehört zu haben. »Ich werde Königin, Coponius. Sie hat es mir versprochen.«

»Wer?«

»Livia.«

»Livia Augusta«, korrigierte er kühl.

Akme schleuderte die Schriftrolle zu Boden. »Augusta oder nicht. Sie ist ein falsches Weib, wenn sie ihre Versprechen nicht hält.«

»Hüte deine Zunge, Fürstin. Von nun an vertrete ich hier römische Ordnung.«

Sie ging auf ihn zu. Ihre Augen weiteten sich grotesk. »Ich bin die Königin«, schrie sie und rüttelte an seinem Brustpanzer. Coponius versuchte, ihre Hände festzuhalten, aber sie riss sich immer wieder los und schlug auf ihn ein. Schließlich gelang es ihm, sie zu bändigen.

Ihr Mund verzog sich zu einem entsetzlichen, stummen Schrei. Die alte Frau erstarrte förmlich in den Händen von Coponius.

Er ließ sie wieder frei. Sie taumelte, drehte sich um, ging eine Stufe in Richtung ihres Thronschemels, hielt sich die Hände vor das Gesicht, ließ sie wieder sinken, wankte und fiel zu Boden.

Erstarrt blickte der Hof auf die tote Fürstin.

Der Hof von Ashdod befand sich in Auflösung. Man brachte die Bestattung der Tetrarchin schnell hinter sich, wobei man weder ihren Wunsch respektierte, im Herodeion beigesetzt zu werden, noch viele Gedanken an die Tote verschwendete. Dafür war wenig Zeit. Von Norden rückten dreitausend Legionäre in Judäa ein, ein Kader davon war nur noch zwei Tagesmärsche von Ashdod entfernt, und eine römische Galeere kreuzte bereits vor der Küste. Keiner am Hof hatte etwas von den Römern zu befürchten, die lediglich ihr neues Prokurat sichern wollten, aber der schnelle Zerfall jeglicher jüdischer Autorität in Ashdod sorgte für Unruhe.

Vom Testament Akmes erhofften sich alle Trost. Ein neuer Tetrarch könnte vielleicht ein wenig Stabilität zurückbringen. Doch obwohl das Testament noch nicht verlesen war, ging das Gerücht, dass keiner aus der Familie das Fürstentum erben würde, sondern

Livia, die Mutter des neuen römischen Imperators. Man machte sich auf das Schlimmste gefasst: dass man erneut vor dem Nichts stand. Wie nach dem Tod des großen Herodes, so würde der Familie vielleicht auch jetzt nichts anderes übrig bleiben, als sich nach einer neuen Bleibe umzusehen, wobei die Möglichkeiten stark eingeschränkt waren. Jerusalem, wohin sie alle am liebsten gehen würden, schied aus. Zwar kündigte Coponius an, nicht die ständig rumorende Stadt Davids als Sitz seiner Prokuratur zu wählen, sondern die hauptsächlich von Griechen bewohnte Küstenstadt Caesarea. Er behielt sich jedoch vor, den Jerusalemer Palast gelegentlich zu benutzen, und für einen Römer als Hausherrn war die frühere Königsfamilie zu stolz. So blieb ihnen lediglich, auf ein Hofleben zu verzichten – was hier keiner auch nur einen Lidschlag lang in Erwägung zog – oder zu einem der beiden verbleibenden Fürsten zu ziehen, zu Antipas nach Galiläa oder zu Philipp in die Halbwüsten Basans. Die bange Frage nach dem Testament und seinen Folgen füllte die letzten Tage von Ashdods einst prächtigem Hof aus.

Von allen ging es Herodias am schlechtesten. Wenn die Gerüchte stimmten, dann war sie erneut um ein Erbe betrogen worden, das ihr schon sicher schien, und während dieser Tage fluchte sie tausendmal still in sich hinein. Dass es den anderen Familienmitgliedern genauso ging, tröstete sie nur wenig. Nach wie vor standen sie finanziell schlechter als jeder gewöhnliche Kaufmann; sie besaßen kein Land, kein Haus und kein nennenswertes Geschmeide. Sie blieben von der Gunst anderer abhängig. Diesmal aber war sie nicht gewillt, das Schicksal einfach hinzunehmen. In ihr reifte ein viel versprechender, wenn auch gefährlicher Plan. Sie musste allein vorgehen, denn Theudion war zu aufrichtig und Salome noch zu jung und unverdorben, als dass sie hätten eingeweiht werden dürfen. Das Einzige, worüber Theudion sich Gedanken machte, war, dass er nun womöglich sein Amt als *Toparch* von Jebna abgeben musste, in dem er sich – lächerlich genug – wohl gefühlt hatte. Und Salome belästigte sie unentwegt mit ihrem Kummer wegen des Griechen.

»Jetzt, wo Akme tot ist, wird man ihn doch nicht verurteilen, oder?«, fragte Salome.

»Wenn man dich hört, könnte man meinen, du freust dich, dass die Alte gestorben ist.«

Salome war tatsächlich, zu ihrem eigenen Erstaunen, eher erleichtert als betrübt. Noch vor wenigen Wochen hätte ihr der Tod der Großtante schrecklichen Kummer bereitet. Jetzt war alles anders. Die alte Frau, die sie lange Zeit geliebt hatte, entpuppte sich als Lügnerin. Sie hatte ihr auf tückische Art Informationen entlockt, mit Zwangsheirat gedroht und sie mit einer Erbschaft geködert, die sie vermutlich längst vergeben hatte. Durch Akmes Reaktion auf Livias Botschaft konnte Salome gut nachvollziehen, welches Spiel Akme getrieben hatte. Und dann die undurchsichtige Sache mit dem Mord an Nikolaos …

Erst jetzt fiel ihr auf, zu welcher Frau sie jahrelang aufgeblickt hatte. Seltsamerweise hatte sie zu ihren Lebzeiten alles ignoriert, was ein Licht auf Akmes wahren Charakter geworfen hatte. Das war ihre eigene Schuld, die Fakten waren immer bekannt gewesen, ja, Akme selbst hatte sie ihr mitgeteilt. Jahrzehntelang hatte diese Frau an der Seite eines Tyrannen gelebt, ohne ihn in seinem Tun zu korrigieren, obwohl sie sich so prächtig auf Manipulation verstand. Wenn sie ihn beeinflusst hatte, dann nur für ihre Zwecke; die Entscheidungen ihres Bruders hatte sie also gutgeheißen. Dafür sprach auch, dass sich seit den Zeiten des tyrannischen Herodes wenig in Judäa geändert hatte. Salome hatte stets aufmerksam zugehört, wenn die Familie sich unterhielt, und sie hatte fast in jedem Gespräch Worte wie Hinrichtung, Widerstand und Niederschlagung aufgeschnappt. Immer wieder wurde von unbelehrbaren Aufrührern gesprochen, von Spitzeln, von Überwachung.

Salome erinnerte sich nun auch, was ihr Akme selbst damals in der Sänfte prophezeit hatte: Man wird dich verraten. Dir werden sich Menschen entgegenstellen, von denen du das nie geglaubt hättest.

So war es gekommen. Wie konnte sie nur so blind gewesen sein!

»Ich glaube, wir haben sie nicht gut gekannt«, sagte Salome. »Niemand von uns. Außer Timon, natürlich.«

Herodias verdrehte die Augen. »Natürlich.«

»Bitte, Mutter, er darf nicht bestraft werden. Kannst du da nicht etwas tun? Jetzt hat Coponius das Sagen. Auf dich hört er bestimmt. Ihr versteht euch doch gut.«

Herodias sah sie entgeistert an. »Wie kommst du denn darauf?«

Salome biss sich auf die Lippe. »Ich – meinte ja nur. Auf dem Schmaus zu *chanukka* damals habt ihr euch bestens unterhalten.«

»Nun ja …« Herodias fummelte an ihrem Kleid herum. »Dass du dich daran erinnerst …«

»Tust du mir den Gefallen?«, hakte Salome nach.

»Nur wenn du aufhörst, von diesem Burschen zu reden – und an ihn zu denken. Ich dachte, du möchtest die Herrin von Ashdod werden.«

»Das möchte ich auch – mit Timon an meiner Seite. Es liegt mir so viel an ihm, Mutter. Bitte, du musst tun, was du kannst.«

»Also schön«, gab Herodias nach.

Salome umarmte sie. »Danke, du bist die beste Mutter auf der ganzen Welt.«

Doch Herodias hatte andere Pläne.

»Ich wusste, dass du kommen würdest. Die Frage war nur, wann.«

»Beinahe wäre ich nicht gekommen.«

»Du bist eine schlechte Lügnerin, Herodias.« Coponius schlenderte auf sie zu. Er packte ihren Kopf und zog ihn an den Haaren nach hinten. Seine Lippen pressten sich auf ihre. Herodias schlang ihre Arme um seinen Nacken, bog ihr Bein um seine Waden, hielt sich an ihm fest. Coponius löste eine Spange ihres Kleides.

»Ist es ein Zufall«, fragte er, »dass du in der Stunde, bevor ich das Testament verlesen werde, zu mir kommst?«

Sie grinste. »Du kennst mich.«

»Das ist nicht schwer, Herodias. Damals im Hain hast du mich fünfzig Denare gekostet. Diesmal bist du teurer, nehme ich an.«

»Sage mir erst, ob die Gerüchte stimmen? Ist Livia die Erbin, und die Familie erhält nichts?«

Er nickte knapp.

»Das dachte ich mir. Nun fasse in den Ausschnitt meines Kleides. Dort wirst du etwas finden.«

Coponius lachte. »Davon bin ich überzeugt.«

»Noch etwas anderes, als du denkst. Mach schon.«

Ungeniert griff er zwischen ihre beiden Brüste und holte eine Schriftrolle heraus.

»Das ist ein Zusatzprotokoll zu Akmes Testament«, erklärte Herodias.

»Woher kommt es?«

»Aus meiner Hand. Ich habe es gestern Nacht verfasst – ich kann Handschriften recht gut imitieren. Dann bin in das *gyneikon* geschlichen und habe es dort gesiegelt. Und schließlich bestach ich mit allem, was ich noch hatte, zwei Beamte, die das Zusatzprotokoll bezeugten.«

Während er das Pergament entfaltete, erzählte sie weiter: »Du wirst zu Livia nach Rom melden, dass Akme dieses Protokoll hier in Ashdod hinterlegt hat. Meine Tochter Salome erbt demnach die Stadtherrschaft über Ashdod samt Palast und Hainen. Ich und Theudion werden unwiderruflich als Regenten bestimmt, und zwar so lange, bis Salome mit Theudions und meiner Zustimmung heiratet. Nach jüdischem Recht bleibt eine Tochter, auch wenn sie schon volljährig ist, bis zur Heirat unter der Vormundschaft ihrer Eltern.«

»Hm«, brummte Coponius nachdenklich. »Eine ganze Stadt für dich. Dein Preis ist wirklich mächtig gestiegen.«

Herodias löste eine weitere Spange ihres Kleides, so dass das Oberteil zu Boden fiel und sie von den Schultern bis zur Hüfte nackt vor Coponius stand. Er starrte ihre prallen, schweren Brüste an.

»Du bist noch immer eine schöne Frau«, murmelte er mit halb geschlossenen Lidern und schluckte. »Aber ich wage viel dabei, wenn ich Livia um eine Stadt betrüge. Wenn sie je dahinter kommt …«

Herodias räkelte sich vor ihm. »Oh, auch daran habe ich schon gedacht. In dem Protokoll wird außerdem verfügt, dass Tiberius die Stadtherrschaft über Jebna erhält. Er steht nicht besonders gut mit seiner Mutter, nicht wahr? Er ist nun Kaiser und wird jeden ihrer Versuche, das Protokoll anzufechten, niederschlagen. Und dir wird er dankbar sein, dass du nicht das getan hast, was Livia nutzt – nämlich das Protokoll vernichten –, sondern das, was ihm nutzt.«

Er massierte ihre Brüste. »Schön und gut. Doch dafür, dass ich meinen Kopf riskiere, will ich mehr in Händen halten als einen Busen und eine vage Aussicht auf Dankbarkeit durch den Imperator. Ich stelle mir etwas Praktisches vor.«

»Vielleicht ein Zehntel der Einnahmen Ashdods für die Dauer von fünf Jahren? Damit kannst du dir bald einen Sitz im Senat kaufen und zum Patrizier aufsteigen.«

Er grinste breit. »Mit dir Geschäfte zu machen ist wirklich in jeder Hinsicht ein Vergnügen.«

Ihr Kleid glitt vollständig zu Boden. Coponius küsste Herodias' Hals, ihre Schultern. Er presste sie an sich und berauschte sich an ihrem schweren Jasminduft. Seine linke Hand umfasste ihren leicht fülligen Körper, während seine rechte versuchte, seinen Brustpanzer zu lösen.

Als es ihm gerade gelungen war, stieß Herodias ihn sachte von sich. »Ach ja, fast hätte ich es vergessen. Ich muss mit dir noch über den Griechen reden, der die Alte umbringen wollte. Meine Tochter interessiert sich für ihn.«

Coponius atmete schwer. Seine Augen glühten, und sein Körper zitterte vor Ungeduld. »Du stehst nackt und mit offenem Haar vor mir und willst über einen Griechen reden? Das ist doch nicht dein Ernst.«

»Doch. Je eher wir uns über ihn einig werden, desto ...«

»Schon gut, schon gut, ich habe verstanden.«

Er holte tief Luft, und während er redete, zog er seine Uniform aus. Gürtel, Tunika und Ledersandalen flogen quer durch den Raum. »Als er das Attentat beging, war Judäa de jure bereits römisches Staatsgebiet, auch wenn ihr es noch nicht wusstet. Zwar hat der Imperator den Juden ihre eigene Gerichtsbarkeit belassen, doch der Grieche hat eine Fürstin angegriffen, die direkt unter Roms Schutz stand. Sein Angriff war ein Angriff auf Rom, daher untersteht er meinem Gericht. Ich habe ihn bereits in den Kerker meiner Residenz nach Caesarea bringen lassen. Machen wir's kurz: Ich lasse den Griechen frei, damit ist das Thema erledigt.«

Endlich war er vollständig ausgezogen. Er umfasste ihre Schultern und wollte Herodias mit sanftem Druck auf die Knie zwingen. Doch sie widerstand.

»Genau das will ich nicht«, sagte sie.

»Damals im Hain hast du es so gewollt.«

Sie rollte mit den Augen. »Ach, das meine ich doch gar nicht. Ich rede noch immer von dem Griechen. Du sollst ihn nicht freilassen. Er verdreht Salome den Kopf, und wenn man ihr den Kopf verdreht, sieht sie nicht mehr das Wesentliche. Sie ist nun eine Stadtfürstin und hat einen besseren Mann verdient, einen, der mehr aufzuweisen hat als einen toten Gelehrten als Vater.«

»Wirklich sehr mütterlich gedacht von dir. Kann es auch sein, dass du nicht daran interessiert bist, dass sie so schnell heiratet? Du würdest die Regentschaft über Ashdod verlieren, bevor du sie so recht innegehabt hättest.«

»Und du dein Zehntel an den Einnahmen«, konterte sie treffsicher. »Du sollst den Kerl ja nicht hinrichten, nur verschwinden muss er. Für eine lange, lange Zeit.«

Coponius grinste. »Du bist ruchlos, weißt du das?«

»Was ist nun mit dem Griechen?«

»Er kriegt seine Strafe.«

»Salome darf es nie erfahren. Nichts über die Fälschung des Protokolls und schon gar nichts über den Griechen. Sie glaubt, ich helfe ihm, und du musst sie in diesem Glauben belassen. Wenn sie dich je fragt, sage ihr, dass du ihn auf meine Bitte hin freigelassen hast, sage ihr, dass ...«

»Keine Sorge«, wiegelte er ungeduldig ab und umfasste Herodias' Körper. »Meine Lippen gehören ganz dir.«

DRITTER TEIL

Die Schleier der Haritha

8

Salome saß über eine der Dutzenden von Schriftrollen gebeugt, die auf dem Schreibtisch verteilt lagen und zusammen *De Republica* bildeten, Ciceros Untersuchung republikanischer Verfassungen. Sie hatte fast ein Jahr darauf gewartet. Der Agent, den sie regelmäßig mit der Suche nach wissenschaftlichen oder politischen Werken beauftragte, hatte es schwer gehabt, an eine Abschrift davon zu kommen, denn der Autor war seit über einem halben Jahrhundert tot, die römische Republik hatte ihn nicht lange überlebt und die Kaiser mochten seine republikanischen Plädoyers nicht.

Zum ersten Mal las Salome etwas über die Elemente einer Verfassung, über die Möglichkeit der Trennung von Gerichtsbarkeit, Regierung und *Polis*, der Summe der Menschen eines Staates, die über die Gesetze abstimmten. Von einer solchen Regelung war Judäa weit entfernt. Offiziell waren die Gerichte unabhängig, allen voran der *sanhedrin*, die höchste richterliche Versammlung. Der *sanhedrin* verfügte über eine eigene Polizei, konnte nach Gutdünken Strafen verhängen und betonte seine Unabhängigkeit schon durch seine Lage auf dem Tempelberg, direkt neben dem Allerheiligsten. Sogar Gesetze wurden von ihm auf der Basis der *thora* erlassen. Doch das war nur Schein. Herodes hatte den *sanhedrin* gefügig gemacht, ebenso die Priesterschaft, und das Volk hatte ohnehin nichts zu sagen. Im Grunde war in Judäa unter Herodes genau das passiert, was auch in Rom unter Augustus geschehen war – vielleicht hatten die beiden sich deswegen so gut verstanden. Die Verfassungen, die die Macht auf mehrere Schultern verteilten, waren so lange ausgehöhlt worden, bis sie nur noch Fassade waren, republikanische Mäntel für autokratische Herrscher. Cicero, dachte Salome, würde sich wohl die Haare raufen, könnte er sehen, was aus seiner geliebten römischen Republik geworden war.

Sie seufzte und rollte das Pergament langsam wieder zusammen. Die Idee der Gewaltenteilung und der Beteiligung des Volkes an Entscheidungen war tot. Angesichts der römischen Besatzung sah Salome auch keinen Sinn darin, irgendwelche Gedankenspiele in dieser Richtung anzustellen, denn selbst die kleinsten Veränderungen kamen nur äußerst zäh voran.

Seit vier Jahren war sie nun Stadtfürstin von Ashdod, besaß großen Reichtum und ein kleines Stück der Macht, von der sie früher immer geträumt hatte. Sie hing jedoch schon längst nicht mehr diesen Mädchenträumen nach, die palatinischen Gärten zu besuchen, zu den Pyramiden zu reisen oder vom Ätna aus in die Glutröte des Sonnenaufgangs zu schauen. Timon hatte ihr einst den Anstoß gegeben, die Macht weniger eitel einzusetzen und sie in den Dienst des Volkes zu stellen – manchmal auch gegen dessen Ängste. Seine Worte hatte sie zu ihren gemacht, und gewissermaßen regierte sie über Ashdod auch für ihn und das, woran er glaubte. Leicht war es nicht, vor allem, wenn man alleine war. Zu erneuern hieß, harte Arbeit zu leisten und jeden einzelnen Tag die Menschen zu gewinnen versuchen. Es hieß, ein Leben damit zuzubringen, aus einem Land der blind Gläubigen eines der Sehenden, Freien und Gerechten zu machen, das Land einer neuen Zeit.

Nachdem sie vor vier Jahren Stadtfürstin von Ashdod geworden war, hatte sie festgestellt, dass sie ihre Vorstellungen nicht einfach in die Tat umsetzen konnte. Würdenträger und Beamte, der römische Prokurator und seine Offiziere, nicht zuletzt Theudion und Herodias – irgendjemand hatte immer einen Einwand, weshalb etwas nicht verändert werden durfte. Ihr Versuch, das polizeiliche Spitzelwesen in Ashdod abzuschaffen, stieß bei den misstrauischen Römern auf Widerstand, die nicht auf die heimlich gesammelten Informationen verzichten wollten; Herodias vereitelte eine geplante Befreiung der Kleinbauern von der Kopfsteuer, weil damit die Einnahmen Ashdods reduziert worden wären, und Theudion wandte sich vehement gegen die Einrichtung von Schulen für Mädchen. Der Streit darüber hatte Salome tief verletzt.

»Was für eine unverschämte Idee«, hatte er gerufen. »Schulen für Mädchen! Womöglich noch mit Frauen als Lehrerinnen, wie?«

»Warum nicht?«

»Frauen wissen zu wenig über die *thora*.«

»Natürlich, denn sie erhalten zu wenig Unterricht.«

»Und du hast zu viel erhalten, scheint mir. Du lebtest zu lange unter dem Einfluss deiner Großtante. Sie hat auch nie gewusst, wo ihr Platz war.«

»Sie hat nichts damit zu tun. Über Mädchenschulen hat sie nie gesprochen.«

»Weil selbst sie wusste, dass Gott keine Frauen will, die Bücher lesen. Heißt es nicht: ›Gepriesen sei er, der mich …‹«

»›… der mich nicht zu einer Frau gemacht hat‹, ja ja, dieser Satz kommt mir bekannt vor. Du hast ihn früher gerne verwendet, wenn du Mutter verletzen wolltest. In der *Genesis* heißt es aber auch: ›Jeder Mann, der keine Frau hat, ist kein Mensch.‹ Wenn wir es sind, die euch Männer erst zu Menschen machen, sind in Wahrheit vielleicht auch wir es, die euch erst zu *klugen* Menschen machen.«

Theudion verschränkte die Arme vor der Brust. »Zacharias hat mir schon vor einiger Zeit erzählt, dass du nicht nur eine Meisterin darin bist, die Worte des heiligen Buches zu verdrehen, sondern auch, dass du unseren Glauben insgesamt verhöhnst und sogar verleugnest. Er hatte Recht, das Blut meines ungläubigen Vaters hat dich infiziert. Du bist keine mehr von uns, und solange ich lebe, werde ich verhindern, dass du heiratest und Ashdod mit deinem Gebaren unrein machst. Ich sorge dafür, dass jeder einzelne Buchstabe der *thora* diese Stadt auch weiterhin beherrschen wird.«

Er hatte sich abgewandt und mit gedämpfter Stimme gesagt: »Wärst doch bloß du statt deines Zwillingsbruders kalt zur Welt gekommen, dann würde mir jetzt diese Schande erspart bleiben, eine Ungläubige mein eigen Fleisch und Blut zu nennen.«

Dieser Satz war tatsächlich ein nachgeholter Dolchstoß. Von jenem Tag an war sie nicht mehr ihres Vaters Tochter, sie war für ihn die lebendige Schande, und sie selbst entfremdete sich dadurch ihm, den Traditionen und dem Glauben immer mehr. Nur noch einmal war er seither einer Bitte von ihr nachgekommen. Es war dabei um die Erfüllung eines Versprechens gegangen, das sie Timon einst gegeben hatte: der Kampf gegen die Sklaverei.

»Wir können die Haltung von Sklaven nicht verbieten«, hatte Theudion eingewendet. »Die *thora* erlaubt es ausdrücklich, solange es sich bei den Sklaven um Angehörige nichtjüdischer Völker handelt. Und die *thora* ist bei uns Gesetz – falls du das vergessen hast«, fügte er missbilligend hinzu.

Salome betrachtete die *thora* nicht länger als das Buch Gottes, sondern als ein von Menschen geschaffenes Regelwerk, eingekleidet in spannende Sagen und Mythologien, Wahrheiten und Halbwahrheiten, ähnlich denen jeder anderen Religion. Vielleicht hatten die Verfasser ursprünglich wirklich geglaubt, im Namen des Herrn zu schreiben, und vielleicht hatten sie sogar die besten Absichten damit verfolgt. Tatsache blieb, dass neben viel Sinnvollem, welches das Leben zwischen Menschen mit all ihren Begierden ordnete, auch so manch Befremdliches geschrieben stand, das die Juden den anderen Völkern überordnete, die Männer den Frauen, die Kämpferischen den Milden und so weiter. Die Ungereimtheiten waren so auffällig, dass man nur darüber hinwegsehen konnte, wenn man jedes einzelne Wort zum unanzweifelbaren Heiligtum erhob. Nüchtern betrachtet jedoch steckte die *thora* voller Widersprüche. Oder wie sollte man es sonst nennen, dass die Sklaverei dem Herrn zwar als verwerflich galt, solange die Juden die Sklaven waren – wie damals in Ägypten –, hingegen erlaubt wurde, wenn die Juden selbst die Sklavenhalter waren?

Doch mit solchen Argumenten brauchte sie ihrem Vater nicht zu kommen. Daher schlug sie einen anderen Weg ein, um ihr Ziel zu erreichen.

»Ich dachte auch nicht an ein Verbot von Sklavenhaltung, Vater. Wir sollten jedoch die Einfuhr von Sklaven verteuern. Die meisten Sklavenhändler sind Römer und Griechen, die nicht in Ashdod wohnen und somit keine Steuern zahlen. Wenn wir die Zölle erhöhen, so kommt das allen Einwohnern Ashdods zugute.«

Ihr Vater hatte noch einen Tag lang über ihren Vorschlag gegrübelt; da in der *thora* nichts über die Höhe von Zöllen stand und er die Geschäftemacherei der Griechen und Römer verachtete, stimmte er schließlich zu. Und Herodias war ohnehin für alles zu haben, das noch mehr Geld einbrachte. Seither ging die Anzahl von Unfreien in Ashdod stetig zurück, denn ihr Kauf wurde zunehmend unrentabel.

Salomes nächstes Ziel war die Freilassung der Sklaven im Hain, doch dafür würde sie noch weit mehr Geschick – und Geduld – brauchen.

Salome ging langsam zum Fenster. Früher hatte ihre Großtante immer hier gestanden. Es war Akmes Blick auf Ashdod gewesen, ihr Schreibtisch, ihr *gyneikon*, ihr Palast. Und hier hatte die alte Frau vom Königsreif geträumt. Für die Erfüllung dieses Wunsches war Akme über Leichen gestiegen und am Ende doch gescheitert, zugrunde gegangen an dem Verrat einer Frau, die noch tückischer und rücksichtsloser als sie gewesen war. Bereits hinter den Hügeln, kaum eine Viertelstunde zu Pferd, begann das Territorium Livias, der *bona mater roma*, der guten römischen Mutter, wie sie genannt wurde. Wie sehr man sich doch in Vorbildern vertun konnte! Salome wusste das aus eigener schmerzhafter Erfahrung.

Allerdings nicht alles, was Akme und Livia ausmachte, war schlecht. Beide Frauen hatten es geschafft, in ihrem jeweiligen Umfeld eine einzigartige Machtposition einzunehmen, und waren weit über die Möglichkeiten ihres Geschlechts hinausgewachsen. Sie hatten sich erfolgreich gegen die Dominanz der Männer gestemmt, indem sie schlauer, einfallsreicher und auf eine ungewöhnliche Weise sogar einfühlsamer als sie gewesen waren, denn sie erkannten deren Gefühle, Hoffnungen und Ängste und nutzten diese gnadenlos aus. So weit bewunderte Salome die beiden Frauen, denn auch sie glaubte fest daran, dass es legitim sei, sich aus einer Rolle zu befreien, die man wie ein Sklave aufgezwungen bekam. Das Üble an Akme war nicht ihr Verlangen nach Macht gewesen, sondern dass sie mit dieser Macht nichts gestalten wollte. Sie hätte sie nur zur Unterdrückung und zum Strafen genutzt, zur Erhöhung ihrer eigenen Stellung. Keine Sekunde hätte sie an andere gedacht, und wäre sie Königin geworden, hätte sie nur einen zweiten Herodes abgegeben.

Wer weiß, was geschehen wäre, dachte Salome, wenn Timon ihr nicht die Augen darüber geöffnet hätte.

Wieder versetzte ihr der Gedanke an Timon einen Stich. Es verging kein Tag, an dem sie nicht an ihn dachte, doch ihre Gefühle in diesen Augenblicken waren sehr unterschiedlich. Meistens wünschte sie sich schlicht, er käme im nächsten Moment zur Tür herein, strahlte sie an und gäbe ihr eine banale Erklärung dafür, weshalb er sich seit vier Jahren nicht habe blicken lassen, obwohl er *ihr* seine Freiheit verdankte. Schämte er sich für seine Tat? Glaubte er, sie könne ihm den Anschlag auf Akme nicht vergeben? Manchmal sorgte sie sich um ihn, hoffte, dass ihm nichts geschehen sei, und manchmal geriet sie wegen seines enttäuschenden Verhaltens regelrecht in Zorn. Und dann gab es Tage, da glaubte sie nicht mehr daran, dass er sie jemals geliebt habe und dass er deshalb nach seiner Freilassung durch Coponius aus dem Gefängnis von Caesarea nicht mehr den Weg zu ihr gesucht hatte. Alles in ihr sträubte sich gegen einen solchen Verdacht, trotzdem gewann er bisweilen die Oberhand, und das waren die schlimmsten Stunden für sie.

Der dunkle Klang eines *shofar* dröhnte über den Palast und ganz Ashdod. Während des vergangenen Monats war das traditionelle Widderhorn, das Moses einst auf dem Berg Sinai hörte, zu jeder Stunde des Tages zwölfmal geblasen worden, so wie der jüdische Brauch es vorsah. Heute erklang es vorläufig zum letzten Mal, denn heute war der erste Tag des Monats Tishri und damit *rosh ha-shana*, das Neujahrsfest. Die Juden der Stadt hatten sich schon am frühen Morgen in den sieben Synagogen versammelt und stundenlang Vergebungsgebete gemurmelt.

Das *shofar* war verklungen, und draußen wurde es wieder ruhig. Der schwache Herbstwind wehte einige welke Blätter von den Granatapfelbäumen und Platanen, und ein paar Vögel raschelten auf der Suche nach Nahrung im knöcheltiefen Laub. Kein Mensch war zu sehen. *Rosh ha-shana* war kein Fest der fröhlichen Geselligkeit wie die anderen im Jahreskreis, sondern ein Fest der Einkehr. Von hier oben konnte Salome es nicht sehen, da ein naher Kiefernwald die Sicht versperrte, aber sie wusste, dass zu dieser Stunde unten am Strand alle Juden von Ashdod ein geschnürtes Tuch ins Meer werfen würden, in das sie zuvor alle ihre Sünden gesprochen hatten. Zu Hause kochten bereits die Frauen die typischen Speisen des Neujahrstages. Der Duft von Honigkuchen lag über der ganzen Stadt, und die Palastköche bereiteten gesottenes Huhn mit Honig und Orangensoße zu, wie Salome unschwer den Aromaschwaden entnehmen konnte. Sie schloss ihre Augen, und ein schwaches Lächeln glitt über ihr Gesicht.

»Verträumt wie immer«, rief Herodias, als sie ohne Anmeldung das *gyneikon* betrat. »Selbst an einem Festtag verkriechst du dich hinter deinen Studien. Also wirklich, Salome. Neujahr ist doch nur einmal im Jahr.«

Sie trug eine himmelblaue Tunika mit einer blassgelben *stola* und einem schillernden goldfarbenen Umhang, der so lang war, dass er auf dem Boden schleifte. An ihren Armen klimperte der schwere Goldschmuck, der einst Akme gehört hatte und den sie nach deren Tod zwar nicht geerbt, dennoch an sich genommen hatte, offenbar mit stillschweigender Billigung von Coponius.

Salome verbeugte sich leicht. »*Le-shana towa tikatewu wetechatemu*«, begrüßte sie ihre Mutter.

»Mögest auch du ein gutes Jahr haben«, erwiderte Herodias eilig. »Nun sag, warum langweilst du dich hier?«

»Ich langweile mich nicht, Mutter.«

Herodias' Blick glitt über die Schriftrollen von *De Republica*, weiter zum *Corpus*, den medizinischen Schriften des griechischen Arztes Hippokrates, und schloss mit Vergils *Aeneis*. »Dass du die Beschäftigung mit Toten noch immer als Vergnügen ansiehst ...« Sie seufzte. »Möchtest du dich nicht mir und meinen Freundinnen anschließen?«

Salome kannte die Schar jener wie Opium duftender und wie Gänse schnatternder Damen, die wenigstens zweimal wöchentlich in den Palast kam. Theudion hatte zwar kürzlich versucht, diese – wie er sie nannte – leichten Frauen aus dem Palast zu verbannen, aber Herodias hatte sich seiner Weisung widersetzt und ihm klargemacht, dass sie ebenso Regentin sei wie er und daher das Recht habe, einzuladen, wen sie wolle. Seine Befehle kümmerten sie nicht mehr, und Salome gönnte ihrer Mutter diesen Triumph. Dennoch, die Begleiterinnen mochte sie ebenso wenig wie ihr Vater.

»Ein anderes Mal vielleicht«, wiegelte sie ab, setzte sich wieder an den Schreibtisch und suchte nach einer diplomatischen Begründung für die Absage, als die uralten Traditionen sie einer Rechtfertigung enthoben. Das *shofar* dröhnte laut und dunkel über dem Palast.

Herodias hielt sich beide Ohren zu. »Oh, dieses Horn! Es treibt mich noch in den Wahnsinn. Wir sollten es nächstes Jahr verbieten.«

»Das *shofar* ist den Leuten heilig«, antwortete Salome und schrieb nebenbei Notizen über *De Republica* auf ein Pergament. »Ein Verbot wäre unklug.«

»Und ich dachte, wir haben die gleiche Meinung über veraltete Bräuche.«

Salome konnte nicht verleugnen, dass Herodias ihren Anteil an Salomes weltlicher Einstellung hatte. Sie hatte erlebt, wie ihre Mutter die Gebote ignoriert und mit einem fast fremden Mann geschlafen hatte. Akme wiederum hatte mit ihrer weiblichen Selbstbestimmtheit und der Art, die Religion als weiteres Mittel der Politik anzusehen, großen Eindruck auf sie gemacht. Theudion, Zacharias und Kephallion hatten ein Übriges getan und sie mit ihren rigiden Unterdrückungsmechanismen geradezu aus dem Glauben vertrieben. Trotzdem achtete sie die meisten Bräuche und Traditionen des Volkes, viele mochte sie sogar, so zum Beispiel *rosh ha-shana* und das *shofar*. Sie gaben ihr das Gefühl – trotz aller Kritik, die sie am Glauben und dem, was die Menschen daraus machten, hatte –, noch immer eine Verbindung zu ihrem Volk zu haben. Ihr ging es nicht darum, irgendetwas zu verbieten; sie wollte und konnte die Überzeugungen nicht abschaffen, wohl aber in einigen Fragen langsam verändern. Sie war jung und hatte noch viel Zeit – und den festen Willen.

»Wenn dir Ashdod nächstes Jahr zu laut wird, kannst du ja für einige Wochen verreisen, irgendwohin, wo fast nur Griechen leben.«

»Da du vom Reisen sprichst«, fiel Herodias ein. »Ich möchte dich bitten, mich nächste Woche zu begleiten.«

Salome schrieb weiter. »Wohin?«

»Wohin wohl! Der Winter naht. Ich vertrage die Seeluft im Winter nicht.«

Salome las einen Absatz aus *De Republica* und sagte nebenher: »Du bist der einzige Mensch, den ich kenne, der die milde Seeluft nicht verträgt.«

»Im Winter, sagte ich. Sie ist zu frisch, zu kalt. Ich hasse Wind.«

»Ich liebe Wind.«

»Außerdem möchte ich die Familie wiedersehen.«

Salome ließ die Feder sinken und atmete tief durch. Der Großteil der Familie lebte in Galiläa, am Hof von Antipas. Keiner der Verwandten hatte damals, nach Akmes Tod, hier in Ashdod bleiben wollen. Die Aussicht, Herodias, über die sie stets abfällig getuschelt hatten, als Regentin huldigen zu müssen, hatte sie fortgetrieben. Salome machte sich allerdings nichts vor: Auch sie selbst war bei der Familie alles andere als beliebt. Die einen sahen in ihr das Abbild der koketten, leichtlebigen Mutter, die anderen des trotzigen Vaters. Vor allem Zacharias machte damals Stimmung gegen sie, beschimpfte sie als verstocktes, liederliches Weib, und Kephallion tat überall genussvoll kund, dass er es ja immer schon gesagt habe und ohnehin der Einzige gewesen sei, der frühzeitig etwas gegen ihre Sünden unternommen habe. Seinen Disput gegen sie im *cheder* stilisierte er zu einer leidenschaftlichen Verteidigung der Lehren der Propheten hoch und seine brutale Attacke auf dem Hof verkaufte er sogar als einsame Heldentat, die nur durch die Feigheit anderer wirkungslos blieb. Ganz offen zweifelten die beiden die Rechtmäßigkeit des Erbes an, gegen das beeidete Protokoll und Coponius' Vollstreckung kamen sie jedoch nicht an. Und eine solche Familie wollte ihre Mutter wiedersehen?

»Denkst du da an ein bestimmtes Familienmitglied?«, fragte Salome. »An Onkel Antipas vielleicht?«

Herodias schnappte nach Luft. »Wie kommst du denn darauf?«

»Oh bitte, Mutter. Denkst du denn, ich weiß nicht, was ihr beiden miteinander treibt? Mir ist das schon seit zehn Jahren klar, seit dem Tag des Leichenschmauses für Herodes. Vielleicht erinnerst du dich. Ich suchte dich damals im ganzen Palast und fand dich, wie du aus den Räumen von Onkel Antipas kamst. Und in den letzten drei Jahren hast du jeden Winter an seinem Hof in Sepphoris verbracht, obwohl der Wind in den dortigen Tälern, Berghängen und Hochebenen nicht weniger kräftig weht als bei uns in Ashdod.«

Herodias straffte den Rücken. »Woher willst du das wissen? Du warst nie dort.«

»Ich erhalte Briefe von Berenike, in denen sie sich beklagt, dass der ständige Wind ihre hübschen Locken durcheinander bringt. Du musst mir nichts vormachen, Mutter. Du reist nur wegen Antipas nach Galiläa. Lass dich bloß nicht erwischen, und vor allem ziehe mich da nicht hinein. Ich sehe keinen Grund, nach Galiläa zu reisen.«

Herodias leugnete ihre wahren Beweggründe nicht länger, lenkte jedoch von ihnen ab. »Doch, es gibt einen Grund. Antipas weiht in einigen Wochen seine neue Hauptstadt ein. Er nennt sie nach dem römischen Kaiser, Tiberias. Sein Palast liegt am See Genezareth, dort soll es wunderschön sein, riesige Gärten, duftende Wälder ... Das magst du doch – wenngleich ich mich frage, was an einer Pinie schöner als am Gold eines Palastes sein soll.«

»Ich bin hier unabkömmlich«, beharrte sie. »Die Leute brauchen mich.«

Herodias legte den Kopf in den Nacken und stieß einen geräuschvollen Fluch aus, wie immer, wenn sie ihren Willen nicht bekam. »Warum muss man dieses Kind eigentlich immer zu seinem Glück zwingen?«, fragte sie zur Decke hin und blickte dann Salome auffordernd an. »Bei Antipas gehen reiche Männer ein und aus, armenische Prinzen, syrische Magnaten, sogar römische Patrizier. In Kürze besucht ihn der künftige römische Prokurator für Judäa, Pontius ... Pontius irgendwas. Dass diese Römer immer mehrere Namen haben müssen, schrecklich. Als hätte man nicht genug damit zu tun, sich *einen* Namen zu merken. Jedenfalls ist dieser Pilatus Witwer. Muss ich noch mehr sagen?«

Salome täuschte sich nicht über die wahren Motive ihrer Mutter, sie unbedingt mit nach Tiberias nehmen zu wollen. Herodias wollte nur, dass sie in ihrer Abwesenheit nicht zu viel Eigenständigkeiten entwickelte – Dummheiten nannte Herodias das – und sich nicht langsam ihrer mütterlichen Führung entzog. Sie konnte ihr das nicht übel nehmen. Vermutlich widerstrebte es jeder Mutter, wenn ihr Kind erwachsen und damit eigenwillig wurde.

Sie wollte eine endgültige Absage formulieren, als ein Diener eintrat und Coponius meldete.

»Er soll hereinkommen«, rief Herodias, bevor sie es selbst tun konnte. »Sein Abschiedsbesuch«, erklärte Herodias ihr. »Er ist in den Rang eines Senators aufgestiegen und wird von diesem Pontius Dingsda abgelöst.«

Salome staunte. »Er wird römischer Senator? Dafür muss man ein Vermögen von einer Million *sesterti* nachweisen. Das sind über fünfzehntausend silberne *denari*. Wie kommt er zu einem solchen Reichtum?«

»Liebes, woher soll ich das denn ... Scht, da kommt er.«

Coponius' Brustpanzer und das Kurzschwert klapperten wie eh und je. Er hatte sich in den letzten Jahren kaum verändert, fand Salome, und sie konnte sich nur schwer vorstellen, wie sein kämpferisches, vollbärtiges Gesicht aus der edlen, purpurverbrämten Toga eines Senators herausragte. Wie konnte ein Mann, der noch vor fünf Jahren ein einfacher Offizier gewesen war, plötzlich so reich sein, dass er es bis in den römischen Senat schaffte? Sie hatte Coponius nie gemocht – was nichts mit der Episode im Hain zu tun hatte. Sie meinte, stets eine gewisse Falschheit an ihm zu bemerken, die im krassen Gegensatz zu seinem aufrechten und bisweilen aufgeplusterten römischen Auftreten stand. Das war allerdings nur ein diffuses Gefühl, das sie durch keine Tatsachen untermauern konnte, und manchmal rügte sie sich selbst für ihre Unterstellungen. Denn Coponius hatte die Großzügigkeit gehabt, Timon freizulassen. Mehr noch, als Timon verschwunden war, kam er ihrer Bitte nach, nutzte seine Stellung als Prokurator und seine Kontakte in benachbarte Provinzen, um nach Timon suchen zu lassen. Sie hatte wirklich allen Grund, ihm dankbar zu sein.

Aus Höflichkeit stand sie auf, obwohl ihr Rang so etwas nicht nötig machte, auch nicht vor dem Prokurator. »Nun, edler Coponius. Ich höre, du verlässt unser schönes Land.«

Er war mit der Beschreibung Judäas offensichtlich nicht einverstanden, denn er antwortete: »Ja, ich verlasse diesen abgelegenen Flecken Erde und begebe mich in das Zentrum der Welt. Zuvor wollte ich mich allerdings unbedingt verabschieden.«

Wohl weniger von ihr als von ihrer Mutter, dachte sie, schluckte diese bissige Bemerkung allerdings hinunter. »Wie nett«, kommentierte sie stattdessen.

»Bevor ich gehe, muss ich jedoch noch einmal auf die Besorgnisse der hiesigen Sklavenhändler verweisen, die zum Teil Römer sind und deren Interessen ich zu schützen verpflichtet bin. Du hast zu viele Sklaven aus deinen Beständen freigelassen, Fürstin.«

Salome setzte sich wieder auf den Stuhl hinter dem Schreibtisch und sah Coponius unerschrocken an. »Ja, fast alle«, sagte sie und fügte mit einem Seitenblick auf ihre Mutter hinzu: »Außer die, die im Hain arbeiten. Dagegen haben meine Eltern als Regenten Einspruch erhoben, da sie um die Wirtschaftlichkeit fürchten. Ich hingegen bin nicht der Überzeugung, dass Menschen besser arbeiten, wenn sie rechtlos und unbezahlt sind. Seit ich die Arbeitsbedingungen in den Hainen verbessert habe, ist auch die Arbeit effizienter geworden. Und die Bediensteten des Palastes können mit dem kleinen Salär, das sie als freie Menschen erhalten …«

»Doch die Sklavenhändler haben das Nachsehen«, unterbrach Coponius. »Sie leiden unter den Zöllen. Außerdem bieten einige der Freigelassenen ihre Dienste jetzt für geringes Geld an, so dass die Nachfrage nach Sklaven sinkt.«

»Mein Mitleid mit den Sklavenhändlern ist begrenzt«, erklärte sie.

»Und was«, schnauzte er, »hast du mit den vielen Bediensteten vor, die du zusätzlich angestellt hast? Mir ist nicht entgangen, dass du deinen Bürgern mehr als einhundert Sklaven abgekauft und anschließend freigelassen hast und sie nun auch noch verpflegst, obwohl sie nichts tun. Stellst du etwa ein Heer auf?«

Salome schmunzelte. »Ich kann dir nicht verdenken, dass du einen solch abstrusen Verdacht hegst. Ein Heer von hundert Soldaten! Wem soll ich denn damit Angst machen? Ich vermute, wenn man derart lange beim Militär ist wie du, edler Coponius, sieht man in allem, was geschieht, stets nur militärische Hintergründe.

Nein, die Männer sind für den Bau einer Küstenstraße gedacht, die im nächsten Frühling …«

»Die Küstenstraße durch Ashdod«, donnerte er, »soll Teil einer *römischen* Appia zwischen Syrien und Ägypten werden, entworfen von *römischen* Architekten, gebaut von Sklaven, die Rom gehören. Du hast nichts damit zu tun.«

Für Salomes Geschmack hatten die Juden seit der Besetzung durch römische Legionen viel zu wenig in und mit ihrem eigenen Land zu tun. Sie ignorierte nicht die Vorteile, die Roms Oberherrschaft mit sich brachte: Es ging wesentlich geordneter und unblutiger zu als unter der Peitsche des Herodes oder während der Herrschaft des Trunkenboldes Archelaos. Die Römer mischten sich nicht in die jüdische Rechtsprechung ein, gewährten dauernde Befreiung von der Pflicht, wenigstens einmal jährlich dem römischen Göttervater Jupiter zum Wohl des Staates zu opfern, und zogen jüdische Männer nicht zum Kriegsdienst ein wie die jungen Burschen anderer Provinzen. Sie verhielten sich für ihre Verhältnisse außergewöhnlich geschickt. Alles in allem konnte man sich also in Judäa über die Fremdherrschaft nicht beklagen, und tatsächlich gab es nur wenige, die sich offen gegen sie aussprachen. Dennoch spürte Salome, was in den Herzen ihrer jüdischen Brüder und Schwestern vorging. Das Land, seit vielen Jahrhunderten Eigentum des Volkes, seit unzähligen Generationen bebaut, immer wieder mit hohem Blutzoll verteidigt, Ort heiliger Geschehnisse, Wirkstätte der Propheten – dieses Land gehörte ihnen nicht mehr. Dort, wo David einst gegen die Philister geritten war, marschierten heute römische Hilfstruppen, wo Moses seinen Bund mit den Israeliten geschlossen hatte, stand heute eine Karawanenstation mit blökenden Kamelen und Mauleseln, und nur einen Steinwurf vom Allerheiligsten entfernt, von der Bundeslade im Tempel von Jerusalem, warfen Legionsstandarten ihre Schatten über die Mauern der Burg Antonia. Das Gefühl, ohnmächtig zu sein, bohrte sich wie ein leiser Schmerz durch die jüdischen Herzen, und Salome wollte das ihre tun, um diesen Schmerz ein wenig zu lindern.

Salome beugte sich vor und faltete gelassen die Hände auf dem Schreibtisch. »Natürlich wird es eine im wesentlichen römische

Straße sein. Für das Selbstgefühl der jüdischen wie griechischen Einwohner von Ashdod ist es jedoch wichtig, dass wir nicht bloße Empfänger römischer Gunst sind. Wir sind durchaus in der Lage, selbst einen Beitrag …«

»Rom bestimmt, wozu ihr in der Lage sein dürft und wozu nicht«, fuhr Coponius dazwischen.

Salome atmete tief durch. »Ich handele nur im römischen Interesse, Coponius. Die Stimmung unter den Juden ist noch friedlich. Sie trauern vergangenen Zeiten nach, gewiss, sie grollen jedoch den Römern nicht. Je aufdringlicher dagegen der römische Machtanspruch wird, umso zorniger werden …«

»Soll das etwa eine Drohung sein?«

Salome erhob sich ruckartig und rief: »Wir sind hier nicht auf einem Kasernenhof, Coponius. Es steht dir nicht frei, eine Fürstin andauernd zu unterbrechen. Das ist nicht nur schlechter Stil, sondern auch außerordentlich undiplomatisch und töricht. Ich könnte mich bei Kaiser Tiberius über dich beschweren.«

Coponius sah sie sichtlich irritiert an. Auf einen solchen Ausbruch schien er nicht vorbereitet, was sie nicht verwunderte. Weder als Legionskommandant in Syrien noch als Prokurator von Judäa hatte es Menschen gegeben, die so mit ihm sprachen. Seit Jahren gab es niemanden, von dem er Befehle oder auch nur Zurechtweisungen erhielt, außer vielleicht in schriftlicher Form vom Kaiser. Die Überraschung verschlug ihm die Sprache, und Salome nutzte die Gelegenheit, die Wogen wieder zu glätten. Ihr war es nur darum gegangen, die Würde Ashdods und ihre eigene zu verteidigen, nicht aber, einen Konflikt vom Zaun zu brechen.

»Du sollst mich nicht falsch verstehen, edler Coponius. Ich bin dir sehr dankbar für das, was du in der Vergangenheit für mich getan hast. Ich werde dir die Begnadigung Timons nie vergessen.«

Er grinste. »Da du gerade davon sprichst, Fürstin: Ich habe kürzlich eine Nachricht eines befreundeten Offiziers erhalten, der Timon vermutlich gesehen hat. Er spricht von einem jungen Mann deiner Größe, blond, griechisch, ein guter Reiter. Der Mann hieß Timon.«

»Und wo?«, fragte Salome mit pochendem Herzen.

»In Memphis, Fürstin.«

Ägypten. Was konnte Timon dort wollen? Setzte er seine Studien fort, seine Reisen durch den Osten? Tat er es seinem gelehrten Vater Nikolaos nach, der in jungen Jahren ebenfalls alle Länder erkundet hatte?

Müde setzte sie sich auf den Stuhl. Timons Namen im Kopf, konnte sie sich nicht länger konzentrieren. Mit Coponius würde ihre letzte Informationsquelle das Land verlassen, denn ihre eigenen Agenten – die gleichen, die seltene Manuskripte für sie aufstöberten – hatten nie auch nur die geringste Spur von Timon entdeckt. Es war fast so, als habe der Erdboden ihn verschluckt. Ohne Coponius' Hilfe würde sie Timon nie wiedersehen.

Plötzlich erinnerte sie sich an etwas, das ihre Mutter vorhin erwähnt hatte. Der neue Prokurator wurde zur Einweihung der neuen galiläischen Hauptstadt erwartet. Wenn sie diesen Pontius Dingsda nun bitten würde ...

»Um noch mal auf die Küstenstraße zurückzukommen ...«, riss Coponius sie aus ihren Tagträumen.

Salome wollte soeben etwas erwidern, als Herodias sagte: »Ich denke, ihr beiden solltet es dabei bewenden lassen. Du, Coponius, bist nächste Woche schon weit weg. Und wir in Ashdod werden das alles noch einmal in Ruhe besprechen, nicht wahr, Salome?«

Diese Floskel kannte Salome zur Genüge. Mit »besprechen« meinte Herodias, dass am Ende nach ihrem und Theudions Willen verfahren wurde. Dieser Zustand musste irgendwann einmal ein Ende haben. Eines allerdings stimmte: Es machte keinen Sinn, diese Auseinandersetzung heute und vor Coponius zu führen.

So gab Salome für den Augenblick nach und verbeugte sich leicht vor dem Römer. »Dann gute Fahrt«, wünschte sie.

»*Ave*«, verabschiedete er sich mit ausgestrecktem Arm und fügte mit einer merkwürdigen Betonung hinzu: »Und viel Glück bei der Suche nach dem Griechen.«

Als er gegangen war, teilte sie ihrer Mutter mit, dass sie sie auf der Reise nach Tiberias begleiten werde. Herodias schien außerordentlich erfreut, geradezu erleichtert, und das brachte Salome auf eine Idee.

»Nur, wenn du mir einen Gefallen tust, Mutter.«

»Jeden«, erwiderte Herodias bester Laune. »Worum geht es?«

Salome lächelte ihre Mutter mit funkelnden klugen Augen an. »Ich möchte, dass du mir dabei hilfst, die Sklaven im Hain freizulassen.«

Herodias tauchte die Feige in eine Schüssel mit Honig, anschließend in eine Schale Zimt und reichte sie schließlich, auf einen Stab gespießt, Coponius.

»Das essen wir Juden zum Neujahrsfest«, erklärte sie. »Auf dass das kommende Jahr so süß werde wie das vergangene.«

»Nein, danke«, wehrte Coponius ab. »Mir wird heute noch übel, wenn ich an die Teigtaschen denke, die du mir damals auf dem Fest der Alten verabreicht hast. Eure Traditionen liegen uns Römern schwer im Magen.«

Herodias ließ sich von der mürrischen Ablehnung nicht beirren, nahm einen großen Bissen von der Feige, leckte mit der Zunge über die vom Honig klebrigen Lippen und küsste Coponius. Doch er erwiderte ihren Kuss nicht, und als sie sich wieder zurücklehnte, nahm er ein Tuch und wischte sich damit den honigverschmierten Mund ab. Mit keinem Blick, keiner Geste und keinem Wort ging er auf ihre Annäherungen ein. Schließlich gab sie auf.

Sie grollte Coponius nicht, sie konnte ihn sogar verstehen. Ihre Beziehung war seit heute eine abgeschlossene Episode. Er ging nach Rom, sie blieb hier, so einfach war das. Eine Zeit lang hatten sie Spaß gehabt und nebenbei ein für sie beide lukratives Geschäft gemacht, sie hatten sich gegenseitig benutzt und ergänzt, jeder hatte dem anderen zu dem verholfen, was er brauchte. Aber in Beziehungen, die weder durch Liebe noch durch Freundschaft verknüpft waren, gab es einen Zeitpunkt, an dem man sich besser trennte. Dieser Zeitpunkt war jetzt gekommen, denn sie vermochten einander nichts mehr zu geben.

Die Dinge, die noch zu klären waren, konnten sie in wenigen Augenblicken besprechen.

»Könnte dein Mann uns überraschen?«

»Nein. Theudion hat sich eine Zweitfrau genommen, ein braves

Ding vom Lande. Seither besucht er mich nicht mehr – zum Glück. Ich bin ihm wohl zu frech geworden.«

»Ein Spitzel berichtete mir, er beschäftigt sich in letzter Zeit viel mit den Finanzen Ashdods. Das gefällt mir nicht.«

»Theudion versteht nichts von Finanzen.«

»Weshalb beschäftigt er sich dann mit ihnen?«

»Mache dir keine Sorgen. Ich habe die Zahlungen an dich derart komplex verschleiert, dass jemand wie Theudion nie dahinter kommt.«

»Und eure Finanzbeamten?«

»Von mir bestochen, was glaubst denn du?«

Coponius seufzte erleichtert und lehnte sich zurück. Es gab kaum einen Prokurator oder Statthalter, der sich an der Provinz, die ihm unterstand, nicht schadlos hielt. Sie alle stopften sich ihre Taschen mit Geld voll, das sie auf die eine oder andere Weise aus dem Land pressten. Senat und Kaiser wussten es und sahen großmütig darüber hinweg. Nur erwischen lassen durfte man sich nicht, denn dann fielen alle entrüstet über das »schwarze Schaf« her, das ihren guten Ruf befleckte. Coponius bekam Gelder von den Sklavenhändlern und den Straßenbauern, deren Interessen er im Gegenzug vertrat. Seine größte Einnahmequelle jedoch war Ashdod, und zwar noch für ein ganzes Jahr.

»Du benachrichtigst mich«, mahnte er, »wenn in dieser Sache irgendetwas schief läuft, hörst du?«

Sie nickte. »Und jetzt sage mir, weshalb du Salome derart hinters Licht führst.«

»Tun wir das nicht beide?«

»Du weißt genau, was ich meine. Es war unnötig, ihr heute eine Lüge über den Griechen aufzutischen. Nach vier Jahren habe ich sie endlich so weit, dass sie anfängt, diesen Burschen zu vergessen, und da kommst du daher und fachst ihre letzten verglimmenden Hoffnungsfunken wieder an. Jetzt wird sie ihre Leute nach Memphis schicken, anschließend nach Alexandria und Theben. Sie wird ganz Ägypten nach ihm absuchen lassen, was Monate, vielleicht sogar Jahre dauern kann. In dieser Zeit wird sie jeden Tag mit trügerischer Hoffnung aufstehen und schmerzlicher Enttäuschung ins

Bett gehen. Sie ist eine junge Frau. Sie sollte sich vergnügen. Dank dir wird daraus erst einmal nichts. Wieso machst du so etwas, Coponius?«

Er zog seine Augenbrauen zusammen. »Hast du nicht gehört, wie sie mich abgekanzelt hat? Wie sie mir mit dem Kaiser drohte? Keiner redet ungestraft so mit mir, schon gar nicht ein Früchtchen wie sie. Du solltest froh sein, dass sie weiter dem Griechen nachhängt. Für dich bedeutet jedes Jahr, in dem sie unverheiratet ist, ein hübsches Sümmchen mehr in deiner Privatschatulle, die du dir mit Hilfe der bestochenen Beamten sicher angelegt hast.«

»Ich bin ihre Mutter. Es ist mir nicht egal, wenn sie unglücklich ist, versteh das doch.«

Coponius lachte verächtlich. »Und was für eine Mutter du bist! Nimmst ihr den Mann, den sie liebt, schröpfst ihr Vermögen, belügst sie nach Strich und Faden, regierst nach eigenem Gutdünken ... Da fällt mir ein: Dass du mir dafür sorgst, dass die Küstenstraße im Namen Roms gebaut wird, nicht im Namen Ashdods. Schlimm genug, dass ich nichts für die Sklavenhändler tun konnte, da will ich nicht auch noch die Straßenbauer verprellen.«

Herodias biss sich auf die Lippe. Sie verschwieg Coponius besser, dass sie erst vor einer Stunde zugestimmt hatte, dabei zu helfen, alle Sklaven aus dem Hain freizulassen. Dieses Luder von einer Tochter! Wie geschickt sie die Zustimmung zur Reise mit etwas verknüpft hatte, was sie haben wollte.

Herodias grinste. Im Grunde eiferte ihre Tochter ihr ja nur nach, wollte werden wie sie. Zwar schlugen bisweilen noch Theudions Trotz und unvernünftige Offenheit in Salome durch, doch das durfte man ihr nicht zum Vorwurf machen. In ein paar Jahren hätte sie Salome zu ihrem Ebenbild gemacht.

Sie wandte sich von Coponius ab. »Es ist besser, wenn du jetzt gehst, Coponius.«

Er zuckte mit den Schultern, stand auf, ohne Herodias noch einmal zu berühren, und öffnete die Tür. Dann fiel ihm noch etwas ein. »Ein guter Rat zum Schluss, Herodias, und ich meine das wortwörtlich, es ist wirklich ein guter Rat von einem guten Offizier. Nimm dich in Acht vor deiner Tochter. Sie hat hoch fliegende

Ideen, ist klug, unerschrocken und willensstark. Solche Menschen sind nur schwer im Zaum zu halten. Eines Tages, Herodias, musst du dich entscheiden, ob du ihre Mutter – eine wirkliche Mutter – sein willst oder ihre Gegnerin. Versuchst du beides zu sein, wirst du ihr unterliegen, und dann möge dein Gott dir beistehen.«

Schon nach einer Woche konnte Salome den Anblick des Sees kaum noch ertragen. Er kam ihr viel zu schön vor, wie ein Paradies, in dem alle Sinne eine Heimat zu haben schienen und nichts unvollkommen geblieben war. Der ständig wehende, leise Wind kräuselte seine Oberfläche, und die Sonne verlieh ihm einen bläulichen Schimmer, der die Augen beruhigte und die Hitze kühlte. Sein süßes, frisches Wasser war voller Fische, eine nie versiegende Quelle des Wohlstands. Genezareth: Fast schon ein Meer, ein Meer aus Segeln, gesäumt von Pinien und Zedern, die auf diesem Fleck zwischen Wärme und Wasser ihren herben Duft besonders reichlich verströmten. Seine bewaldeten, zum Wasser abfallenden Ufer machten Genezareth zu einer warmen, abgeschlossenen Welt.

Doch diese Welt, dieses Paradies, wurde von Antipas regiert. Ihr Onkel war ein Widerling und verdarb ihr jede Laune. Alles an ihm stieß sie ab, seine ganze Erscheinung, seine überquellende Korpulenz, die im krassen Gegensatz zu seiner grotesken Schreckhaftigkeit stand, seine hohe Stimme, der meist ein jammernder Ton unterlegt war, das immerwährende Grinsen, das keines war, sondern ein Blecken der Zähne, ganz egal, was Antipas sagte oder tat, sein Mangel an Reinlichkeit, die Art, wie er schöne Frauen ansah, sein kindischer Aberglaube ... Sie hätte die Aufzählung noch bequem bis in die Dunkelheit fortsetzen können.

Doch die offizielle Einweihung der neuen Hauptstadt Galiläas, Tiberias, fand erst in drei Wochen statt, und erst dann wurde auch Coponius' Nachfolger Pontius Pilatus erwartet, der der einzige Grund ihres Aufenthalts war. So lange musste sie also noch hier bleiben und gemeinsam mit ihrer Mutter kuren, wie Herodias es nannte.

Salome wandte ihren Blick vom See ab und ging ein paar Schritte durch den Garten. Er war unglaublich dicht bewachsen, ein grünes Geflecht aus Pflanzen. Von dem Steinweg, der sich wie ein Pfad durch eine tiefe Schlucht wand, führten kleinere Seitenwege ab, die zu verborgenen Winkeln führten. Zypressen, Hanfpalmen und Drazenen ragten wie riesige Schwerter in den Himmel, und Lilien in den unterschiedlichsten Farben bildeten dichte Blumenteppiche. Salome fehlte jedoch der Geruch des Meeres und der Zitrushaine.

Vom Hügel, auf dem der Palast stand, kam Berenike heruntergelaufen. Sie trug trotz des für den Herbstmonat *cheshwan* warmen Wetters eine langärmelige, dunkelbraune Tunika aus grober Webarbeit, in der sie sicherlich furchtbar schwitzte. Das Gewand war zudem dermaßen hässlich, dass Salome sich ihres leuchtenden roten Kleides und des feinen goldenen Schmucks an Armen, Ohren und Hals beinahe schämte.

»Nun«, rief sie ihrer Freundin entgegen, »hat dein Mann vergessen abzuschließen, oder hat er heute seinen großzügigen Tag?«

Berenike hatte vor einem Jahr auf Wunsch ihrer Eltern heiraten müssen, und zwar ausgerechnet Kephallion. Wie Salome nicht anders erwartete, behandelte Kephallion ihre Freundin nicht gut. Er zwang sie in lange, unvorteilhafte Kleider, damit sie nicht in Versuchung käme. Er legte fest, wann sie im Palast zu bleiben hatte und wann sie hinausgehen durfte, wen sie empfangen durfte und wen nicht. In ihren Briefen an Salome hatte Berenike nichts von diesen Verboten berichtet, was daran lag, dass Kephallion jeden einzelnen vorher las. Erst hier hatte Salome davon erfahren.

Berenike machte ein betroffenes Gesicht. »Mach keine Witze darüber. Kephallion und ich haben uns darüber verständigt, wie oft du und ich uns sehen dürfen. Eine Stunde, jeden zweiten Tag.«

»Sehr nett von ihm«, kommentierte Salome sarkastisch. »Du hast Kephallion gegenüber ja schon immer eine gewisse Hörigkeit gezeigt. Hat er dich mittlerweile so weit, dass du den Unsinn, den er redet, auch noch gut findest?«

»Du verstehst das nicht, Salome. Es ist nicht nur Kephallion. Der ganze Hof hat in den letzten Jahren eine andere Richtung genommen.«

»Eine rückschrittliche«, präzisierte Salome und wusste, wer für diese Veränderung verantwortlich war: die Pharisäer. Antipas war ein schwacher, ängstlicher Herrscher. Wie einst Herodes fürchtete er, dass er vom Volk gestürzt oder von den Römern abgesetzt werden könnte, andererseits besaß er nicht die Härte und das politische Geschick seines Vaters. Herodes hatte alle beherrscht, den *sanhedrin*, die Priesterschaft, das Volk und die Sekten. Antipas hingegen machte sich aus lauter Furcht zum Sklaven der Interessengruppen. Er wollte es jedem recht machen, und wenn das nicht ging, suchte er sich die aus, die ihm am stärksten schienen, und gab ihnen Recht. Er fürchtete sich vor den radikalen Zeloten, die immer heftiger gegen die Römer und deren Unterstützer predigten. Doch sie waren zu extrem, um sie sich zu Freunden zu machen; die Sadduzäer und Essäer hingegen waren zu unauffällig und unbedeutend. Also warf er sich den beim Volk beliebten Pharisäern in die Arme, die sich völlig unpolitisch verhielten und sich nicht um die Römer, Griechen und andere Fremde im Land kümmerten. Sie strebten keine weltliche Herrschaft, sondern ausschließlich die vollständige Kontrolle über den Glauben an. Mit Antipas' Genehmigung diktierten sie dem Hof ihre Vorstellungen von Religion und Welt. Sie dachten sich neue Gebote aus, die nirgendwo in der *thora* standen, oder interpretierten die vorhandenen Gebote auf eine Art, dass etwas völlig anderes aus ihnen entstand. Einen Zaun um die *thora* bauen, nannten sie das, so als errichteten sie eine Mauer um eine Festung, als schützten sie die *thora* damit. In Wahrheit gestalteten sie so die Welt nach ihren Vorstellungen. Sie schrieben den Leuten ihre Kleidung vor, die Essgewohnheiten, die Körperpflege, ihre Geschäfte und den Umgang mit Geld und sogar die Ausdrucksweise, also alle täglichen Gewohnheiten, so als reichten die sechshundertdreizehn göttlichen Gebote noch nicht, um das Leben in Bahnen zu halten. Die Zeloten, die ihnen seit Einmarsch der Römer Konkurrenz machten, ließen sie von Antipas von den Straßen und damit aus dem Blick des Volkes vertreiben. Um all das am Hof und in ganz Galiläa durchsetzen zu können, drückten sie beide Augen zu und erhoben weder Einwände gegen Antipas' starke, heidnische Neigung für Hellseherei und Sternendeutung noch gegen seine privaten Ausschweifungen. Ihre Macht über Antipas wurde am Hofe repräsentiert durch Rabban Jehudah.

»Mir sind die Schriften des *Rabban* Jehudah wohl vertraut«, sagte Salome. »Er ist zweifellos einer der führenden Köpfe der Pharisäer, außerdem extrem konservativ, aber selbst er schreibt den Frauen nicht vor, wie viele Stunden sie im Freien zubringen dürfen. Eine tüchtige Zurechtweisung täte Kephallion nicht schaden. Du bist allerdings auch selbst schuld. Wie kann man sich nur derart unterordnen!«

»Pfui«, sagte Berenike, »du hast meine Gebete nicht verdient.«

Salome staunte. »Weshalb, um alles in der Welt, betest du für mich?«

Berenike beruhigte sich schnell wieder. Sie konnte nie lange böse auf jemanden sein. »Wegen Timon«, gestand sie mit gesenktem Kopf. »Ich bete, dass du ihn vergisst.«

Salome erstarrte. »Das ist doch wohl nicht zu fassen. Warum will eigentlich jeder, dass ich Timon vergesse?«

»Er macht sich in dir breit, Salome, darum. Ja, wenn er zum Anfassen wäre, aus Fleisch und Blut, würde ich nichts sagen, doch er ist längst zu einer fixen Idee geworden. Kein Brief, kein Wort, kein Zeichen von ihm. Würde er dich wirklich lieben, hätte er sich nach seiner Freilassung irgendwie mit dir in Verbindung gesetzt.«

Berenike war in diesem Moment wie ein Sprachrohr von Salomes eigenen, dunkelsten Stimmen, jenen Stimmen, die sie jeden Tag mühsam unterdrückte. Sie wurde ärgerlich.

»Na und? Was verliere ich schon, wenn ich weiter hoffe? Gar nichts. Warum also soll ich das Schönste, was mir in meinem Leben widerfahren ist, vergessen?«

»Du würdest offen sein für einen anderen Mann, Salome. Du würdest ihn heiraten, glücklich mit ihm sein ...«

»So wie du mit deinem Mann, ja? Vielen Dank.«

Berenike senkte betroffen den Kopf; ein Zeichen, dass sie verletzt war. Diese Geste hatte Salome früher immer sofort beschwichtigt, doch jetzt war ihr Ärger über die Einmischung noch nicht verraucht. So schnell konnte sie nicht vergeben, dass jemand Zweifel an Timon wecken wollte.

»Und was meine Anstrengungen betrifft, so sind sie noch lange nicht erschöpft. Ich will mit Pontius Pilatus sprechen, dem neuen römischen Prokurator. Er soll mir irgendwie helfen. Darum bin ich hier, aus keinem anderen Grund, und schon gar nicht, um mit dir und deinem ganzen beklemmenden Leben Hand in Hand spazieren zu gehen.«

Berenike schlug die Hände vor das Gesicht und schluchzte. Auf der Stelle bereute Salome, was sie gesagt hatte, zumal es nicht der Wahrheit entsprach – jedenfalls nicht ganz. Tatsächlich empfand sie diesen Hof und das Leben, das Berenike führte, bedrückend. Und Pontius Pilatus war der wichtigste Grund ihrer Anwesenheit. Nichtsdestotrotz freute sie sich, ihre liebste Spielgefährtin von einst wiederzusehen, die Einzige, die stets eine Freundin für sie gewesen war.

Sie legte Berenike entschuldigend die Hand auf die Schulter, doch in dem Moment, als sie sie berührte, rannte Berenike davon. Salome lief hinter ihr her. »Berenike! Warte doch! Es tut mir Leid. Ich habe es nicht so gemeint.«

Die Verfolgungsjagd ging über die vielen Wege und Seitenwege des Gartens, über Rasenflächen, um Zypressen herum und durch Dickicht. Doch Salome geriet schnell außer Atem und musste schließlich entkräftet aufgeben. Keuchend lehnte sie sich gegen einen der großen, ovalen Steine, die hier überall herumlagen.

Von allen Schwächen der Kindheit war ihr nur noch die schnelle Erschöpfung geblieben. Ihre Ausschläge waren vor einigen Jahren verschwunden, ebenso die Blässe und die geröteten Augen. Heute schimmerte ihre Haut zartbraun und gesund, unterstützt von einer Mischung verschiedener Palmöle, die Herodias ihr zusammenstellte und fast täglich auftrug. Die Haare waren weitaus kräftiger geworden, doch Salome behielt die Frisur, die sie am Tag nach Timons Eintreffen in Ashdod von ihrer Mutter hatte machen lassen, unbeirrt bei. Sie flocht das Haar jeden Morgen über den Ohren, strich das Stirnhaar zurück und hielt es mit einer Perlenkette zusammen. Kein Husten peinigte sie mehr, und ihre hektischen Blicke und Bewegungen kontrollierte sie eisern, denn sie fand sie einer Stadtfürstin unangemessen.

Gegen die innere Unruhe konnte sie allerdings nichts tun. Sie konnte sich nie länger als eine Stunde auf eine bestimmte Tätigkeit konzentrieren, gleichgültig, ob es sich um Lernen, Lesen oder Diskutieren handelte. Dann gingen ihr andere Gedanken durch den Kopf, lenkten sie ab, führten sie zu anderen Themen und Orten. Sie musste dann fast zwanghaft ihre Tätigkeit unterbrechen, um irgendetwas nachzuschlagen, einen alten Bericht einzusehen oder einen ganz bestimmten Brief zu schreiben. Manchmal passierte ihr das mitten in der Nacht, dann entzündete sie eine Öllampe, ging zu ihrem Schreibtisch oder lief einfach im *gyneikon* auf und ab, oft stundenlang. Eine Weile hatte sie geglaubt, dass Timon der Grund dafür sei, und ganz bestimmt spielte er dabei eine gewisse Rolle. Wenn sie wüsste, dass er sich nichts aus ihr machte, ja sogar, wenn er tot wäre, würde alles ein wenig leichter für sie sein, auch wenn dieser Gedanke furchtbar war. Die Ungewissheit jedoch war bohrend und unerträglich, sie hasste sie.

Timon war der wichtigste, nicht jedoch der einzige Grund für ihre Ruhelosigkeit. Ihr Drang nach Verantwortung, nach einer wirklichen Aufgabe, wurde mit jedem Tag stärker, sogar hier am See Genezareth, fern von Ashdod, und sogar jetzt, wo sie noch immer nach Atem rang.

Plötzlich hatte sie das Gefühl, beobachtet zu werden. Sie blickte um sich, konnte aber weder links zwischen den Büschen noch rechts, wo Berenike schluchzend auf dem gewundenen Seitenweg verschwunden war, jemanden entdecken. Kaum zehn Schritte vor ihr erhob sich ein Teil des neu errichteten Palastes, dessen weiße Fassade in den Strahlen der Sonne so hell leuchtete, dass Salome schützend die Hand über die Augen halten musste. Sie sah an der Wand hoch und entdeckte auf einer mit Säulen geschmückten Balustrade eine Frau. Sie war noch keine dreißig Jahre alt, wunderbar schön, schlank und hoch gewachsen. Ihre nussbraune Hautfarbe wies sie unverkennbar als Nabatäerin aus, eine Angehörige des heidnischen Nachbarvolks, das in den Wüsten und Bergen Arabiens lebte und selbst den Römern zu unbedeutend war, um ihren politischen Einfluss dorthin auszudehnen. Die Gestalt der Frau war fremdartig. Ihre bunten Kleider waren mit den Tuniken, die in Judäa und Kleinasien getragen wurden, nicht zu vergleichen, sie waren weit geschnitten und luftig. Beim leisesten Windhauch bewegte sich der zarte, transparente Stoff, der außer Händen, Hals und Gesicht den ganzen Körper bedeckte, auch die Kopfhaare. Auf der Stirn der Araberin prangte eine zarte, runde Silberdublette in Münzgröße.

Bevor Salome einen Gruß hinaufschicken konnte, war die Unbekannte schon wieder verschwunden.

Hinter Salome raschelte es im Gebüsch. Sie drehte sich um und sah Berenike.

»Ich habe mich albern benommen«, sagte ihre Freundin. »Ich hätte das über Timon nicht sagen sollen, und ich hätte auch nicht weglaufen sollen. Nun ist unsere Stunde fast um, und ich muss wieder zwei Tage darauf warten, dich zu sehen.«

»So ein Un ...« Das Wort »Unsinn« schluckte Salome hinunter, denn sie wollte Berenike nicht noch betroffener machen, als sie es ohnehin schon war. »Stunde hin oder her: Wir nehmen uns jetzt noch ein wenig Zeit. Komm, lass uns zum See gehen.«

Salome hakte sich bei Berenike unter und führte sie die einhundert Stufen hinab zum Ufer des Genezareth. Das Wasser plätscherte leise an die Ruderboote, die dort lagen, und Salome verspürte den Wunsch, in einen der Kähne zu steigen und hinaus auf den See zu rudern. Doch sie fühlte sich zu schwach, und Berenike hätte ohnehin zu viel Angst, also ließ sie den Plan wieder fallen und setzte sich stattdessen auf die kleine Ufermauer, zog die Sandalen aus und streckte die Füße ins Wasser.

»Ich habe eben eine Frau gesehen, die ich nicht kannte.«

»Wo?«, wollte Berenike wissen.

»Auf der Balustrade. Sie trug weite, bunte Gewänder.«

»Ach die«, rief Berenike. »Das war vermutlich Haritha, die Frau von Antipas.«

»*Das* war die Fürstin?«

Berenike zuckte mit den Schultern. »Antipas nennt sie nicht so. Wenn er von ihr spricht, sagt er einfach ›meine Frau‹ oder ›Haritha‹. Er spricht nicht oft von ihr. Sie tritt auch so gut wie nie vor dem Hof auf. Die meiste Zeit verbringt sie in ihren Gemächern, nur zu Feiertagen und anderen bedeutenden Ereignissen sieht man sie. Womit sie sich die Tage vertreibt, weiß niemand, denn sie hat kein Kind. Und Antipas ist überall, nur nicht bei ihr.«

»Sie sieht bezaubernd aus.«

Berenike machte ein Gesicht, als wäre ihr dieses Wort im Zusammenhang mit Haritha nie in den Sinn gekommen. »Sie ist ... ungewöhnlich. Obwohl sie zum Judentum übergetreten ist, so wie alle fremdländischen Frauen, die einen jüdischen Mann heiraten, benimmt sie sich alles andere als jüdisch. Ihre Kleidung hast du ja gesehen. Sie zieht diese vielen Schleier übereinander an und umgeht damit das höfische Kleidergebot. *Rabban* Jehudah ist zwar empört, kann aber nichts gegen ihre Aufmachung tun, denn die Kleider bedecken fast den ganzen Körper und erfüllen damit die sittlichen Gebote. Trotzdem ist Haritha eine Provokation.«

»Wegen der Farben?«, fragte Salome und blickte an ihrer eigenen, leuchtend roten Tunika herab. »Dann wäre ich ja auch eine Provokation.«

Berenike kommentierte das nicht. »Vor allem wegen ihrer Bewegungen. Sie macht manchmal so seltsame Gesten mit den Händen, und ihr Gang ist der einer babylonischen Hu ...« Berenike stockte, als sei es bereits eine Sünde, das Wort Hure auszusprechen. »Jedenfalls dringt manchmal heidnische Musik aus ihren Gemächern, und manche glauben, dass Haritha dort heimlich ...« Berenike machte eine bedeutungsvolle Pause und flüsterte dann: » ...tanzt.«

Salome lachte auf. Ihre Freundin tat so, als sei Tanz etwas Verwerfliches, und tatsächlich fand sich im Judentum keine Verwendung dafür, im Gegenteil. Der Tanz schöner Frauen oder muskulöser Männer galt als heidnischer Ritus, der in den Tempeln ägyptischer, syrischer oder afrikanischer Gottheiten teils ekstatisch praktiziert wurde. Salome hatte einiges darüber gelesen und fühlte sich von den Beschreibungen – mit Ausnahme einiger extremer Rituale, bei denen Blut oder gar Menschenopfer mit im Spiel waren – nicht im Geringsten abgestoßen. Es war jedoch nicht verwunderlich, dass ein gläubiger Jude, noch dazu an diesem Hof, noch dazu Kephallion, Tänze als teuflische Verführung verdammte.

»Solange sie nur für sich tanzt – wo ist das Problem?«, fragte Salome.

»Wer weiß, welche scheußlichen Riten sie dabei absolviert«, wandte Berenike ein.

»Ich höre jetzt ganz deutlich Kephallion sprechen.«

Berenike senkte die Augen wie eine Ertappte. »Ja, und in diesem Fall hat er Recht.« Plötzlich schien sie sich an etwas zu erinnern. Sie sprang auf und rief: »Ich muss jetzt gehen, Salome. Bis übermorgen um die gleiche Zeit.«

Noch ehe Salome ihr etwas nachrufen konnte, war Berenike schon die halbe Treppe hinaufgerannt. Sie blieb sitzen, sah auf den See hinaus, wo es von weißen Segeln und schreienden Möwen nur so wimmelte, und seufzte resigniert. Was sollte sie in den nächsten Tagen bloß mit ihrer Zeit anfangen? Die duftenden Pinienwälder, die leuchtenden Blumen und grasbewachsenen Ufer hatte sie bereits zur Genüge erforscht, und Herodias hatte kaum Zeit für sie, vermutlich, weil sie Tag und Nacht mit Antipas »kurte«.

Arme Haritha, dachte sie. Fern der Heimat, in einem fremden Land, ohne Freunde, ohne Kind, an *diesem* Hof, mit *diesem* Mann, der sie auch noch betrog. Was Herodias nur an ihm fand? Und ob Haritha von der Beziehung wusste?

Während sie noch immer auf der Ufermauer saß und ihr all das durch den Kopf ging, spürte sie plötzlich einen feinen Luftzug hinter sich. Sie wandte sich halb um und blickte auf einen duftigen, türkisfarbenen Schleier.

Salome saß in der Mitte eines zwanzig Schritte im Quadrat großen Raumes, der vollkommen leer war. Die Wände nach Osten und Süden waren von etlichen Fenstern durchbrochen, an denen sich kalkweiße Vorhänge im Wind blähten, die Sonnenstrahlen einfingen, filterten und gleichmäßig über den Raum verteilten. Der Saal war in ein helles milchiges Licht getaucht, das von dem gleichfarbigen, glatten Marmor noch verstärkt wurde. In der Luft hing der Duft von Orangen. Alles wirkte rein und frisch und trotz der Leere nicht im Geringsten abweisend. Sie fühlte sich hier wohl, obgleich ihr alles rätselhaft vorkam.

Haritha hatte sie unten am Ufer in ihre Gemächer eingeladen, und sie hatte sofort angenommen. Zum einen war das die erste Einladung eines Familienmitglieds, die Salome erhielt, denn die meisten schürzten noch immer die Lippen und sahen in eine andere Richtung, wenn sie ihr begegneten. Zum anderen schien Haritha nach allem, was Berenike erzählt hatte, die ungewöhnlichste und deshalb interessanteste Frau am Hof von Tiberias zu sein. Auf dem Weg hierher bemühte Salome sich um eine höfliche Konversation, Haritha dagegen blieb, bis sie in ihren Gemächern waren, wortkarg. Der Dienerin, die sie empfing, gab Haritha einige schnelle Anweisungen in der Sprache ihres Heimatlandes, dann verstummte sie und führte ihren Gast durch die weitläufigen Gemächer. Salome folgte ihr von einem Raum in den anderen, doch immer fand sie an der gegenüberliegenden Wand noch eine Tür und noch eine ... Sie staunte über die kräftigen Farben, die überall vorherrschten. Die Bänke und Liegen leuchteten in dunklem Purpur, und die Böden waren über und über mit flauschigen bunten Teppichen ausgelegt, die sich zum Teil überlappten. Jeder Raum wirkte gemütlich, doch ausgerechnet in diesem leeren Saal, dem letzten Raum, bot Haritha ihr einen Platz auf einem der großen runden Kissen an. Dann verschwand sie wortlos und ließ sie allein zurück. Aber Salome langweilte sich kein bisschen, sie nutzte die Zeit, um die vielen Eindrücke von Haritha und den exotischen Räumen zu verarbeiten.

Die Dienerin kam herein und stellte wortlos zwei Kelche mit einem heißen, dampfenden Getränk vor ihr ab.

»Was ist das?«, fragte Salome und betrachtete die Dienerin neugierig. Sie hatte die gleiche dunkle Hautfarbe wie Haritha und verstand offenbar kein Aramäisch, die wichtigste Sprache in Judäa. Im Alltag wurde fast nur sie gesprochen, denn Hebräisch galt als die Sprache der *thora* und damit Gottes. Sie sollte nicht mit niedrigen Handlungen in Verbindung gebracht werden und wurde darum vornehmlich bei religiösen Zeremonien und Gemeindeversammlungen in den Synagogen benutzt. Ohne große Hoffnung versuchte Salome nun auch, auf Hebräisch mit der Dienerin zu sprechen und anschließend auf Lateinisch und sogar auf Griechisch, das sie von Timon gelernt und weiter geübt hatte, aber die Dienerin lächelte sie nur entschuldigend an. Dann verbeugte sie sich, indem sie ihre Hände auf die Knie legte, und verschwand wieder.

Das Getränk, offenbar ein Tee, duftete sowohl würzig wie süß. Einzelne Aromen kamen Salome vertraut vor, wie der Duft von Nelken, Zimt und Honig, doch vieles in der Mischung war ihr unbekannt. An der etwas dunkleren Farbe der Flüssigkeit in dem anderen Kelch erkannte sie, dass Haritha offenbar eine andere Variante bevorzugte; als sie daran roch, konnte sie keinen Unterschied feststellen.

Sie hatte den anderen Kelch eben abgestellt, als Haritha hereinkam. Die Fürstin hatte sich umgezogen und trug nun weite Gewänder und Schleier in verschiedenen Abstufungen von Gelb. Darin strahlte sie wie die Sonne, doch in ihrem Gesicht spiegelte sich diese Heiterkeit nicht wider. Salome vermochte nicht in den unergründlichen Zügen der Nabatäerin zu lesen. Haritha blickte sie aus ihren dunklen, geheimnisvollen Augen an, als sie sich zu ihr setzte.

»Nun bist du also hier«, sagte Haritha.

Salome wusste darauf nichts zu antworten, denn es war überflüssig, Harithas Aussage zu bestätigen.

»Ich habe dich vorhin erschöpft gesehen. Bist du krank?«

»Nur eine Schwäche, die sich bei Überanstrengung einstellt.«

»Wir sind uns ähnlich, weißt du das?«

Diese Feststellung überraschte Salome. »Inwiefern?«

»Wir sind beide Ausgestoßene dieses Volkes …«

»Ich bin nicht ausgestoßen«, protestierte Salome.

Haritha lächelte mild. »Doch, das bist du. Du willst es nur noch nicht wahrhaben. Wenn du lieber andere Parallelen vorziehst: Wir fühlen uns hier beide nicht wohl, wir sind beide Fürstinnen ohne Macht – und wir ermüden beide schnell.« Als erinnere sie sich an etwas, trank sie einen großen Schluck aus dem Kelch. Anschließend seufzte sie erleichtert.

»Du siehst nicht aus, als würdest du schnell erschöpft sein«, nahm Salome den Faden auf.

»Oh, Erschöpfung muss nicht körperlicher Natur sein. Das weißt du ja auch.«

Salome zog die Augenbrauen hoch. »So?«

»Du trauerst einem Mann nach und ich …« Sie ließ offen, wem

oder was sie nachtrauerte und nahm stattdessen einen weiteren Schluck des Trankes. »Er ist Grieche, nicht wahr? Wundere dich bitte nicht, dass ich so manches weiß. Ich habe mich in den letzten Tagen ein wenig über dich informiert, und was ich hörte, hat mir gefallen.«

Harithas Arm vollführte eine anmutige Bewegung, um einen der feinen Stoffe, der allzu weit über die Hand gerutscht war, zurückzuschieben, und anschließend streifte sie den Kopfschleier ab. Ihr schimmerndes, schwarzes Haar reichte weit über die Schultern.

Salome fand sie wunderschön.

»Dann bist du im Vorteil«, stellte sie fest. »Ich weiß kaum etwas über dich.«

Haritha nickte. »Darum bist du hier.« Sie rief etwas auf Nabatäisch, das der Dienerin galt, und nur einen Augenblick später tauchte diese mit Stoffen und einer Schatulle beladen auf und legte diese vor Haritha ab. Dann verschwand sie wieder.

»Das ist für dich«, erklärte Haritha. »Ich habe die für dich passende Kleidung ausgesucht: warme, tiefgründige Farben bei den Stoffen und fein gearbeiteter Schmuck aus meiner Heimat.«

Haritha breitete die Tücher und Schleier nacheinander in einem Kreis um sie herum aus – zimtfarbene, himbeerrote und dunkelviolette Gewänder.

»Das kann ich nicht annehmen«, sagte Salome überwältigt.

Als habe Haritha sie nicht gehört, sprach sie weiter. »Dazu helle Bronze und Bernstein, rate ich dir. Ich selbst neige zu Silberschmuck, aber der ist zu kalt für dich, und Gold kommt überhaupt nicht in Frage. Gold ist aufdringlich, du kannst es in zwanzig Jahren tragen, nicht jetzt.«

Haritha musterte Salomes Haar mit einem skeptischen Blick. »Diese Frisur hat dir deine Mutter empfohlen, richtig? Dachte ich es mir doch. Sie macht dich zu vornehm.«

»Was ist falsch daran?«

»Vornehm ist unsinnlich. Vornehm ist westlich. Trage dein Haar offen wie eine Araberin und umkränze es mit einem Reif. Hier, setze dir den auf.«

Zwischen ihren Fingerspitzen schaukelte ein Bronzereif, versehen mit geheimnisvollen Ornamenten. Er sah aus wie vor langer Zeit in einer fernen Kultur gefertigt.

Salome streckte die Hand nach ihm aus, scheute jedoch im letzten Moment zurück. Diese Geschenke waren derart prächtig, dass sie schon unter normalen Umständen beschämt gewesen wäre; sie nun ausgerechnet von Haritha zu bekommen, einer Frau, die sie erst seit einer Stunde kannte ... Noch dazu das problematische Verhältnis, in dem sie zu ihr stand.

Haritha schien das Problem nach einem einzigen Blick in Salomes Augen erfasst zu haben. »Du zögerst, weil du die Tochter der Frau bist, die mit meinem Mann schläft, so ist es doch?«

Salome senkte den Blick und rutschte unruhig auf ihrem Kissen herum.

»Zerbrich dir darüber nicht den Kopf, Salome. Diese Sache interessiert mich weniger, als du glaubst. Sie ist unwichtig.« Haritha blickte einen Moment in den Kelch und leerte ihn vollends. Der Tee schien bei ihr eine Wirkung zu entfalten, die Salome an sich selbst nicht spürte. Harithas Bewegungen wurden fast tänzerisch, und ab und zu schloss sie die Augen und öffnete leicht den Mund.

»Was trinken wir hier eigentlich?«, wollte Salome wissen.

»Oh, nur einen Tee aus verschiedenen Gewürzen, von Karawanen aus östlichen Ländern mitgebracht«, antwortete Haritha in einem seltsamen Singsang. »Arabische Zimtrinde, syrischer Lorbeer, Nelkenpulver und indischer Kardamom ... Du kennst Kardamom nicht? Es ist der Samen einer Pflanze. Man zerstößt ihn zu Staub.«

»Entfaltet er diese Wirkung, die ich an dir beobachte?«, fragte Salome.

»Nein«, antwortete Haritha gedehnt und mit geschlossenen Augen. »Die Wirkung kommt von einem Zusatz in meinem Tee, dem *theriac.*«

Ihr Lerneifer der letzten Jahre kam Salome nun zugute. *Theriac*, so hatte sie gelesen, war ein Arzneisaft, der aus sechzig verschiedenen Bestandteilen hergestellt wurde, darunter Gewürze, Baldrian, Mohn und das Blut von Nattern. Er wurde als Gegengift bei Schlangenbissen oder Skorpionstichen verwendet, und von einigen historischen Königen wurde berichtet, dass sie sich mit täglich eingenommenen kleinsten Mengen des Trankes – eine Bohne voll, wie es hieß – immun gegen Giftanschläge machten. Bei einer hohen Dosierung drohte der schnelle Tod, aber wenn man nur ein wenig mehr als »eine Bohne voll« nahm, schien *theriac* eine seltsame, berauschende Wirkung zu entfalten.

»Und nun«, sagte Haritha und begann, ihre Hüften sanft zu schwingen, »ziehe dir alles an, was ich dir geschenkt habe, lasse nichts weg. Lege dir einen Schleier über den anderen. Schleier sind wunderbar. Sie sind dicht genug, um die darunter liegenden Farben zu verhüllen, und durchsichtig genug, um die Konturen deines Körpers anzudeuten. Sie verdecken, aber sie stimulieren auch. Sie hängen nicht einfach an deinem Körper, sondern schmiegen sich an ihn, legen sich in Falten, bilden Hügel und Täler in mannigfacher, unendlicher Vielfalt, kräuseln und glätten sich wie ein fruchtbarer Strom. Schleier bedeuten Geheimnisse und Schleier bedeuten Verheißungen. Sie verstecken und versprechen etwas. Den Männern erschaffen sie Bilder, die gar nicht da sind, die nur in ihrem Kopf existieren. Das Einzige, was Schleier brauchen, um all das zu sein, was ich eben beschrieben habe, ist die Bewegung. Ohne sie sind sie nutzlos, tot. Nur der Tanz bringt sie zum Leben, Salome. Der Tanz.«

Salome hörte ihr gebannt zu wie einst den *thora*-Vorlesungen des alten Zacharias; anders als damals bekam sie heute eine Gänsehaut.

»Es gibt nichts Sinnlicheres, Salome, als wenn jeder Teil deines Körpers in Schwingung gerät. Kannst du es spüren? Ich weiß, du vermagst noch nicht einen einzigen Schritt zu tanzen, und doch ist schon jetzt etwas in dir, das in diesem Augenblick nichts anderes mehr will, als die Bewegungen auszuprobieren. Der Tanz ist dir nicht fremd, Salome, denn Tanz ist Leidenschaft, und Leidenschaft steckt in dir, das fühle ich. Du bist auserwählt zu tanzen. Warte nicht länger, Salome.«

Die Fürstin klatschte dreimal in die Hände, und nur einen Atemzug später erklang eine leise Musik, die der Wind mit sich zu bringen schien. Eine einzelne Flöte spielte eine Melodie so fremd wie Haritha und ihre Welt. Dann kam eine zweite dazu, die einen dunkleren, einen magischen, samtigen Ton zauberte. Ein Tamburin, leise rasselnd, brachte einen etwas schnelleren Rhythmus in die Melodie.

Haritha machte keinen Schritt. Nur ihre zur Decke gestreckten Arme schaukelten sachte von einer zur anderen Seite, wie von dem hereinströmenden Wind bewegt. Nach und nach passten ihr Kopf und der Oberkörper sich an. Dann, fast unmerklich, ging die Bewegung in ein sanftes Kreisen über. Haritha war biegsam wie ein junger Zweig. Der Rhythmus der Melodie wurde schneller und mit ihr Harithas Bewegungen. Noch immer verharrte sie auf einem Fleck, und doch schienen sie und die wehenden gelben Schleier den ganzen Saal auszufüllen. Salome konnte nicht einen Moment den Blick von ihr abwenden. Über diesem Tanz vergaß sie alles, sogar den dunkel schimmernden Schmuck in ihren Händen.

»Haritha!« Ein Ruf von nebenan brach wie ein Unwetter in diese Welt hinein. Antipas. Salome zuckte zusammen. Pfeilschnell und plötzlich wieder hellwach, stürzte Haritha auf sie zu, packte sie am Arm und zog sie mit sich zum anderen Ende des Saales, wo sie ihre flache Hand auf einen bestimmten Punkt des Mosaiks presste. Eine Drehtür öffnete sich und gab einen Raum frei.

Haritha schubste Salome hinein. »Er darf dich hier nicht sehen. Das ist zu deinem eigenen Besten.« Dann schloss sich die Tür wieder.

Salome wagte keine Bewegung und atmete flach und schnell. Sie dachte über die merkwürdigen Worte Harithas nach. Warum war es zu ihrem eigenen Besten, sich hier vor Antipas zu verstecken? Er kannte sie doch. Und was konnte er ihr schon tun?

Sie sah sich um. Der geheime Raum war höchstens zwei Schritte breit und zog sich über die ganze Länge der Saalwand. Die Fackeln erhellten nicht nur seine enge, fensterlose Düsternis, sie brachten auch Licht in ein Rätsel. Am Ende des Raumes erkannte Salome die Umrisse von fünf Männern, jeder mit einem anderen Instrument in Händen. Von hier also kam die Musik. Einer von ihnen löste sich aus dem Quintett, ging auf Zehenspitzen auf sie zu und entfernte wortlos einen münzgroßen Deckel von der Wand. Lächelnd wandte er sich wieder um und ging zu den Musikern zurück.

Salome bedankte sich mit einem Kopfnicken. Bisher hatte sie

nicht mitbekommen, was in dem Saal vor sich ging. Nun presste sie ihr Gesicht an die Wand und blickte mit einem Auge durch die Öffnung, die klein genug war, um vom Saal aus nicht entdeckt zu werden.

Dort standen Antipas und Haritha beisammen. Nichts deutete darauf hin, weshalb er seine Frau besuchte. Er schwieg, schien ihr also nichts mitteilen zu wollen. Er sah sie auch nicht mit funkelnden Augen an wie jemand, den die Sehnsucht getrieben hatte. Eher gleichgültig sah er der arabischen Dienerin zu, die einige Polsterkissen brachte, auf dem Boden verteilte und dann von ihrer Herrin weitere Befehle erwartete. Antipas kam seiner Frau zuvor und schickte die Dienerin mit einem ungeduldigen Wink hinaus.

Einen Moment schwiegen er und Haritha, schließlich legte er sich auf die Kissen und rief, ohne jede Zärtlichkeit in der Stimme: »Tanze, Haritha.«

Das klang wie ein eingeübter Befehl, der schon tausendmal gegeben worden war und immer das gleiche Ritual nach sich zog. Die Musiker, für das Fürstenpaar unsichtbar hinter der Wand verborgen, setzten die Instrumente an. Haritha nahm die gleiche Position in der Mitte des Saales ein, in der Salome sie vorhin angetroffen hatte. Sie klatschte aber nicht dreimal wie vorhin, sondern viermal, und nur einen Lidschlag später peitschten die Hände eines Musikers mit unglaublicher Geschwindigkeit über den mit Darmhaut bezogenen Hohlkörper.

Im Takt dieses aufwühlenden Rhythmus wirbelte Haritha auf dem Boden um Antipas herum. Ihre Füße sprangen und huschten, sie bog ihren Körper, drehte ihn, ließ die Hüften kreisen und die Arme Figuren in der Luft zeichnen. Das Tamburin beschleunigte den Rhythmus noch weiter. Haritha war eine Sklavin der Musik, sie folgte jedem ihrer Befehle. Dann, mit einem Ruck so schnell, dass Salome ihn gar nicht wahrnahm, warf sie den ersten Schleier ab. Der feine, gelbe Stoff flog zu Antipas, der ihn sogleich griff und daran roch, ohne seinen Blick von der Tänzerin zu nehmen. Der Tetrarch grinste breit, doch man konnte dieses Mienenspiel bei ihm nie deuten. Er konnte sowohl amüsiert sein als auch gereizt, angestrengt, erregt …

Der zweite Schleier flog durch die Luft. Nun schimmerte bereits Harithas dunkle Haut verheißungsvoll durch den dritten Schleier. Noch blieben die Konturen ihres Körpers eine vage Andeutung, nur dann sichtbar, wenn eine bestimmte Drehung sie einen Takt lang freigab.

Antipas' Augen weiteten sich. Sein Mund stand offen, verlor jedoch das breite Grinsen nicht. Er atmete schwer, die Zunge lag auf seinen Lippen. Der Fürst sackte mehr und mehr in sich zusammen.

Antipas war in diesem Moment offensichtlich nicht mehr der Herr Harithas, nicht der Mann, der ihr Befehle geben und sie mit ständiger Nichtachtung strafen konnte. Er war ihr Geschöpf. Ein Tanz machte ihn zu einem willenlosen Narren, der sich mit der Hand zwischen den Schenkeln rieb, aus dessen Mund Speichel tropfte, der zwischen Ohnmacht und aufgepeitschter Erregung schwankte.

Der dritte Schleier landete auf dem Boden. Außer den Kettchen und Reifen an Armen und Beinen war Haritha nackt und wirbelte um Antipas herum, immer dicht davor, ihn zu berühren, und doch unerreichbar für den Geschwächten.

Die Musik steigerte sich, sie wurde schnell und unangenehm laut. Trommel und Tamburin wetteiferten in ihrer ekstatischen Klangfülle miteinander, überschlugen sich. Jeden einzelnen Atemzug lang produzierten sie Hunderte von Tönen.

Doch drinnen im Saal war der Kampf längst entschieden. Antipas japste wie ein Erstickender und vermochte kaum noch Harithas wildem Tanz zu folgen. Er wälzte sich auf den Kissen, er stöhnte, jammerte hilflos und genoss dabei jede einzelne Sekunde.

Dann, von einem Moment zum anderen, verstummte die Musik. Haritha sprang mit einem gewaltigen Satz zu Antipas, landete auf den Knien, beugte sich über ihn, sodass ihre Brüste unmittelbar vor seinen Augen waren, berührte ihn nur ganz kurz und sacht wie ein Hauch zwischen den Schenkeln, und schon stöhnte Antipas auf, als sei dies sein letzter Laut auf Erden. Er zuckte dreimal, dann war es vorbei. Alles an ihm erschlaffte.

Salome dachte tatsächlich, der Fürst sei in der Erregung gestorben, aber dann, nur wenige Augenblicke später, in denen niemand sich bewegte, in denen Haritha neben ihm kniete und Salome vor Aufregung das Atmen vergaß, gab er wieder einen Laut von sich. Er schnarchte.

Haritha stand auf. Während sie auf die Geheimtür zuging, sammelte sie jene Schleier vom Boden auf, die sie Salome geschenkt hatte. Sie drückte den Knopf, und die Tür öffnete sich.

Ein feuchter Glanz überzog Harithas Haut, die dichten schwarzen Haare hüllten fast ihr ganzes Gesicht ein. Sie lächelte voller Ironie und Verachtung, und Salome wusste, dass es nicht ihr, sondern Antipas galt, dem Besiegten.

»Und das alles«, sagte Haritha, »bringe ich dir bei.«

9

Es verging kein Tag, an dem Antipas nicht seinem Herrn und Gott dankte. Gleich nach dem Aufwachen, noch im Bett, dankte er ihm dafür, der Sohn des toten Herodes zu sein. Er dankte ihm für diese wunderbaren Zeiten, in denen ein Fürst in Judäa keine schwierigen Aufgaben mehr lösen und keine äußeren oder inneren Feinde mehr fürchten musste, sondern sich der beruhigenden Obhut eines Imperiums anvertrauen konnte, das ihm alle Schwierigkeiten abnahm. Er dankte für eine Million Drachmen pro Jahr an Steuereinnahmen. Er dankte für herrliche Feste und für den Wein Galiläas und überhaupt für all das, was ihm gegeben worden war, und vergaß am Ende nie, auch für die Pharisäer und die Astrologen zu danken, die ihm den göttlichen Willen verkündeten, damit er ihn in die Tat umsetzen konnte.

Für die Frauen dankte er nicht, das wäre ihm blasphemisch vorgekommen. Wie hätte er Gott für das Weib danken dürfen, das schlafend neben ihm lag? Sie war nicht seine Frau. Er liebte sie nicht einmal. Ja, er liebte ihre Brüste, ihre weichen Schenkel, den Duft ihrer Haut, und er war ihren vor Gier und Ehrgeiz funkelnden Augen verfallen wie noch bei keiner anderen. Mehr nicht. Mehr verbot er sich auch. Er machte ihr heimlich Geschenke und sorgte unauffällig dafür, dass es ihr an nichts fehlte. Viermal, fünfmal wöchentlich holte er sie für eine wunderbare Nacht zu sich ins Bett, das war alles. Er durfte nie in die Versuchung kommen, sie zu seiner Frau zu machen. Denn sie war seine Schwägerin. Seine verheiratete Schwägerin. Sowohl ihr Mann wie auch das mosaische Gesetz und Gott hätten etwas gegen eine solche Ehe einzuwenden gehabt.

»Woran denkst du?«

Sie war aufgewacht und hatte ihn beim Grübeln beobachtet.

»An dich, Herodias«, sagte er und richtete sich im Bett auf. Er sah, dass das Laken nur knapp sein Geschlecht bedeckte, zog es bis zur Brust und faltete die Hände darauf. »Und an Gott.«

Die hoffnungsvolle Fröhlichkeit verschwand aus ihrer Miene. Er wusste, dass es ihr nicht passte, wenn sie nur im Zusammenhang mit dem himmlischen Herrn in seinen Gedanken vorkam; er konnte das nicht ändern. Was sie taten, war verboten. Nur seine reichlichen Opfergaben für den Tempel glichen das wieder einigermaßen aus. Auf keinen Fall durfte er Herodias aufwerten, nicht vor dem Hof und nicht vor dem Herrn.

»Ich hätte gerne einen eigenen Platz«, protestierte sie erwartungsgemäß. »Und wenn wir eines Tages Mann und Frau sind …«

»Darüber haben wir schon hundertmal gesprochen«, unterbrach er sie.

»Dann sollten wir endlich etwas *tun*«, erwiderte sie ungeduldig. »Wenn ich Theudion vor vollendete Tatsachen stelle, willigt er bestimmt in eine Scheidung ein. Dann muss nur noch der *Sanhedrin* die Ehe auflösen und …«

Antipas hörte weg. Er kannte diesen Vorschlag bereits. Herodias trug ihn mit schöner Regelmäßigkeit vor – besser wurde er dadurch nicht. Theudion war aus anderem Holz gemacht als Herodias und er. Geld und Titel, überhaupt alles Gegenständliche, lockten ihn wenig. Ihm ging es immer nur um abstrakte, unsichtbare Begriffe wie Wahrhaftigkeit und Tradition, Dinge, die nichts wert waren. Für nichts in der Welt würde Theudion die Schande einer Scheidung auf sich nehmen, vor allem, wenn er seine Frau an den Bruder verlöre. Das alles würde nur einen Riesenärger verursachen, und Ärger machte Antipas Angst.

Wenn nur ihre Augen nicht wären, dachte er, ihre Schenkel, die er zum ersten Mal an dem Tag bewundert hatte, an dem Herodias mit ihrer Tochter niedergekommen war. Nur gut, dass es Morgen war und sein Verstand wieder funktionierte. Jetzt konnte er Herodias in all ihrer Schönheit betrachten und dennoch widerstehen. Abends war das anders.

»Selbst wenn«, ging er sachlich auf ihren Vorschlag ein und musterte gleichzeitig ihren Körper. »Heiraten könnten wir dennoch nicht.«

»Wegen Haritha!«, rief sie gekränkt.

»Wegen des mosaischen Gesetzes. Der Herr hat durch Moses die Verbindung von Schwager und Schwägerin ächten lassen und nur unter ganz speziellen Bedingungen erlaubt, die hier nicht vorliegen. Nur eine verwitwete und ...«

Sie schnitt eine Grimasse und fiel ihm ins Wort. »... und kinderlose Schwägerin darf sich in den Schutz des Schwagers begeben, sofern dieser nicht bereits verheiratet oder mit Kindern gesegnet ist.«

»Das hast du richtig wiedergegeben«, stellte Antipas fest.

Herodias stöhnte. »Kein Wunder, du hast mir diesen Satz zum Erbrechen oft vorgebetet. Der alte Herodes hat über das mosaische Gesetz gelacht, und das könntest du auch. Weißt du, was ich glaube? Du benutzt das mosaische Gesetz nur als Vorwand. Haritha ist der wahre Grund. Du willst dich nicht von ihr trennen. Du *kannst* es nicht.«

Antipas streichelte sie vom Kinn bis zu den Schenkeln. Wie schlau sie doch war, dachte er. Ja, er konnte Haritha nicht loslassen, obwohl er sich nicht viel aus seiner Frau machte. Sie war hübsch und widersprach ihm nie, erfüllte gewissenhaft jede Aufgabe, die er ihr gab, und beschwerte sich nicht. Doch Haritha war eine Sphinx, unzugänglich und rätselhaft, und Rätsel bereiteten ihm Sorge und Angst. Er wusste vom ersten Tag seiner Ehe an nicht, worüber er mit Haritha reden sollte. Was immer er sagte, schien sie nicht zu interessieren. Sie war schweigsam, und wenn sie einmal – was selten genug vorkam – den Mund aufmachte, verstand er nicht, wovon sie sprach. Es war wirres Zeug in seinen Ohren, ein Gemisch aus arabischer Philosophie, heidnischem Kult und überspanntem Frauengeschwätz.

Aber, bei Gott, diese Frau konnte tanzen wie keine andere. Sie brauchte nur wenige Schritte zu machen und schon kochte sein Blut. Er glaubte in diesen Augenblicken tatsächlich zu verbrennen, sein Körper zuckte und bebte, die Bilder verschwammen ihm vor Augen, der Kopf schien platzen zu wollen, und seine Haut glühte, dass es beinahe wehtat. Dieser Rausch, den er empfand, war intensiver als der des Weines und aufregender als der des Liebesaktes, und er gab sich ihm mit voller Wonne hin.

Er brauchte Haritha. Er brauchte sie einmal in der Woche. Was sie sonst tat, war ihm egal. Für alles andere fand er Ersatz, zum Beispiel Herodias für die nächtliche Liebe, doch Harithas Tanz war unvergleichlich. Kein Wunder, war sie doch in ihrer heidnischen Heimat die Oberste Tempeltänzerin gewesen, eine Prinzessin nicht nur von der Abstammung her, sondern auch in ihren Bewegungen. Einmal hatte er sich eine syrische Tänzerin kommen lassen, ein anderes Mal eine ägyptische. Sie sollten Haritha ersetzen, doch die Versuche scheiterten kläglich. Die erotischen Tänze der nabatäischen Priesterinnen waren unvergleichlich, er konnte nicht ohne sie sein.

Gewiss, Herodias tanzte auch, beziehungsweise tat sie ihr Bestes, um es so aussehen zu lassen. Ihre Verrenkungen lockten jedoch nicht das geringste Gefühl in ihm hervor, und er lächelte sie während dieser Darbietungen halb müde und halb mitleidig an. »Du solltest ab und zu etwas von dem Zeug trinken, auf das Haritha schwört«, sagte er Herodias bei solchen Gelegenheiten. »Vielleicht würde der *theriac* deinen Tanz geschmeidig machen.«

Doch heute sagte er ihr das nicht. »Haritha kann dir nicht das Wasser reichen«, behauptete er stattdessen. »Lass uns bitte ein anderes Mal über diese komplizierten Dinge sprechen.«

»Warum nicht jetzt?«

Ihm fiel ein, dass der neue römische Prokurator heute seinen Einstandsbesuch bei ihm absolvierte. Er wurde zwar erst für den Nachmittag erwartet, gab dennoch einen prächtigen Vorwand dafür ab, das lästig gewordene Gespräch zu beenden.

»Pontius Pilatus stellt sich heute vor. Ich muss mich noch vorbereiten, denn ich begegne ihm zum ersten Mal. Man muss sich gut mit den Römern stellen. Und was dich angeht, so musst du die Kleider anprobieren, die ich dir in deine Gemächer habe schicken lassen. Du sollst nächste Woche zur Einweihung von Tiberias die Schönste von allen sein, schöner noch als Haritha.«

Er gab Herodias einen langen, intensiven Kuss. Danach lächelte sie wieder. Wie leicht Frauen doch zufrieden zu stellen waren, dachte er.

Salome musste grinsen, als sie Pontius Pilatus sah, und konnte damit nicht mehr aufhören. Er widersprach jedem Bild, das sie sich bisher von Römern gemacht hatte, den mächtigen Bezwingern der Völker, den Eroberern der Welt. Grobschlächtige Legionäre, behaarte Kämpfer, würdevolle alte Patrizier, das waren die Römer, die sie bisher kennen gelernt hatte. Doch Pilatus ... Unfreiwillig wirkte er komisch. Seine Stimme war dünn wie Glas, sein Körper schmächtig und klein, die Schultern stark abfallend. Seine Toga, die ihm Würde verleihen sollte, erreichte das Gegenteil, denn sie hing lose an ihm herunter, als sei sie für einen großen und dicken Mann gemacht, für einen wie Antipas vielleicht. Pilatus hatte ein schmales Gesicht mit langer spitzer Nase und mit Wangen, die glatt und rot wie Apfelschalen schimmerten und ihn jünger wirken ließen als die vierzig Jahre, die er auf den schmächtigen Schultern trug. Man konnte meinen, er sei erst gestern vom Baum gefallen und jammernd zu seiner Mutter gerannt. Alles an ihm schien weich oder zerbrechlich zu sein, und gerade das machte ihn für Salome sympathischer als die anderen, oft vor Muskeln und Überheblichkeit strotzenden Würdenträger und Offiziere der Römer.

Der Empfang des neuen Prokurators begann mit einer Litanei von Phrasen. Antipas pries die Gerechtigkeit des Kaisers Tiberius, dem Sohn des Gottes Augustus. Er nannte ihn edelmütig, weise, väterlich, triumphal, sorgsam, allwissend, diszipliniert, eisern, mutig, einfühlend, behütend ... Deswegen habe er, Antipas, ja auch diese Stadt am See Genezareth gegründet, zu seiner Hauptstadt gemacht und Tiberias genannt.

Doch damit nicht genug. Er lobte Pontius Pilatus, dessen Ruf ihm angeblich vorausgeeilt sei. Pilatus war kein Patrizier, sondern Ritter, was Antipas daran hinderte, ihn für seine vornehme Herkunft zu rühmen. Stattdessen sprach er von seiner Tatkraft als *praetor* im norditalienischen Verona und als *quaestor* in Gallien. Und nun freue man sich auf seine Arbeit für Judäa. Das Land, so Antipas schlussendlich, könne sich glücklich schätzen mit einem solch begabten Stellvertreter des erhabenen Kaisers und des erlauchten Senats von Rom.

Nach diesen Sätzen wurde Salome übel, und von Pilatus befürchtete sie nun eine gleichlautende Lobrede auf den Tetrarchen.

Doch sie wurde angenehm überrascht.

»Ich höre«, erwiderte Pilatus, »du hast nicht nur deine Hauptstadt nach dem Kaiser benannt, sondern auch eine weitere Stadt nach seiner Mutter. Livias, nicht wahr? Und eine andere heißt Julias, nach der julischen Kaiserfamilie.«

Antipas nickte eifrig, zufrieden, dass jemand seine Untertänigkeit erkannte.

»Du weißt sicher«, fuhr Pilatus ernst fort, »dass der Imperator einen Sohn hat, Drusus mit Namen. Hast du schon eine Stadt in Drusas umbenannt? Dessen Frau heißt Livilla, wo liegt in deiner Tetrarchie die Stadt Livillas? Zwei Neffen des Kaisers heißen Germanicus und Claudius, du weißt, was du zu tun hast.«

Antipas sah den Prokurator verwirrt an. Er bleckte die Zähne zu seinem üblichen Grinsen, und niemand wusste, was in diesem Moment in ihm vorging. Überlegte er bereits, welche Städte er umbenennen würde?

»Ein Scherz«, platzte Pilatus fröhlich heraus und klopfte dem Tetrarchen auf die Schulter. »Nur ein Scherz, Antipas. Macht ihr keine Witze in Judäa?«

Antipas rang sich ein künstliches Lachen ab. »Ja doch, schon«, meinte er noch immer konsterniert.

»Gut, gut. Sonst hätte Rom neben seinen Legionen auch noch den Witz nach Judäa bringen müssen.«

Der versammelte Hof lachte, und so blieb Antipas nichts anderes übrig, als einzustimmen. Salome wusste, dass Antipas Witze, die auf seine Kosten gingen, überhaupt nicht lagen und dass er den

Prokurator schon jetzt wieder in die gallische Provinz zurückwünschte. Eine subtile Spannung lag in der Luft. Die nächsten Tage versprachen, interessant zu werden, zunächst allerdings war nur ihr bevorstehendes Gespräch mit dem Prokurator für sie wichtig.

Pontius Pilatus empfing Salome in dem geräumigen Gemach, das ihm von Antipas zur Verfügung gestellt worden war. Als sie eintrat, war eine junge Sklavin gerade dabei, seine Hände zu maniküren, und eine andere massierte von hinten seine Stirn mit einer grünlichen Salbe ein.

»Die Luft in diesem Land ist zu trocken«, erklärte er, als wolle er noch heute ein Edikt dagegen erlassen. »Wenn ich mich nicht jeden Tag einfette, sehe ich in einem halben Jahr aus wie eine Schildkröte. Wie haltet ihr Juden diese trockene Hitze aus? Oder haltet ihr sie überhaupt aus? Vielleicht ist es gerade die heiße Luft, die euch so unvernünftig und widerspenstig macht«, überlegte er allen Ernstes.

»Eine gewagte These«, kommentierte Salome so neutral wie möglich.

»Gewiss, ich habe Recht. Die Juden, die in Rom leben, sind viel friedlicher als ihr hierzulande. Das liegt zweifelsohne an der Luft.«

Salome wusste so gut wie nichts über die Diaspora, die in der Welt verstreut lebenden Juden, daher schwieg sie dazu.

Pilatus schien mit seiner Theorie und der Tatsache, dass Salome ihr nicht länger widersprach, zufrieden. Er gab den Sklavinnen schweren Herzens zu verstehen, dass sie die Körperpflege einzustellen hätten, dann wandte er sich seufzend an Salome.

»Nun denn, was kann ich für dich tun, Fürstin?«

»Vielleicht könnten wir meine Angelegenheit auf einem Spaziergang besprechen«, schlug sie vor. Förmliche Audienzen, wie Herodias sie als Regentin Ashdods liebte, hatte sie noch nie gemocht, wohingegen ein Spaziergang meist eine ungezwungene Atmosphäre zwischen Gesprächspartnern schuf. Aus einem Bittgang konnte so rasch eine angenehme Unterhaltung werden.

Dem Prokurator entglitten jedoch die Gesichtszüge. »Spaziergang? Beim Apoll, ich bin schon seit Jahren nicht mehr spazieren gegangen. In Rom gibt es einen Arzt, der mir glaubhaft versichert hat, dass der Mensch nicht für Wanderungen von mehr als hundert Schritten am Stück geschaffen sei. Doch meinetwegen, ein einziger Spaziergang wird nicht ernsthaft schaden. Von Galiläas neuer Hauptstadt habe ich noch überhaupt nichts gesehen, Antipas scheint zu glauben, der Name der Stadt sei wichtiger als sie selbst. Du kennst doch sicher einen Platz – einen nicht allzu fernen, bitte – von dem aus man einen schönen Blick auf sie hat?«

Salome schmunzelte und nickte. Sie verließen den Palast und flanierten auf einem gewundenen Weg, der sie vom See weg einen Hügel hinaufführte.

»Ich nehme an«, begann er das Gespräch, »dass dein Besuch mit der geplanten Küstenstraße zusammenhängt, Fürstin.«

Salome war für einen Moment aus dem Konzept gebracht. Sie hatte sich darauf konzentriert, ihre Bitte bezüglich Timon vorzutragen, hatte sich die Worte bereits zurechtgelegt. Außerdem war es unklug, jetzt über die Straße zu sprechen, denn sie hatte noch immer die gleiche Meinung zu diesem Thema – und die würde Pilatus nicht gefallen.

»Es gibt darüber noch Klärungsbedarf«, formulierte sie umständlich.

»Coponius hinterließ mir in den Akten einen Vermerk, dass du vehement darauf bestehst, den Abschnitt durch Ashdod mit eigenen Arbeitern zu bauen. Ist das so?«

Nun würde also das geschehen, was sie als Letztes wollte: eine Auseinandersetzung über ein paar Pflastersteine statt ein Gespräch über Timon. Sie überlegte noch, wie sie reagieren sollte, als Pilatus plötzlich auf halber Höhe zum Gipfel des Hügels stehen blieb.

»Puh«, stöhnte er und fuhr sich mit der Hand über die Stirn. »Diese Sonne in Judäa ist ein Vorgeschmack auf den Orkus, und der Hügel ist in Wahrheit ein Berg. Ich komme mir vor wie eines dieser gehöckerten Tiere, die wie Schafe blöken und von denen es hier so viele gibt wie Ratten in Rom. Wie heißen die? Na, egal. Vielleicht hätte ich besser einen Sklaven mitgenommen, der einen Sonnenschirm über mich hält. Sollen wir einen rufen?«

»Wir haben es nicht mehr weit«, beruhigte Salome den Römer. Erst jetzt, da sie Pilatus keuchen sah, bemerkte sie, wie unproblematisch der Anstieg für sie selbst war. Sie fühlte keine Anstrengung und konnte mit langen Atemzügen den milden Kiefernduft genießen. Vor drei Wochen – kurz nach der Episode in Harithas Gemächern – hatte sie begonnen, jeden Tag zwei Stunden lang mit Haritha zu tanzen oder, besser gesagt, zu üben. Ihre anfänglichen Bemühungen waren lächerlich gewesen und hatten sie dennoch aus der Puste gebracht. Sie sollte die Arme wie ein Vogel schwenken, hoch und runter, hoch und runter – und lag nach einer halben Stunde japsend am Boden, so als sei sie soeben die weite Strecke von Gallien herübergeflogen.

»Das macht nichts«, kommentierte Haritha die schnelle Erschöpfung. »Morgen machst du ein paar Flügelschläge mehr.«

So kam es, und mittlerweile machte sie tatsächlich so viele Flügelschläge wie ein Zugvogel aus Gallien. Sie konnte stundenlang flattern und wurde trotzdem nicht müde. Sie konzentrierte sich darauf, die Arme geschmeidig zu bewegen und jede Künstlichkeit und Anstrengung aus der Bewegung zu verbannen. Doch sie stand erst am Anfang.

»Du wirst lernen, wie eine Göttin zu tanzen«, sagte ihr die Nabatäerin jeden Tag, und fügte stets hinzu: »Sprich mit niemandem darüber, hörst du? Vor allem nicht mit Antipas. Schwöre es.«

Salome fand diese Angst übertrieben. Gewiss, die Pharisäer waren strenge Sittenwächter, und es war besser, sie wussten nicht so genau, was in Harithas Gemächern vor sich ging, aber da Antipas selbst sich an ihrem Treiben erfreute, bestand keine Gefahr, dass man ihr den Tanz, der ihr so viel bedeutete, verbot. Trotzdem hielt Salome sich an die Mahnung – vorerst.

Pilatus blickte in die sengende Sonne, wischte sich die kleinen Schweißperlen von der hohen Stirn und nahm den Spaziergang wieder auf. »Ich merke schon, es geht dir nicht um die Küstenstraße. Darüber bin ich sehr froh, denn das Letzte, worüber ich reden will, ist etwas, das an Arbeit erinnert. Und eine Küstenstraße zu bauen, *ist* Arbeit. Zwar nicht für mich, sondern nur für jene, die …«

Er plauderte und plauderte fast ohne Unterlass, und es dauerte noch eine Weile, bis Salome mit ihrem Anliegen zu ihm durchdrang.

Sie berichtete ihm von Timon, vom Attentatsversuch, von der Gefangennahme und der Freilassung. Sie ließ nichts aus, jede Kleinigkeit konnte wichtig sein. Als sie fertig war und ihn um seine Hilfe bei der Suche nach Timon gebeten hatte, waren sie auf dem Gipfel des Hügels angelangt.

Sie blickten kurz über Tiberias, das durch den Hügel vom Palast getrennt war. Die weißen Häuser, Plätze und Straßen strahlten jedoch derart unangenehm hell in der Sonne, dass sie sich schnell wieder abwandten und in die andere Richtung zum See hinuntersahen. Dessen sanftes Blau war eine Wohltat für die Augen.

»Wahrhaft tragisch«, war das Erste, was Pilatus einfiel. »Bühnenreif geradezu. Jemand sollte ein Drama darüber schreiben. Ich bin sicher, irgendwann wird es dazu kommen.«

»Kannst du mir helfen?«, wollte Salome wissen.

»Oh, ich verfüge über keine dichterischen Fähigkeiten. Meine Mutter meinte zwar früher, dass ich …«

»Ich meine die Suche nach Timon«, unterbrach sie ihn ungeduldig. »Kannst du mir dabei helfen?«

»Oh«, rief er gedehnt und schien sich einen Moment lang tatsächlich anzustrengen. »Ja, es müsste möglich sein, ihn aufzuspüren.«

»Wirklich?«

Er nickte. »Nikolaos, der Vater des Mannes, nach dem du suchst, besaß nicht das römische Bürgerrecht, das, wie du sicher weißt, im Allgemeinen nur italische Familien und die in Kolonien angesiedelten Kriegsveteranen erhalten. Somit dürfte auch dein junger Freund nicht das Bürgerrecht besitzen, sondern als einfacher Provinziale gelten.«

»Und wie kann uns dieser Umstand nützen?«

»Den Göttern sei Dank für die Steuern«, antwortete Pilatus. »Die meisten Menschen beklagen sich ja darüber, dir kommen sie nun zugute. Als Provinziale muss Timon Steuern bezahlen, im Gegensatz zu Inhabern des Bürgerrechts. Egal, wo er sich aufhält, ob in Judäa, Ägypten, Spanien oder sonstwo – er ist unter Garantie in eine Steuerliste eingetragen, denn von irgendetwas muss er ja leben.«

»Und wenn er sich den Steuern entzieht?«

»Meine Verehrte, den Steuern kann man sich nicht entziehen. Die Steuerjäger sind wie Ameisen: Jede trägt nur eine Winzigkeit, doch zusammen zersetzen sie alles, was ihnen zwischen die Zangen kommt. Sie kommen überallhin, und wo sie waren, bleiben nur Gerippe übrig. Es ist im Imperium leichter, mit einem Mord durchzukommen als mit hinterzogenen Steuern.«

»Was willst du also tun?«

»Ich werde eine Anfrage an alle Steuerbeamten, die *quaestores*, schicken. Dadurch erfahren wir, wo er sich aufhält.«

»Gut«, sagte Salome hoffnungsvoll. Sie fand Pilatus ziemlich affektiert, doch auf eine amüsante Weise. »Wie lange wird es dauern, bis du die Antworten komplett vorliegen hast, edler Pilatus?«

Er wiegte den Kopf. »Zwei Jahre schätzungsweise.«

»So lange?«, rief sie.

»Nun ja, das Imperium ist groß.«

Sie blickte ihn mit traurigen Augen an, die ihn wohl berührten, denn er fügte hinzu: »Sobald ich wieder in Caesarea bin, gehe ich auch die Akten zu dem Fall durch. Vielleicht hat Coponius etwas übersehen, das dir weiterhilft.«

Diese Möglichkeit bestand allerdings, dachte Salome verärgert. Denn immerhin war Pilatus' Vorgänger nie auf die Idee mit den Steuerlisten gekommen. Timon hätte schon längst gefunden sein können, wenn Coponius nicht so nachlässig gewesen wäre.

Einerseits enttäuscht von der Aussicht, weitere Jahre in Ungewissheit zu leben, aber auch dankbar für Pilatus' Unterstützung, lächelte sie ihn an. »Du hilfst mir sehr damit, mehr, als du dir vorstellen kannst.«

Er lehnte ihr Lob mit einer Geste ab. »Gehen wir?«, bat er, ohne Tiberias, dem neuesten und größten Schmuckstück ihres Onkels, noch einen einzigen Blick zu widmen. »Diese Stadt ist zu weiß für meine Augen. Ich sehe nur noch Punkte. Schrecklich.«

Sie schritten langsam den gleichen Weg zurück, den sie gekommen waren.

»Da ich nun einmal gerade neben einer unverheirateten Frau spaziere: Du bist nicht zufällig daran interessiert, zu heiraten? Oh, nicht mich, keine Angst. Vielleicht jemand – anderen?«

Sie schmunzelte. »Zufällig nicht. Warum würde ich sonst nach Timon suchen lassen?«

»Ach, der. Der Grieche könnte dein Liebhaber werden, das ist doch kein Problem.«

»In Judäa schon.«

»Tatsächlich? Coponius deutete an, dass die Juden kompliziert wären, doch ich fürchte, er hat maßlos untertrieben.«

Salome stimmte ihm zu. »Du hast noch viel über uns zu lernen, edler Pilatus.«

»Lernen? Nun ja, wir werden sehen, ob ich die Zeit und Muße dafür finde. Wenn das jüdische Volk ein wenig mir und ich ein wenig den Juden entgegenkomme, spart jeder die Hälfte des Weges und wir müssen nicht allzu viel voneinander lernen.«

Salome unterdrückte weitere Belehrungen. Pilatus würde noch früh genug seine Lektionen erhalten, das war unvermeidlich. »Um wen«, fragte sie stattdessen nach, »handelt es sich denn bei dem Bräutigam ohne Braut?«

»Um den Fürsten von – wie heißt dieses Fürstentum noch? Ach, diese Namen hierzulande, schrecklich. Könnte es Waran heißen?«

»Du meinst Basan? Onkel Philipp?«, rief sie erstaunt.

Er stutzte einen Moment. »Ach richtig, hier ist ja jeder mit jedem verwandt, wie ich hörte. Nun, das habt ihr mit dem julischen Kaiserhaus gemeinsam, die sind auch doppelt und dreifach miteinander versippt.« Er kicherte kurz, kam aber schnell wieder zur Sache. »Ja, Philipp ist fast dreißig, noch ohne Frau und – was weit schwerer wiegt – ohne Kind. Sollte ihm etwas zustoßen, bekomme ich ein großes Problem, denn dann muss der Kaiser auf meine Empfehlung hin die Nachfolge regeln, und die Erfahrung hat anscheinend gezeigt, dass man es den Juden in diesen Fragen nie recht machen kann. Den einen passt dieser nicht, den anderen jener, sie finden immer einen Grund zum Rumoren. Das Letzte, was ich brauche, sind Unruhen. Die machen nur Ärger, und Ärger machen Falten. Der Mann soll endlich heiraten und Bälger kriegen, beim Saturn.«

Salome lachte über die letzte Bemerkung des Prokurators. »Also, dabei kann ich dir – und ihm – nun wirklich nicht helfen, edler Pilatus.« Salome suchte in ihrer Erinnerung nach irgendetwas über ihren Onkel Philipp, und sei es nur ein kleiner Fetzen. Ja, sie hatte ihn zuletzt am Hof von Herodes gesehen, da war sie ein etwa zehnjähriges Kind und er ein etwa achtzehnjähriger Mann. Er hatte kaum einen Eindruck bei ihr hinterlassen, nicht einmal an sein Gesicht konnte sie sich erinnern. Philipp kam ihr immer wie ein gefühlloser Apparat vor, der irgendwie funktionierte. Die Wutausbrüche von Herodes hatte er jedenfalls schweigend und ohne Regung über sich ergehen lassen. Sie bezweifelte, dass er etwas Liebenswertes an sich hatte, und selbst, wenn sie sich innerlich nicht schon längst Timon versprochen hätte, käme Philipp für sie nicht in Frage.

»Schade«, seufzte Pilatus. »Ich hätte ihn bestimmt dazu bringen können, dich zu heiraten.«

Sie waren wieder im Garten vor dem Palast angekommen, und es war klar, dass sich ihre Wege hier trennen würden.

»Wir setzen unsere Unterhaltung bei der Einweihung der Stadt fort«, sagte Pilatus zum Abschied. »Würdest du mir die Ehre erweisen, neben mir auf der Tribüne zu sitzen? Solche Zeremonien können sich ewig hinziehen, und ich kann mir ein schöneres Gesicht als das von Antipas neben mir vorstellen. Außerdem riecht er wie eine ganze Hammelherde aus dem Mund. Benutzt ihr hier kein Rosenwasser? Na, ich werde ihm ein paar Fläschchen schenken, dann ...«

In diesem Moment kam Kephallion aus einem schmalen, halb verwachsenen Seitenweg und ging ohne Gruß an ihnen vorbei.

Pilatus blickte ihm etwas verwundert hinterher. »Ein freundlicher Mitmensch«, kommentierte er das Verhalten ironisch. »Wer war das?«

»Ein Verwandter. Kephallion ist sein Name, aber es ist besser, ihn schnell wieder zu vergessen, glaub mir.« Sie nickte Pilatus zum Abschied zu und ging hinunter zum See, während er dankbar die kühlen Gänge des Palastes betrat.

Am liebsten hätte er ihn angespuckt. Am liebsten hätte er ihn geschlagen, beschimpft, verhöhnt und verjagt. Am liebsten hätte er all das mit dem Römer gemacht, was die Römer mit seinem Volk machten.

Kephallion saß in seinem Gemach und gab sich finsteren Gedanken hin. Er hatte von Zacharias gehört, dass man beim abendlichen Festmahl zu Ehren des Prokurators auf die üblichen Bodenkissen und niedrigen Tische verzichten und stattdessen römische Liegebänke benutzen werde.

»Ich lege mich nicht auf die Bänke«, hatte Kephallion zu Zacharias gesagt.

»Das ist Höflichkeit, Kephallion, nicht mehr. Niemand erwartet, dass du für immer auf Liegebänken isst.«

»Nicht für einen Tag. Nicht für eine einzige Stunde. Es ist ein heidnischer Brauch.«

»So ein Unsinn«, zischte Zacharias. »Eine Marmorbank ist ein Steingebilde, nichts anderes. Wann geht es endlich in deinen Schädel hinein, dass nicht jeder Krümel eine riesenhafte symbolische Bedeutung hat?«

»Ich gehe nicht, und wenn ich nicht gehe, bleibt auch Berenike hier.«

Daraufhin war seine Frau, die sich auf den festlichen Abend gefreut hatte, weinend auf ihr Zimmer gerannt, aber das war nur eine Nebensache, die ihn nicht weiter kümmerte. Es ging hier um etwas Großes, um ein Prinzip, um den Kampf gegen die Verfremdung des heiligen Landes und um ein brutales Imperium, nicht um die Tränen eines Weibes, das ihm noch immer keine Söhne geboren hatte.

Der verdammte Römer konnte ihn nicht täuschen. Ihn nicht! Hinter dem so friedlich aussehenden Pontius Pilatus und seinen Späßen erhob sich in Wahrheit der Schatten einer gewaltigen Militärstreitmacht, die unbezwingbar schien. Mit Ausnahme des fernen Mauretanien beherrschte sie jeden einzelnen Flecken Küste des *mare nostrum*. Unser Meer! Mit jedem Wort, das die Römer prägten, beleidigten sie andere Völker! Sie gaben vor, die Kultur der eroberten Länder zu achten, beließen ihnen die Tempel und die Priester, gestanden ihnen eigene Richter und Gesetze zu, machten Witze und pflegten den Schein, jeder dürfe seine eigene Meinung äußern.

Wie verlogen und arrogant diese Römer waren. Solange man dachte, was sie dachten, durfte man gerne eine eigene Meinung haben, wehe jedoch, es kam einmal anders. Wehe, man predigte gegen ihre Methoden, dann zeigten sie ihr wahres Gesicht. Dann marschierten ihre Legionen, dann würde auch aus dem schmächtigen, glatzköpfigen Pilatus eine Bestie, ganz gewiss.

Zacharias war schließlich alleine zu dem Mahl gegangen. Von ihm ließ sich Kephallion schon lange nichts mehr sagen. Der Alte war ein dummer Schwätzer. Er gehörte zu jenen, die sich damit begnügten, die *thora* und alle Schriften wieder und wieder herunterzubeten, gelehrige Sprüche von sich zu geben, und im Übrigen alles ignorierten, was links und rechts von ihnen geschah. Zacharias und seine Sadduzäer erklärten, die Besetzung Judäas sei doch überhaupt nicht schlimm, solange man seinem Glauben nachgehen könne, und die Überflutung mit Fremden sei akzeptabel, solange diese keine heidnischen Kulte auf dem Boden Gottes praktizierten. Fromm nannten sie diese Haltung. Schwach nannte er sie. Die Sadduzäer waren in seinen Augen kraftlose und verweichlichte Eunuchen des Glaubens, die nichts so sehr fürchteten wie die Auseinandersetzung. Selbst die Pharisäer, die er für ihre strengen moralischen Prinzipien achtete und deren herausragender Prediger *Rabban* Jehudah hier am Hofe für eine gewisse Sittlichkeit sorgte, arrangierten sich mit den Götzenanbetern, solange diese sich nicht in die internen Belange der Religion einmischten. Sie alle dachten nur an sich und ihre kleinen Eifersüchteleien, nicht an das Wichtigste, das heilige Land Gottes.

Doch Gott wollte keine Kompromisse, er wollte den Kampf. Er hatte die Juden ins Gelobte Land geführt, damit sie es in Besitz nahmen und bis in die Ewigkeit behielten. Er wollte, dass sie es bis aufs Blut verteidigten, und wenn sie nur fest genug an den Sieg glaubten, dann wäre er ihnen nie zu nehmen. Hatte der Herr nicht durch Moses die Ägypter besiegt, die unschlagbar schienen? Hatte Moses nicht das mächtige Meer geteilt? Das goldene Kalb, Sinnbild der Götzen, zerstört? Das Volk Israel zum auserwählten Volk gemacht?

Ein Gefühl der Stärke durchströmte Kephallion beim Gedanken

daran, dass all das erneut geschehen könnte. Gott würde einen Führer des Volkes bestimmen, einen neuen Moses, einen *Messias*, und der würde Pilatus und seinesgleichen aus dem Land jagen. Alle Juden, die ihn heute noch unterstützten oder sich bei ihm anbiederten, wie Antipas und wie Salome, die Heidenhure, würden als Verräter sterben.

Vielleicht war Sadoq, der Führer der Zeloten, der *Messias*. Seine Leute waren die Einzigen, die unentwegt gegen die Besatzer predigten. Sie hatten ihre Aktivitäten in den letzten Jahren verstärkt nach Galiläa verlagert, wobei sie stets überraschend auftauchten und ebenso schnell wieder verschwanden. Schon lange sympathisierte Kephallion mit den Zeloten, bisher hatte er sich ihnen allerdings noch nicht angeschlossen. Doch jetzt war es an der Zeit, diesen Kriegern Gottes zu helfen, Zeit, den Römern einen empfindlichen Schlag zu versetzen. Und kein Anlass war dafür geeigneter als die in zwei Tagen stattfindende Einweihung der nach einem Unbeschnittenen benannten Hauptstadt. Vor den Augen des versammelten Volkes würde das Blut des Pilatus fließen – und neben ihm das der Heidenhure.

Timon blinzelte angestrengt in den wolkenlosen Himmel. Seit Wochen brannte die Sonne jeden Tag unbarmherzig auf das felsige Hinterland von Ephesos nieder, und der Talkessel, in dem er arbeitete, öffnete sich nach Süden, so dass fast den ganzen Tag über kein Schatten die Hitze linderte. In den Nächten wiederum, die eigentlich Kühlung und Erfrischung bringen sollten, gaben die Felswände alle Wärme ab, die sie den Tag über gespeichert hatten. Wie eine zweite, eine lichtlose Sonne, brachten sie den Körper auch im Schlaf zum Schwitzen, so dass er am nächsten Morgen ebenso ausgelaugt war wie am Vorabend.

»Verdammter Stein«, fluchte Timon und rammte seine Spitzhacke mit voller Wucht gegen die Felswand, so dass ein großes Stück abbrach und einen Augenblick später mit einem lauten Knall dreißig Meter unter ihm zerschellte. Zufrieden blickte Timon hinunter und beobachtete, wie die anderen Arbeiter den Brocken weiter zerhackten. Verdammter Stein, wiederholte er im Stillen und bemerkte im nächsten Moment, wie unsinnig es war, lebloses Material zu verfluchen. Langsam wurde er verrückt, und er begriff, was Coponius damals meinte, als er sagte, dass er nach fünf Jahren im Steinbruch um fünfzig Jahre gealtert sein würde.

Coponius! Ihm verdankte er es, hier zu sein. Bis heute verstand Timon nicht, was damals in der Residenz des Römers in Caesarea geschehen war. Natürlich erwartete er eine Strafe, denn er hatte schließlich nach juristischen Maßstäben ein Verbrechen begangen. Doch er hoffte damals, in einem Prozess vor dem römischen Prokurator Coponius die Gründe seiner Tat erklären und damit die Strafe mildern zu können. Doch Coponius setzte überhaupt keinen Prozess an, so wie es sich nach allen Normen gehört hätte. Ohne eine einzige Frage zu stellen, ohne Timon einen *advocatus* zuzubilligen, ohne ihm Gelegenheit zur Verteidigung zu geben, urteilte er ihn ab.

»Du kommst in die Steinbrüche, Grieche«, sagte er lapidar.

»Was?«, rief Timon ungläubig. »So geht das nicht. Ich will auf der Stelle …«

»Ja, ja, ich weiß, was du willst. Aber ich kann dir nicht helfen. Ehrlich gesagt ist es mir egal, warum du die alte Tetrarchin ermorden wolltest, ja, es wäre mir sogar egal gewesen, wenn du Erfolg gehabt hättest. Die Zeit der Fürsten ist ohnehin abgelaufen. Rom wird aus diesem komplizierten Land sehr schnell ein unkompliziertes machen, und alles, was früher einmal war, interessiert uns Römer nicht. Du hättest nur eine Puppe umgebracht, und ich hätte dich dafür nicht nennenswert zur Verantwortung gezogen. Dein Pech, junger Grieche, ist, die falschen Feinde zu haben.«

»Ich habe Rechte«, erwiderte Timon.

»Offiziell existierst du seit heute nicht mehr, du bist ein Nichts, und ein Nichts hat keine Rechte.«

»Ich …«

»Abführen«, unterbrach Coponius unbeeindruckt.

»Das wirst du mir büßen«, rief Timon, doch der Offizier lachte nur.

»Wenn du fünf Jahre überlebst, was ich bezweifle, wirst du um fünfzig Jahre gealtert sein, und wenn du zehn Jahre überlebst, bist du eigentlich schon tot.«

Timon war nicht bereit, dieses widerrechtlich gefällte Urteil anzuerkennen. Er glaubte, dass er irgendwie gerettet würde, dass Salome oder ein Beamter dieses Unrecht erkennen und ihn wieder auslösen würden. Er wollte eine Botschaft zu Salome schicken und sprach deswegen mit den Soldaten, die ihn auf eine Galeere brachten, mit einem Offizier auf der Galeere, mit dem Beamten, der sie in Ephesos zählte und auf die Lager des Hinterlandes verteilte, mit dem Kommandanten des Straflagers ... Aber es war, als habe er keine Stimme mehr, als zähle das, was er sagte, nicht mehr. Niemand hörte ihm zu, niemand fragte nach, die wenigsten sahen ihn überhaupt an. So wie Coponius gesagt hatte: Er war ein Nichts, ein Verbrecher, und die Worte eines Verbrechers galten ebenso wenig wie die eines Sklaven.

Auch die Arbeit im Steinbruch und die Behandlung durch die Wachmannschaften glich denen von Sklaven. Der Abbau von Marmor galt als eine der anstrengendsten und gefährlichsten Strafen überhaupt. Das wertvolle Gestein, das überall im Reich für den Bau von Tempeln, Palästen und Foren gebraucht wurde, löste sich nicht einfach aus dem Fels. Nur mit größter Mühe und Kraft, mit schweren, spitzen Werkzeugen und viel Geschick ließ der Marmor sich genau in der Größe herausbrechen, die gerade benötigt wurde. Die Arbeit begann nach Sonnenaufgang und endete mit der hereinbrechenden Dunkelheit. Im Winter musste man ohne zusätzliche Kleidung arbeiten, so dass die Muskeln zuckten. Das Gestein war so hart, dass man doppelt so lange brauchte, um einen Quader zu erhalten. Dann wurden die ohnehin knapp bemessenen Pausen gekürzt und die Arbeitszeit in die Dunkelheit ausgedehnt. Wenn Stürme tobten oder schwache Erdbeben den Steinbruch erzittern ließen, brachen Teile der Felswand ab und begruben einige der Gefangenen unter sich, die wegen der Fußfesseln nicht wegrennen konnten. Und im Sommer verbrannte die Sonne den Arbeitern die Haut. Jeden Tag brachen einer oder zwei von ihnen zusammen.

Eigentlich war Timon für diese Arbeit zu leichtgewichtig und zu schwach. Die meisten der anderen Gefangenen in den Steinbrüchen waren kräftige, bullige Männer mit Beinen wie Baumstämme.

Doch man brauchte auch Männer, die das Gestein der hochgelegenen Schichten abschlugen, und die durften nicht schwergewichtig sein. Jeden Morgen wurde Timon an ein Seil gebunden und vom oberen Rand des Steinbruchs an der Felswand entlang nach unten abgelassen. Zwei der kräftigeren Männer bedienten eine Seilwinde und regulierten auf Timons Rufe hin die Höhe. Einerseits war diese Arbeit leichter, als unten stundenlang mit den schweren Eisenhämmern die Steine zu zerschlagen oder oben die Seilwinde zu bedienen, andererseits war sie so gefährlich wie keine andere. Ein gerissenes Seil hatte schon so manchen der *pulli*, der Küken, wie die leichten Arbeiter genannt wurden, in den Tod stürzen lassen. »Da ist wieder ein Küken aus dem Nest gefallen«, lautete der lapidare Kommentar der Wachmänner, bevor sie Anweisung gaben, den zerschmetterten Leichnam in bereits geschaufelte Gruben am Rand des Steinbruchs zu werfen.

Es kam auch vor, dass einer der Männer an der Seilwinde schwächelte, und wenn der andere den Kräfteverlust nicht auffangen konnte, musste er die Winde loslassen – das Ergebnis war das Gleiche wie bei den gerissenen Seilen.

Timons Leben hing also jeden Tag von Umständen ab, die er nicht beeinflussen konnte. Wenn irgendwo im Imperium ein Seildreher einen schlechten Tag hatte, wenn ein scharfer Stein den Flachs zerschnitt, wenn die Arbeiter in der Sonne zusammenbrachen oder ihnen im Winter die Hände erfroren, wenn eine Bö ihnen Staub in die Augen blies, wenn ein Skorpion sie erschreckte, so dass sie die Winde losließen … Der Tod der *pulli* kannte viele Ursachen. Jeder Moment konnte der letzte sein.

Die Angst davor konnte Timon jedoch meistens verdrängen. Mit den Gedanken an Salome war das anders. Er hatte sie in jeder ruhigen Minute vor Augen, er roch ihren Duft inmitten des Staubes, hörte ihre Stimme zwischen dem ewigen Rasseln der Ketten, spürte vor dem Einschlafen ihre Hände, die ihm über die Narbe von der Brust zum Bauchnabel strichen. Dass er ihr nie seine Empfindungen gestanden hatte und auch die Vorstellung, sie könnte ihn vergessen haben und längst mit einem anderen verheiratet sein, wühlte ihn innerlich so auf, dass er gelegentlich tagelang keinen Hunger verspürte, obwohl die Rationen knapp bemessen waren. Eifersucht war nicht die richtige Beschreibung für das, was er fühlte. Das Schicksal hatte ihm damals eine wunderbare Gelegenheit gegeben, ein erfülltes Leben zu führen, verbunden mit einer Frau, die alles hatte, was ihn faszinierte, und die ihn vor allem ebenso liebte wie er sie. Und was hatte er daraus gemacht? Die Schuld am verpassten Glück und die Unmöglichkeit, daran etwas zu ändern: *das* machte ihm die Tage hier mehr zur Qual als die heiße Sonne. Er verfluchte die Steine und verspürte zeitweilig den Wunsch, irgendjemanden zu töten, obwohl er wusste, wie unsinnig das war.

Doch so seltsam es klang: Die Schuld und die Liebe, die ihm zeitweise den Verstand nahmen, gaben ihm auch die Kraft, hier zu überleben, und damit meinte er, *wirklich* zu überleben. So viele hier existierten nur noch, sie lebten nicht mehr. Sie zerhackten Steine, aßen, zerhackten Steine, schliefen, zerhackten am nächsten Tag wieder Steine ... Ihre Gedanken drehten sich nur noch um Steine, Essen und Schlaf. Deswegen auch gab es kaum Gespräche unter den Arbeitern, nicht einmal über Frauen redeten sie. »Und wenn du zehn Jahre überstehst, bist du eigentlich schon tot«, hatte Coponius gesagt. Die meisten hier waren tot. Doch das Geheimnis des Überlebens war, zu fühlen, egal, was: Wut, Selbsthass, Schuld, Liebe, Leidenschaft. Salome half ihm, diese Prüfung zu bestehen, und er lebte nur für den Tag, an dem er sie wiedersehen und alles gutmachen konnte – und für den Tag, an dem er Coponius und seine Mitverschwörer zur Rechenschaft ziehen würde.

Ein Trommelwirbel dröhnte über den weitläufigen Steinbruch. Die Männer an der Winde zogen Timon und die anderen *pulli* nach oben, wo die Wachmannschaften bereits an einem Kessel warteten, den sie schon seit Jahren für die Essensausgabe benutzten. Deshalb schmeckte alles nach rostigem Eisen. Heute dampfte eine Bohnensuppe in dem Kessel.

»Diese Römer«, sagte Gordian Grimassen schneidend zu Timon, als sie in einer Reihe vor dem Kessel standen. »So ein heißer Tag, und sie geben eine kochende Suppe aus. Ich werde noch mehr schwitzen.«

Gordian war der einzige Freund, den Timon im Steinbruch hatte, aber die beiden fanden nur wenig Gelegenheit, miteinander zu sprechen. Die Mittagspause war kurz und die Erschöpfung groß. Am Abend schliefen alle schnell ein, um am nächsten Morgen mit den ersten Strahlen der Sonne wieder erholt zu sein. Auf Krankheiten oder Schwäche nahmen die Bewacher keine Rücksicht.

»Warum wartest du nicht einfach, bis die Suppe in deiner Schale ein wenig abgekühlt ist, und isst sie dann?«

Gordian kratzte sich am Kopf. »Oh – eine gute Idee.«

Er war nicht der Hellste und als Sohn von Bauern von der oberen Donau so ziemlich in allem das Gegenteil von einem griechischen Gelehrtensohn, doch Timon mochte ihn. Gordian übte auf ihn eine seltsam beruhigende Wirkung aus, weil er absolut arglos und ohne jede Aggressivität war. Gordian war ein *pullus* wie er und ließ es sich nicht nehmen, alle Stunde zu Timon herüberzuwinken, wenn sie beide an ihren Seilen hingen.

Sie saßen im dürftigen Schatten eines großen Gesteinsbrockens. Timon trank bereits seine Suppe aus der Holzschale und wischte mit dem Stückchen Brot die Reste aus, als Gordian noch immer in das Gebräu blies, um es schneller zu kühlen. Timon lächelte ihn von der Seite an.

»Soll ich helfen?«, fragte er ihn.

»Oh ja.«

Timon blies nun ebenfalls in Gordians Suppe. Nach ein paar Atemzügen musste Timon über die komische Situation lachen. Gordian stimmte in das Lachen ein. Es waren Augenblicke wie dieser, die Timon für kurze Zeit aus dem ewigen Kreislauf des Zorns und der Selbstvorwürfe herausholten.

Zwei der anderen Gefangenen traten an sie heran. Sie hatten gesehen, dass Gordian seine Suppe nicht aß, und hofften, eine zusätzliche Ration ergattern zu können.

»Wenn du die Suppe nicht willst, gib sie uns.«

»Ich will sie ja.«

»Du isst sie aber nicht.«

»Gleich esse ich sie.«

Doch die beiden wollten nicht ergebnislos abziehen. Sie hatten sich bereits auf ein paar zusätzliche Brocken eingestellt, und sie nun doch nicht zu erhalten, kam ihnen wie ein Diebstahl vor.

»Du bist so dürr«, sagte der eine. »Du brauchst deine Ration nicht. Wir sind schwerer als ihr Küken.«

»Deswegen«, mischte Timon sich ein, »erhaltet ihr auch die doppelte Ration.«

Die beiden Männer beachteten Timons Einwurf nicht. Einer streckte die Hand aus und zog vorsichtig an Gordians Schale, und als der Widerstand leistete, zog er stärker, bis ein regelrechtes Tauziehen mit vier Händen daraus wurde.

»Er hat Nein gesagt«, rief Timon und versuchte, seinem Freund zu helfen. Der zweite Mann hinderte ihn daran, und es entstand ein wildes Handgemenge. Schließlich hatte Timon genug. Er verpasste dem Mann einen Kinnhaken, so dass er nach hinten taumelte, und kurz darauf schüttete Gordian dem anderen die Suppe ins Gesicht und nutzte dessen momentane Verwirrung aus, um ihm die Holzschale auf den Kopf zu schlagen.

Vermutlich hätten die beiden sie im nächsten Moment mit ihrer ganzen Kraft überrollt und verprügelt, glücklicherweise griffen jedoch die Wachmannschaften ein und zerrten die anderen Gefangenen wieder zu ihrem Platz zurück. Aber der hasserfüllte Blick der beiden Männer entging Timon nicht.

»Ich glaube, wir sollten uns in den nächsten Tagen besser in der Nähe von Wachen aufhalten«, murmelte er und teilte Gordians Freude über diesen billigen Sieg nicht.

Die Sonne stand schon tief im Westen, als Timon sich, in seinem Seil hängend, ein wenig Ruhe gönnte und die kleine Hacke zwischen seine Schenkel presste. Oben sollten gleich die Gefangenen an den insgesamt sieben Seilwinden ausgewechselt werden, eine stündliche Prozessur, bei der die Küken zuvor hochgehievt wurden. Timon hatte diesen Wechsel im Laufe der vier Jahre schon beinahe fünfzehntausend Mal mitgemacht.

Als er langsam nach oben gezogen wurde, begann sein Seil ein wenig zu schaukeln, doch das war nicht gefährlich, und Timon achtete nicht darauf. Sein Blick schweifte über das Halbrund des

Steinbruchs, das in diesem Moment ein Stück Normalität ausstrahlte, sogar eine Ahnung von Frieden. Ein mattes Abendlicht überzog das Gestein mit einem orangefarbenen Schimmer, eine Brise streichelte die Haut, die Bewegungen der Arbeiter wurden träge, die Geräusche wurden leiser, die Aufmerksamkeit der Wachen ließ nach, ihre fordernden Rufe verstummten. Im Talkessel passierte das, was überall auf der Welt zu dieser Stunde geschah: man kam langsam zur Ruhe. Wenn man gar nichts mehr hatte, dachte Timon, blieb einem immer noch die Sicht auf die versinkende Sonne und das Gefühl des Windes im Gesicht.

Oben erhielt er für die letzte Arbeitsstunde einen kleinen Lederschlauch mit Wasser, den er sich an seinen Schurz band. Er hatte wie immer gerade noch Zeit, sein Seil zu überprüfen und neu um Gesäß und Hüften zu wickeln, dann war der Austausch der Windenarbeiter vollzogen.

Er stellte sich an den Abgrund und stieß sich ab. Früher kostete ihn dieser Moment am meisten Überwindung, mittlerweile war es eine Bewegung nicht anders als laufen oder kauen, völlig selbstverständlich. Bevor die Kante des Abgrunds seinen Blick versperrte, sah er noch mal zufällig zur Winde und bemerkte, wie ihn einer der beiden Arbeiter dort bösartig angrinste. Es war der Mann, den er vor wenigen Stunden geschlagen hatte.

Dieses Grinsen war ihm unheimlich ... Schnell blickte er zur nächsten Winde, an deren Seil Gordian hing, und erkannte dort den zweiten Streithahn. Timon versuchte, nach der Kante zu greifen, aber es war schon zu spät. Am Seil hängend, glitt er langsam die Felswand hinunter. Ihn packte ein ungutes Gefühl.

»Gordian«, rief er zu ihm hinüber. »Gordian, halte dich irgendwo fest.« Sein Freund verstand ihn nicht, und Timon wiederholte seine Mahnung mehrmals, während er selbst nach einem kleinen Vorsprung suchte, auf dem er sich halten konnte. Doch er fand keinen.

Er gestikulierte wild, um sich Gordian verständlich zu machen, doch der winkte Timon zu, so wie er es immer tat.

In dieser Sekunde rutschte Gordian ruckartig einige Meter tiefer, ein deutliches Zeichen, dass oben etwas nicht stimmte. Timons

Verstand arbeitete schnell. Er begriff: Oben täuschte der eine Arbeiter eine Schwäche vor, und nun kämpfte der Partner an der Winde damit, Gordian alleine zu halten.

Gordians Seil schaukelte bedrohlich hin und her. Sogar von seiner entfernten Position aus konnte Timon die Panik in den Augen seines Freundes sehen. In diesem Moment geschah es: Im freien Fall stürzte Gordian in die Tiefe und schlug so schnell auf, dass er nicht einmal schreien konnte.

»Gordian«, schrie Timon verzweifelt. Nun gab auch sein Seil nach, und Timon fiel. Er wusste, dass er gleich sterben würde, und er sah seine Mutter, wie sie ihm als Dreijährigem etwas vorsang, wenige Tage, bevor sie starb; er sah die klugen Augen seines Vaters aus dem Dickicht zwischen Bart und Brauen leuchten, den prächtigen Palatin und die engen, stinkenden Straßen Roms, sah Jerusalem, sah die Haine Ashdods und schließlich ... »Salome«, flüsterte er, dann schnürte sich sein Seil enger um den Körper, schnitt sich in sein Fleisch, und er schrie auf.

Er hing etwa fünfzehn Schritt über dem Abgrund. Irgendwie hatte der zweite Mann an der Winde seinen Absturz stoppen können. Timon spürte über das Seil das Zittern seines Helfers, die bebenden Beine und vibrierenden Muskeln, als dieser versuchte, ihn langsam hinabzulassen. Die Wachen halfen in solchen Situationen so gut wie nie mit.

Endlich bekam Timon einen Wandvorsprung zu fassen. Keine Sekunde zu früh, wie sich zeigte, denn im nächsten Augenblick ließ die Spannung des Seiles nach. Es rollte ab, bis das obere Ende sich von der Winde löste und an Timon vorbei auf die Steine klatschte. Timon hatte nun nur noch seine Arme und Beine, die ihn halten und retten konnten.

Mit zusammengebissenen Zähnen krallte er sich an die Felswand. Das Fleisch um seine Hüften schien zu brennen, er spürte seine Beine nicht mehr und konnte sie nicht bewegen. Er sah nach unten. Dort hatten sich einige Arbeiter und Wachen versammelt, aber sie konnten und wollten nur zuschauen, nicht helfen. Ein solches Spektakel bekamen sie sonst nie geboten, denn andere Küken waren immer schneller abgestürzt, als man sehen konnte.

Er wusste nicht, woher die Kraft kam, die ihn immer noch auf dem kleinen Vorsprung hielt und ihn nun auch noch dazu brachte, einen ersten kleinen Schritt zu wagen. Sein linker Fuß suchte einen Vorsprung, fand ihn, dann zog der rechte Fuß nach. Langsam stieg Timon ab; es dauerte lange, bis er nur noch zwei Körperlängen vom sicheren Boden entfernt war, und sprang.

»Gordian«, rief er sofort. Sein Blick suchte den Freund. Die Wachen hatten ihn bereits weggeschafft.

»Er ist tot«, sagte einer der Gefangenen.

Timon lief, so schnell er konnte, quer über den Steinbruch. Die hochgehaltene Lanze einer Wache übersprang er einfach. Erst vor den Gräbern hielt er inne, in die die Römer jeden Arbeiter, unabhängig von seinem Glauben und den entsprechenden Bestattungszeremonien, warfen. Timon sank auf die Knie, halb vor Erschöpfung, halb vor Trauer. Die Erde hatte Gordian, hatte seinen einzigen Freund bereits verschluckt.

Am selben Abend schob sich einer der Gefangenen dichter an das Ruhelager Timons heran. Timon schlief in dieser Nacht unruhig, zu viel war in den letzten Stunden passiert. Er träumte von Gordians Absturz, von seinem eigenen, von den letzten Gedanken, die er gehabt hatte. Er versuchte im Traum, noch einmal das Gesicht seiner Mutter zu sehen, und er erinnerte sich, zuletzt an Salome gedacht zu haben. Sie rief ihn in diesem Traum. In eine weiße Tunika gekleidet, streckte sie ihm die Hand entgegen, wollte ihn zu sich holen. Sie wartete auf ihn, doch er bewegte sich keinen Schritt. Ich kann nicht, rief er. Sie wartete und wartete und wartete, doch schließlich wandte sie sich von ihm ab. Da griff jemand von hinten nach ihm. Eine Hand rüttelte an seiner Schulter …

»Wach endlich auf«, sagte der Gefangene und beugte sein Gesicht über Timons Schulter. »Na endlich. Du hast tief geschlafen und wirres Zeug geredet.«

Timon vergewisserte sich zunächst, dass er wirklich wach war. Seine Kehle war trocken, er hatte Mühe zu sprechen. »Tut … Tut mir Leid, wenn ich dich mit meinem Gerede geweckt habe.«

Der Gefangene grinste herablassend, als amüsiere er sich über die höfliche Umgangsart, die Timon auch nach vier Jahren Steinbruch noch nicht verlernt hatte.

»Deswegen habe ich dich nicht geweckt.« Er schob sich noch dichter an Timon heran, so dass seine Brust sich an Timons Rücken presste. »Ich bin Onex. Bleib so liegen, so ist es unauffälliger.«

»*Was* ist unauffälliger?«, fragte Timon und musterte misstrauisch über die Schulter das Gesicht des Gefangenen. Er kannte ihn vom Sehen, was nicht verwunderlich war, denn der Steinbruch war mit etwa fünfzig Gefangenen überschaubar, doch seinen Namen hörte er heute zum ersten Mal. Namen spielten hier keine Rolle. Dieser Onex war einer der kräftigeren Männer, aber nicht stark genug, um die Winden bedienen zu können. Er war daher im unteren Teil des Steinbruchs eingesetzt, wo er von früh bis spät Steine zerhackte. Alles in allem wirkte er wie jemand, der schon wenigstens drei Menschen ums Leben und hundert andere um Hab und Gut gebracht hatte.

»Was willst du?«, fragte Timon Onex nachdrücklich.

»Nicht so laut, du Esel.« Onex blickte sich zu den anderen Gefangenen um, die alle im Abstand von zwei Schritten auf dem dürftig mit Stroh ausgelegten Boden schliefen. Keiner regte sich.

»Ich habe dich heute beobachtet«, flüsterte Onex. »Du bist genau der Richtige für mich. Seit Monaten schon will ich von hier fliehen. Es ist gefährlich, lohnt sich aber.«

Timon runzelte die Stirn. »Und wie soll das vor sich gehen?«

»Unsere Höhle ist nicht bewacht, nur der Ausgang des Steinbruchs. Wir fliehen nicht zur offenen Seite, sondern klettern die Felswand hoch.«

»Dort oben steht auch eine Wache«, wandte Timon ein.

»Genau das ist der Punkt. *Eine* Wache. Und die hilft uns. Der Kerl hat nur einmal im Monat dort oben Nachtwache, morgen ist es wieder so weit. Er lässt uns durch, wenn wir hochkommen.«

»Wieso sollte er das tun?«, fragte Timon skeptisch.

»Wieso, wieso, es ist eben so.«

Timon schüttelte den Kopf. Auch er hatte früher manchmal an Flucht gedacht, aber alle, die zu fliehen versucht hatten, waren heute tot. Einige wurden von den Wurfspeeren der Wachen getroffen, andere stürzten die Felswand hinab, und jene, die zunächst überlebten, wurden eine Woche lang bei Wind und Wetter und ohne Nahrung oder Wasser an ein Kreuz gebunden. Wer auch das überstand, wurde fortan für die härtesten Arbeiten eingeteilt und starb bald darauf an Erschöpfung. Erst nach den heutigen Ereignissen war Timon gewillt, das Risiko eines Fluchtversuchs auf sich zu nehmen; er wollte jedoch ganz genau wissen, worauf er sich einließ.

»Sag es, sonst mache ich nicht mit.«

Onex machte ein Gesicht, als müsse er sich überwinden. »Den Wachen geht es kaum anders als uns. Sie müssen zwar nicht schuften, kommen aber fast nie aus dem Steinbruch heraus. An Frauen kommen die wenigsten heran. Hier in der Nähe ist kein Dorf. Manche haben seit Jahren nicht mehr zwischen Schenkeln gelegen.«

Timon wartete darauf, dass Onex seine Erläuterung fortsetzte. Als dieser schwieg, fragte er: »Was, zum Hades, redest du da für ein Zeug? Ich weiß noch immer nicht, womit du die Wache auf deine Seite gebracht hast.«

Onex sah ihn ungeduldig an. »Gerade ein Grieche sollte kapieren, was ich damit sagen wollte. Dein Volk versteht doch viel von solchen Praktiken, sagt man.«

Jetzt ging Timon ein Licht auf. »Du hast mit ihm ...?«

»Ja«, unterbrach Onex und fletschte die Zähne. »Schluss damit. Das hier ist kein Plauderstündchen in einer Philosophenvilla, falls du es noch nicht bemerkt hast. Halt jetzt den Mund und lass mich meinen Fluchtplan erklären. Also, die Felswand ist das einzige Hindernis, dabei hilft uns niemand. Ich kann nicht gut klettern. Du musst also morgen die Wand so bearbeiten, dass viele kleine Vorsprünge entstehen, die wir auch bei Dunkelheit finden und benutzen können. Vergiss dabei nicht, dass wir nicht viel Beinfreiheit haben, denn wir haben Ketten an den Füßen. Ich habe Tücher gesammelt, die wir um die Ketten wickeln, damit man das Rasseln nicht hört. Oben hilft uns dann der Kerl, die Ketten abzunehmen. Damit ist es dann geschafft, das ganze Hinterland steht uns offen, und jeder geht seiner Wege. Alles klar?«

»Und du bist sicher, dass er uns hilft?«

Onex nickte. »Ich habe ihm versprochen, mich morgen ein weiteres Mal um ihn ... zu kümmern.«

»Während unserer Flucht?«

»Für die Freiheit tue ich alles.« Und mit einem seltsamen Blick fügte er hinzu: »Und du hoffentlich auch.«

10

Die Nacht war schwarz. Die dünne Sichel des Mondes sandte kaum Licht zur Erde. Abseits des Weges zeichneten sich Schemen von Sträuchern und Steinhaufen ab, die wie Geister den Ritt Kephallions verfolgten. Immer wieder sah er ängstlich nach rechts und links, als erwarte er jeden Moment, von einem Dämon gepackt und gefressen zu werden. Schwärme stummer Fledermäuse sirrten über seinen Kopf hinweg, Raben schreckten von toten Ästen auf, Eidechsen huschten durch das trockene Gehölz, und bei jedem Geräusch zuckte Kephallion derart zusammen, dass auch sein Pferd kurz scheute. Am liebsten hätte er die galiläische Hochebene im Galopp überquert, aber er musste langsam reiten, um nicht vom kaum sichtbaren Weg abzukommen und in einen Graben zu stürzen.

Dieser Ritt war Wahnsinn, das wusste er, nicht nur wegen der Dunkelheit. Das ganze Vorhaben war hochgefährlich. Kephallions Herz pochte schneller. Solche Abenteuer war er nicht gewöhnt, sie regten ihn auf. Schon vor einigen Stunden, als er aus dem Palast geschlichen war, zitterte er am ganzen Leib. Die Gänge des Palastes von Tiberias wurden regelmäßig von einer Streife der Palastgarde abgelaufen, und vor einigen Durchgängen standen sogar unentwegt Wachen. Er hatte Umwege gehen müssen, die ihn weit von den Ställen wegbrachten. Doch er nahm diese Verzögerungen eher in Kauf, als gesehen zu werden, wie er den Palast verließ. Allzu leicht könnte Antipas später den Zusammenhang zwischen seinen nächtlichen Aktivitäten heute und der Ermordung des Pilatus durch die Zeloten übermorgen herstellen.

Bei seinem heimlichen Streifzug durch die Gänge war er auch in einen Teil des Palastes geraten, der offiziell nicht in Benutzung war. Aus einem der Gemächer waren jedoch Stimmen gedrungen, und als er jene von Antipas erkannte, war er kurz stehen geblieben und hatte sein Ohr an die Tür gehalten.

»Nein, Herodias. Nein und nochmals Nein. Eine Scheidung von Haritha kommt nicht in Frage.«

»Der *Sanhedrin* wird dir bestimmt die Zustimmung geben, denn jeder weiß, dass deine Frau im Grunde eine Heidin geblieben ist, die nur der Form halber zum Judentum übergetreten ist. Ich hingegen …«

»Du bist meine Schwägerin, und das mosaische Gesetz …«

»Ich bin sicher, dass Rabban Jehudah einer Ausnahmeregelung für dich zustimmt. Er hasst Haritha, weil sie seine Moralvorstellungen verletzt. Liebend gerne würde er sie loswerden, und wenn du das an die Bedingung knüpfst, stattdessen mich heiraten zu dürfen …«

»Meine Astrologen erklären übereinstimmend, dass eine Scheidung von Haritha Verderben über mich brächte. Gott wird mich furchtbar strafen.«

»Oh, diese Scharlatane und deine verdammte Wundergläubigkeit!«

»Herodias!«, mahnte Antipas erschrocken, als sei bereits die Beschimpfung seiner Wahrsager ein Sakrileg.

Kephallion hörte gerade noch rechtzeitig, dass Herodias sich der Tür näherte. Er brachte sich in einem dunklen Winkel in Sicherheit, sah Herodias wutschnaubend nur eine Armeslänge von ihm entfernt vorbeiziehen und hörte auch, als sie vor sich hin fluchte: »Wenn nicht so, dann eben anders!«

Als sie außer Sicht war, setzte Kephallion seinen Streifzug fort. Dass Herodias zur Fürstin aufsteigen wollte, passte ihm nicht. Er hatte ihre Hurerei im Hain mit dem Römer, dem Besatzer, nicht vergessen. Aber in zwei Tagen würden sowohl Antipas als auch sie ganz andere Probleme haben, wenn nämlich Pilatus und Salome ihnen tot zu Füßen lägen.

Doch dazu musste er zunächst die Zeloten finden, denn sie sollten diese Gott gewidmete Tat vollbringen. Er hatte sich noch keine Gedanken gemacht, wie er das anstellen sollte. Er hatte noch nie Kontakt zu einem von ihnen gehabt, immer nur einzelne Geschichten über Sadoq und seine rechte Hand, Menahem, gehört, wie sie den Tempel blockierten, wie sie die Volkszählung verhindern wollten, gegen Augustus und Archelaos predigten und später gegen Tiberius, Coponius, Antipas … Sie waren Helden, lebten jedoch im Verborgenen. Derzeit, so hatte Kephallion über Umwege erfahren, war Nazareth ihr Zentrum. Darum musste er dorthin reiten.

Die Stadtmauer von Nazareth zeichnete sich endlich in der Dunkelheit ab. Kephallion passierte die Tore ohne Mühe, sie waren geöffnet und nur von einem alten Nachtwächter bewacht, der jeden durchließ. Nazareths enge Gassen und niedrige Häuser lagen wie Schatten vor ihm. Um leiser zu sein, saß er ab und führte das Pferd am Zaum neben sich her. Er sah sich um, ob er irgendjemanden entdeckte, der ihm weiterhelfen könnte. Doch da war niemand. Es war tiefste Nacht, in drei Stunden ginge die Sonne wieder auf. Wer sollte sich schon zu dieser Zeit hier …

Dort, in der Ecke, ein Bettler. Er schlief, aber das war Kephallion egal.

»Ich suche Sadoq«, gestand er dem verwahrlosten Mann, nachdem er ihn geweckt hatte.

»Wer bist du?«

»Ich gebe dir einen Silberling.«

Der Bettler schüttelte den Kopf.

»Nimm die Münze«, drängte Kephallion. »So viel bettelst du dir in einer Woche nicht zusammen. Also gut, zwei Silberlinge.«

Der Bettler schüttelte den Kopf.

»Fünf? Zehn, das ist mein letztes Angebot.«

»Wer bist du?«, fragte der alte Mann erneut.

»Du weißt, wo Sadoq ist?«

»Wer bist du?« Der Bettler ließ nicht locker.

Kephallion schluckte. Einem Unbekannten seinen Namen zu nennen, war aus mehreren Gründen riskant. Die Herodianer waren nicht gerade beliebt beim Volk. Am Ende würde nicht der verfluchte Prokurator, sondern er selbst sterben. Oder der Bettler verkaufte seinen Namen an die Spitzel des Antipas, was wenig besser wäre.

Er könnte sich umdrehen und gehen, könnte zurück in den Palast schleichen und den morgigen Tag leben, als sei nichts geschehen. Dann würde sich allerdings nie etwas ändern. Er, Kephallion, war dazu bestimmt, am Rad des Schicksals zu drehen. Er war Gottes Instrument.

»Ich bin Kephallion. Ich bin ein Mitglied der herodianischen Familie und habe wichtige Informationen für Sadoq. Du musst mir glauben.«

»Ich glaube dir«, sagte der Alte. »Wer käme sonst auf die wahnwitzige Idee, sich als Herodianer auszugeben? Komm mit.«

»Was ist mit den Silberlingen?«

»Ich will sie nicht. Nicht von dir.«

Kephallion hörte entfernte Schritte. Endlich. Seit einer Ewigkeit saß er in diesem düsteren, nur von einem winzigen Öllämpchen erhellten Raum.

Der alte Bettler hatte ihn zu einem Haus gebracht, den Besitzer geweckt und eine Weile mit ihm geflüstert. Der schwarzbärtige Mann schien skeptisch zu sein, und als er schließlich doch noch zustimmend nickte, warf er einen bösen Blick auf Kephallion. Der Bettler ging davon, und der Schwarzbart durchsuchte Kephallions Taschen, ohne ihn vorher zu fragen. Dann gab er ihm einen Schubs, was wohl heißen sollte, dass er vorangehen musste. Mit etlichen kleinen Stößen dirigierte der Mann ihn durch die kleinen Räume des Hauses, eine versteckte Treppe hinunter und von dort in einen schmalen Gang, in dem sie die Köpfe einziehen mussten. Nach etwa zwanzig Schritten kamen sie in einen anderen Keller und von dort in den Raum, in dem er jetzt saß.

Bei Gott, die Sonne ging gewiss bald auf. Nicht mehr lange und Zacharias und Berenike würden merken, dass er sich nicht im Palast befand.

Die Tür öffnete sich, und der Schwarzbärtige trat ein, gefolgt von einem jüngeren Mann.

»Sadoq?«, fragte Kephallion. Er hatte gehört, dass der Führer der Zeloten nur wenig älter als er selbst war. Sonst wusste er wenig über ihn.

Der Mann, in dem er zunächst Sadoq vermutete, trug gelockte Haare und einen sehr kurz geschorenen Bart. Er sah aus wie tausend andere Männer seines Alters. Seine Augen blickten gelassen, fast gelangweilt, und die weichen, glatten Züge offenbarten nicht die geringsten Anzeichen für Entschlossenheit und Kampfeswillen.

Das *konnte* unmöglich Sadoq sein, dachte er. Sadoq war ein Held.

»Meine Nachricht ist nur für Sadoq«, bekräftigte er.

»Wenn ich die Nachricht höre, werde ich entscheiden, ob sie für Sadoq ist oder nicht!«

Kephallion reckte das Kinn vor. Mal sehen, wie weit er gehen konnte. »Wenn ich weiß, wer du bist«, erwiderte er, »werde ich entscheiden, ob die Nachricht für dich ist oder nicht!«

Immerhin löste er mit dieser Antwort eine Reaktion in den matten Augen seines Gegenübers aus: sie zuckten verwundert.

Dieser Kerl war ein Schwächling, dachte er. Den konnte er schnell in die Ecke drängen. »Hör zu. Meine Nachricht ist von solcher Brisanz, dass mein Leben davon abhängt, wem ich sie anvertraue. Du weißt, wer ich bin, aber du willst mir nicht sagen, wer du bist. Schön, dann lassen wir das Geschäft sein. Ich reite zurück, und ihr verpasst eine einmalige Gelegenheit, den Römern einen Schlag zu versetzen und gleichzeitig einen Verbündeten eurer Sache am Fürstenhof zu bekommen.«

Der junge Mann überlegte einen Moment. »Ich bin Menahem«, bekannte er. »Ich bin Sadoqs bester Freund und Stellvertreter. Was du ihm erzählen würdest, kannst du auch mir erzählen.«

Das war Menahem? Dieser wankelmütige, leicht einzuschüchternde Bursche war der zweite Mann der Zeloten, ein Helfer des Herrn? Kephallion konnte es kaum glauben. Er hätte dem Kerl nicht mal sein Pferd anvertraut, und der sollte maßgeblich an Gottes Kampf gegen die Eindringlinge beteiligt sein? Sadoq musste eine sentimentale Stunde gehabt haben, als er ausgerechnet diesem Menahem eine so bedeutende Stellung übertrug.

Aber für solche Überlegungen war jetzt keine Zeit. Menahem

war nun einmal, was er war, und es gab jetzt keinen weiteren Grund, ihm nichts von Pilatus zu erzählen.

»Der heidnische Prokurator wird übermorgen an der Einweihung der neuen Hauptstadt teilnehmen. Ich weiß, wo er sitzen wird, und kann dafür sorgen, dass ihr einige eurer Männer in seine Nähe bringen könnt. Gleich neben ihm sitzt Salome, die Stadtfürstin von Ashdod und eine Heidenhure, vielleicht sogar *seine* Heidenhure.«

Menahem wirkte unbeeindruckt. »Und?«

»Und?«, echote Kephallion. Musste er diesem Menahem jetzt etwa das Denken abnehmen? »Es ist ein Leichtes, beide zu töten. Das wird den Römern und allen Sündern zeigen, dass wir …«

»… törichte Einfaltspinsel sind«, ergänzte Menahem. »Die Römer würden durch eine solche Tat eher gestärkt als geschwächt. Sie würden sich gezwungen sehen, ihre Präsenz zu vergrößern, ja, vielleicht würden sie dem Tetrarchen sogar einige seiner Kompetenzen entziehen, unter anderem die Polizeigewalt. Und dann? Unter Antipas können wir uns noch einigermaßen frei entfalten, denn seine Spitzel stellen sich dumm an. Die Römer hingegen würden …«

»Das darf doch nicht wahr sein«, schrie Kephallion mit aufgerissenen Augen und erhobenen Händen. »Ich biete dir den Statthalter des heidnischen Kaisers auf einem Tablett, den Kopf des höchsten Repräsentanten unserer gehassten Besatzer, und du verkriechst dich vor Angst und Schreck in deiner Hütte wie ein altes Weib.«

»Es bleibt bei meiner Entscheidung«, entgegnete Menahem knapp und schickte sich an zu gehen.

»Warte«, rief Kephallion. Er sprang auf Menahem zu und hielt ihn am Arm fest. »Du gönnst mir den Ruhm nicht, deswegen lehnst du ab, nicht wahr? Du bist eifersüchtig, weil ich Sadoq eine einmalige Gelegenheit biete, die du ihm nicht geben kannst. Darum stößt du mich zurück, darum lässt du mich nicht teilhaben an dem heroischen Kampf.«

»Du täuschst dich«, sagte Menahem ruhig. »Da du selbst voll von Eifersucht bist, glaubst du, sie in allen anderen Menschen zu sehen.«

Kephallions Augen verengten sich. »Du kannst mich nicht leiden.«

»Wir können uns gegenseitig nicht leiden, Kephallion, aber wenn du wirklich den Zeloten angehören willst, dann musst du als Erstes lernen, dass bei uns solche persönlichen Gefühle hinter der Sache zurücktreten müssen.«

»Ich will zu Sadoq. Er wird mich verstehen.«

»Du bist hier kein Prinz von Judäa, Kephallion, du bist ein Fremder. Und *ich* entscheide, ob und wann du Sadoq zu Gesicht bekommst.«

Später, als Kephallion Nazareth wieder verlassen hatte und in den blutroten Sonnenaufgang über Galiläa ritt, drehten sich seine Gedanken nur um Pilatus und Salome und Menahem. Für jeden von ihnen empfand er den gleichen Hass. Gut, wenn die Zeloten nicht wollten, dann würde eben er es tun, dann würde seine eigene Hand, so wie einst König Davids Hand, den Dolch gegen die Unbeschnittenen und die Abtrünnigen führen.

Das große Ereignis warf seinen Schatten voraus. Einen Tag vor der festlichen Einweihung von Tiberias trafen Scharen von Gästen aus dem Orient, von Dienern, Höflingen und Sklaven ein, die wie Heuschrecken über das Westufer des Sees Genezareth herfielen. Abordnungen aus Phönizien, Mesopotamien und Nabatäa, aus Kilikien, Zypern und Armenien waren eingeladen, dem Spektakel beizuwohnen, und ihre Stimmen, bunten Gewänder und exotischen Düfte erfüllten jeden Winkel des Palastes und seiner Gärten.

Inmitten des Trubels lief *Rabban* Jehudah mit verkniffenem Gesicht durch die Gänge und traf zufällig auf Salome und Haritha, die ihren Spaziergang durch die fremde Menge genossen.

»Oh nein«, stieß Haritha aus, als sie ihn näher kommen sah. »Der Tag war so schön. Warum müssen wir ausgerechnet jetzt diesem Pharisäer begegnen?« Sie wollte vor *Rabban* Jehudah davonlaufen, aber Salome hielt sie fest.

»Wir müssen hier durch, wenn wir zu deinen Gemächern wollen«, sagte sie. »Außerdem wird er uns schon nicht fressen.«

»Da kennst du ihn schlecht.«

Das stimmte. Sie und *Rabban* Jehudah waren sich in den Wochen ihres Aufenthaltes sorgfältig aus dem Weg gegangen. Sie sahen sich nur während der Festmahle am wöchentlichen *shabbat* und jener, die für Pilatus gegeben wurden, und da waren genug andere Menschen anwesend, um den ganzen Abend kein Wort miteinander sprechen zu müssen. Jetzt jedoch konnten sie einander nicht ausweichen, denn es wäre ausgesprochen unverschämt von Jehudah gewesen, ohne ein Wort an Antipas' Frau vorbeizugehen.

Wie vorherzusehen, blieb er vor ihnen stehen und verneigte sich kaum sichtbar. Er war hoch gewachsen, hatte einen Eierkopf, eine Glatze und riesige graue Augen, mit denen er Menschen einzuschüchtern verstand.

»Ich bin soeben auf dem Weg zu meinem *maariv*«, erklärte er überflüssigerweise, denn es war offensichtlich, dass er gleich das Abendgebet ablegen würde. Er war eingehüllt in seinen schwarzen *tallit*, den traditionellen weiten Gebetsmantel, und in der linken Hand bewaffnet mit dem Gebetbuch, dem *siddur*. Die schalenförmige Kopfbedeckung, die *jarmulha*, trug er in der rechten Hand, setzte sie jedoch im nächsten Moment auf.

»Ich hoffe«, ergänzte er mit großen Augen, »meine Ruhe zu finden inmitten dieser albernen Schar von Gecken. Es tut weh, mit anzusehen, wie sie sich aufführen.«

»Die Menschen amüsieren sich«, stellte Salome fest. »Sie reden, scherzen, lachen, bewundern den Palast ... Alles ganz normale Dinge. Außerdem besteht kein Grund zur Sorge um deine Gebetsruhe, denn die Synagoge ist für die nichtjüdischen Gäste nicht zugänglich, wie du sicher weißt – das strenge Verbot stammt von dir selbst.«

Sie bemühte sich, in sachlichem Ton zu sprechen, doch das reichte bereits, um ihn zu provozieren. *Rabban* Jehudah fasste jeden Widerspruch, ja sogar die geringste Korrektur seiner Aussagen, als Auflehnung gegen sich und den ganzen Glauben auf. Er hatte allerdings die Eigenart, stets ruhig zu bleiben. Nie fuchtelte er mit seinen Händen in wildem Zorn herum, und niemals hörte man ihn laut sprechen, geschweige denn schreien. Bei ihm erfüllten seine riesigen Augen ihren Zweck, denn unter ihrem Blick fühlte Salome sich an die Propheten erinnert – so hatte sie sich als Mädchen die unentwegten Mahner und Unheilsverkünder längst vergangener Tage vorgestellt. Auch sie konnte sich nicht freimachen von der unheimlichen Wirkung dieser stechenden Augen, aber ihre Streitlust obsiegte. *Rabban* Jehudah personifizierte alles, was ihr immer schon unerträglich gewesen war: geistige Unbeweglichkeit verbunden mit einem Absolutheitsanspruch der eigenen Meinung.

»Vielen Dank für den freundlichen Hinweis«, entgegnete er. »Da wir gerade von der Synagoge sprechen – wir vermissen dort euer beider Anwesenheit. Vor allem du, Fürstin Haritha, solltest die Innigkeit deines Glaubens hin und wieder mit einem Besuch in der Gemeinde Gottes bekräftigen.«

Salome sah Haritha an. Ihre neu gewonnene Freundin hatte über den Tag verteilt bereits große Mengen *theriac* getrunken, und sie schwankte zwischen Hochstimmung und Apathie hin und her. Eben noch war sie agil gewesen, doch die letzten zwei Minuten hatten gereicht, sie lethargisch werden zu lassen.

Haritha antwortete dem *Rabban* einfach nicht.

»Wie du sicher weißt«, antwortete Salome für ihre Freundin, »sind Frauen seit jeher von religiösen Verpflichtungen befreit.«

»Ja, um sich um den Haushalt und die Kinder kümmern zu können. Doch Haritha nimmt im Haushalt keine Aufgaben wahr, und Kinder hat sie auch nicht. Es ist nicht gut, sich derart von der Gemeinde abzusondern.«

Wieder sprang Salome für Haritha in die Bresche. »Bedeutet der Ursprung des Namens ›Pharisäer‹ nicht ›die Abgesonderten‹?«, fragte Salome.

»Abgesondert vom falschen Glauben, ja«, erwiderte Jehudah, an Schärfe gewinnend. »Nicht von Gott. Da du dich so rege an diesem Gespräch beteiligst: Auch dich habe ich noch kein einziges Mal in der Synagoge gesehen.«

»Das muss daran liegen, dass ich noch nicht dort war.«

Er atmete tief durch. »Dein Verhalten ärgert uns.«

»Es tut mir Leid, dass ich diese Gefühle bei dir und deinen Anhängern verursache.«

»Du kannst leicht etwas dagegen tun. Trage angemessene Kleidung, gehe in die Synagoge, sei bescheiden und lasse dich von einem jüdischen Mann heiraten.«

Salome dachte nicht daran, das zu tun, was der *Rabban* gebot. Unter Begriffen wie angemessen und bescheiden, gegen die im Grunde nichts zu sagen war, verstanden die Pharisäer etwas völlig anderes als die meisten Menschen. Sie definierten die Eigenschaften nach Gutdünken. Aber das alles überraschte Salome nicht mehr und war keine Erwiderung wert. Nur die letzte Aufforderung des *Rabbans* reizte sie.

»Zu gegebener Zeit wird sich ein Mann von *mir* heiraten lassen«, antwortete sie unter Veränderung der Betonungen und lächelte süß.

Seine Augen wurden noch größer und drohender, als sie ohnehin waren. »Deine Einstellung wird dir kein Glück bringen, Salome«, sagte er.

»Meine Einstellung gehört wenigstens mir selbst, die Einstellung so vieler anderer, die ich kenne, wird ihnen aufgezwungen. Und nun, ehrwürdiger *Rabban*, entschuldige uns bitte. Die Luft kommt uns heute so eng und stickig vor.«

Mit einem kurzen Kopfnicken verabschiedete sie sich von Jehudah, nahm Haritha bei der Hand und tauchte mit ihr in das Gewirr der bunten Gewänder ein.

Der klagende Klang der Flöte erfüllte den Saal, vermischte sich mit dem durch die Fenster strömenden Wind und dem Rauschen der Wellen des Sees. Salome und Haritha tanzten zu der Melodie, die Mensch und Natur gemeinsam spielten. Die Nacht war warm und melancholisch. Die Flämmchen der Öllampen flackerten, und ihr Licht brach hundertfach den Schatten der beiden Frauen, zauberte fliehende Schemen an die Wände, die wie Geister umherirrten. Feine Schwaden des Räucherwerks zogen durch den Saal und trugen ihren zimtartigen Duft bis in die äußersten Winkel.

Haritha klatschte sachte in die Hände. »Jetzt die Brücke von Sanaa.«

Salome wusste, was zu tun war. Sie bog ihren Rücken so weit

nach hinten durch, dass sie mit den Händen den Boden berührte, zog den Körper langsam nach, so dass sie für einen kurzen Augenblick kopfüber stand, dann kam sie wieder auf die Beine. Sie konnte stolz sein, diese Figur bereits zu können, doch gegen Haritha wirkte sie noch immer wie eine Holzpuppe. Jede Biegung von Harithas Körper, jeder Schritt, jede Drehung erschien ihr wie ein Kunstwerk. In den Bewegungen der Araberin gab es keine Unterbrechung, keine Pausen oder Störungen, alles war eine flüssige Bewegung. Die Schleier und der Schmuck, die Arme und die Augen, all das gehörte zusammen und wurde genau im richtigen Augenblick eingesetzt. Mit der Selbstverständlichkeit und Schönheit, mit der die Nacht dem Tag folgte oder der Winter dem Sommer, reihten sich die Figuren bei Haritha aneinander, als habe die Natur es so gewollt. Diese Vollkommenheit faszinierte Salome.

Haritha klatschte in die Hände, woraufhin die Flöte hinter der Geheimwand verstummte. »Genug für heute«, rief sie.

»Oh, schon?«, klagte Salome.

»An den Bewegungen deiner Arme ist nichts mehr zu verbessern. Morgen Nacht, wenn wir die schreckliche Einweihungsfeier hinter uns gebracht haben, fangen wir mit den Beinen an. Du wirst lernen, sie wie einen Torbogen zu spannen, sie wie eine Schlange zu winden, wie eine Grille mit ihnen zu springen. Hüften, Rücken, Schultern, Kopf, jedes Körperteil kommt in den nächsten Wochen bei unserem Unterricht dran. Du wirst bald lernen, den Wind zu nutzen, den Schein des Feuers und die Spiegelungen des Wassers. Die Säule der Isis, die indische Flamme, die Tigriswelle: eine Figur nach der anderen wirst du dir einprägen.«

Salomes Augen leuchteten. »Die Nacht ist noch jung. Warum nicht weitermachen?«

Haritha trank einen großen Schluck von dem mit *theriac* versetzten Tee. Sie lächelte mild, fast abwesend. »Du bist heute nicht ganz bei der Sache. Du denkst immerzu an diesen *Rabban*, ich spüre es.«

Das konnte Salome nicht leugnen. »Das, wofür er einsteht, ist das Gegenteil von dem, was unser Land bräuchte.«

»Das ist deren Welt, Salome«, sagte Haritha, wobei ihr die Worte aus dem Mund zu schweben schienen. »Jehudah, Antipas, Herodias, Pilatus, sie alle besitzen hier, in meiner Welt, keine Macht. Sie sind nur Schatten, kraftlose Geister, die sich mühen, nicht dem Vergessen anheim zu fallen. Gegen den *theriac* kommen sie nicht an. Der *theriac* verjagt sie aus meinem Kopf.«

Haritha ging durch den Saal und blies eine Ölflamme nach der anderen aus. Als alle erloschen waren, entledigte sie sich ihrer Kleider, bis nur noch ein Hüfttuch und ein transparenter weißer Schleier übrig blieben. Ihre dunkle Haut schimmerte durch den dünnen Stoff, ihre Brüste zeichneten sich ab.

»Komm«, flüsterte sie und zog Salome sanft auf die Terrasse. Das silbrige Mondlicht strömte in Bahnen durch die Wolkenfetzen und spiegelte sich auf der ebenen Fläche des Sees Genezareth. Ein böiger Wind bog die Palmen des Gartens; er war warm und schmeichelnd, und Salome schloss die Augen, um ihn besser auf ihrer Haut zu spüren. Sie dachte daran, wie sie die Meeresbrise genossen hatte, an jenem Tag am Strand von Ashdod, mit Timon an ihrer Seite.

Plötzlich trug Haritha einen zweiten Kelch in der Hand. »Du solltest ihn versuchen, den *theriac*. Er ist warm und alles durchdringend. Obwohl du allein bist, fühlst du die Umarmung lieber Menschen, und du erinnerst dich an lange vergangene Tage des Glücks, so als lägen sie noch vor dir. Der *theriac* erfüllt dir jeden Wunsch.«

Salome griff nach dem Kelch. Harithas Worte waren ebenso betörend wie der Duft des Sees, der vom Wind herbeigetragen wurde. Wer konnte ihr besseren Trost spenden? Zu wem konnte sie mit ihren Ängsten und Hoffnungen gehen? Berenike, Herodias, Theudion, sie alle verstanden weder ihre Sehnsucht nach Timon noch nach einem neuen Judäa.

Salome führte den Kelch an ihre Lippen, doch dann sah sie, wie Haritha leicht schwankte und nur noch mit Mühe den Rest ihres *theriac* trank. Diese Frau war nicht mehr Herrin über ihren Körper, und ihr Geist spiegelte ihr falsche Wahrheiten vor, wie die Wüste es manchmal mit den Reisenden der Karawanen tat. Im letzten Moment setzte Salome den Kelch wieder ab.

»Lieber nicht«, sagte sie.

Haritha riss sich vom Anblick des glitzernden Sees los und blickte sie an. In ihrem vernebelten Blick blitzte ein Anflug von Ärger auf. »Du glaubst, gegen sie kämpfen zu können, nicht wahr? Du meinst, weil du eine Stadtfürstin bist, vermagst du die Welt zu ändern. Wie kindlich du noch bist! Die gemeine, schmutzige, ungerechte Welt lässt sich nicht ändern, und die Verteidiger dieser Welt werden dich ohne Skrupel mit einem Handschlag hinwegfegen. Die wenigen Sehnsüchte, die sich in deinem Leben erfüllen werden, ertrinken in der Flut enttäuschter Hoffnungen. Du wirst zugrunde gehen, Salome, denn in der Tiefe deines Herzens genießt du es, fremd und ausgestoßen zu sein, ein bunter, flatternder Vogel zwischen Abertausenden von wandelnden Gebetbüchern. Aber solche Vögel werden entweder abgeschossen oder in Käfige gesperrt.« Haritha drückte ihr den Kelch an die Lippen »Trink, dann spürst du nichts mehr davon.«

Salome entzog sich ihrer Freundin. »Es ist besser, wenn ich jetzt gehe.«

»Warte, Salome. Geh nicht.«

Harithas Stimme war plötzlich mild und bittend. Der Wind blähte ihren Schleier, und man konnte meinen, dass er Haritha im nächsten Augenblick mit sich forttrüge. Salome konnte durch die Dunkelheit ihr Gesicht nicht sehen, sie spürte jedoch, dass es gerade jetzt von Trauer und Sehnsucht gezeichnet war.

»Ich war zu hart«, gestand Haritha. »Ich habe eigentlich nicht dich beschimpft, sondern mich selbst.« Sie streckte die Hand aus. »Komm zurück.«

Salome zögerte keinen Augenblick. Sie ergriff Harithas Hand und blickte wieder mit ihr hinaus in die windige Nacht. Sie wusste, dass Haritha gleich etwas sagen würde, und schwieg.

»Als neunjähriges Mädchen«, begann die Nabatäerin leise, »wurde ich zur Priesterin der Göttin *Atargatis* ernannt. Fortan lebte ich im Tempel, der in das Gebirge gegraben ist, auf dem unsere Hauptstadt Petra steht. Keine der Priesterinnen war älter als sechzehn, alle stammten aus vornehmen Familien. Zu Ehren der Göttin tanzten wir in den Gewölben, tagein und tagaus, wir verbrannten Räucherwerk und trugen die herrlichsten Stoffe. Nur einmal im Jahr traten wir ans Licht, zum Feiertag der *Atargatis*, und tanzten vor dem Volk. Als Tochter des Königs wurde ich schon bald zur ersten Priesterin ernannt, und ich tanzte mehr denn je. Alles, was ich an Kraft in mir hatte, gab ich dem Tanz. Nach sieben Jahren in der Abgeschiedenheit und beruhigenden Stille des Berges war ich zu alt für die Göttin. Man holte mich von einer Stunde auf die andere von dort weg.

Mein Vater war in der Zwischenzeit alt und schwach geworden, mein älterer Bruder war tot, der jüngere noch ein kleiner Knabe. Die Priester unseres obersten Gottes *Dhu ash-Shara* hatten das Sagen, und sie verwalteten das Land schlecht. Als ich mich einmischte und die übelsten Missstände bekämpfte, teilte man mir mit, dass ich als Braut eines jüdischen Prinzen vorgesehen sei, ich hätte seinen Glauben anzunehmen und meine Heimat zu vergessen.

Und dann verliebte ich mich auch noch in einen Offizier. Ich wünschte, ich hätte damals meine Jungfräulichkeit an ihn verloren – es kam nicht mehr dazu. Ehe ich mich's versah, saß ich in der Sänfte nach Judäa und verlor alles, was mir etwas bedeutete.«

Haritha schwieg in die Nacht hinein.

»Was ... Was ist aus ihm geworden?«, fragte Salome zögerlich.

»Ich weiß nicht, was aus ihm geworden ist, aber ich weiß, was aus mir geworden ist, Salome. Nichts quält einen mehr als das unerfüllte Verlangen nach Zärtlichkeit und Liebe. Dieses Verlangen ist ein Räuber, es zehrt dich jeden Tag ein Stück mehr auf, du merkst es zunächst gar nicht. Am Anfang hast du noch Hoffnung, die große Täuscherin. Sie ist wie Balsam, der dir den Schmerz nimmt und dich stimuliert. Du lebst auf. Eine Weile ist die Hoffnung auf baldiges Glück fast ebenso schön, als wenn du das Glück tatsächlich erlebtest. Manchmal kehrt der Schmerz zurück, doch nur kurz, denn du rufst die Hoffnung herbei, und sie hilft dir immer. Mit der Zeit klammerst du dich an sie, du betest sie an, deine Gedanken drehen sich nur noch darum. Doch im Lauf der Jahre zerrinnt dir die Hoffnung zwischen den Fingern, ohne dass du etwas dagegen tun kannst. Sie lässt dich allein mit deinen Wunden. Du windest dich, und wenn du glaubst, du musst sterben, kommt die Schwester der Hoffnung und bietet dir ihre Hilfe an. Weißt du, welchen Namen sie trägt, diese Schwester?«

Salome blickte mit Haritha gemeinsam hinaus in die Dunkelheit. Der Wind schlug ihr heftig ins Gesicht, aber sie regte sich nicht.

»Resignation«, löste Haritha das Rätsel. »Gleichgültigkeit. Auch sie bietet dir Rettung aus deiner Not an, auch sie kann dir den Schmerz nehmen. Ihr Balsam ist tückisch. Er gibt dir nicht deine Lebenskraft zurück, sondern saugt dir das letzte bisschen davon aus. Wenn du dich der Resignation hingibst, verlierst du nicht nur den Schmerz, sondern überhaupt jedes Gefühl. Du empfindest keine Freude mehr, keinen Zorn, keine Sehnsucht ... Die Stunde, in der du deinen letzten Atemzug tust, ist nur eine Farce, ein Theater für die Welt. In Wahrheit bist du schon lange vorher gestorben.«

Haritha wandte sich ihr zu. Ihr Silberschmuck und der weiße Schleier leuchteten im Mondlicht. Sie fassten sich an den Händen und blickten einander an, zwei schwarze Augenpaare, die sich nicht mehr losließen.

»Was auch immer geschieht«, flüsterte Haritha, »du darfst nicht resignieren. Was ich vorhin über den Kampf gesagt habe, war falsch. Es war der Neid der Gescheiterten, der aus mir sprach, die Stimme einer Süchtigen, die andere die Sucht lehren will. Leide, wenn es sein muss. Sieh die Hoffnung schwinden und ertrage den Schmerz. Kämpfe dagegen an, schlage um dich. Und wenn du vor dem Scherbenhaufen deiner Träume stehst, dann laufe darüber hinweg und suche neue, egal, wie weh es tut. Aber nie, Salome, niemals darfst du tatenlos stehen bleiben und dich von der Resignation packen lassen.«

Salome konnte die Kraft spüren, die mit diesen Worten in sie einströmte. Sie hatte in diesem Moment das Gefühl, dass nichts auf der Welt ihr etwas anhaben könnte.

»Ich verspreche es«, sagte sie.

»Versprich es nicht mir«, bat Haritha. »Ich werde nicht immer da sein, um dich daran zu erinnern. Versprich es dir selbst.«

Sie sahen sich noch eine Weile an, dann lösten sie ihre Hände voneinander. Salome folgte Harithas Blick zur fernen Ostseite des

Sees, wo die Mondsichel über den Hügeln stand und sie mit ihrem weißlichen Schimmer benetzte.

Ich verspreche es, dachte sie.

Als Timon sich von der Felswand auf das sichere Plateau zog, riss ihm ein kleiner scharfer Stein die Haut am Unterschenkel auf. Er stöhnte vor Schmerz auf, stellte jedoch sofort fest, dass die Wunde nicht schlimm war. Sie würde nur eine Narbe hinterlassen, die sichtbare Erinnerung an eine schreckliche Zeit, die mit der heutigen Nacht jedoch zu Ende war.

Onex hatte lange nach Einbruch der Dunkelheit gewartet, bis er das Zeichen zur Flucht gab. Timon hatte sofort damit begonnen, die Tücher um die Fußketten zu wickeln, um die Geräusche der Eisen zu dämpfen. Trotzdem wachten einige der anderen Gefangenen auf und merkten, was vor sich ging. Sie schwiegen jedoch, allerdings nicht aus Freundschaft, sondern aus Gleichgültigkeit.

Timon und Onex schlichen langsam über den Steinbruch. Die Nacht war ideal für eine Flucht, denn die Mondsichel war hinter einer Wolkendecke verborgen, so dass sie nicht zu hell schien, jedoch noch genug Licht spendete, um die Umrisse der Steine und die eingeschlagenen Kerben in der Felswand zu finden.

Timon kletterte voran, doch gleich nach der ersten Kerbe verfing sich etwas an einem kleinen Felsvorsprung, löste sich von seinem Schurz und fiel zu Boden.

»Verflucht«, schimpfte Onex stimmlos. »Was machst du für einen Lärm? Was ist das?« Er hob es auf.

Timon kletterte wieder zurück. »Danke«, sagte er nur. Die Lederrolle mit einer Kette, die er von seinem Vater bekommen hatte, und den Zeichnungen aus Rom, Ostia und Jerusalem darin war das Einzige, was er noch besaß. Es waren in den letzten Jahren sogar weitere Zeichnungen dazugekommen. Das Pergament hatte er sich bei den Soldaten zusammengebettelt, die die Bücher über Neuankömmlinge und »Abgänger«, die Toten, führten. Meist arbeiteten sie schlampig. Alte Papiere verloren für sie ihren Nutzen, und ein paar Mal war es ihm gelungen, ihnen einige Bögen abzuschwatzen. Als Stifte dienten Timon feine Steinsplitter. Was er damit zustande brachte, war unter ästhetischen Gesichtspunkten eine Katastrophe, aber es lenkte ihn ab und führte ihn für eine Weile in eine Welt, die ihm sonst verloren gegangen wäre.

»Nun geh endlich«, drängte Onex, und Timon befestigte die Rolle wieder an seinem Schurz und kletterte voraus. Die Kerben waren selbst für den ungelenken Onex leicht zu besteigen, trotzdem mussten sie im Dunkeln vorsichtig sein, denn leicht konnte man einen Schatten oder einen getrockneten Klumpen Erde für einen sicheren Halt erachten und abstürzen. Onex atmete schwer, und einige Male glaubte Timon, sein Partner schaffe es nicht. Manchmal fasste Onex Timons Fußknöchel, weil er nicht mehr weiter wusste, doch Timon konnte ihm immer sagen, wo die nächste Kerbe zu finden war, und so kam es zu keiner einzigen bedrohlichen Situation.

Als Timon ihm nun die Hand entgegenstreckte und ihn den letzten Schritt nach oben hievte, wusste er, dass es geschafft war.

Er ließ sich zurückfallen. »Frei«, flüsterte er, »endlich frei.«

»Wir haben keine Zeit zu verlieren«, keuchte Onex, und da kam auch schon die Wache, mit der er im Bunde war. »Wo ist der Schlüssel?«, fragte Onex ihn. »Mach uns frei.«

»Erst die Bezahlung«, antwortete die Wache.

Timon konnte in der Finsternis das Gesicht des Mannes nicht sehen. Die Stimme klang rau und nicht mehr jung. »Ich warte dann hier«, sagte Timon und bemitleidete Onex für die Aufgabe, die dieser nun zu erledigen hatte.

Onex räusperte sich. »Tja, weißt du, der gute Rufius hier interessiert sich nicht mehr für mich.«

Timon suchte in der Dunkelheit Onex' Augen. »Sondern? Was will er?«

»Als ich ihm sagte, dass du mein Partner bei der Flucht bist ...«

»Was schwafelt ihr hier rum?«, ging Rufius, die römische Wache, dazwischen. »Onex, du hast mir gesagt, dass der Grieche einverstanden ist.«

Timon sprang auf. »*Ich* soll ...«

»Du hast gesagt, dass du für deine Freiheit alles tun würdest.«

»Das hast *du* gesagt«, entgegnete Timon.

»Und du hast stillschweigend zugestimmt. Nun mach schon. Es geht schnell.«

Timon hielt vor Fassungslosigkeit die Luft an. Er erstarrte und blickte abwechselnd auf die Schemen von Onex und der Wache.

»Ich ... ich kann nicht«, sagte Timon.

»Tu es«, drängte Onex ärgerlich und schubste Timon in die Arme des Römers.

Timon sah Rufius nun direkt in die hungrigen Augen. Die Hände des Römers maßen seine Schultern, dann seinen Rücken, die Hüften und schließlich ... Timon schloss die Augen. Er spürte den Atem auf seinem Gesicht, hörte das angestrengte Keuchen, zuckte zusammen, als er die Lippen des Römers auf seinen fühlte.

Er machte sich aus der Umklammerung des Römers frei und trat einen Schritt zurück. »Ich kann nicht«, wiederholte er, diesmal entschlossen.

»Bei allen Göttern«, fluchte Rufius. »Glaubt nicht, dass ihr mir so durchkommt.«

Er holte tief Luft und wollte eben einen Alarm in die Nacht schreien, als Onex sich auf ihn stürzte und ihn zu Boden riss. Der Römer versuchte vergeblich, sein Kurzschwert zu greifen oder den Speer, den er zuvor beiseite gelegt hatte. Onex versetzte ihm einen Faustschlag, der ihn benommen machte, griff nach dem Schlüsselbund und schloss die Kette auf, die seine Füße fesselte. Dann warf er ohne ein weiteres Wort Timon den Bund zu und lief davon.

Timon, der zuerst von der plötzlich veränderten Situation überrascht war, griff den Bund und versuchte, den richtigen Schlüssel zu finden, um ebenfalls seine Kette zu lösen. Er hatte Glück. Eine Wolkenlücke gab in diesem Moment den Mond frei und erleichterte ihm die Arbeit. In breiten Bahnen fiel das silbrige Licht zur Erde und erhellte den Steinbruch.

Timon blickte kurz auf. Der Römer hatte sich bereits wieder aufgerappelt, griff nach dem Speer und warf ihn dem flüchtenden Onex hinterher. Ein entsetzlicher Aufschrei – und Onex fiel mit dem Gesicht nach unten zu Boden.

Timon hatte zwischenzeitlich den richtigen Schlüssel gefunden. Über seine Fußfessel gebeugt, löste er ihr schweres Eisen von seinen

Knöcheln. Doch in diesem Moment fielen Schatten über ihn, die Schatten des Römers und seines gezückten Schwertes.

11

»Shma Israel, adonaj elohenu adonaj echad.« Höre, Israel, der Ewige, unser Gott, der Ewige ist einzig. Kephallion hatte das *Shma Israel*, das Glaubensbekenntnis, schon tausende Male gemurmelt, jeden Morgen nach dem Aufstehen und jeden Abend beim Schlafengehen. Es war der erste Satz, den er als Kind gelernt hatte, und es würde der letzte Satz sein, der je über seine Lippen käme. Aber noch nie hatte er ihn aus den Kehlen so vieler Menschen gleichzeitig gehört. Zur Einweihung der neuen galiläischen Hauptstadt Tiberias waren Zehntausende gekommen.

Mit der rechten Hand vor Augen rezitierten die Menschen weiter: *»Baruch shem kewod malchuto le'olam wa'ed ...«* Kephallion jedoch, der sich sonst immer penibel an die Bräuche hielt, ließ dieses Mal beim Anblick der unüberschaubaren Massen die Hand sinken und seinen Blick über die gigantische Kulisse schweifen, während die Verse des *Shma Israel* dunkel und gleichmäßig wie Wogen an sein Ohr schlugen.

Von der erhöht stehenden Tribüne aus übersah er den gesamten Platz. Tief hängende Wolken machten den Himmel niedrig, und ab und an überflutete ihn ein Sonnenstrahl mit Licht und Wärme. Diesen Tag also hatte Gott ihm zum Sterben zugedacht.

Der Platz selbst war einem römischen Forum nachempfunden. Umrahmt wurde er von einem hohen, dreireihigen Säulengang aus weißgrauem Marmor, der in Ephesos abgebaut wurde. In der Mitte des quadratischen Platzes erhob sich ein Obelisk, der jedoch nur mit Ornamenten statt mit Abbildungen versehen war. Die elementarsten Regeln jüdischen Glaubens waren beim Bau von Tiberias eingehalten worden, dennoch erkannte Kephallion überall den Einfluss der Unbeschnittenen – in der Architektur der Gebäude, in der Arena, die verpöntem Sport Raum geben würde, im Theater, in dem griechische Götter dargestellt würden, in der Bibliothek, die profane, ja, ketzerische Schriften beherbergen sollte. Mehr denn je war er überzeugt, dass dieser Entwicklung ein Schlusspunkt gesetzt werden musste.

Er sah nach rechts, wo Antipas und seine Frau mit der Hand vor Augen beteten. Neben ihm Pilatus und Salome. Jetzt wäre die beste Gelegenheit, hinter ihre Sessel zu treten und ihnen den Dolch in den Rücken zu rammen, denn die jüdischen Wachen beteten mit ihren Glaubensbrüdern und die römischen hatten nur Augen für das ungewöhnliche Spektakel. Aber es war frevlerisch, während des Glaubensbekenntnisses eine Bluttat zu begehen. Zumindest jedoch konnte er sich schon einmal näher an seine Opfer heranschleichen.

»*Ve'ahavta et h' e-lokecha bechol lewawcha …*« Den Ewigen, deinen Gott, sollst du lieben mit deinem ganzen Herzen … Bei diesen Worten ging er wie selbstverständlich in ihre Nähe.

»*Uwechol nafshecha …*« Mit deiner ganzen Seele. Kephallion trat hinter die Sessel.

»*Uwechol me'odecha.*« Mit deinem ganzen Vermögen. Ja, mit allem, was er besaß, wollte Kephallion Gott dienen, sogar mit dem Kostbarsten, das ein Mensch zu geben hatte, dem eigenen Leben. Denn es gab keinen Zweifel, dass die Wachen ihn nach der Tat sogleich mit ihren Schwertern erschlagen würden.

Kleine Schweißtropfen bildeten sich auf seiner Stirn und liefen ihm über die Wangen. Er nestelte in seinem Gewand herum und griff nach dem Dolch. Das *Shma Israel* war zu Ende und damit der religiöse Teil der Eröffnungsfeier. Pilatus beugte sich zu Salome, und Kephallion hörte ihn sagen: »Verehrte, ich habe kein Wort verstanden. Eure Sprache ist entsetzlich nuschelig und hört sich an, als würde jemandem der Hals umgedreht werden. Uwechol, bechol, lewawcha: ich kann nicht glauben, dass man sich so verständigen kann.«

»Und doch ist es so«, erklärte Salome geduldig. »Die Menschen haben soeben ihre Treue zu Gott bekräftigt.«

»Ach ja, dieser mysteriöse Gott, der, wie ein Strauchdieb, kein Gesicht hat. Also ich weiß nicht, an einem Gott sollte doch etwas dran sein, Muskeln, zum Beispiel, Augen und Lippen, ein Geschlecht … Etwas zum Erfreuen, du verstehst? Nicht mal einen Namen hat er, nur diese seltsamen vier Buchstaben, JHVE, zusammen ausgesprochen also Jahve.«

»Du hast gerade ein Sakrileg begangen«, klärte Salome den Prokurator auf. »Es ist verboten, den Namen Gottes auszusprechen.«

»Wozu hat er dann überhaupt einen?«

»Es ist kompliziert, ich weiß, aber du solltest versuchen, die wichtigsten Regeln zu lernen.«

»Beim Jupiter, ich bin Römer. Wozu soll ich jüdische Bräuche lernen?«

»Weil du sonst schon bald viel Ärger bekommen wirst«, prophezeite sie. »Und Ärger macht – wie du selbst sagtest – Falten.«

Antipas gab das Zeichen für die Akrobaten und Fackeltänzer, und einen Moment später war der Platz erfüllt vom ohrenbetäubenden Klang der Tamburine und Schellen und dem Gelächter der Massen.

Kephallion stand direkt hinter dem Sessel des Prokurators. Er hatte das Gespräch der beiden Wort für Wort mitbekommen und war in seinem Vorhaben ein letztes Mal bestärkt worden. Der Römer war ein Ignorant, der bedenkenlos die heiligsten Traditionen mit Füßen trat, und Salome nahm seine Sakrilegien nahezu widerspruchslos hin. Sie mussten sterben. Jetzt war der Zeitpunkt gekommen. Doch als Kephallion die Hand aus dem Gewand ziehen wollte, zitterte sie, als sei er soeben um ein halbes Jahrhundert gealtert. Und dann tauchte auch noch Berenike neben ihm auf.

»Warum stehst du hier herum?«, fragte sie. »Komm, stell dich wieder zu mir und deinem Vater. Von dort siehst du ebenso gut wie …«

»Scher dich weg«, fuhr er sie an. Und als sie nicht sofort gehorchte, wurde er lauter. »Hörst du nicht? Ich sagte, du sollst gehen.«

Berenike ging mit hängendem Kopf davon, aber nun war Salome auf ihn aufmerksam geworden. Skeptisch blickte sie sich um und sah ihn fast genau hinter ihrem Sessel stehen. Dummerweise lächelte er sie in seiner Nervosität sogar noch an, was ihr noch eigenartiger vorkommen musste. Wann hatte er Salome schon einmal angelächelt? Doch sie wandte sich wieder den Vorführungen zu, und er atmete tief durch. Noch einmal umfasste er den Dolch.

In diesem Moment legte sich von hinten eine Hand auf seine Schulter. Kephallion erschrak heftig. Ein römischer Offizier blickte ihn mit Falkenaugen an.

»Aus dem Weg«, sagte er. »Ich habe eine Nachricht für den Prokurator.«

Kephallion trat wie ein artiger Junge zur Seite und sah zu, wie Pilatus die Nachricht öffnete, sich kurz bei Salome und Antipas entschuldigte und schließlich zusammen mit dem Offizier fortging. Er ballte die Faust. Sein wichtigstes Opfer war ihm durch die Finger geschlüpft, Antipas war kein vollwertiger Ersatz und Salome allein kein lohnenswertes Ziel. Gott hatte ihm nur eine kurze Gelegenheit geschenkt, und er hatte sie nicht zu nutzen verstanden. Er war schwach gewesen. Er hatte sich töricht verhalten. Er hatte den Herrn enttäuscht.

Doch plötzlich kam ihm ein Gedanke. Was, wenn der Herr nicht wollte, dass *er* dieses Attentat verübte? Wenn Gott ihn für eine weitaus wichtigere Aufgabe benötigte? Wenn er ihn als Gefolgsmann des *Messias* vorgesehen hatte, als Freund und Ratgeber Sadoqs, als zweiten Mann der Zeloten? Er war zu wichtig, um sich für einen solchen Anschlag herzugeben, warum hatte er das nicht gleich nach der Begegnung mit Menahem erkannt? Für so etwas war er nicht gemacht. Seine Aufgabe war größer. So wie einst Joshua dem Moses zur Seite gestellt worden war, so war er heute dazu ausersehen, gemeinsam mit Sadoq das Volk auf den langen Weg in die Freiheit zu führen.

Erleichtert verstaute er den Dolch tief in seinem Gewand, nun, wo er wusste, wo seine wirkliche Bestimmung lag.

Herodias zuckte beim Knall der zufallenden Tür zusammen und starrte sie anschließend ebenso Hilfe suchend wie zornig an. Nicht zu fassen: Vor wenigen Augenblicken noch war die Welt für sie in Ordnung gewesen, sie hatte Ashdod zum Regieren, Antipas im Netz, hatte drei herrliche Tage mit Festen zur Einweihung von Tiberias hinter sich und die Aussicht auf eine grandiose Zukunft vor sich. Und nun war ihr mit einem Schlag alles verdorben.

Noch immer dampfte das vorbereitete Bad und verströmte seinen berauschenden Duft nach Aloe und Rosenblüten. Sie hatte die in den Boden eingelassene Marmorwanne gerade besteigen wollen, als Theudion wie aus dem Nichts auftauchte. Mit ihm hatte sie am wenigsten gerechnet. Sie bestürmte ihn mit Fragen, weshalb er Ashdod ohne Regierung zurücklasse, weshalb er sein Kommen nicht angekündigt habe. Sie machte ihm Vorwürfe, doch er antwortete ihr lediglich mit steinernem Gesicht und einer ausgestreckten Hand, in der er eine Schriftrolle hielt. Zögerlich griff sie danach. Sie ahnte nichts Gutes, als sie sie öffnete, und was sie las, klang derart kompliziert, dass sie zunächst nicht wusste, was sie davon halten sollte. Zahlen, Namen und Aussagen reihten sich aneinander.

»Du hast Coponius bezahlt«, warf er ihr vor. »Ich weiß noch nicht, warum du das getan hast, denn ich kann nicht glauben, dass diese riesigen Summen für Liebesdienste geflossen sein sollen. Aber eines ist sicher: Du hast über verschlungene Wege etwa ein Zehntel aller Einnahmen verschenkt. Du hast Ashdod um ein Vermögen betrogen.«

Es hatte keinen Sinn, es zu leugnen, und Herodias war nicht die Frau, die bettelte und sich wand. Nicht mehr. Nicht vor diesem Mann, von dem sie seit Salomes Geburt nichts anderes als Vorwürfe gehört hatte. Jetzt zog sie den Angriff dem Rückzug vor. »*Ich* bin Ashdod«, erwiderte sie. »Ich habe die gleichen Ansprüche wie du, und ich kann mit den Einnahmen machen, was ich will.«

»Du bist eine Hure und Betrügerin. Ich werde Salome die Augen über dich öffnen.«

Herodias lachte lauthals. »Ich bebe vor Angst. Siehst du, wie ich unter deinen Drohungen zusammenbreche? Theudion, du bist ein Einfaltspinsel. Jede Eidechse macht mich mehr fürchten als du. Los, sage Salome, was du weißt. Mach schon. Gehe zu ihr, sie wohnt keine zwei Türen von hier. Du kannst ihr nichts erzählen, was sie schockiert. Sie weiß so gut wie alles über mich und Coponius, über mich und Antipas, und sie ahnt, dass ich Geschäfte hinter ihrem Rücken mache. Diese Dinge interessieren unsere Tochter doch überhaupt nicht. Sie ist sanft, sie denkt nur an Wohltätigkeit und an den Griechen. Mit der Drecksarbeit des Regierens will sie nichts zu tun haben und sieht daher geflissentlich weg. Ich habe sie zu dem gemacht, was sie ist, nicht du. Im Zweifel wird sie zu mir halten.«

Für einen Moment schien sie Theudion aus der Fassung gebracht zu haben. Er war sich nicht sicher, wie viel von dem, was sie sagte, der Wahrheit entsprach, aber er traute Herodias alles zu. Sie war eine typische Herodianerin, frevlerisch, hinterlistig und ohne Ehre.

Trotzig verschränkte er die Arme vor der Brust. »Ich gehe mit diesem Fall von Korruption zu Pontius Pilatus. Und ich schreibe an Kaiser Tiberius.«

Herodias riss die Augen auf. »Bist du wahnsinnig? Das kann uns alles kosten, was ich aufgebaut habe, du Narr. Wir werden wieder in Armut und Bedeutungslosigkeit fallen, wir werden ...«

Er schüttelte heftig den Kopf. »Du und Salome, *ihr* werdet arm und bedeutungslos werden, nicht ich.«

»Theudion, das darfst du nicht tun«, bettelte Herodias. »Denk doch an ... an ...« Ihr fiel nichts ein.

»An wen?«, fragte er. »An zwei aufrührerische Weiber, die sich allem Brauchtum entziehen?«

»An deine Ehre.«

»Meine Ehre wird durch die Offenlegung deiner Machenschaften nicht besudelt, sondern wiederhergestellt.«

Herodias schluckte. Entsetzt suchte sie nach einem Ausweg. »Drei Tage«, bettelte sie. »Gib mir drei Tage. Ich werde alles ins Reine bringen, mit dem Prokurator sprechen ...«

»... und mir allein die Regentschaft für Ashdod übertragen?«

Sie nickte.

»Und Salome dazu bringen, dass sie abtritt oder wenigstens jeden Versuch unterlässt, Ashdod unrein zu machen?«

»Auch das.«

»Gut. Drei Tage, Herodias. Lässt du die Frist verstreichen, lege ich offen, was ich weiß.«

Mit diesen Worten hatte er das Gemach verlassen und die Tür lautstark hinter sich zugeworfen.

Herodias biss sich in die Faust. Sie ging alle Optionen durch, die ihr blieben. Nur eines kam nicht in Frage: Theudions Forderung nachgeben und die Macht über Ashdod an ihn abtreten. Sie wäre wieder ein Niemand, nicht mehr als seine Frau, die er kränken konnte, der er sogar seine Zweitfrau mit Billigung der *thora* vorziehen durfte. Nie wieder, schwor sie sich.

Vielleicht konnte sie mit dieser Sache zu Salome gehen. Ihre Tochter gefiel sich in der Rolle einer Fürstin. Wenn Herodias ihr in schlimmsten Farben ausmalen würde, was geschähe, wenn Theudion seine Drohung wirklich wahr machte ... Pilatus hingegen: Wie sollte sie ihm diesen Skandal erklären? Sollte sie ihn vielleicht bestechen wie Coponius? Und was, wenn Theudion Pilatus überging und sich direkt an den Kaiser wandte?

Herodias versuchte noch einige Augenblicke, die einfachste und schlimmste Lösung ihres Problems zu verdrängen, doch schließlich blieb nur diese eine übrig.

Salome las gerade in den leichten, humorvollen Gedichten des römischen Dichters Horaz, dessen Verse ihr stets gute Laune machten, als ein Geräusch sie unterbrach. Berenike schlüpfte rasch zur Tür herein, wie sie es manchmal tat, um ihr den neuesten Hofklatsch zu berichten. Als wären die Wände voller Ohren, kuschelte Berenike sich nahe an Salome heran und schirmte ihren redseligen Mund mit einer Hand ab.

»Ich habe nicht viel Zeit«, begann sie halblaut. »Kephallion wartet sicher schon auf mich. Ich wollte dir nur sagen, dass ich deinen Vater eben gesehen habe. Er kam aus dem Gemach deiner Mutter und ging geradewegs an mir vorbei, ohne einen Gruß. Ich glaube, er hat mich nicht einmal gesehen. Er hatte eine Miene, ich kann dir sagen, eine Gewitterwolke ist nichts dagegen.«

Salome legte ihr Buch beiseite. »Seltsam. Er hat seinen Besuch nicht angekündigt. Hoffentlich ist in Ashdod alles in Ordnung.« Wahrscheinlicher war, dass Theudion eine Auseinandersetzung mit Herodias hatte, vielleicht wegen deren Seitensprünge, aber diese Befürchtung konnte sie Berenike natürlich nicht mitteilen. Ein Geheimnis war bei ihrer Freundin nicht gut aufgehoben, da könnte sie es auch gleich mit roter Farbe an die Wände schreiben.

»Vielleicht sollte ich gleich zu ihr gehen und sie fragen.«

»Warum fragst du ihn nicht selbst?«

»Wenn er hätte zu mir kommen wollen, hätte er es auch getan«, erwiderte sie.

»Ihr versteht euch wohl nicht gut, wie?«

»Er behandelt mich in etwa so, wie Kephallion dich behandelt. Jetzt kannst du dir sicher ein lebendiges Bild machen.«

Berenike schürzte die Lippen. »Du bist schon wieder garstig zu mir, Salome. Seit du mit dieser arabischen Hure befreundet bist, beachtest du mich überhaupt nicht mehr.«

»Ich stelle fest, dass deine Sprache der deines Mannes immer ähnlicher wird. Was meine getrübte Freundschaft zu dir angeht, so hast du dir das selbst zuzuschreiben. Diese komplizierten Verabredungen mit dir, die Heimlichkeiten, damit Kephallion nichts erfährt …«

»Harithas Heimlichkeiten liegen dir wohl mehr, wie? Was macht ihr eigentlich immer zusammen? Verabreicht sie dir ein Zaubermittel?«

Salome lachte. »Wie kommst du denn auf einen solchen Unsinn?«

Berenike zog erneut ein beleidigtes Gesicht. »Nun ja – du siehst seit einigen Wochen verändert aus. Irgendwie …«

»Ja?«

»Irgendwie hübscher. Dein offenes Haar, der Schmuck, dieser dunkelgrüne Schleier über deiner Tunika, das alles hat etwas Geheimnisvolles.«

Salome strahlte. »Fällt dir noch etwas auf?«

»Ja. Du hustest nicht mehr. Und deine Figur – du warst ja schon immer schlank, doch deine Hüften sind jetzt irgendwie runder als vorher, und auch die Brüste sind …«

»Sind was?«, fragte Salome mit großen Augen.

»Straffer. Man könnte fast neidisch werden.«

Salome strahlte über das ganze Gesicht und gab Berenike einen

Kuss auf die Wange. »Du bist ein Schatz. Ich könnte dir stundenlang zuhören. Weißt du überhaupt, wie gut das tut, dass nach all diesen Jahren jemand zu mir sagt, ich sei schön, und dass ich selbst auch wirklich daran glaube? Als Kind war ich doch so ...«

»Hässlich.«

»Danke, dass du es so direkt ausdrückst, Liebes.«

»Früher war ich die Schönste.«

»Das bist du im Grunde noch immer, Berenike. Deine herrlichen Locken, deine helle, vornehme Haut ... Wenn Kephallion nicht wäre ...«

»Darüber will ich jetzt nicht reden«, rief Berenike und sprang auf. »Ich muss mich auf den Weg machen.«

Sie wollte eben die Tür öffnen, als eine Dienerin hereinkam und Salome eine Botschaft überbrachte, die ein römischer Legionär bei ihr abgegeben hatte. Berenikes Neugier war stärker als die Furcht, Kephallion zu verärgern.

»Wolltest du nicht gehen?«, fragte Salome.

»Ist die Botschaft vom Prokurator?«

»Ja, aus Caesarea. Er ist noch am Tag der Einweihung abgereist.«

»Ich weiß. Antipas war ziemlich verschnupft deswegen, der Hof spricht von nichts anderem. Man vermutet natürlich einen politischen Vorfall, der seine Abreise dringend erforderte.«

Salome überflog die Schriftrolle. Mit jeder Zeile steigerte sich ihre Aufregung, und die förmliche Verabschiedung las sie gar nicht mehr.

»Was ist?«, forschte Berenike. »Was schreibt Pilatus?«

Salome rollte die Botschaft mechanisch wieder ein und blickte versunken in eine Ecke des Gemachs. »Er hat herausgefunden, wo Timon sich aufhält«, sagte sie abwesend.

»Wie hat er das geschafft?«, rief sie erstaunt.

»Offenbar hat Pilatus, gleich nachdem ich ihn um seine Hilfe bei der Suche bat, jemanden in Caesarea mit dem Studium der Akten beauftragt, und der ist auf seltsame Widersprüche gestoßen. Daraufhin schickte er Pilatus eine Nachricht, die am Tag der Einweihung eintraf. Pilatus sah nun selbst noch einmal die Akten ein und stellte einigen Leuten Fragen.«

»Siehst du, Timon lebt. Und will dich vermutlich nicht sehen. Wie ich gesagt habe.«

»Timon wurde nie freigelassen«, korrigierte Salome. »Er arbeitet seit vier Jahren in einem Steinbruch bei Ephesos.«

»Schrecklich«, seufzte Berenike nach der ersten Überraschung und hielt Salomes Hand. »Entschuldige, dass ich eben so dumme Sachen gesagt habe. Du solltest nach Ephesos reisen«, schlug sie vor. »Und ich begleite dich, egal, was Kephallion sagt. Sieh her, Pilatus hat eine Begnadigung mitgeschickt, damit bekommen wir ihn frei.«

Schmerz sprach aus Salomes Augen. »Vier Jahre, Berenike. Wie hat er leiden müssen? Was hat er durchgemacht? Wird er mich hassen, weil ich ihn nicht früher gefunden habe?«

Berenike schloss sie in ihre Arme und streichelte ihren Rücken. »Er ist ein Kämpfer, er lebt. Und er liebt dich, Salome. Er liebt dich so sehr wie keinen anderen Menschen.«

»Woher kommst du?« Zacharias' Frage klang scharf und drohend, aber Kephallion war dennoch nicht gewillt, sie zu beantworten.

Er war am frühen Morgen erneut nach Nazareth geritten und hatte sich dort in dem gleichen unterirdischen Raum mit Menahem getroffen. Um dauerhaft Zugang zu den Zeloten zu bekommen, musste er sich überwinden und Menahem als zweiten Mann der Sekte anerkennen. Er entschuldigte sich für sein Verhalten während der ersten Begegnung, versprach, künftig das Auge und Ohr der Zeloten am Fürstenhof zu sein, regelmäßig Berichte zu erstatten und jeden Befehl zu befolgen. Kurz, er kroch vor Menahem im Staub. Und es lief besser, als er geglaubt hatte.

Nachdem er eine Weile mit Menahem gesprochen hatte, ging die Tür auf, und ein Mann kam herein, den er vorher noch nicht gesehen hatte. Aufgrund des spärlichen, flaumigen Bartwuchses konnte Kephallion das Alter des Mannes auf etwa dreißig Jahre bestimmen. Arme und Beine waren dürr wie Weidenzweige. Die Kleidung sah ärmlich aus, allenfalls unauffällig, und die Bewegungen des Mannes wirkten besonnen wie die eines Philosophen. Allein die Augen machten den Mann zu etwas Besonderem. Ein starker Wille entströmte ihnen wie Licht der Sonne. Kephallion wusste sofort, dass nur Sadoq solche Augen haben konnte. Denn der Herr hatte sie ihm gegeben.

»Du hast mich erkannt«, sagte Sadoq, als könne er Kephallions Gedanken lesen. »Das ist gut. Es beweist, dass du Gespür besitzt und ein Glied von uns bist. Sei das, was du uns angeboten hast, Kephallion, sei unser Auge und Ohr. Wir brauchen dich. Löse dich von deinen Wurzeln. Du musst mit Haut und Haaren uns gehören.«

»Das will ich.«

Sadoq nickte. »Ich weiß.«

»Ich werde dir dienen.«

»Oh ja. Du wirst nur mir und Menahem Rechenschaft schulden und nur von uns direkt Befehle erhalten. Wir verlassen uns auf dich, Kephallion.«

Kephallions Rücken straffte sich. Er hob das Kinn. »Das könnt ihr.«

Noch Stunden später stand er unter dem Eindruck dieser Begegnung, sogar jetzt noch, wo er wieder zurück im Palast war und die Abendsonne sich über Tiberias senkte. Wir brauchen dich, hatte Sadoq gesagt. Wir verlassen uns auf dich. Er war von heute an ein Mann der Zeloten, ein Diener der heiligen Sache Gottes. Doch das musste er Zacharias ja nicht preisgeben.

»Das geht dich nichts an«, erwiderte er mürrisch.

»Du warst bei den Zeloten. Leugne es nicht. Ich ahne schon lange, dass du mit ihnen konspirierst.«

Kephallion schloss eilig die Tür hinter sich, damit niemand sie hören konnte. Er war nun ganz allein mit Zacharias in seinem Gemach, denn er hatte Berenike gestattet, Salome auf einer Reise nach Kleinasien zu begleiten. Sie war ihm hier ohnehin nur im Weg, solange sich der Kontakt zu Sadoq und Menahem noch nicht eingespielt hatte.

»Es stimmt also«, deutete Zacharias Kephallions nervöse Gesten.

»Ja«, brach es aus Kephallion hervor, und er empfand Genugtuung dabei. »Pharisäer, Sadduzäer, Essäer, alle biedern sich bei den

Besatzern an, um Vorteile zu erhalten. Die Zeloten sind die Einzigen, die etwas gegen die Römer tun – wenn auch noch viel zu wenig. Sadoq hat den falschen Ratgeber. Ich werde das ändern und dafür sorgen, dass er entschiedener gegen die Feinde des Volkes kämpft, mit anderen Mitteln ...«

»Mit Gewalt.«

»Du redest, als sei das etwas Schlimmes. Machen die Römer es nicht genauso? Hast du selbst mich nicht meine ganze Kindheit lang gequält? Oh entschuldige, ich vergaß, du hältst Gewalt nur dann für angebracht, wenn der Stärkere sie ausübt. Deine große Schwäche ist die Feigheit, Zacharias.«

»Und Anmaßung die deine. Mit welchem Recht stilisierst du die Gewalt der Schwächeren kurzerhand zu einem heiligen Werk?«

»Sadoq ist heilig. Er ist der *Messias*, der Erlöser.«

Zacharias riss entsetzt die Augen auf. »Du ... du bist wahnsinnig. Du bist noch verwirrter als die Zeloten. Irgendjemand muss dich aufhalten, sonst geschieht eines Tages ein gewaltiges Unglück.«

»Und wer soll das sein?«, höhnte Kephallion. »Etwa du, alter Mann? Du würdest mich nie anklagen, denn damit wäre dein guter Ruf ruiniert. Meine Schande würde zu deiner werden.«

Ein verächtliches Grinsen huschte über Zacharias' Gesicht. »Du bist ein *chamor* und verstehst mal wieder überhaupt nichts. Wie würde es dir gefallen, wenn ich deinen neuen Freunden etwas über deine Herkunft erzählte? Wenn ich ihnen sagte, dass sie Römerblut in ihren Kreisen haben? Ob sie dich dann noch für wichtig hielten?«

Kephallion erbleichte. Er spürte, wie sich die Kehle zuschnürte. Dieser Mann, der ihn seine ganze Kindheit über gequält und gedemütigt hatte, war dabei, es ein weiteres Mal zu tun. Wann würde er endlich von ihm loskommen? »Das würden sie dir nicht glauben«, erwiderte er ohne Nachdruck.

»Nicht glauben? Auf Knien danken würden sie mir für diese Information. Ja, vielleicht benutzen sie dich weiterhin für ihre perfiden Pläne, aber sobald sie dich nicht mehr brauchen, werfen sie dich wie einen alten Lumpen fort. Sie werden dich stets verachten, und wenn du mich fragst, ist es das Beste, was sie tun können.«

Kephallion ballte die Hände zu Fäusten. Immer und immer wieder pulsierte ein Satz Sadoqs durch seinen Kopf: Löse dich von deinen Wurzeln, löse dich von deinen Wurzeln, löse dich ... Maßlose Wut vermischte sich mit der Angst, verabscheut und verstoßen zu werden.

»Du kannst deine Herkunft nicht verleugnen«, bohrte Zacharias weiter in der Wunde. »So sehr du dich auch bemühst, ein vollkommener Jude zu sein – es wird dir nie gelingen. Dein Blut holt dich immer wieder ein. Am Tage kannst du dich vielleicht jüdischer als jeder andere Jude verhalten, inniglicher zum Herrn beten und die Vorschriften penibler als die *Rabbiner* einhalten. Doch in der Nacht, wenn du wach liegst, wirst du immer wissen, dass du nichts weiter bist als ein halber Römer, eine giftige, verbotene, faule Frucht. Und ein *chamor.*«

Zacharias lachte mit einem Genuss, wie Kephallion es noch nie bei ihm erlebt hatte. Sein Gelächter schien kein Ende nehmen zu wollen, schließlich drehte er sich herum, um die Tür zu öffnen, doch in diesem Moment schlug ihm Kephallion mit aller Kraft in den Nacken, gleich darauf ein zweites und drittes Mal, bis Zacharias zusammensackte.

Kephallion dachte nicht mehr lange nach. Er eilte zu der Lade, in der sein Dolch lag, und stieß ihn Zacharias in den Rücken. Ein Gefühl endloser Erleichterung durchströmte ihn, er holte tief Luft wie nach einer endlich bewältigten Aufgabe.

Doch schon im nächsten Atemzug wurden ihm die Folgen seiner Tat bewusst. Er schlug die Hände über dem Kopf zusammen und lief wie ein gefangenes Tier hin und her.

Wie sollte er den Mord verschleiern? Wohin könnte er die Leiche schaffen?

Er lief noch immer auf und ab, als eine grelle Stimme durch die Gänge hallte. »Hilfe! Ein Mord! Er ist tot. Hilfe!«

Nun konnte er keinen klaren Gedanken mehr fassen, verstand nicht, wie jemand so schnell die Tat bemerkt haben konnte, wo doch die Tür geschlossen war und auch niemand durch das Fenster im oberen Geschoss des Palastes blicken konnte. Er öffnete die Tür und stürmte hinaus. Flucht, das war alles, was ihm noch einfiel. Er musste zu den Stallungen. Oder besser zum See, mit einem Boot an das ferne Ufer übersetzen, das nicht mehr zum Herrschaftsbereich des Antipas gehörte.

Weitere Familienmitglieder strömten aus den Türen. Doch seltsam, sie liefen alle in eine andere Richtung und kümmerten sich überhaupt nicht um ihn. Er blieb verdutzt stehen und blickte ihnen nach. Da erkannte er Herodias. Sie war es, die verzweifelt geschrien hatte.

»Theudion ist tot. Ich kam eben herein und fand ihn über seinem Essen zusammengebrochen. Er muss vergiftet worden sein.«

Die rettende Idee kam Kephallion wie ein Blitz. »Mein Vater!«, schrie er. »Mein Vater wurde erdolcht.« Die Leute liefen nun alle zu ihm und umringten ihn. »Er kam in mein Gemach gestolpert, den Dolch im Rücken, und brach vor meinen Augen zusammen, ohne dass ich noch etwas tun konnte.«

»Ein Mörder geht um«, schrien nun einige und steckten andere an. Panik brach aus, die Leute stoben auseinander, andere umarmten sich beschützend, wieder andere hoben die Arme flehend gen Himmel und sackten auf die Knie. Der Hof von Tiberias versank im Nu im Chaos.

Der feine Sandstaub schwebte wie ein hellgraues Gewebe über dem Talkessel und saugte die Strahlen der Nachmittagssonne auf. Ein diffuses Licht lag über dem Steinbruch, das mit jedem Schritt gen Mitte schwächer zu werden schien. Die Luft stand und reizte die Kehle. Wie unwirkliche Wesen hackten die Arbeiter monoton auf den Stein ein, es schien, als seien sie nur für diese spezielle Bewegung geboren worden. Den Fremden, der an ihnen vorüberging, beachteten sie mit keinem Blick.

So, dachte Kallisthenes, könnte auch der Eingang zum Hades aussehen.

Ihm war der Anblick von Steinbrüchen nicht neu. Er war Architekt, nannte sich selbst jedoch Baumeister der Kunstsinnigen, um nicht mit den Scharen von Dilettanten verwechselt zu werden, die sich seit den Zeiten des Augustus wie Gülle über das Imperium ergossen. Der Bedarf an Bauten war immens, denn das Reich blühte und wuchs und verlangte nach immer mehr und größeren Straßen, Foren und Tempeln. Wohlhabende Kaufleute versuchten überall, die alteingesessenen Würdenträger zu übertreffen, und ließen sich protzige Stadtvillen errichten.

Kallisthenes wollte mit solchen Auftraggebern nichts zu tun haben. Alles Vordergründige war ihm zuwider. Die Häuser, die er baute, waren für Menschen mit Sinn für Details gemacht, Menschen, denen beim Anblick eines Frieses noch der Atem stockte, die ein Relief eine Stunde lang betrachten konnten und sich in die Schönheit des Steins verliebten.

Der Stein. Für die meisten Architekten war er schlicht Material. Er musste fest und glatt sein und durfte keine Risse haben, schon waren die Herren Dilettanten zufrieden. Für Kallisthenes jedoch war der Stein Ausgangspunkt und zugleich Ziel jeder Schönheit. Der Stein sollte die Harmonie der Friese und Reliefs betonen und diese wiederum den Charakter des Steins. Kallisthenes schätzte den Marmor von Thessalonike, der zerknittertem Pergament glich, den von Ariston, der grau wie Nebel war, sowie das fast vollkommene Schwarz des Marmors von Lebadeia. Von allen Steinbrüchen aber liebte er diesen bei Ephesos am meisten, wo das Gestein milchig weiße und dunkelgraue Töne aufwies, die ineinander flossen. Er blickte auf die Felswand, und es war, als stünde er vor einem mächtigen Wasserfall.

»Möchtest du dich umsehen?«, fragte ihn der römische Verwalter, der wie ein Hund hinter ihm herlief.

»Natürlich«, erwiderte Kallisthenes ein wenig abfällig und blickte auf den zwei Köpfe kleineren Mann herab. »Darum bin ich schließlich hier.«

Er schlenderte zwischen den mannshohen Felsblöcken wie durch einen Garten. Gelegentlich blieb er stehen, nahm ein faustgroßes Stück auf, befühlte es und roch daran, als sei es eine taufrische Rosenblüte. Nicht nur die Farbe und Beschaffenheit waren ihm wichtig, sondern auch der Geruch nach Erde, Kalk, Salz oder Meerwasser, der jedem Gestein eigen war. Der mineralische Duft warmer Steine war ihm am liebsten.

»Ich benötige siebzig Platten. Dann brauche ich wie viele von diesen Steinen?«, fragte er sich selbst und murmelte allerlei Zahlen vor sich hin.

»Sicher für eine Therme«, riet der Verwalter.

»Selbstverständlich *nicht*«, widersprach Kallisthenes entsetzt. Das war wieder typisch, dachte er. Nur weil das Gestein fließende Farben hatte, kauften die Architekten es haufenweise für römische Thermalbäder. Nicht mal im Traum würde ihm so etwas Triviales einfallen. »Es ist für einen Gesellschaftsraum.«

»Gesellschaftsraum?«

»Der Grieche trifft sich dort zum Gespräch mit Freunden«, erklärte er ungeduldig.

Der Verwalter blickte ihn ratlos an, dann fiel es ihm ein: »Oh, ich verstehe. Du nimmst unseren Marmor, damit die Gespräche fließen. Beim Bacchus, eine witzige Idee.«

Kallisthenes verdrehte die Augen, wandte sich kopfschüttelnd ab und stand – vor einem jungen Mann, der an einen Pfahl gebunden war. Er schreckte zurück.

Dergleichen passierte ihm immer wieder in den Steinbrüchen. So sehr er auch aufpasste, hinter irgendeinem Steinklotz oder in irgendeinem Winkel stieß er früher oder später auf Delinquenten. Kein schöner Anblick. Der Kopf des Jünglings hing leblos herunter, und an den Stellen, wo er an den Pfahl gebunden war, leuchtete aufgescheuertes Fleisch dunkelrot unter einer dünnen staubigen Kruste, die den ganzen Körper überzog.

Kallisthenes schloss betroffen die Augen. Sklaverei und Fronarbeit waren auch im alten, versunkenen Hellas der Philosophen, Künstler und Staatsmänner nicht unbekannt gewesen, das wusste er, aber *so* waren diese Menschen nicht behandelt worden wie heute durch die Römer.

»Er versuchte zu fliehen«, erklärte der Verwalter. »Gar nicht beachten, in zwei oder drei Tagen ist er ohnehin tot.«

Kallisthenes wollte sich eben abwenden, als er zufällig zu Boden blickte und eine Lederrolle sah, aus der einige Pergamente hervorlugten. Neugierig zog er den Inhalt heraus und rollte die Papiere auf.

Ein Laut des Erstaunens entschlüpfte ihm. Er hatte mit allem gerechnet, mit sentimentalen Briefen, pornographischen Zeichnungen oder schlüpfrigen Versen, mit denen sich die einfachen Menschen hier unterhalten mochten, nicht jedoch mit architektonischen Entwürfen. Die meisten gezeichneten Gebäude waren zwar im plumpen, von Kallisthenes verachteten römischen Stil erbaut, sie waren jedoch exzellent wiedergegeben, bis ins Detail. Wer immer diese Zeichnungen gefertigt hatte, besaß ein feines Auge und den Blick für die Eigenheit eines Bauwerks.

»Der Grieche dort trug das bei sich, als wir ihn festnahmen«, berichtete der Verwalter. »Einer meiner Männer hat es ihm abgenommen und zu Boden geworfen. Es ist doch nichts wert, oder?«

Die Rolle nicht, dachte Kallisthenes, der Mann schon. Er hatte Talent, und er war Grieche, ein Landsmann. Er gehörte nicht in einen Steinbruch unter Sklaven und Verbrecher. Die Römer waren zu oberflächlich, um so etwas zu erkennen.

Kallisthenes sah die Gier in den Augen des Verwalters blitzen.

»Ich kaufe die Rolle und den Mann.«

»Also ich weiß nicht …«, murmelte der Verwalter und rieb sich in offensichtlich gespielter Skepsis das Kinn. »Wir sind nur befugt, an Gladiatorenschulen zu verkaufen.«

»Zwölf *denari*«, eröffnete Kallisthenes.

»Fünfzehn. Nur für den Mann.«

»Er ist halbtot. Dreizehn. Und noch einmal fünf für die Rolle.«

Der Verwalter leckte sich die Lippen. »Abgemacht. Es ist immer wieder ein Vergnügen, Geschäfte mit dir zu machen. Soll ich den Kerl verpacken?«

Er lachte, während er sich die Münzen einzeln auf die Hand legen ließ, und er lachte immer noch, als er zwei Wachen herbeirief, die den ohnmächtigen Timon vom Pfahl lösten und Huckepack zum Pferd des Kallisthenes trugen.

Einen Tag später, etwa zur gleichen Stunde, schaukelte die Sänfte Salomes in Begleitung einer kleinen Eskorte in den Steinbruch.

Die Reise war anstrengend verlaufen, denn die römischen Straßen waren zwar im Vergleich zu jüdischen Sandpisten wetterfest, aber holprig. Erschwerend kam hinzu, dass Salome kaum Pausen bewilligt hatte. Mit jedem Schritt, den sie Ephesos näher kam, wuchs ihre Ungeduld. Ihr Herz schlug schneller, ihr Appetit schwand, und wenn Berenike ihr nicht unermüdlich Wasser aufgedrängt hätte, wäre sie wohl halb vertrocknet. Die Landschaften und Städte, durch die sie kamen, nahm Salome kaum wahr, obwohl es die erste größere Reise ihres Lebens war. Weder die altehrwürdige Phönizierstadt Berytus mit ihren prächtigen Gärten noch das verruchte Antiochia machten sie neugierig, weder die mit Olivenhainen bedeckten Südhänge des Taurusgebirges noch die von duftender Myrte überwucherten Täler begeisterten sie.

In den letzten Stunden konnte sie Timons Nähe fast körperlich spüren, und nun, im Steinbruch, konnten auch schmerzende Knochen sie nicht zurückhalten, durch den Talkessel zu streifen. Ihr Blick zuckte über die Felswände und Geröllmassen und betrachtete jeden Arbeiter für den Bruchteil eines Lidschlages.

»Wie kann ich dienen, Herrin?« Berenike hatte zwischenzeitlich den Verwalter herbeigeholt.

»Ich suche einen jungen Mann«, erläuterte Salome. »Blond, schlank, so groß wie ich und etwa in meinem Alter. Ein Grieche. Er soll sich seit vier Jahren hier befinden.«

Die Augen des Verwalters verengten sich. »Wieso? Was ist mit ihm?«

»Er ist zu Unrecht verurteilt worden und auf der Stelle freizulassen, wie dir dieses Dokument beweist.«

Der Verwalter öffnete nervös die Schriftrolle mit der Begnadigung durch Pontius Pilatus, verbrachte viel Zeit damit, sie zu lesen, kaute auf seiner Lippe und sagte schließlich: »Er ist nicht hier. Nicht mehr, jedenfalls.«

»Also war er hier?«, drängte Salome.

»Schon. Aber wir haben ihn vor – vor einem Jahr vergeben.«

»Heißt das, verkauft?«

»Gegen eine geringfügige Gebühr, ganz legal«, betonte der Verwalter ein wenig aufgebracht. »An eine Gladiatorenschule in … Das weiß ich nun wirklich nicht mehr. Wir heben Dokumente nicht lange auf. Dein Grieche kämpft längst in den Arenen des Reiches, vielleicht in Spanien, vielleicht in Italien, vielleicht nur einige Meilen von hier. Womöglich ist er schon verrottet. Ich kann dir nicht helfen.«

Er wandte sich ab. »Du musst entschuldigen, ich habe viel zu tun.«

Enttäuscht lehnte Salome sich an Berenikes Schulter. Das Glück war so nah gewesen, wie ein frischer Windhauch nach langer Hitze hatte es sie gestreift und war wieder verschwunden.

»Ich werde ihn nie finden«, klagte sie. »Im ganzen Leben nicht.«

»*Theriac*«, posaunte *Rabban* Jehudah das Ergebnis seiner Untersuchungen wie einen Fanfarenstoß in den Thronsaal des Palastes von Tiberias.

Noch am Abend der Morde hatte Antipas ihn mit den Ermittlungen beauftragt. Zwar waren Verbrechen nicht sein Spezialgebiet, aber Antipas fürchtete Höllenmächte am Werk, und denen konnte am ehesten einer der vornehmsten *Rabbiner* des Landes auf die Spur kommen. Doch was *Rabban* Jehudah nun zu berichten hatte, klang eher nach einer sehr weltlichen Tat.

»Jemand hat Theudion *theriac* in die Speise gemischt. Wir haben zwar keine Spuren gefunden – was bei diesem geruchlosen Gift auch nicht verwundert –, aber anhand der Beschreibung von Theudions Todeskampf, den uns die edle Herodias lieferte, können wir Rückschlüsse ziehen.«

Rabban Jehudah sah einen nach dem anderen mit seinen beängstigend großen Augen an und brachte alle dazu, ihren Blick zu senken. Außer ihm war noch Antipas anwesend, der auf dem Thron kauerte, als falle der Himmel gleich herab, sowie Herodias und Kephallion, die nächsten Verwandten der beiden Opfer.

Der fensterlose Saal wurde von etlichen Fackeln auf mannshohen Kandelabern beleuchtet, deren Feuer sich im glatten Marmor der Wände spiegelte. Das Knistern und dunkle Rauschen der hundert Flammen betonte noch die gespenstische Leere des Raumes. Unruhig traten Herodias und Kephallion von einem Fuß zum anderen.

»Und dann haben wir noch diesen angefangenen Brief«, fügte *Rabban* Jehudah hinzu. »Die edle Herodias fand ihn gestern, als sie die persönliche Habe ihres Gatten durchsah. Er ist an Haritha adressiert.«

Antipas richtete sich auf dem Thron auf. Seine Augen rollten mit der Geschwindigkeit seiner Gedanken hin und her. Er nahm das Fragment von Rabban Jehudah entgegen, und als sein Blick über die ersten Zeilen glitt, erhob er sich langsam und murmelte mit trockener Kehle: »... werde ich nun, nachdem du meine erste Aufforderung nicht beachtet und dein sündhaftes Verhalten fortgesetzt hast, deine Liebschaft mit Zacharias offenbaren. Ich habe dich gewarnt. Was du tust, ist frevlerisch ...«

Ungläubig haftete Antipas' Blick auf dem Papier. »Hier endet der Brief.«

»Offenbar wurde Theudion unterbrochen«, sagte *Rabban* Jehudah gleichgültig. »Das ist kaum von Belang.«

»Er war doch erst seit einigen Tagen in Tiberias«, wandte Antipas ein.

Der *Rabbiner* nickte. »Und er hat mit seinen unverbrauchten Augen etwas entdeckt, das uns allen hier, die wir täglich an diesem Hof leben, entgangen ist. Selbst mir.«

Kephallion staunte nicht weniger als Antipas. Er hielt es für ausgeschlossen, dass Zacharias und Haritha ... Ein absurder Gedanke. Sein so genannter Vater hätte sich nie einer Leidenschaft hingegeben, schon gar nicht mit der Frau des Fürsten. Trotzdem, es gab diesen Brief. Und Theudion war tot.

Er tauschte einen kurzen Blick mit Herodias. Für ihn war diese vermeintliche Liebschaft die Rettung – und für sie vielleicht auch. Wenn er ihr helfen würde, würde er sich selbst helfen.

»Nach diesem Brief wird mir manches klarer«, sagte er. »Ich habe bemerkt, dass mein Vater in letzter Zeit selten zu sprechen war. Er schloss sich häufig ein, und mehr als einmal nahm ich die Reste starker Düfte in seinem Gemach wahr. Natürlich hätte ich nie geglaubt, dass er so dreist sein würde, mit Haritha zu – verkehren.«

Rabban Jehudah fügte die Teile nun zu einem Ganzen zusammen. »Haritha hat Theudion vergiftet, um einer Entlarvung als Ehebrecherin zu entgehen. Sie schaffte es irgendwie, *theriac* in die

Speise Theudions zu mischen. Dazu musste sie sich nur in die Palastküche schleichen. Wir haben das Gift in ihrem Gemach gefunden.«

»Du hast ohne meine Erlaubnis das Gemach meiner Frau durchsuchen lassen?«, donnerte Antipas. Doch unter den blitzenden Augen und der scharfen Antwort des *Rabbiners* wich er zurück.

»Du hast mich beauftragt, das Böse an diesem Hof zu finden. Nun, ich habe es gefunden. Es war dir näher als das Gute, Antipas, es tanzte vor dir.«

Er setzte sachlich seinen Bericht fort.

»Nachdem sie die Tat begangen hatte, ging sie in das Gemach von Zacharias und erzählte ihm davon. Nun, der alte Mann hatte sicherlich viele Schwächen, nicht zuletzt seinen sadduzäischen Glaubensdünkel, wissender und erhabener als ich und meine Pharisäer zu sein. Aber ein Mörder war er nicht. Er war entsetzt über Harithas Tat und drohte nun seinerseits, alles zu enthüllen. Da erstach sie ihn hinterrücks. Zacharias konnte sich gerade noch in das Gemach seines Sohnes schleppen, das neben seinem eigenen lag. Dort brach er zusammen. Ein Tumult brach aus, der es Haritha ermöglichte, unerkannt in ihre Räume zu fliehen. So verhielt es sich.«

Der *Rabban* sah Antipas mit großen Augen an. »Ich lege dir das Böse zu Füßen. Nun musst du es zertreten. Fälle das Urteil, Fürst, und bedenke, dass die Augen des Herrn auf dir ruhen. Wie entscheidest du?«

Antipas blickte Herodias tief in die Augen, als er verkündete: »Ich möchte eine Stunde allein sein.«

Der abgelegene Raum, in dem Herodias sich mit Antipas zu gemeinsamen Nächten traf, hatte sich unter ihrer Ägide im Laufe der Zeit zu einem Schmuckstück verwandelt. Antipas hätte ein breites Bett genügt, und am Anfang gab es auch nichts anderes, doch Herodias hasste dieses Provisorium. Sie kam sich wie eine Dienstmagd vor, die von ihrem Herrn im Schafstall verführt wurde. Daher stattete sie das Liebesnest nach und nach mit Möbeln und Stoffen aus. Die Ölholztruhen waren angefüllt mit aufreizenden Gewändern, die sie nur in diesen vier Wänden trug, die bronzenen Kandelaber leuchteten dunkel im Licht der Fackeln, die Damastkissen waren kostbar bestickt und die Kacheln mit lüsternen Motiven bemalt. Gegen Letzteres hatte Antipas sich anfangs gewehrt, weil er fürchtete, Gott zu beleidigen. Sie hatte jedoch leichtes Spiel mit ihm, denn im Grunde erregten ihn die Darstellungen nackter Frauenleiber, und er wünschte sich nichts sehnlicher, als alles das auszuprobieren, was die Frauen auf den Kacheln ihm vormachten. Herodias sorgte dafür, dass es genau so kam. Seither war sie sich sicher, dass Antipas nicht mehr von ihr loskam. Er war ihren nächtlichen Spielen nicht weniger verfallen als Harithas Tänzen.

»Du warst es«, warf er ihr vor, kaum dass er das Liebesnest betreten hatte. »Du wusstest, dass Haritha *theriac* nimmt, hast es dir von irgendeinem Giftmischer besorgt und Theudion ermordet. Dann hast du den Brief gefälscht, in dem Zacharias beschuldigt wird, und anschließend hast du den Alten erdolcht, damit er nicht seine Unschuld beteuern kann.«

»Fast richtig«, gestand sie gelassen. »Nur das mit Zacharias war ein Zufall. Zunächst hatte ich lediglich vor, mittels des *theriacs* den Verdacht auf Haritha zu lenken. Erst Zacharias' Tod hat mich auf die Idee mit dem Brief gebracht.«

Ihre Ehrlichkeit verschlug ihm fast den Atem. »Warum?«, rief er.

»Nun sind wir beide frei«, sagte sie schulterzuckend. »Haritha wird wegen Ehebruchs und Mordes gesteinigt, und damit steht uns nichts mehr im Wege. Wir warten noch eine Weile, dann heiraten wir.«

Er schüttelte die geballte Faust. »Ich habe dir doch gesagt, dass in diesem Fall der Fluch des Himmels über mich kommt.«

»Nur, wenn du dich scheiden lässt, behaupten deine Astrologen. Nun lässt du dich ja nicht scheiden. Du wirst Witwer.«

Sein mächtiger Kopf schwoll an und wurde puterrot. »Wortklauberei«, schrie er. »Du glaubst doch nicht, dass der Himmel sich für dumm verkaufen lässt.«

Sie löste mit gezielten Bewegungen einige Spangen ihres Gewandes, so dass es an ihr herabfiel. Goldfarbene Sandalen waren ihre einzige Bekleidung. Langsam und ohne Antipas aus ihrem Blick zu entlassen, legte sie sich bäuchlings auf die Kissen auf dem Boden und wippte aufreizend mit den Beinen. Als sie bemerkte, dass sein Blick über ihren molligen Körper wanderte und an den Schenkeln haften blieb, huschte ein kaum sichtbares Grinsen über ihr Gesicht.

»Du hast gar keine Wahl«, sagte sie. »Was willst du tun? Mich beschuldigen? Das bringst du nicht fertig. Du brauchst mich, Antipas, denn ich bin stark. Gemeinsam können wir reicher und mächtiger werden, als du es dir vorstellen kannst. Hast du dir eigentlich schon bewusst gemacht, dass ich Ashdod mit in die Ehe bringe? Ich bin nun alleinige Regentin, und selbst wenn meine Tochter wollte, *könnte* sie uns keine Schwierigkeiten machen. Ashdod ist reich. Ashdod hat etwas, das du brauchst: einen Zugang zum Meer, einen Hafen. Zusammen mit Galiläas Vielfalt an Waren ist er pures Gold wert. Und – ich habe beste Beziehungen nach Rom in den Senat.«

Er schien noch nicht überzeugt, daher fügte sie hinzu: »Denke auch an die zehntausend Nächte, die vor uns liegen, in denen wir uns alles geben, was wir haben. Wir werden die Nächte herbeisehnen und am nächsten Morgen das Licht der Sonne verfluchen. In Gold und Perlen werden wir baden. Haritha konnte dir all das nicht bieten. Nun wähle, Antipas, Geliebter.«

Seine Lippen zitterten. Wie ein Mondsüchtiger schlurfte er zu Herodias und beugte sich über sie. Seine Hände tasteten über ihre Beine, über die weichen Hüften und den Rücken. Und wieder verlor er sich in ihren Augen, die ihn wie erbarmungslose Wärter gefangen hielten. Er hatte ihrer Schlechtigkeit nichts entgegenzusetzen, im Gegenteil, sie zog ihn magisch in ihren Bann und war stärker als jede Angst oder Vernunft, die ihn vielleicht hätte retten können.

»Vergib mir«, flüsterte er und vergrub sein Gesicht in Herodias' üppigen Haaren. »Vergib mir, Herr.«

Als Salome wieder in Galiläa eintraf – sie fühlte sich elend und leer wie lange nicht –, fand sie den Palast von Tiberias nahezu menschenleer vor. Auf Anfrage wurde ihr und Berenike von einer alten

Bediensteten erklärt, dass sich vor noch nicht einer Stunde eine Prozession in Bewegung gesetzt habe, an der alle Familienmitglieder, Höflinge und der Großteil der Dienerschaft teilnahmen. Ziel war eine kleine Senke im Hinterland, wo gelegentlich Züchtigungen und Hinrichtungen stattfanden. Dort sollte Haritha heute gesteinigt werden.

Die Ungeheuerlichkeit dieser Nachricht lähmte Salome, aber als ihr dann die Greisin mit mitleidigem Blick die Ereignisse schilderte, die sich zugetragen hatten, musste sie sich setzen. Auch wenn Theudion ihr oft weh getan hatte, so war er doch ihr Vater gewesen. Dass auch Zacharias umgekommen war, Berenikes Schwiegervater, war unter diesen Umständen nur eine Nebensache.

Ihre Freundin tröstete sie, so gut es ging, doch sie drang mit ihren Worten kaum zu Salome durch.

»Sie war es nicht«, stieß Salome hervor. »Ich weiß es. Sie hatte keinen Grund.«

»Wenn man der Untersuchung glauben darf …«

»Genau das darf man nicht«, erwiderte sie heftig. »*Rabban* Jehudah hasst Haritha. Schnell, wir müssen die Prozession einholen.«

»Wie?«, fragte Berenike.

Salome rief zwei Soldaten herbei, die sie auf Pferden mitnehmen sollten. Berenike machte Schwierigkeiten, weil sie die Umarmung des Soldatenleibes für unsittlich hielt, aber Salome verspürte nicht die geringste Lust, darüber zu diskutieren, und ließ ihre Freundin wortlos zurück.

Der Ritt ging über staubige Sandpisten und vorbei an hellgrünen Dattelhainen, die Antipas hier hatte anlegen lassen. Der süße, klebrige Saft der überreifen Früchte zog die letzten Bienen des Jahres und Scharen von Vögeln an. Ihr wildes Gezwitscher mischte sich mit dem Galopp des Rappen, auf dem Salome saß. Ihr gelber Schleier über dem Gewand flatterte im Wind. Sie presste ihr Gesicht an den Rücken des Soldaten, und auf ihren Lippen formten sich in ständigem Wechsel die Namen ihres Vaters und ihrer Freundin. »Nicht auch noch sie«, flüsterte sie. »Bitte nicht.«

Endlich kam die Prozession in Sichtweite. Sie erreichte soeben die Senke, die Salome ein wenig an den Steinbruch bei Ephesos erinnerte, wenngleich die Felswände hier nicht annähernd so hoch waren und das Gestein braun, als habe die Sonne es verbrannt. Die Senke maß vielleicht hundert Schritt im Durchmesser, war voll von Geröll und bot keine Fluchtmöglichkeit.

Die geplante Steinigung hatte sich herumgesprochen. Aus den nahe gelegenen Dörfern kam das Volk herbei und versammelte sich nahe der fürstlichen Familie am oberen Rand der runden Senke. Noch nie war eine derart prominente Sünderin hier bestraft worden.

Als die Soldaten Haritha näherbrachten, sprang Salome vom Pferd und lief zu ihrer Freundin. Sie achtete nicht auf die anderen und deren aufgeregtes Getuschel. »Haritha«, hauchte sie und fiel ihr um den Hals.

Haritha konnte die Umarmung nicht erwidern, denn ihre Hände waren gebunden, aber sie liebkoste Salome mit einem liebevollen Blick aus ihren dunklen Augen. »Ich war es nicht«, flüsterte sie.

»Ich weiß.« Salome wischte sich eine Träne von der Wange. »Du musst dich verteidigen, Haritha. *Ich* werde dich verteidigen.«

Die Nabatäerin schüttelte gelassen den Kopf. »Es war nur eine Frage der Zeit, dass so etwas geschehen würde. Ich bin nicht zu retten. Du, Salome, musst jetzt an dich denken. Du musst dein Leben gestalten, es mit ganzer Kraft packen und festhalten. Erinnere dich an das, was ich dir bei unserer ersten Begegnung sagte: Die Leidenschaft steckt in dir.«

Die Soldaten zerrten Haritha weiter. »Leb wohl«, rief sie noch, dann banden die Wachen sie los und schubsten sie die Senke hinunter. Dort stand sie allein und war von einer Mauer aus schweigenden Herodianern umgeben, ihren Henkern. Niemand rührte sich. Keiner wollte den ersten Stein werfen.

Salome rannte zu Antipas, der gemeinsam mit ihrer Mutter und Rabban Jehudah auf einer erhöhten Felsplatte stand. Sie beschwor ihn, Haritha zu begnadigen. »Noch ist es Zeit. Ich lege meine Hand für sie ins Feuer. Sie war es nicht.«

»Welche Vermessenheit!«, rief Rabban Jehudah mit riesigen Augen. »Wie kannst du es wagen, das richterliche Urteil anzuzweifeln!«

Salome ignorierte ihn. »Onkel, du musst mir glauben. Ich war viel mit ihr zusammen. Ich hätte doch gemerkt, wenn sie einen Liebhaber gehabt hätte.«

»Du warst mit ihr zusammen?«, fragte Antipas interessiert. »Wann und warum? Was hast du bei ihr getan?«

Salome hielt es für einen schlechten Zeitpunkt, über die Tänze zu sprechen, denn in den Augen des konservativen, pharisäischen Hofes würde es zusätzlich ein schlechtes Licht auf Haritha werfen. Sie kam ohnehin nicht dazu zu antworten, denn Herodias mischte sich ein.

»Die Nabatäerin hat Theudion umgebracht, Salome will es nur nicht wahrhaben. Sie ist verwirrt, was ja nur verständlich ist.«

»Wenn ich verwirrt bin«, entgegnete Salome, »dann nur über die Oberflächlichkeit, mit der die Untersuchung geführt wurde.«

Herodias zog sie am Ellenbogen ein Stück von den anderen weg und zischte ihr leise zu: »Bist du des Wahnsinns? Du weckst Zweifel an Harithas Schuld.«

Salome sah ihre Mutter flehend an. »Ja glaubst du denn, ich will nicht den Mörder meines Vaters bestraft sehen? Ich bin mindestens so interessiert daran wie du. Es muss ein anderes Motiv für die beiden Morde geben, davon bin ich überzeugt. Vater vergiftet, Zacharias von einer starken Hand erdolcht – das passt alles nicht zusammen.«

»Ich finde, es passt sehr wohl zusammen.«

Salomes Blick wurde fest. »Du freust dich ja bloß, weil deine Rivalin stirbt und der Weg frei geworden ist, um ...« Sie stockte und wurde bleich. Ihre eigenen Gedanken erschreckten sie, drängten sich jedoch mit aller Macht auf. Der Weg für Herodias und Antipas war frei, beide waren sie von ihren jeweiligen Gatten befreit worden. An einen Zufall konnte sie nicht glauben. Nur der Tod von Zacharias passte noch nicht in dieses Bild.

»Du warst es«, flüsterte sie mit heiserer Stimme. »Du hast Vater getötet. Du hast ihn immer schon betrogen, mit Antipas, mit Coponius ...«

Plötzlich fügten sich die einzelnen Bilder, die sie von ihrer Mutter hatte, zu einem Mosaik zusammen. Und dieses neue Bild raubte ihr fast den Atem. »Timon«, sagte sie dumpf. »Nicht Coponius hatte den Plan, Timon beiseite zu schaffen. Welches Motiv hätte er haben sollen? Du steckst dahinter. Du hast Coponius bestochen, ihm das Geld gegeben, das er für seinen Senatorenrang brauchte, und Vater ist dahinter gekommen. Er kam nach Tiberias, um mit Pilatus zu sprechen, aber bevor er die Gelegenheit dazu hatte, hast du ...« Sie riss die Augen auf. »Du bist ein Monster.«

Einen Lidschlag später landete Herodias' Hand klatschend auf ihrer Wange.

»Das sagst du nicht noch einmal«, zischte Herodias. Doch hinter ihrer Entschlossenheit verbarg sich Todesangst. Salome war der Wahrheit gefährlich nahe gekommen, und wenn auch niemand ihrem leisen Disput folgen konnte, so hatte er doch genug Aufmerksamkeit auf sich gezogen. Die Familie verharrte noch immer bewegungslos, niemand warf einen Stein. Zweifel lagen in der Luft. Doch wie so oft, wenn sie in die Enge gedrängt wurde, ergriff Herodias die Initiative. Einer der Versammelten hatte mindestens so viel Interesse wie sie daran, keine neue Untersuchung zu ermöglichen. Sie warf Kephallion einen unmissverständlichen Blick zu, und der verstand ihn.

Kephallion trat einen Schritt vor, hob einen faustgroßen Brocken auf und warf ihn mit lautem Ruf auf Haritha. »Da hast du's, du Mörderin.«

Der Stein traf Haritha am Kopf. Sie taumelte. Noch immer machte es niemand Kephallion nach. Voller Hass griff er nach dem zweiten Stein und schmetterte ihn auf die Wehrlose, gleich danach den dritten und so weiter. Er steigerte sich in einen regelrechten Rausch hinein, und niemand wusste, wie viele Brocken er schon geschleudert hatte, als ein zweiter Mann sich anschloss und dann immer mehr. »Ehebrecherin«, riefen sie und »Hure«.

Salome schlug die Hände vor ihr Gesicht.

Nun nahm auch das Dorfvolk am Rande der Senke Steine auf und warf sie auf die Verurteilte. Haritha griff nach ihren Wunden, verzerrte den Mund in stummem Schmerz, wankte und fiel zu Boden, doch der tödliche Steinregen nahm kein Ende. Bald leuchteten nur noch einige bunte Kleiderfetzen unter einem Geröllhaufen hervor, und das schwarze, seidige Haar, um das sie jeder beneidet hatte, ergoss sich wie Pech über das Gestein.

Salome starrte in die Finsternis, in der sie wegen ihres schwarzen Kopfschleiers fast verschwand. Die Stille war tief. Der Rauchfaden des letzten, eben erloschenen Öllämpchens zog wie ein Dunstschleier seine langsame Bahn durch den Raum. Duftwolken des frischen Mandelbrotes, das vor ihr auf dem Schreibtisch stand, verlockten sie nicht, davon zu essen, obwohl ihr Magen knurrte und der Brauch es gebot. Mit Sonnenuntergang hatte der wöchentliche *shabbat* begonnen, der Ruhetag, an dem die Familien zusammenkamen und die traditionellen Speisen aßen.

Salome erinnerte sich, wie ihr Vater früher immer den Segen über den Tag gesprochen hatte. Er hielt sich stets penibel an die Tradition, obwohl Herodes das Ritual manchmal zu lange dauerte und er darum schon vorher zu essen begann. Theudion füllte, davon ungerührt, den Kelch mit dem fast schwarzen Wein der Heimat, segnete ihn mit feierlicher Stimme, nippte daran und ließ den Kelch reihum gehen. Auch sie durfte schon früh einen winzigen Schluck davon trinken, ebenso wie alle anderen Kinder. Dann brach Theudion das *challa*, das runde, flache Weizenbrot, sprach erneut einen Segen, tunkte es in Öl und Salz und gab jedem ein Stück. Erst dann durften alle zu essen anfangen.

Kein *shabbat* würde je wieder so verlaufen.

Nicht zu glauben, wen sie in den letzten Tagen – außer ihrem Vater – alles verloren hatte: Haritha, die Freundin, mit der sie melancholische Nächte oberhalb des mondbeschienenen Sees Genezareth verbrachte, mit der sie tanzte und sich ohne viele Worte verstand. Herodias ... Ein entsetzliches Gemisch aus Gefühlen kochte in Salome hoch, wenn sie an ihre Mutter dachte. Nach Akme war Salome zum zweiten Mal von einem ihr nahe stehenden Menschen verraten worden. Auch wenn Herodias noch lebte: Alles, was Herodias Salome bedeutet hatte, war tot.

Und schließlich Timon. Sie würde sein junges Gesicht, seinen Körper und seine Stimme nie vergessen, aber etwas in ihr nahm Abschied von ihm. Wie hatte Haritha einmal zu ihr gesagt: Wenn du vor den Trümmern deiner Träume stehst, laufe darüber hinweg, egal, wie weh es tut. Niemals darfst du stehen bleiben, niemals resignieren. Sie hatte es ihr sogar versprechen müssen.

Ihr Herz, ihre Gefühle waren ein großes Durcheinander, doch der Verstand sagte ihr, dass sie sich nicht verstecken durfte. Sie musste an die Zukunft denken. Überhaupt musste sie endlich mit Denken anfangen. In der Vergangenheit war sie viel zu oft in ihren sonnigen Träumereien spazieren gegangen und war daher blind gewesen für das Dunkel um sie herum, für die Lügen und den Verrat. Niemals wieder wollte sie sich vorwerfen müssen, eine Närrin gewesen zu sein. Niemals wieder sollte Akme Grund haben, aus ihrem Grab heraus zu lachen.

Eine Dienerin kam herein und brachte ihr einen Becher heißen Tee, um den sie gebeten hatte. Der Duft von Kardamom, Zimt und Gewürznelken half ihr beim Nachdenken, und sie roch immer wieder daran, ohne davon zu trinken.

Nun, nach Theudions Tod, war Herodias alleinige Regentin von Ashdod, und sollte sie heiraten, würde Antipas – und mit ihm *Rabban* Jehudah – unweigerlich Macht über Salomes Stadt bekommen. Mit ihnen würden Rückschritt und Überwachung ins verhältnismäßig freie Ashdod einziehen, und alles, wofür Salome stand, wäre verloren.

Dagegen gab es nur ein einziges Mittel, die Heirat. In dem Erbe der alten Akme war geregelt, dass sie so lange unter Vormundschaft stehen würde, bis sie verheiratet wäre. Und in einem Nebensatz stand noch die tückische Klausel: »Nur mit Genehmigung ihrer Eltern.« Eine Formel, die Herodias so viel Macht gab, dass man an der Echtheit zweifeln durfte. Wie auch immer: Wenn ihre Mutter ihr die Heirat verweigerte, bliebe sie ehe- und damit machtlos. Daher musste sie einen Gatten erwählen, den Herodias nicht ablehnen *konnte*.

Ihre Augen verengten sich. Noch einmal ließ sie sich alles durch den Kopf gehen, dann war ihr Entschluss gefasst.

Sie tastete sich durch die Dunkelheit ihres Gemachs und holte ein kleines Tongefäß, in dem kostbar duftendes Nelkenöl schwamm. Damit füllte sie die Öffnungen der *menora*, des siebenarmigen Leuchters, und entzündete sie anschließend mit einem Zündstein. Die kleinen Flammen erfüllten das Gemach mit einem Muster von Licht und Schatten. Mechanisch griff Salome nach einem Pergament und einer Feder. Die Worte strömten ruhig aus ihrer Hand, ohne Enthusiasmus, ohne Wut, Enttäuschung oder Ärger. Sie fühlte nichts, als sie schrieb.

Von Salome, Fürstin von Ashdod, Prinzessin von Judäa.

An den edlen Marcus Pontius Pilatus, Prokurator von Judäa.

Für alles, was du für mich getan hast, möchte ich dir danken. Wenngleich meine Suche nach Timon ohne Erfolg blieb, habe ich in dir doch einen Freund und Unterstützer gefunden. Ich möchte nun noch ein weiteres Mal deine Hilfe in Anspruch nehmen …

12

Das Erste, was Timon jeden Morgen nach dem Erwachen wahrnahm, war der Duft von Sauberkeit, der alles durchdrang. Die Wäsche, in der er schlief, leuchtete makellos weiß, kaltes Wasser stand in äußerst seltenen Glaskelchen bereit, die wie Edelsteine funkelten, und der milchige, von grünen Adern durchzogene Marmorboden sowie die zartgrün bemalten Wände strahlten eine erfrischende Kühle aus. Durch die ungewöhnlich großen, von Säulen gerahmten Fenster strömte das Licht eines blassen, durchsichtigen Morgens.

Timon stand auf und hinkte langsam zu der Stelle des Raumes, die er, seit er wieder gehen konnte, jeden Tag mehrmals aufsuchte. Der saronische Golf lag wie ein azurblauer Teppich zu seinen Füßen, abgegrenzt durch einen Gürtel aus hohen, schlanken Kiefern. Eine entfernte Uferpromenade war spärlich gesprenkelt mit Männern in weißen, griechischen Tuniken, und irgendwoher erklangen Kinderlachen und Hundegebell. Das Leben in Epidauros wirkte weich und hell.

Vielleicht lag es daran, dass Asklepios, der Gott der Heilkundigen, seine schützende Hand über die kleine, saubere Stadt hielt.

Von hier hatte sich einst sein Kult über ganz Hellas und darüber hinaus verbreitet, und noch heute war Epidauros das Zentrum seiner Anbetung. Von überallher kamen die Ärzte, in den Osten des Peloponnes, um ihrem Schutzgott wenigstens einmal im Leben zu huldigen. Dabei hinterließen sie derart großzügige Spenden, dass mehrere tausend Einwohner gut davon leben konnten. Und die berühmtesten Ärzte hatten sich sogar hier niedergelassen und waren die besten Kunden von Kallisthenes, Timons Gastgeber.

»Verzeih, dass ich so hereinplatze«, sagte der Architekt. »Die Diener sagten, sie hätten Geräusche gehört, und da …«

»Schon gut.«

»Du bist früh auf, ein gutes Zeichen.«

»Nicht so früh wie du.«

»Das Licht, Timon. Du findest kein besseres Licht als am frühen Morgen, wenn die Röte verblasst und in ein Weiß übergeht, in das ein Tropfen Blau gemischt ist. Die besten Einfälle habe ich zu dieser Tageszeit. Ich war schon auf der Baustelle für Praxites, und mit Eumenes habe ich die Entwürfe für sein neues Haus durchgesprochen. Er hat zwar ziemlich verschlafen geschaut und gewiss nur die Hälfte von dem verstanden, was ich ihm …«

Timon kannte das schon. Wenn Kallisthenes von Häusern, Räumen, Steinen, Höfen, Säulen, Friesen und dergleichen erzählte, fand er kein Ende mehr. Vielleicht war das der Grund, weshalb er nicht verheiratet war. Der Beruf war seine Ehefrau und jeder Auftrag wie ein Kind, das aufgezogen werden wollte. Kallisthenes hatte immer Häuser zu bauen, häufig mehrere gleichzeitig, denn Epidauros war wohlhabend, und Korinth und Athen waren nicht weit. Manchmal musste er sogar einen Auftrag ablehnen, und dann blutete ihm das Herz. Möglicherweise war das der Grund, weshalb er Timon in die Lehre nehmen wollte. Es verging kein Tag, an dem er diese Idee nicht direkt oder auf Umwegen zur Sprache brachte.

Während Kallisthenes von den Entwürfen für Eumenes' Haus sprach, hinkte Timon zum Bett zurück und schenkte sich Wasser ein. Sein Bein schmerzte noch von der Verletzung, die er sich beim Fluchtversuch aus dem Steinbruch zugezogen hatte, aber die Entzündungen an den Hand- und Fußgelenken, die verbrannte Haut und die geplatzten Lippen waren geheilt. Er hatte viel Glück gehabt. Wenn Kallisthenes nicht gewesen wäre …

Er blickte seinen Lebensretter dankbar an, auch wenn der es nicht merkte, weil er bereits in den Sphären der Kunst schwelgte. Kallisthenes war vielleicht etwas einseitig, und sein Blick konnte manchmal Menschen mit Geringschätzung geradezu übergießen, wenn er es wollte. Aber er war ein guter Mann, auch wenn er sich Mühe gab, das zu überspielen. Hinter dem bartlosen, etwas schiefen Gesicht verbarg sich ein großzügiger Charakter. Kallisthenes weigerte sich, über Geld zu sprechen – von einer Erstattung des Kaufbetrages für ihn wollte er nichts hören –, bezahlte die besten Ärzte, bot ihm seit sechs Wochen freie Kost und Unterkunft und erkundigte sich jeden Tag nach seinem Befinden. Außer bei seinem Vater war Timon noch bei keinem Menschen so tief in der Schuld gestanden, und gerade das machte ihm seine Entscheidung so schwer.

»… und dann fragte er mich«, berichtete Kallisthenes, »warum ich mir nicht einen Assistenten nehme.«

Timon lächelte. Heute war sein Gastgeber mit dem Thema früh dran. »Du hast doch Assistenten.«

Kallisthenes schnitt eine Grimasse. »Hilfskräfte«, korrigierte er. »Von denen würde ich doch niemanden an meine Häuser lassen. Sie machen ein paar einfache Berechnungen für mich, organisieren Arbeiter und dergleichen. Aber du, du besitzt Potenzial, Timon. Du hast ein gutes Auge und ein Gefühl für Formen. Was dir noch fehlt – die handwerkliche Praxis, der künstlerische Blick und der tägliche Umgang mit architektonischen Problemen –, das bringe ich dir bei. In vier, fünf Jahren bist du ein Meister der Baukunst. Das willst du doch werden, oder?«

Ja, das wollte er. Schon als Kind bewunderte er jene, die Tempel, Bibliotheken und Villen bauten, und weniger die, für die sie gedacht waren. Manchmal war seine Phantasie mit ihm durchgegangen, wenn er sich die Architekten entweder als vergeistigte, grüblerische Männer vorstellte, die bis in die tiefe Nacht, an rußgeschwärzten Tischen sitzend, Hunderte von Entwürfen zeichneten, unzufrieden zerknüllten und zu Boden warfen, oder im Gegenteil als Gesellschaftshengste, die in den Nächten zechten und nach einem späten Frühstück hier und da ein paar neue Striche an den Entwürfen machten, wofür ihre Auftraggeber ihnen jedes Mal untertänigst dankend einen Beutel voller klimpernder Münzen überreichten. Die Wirklichkeit, wie er sie heute im Haus des Kallisthenes erlebte, gefiel ihm besser. Sie kam zwar manchmal den Phantasien von damals nahe, aber sie sah doch ganz anders aus. Als Architekt wechselten sich einsame Stunden mit langen Gesprächen mit Kunden oder Lieferanten ab. Man musste sowohl Künstler wie auch Organisator sein, Mathematiker ebenso wie Bildhauer und Maler und sogar ein wenig Kaufmann, und es lag an einem selbst, wie viel man vom einen und wie viel man vom anderen werden wollte. Kallisthenes bot ihm eine Gelegenheit, wie Timon sie sich immer gewünscht hatte. Nur eines wünschte er sich noch mehr, als Architekt zu werden.

»Danke«, sagte er. »Aber ich muss etwas anderes erledigen. Und zwar in Judäa.«

»Judäa? Geht es um eine Frau?«

Timon blickte überrascht auf.

»Tut mir Leid, ich wollte nicht neugierig erscheinen«, sagte Kallisthenes. »Zwischen deinen Zeichnungen, die du im Steinbruch gemacht hast, war das Bild einer jungen Frau. Sie wirkte semitisch. Ich dachte, vielleicht ist sie der Grund …«

»Ja, das ist sie«, bestätigte Timon. »Ich liebe sie, Kallisthenes. All die Jahre gab es nicht einen Tag, an dem ich nicht an sie gedacht habe. Ich muss sie wiedersehen, bitte versteh das. Ich wäre dir jetzt kein guter Schüler. Noch in dieser Woche breche ich auf.«

»Diese Woche? Das halte ich für keine gute Idee. Deine Wunde am Bein ist noch nicht verheilt und kann jederzeit wieder aufbrechen. Ich würde mir schreckliche Sorgen machen.«

Timon grinste. Kallisthenes verhielt sich wie eine alte Mutter. Doch er hatte Recht. Es wäre unvernünftig, jetzt schon loszureiten. Nach mehr als vier Jahren der Trennung von Salome käme es auf eine Woche mehr oder weniger nicht an.

Das Wasser des Jordan, des heiligen Stromes, der Judäa Fruchtbarkeit schenkte, war für die Jahreszeit überraschend warm, stellte Salome fest, als sie ihren nackten Körper hineingleiten ließ. Der Monat *shvat* brachte frische Winde und den meisten Regen im Kreislauf des Jahres, doch der Fluss kühlte nur langsam ab. Wenige sonnige Tage genügten, um ihn für ein angenehmes Bad zu nutzen. Doch Salome war nicht aus Vergnügen ins Wasser gestiegen, sondern weil der Brauch gebot, dass eine Frau am Tag ihrer Hochzeit in einem von einer Quelle oder vom Regen gespeisten Gewässer ein rituelles Tauchbad, das *miqve*, zu absolvieren habe.

Sie warf einen letzten Blick auf die lange Reihe der Uferpalmen und nahm einen tiefen Atemzug der feuchten Luft, bevor sie vollständig in den Jordan eintauchte und einige Sekunden unter Wasser blieb. Nun galt sie als gereinigt. Gleich darauf entstieg sie wieder den trägen Fluten und stapfte über die glatten Steine zum Ostufer zurück, wo ihre Mutter bereits mit einem Laken auf sie wartete.

Herodias umhüllte sie mit dem riesigen Tuch und rieb sie trocken.

»Warum schaust du so ernst?«, fragte Herodias mit schiefem Mund. »Du wolltest doch diese Heirat, nicht ich. Nur meiner Großmut hast du es zu verdanken, dass ich dir die Hochzeit nicht untersage.«

»Du kannst deine so genannte Großmut behalten«, erwiderte Salome schroff. »Wir wissen beide, dass du nur deswegen zugestimmt hast, weil du dich sonst gegen die Wünsche des Prokurators gestellt hättest. Du und dein neuer schleimiger Mann wollt euch gut mit ihm stellen, um eines Tages weitere jüdische Provinzen zu erhalten – oder sogar das ganze Land.« Salome lachte bitter auf und fuhr fort: »Ich hätte so gern das Gesicht dieser Kröte Antipas gesehen, als er hörte, dass er seinen schönen Hafen wieder verliert, und deines erst recht. Wahrscheinlich habt ihr euch eine ganze Nacht lang schwarz geärgert.«

»Hör auf so zu reden, oder …«

»Oder gar nichts. Du hast mir die längste Zeit Befehle erteilt, damit ist von heute an Schluss. Und lasse dir bitte nicht einfallen, mich und meinen Mann zu besuchen.«

Salome rieb sich mit wärmendem Aloe ein und schlüpfte in die wollweißen Unterkleider, ohne ihre Mutter anzusehen.

»Wie undankbar du bist«, zischte Herodias. »Weißt du überhaupt, dass du es mir zu verdanken hast, Fürstin von Ashdod geworden zu sein?«

»Oh ja, mittlerweile ist mir auch das klar geworden. Fälschung, Lüge und Betrug, wo du gehst und stehst. Wie viele Leben hast du ausgelöscht: Timon, Haritha, Vater ...«

»Ich habe nicht ...«

Salome ließ sie nicht zu Wort kommen. »Wenn du es aus Liebe zu mir getan hättest, würde ich dir ebenso wenig verzeihen können, aber ich würde dich dann nicht verachten. Du aber tust das alles nur für dich allein, für deinen Ruhm und Reichtum.«

Über die Wäsche legte sie ein zimtfarbenes Gewand mit rotem Kopfschleier an, dazu den Bronzeschmuck, den Haritha ihr geschenkt hatte. Der Wind trug den sanften Geruch von Winter und Zitronen heran, und Salome blickte in die tief hängenden Wolken, die von Südwesten gen Jordan zogen.

»Es wird Zeit«, sagte sie. »Sonst werde ich noch im Regen getraut.«

Stumm ging Salome voran, gefolgt von Herodias und einigen Dienerinnen. Sie stiegen die nassen, erdigen Dünen der Flusssenke hinauf. Sattgrüne Grasflächen, unterbrochen von Olivenhainen und den gelben Mauern der Stadt Bethsaida, erstreckten sich bis zum Horizont. Alles Land hier östlich des Jordan gehörte ihrem Onkel und künftigen Gemahl Philipp – und, noch bevor die Sonne versank, auch ihr. Sie blickte sich nicht neugierig um wie als Kind in Jerusalem oder Ashdod. Festen Schrittes ging sie auf die Gesellschaft zu, die bereits auf sie wartete.

Es waren alle da, die Rang und Namen hatten, doch keiner bereitete Salome Freude. Antipas war verärgert, weil er mit dieser Heirat seinen ersehnten Hafen verlor, *Rabban* Jehudah blickte sie aus großen, dunklen Augen an, Pilatus beklagte sich über den feinen Nieselregen, der seine Toga benetzte, Berenike sah neben ihrem Mann Kephallion bekümmerter aus denn je, und Kaiphas, der neue Hohepriester, der eigens aus Jerusalem gekommen war, schien sich für die Zeremonie nicht im Mindesten zu interessieren. Reich gekleidete Höflinge und deren Frauen bildeten einen Halbkreis hinter den Edlen und dem Bräutigam, es war für einen professionellen *ba'al kiddushin* gesorgt worden, einen Zeremonienmeister, ebenso wie für einen *badchan*, der beim anschließenden Festmahl die Leute mit Schabernack unterhalten würde. Und doch fehlten dem Ereignis jeglicher Glanz und jede natürliche Heiterkeit, so jedenfalls empfand es Salome.

Bei der Festgesellschaft angekommen, fing ein Schreiber sie ab. »Verzeih, Fürstin. Die *ketubba* …«

Sie nickte. Die Abschließung eines Ehevertrages war Pflicht und Vorsorge zugleich. Der Sinn der *ketubba* war, dass die Ehefrau auch bei Tod des Gatten oder Scheidung die eingebrachte Mitgift zurückerhielt, um nicht sofort in Armut zu fallen. Da sie Ashdod in die Ehe einbrachte, also eine reiche Mitgift, war der Ehevertrag umso wichtiger. Nur wenn sie selbstverschuldet eine Scheidung herbeiführte, also zum Beispiel durch anstößiges Verhalten, konnte ihr Ashdod genommen werden.

Sie unterschrieb neben Philipps Namen. Die Zeremonie konnte beginnen.

Der Baldachin, unter dem sie getraut werden sollten, war mitten in einem Olivenhain aufgestellt, ebenso die Tische und Bänke für das anschließende Festmahl. Hochzeiten im Freien waren nicht ungewöhnlich, wenn auch im Winter eher selten. Sie hatte ihrem künftigen Gemahl bei der Wahl des Ortes freie Hand gelassen, was die Trauung in einem Hain noch erstaunlicher für sie machte, denn Philipp galt nicht gerade als Gefühlsmensch mit Sinn für Stimmungen. Sein blasses, gut geschnittenes Gesicht war zeitlos, wie aus Marmor geschlagen, und auch seine ganze Haltung war aufrecht und steinern. Er warf ihr kaum einen Blick zu, sondern verharrte steif vor dem *kiddushin*, der soeben einen gefüllten Weinkelch segnete. Ehrfürchtig nahm Philipp das Gefäß entgegen, trank daraus und reichte es Salome weiter, ohne sie anzusehen. Sie nahm ebenfalls einen Schluck und gab den Kelch dem *kiddushin* zurück.

Der Tradition gemäß überreichte Philipp ihr nun ein Gebetbuch als Geschenk, und sie revanchierte sich mit einem Gebetsmantel für ihn. Sie sprachen die Formeln nach, die der *kiddushin* ihnen vorsagte, dann holte Philipp einen ungewöhnlich fein gearbeiteten bronzenen Ring hervor und steckte ihn an ihren Finger: »Durch diesen Ring bist du mir angelobt nach dem Gesetz Moses und Israels. Siehe, du bist mir geheiligt.«

Eine Erwiderung durch sie war nicht nötig, denn der Mann nahm die Frau und nicht umgekehrt. Einen Moment lang kam sie in Versuchung, Philipps Worte zu wiederholen und damit auch ihn in Besitz zu nehmen, also ihre Wichtigkeit und Stellung zu betonen, schon allein um *Rabban* Jehudah und Kephallion zu ärgern. Aber dieses Gefühl war wie ein Strohfeuer, das schon einen Atemzug später in sich zusammenbrach. Sie musste lernen, sich zu beherrschen. Unnötige Provokation brächte sie ihrem heimlichen Ziel nicht näher, eines Tages an Philipps Seite über ganz Judäa zu herrschen.

Jemand rief *masal tov*, glücklicher Stern über euch, und die ganze Festgesellschaft stimmte nach und nach in den wiederholt gerufenen Glückwunsch ein.

Der *kiddushin* führte Philipp und sie zu einem Felsen, hinter dem Kissen, Decken und Polster zu einer Lagerstatt gebaut worden waren. Dort ließ er sie beide alleine. Niemand konnte sie hier sehen. Erst jetzt, wo theoretisch der Beischlaf stattfinden konnte, galt die Ehe als geschlossen.

Philipp stand einige Schritte von ihr entfernt und sah auf das Lager wie auf ein ungelöstes Rätsel. Er hätte jetzt auf sie zugehen, ihr den Schleier vom Kopf nehmen und das Gewand ausziehen sollen, doch er sah sie nur an und fragte: »Was meinst du, wie lange sollen wir hier warten?«

Sie bekam mit einem Mal das Gefühl, dass ihre Ehe sich in diesem Satz spiegeln würde, ja, dass er wie ein Motto ihr ganzes künftiges Leben beherrschen sollte. Warten! Ja, sie hatte Ashdod vor dem Zugriff durch Antipas gerettet, und sie würde weiterhin gegen Menschen wie *Rabban* Jehudah kämpfen, gegen Vorurteile und überkommene, ungerechte Traditionen ohne Sinn. Sie hatte in Pilatus einen – zugegeben eitlen – Freund gewonnen, dem sie Ratschläge zu einem maßvollen Auftreten der Römer geben konnte, und in Philipp einen Mann, der weder dem furchtsamen, charakterlosen Antipas noch dem ohnmächtigen Archelaos glich. Sie war in Sicherheit, und das war eine gute Basis für alle weiteren Bemühungen gegen die Pharisäer und ihre Dummheit. Ihre Heimat friedlich aus der Klammer von Gewalt, Engstirnigkeit und elitärem Auserwähltheitsdünkel einerseits und den gleichen Fehlern der Römer andererseits zu befreien, das blieb ihre größte Aufgabe.

Etwas in ihr würde warten, ohne zu wissen, worauf. Sie merkte, wie sich um sie herum die Reihe der Feinde schloss, wie ihr liebe Menschen abhanden kamen und nicht ersetzt wurden.

Salome löste sich von Philipps fragendem Blick und dem Felsen und suchte die Einsamkeit. Der kühle Wind spielte mit den Blättern der Olivenbäume, und ein sanfter Regen umgab sie wie ein Flüstern. Sie umarmte sich selbst und blickte in den schweren Dunst, der vom Jordan aufstieg.

»Ich habe soeben Nachrichten aus deiner zweiten Heimat bekommen«, rief Kallisthenes, kaum dass er sein Haus betreten und auf Timon getroffen war.

»Meinst du Rom oder Judäa?«

Kallisthenes verzog den Mund. »Du wirst doch wohl Rom nicht als deine Heimat ansehen, allenfalls vielleicht als Gefängnis deiner Jugend.«

Timon lachte. Nun, wo sein Aufbruch nach Judäa unmittelbar bevorstand, war er bester Laune. Seine Wunden waren verheilt, nur die letzte, Salome, musste noch geschlossen werden. »Also, lass hören, was gibt es aus Judäa?«

»Ich habe eben einen ehemaligen Kunden auf der Straße getroffen, den ich schon eine Weile nicht mehr gesehen habe, da er geschäftlich in Syrien und Judäa unterwegs war. Er erzählte mir, dass man dort die Frau eines Fürsten lebendig gesteinigt habe, wegen Ehebruchs. Ist das nicht ungeheuerlich?«

Timon nickte. »Die Strafen in Judäa sind hart. Wer dort zum Beispiel ein Tier verspeist, das nicht ganz ausgeblutet ist, wird aufgehängt. Das Gleiche kann demjenigen passieren, der Obst von einem Baum pflückt, der nicht wenigstens drei Sommer hinter sich hat.«

»Wer auch immer dieses Gesetzbuch geschrieben hat, muss betrunken gewesen sein.«

»Das war ihr Gott«, lachte Timon aus vollem Hals.

Kallisthenes hob die Hände gen Himmel. »Gelobt seien unsere Götter, die selbst so viele Fehler machen, dass der Mensch beruhigt sündigen darf.«

Nun lachten sie beide und fielen sich wie alte Freunde in die Arme. Langsam gingen sie zu der Abendtafel, die schon gedeckt war.

»Ach ja«, fiel Kallisthenes ein. »Mein Kunde hat mir auch von einer Hochzeit berichtet. Hast du mir nicht erzählt, eine Zeit lang in einer Stadt namens Ashdod gelebt zu haben? Vielleicht kennst du dann ja auch deren junge Stadtfürstin, Salome soll sie heißen. Es scheint, als habe sie ihren Einflussbereich ein wenig ausgedehnt, denn sie hat den Fürsten von Bansa, Basna oder so geheiratet. Jedenfalls ist der Mann ihr Onkel. Nicht zu fassen, oder? Wer in diesem Land ein Kaninchen isst, das noch ein wenig Blut im Fleisch hat, wird aufgehängt, aber seinen Blutsverwandten darf man heiraten und Kinder mit ihm kriegen. Ich werde diese Orientalen nie verstehen.«

Da Timon auf seinen Bericht nicht reagierte, wechselte Kallisthenes das Thema. »Hast du keinen Hunger? Ich habe den Wildschweinschinken nur deinetwegen kommen lassen. Ich möchte doch, dass du mich in guter Erinnerung behältst.«

Timon schwieg weiter. Bleich lag er auf der Bank und starrte auf die Tafel, und Kallisthenes wurde das Gefühl nicht los, dass er etwas Falsches gesagt habe.

Er räusperte sich. »Weißt du schon, wann du losreiten willst?«

»Ich habe es mir überlegt«, antwortete Timon mit heiserer Stimme. »Ich werde nicht reiten. Wann soll ich zu meiner ersten Lektion erscheinen, Meister?«

Vierter Teil

Alte neue Liebe

13

Wohin Salome auch blickte, sah sie nüchterne, graue Weiten. Um sie herum breitete sich eine endlose Fläche aus Sand und Geröll aus, in der außer Scharen von Eidechsen nur ein paar hundert Menschen lebten. Irgendwo in der Ferne tanzten, vom Wind getrieben, zwei Sandtrichter über die karge Erde, ansonsten bewegte sich nichts im Lande Auran. Jeder Stein hier schien seit Anbeginn der Welt seinen Platz zu haben, jede ziehende Wolke war wie ein Wunder. Die arabischen Siedler und Beduinen bewegten sich langsamer als alles, was Salome bisher gesehen hatte, und sie redeten selten mehr als zehn Wörter am Tag. Sie beteten zu keinem Gott, und es ging ihnen prächtig dabei. Hinter den langen Tüchern, die sie sich um den Kopf wickelten, schienen sie alle Geheimnisse eines unbeschwerten Lebens zu verbergen.

Philipp, Salomes Gemahl, der Fürst dieses Landes, war ihnen nicht unähnlich. Er machte wenig Aufhebens um seine Person, reiste stets mit kleinem Gefolge und fand sein größtes Glück darin, Recht zu sprechen, wohin er auch kam. Er führte ständig einen Richterstuhl mit sich, den er dort aufstellen ließ, wo ihn einer seiner Untertanen um Rat oder Gerechtigkeit bat. Manchmal saß er auf diesem Stuhl neben Weiden oder Äckern, an Dorfbrunnen, auf Felsen, vor Scheunentoren ... Kein Ort war ihm zu gering, keine Angelegenheit zu profan, um sich nicht ihrer anzunehmen.

Seit ihrer Heirat vor sechs Jahren folgte Salome ihm auf seinen ständigen Streifzügen. Nur zu den höchsten Feiertagen, zu *pessach* und *chanukka,* kehrten sie in die Hauptstadt Bethsaida zurück, ansonsten zogen sie durch die einzelnen Provinzen ihrer Tetrarchie, die unterschiedlicher nicht sein konnten.

Das Land Golan war der fruchtbarste Landstrich. Die Ebene entlang des Jordan leuchtete in sattem Grün und war übersät mit Schafen und Olivenhainen, und auf den dahinter liegenden Hügeln prangten weithin sichtbar die Reihen der rotblättrigen Rebstöcke wie ein Brandmal auf der trockenen, nahrhaften Erde. Weiter nördlich, im Lande Dan, erhoben sich die ersten Ausläufer des mächtigen Gebirges Hermon, über dessen Pässe Händler aus dem reichen Syrien kamen. Doch sie blieben selten in der Tetrarchie Philipps, sondern reisten weiter nach Galiläa oder zur Küste, um dort ihre Geschäfte abzuwickeln. Östlich der beiden wasserreichen Provinzen, im Zentrum der Tetrarchie, lag Basan, das dem Fürstentum den Namen gab. Hügel und Berge wechselten sich mit Flusstälern und versandeten Feldern ab. Die Hitze am Tag und die Kühle der Nacht ließen Nuss- und Feigenbäume sowie wilde Beeren reich gedeihen, doch dort lebten bereits zu wenige Menschen, die diese Gebiete hätten bewirtschaften können. Jenseits von Basan kam nur noch die Wüste der Provinzen Trachon und Auran, die sich lediglich dadurch unterschieden, dass Trachon heiß und felsig war und Auran heiß und sandig.

Irgendwo an der Grenze zwischen diesen Einöden, nahe einem kleinen Dorf, saß Salome unter einem Baldachin neben ihrem Gemahl und verfolgte zum ungefähr zehntausendsten Mal einen der Rechtsfälle, die Philipp vorgetragen wurden.

Ein bärtiger Mann mittleren Alters stand händeringend vor Philipp und brachte seine Klage vor. »Ich bin Jude, Herr«, begann er zum besseren Verständnis seines Anliegens, denn die Tetrarchie, die abseits vom Kernland Judäas lag, war mehrheitlich von arabischen Nichtjuden bevölkert. »Ich führe eine Herberge nahe Bethsaida und bin den weiten Weg zu dir und deinem Stuhl gereist, um Gerechtigkeit zu fordern. Dieser Bursche« – der Jude deutete auf einen pummeligen Mann in schäbigem Gewand – »kam vor dreißig Tagen während eines Unwetters in meine kleine Herberge und begehrte Quartier. Ich gab ihm und seiner Frau, die ihn begleitete, ein Zimmer über der Scheune, mit einem bequemen Lager aus trockenem Stroh und Wolldecken. Die beiden speisten mit uns und den anderen Gästen Ziegenkäse, Feigen und Brot, wir tranken sogar Wein aus neuen Tonbechern, und vor dem Schlafengehen erbot sich seine Frau, meinem Weib beim Abräumen der Platten zu helfen. Sie umarmte mich und die anderen sogar, bevor beide zu ihrer Schlafstatt gingen. Für eine Jüdin wäre das ungewöhnlich gewesen, doch da die beiden Nichtjuden sind, dachte ich mir nichts dabei.«

»Worin liegt deine Klage?«, fragte Philipp. Seine Stimme klang unbeteiligt, aber wer ihn kannte, wusste, dass er jedes einzelne Wort, das er eben gehört hatte, hätte wiedergeben können. Recht zu sprechen war seine Leidenschaft, die einzige, die Salome an ihm kannte.

»So weit, so gut, Herr. Am nächsten Morgen ging mein Weib in das Zimmer über der Scheune, um die beiden zu wecken, und dabei stellte sie fest, dass die Frau unrein war. Nun verstehst du sicher mein Problem.«

Jeder der Anwesenden begriff, worauf die Klage hinauslief. Während der monatlichen Blutung galt jede Frau einem Juden als unrein. Jeden, den sie berührte, und auch alles, worauf sie sich während dieser Zeit legte oder setzte, wurde unrein. Alles, was sie angefasst hatte, musste penibel gereinigt und manche Gegenstände gar zerstört werden, zum Beispiel, wenn etwas aus Ton oder einem anderen, schwer zu säubernden Material hergestellt war.

»Mein Weib hat alle Tonbecher zerschlagen, weil sie verständlicherweise nicht mehr wusste, welche von ihnen die Unreine in Händen hatte. Eine Amphore, aus der die Unreine Wasser genommen hatte, musste ebenfalls zerschmettert werden. Ich habe das gesamte Stroh der Kammer verbrannt. Das Schlimmste war, dass meine jüdischen Gäste, die von ihr berührt worden waren, bis zum nächsten Sonnenuntergang selbst als unrein galten und ihre Geschäfte nicht abwickeln konnten, da sie ihrerseits niemanden berühren durften. Sie forderten von mir einen Ausgleich, da es meine Aufgabe als Wirt gewesen wäre, sie vor solchem Ungemach zu bewahren. Das Unglücksweib hat mich sechs Doppeldrachmen gekostet, dazu kommt der Vertrauensverlust bei meinen Stammgästen, die sicher nicht mehr so bald bei mir einkehren werden.«

»Und diese Summe forderst du nun von der Verursacherin zurück?«, fragte Philipp.

»So ist es, Herr. Sechs Doppeldrachmen und noch einmal die gleiche Summe für die Verluste, die mir noch bevorstehen.«

»Und was sagt die Verursacherin zu dem Geschehen?«

»Ha, sie stellt sich unwissend, Herr. Sie sagt, sie habe nicht gewusst, dass sie unrein sei, wenn sie ihre Blutung habe. Dieser Bursche da, ihr Mann, hat mir lächerliche zwei Doppeldrachmen gegeben. Dafür konnte ich gerade mal die Reinigung aller Kleidungsstücke meiner Gäste und meiner Familie bezahlen.«

»Und wo ist sie jetzt?«

Der pummelige Mann trat einen Schritt vor und sprach, den Kopf gesenkt: »Wir konnten die Reise nicht zahlen, Herr, da ich die beiden Doppeldrachmen, die ich besitze, bereits diesem Mann gegeben habe. Mich hat er auf seinem Wagen mitgenommen, damit ich vor dich treten kann, meine Frau jedoch …«

»Sie ist schon wieder unrein«, erklärte der Jude. »Ich konnte sie also unmöglich auf meinen Wagen lassen.«

»Stimmt denn das, was der Wirt erzählt hat?«, fragte Philipp den Nichtjuden.

»Ja, Herr. Meine Frau und ich wussten wirklich nicht, was es für einen Juden bedeutet, wenn die Frau blutet. Bei uns ist das nicht von Belang.«

»Nicht von Belang!«, rief der Wirt. »Wo gibt's denn so was? Das ist doch das Selbstverständlichste von der Welt, wenn … »

»Wer die eigenen Traditionen respektiert haben möchte, muss auch die der anderen achten«, unterbrach Philipp den aufgebrachten Wirt. »Das gilt für beide Parteien.«

Philipp lehnte sich in seinem Stuhl zurück, und Salome bemerkte, dass er sie mit seinem üblichen, undurchschaubaren Ausdruck anblickte. Auch nach sechs Ehejahren konnte sie seiner Mimik nicht entnehmen, ob er guter oder schlechter Laune war, ja, manchmal dachte sie, dass Philipp überhaupt keine Launen hatte. Mit immer gleicher Stimme und Perfektion bewältigte er die täglichen Verpflichtungen, zu denen auch der Umgang mit ihr gehörte. Er sprach nicht anders mit ihr als mit seinen Ministern, höflich, monoton, ohne böses Wort und ohne gutes. Selten einmal berührte er sie, und wenn, dann konnte sie nicht unterscheiden, ob er in diesem Moment ein kostbares Juwel in ihr sah, das er ehrfürchtig bewunderte, oder ein schuppiges Reptil, das er in einer Mischung aus Neugier und Vorsicht betastete, so unbestimmbar waren seine Gesten.

Bisweilen allerdings hatte sie das Gefühl, dass er ihr in einer anderen Sprache versteckte Mitteilungen darüber machte, was er von ihr hielt und was er für sie empfand. So hatte er vor einiger Zeit an einer Ehefrau, die mit einem anderen Mann geschlafen hatte, die Steinigung verhindert. Sie saß neben ihm, als er dieses Urteil fällte, und gewann den Eindruck, er denke dabei an sie und ihr schreckliches Erlebnis bei Harithas Tod, von dem sie ihm einmal erzählt hatte. Aber er sah sie nicht an und sprach auch nie über den Fall und das milde Urteil. Und er würde es auch dieses Mal nicht tun, obwohl er ihr wieder einen Wunsch erfüllte.

Seit ihrer Eheschließung bedrängte sie ihn, mehr für die Verständigung seiner verschiedenen Volksgruppen zu tun. Die Tetrarchie war erst seit fünfzig Jahren Siedlungsgebiet von Juden, seit Herodes mit Billigung des römischen Imperators Augustus den Jordan überschritten und das Gebiet nach kurzem Feldzug annektiert hatte. Nur ein Fünftel der Einwohner waren Juden, die übrigen vier Fünftel setzten sich aus Griechen, Nabatäern und Syrern und vor allem aus alteingesessenen Semiten anderer Stämme als des Stammes Juda zusammen. Sie lebten nebeneinander her, doch sie wussten nicht viel voneinander, und jeder hegte seine spezielle Voreingenommenheit gegen die anderen.

Salome jedoch waren Vorurteile und Glaubenshierarchien zuwider. Sie war als Kind gering geschätzt worden, bloß weil sie ein Mädchen war, und sie hatte nur mit Sturheit und ein wenig Glück mehr erreicht, als es üblich war. Sie war die Freundin Harithas geworden, einer Nabatäerin, die faszinierender war als alle Frauen, die sie zuvor kennen gelernt hatte. Pontius Pilatus, der Römer und Besatzer, war trotz all seiner Fehler nicht der gottlose Barbar aus dem Westen mit großer Freude an Unterdrückung, als den ihn nicht wenige hinter vorgehaltener Hand anprangerten. Und dass Griechen keine feigen, hinterhältigen Ränkeschmiede waren, denen nichts mehr Genugtuung bereitete, als die Juden zu ärgern, dafür stand Timon als Beispiel. Sie hatte schon immer das Fremde und Unbekannte geschätzt oder geliebt. Umgekehrt entsprachen nur sehr wenige Juden dem Bild, das sich andere Völker von ihnen machten, nämlich verbissen und unbelehrbar zu sein. Die meisten Juden waren ausgesprochen gastfreundlich und hilfsbereit, nur die römische Besatzung stellte ihre Tugenden auf eine harte Probe. Mehr und mehr dominierten Ablehnung und sogar Feindschaft ihre Herzen, und es kam vor, dass sie ihre schlechte Stimmung an völlig Unbeteiligten ausließen.

Trotz dieser Schwierigkeiten war Salome überzeugt, dass es nur dann zu einer Verständigung der Völker der Tetrarchie kommen konnte, wenn alle Menschen auf die gleiche Stufe gestellt wurden, auf der sie zurzeit eindeutig nicht standen. Bisher nämlich gab es in Philipps Tetrarchie zum einen Gesetze, die Streitigkeiten zwischen Nichtjuden regelten, zum anderen die *thora*, das Gesetz des Herrn, das Streitigkeiten zwischen Juden regelte. Gab es Streitigkeiten zwischen einem Juden und einem Nichtjuden, galt ebenfalls die *thora*, und diesen Zustand empfand sie als skandalös.

Philipp wandte sich wieder dem bärtigen Juden und dem pummeligen Nichtjuden zu. »So bestimme ich, dass vom heutigen Tage an ein neues Recht in meinen Provinzen gilt, nämlich dass bei Fällen zwischen einem Juden und einem Nichtjuden nicht länger unweigerlich die *thora* Grundlage des Urteils ist. Der Beklagte ist stets nach jenem Recht zu behandeln, das für seine Volksgruppe gilt, also der Jude nach der *thora*, die anderen nach dem übrigen Kodex. Damit will ich erreichen, dass sich künftig ein jeder mit den Bräuchen und Gepflogenheiten der anderen beschäftigen und sie berücksichtigen muss. Ansonsten hat er als Kläger vor Gericht das Nachsehen.«

Der Bärtige und der Pummelige blickten einander verwirrt an, dann fragte der Ältere Philipp: »Aber was bedeutet das jetzt für mich, für meine Klage?«

»Künftig musst du dich vorher bei deinen Gästen erkundigen, ob sie gerade unrein sind oder nicht – oder dich darf ihre Unreinheit nicht mehr stören. Nach dem Kodex der Nichtjuden machen sie sich keines Vergehens schuldig, wenn sie unrein sind und dennoch bei dir einkehren. Nur von Juden wird fortan verlangt, dass sie sich an die Gebote des Herrn halten.«

»Und meine Verluste?«, jammerte der Bärtige.

»Diese neue Regelung ist erst gültig, wenn sie überall verkündet ist. Normalerweise müsste ich den Beklagten nach dem alten Recht der *thora* zum Ersatz deiner Verluste verurteilen, doch da er nichts besitzt, übernehme ausnahmsweise ich selbst die Verluste, die dir entstanden sind, und zahle auch deinem Gast die zwei Doppeldrachmen zurück, die er dir gegeben hat. Auf diese Weise wird euch beiden geholfen.«

Tatsächlich strahlten die beiden um die Wette und waren sogar dicht davor, sich gegenseitig in die Arme zu fallen, da jeder das bekommen oder behalten hatte, was er wollte. Nur ein mahnendes Wort Philipps hielt sie davon ab. »Denkt daran: Zukünftig müsst ihr die Sitten der jeweils anderen respektieren. Nur so werden die Völker eines Tages zusammen …«

Plötzlich drückte er sich die Fingerspitzen an die Stirn und biss die Zähne aufeinander. Salome brauchte einen Augenblick, um zu verstehen, dass er Schmerzen verspürte, denn sie hatte dergleichen noch nie bei ihm gesehen. Ebenso wenig wie er Launen zu haben schien, zeigte er je körperliche Befindlichkeiten. Als sie endlich begriff, dass etwas nicht mit ihm stimmte, trat sie sofort neben ihn und legte die Hand auf seine Schulter.

»Ist dir nicht wohl?«, fragte sie. »Soll ich die Leute wegschicken?« Erst im nächsten Moment fiel ihr wieder ein, dass sie mitten in einer Geröllwüste waren und das Gefolge daher nicht einfach wegschicken konnten. Doch er lehnte ihr Angebot ohnehin ab.

Er hob seine Hand wie zur Abwehr, blickte an ihr vorbei und sagte wie üblich ohne Betonung: »Danke, es war nichts. Machen wir weiter.«

Auf gewohnte Weise schloss er sie wieder von allem aus, was ihn persönlich betraf. Er stieß sie nie schroff von sich, wenn sie ihm körperlich oder emotional zu nahe kam, sondern trat seinerseits einen Schritt zurück. Stets mied er Themen, die irgendeinen Aspekt seiner Persönlichkeit betrafen, gleichgültig, ob es um seine Gefühle, seine Kindheit oder seine Gesundheit ging. Wenn sie sich ihrerseits einem solchen Thema annäherte, umschiffte er es wie ein erfahrener Bootskommandant durch wendige Manöver. Es war beinahe, als habe er Angst, dass jemand auch nur einen winzigen Einblick in sein Inneres bekäme. Da stellte sogar die Hand auf der Schulter bereits ein Risiko dar.

Salome zog ihre Hand zurück und setzte sich wieder auf ihren etwas kleineren Sessel, der zwei Schritte entfernt stand.

Für heute waren die Verhandlungen beendet, aber es wartete noch ein unliebsamer Besucher auf eine Audienz: *Rabban* Jehudah, der geistige Führer der Pharisäer. In letzter Zeit hielt er sich häufiger in der Tetrarchie Philipps auf, denn er trachtete danach, seine Sekte stärker als bisher in Basan zu etablieren. Als reichten die unzähligen Gebote der *thora* nicht aus, unterwarfen sich immer mehr Juden freiwillig den Geißelungen durch Vorschriften und Verbote, die die Pharisäer nahezu monatlich herausbrachten und verbreiteten. Viele, so erklärte sich Salome das Phänomen, flüchteten sich aus der tatsächlichen Welt, die von Besatzung und Ratlosigkeit geprägt war, in die Welt Gottes und des Glaubens, die voller Verheißungen war – oder von den Pharisäern dazu gemacht wurde. Denn die Belohnungen für alle Selbstquälereien, so ließen sie verlautbaren, sei das Wohlwollen Gottes. Die Entwicklung schien sich nicht aufhalten zu lassen, und *Rabban* Jehudahs Drohung gegenüber Salome, dass die Pharisäer eines Tages ganz Judäa beherrschen und eine Art Priesterstaat errichten würden, war auf dem besten Weg, Wirklichkeit zu werden.

Immerhin musste Jehudah in Galiläa, das schon fast vollständig pharisäisch dominiert gewesen war, in letzter Zeit Rückschläge einstecken. Antipas, Salomes Onkel und seit sechs Jahren auch ihr Stiefvater, herrschte als grausamer Despot über sein Fürstentum. Die schlimmen Zeiten des Herodes hielten wieder Einzug: Wahrsager und Sternendeuter bestimmten die Handlungen des Tetrarchen, überall witterte er Gegnerschaft und Verrat, Hinrichtungen waren an der Tagesordnung. Es hieß, dass er in den Nächten von schlimmen Albträumen geplagt werde und dass er ständig die Strafe des Herrn fürchte, weil er die unschuldige Haritha habe töten lassen. Das Leid in Galiläa war so groß, dass zahlreiche Menschen dort ihre Höfe verließen und in anderen Landesteilen Schutz suchten, auch in Basan. Viele Galiläer unterschieden nicht mehr zwischen der Grausamkeit des Tetrarchen und der Untätigkeit der obersten Pharisäer. Sie wandten sich von *Rabban* Jehudah ab und anderen Predigern zu, die entweder für absolute Gewaltlosigkeit oder absolute Gewalt eintraten, für Seelenfrieden oder blutigen Kampf, für Milde und Barmherzigkeit oder Hass und Rache. Das Volk war gespaltener denn je, und die Zeloten wurden mit jedem Tag stärker und gefährlicher.

Aus übergroßen Augen starrte der Pharisäer Philipp an. »Euer Bruder wünscht, dass ihr einen Verbrecher, der sich auf euren Boden geflüchtet hat, suchen lasst und an ihn ausliefert.«

»Warum schickt er dich dafür her, einen *Rabbiner*?«

»Es handelt sich um keinen gewöhnlichen Verbrecher«, erklärte Jehudah. »Der Mann ruft das Volk Israel dazu auf, dem Einen Gott abzuschwören und stattdessen ihn selbst anzubeten.«

»Der Prediger will, dass die Leute *ihn* anbeten?« Philipp zeigte sich überrascht, was selten vorkam.

»So ist es. Er behauptet, der *Messias* zu sein. Ein unerhörter Frevel, dem jeder Jude, gleich, welcher Sekte er angehört, nur Verachtung entgegenbringen darf.«

»Der *Messias*? Sehr ungewöhnlich. Worauf stützt dieser Prediger seine Behauptung?«

Rabban Jehudah zögerte. »Es ist ein wenig komplizierter, Fürst. Es soll dir genügen, wenn ich sage ...«

»Es genügt mir nicht«, entgegnete Philipp ohne Schärfe in der Stimme oder in den Augen.

Die Augen des Pharisäers hingegen weiteten sich noch mehr. »Er behauptet einerseits, der *Messias* zu sein, andererseits spricht er davon, dass sein Vater der *Messias* ist und er nur der Sohn und Verkünder. Doch auch das ist Frevel. Derzeit predigt er nahe deiner Hauptstadt Bethsaida. Du musst ihn verhaften lassen, Fürst, damit er vor Gericht gestellt werden kann.«

»Wie ist sein Name?«

»Er heißt Joseph, Sohn des Joseph. Viele nennen ihn Jesus.«

»Und was – außer Frevel – wird ihm vorgeworfen?«

»*Außer* Frevel?«, wiederholte Jehudah. »Als ob das nicht ausreichte. Aber bitte, wenn du nach weiteren Vergehen fragst, kann ich dir auch solche nennen. Er hat Fischer am See Genezareth dazu aufgerufen, ihre Arbeit niederzulegen und ihm zu folgen. In der Stadt Kaphernaum, erst vor wenigen Tagen, hat er das Gleiche bei einem Zolleinnehmer getan, einem Beamten Galiläas. Mittels Zauberei oder Gaunerei hat er dort außerdem eine Wundertat begangen – angeblich soll er einen Gelähmten geheilt haben –, und nun sagen die Leute ihm übermenschliche Kräfte nach. Sie sind ihm geradezu verfallen, vor allem die dummen Frauen, die sich ja nur allzu gern von jungen Männern mit langen Haaren hinreißen lassen.«

Er warf Salome einen seiner gefürchteten Blicke zu, dem sie jedoch standhielt. Sie wurde dadurch sogar angespornt, in die Debatte einzugreifen.

»Soweit ich weiß«, sagte sie, »gibt es in Galiläa einen anderen Prediger, der von den Leuten Johannes der Täufer gerufen wird. Er verkündet ebenfalls das Nahen des *Messias*, und er bezichtigt die Pharisäer, falsch und doppelzüngig zu sein. Ist es nicht so?«

»Was hat das denn mit ...«

»Ist es nicht so?«, fragte Salome, jedes Wort betonend.

Rabban Jehudah presste die Lippen zusammen und nickte widerstrebend.

»Derselbe Johannes der Täufer predigt gegen meine Mutter und meinen Stiefvater, weil sie eine nach dem Gesetz Mose verbotene Schwagerehe geschlossen haben. Stimmt auch das?«

Wieder nickte Jehudah, doch der Zorn in seinen Augen wurde immer größer.

»Du verlangst also von uns, dass wir einen Prediger verhaften lassen, weil er sich Fischer und Zolleinnehmer zu Wandergesellen nimmt, während dein Fürst in Galiläa einen anderen Prediger schont, der offen gegen ihn wettert und ihn mit der ewigen Verdammnis bedroht? Findest du das ausgewogen?«

»Liebend gerne würde ich diesen Johannes verurteilen lassen«, platzte Jehudah heraus. »Doch Antipas fürchtet sich vor ihm. Einer seiner Wahrsager hat ihm eingeredet, der Täufer sei ein heiliger Mann, über den der Herr seine schützende Hand hält.«

»Daran bist du selber schuld«, schleuderte Salome ihm entgegen. »Jahrelang hast du Antipas' Aberglaube für deine Zwecke ausgenutzt, nun wendet er sich gegen dich. Wenn dein Fürst weniger Untertanen hinrichten würde, würden ihm vielleicht auch die Fischer und Zolleinnehmer nicht abhanden kommen. Ich glaube, sie sind mit diesem Jesus nur aus Angst vor Antipas zu uns geflohen, und wir wären nicht nur schlecht, sondern auch dumm, wenn wir sie auslieferten.«

Rabban Jehudah riss seine Augen noch weiter auf. »Hat hier neuerdings ein Weib das Sagen?«, fragte er Philipp.

Salomes Gemahl ließ sich nicht provozieren. Gelassen, fast nachdenklich, erwiderte er: »Ich erinnere mich, dass mein Vater Herodes vor langer Zeit über ein ganzes Dorf herfiel, weil ihm einer seiner Astrologen eingeredet hatte, dass dort der Feind seines Königreiches geboren werde. Damals starben viele Kinder. Und heute verfolgt mein Bruder auf Anraten ebenso schlechter Ratgeber friedliche Prediger, die Gelähmte heilen. Ich habe nicht die Absicht, mich an diesen Methoden zu beteiligen. Die Worte meiner Frau sind auch meine Worte.«

Jehudah stieß einen Laut der Empörung aus. »Ich werde mich beim römischen Prokurator über dich beschweren. Dann werden wir ja sehen, wer eines Tages König von Judäa wird.« Damit wandte er sich ab und ging davon.

Salome ließ einige Atemzüge verstreichen, bevor sie sagte: »Ein grässlicher Mann. Seine letzte Bemerkung habe ich allerdings nicht verstanden. Was faselte er da von einem jüdischen König?«

»Es gehen neuerdings Gerüchte, dass Kaiser Tiberius die Inthronisation eines neuen Königs von Judäa erwägt. Als Favoriten gelten natürlich Antipas und ich.«

Ihre Augen leuchteten auf. Sie hatte kaum Hoffnung gehabt, dass die Römer je wieder ein solches Experiment wagen würden, aber nun schienen sie sich zu besinnen – der Tod Livias, der kaiserlichen Mutter, machte den Weg dafür frei. Ihre Gebiete rund um Ashdod fielen nun an Tiberius, und es bereitete ihm wohl eine große Freude, genau das Gegenteil von dem zu tun, was seine Mutter stets für Judäa gefordert hatte: Er wollte die römischen Legionäre aus dem Land abziehen. Zweifellos wurde seine Entscheidung von Pilatus befürwortet, der lieber heute als morgen Judäa hinter sich lassen wollte.

Philipp als König und sie als Königin, es konnte, es durfte keine andere Entscheidung geben. Schon der Gedanke, dass ihre Mutter im Jerusalemer Palast die Herrin spielen würde, war ihr unerträglich. Und Antipas würde mit seiner Brutalität das ganze Land überziehen.

»Antipas kommt nicht in Frage«, stellte sie fest.

»Und wer sagt dem Kaiser das, einem Kaiser, der selbst nicht zimperlich ist? Du?« Philipp wirkte erschöpft. Er stand auf, streckte seinen Rücken und straffte die Schultern, die vom langen Sitzen verspannt waren, und sagte zu dem Schreiber neben ihm: »In zwei Stunden geht die Sonne unter. Weit kommen wir ohnehin nicht mehr, also sollten wir hier unser Lager aufschlagen. Baut die Zelte auf.«

Der *sofer* verbeugte sich zum Zeichen, dass er den Befehl sofort weitergeben werde. »Vorher wäre da noch dies hier von euch zu prüfen und zu genehmigen, Herr.« Er drückte Philipp ein Pergament in die Hand. »Der Entwurf der Säule zu Ehren deines fünfzehnjährigen Thronjubiläums, geschickt von dem Baumeister, den du beauftragt hast, Herr.«

Salome trat zu Philipp und besah sich mit ihm gemeinsam die Zeichnung. Sie blickten einander kurz an und waren sich einig.

»Viel zu protzig«, befand Philipp. »Ich wollte eine schlanke Säule, diese hier wird aussehen wie ein tausendjähriger Baum. Und die Ornamente sind einfallslos. Ich wollte etwas Graziles, etwas Neues ...«

»Wir werden einen anderen Baumeister beauftragen müssen«, schlug Salome vor, und Philipp nickte.

Der Schreiber verbeugte sich. »Ich habe Kenntnis von zwei Baumeistern, die deine Bedingungen mit Leichtigkeit erfüllen, Herr.«

Salome sah den jungen Mann überrascht an. Bisher hatte sie ihn kaum wahrgenommen. Er war neu in Philipps Diensten, außerdem wuselte ständig ein Dutzend Beamter um sie herum, von denen jeder für etwas anderes zuständig war. Nun fielen ihr die schlauen

Augen auf, die aus seinem hübschen, ein wenig harten Gesicht leuchteten. In letzter Zeit bediente sich Philipp fast nur noch dieses jüdischen Schreibers.

»Der eine heißt Kallisthenes und ist seit zwanzig Jahren äußerst beliebt bei Herren mit Geschmack. Er soll nicht ganz unkompliziert sein, aber was er in die Hand nimmt, wird nobel.«

»Nobel ist gut«, bestätigte Philipp. »Nobel ist das, was ich will.«

Der Schreiber grinste zufrieden. »Der andere war sein Schüler und arbeitet erst kurz als gleichberechtigter Partner mit Kallisthenes zusammen. Sein Ruf hat sich schnell über ganz Griechenland verbreitet. Er hat erst drei Aufträge selbstständig erledigt, doch die Auftraggeber sollen angeblich hingerissen gewesen sein von der Ästhetik und Schönheit der Bauten.«

Philipp lächelte, was selten vorkam. »Woher weißt du so viel darüber?«

»Ein guter *sofer* weiß so etwas«, antwortete der Schreiber schlagfertig und lächelte Philipp seinerseits an.

Salome verdrehte die Augen. »Verzeihung, wenn ich die Herren in ihrem Dialog unterbreche«, brachte sie ihre Anwesenheit in Erinnerung und fing sich einen pikierten Blick des Schreibers ein. »Dann weißt du sicher auch, wo die beiden leben?«, fragte sie.

Der *sofer* verbeugte sich. »Selbstverständlich, Herrin. Kallisthenes und Timon leben in Epidauros.«

Salome zuckte bei diesem Namen zusammen wie unter einem Stich. Es verging kein Tag, an dem sie nicht wenigstens einmal an Timon dachte, und keine Woche, in der sie nicht die Zeit in Ashdod von der ersten bis zur letzten Begegnung mit ihm in der Erinnerung auffrischte. Diesen Namen nach all den Jahren aus dem Mund eines Beamten zu hören, mit Philipp neben ihr, schien ihr unwirklich.

Konnte das sein? Lebte Timon noch, *ihr* Timon? Wie viele Griechen hießen so? Wie viele davon interessierten sich – so wie er früher – für Architektur und wurden Baumeister? Die Spannung zerriss sie. Sie hätte dem Schreiber auf der Stelle tausend Fragen stellen mögen, was er noch über den Baumeister Timon wusste, aber ihre Neugier wäre sogar einem weit gedankenloseren Mann als

Philipp aufgefallen. Schon jetzt, ohne dass sie nur einen Laut von sich gegeben hatte, bemerkte er eine Veränderung an ihr.

»Was ist?«, fragte er.

»Was soll denn sein?«, entgegnete sie ausweichend.

»Du siehst plötzlich so blass aus.«

»Es ist nur …« Sie schluckte. »Epidauros ist so weit weg. Bis die beiden hier sind, ist dein Jubiläum fast schon vorbei. Wie sollen sie da vorher die Säule fertig stellen?«

Sie wusste nicht, woher sie ihre Beherrschung nahm und wer ihr genau die richtigen Worte auf die Zunge legte. Sie glaubte, ersticken zu müssen, und vermutete, dass ihr ganzer Körper zitterte, aber Philipp schien nichts weiter aufzufallen.

»Das stimmt allerdings. So gerne ich die beiden verpflichtet hätte, für die Säule müssen wir uns etwas anderes einfallen lassen.«

Er sah sie erwartungsvoll an, doch das Letzte, worüber sie nun sprechen wollte, war diese dumme Säule. Sie konnte sich überhaupt nicht mehr konzentrieren, die Gedanken schossen ihr wild durch den Kopf, mischten sich mit Hoffnungen, Vermutungen, Befürchtungen, Fragen … Vor allem Fragen. Sie musste mit diesem Schreiber sprechen, auf der Stelle. Doch der war bemüht, Philipp andere Vorschläge zu unterbreiten, redete von einem jüdischen Baumeister in Jerusalem, einem griechischen im nahen Tyrus, einem römischen in Caesarea, und je länger er sprach, desto zorniger wurde sie insgeheim. Wann würde diese entsetzliche Besprechung endlich enden?

»Vielleicht sollten wir …«, drängten die Worte aus ihr heraus, mitten in eine Bemerkung Philipps hinein.

»Ja?«, fragte er.

Sie nahm alle Kraft zusammen, um unbefangen zu lächeln. »… ein anderes Mal darüber sprechen«, vervollständigte sie.

Philipp sah sie unschlüssig an. Er war es nicht gewöhnt, törichte Ratschläge von ihr zu bekommen. »Die Zeit drängt«, wandte er ein. »Das hast du eben selbst gesagt. Wir können nicht länger mit der Entscheidung warten, wer die Säule bauen soll.«

Er wandte sich wieder an den Schreiber und setzte die Besprechung fort. In diesem Moment hasste sie diese Wüste und die ganze Tetrarchie, sie hasste das Jubiläum und die Säule, aber am schlimmsten war, dass sie *ihn* hasste, ihren Mann, der ihr gar nichts getan hatte. Sie erschrak vor ihrem eigenen Gefühl, konnte es jedoch nicht leugnen.

Plötzlich griff Philipp sich wieder an die Stirn und taumelte für einen kurzen Augenblick. Der Schreiber stützte ihn an der einen Seite, Salome an der anderen. »Siehst du, es geht dir nicht gut«, sagte sie vorwurfsvoll. »Du bist völlig überarbeitet, darum wollte ich auch die Besprechung beenden. Die Säule muss warten, du ruhst dich jetzt aus.«

Sie rief einige Diener herbei und sah zu, wie sie Philipp in das fertig aufgebaute Fürstenzelt begleiteten. Sie selbst ging nicht mit ihm. Sie schloss die Augen und atmete mehrmals tief die heiße, trockene Wüstenluft ein.

Sie wandte sich dem Schreiber zu. »Komm in mein Zelt«, befahl sie. »Jetzt gleich.«

»Er ist es«, flüsterte sie, kaum dass der Schreiber das Zelt verlassen hatte. Wer sonst konnte sich rühmen, Rom und Jerusalem gesehen zu haben? Wer sonst verstand sich nicht nur auf das Entwerfen von Bauzeichnungen, sondern auch auf das Zeichnen von Porträts? Die weiteren Informationen des Schreibers waren nicht umfassend gewesen – er wusste nichts über Alter und Aussehen des Baumeisters –, doch sie genügten Salome, um Gewissheit zu bekommen: Es konnte nur Timon sein.

Sie ließ sich auf die Schaffelle fallen, die in mehreren Schichten auf dem Boden ausgebreitet waren, und fasste mit beiden Händen in die warme, weiche Wolle. Das Zelt war behaglich eingerichtet. An den Stangen, über die die Wände aus Häuten gespannt waren, hingen dunkelblaue und silberfarbene Schleier und teilten das runde Zelt in einen Schlaf- und einen Empfangsbereich. Ein gutes Dutzend Öllampen flackerte auf kleiner Flamme im Abendwind der Wüste und verbreitete zusammen mit den Zedernholzmöbeln einen angenehmen Duft. Jeden Morgen, wenn der Tross weiterzog, wurde all das eingepackt und jeden Abend von den Soldaten und den Dienerinnen exakt so wie jetzt wieder aufgebaut. Diese Beständigkeit zumindest hatte Salome immer gebraucht, wenn sie schon kreuz und quer durch üppige wie unwirtliche Gegenden zog. Doch das Reisen hatte ihr nie etwas ausgemacht, im Gegenteil. Philipp hatte ihr mehrmals angeboten, in Bethsaida zu bleiben, doch was hätte sie dort mit sich anfangen sollen! Sie war schon bald nach ihrer Hochzeit von einer aufreibenden Ruhelosigkeit befallen worden, und nur die täglichen Mühen der Wanderschaft, die immer neuen, wechselnden Eindrücke in Städten, Tälern und Wüsten sowie die Beteiligung an den Regierungsgeschäften lenkten sie ab – erfüllt war sie davon nicht.

Die Leere war nun vorbei. Sie streckte die Arme von sich, als wolle sie durch das Zeltdach zu den Sternen greifen, und räkelte sich auf dem Fell. Und dann lachte sie. Sie konnte nichts dafür, sie musste kichern. Sie spürte eine Freude wie schon seit Jahren nicht mehr, noch größer als jene, die sie empfunden hatte, als Pilatus ihr den Ort von Timons Gefangenschaft mitteilte. Sie fühlte, dass nichts mehr dazwischen kommen würde, dass sie Timon wiedersehen und in die Arme schließen würde. Diese Aussicht erfüllte sie mit wohltuender Befriedigung.

Natürlich musste sie vorsichtig sein. Sie war findig genug gewesen, den Schreiber nicht sofort über Timon auszufragen, sondern vorher über dessen Lehrer und Partner Kallisthenes. Nun musste sie auch noch einen Weg finden, Timon zu ihr, ins Fürstentum Basan, zu holen, und zwar auf eine Weise, die seine Anwesenheit unverdächtig erscheinen ließ. Der Bau der Ehrensäule wäre eine hervorragende Gelegenheit gewesen. Dummerweise hatte sie selbst die Argumente geliefert, die gegen den Auftrag sprachen.

Wie immer, wenn sie eine Idee brauchte, die sich einfach nicht einstellen wollte, begann sie zu tanzen. Sie benötigte dazu keine Musik, ihr genügte ein leises Summen, und schon wussten ihre Arme und Beine, was sie zu tun hatten. Den ersten Schritten folgte schnell eine Drehung, dann ein Sprung und eine Biegung des Körpers. Sie überlegte nicht, welche Figur als Nächstes käme, sondern gab sich ganz der Stimmung hin, die von ihren Gefühlen und den Farben, Düften und Geräuschen der Umgebung beeinflusst wurden, so wie sie es von Haritha gelernt hatte. Es machte einen

Unterschied, ob sie in der Nähe von sprudelndem oder stillem Wasser, im rauschenden Wind auf den Höhen des Golan oder in ihrem weitläufigen Gemach in Bethsaida tanzte. Die Stille der Wüste und die Schwere des Jasminduftes aus den Lampen sowie die Gedanken an Timon machten ihren Tanz heute langsam und ausgesprochen sinnlich.

Plötzlich, nach einer Drehung, stand Philipp vor ihr. Sie unterdrückte einen Schrei und fasste sich an die Brust.

»Du hast mich erschreckt«, keuchte sie.

»Das tut mir Leid«, entschuldigte er sich, wobei sie bei seiner neutralen Stimmlage nicht wusste, ob er auch meinte, was er sagte. »Du tanzt?«

Ihr lag eine schnelle Erwiderung auf der Zunge, denn es war offensichtlich, was sie eben gemacht hatte und dass er sie dabei störte. »Ja«, antwortete sie knapp und beobachtete Philipp, wie er zwei weitere Schritte in das Zelt trat. »Geht es dir besser?«, fragte sie ungeduldig.

»Ja, viel besser. Danke, dass du danach fragst.«

Seine distanzierte Höflichkeit und die Monotonie seiner Erscheinung gingen ihr auf die Nerven, und sie wünschte sich, dass er endlich wieder in sein eigenes Zelt ginge. Doch er machte keinerlei Anstalten dazu. Er tat ein paar ziellose Schritte hin und her und setzte sich dann auf einen der beiden Schemel, womit klar war, dass er Zeit mit ihr verbringen wollte. Dagegen war nichts zu machen, es sei denn, sie hätte einen hysterischen Anfall bekommen. Obwohl sie kurz vor einem solchen stand und auf Philipp zornig war, setzte sie sich auf den anderen Schemel. Keiner von ihnen sagte etwas.

In Momenten wie diesem, wenn sie wie tot nebeneinander saßen, wurde Salome von der Stille erdrückt. Philipps Schweigen war wie eine Gefangenschaft für sie, aus der sie nicht herauskam. Während der Mahlzeiten sprachen sie häufig kein Wort, obwohl sie nicht böse miteinander waren. Es gab einfach nichts zu sagen, und Philipps Abscheu vor belangloser Konversation tat ein Übriges. Heute war es noch schlimmer als sonst – und doch auch wieder nicht. Timon war vor wenigen Stunden in diese Welt eingedrungen mit all seiner Spontaneität und seinen immensen Gefühlen. Der

Kontrast zwischen Philipp und ihm hätte nicht größer sein können, ebenso wenig der Unterschied zwischen einem Leben mit ihm und dem Leben, das Salome an Philipps Seite führte. Mehr denn je erstickte Salome das Schweigen zwischen ihr und ihrem Mann.

Andererseits glaubte sie heute zum ersten Mal, diese Stille bald besiegen zu können. Jetzt, wo Timon aus der Erinnerung in die Wirklichkeit getreten war, gab es neue Hoffnung für sie. Die rettende Idee, wie sie Timon wiedersehen konnte, war ihr bereits beim Tanzen gekommen, und während sie stumm neben ihrem Gemahl saß, entwickelte sie sie zu einem Plan weiter.

»Vielleicht«, begann ihr Mann, »hätten wir den Prediger doch verhaften lassen sollen, was meinst du?«

Philipp stellte keine Fragen, um ein Gespräch zu beginnen, er musste also Zweifel an seiner Entscheidung haben. Ein Umstand, der selten vorkam.

»Nicht, dass ich ihn für gefährlich hielte«, beeilte er sich hinzuzufügen. »Sollte mein Bruder sich tatsächlich bei Pilatus über mich beschweren und sollte der Prediger irgendwann offen gegen die Römer sprechen, könnte das meinen Ruf als romtreuer Vasall beschädigen.«

»In ein oder zwei Jahren redet kein Mensch mehr von diesem Jesus«, entkräftete sie seine Befürchtungen knapp.

Philipps Besorgnis war ungewöhnlich, kam ihren Plänen jedoch entgegen. Sie konnte seine Stimmung hervorragend ausnutzen, um ihm ihre Idee schmackhaft zu machen. Sie musste Timon wiedersehen, dieser Gedanke allein beherrschte sie.

»Dennoch«, fügte sie einschränkend hinzu, »wird es Zeit, unsere Stellung zu stärken und zum Angriff überzugehen. Viel zu lange schon dulden wir, dass Antipas mittels Geschenken an den Kaiser von sich reden macht, während wir unauffällig bleiben.«

Philipp wandte sich ihr zu.

Als sie seine Aufmerksamkeit und Neugier geweckt hatte, erläuterte sie ihre Idee. »Wir sollten eine neue Stadt bauen, eine orientalische Metropole, deren Ruf bis nach Rom dringt. Keine der üblichen, prahlerischen Residenzen, sondern kunstsinnig und nobel.«

Das Wort »nobel« schätzte Philipp besonders.

»Sie wird voller Badehäuser, Foren und Theater sein«, malte sie ihm aus. »Breite, säulengerahmte Straßen, belebte Märkte und bunte, atmende Gärten werden sie zu einem Athen des Ostens machen. Wir bauen sie an die Quelle des Jordan im Lande Dan, an die Ausläufer des Gebirges Hermon, damit die syrischen Kaufleute nicht länger nach Galiläa ziehen, um lukrative Geschäfte abzuschließen. Und wir benennen sie nach dir: Philippi, die Stadt Philipps.«

In seinen ansonsten steinernen Zügen zeigte sich ein Anflug von Interesse, aber auch von Skepsis. »Wie soll diese Stadt helfen, unsere Stellung zu stärken?«

Das war die einzige Schwachstelle in Salomes Überlegungen, die nur durch geschickte Rhetorik überspielt werden konnte. »Nun ja, eine noble, kunstvoll errichtete Stadt würde beweisen, dass du in der Lage bist, groß zu denken und dabei friedlich zu bleiben. Bisher ist deine Regierung zwar gut und gerecht, doch wenig – wie drücke ich es aus? – staatsmännisch. Es reicht nicht, dass man etwas kann, die anderen müssen es auch bemerken. Die Römer brauchen den Beweis, dass mehr in dir steckt, als den lieben langen Tag auf einem Sessel zu sitzen und zwischen Bauern zu schlichten, die sich um eine Kuh streiten. Erst dann ziehen sie dich als König in Betracht.«

»Ich muss nicht um jeden Preis König werden«, wandte er ein.

»Wenn nicht du, dann Antipas. Und dass dein Bruder deine Fürstenherrschaft nicht lange hinnehmen würde, liegt doch wohl auf der Hand. Er ist rücksichtslos und misstrauisch, ganz der Vater. Er würde nicht zögern, uns etwas anzutun. Die Gefahr ist groß, Philipp, darum musst du handeln, solange es noch geht.«

Sie hatte seinen wunden Punkt getroffen, das wusste sie. Die Vorstellung, sein Bruder könnte eines Tages das gesamte Land beherrschen, war in der Tat grauenvoll, trotzdem hatte Philipp bisher jeder Versuchung widerstanden, auch nur im Ansatz das Verhalten des Antipas nachzuahmen. Er schickte Kaiser Tiberius keine Geschenke, außer zu dessen jährlichem Regierungsjubiläum ein Fass Wein von den Golanhöhen. Er benannte keine Städte nach Mitgliedern der julisch-claudischen Kaiserfamilie um und drückte römischen Befehlshabern keinen Geldbeutel in die Hand, damit sie sich in der lebensfrohen Hafenstadt Tyrus amüsieren konnten. Wenn vereinzelte Gruppen von Jugendlichen Sprechchöre gegen Rom skandierten, ging er nicht mit Gewalt gegen sie vor, sondern tauschte deren Lehrer aus, und waren es Erwachsene, so sorgte er dafür, dass in die entsprechende Gegend verstärkt gemäßigte Rabbiner gesandt wurden, die den Zorn besänftigen sollten. Sein Geld investierte er nicht in die Gegenden, die ohnehin auf seiner Seite waren, sondern besonders in die Ortschaften, die als Hochburgen der Zeloten galten. Dort schuf er Märkte und gewährte Webern, Töpfern und Schmieden Steuernachlässe. Auf diese Weise stabilisierte er das komplizierte Gleichgewicht seiner Juden zwischen berechtigter Sehnsucht nach Freiheit und dem Zorn über die Besetzung einerseits und den Freuden des Alltags und dem meist sorgenfreien Leben in einem geordneten Fürstentum andererseits. Sogar Salome, die viel über das Regieren einer Einwohnerschaft in Schriften griechischer und römischer Philosophen gelesen und einiges davon in Ashdod bereits umgesetzt hatte, lernte noch etwas von Philipp. Aufmerksam verfolgte sie seine segensreiche Politik und griff nur gelegentlich ein, wie zum Beispiel in der Frage der *thora* als allgemeingültiges Gesetz und bei der Freilassung von Sklaven. Sie hatte immerhin erreicht, dass kein Sklave länger als fünf Jahre in seinen Diensten stehen musste, danach wurde er oder sie freigelassen.

Antipas jedoch könnte all das innerhalb eines einzigen Jahres als König zunichte machen, denn er setzte einzig auf die Macht der Truppen, der Spitzel und brutaler Häscher – also auf Unterdrückung.

Philipp seufzte und gab klein bei. »Aber es muss wirklich eine noble Stadt werden«, bekräftigte er. »Dann soll sie meinetwegen gebaut werden. Geld genug ist ja da, dank unserer bisherigen Sparsamkeit.«

Salome konnte ihre Freude nicht verbergen, und für einen Moment vergaß sie sowohl ihre Beherrschung wie auch den Ärger über ihren Mann. Sie umarmte Philipp, der auf der Stelle erstarrte.

»Die Stadt wird wie ein geschliffenes Juwel«, versprach sie. »Wir beauftragen jene Architekten, von denen dein Schreiber vorhin gesprochen hat, diesen Kallisthenes und den anderen.«

»Timon«, ergänzte Philipp, und ein ungeheures Glücksgefühl bemächtigte sich Salome, als sie den Namen ihres Geliebten aus dem Munde ihres Mannes hörte.

»Dies hier ist Agamemnon, mein Gemahl. Jetzt tot, die Meisterarbeit meiner rechten Hand, und recht getan hat diese Künstlerin.«

Die reulose Stimme der Klytämnestra schallte die Ränge des Theaters hinauf und ließ Timon frösteln. Die Figur der Königin von Argos, die um ihres Geliebten willen den Gatten tötete, jagte ihm einen Schauer nach dem anderen über den Rücken. Aber nicht nur ihm. Etwa zweihundert Frauen und Männer von Epidauros wohnten dem Schauspiel des Aeschylos bei, doch kein Laut kam auch nur einem von ihnen über die Lippen. Niemand hustete, keiner bewegte sich, alle starrten gebannt in die *orchestra*, die runde Bühne, und verfolgten, wie die kalte Gattenmörderin sich vor dem Chor für ihre Tat rechtfertigte.

Als die Szene zu Ende gespielt war, holte Timon zum ersten Mal seit einer halben Stunde wieder tief Luft und löste seinen Blick aus dem Zentrum des Theaters. Schwarzblaue Nacht hatte sich zwischenzeitlich auf das Hügelland von Epidauros gesenkt, nur in der Ferne, im Westen, glomm noch ein dünner Streifen Tageslicht. Das Theater lag außerhalb der Stadt und war mühsam zu erreichen, außerdem hatte Timon keinen guten Platz bekommen, denn er saß fast am oberen Rand. Die Sicht jedoch war unübertroffen. Hinter dem Halbrund des Theaters wölbten sich die peloponnesischen Berge wie mächtige Wogen vor dem Horizont. Der Himmel war mit Sternen übersät und die Luft von den tausend Pinien wie parfümiert.

Er liebte dieses Land. Er liebte seine Mythen aus grauer Vorzeit, die hier noch immer lebendig waren, die Geschichten von Trojas Untergang, von Jasons Suche nach dem goldenen Vlies, vom Kampf des Perseus gegen das Seeungeheuer oder von der Tragödie am Hof von Argos, die er gerade als Schauspiel erlebte. Hellas war nicht irgendein Land, das er zufällig mochte, es war die Heimat seiner Vorfahren. Die Mythen, die Hügel, Wälder und Sterne lagen ihm im Blut. Zum ersten Mal in seinem Leben fühlte er sich zu Hause, und eigentlich wollte er nie wieder von hier weggehen.

Sogar die Menschen mochte er, obwohl er hier sehr viel Widersprüchliches erlebt hatte. Die Griechen waren ein tolerantes Volk, das sich zwar seiner Bildung und seiner feinsinnigen Lebenskunst bewusst war und sich für etwas ganz Besonderes hielt, doch sie zwangen niemanden, die griechische Überlegenheit anzuerkennen. Es genügte ihnen, dass sie selbst darum wussten. Natürlich sprachen sie nie über ihre Überlegenheit – das wäre unfein gewesen. Und doch war das Wissen darum allgegenwärtig. Wenn die Hellenen Gäste von den Küsten des *mare nostrum* empfingen, waren sie überaus freundlich, fragten höflich nach der Heimat, erkundigten sich nach den jeweiligen Göttern und den Feiertagen, so dass alle die griechische Gefälligkeit rühmten. Was jedoch kaum einer der Fremden bemerkte, war der leicht herablassende Tonfall ihrer Gastgeber, der besagte: Ist ja alles ganz nett, aber hier und nur hier ist es richtig.

Am deutlichsten bekamen Römer diesen Unterton zu hören, denn ihnen gegenüber war man etwas offenherziger. Man verzieh ihnen nicht, dass ein Hellene – nämlich Aeneas – vor achthundert Jahren an die Tibermündung gereist war und dort eine erste Siedlung gegründet hatte, aus der später Rom hervorging, jenes Rom, das weit mächtiger wurde als Hellas und es vor zweihundert Jahren einfach geschluckt hatte. Natürlich, wenn die Römer heute bellten, dann wackelte auch Hellas sogleich mit dem Schwanz. Man tat, was die mächtigen Italer erwarteten. Doch insgeheim verachtete man sie wegen ihrer grobschlächtigen, aufdringlichen, protzigen, kulturlosen Art.

»Das Imperium wird es nicht mehr lange machen«, hatte Kallisthenes erst neulich gesagt und schadenfroh gegrinst: »Die Römer haben ihren Zenit überschritten.«

»Woher willst du das wissen?«, hatte Timon gefragt.

»Oh bitte, Timon, sieh sie dir an. Sie zeigen alle Anzeichen des Untergangs. Ihr Adel, das Patriziat, ist bestechlich, heuchlerisch und unterwürfig, so sehr, dass das eigene Volk sich nicht mehr für das interessiert, was der Senat tut. Der Kaiser reißt unter immer neuen Vorwänden noch mehr Macht an sich und schränkt die Befugnisse der Institutionen ein. Wer das, was er sagt, in Zweifel zieht, wird als ›staatszersetzend‹ eingestuft. Die Masse wiederum wird mit immer neuen, widerlichen Gladiatorenspielen dumm gehalten und merkt überhaupt nicht, wie tief sie schon gesunken ist. Nein, Timon, eine solche Gesellschaft ist ungesund, und wer ungesund lebt, wird von der nächstbesten Krankheit befallen und stirbt. Da hilft auch das geschliffene Schwert in der Hand nicht mehr, wenn der Feind innen sitzt.«

Obwohl Kallisthenes' Sorge um das Imperium vorgetäuscht hatte, durchschaute Timon, dass es dem Meister im Grunde eine Wonne war, seine Überzeugungen immer und immer wieder vor nickenden griechischen Freunden zu wiederholen. Timon konnte nicht anders, als diesen sanften intellektuellen Hochmut gebildeter Griechen zu mögen. Er wusste, dass sie bei weitem nicht so oft Recht hatten, wie sie selber glaubten, doch sie waren ihm mit all ihren kleinen Fehlern sympathisch. Das Blut und Erbe seines gelehrten Vaters konnte und wollte er nicht verleugnen.

Timon stützte seine Ellenbogen auf die Knie und konzentrierte sich wieder auf die Geschehnisse in der *orchestra*, wo Fackeln den Sand gelb färbten und die Schatten Klytämnestras und ihres Geliebten vorüberhuschten.

Doch nur einen Moment später drängelte sich ein Mann neben ihn. Timon sah auf.

»Kallisthenes!«, flüsterte er überrascht. »Was tust du denn hier?«

»Verzeihung, ich wohne hier in Epidauros. Warum soll ich nicht ins Theater gehen?«

»Du hast mir gesagt, dass du dieses Stück in- und auswendig kennst.«

Kallisthenes verzog das Gesicht. »In der Tat. Meine Eltern haben mich von klein auf in die Stücke von Aeschylos mitgenommen, und ich glaube, dass das einer der Gründe ist, weshalb ich bis heute nicht geheiratet habe. Wer will schon Gefahr laufen, eine Klytämnestra zum Weib zu bekommen?«

Timon schmunzelte. »Nun hat es dich aber doch noch hierher verschlagen.«

»Mich hat es nach der Nachricht, die ich erhalten habe, nicht mehr im Haus gehalten.«

»Und die wäre?«

»Nein, nein, sieh dir ruhig erst an, wie Klytämnestra mit ihrem Aegisthos die Herrschaft genießt und später von ihren eigenen Kindern getötet wird.«

Timon gab seinem ehemaligen Meister einen auffordernden Stoß in die Seite. »Nun rede schon«, flüsterte er.

Kallisthenes ließ sich nicht mehr lange bitten. Seit der persönliche Abgesandte Philipps von Basan ihn in der Dämmerung aufgesucht hatte, wurde ihm abwechselnd heiß und kalt. Mal zerbrachen seine Gedanken wie kristallene Scherben in tausend kleine Stücke, mal sammelten sie sich zu einem Prisma und erschufen vor seinem geistigen Auge eine Stadt aus Licht. Athene, Schutzgöttin der Künstler, sollte dafür gepriesen sein, dass nun endlich sein lang gehegter Traum in Erfüllung ginge: Eine ganze Stadt würde er mit seinen eigenen Händen formen.

Natürlich war er zunächst misstrauisch gewesen. Kallisthenes fragte nach der künstlerischen Freiheit, doch sie war ebenso weitgehend, wie die Bezahlung großzügig war.

»Ich muss mir doch nicht von anderen Architekten hineinpfuschen lassen?«, hatte er gefragt.

»Mitnichten«, hatte der pausbäckige Beamte geantwortet. »Das Fürstenpaar hat ausdrücklich nur euch beauftragt, auf meine Empfehlung hin. Lediglich euer ehemaliger Schüler Timon soll noch künstlerisch mitwirken.«

Kallisthenes ging das Herz auf. Für Timon war dieser Auftrag ein Katapult, das ihn in die höchsten Höhen des architektonischen Olymps schleudern würde. Welcher andere Architekt durfte je mit gerade dreißig Jahren eine ganze Stadt entwerfen! Wer konnte wissen, ob dieses Philippi nicht eines Tages ein zweites Alexandria würde, ein zweites Athen oder Babylon oder Karthago oder … Wenn alles gut ging und Philippi erst einmal gebaut war – der Ruhm wäre unermesslich und unsterblich. Die Betonung lag allerdings auf dem ersten Teil des Satzes. An einem gigantischen Bauvorhaben wie diesem konnte man sich auch die Finger verbrennen.

So nüchtern wie möglich schilderte Kallisthenes den Besuch des Schreibers, doch ein gelegentliches Zischen einiger Zuschauer veranlasste ihn, Timon am Arm zu packen und hochzuziehen. Er führte ihn aus dem Theater und setzte seinen Bericht erst wieder fort, als sie bei der Zypressenallee angekommen waren, dem Weg zwischen Epidauros und dem Theater. Sie hatten keine Fackeln bei sich, und die Nacht war beinahe mondlos. Unter ihren zaghaften Schritten knirschte der Kies.

Timon schwieg die ganze Zeit über, und auch nachdem Kallisthenes alle Vorteile in sämtlichen Farben ausgemalt hatte, blieb Timon stumm.

»Nun?«, drängte Kallisthenes nach einer Antwort.

»Ich weiß nicht«, murmelte Timon. »Es ist doch sehr weit weg.«

Kallisthenes' Herz war nahe daran auszusetzen. War das wirklich Timon, der da sprach? Der Timon, der die halbe Welt bereist hatte, dem Freiheit und Erfahrung über alles gingen? Er blieb stehen. In den Augen seines »Jungen«, wie er ihn noch immer nannte, las er Furcht und sogar ein wenig Zorn.

»Ich weiß«, sagte Kallisthenes mild. »Vor einem solch ungeheuren Auftrag kann einem bange werden. Doch du bist ja nicht allein. Einem von uns wird immer eine geniale Idee kommen.«

Obwohl – oder weil – Timon darauf nicht reagierte, begriff Kallisthenes, dass er das Problem noch nicht erkannt hatte. Er ging rasch alle Möglichkeiten durch, die Timon veranlassen könnten, einen solchen Auftrag abzulehnen, und schließlich blieb er bei der Liebe hängen. Kallisthenes selbst war zweimal in seinem Leben verliebt gewesen, doch er hatte diesen Zustand nie gemocht. Die Frauen, so schien ihm, lenkten ihn nur von viel Genussvollerem ab – von der Schönheit der Reliefe und der Lust am Gestalten. Um glücklich zu sein, brauchte er keine Frau. Und es war ihm so vorgekommen, als eifere Timon ihm auch auf diesem Gebiet nach. Seit der Junge seine Ausbildung bei ihm begonnen hatte, war nie mehr über Frauen gesprochen worden, jedenfalls nicht im erotischen Sinn. Als Gattinnen oder Töchter von Auftraggebern redeten sie ungefragt bei der Baugestaltung mit, meist nicht zum Vorteil des Entwurfs. Sie waren ein Problem, das bewältigt werden musste, mehr nicht. Ab und an verguckte sich eines der edlen Töchterchen in Timons Schenkel, wenn er auf dem Pferd saß, oder in seine langen blonden Haare, und es kam sogar vor, dass die Väter dann vorsichtig und diskret bei Timon vorfühlten. Ebenso diskret löste der Junge dann dieses Problem, indem er zwei- oder dreimal mit den Töchtern ins Theater oder zu Sportwettbewerben ging, und irgendwie schaffte er es dabei, den Frauen zu vermitteln, dass er nicht interessiert sei. Ob sie nun blond oder schwarzhaarig, mollig oder hager, klein oder groß, vollbrüstig oder langbeinig waren: Er ließ sie alle stranden. Einige glaubten schon, dass Timon der sokratischen Liebe anhing, der Männerliebe, aber Kallisthenes wusste es besser.

»Du musst irgendwann einmal darüber hinwegkommen, dass du eine Jüdin liebtest«, sagte Kallisthenes bewusst streng. »Du musst dich diesem Land stellen, um die Vergangenheit zu bewältigen.«

Timon ächzte verächtlich auf. »Das sagt gerade der Richtige.«

Kallisthenes hob das Kinn und zog die Augenbrauen hoch. »Mein Junge, als ich die Entscheidung traf, die Architektur wichtiger als die Frauen zu nehmen, habe ich nichts Unfertiges zurückgelassen. Alles war abgeschlossen. Keine dieser Frauen hätte je verhindert, dass ich einen grandiosen Auftrag annehme. Und dasselbe muss auch für dich gelten, sonst nenne dich nicht länger meinen Schüler.«

Selbst durch die Dunkelheit konnte Kallisthenes sehen, wie Timon von dieser Erwiderung getroffen war. Manchmal musste man so mit ihm sprechen, denn nur diese Härte rüttelte ihn auf.

»Entschuldige«, sagte Timon. Sein Herz war noch immer schwer, doch das musste er mit sich alleine ausmachen.

»Angenommen«, entgegnete Kallisthenes väterlich. »Und nun lass uns über einen Grundriss nachdenken. Schwebt dir eher ein Quadrat vor, verbunden durch sternförmig verlaufende Straßen, oder …«

Nebeneinander gingen sie die Zypressenallee entlang. Irgendwo sang eine Nachtigall ihr Lied, und weit hinter ihnen brandete der Beifall des begeisterten Publikums auf.

14

Wie ein Blitz zuckte der Schreck durch Sadoq. Im ersten Moment konnte er weder Menahem noch Kephallion anschauen, die neben ihm auf dem Teppich saßen. Er senkte den Kopf und biss die Zähne zusammen.

All die Jahre, die seit dem Mord an seinem Vater vergangen waren, hatte er sich an den Glauben geklammert, den Kampf gegen die ungläubigen Unterdrücker gewaltfrei führen zu können. Er hatte gedacht, dass die Römer Judäa räumen würden, wenn sie merkten, wie feindlich ihnen das Volk gegenübersteht. Denn das waren sie nicht gewöhnt. In Gallien, Hellas, Afrika und Ägypten waren sie zwar zunächst nicht freundlich empfangen worden, doch schon nach wenigen Jahren erfreuten die dortigen Völker sich an den Segnungen der römischen Ordnung. Nur in Germanien war ihre Expansion zurückgeschlagen worden, und Sadoq hatte stets gehofft, dass die Römer die Lehre vom Teutoburger Wald, wo ihr Heer besiegt worden war, begreifen und ihre Schlüsse daraus ziehen würden. Die Juden hassten Roms Ordnung, sie akzeptierten sie nicht, warum also zog Rom nicht ab?

Es war nur eine Frage der Zeit gewesen, wann der Erste seiner wichtigsten Gefolgsleute sich gegen seine gewaltfreien Methoden aussprechen würde. Doch dass es gleich so schlimm käme ... Kephallion schlug vor, jeden *Rabbiner* zu ermorden, der den Zeloten ablehnend gegenüberstand, und ablehnend hieß in Kephallions Definition, jeden, der nicht ausdrücklich für die Zeloten sprach. Damit sollte ein Zeichen gesetzt werden, dass die Geduld der »Eifernden«, der Zeloten, zu Ende sei und dass nun eine neue Phase begänne.

Sadoq zitterte ein wenig, als er sich erhob und, die Hände unter den Achseln verborgen, den Raum durchschritt. Vor einer der Fackeln an den Wänden blieb er stehen und betrachtete ihre züngelnde Flamme. Ein Inferno, das sah er. Er wusste, dass die Gesetze der Gewalt keinem gewöhnlichen Schema folgten, dass sie die Eigenart besaßen, sich zu verselbstständigen und der Kontrolle ihrer Verursacher zu entziehen. Aus einem Dolchstoß konnte ein Aufstand werden, aus einem Aufstand ein Krieg, aus dem Krieg ein Inferno. Es war gut möglich, dass Kephallions Vorschlag eines Tages in etwas mündete, das sich keiner, nicht mal in den schlimmsten Albträumen, vorstellen konnte – oder aber an das Ziel ihrer Wünsche führte, auch das war möglich. Die Gewalt verhüllte sich stets in weiten, undurchsichtigen Gewändern. Sie versprach viel, aber sie war die schlimmste Lügnerin auf Erden.

Plötzlich wandte er sich von der Flamme ab und sah Kephallion an, dessen Gesicht seit einigen Jahren von einem dichten, schwarzen Bart verhüllt wurde. Der Bursche hatte es weit gebracht, in jeder Hinsicht. Am Hof des Tetrarchen in Tiberias hatte er sich jahrelang, seit dem Tod seines Vaters, stets unauffällig und gefügig gezeigt. Niemand dort bemerkte, dass Kephallion spionierte, dass er schon im Voraus wusste, wo und wann die Schergen des Tyrannen ihre Schläge gegen die Zeloten planten oder der Bevölkerung die hohen Steuern abpressen wollten. Dadurch konnten die Zeloten nicht nur sich selbst, sondern auch ganzen Dörfern helfen, deren Dankbarkeit ihnen weiteren Zulauf verschaffte. Kephallion verbarg seine Sache so geschickt, dass Antipas und die Pharisäer ihm vor zwei Jahren sogar das Amt des *Toparch*, des Verwalters, von Nazareth übertrugen. Hier residierte der Herodianer nun in einem geräumigen Haus im besten Stadtteil.

Sadoq hätte sich nie vorstellen können, einmal unter dem Dach eines Herodianers zu sitzen, eines Mitglieds jener Familie, die er einst verflucht hatte, doch er fühlte sich hier sicher. Auf dem Boden standen Platten voll mit Hühnerkeulen, Kalbsbraten, gefüllten Auberginen und Dattelkuchen, die irdenen Kelche waren gefüllt mit Wein vom See Genezareth, und ein Kohlenbecken verbannte die Kälte der galiläischen Nacht vor die Tür. Vorbei war die Zeit, in der sie sich wie Verbrecher in muffigen Kellergewölben verstecken mussten, vorbei auch die Zeit, als sie, Fledermäusen gleich, nur nachts leben durften. Kephallion hielt unsichtbar seine schützende Hand über sie. Sadoq verdankte ihm viel, und trotzdem war ihm der Bursche fremd und manchmal sogar unheimlich.

Mehrmals in der Woche, vor allem zu jedem *shabbat*, trafen sie sich in seinem Haus, setzten sich auf die weichen Webwaren, aßen, tranken und redeten. Meistens ging es um Politik, Kephallion fühlte sich bei diesem Thema scheinbar am wohlsten. Sie tauschten Informationen aus und berieten die Lage, doch manchmal wünschte Sadoq sich, sie könnten wie normale Menschen zusammensitzen und über andere Dinge sprechen, über Frauen zum Beispiel, über die Erkrankung eines Freundes oder die Ernte. Stattdessen füllten die Besatzer und ihre jüdischen Helfer alle Gespräche aus. Pilatus, Tiberius und Antipas, Feind, Abtrünniger und Ungläubiger, das alles waren Namen und Begriffe, die ihnen mittlerweile so selbstverständlich über die Lippen kamen wie anderen Leuten ein Lachen oder ein Gruß.

Kephallion prägte jedoch nicht nur ihre Gespräche und die neue Lebensqualität, er nahm auch Einfluss auf die Struktur der Zeloten. Andauernd machte er neue Vorschläge. Er hatte nicht nur die verschiedenen, oftmals chaotisch operierenden Zelotengruppen in den Städten Judäas einheitlich organisiert, sondern auch ein Verbindungsnetz geschaffen, das jedes einzelne Mitglied mit der Führung und allen anderen verband. Hierarchien und Geheimschriften, mit denen Kommandos übermittelt wurden, gingen auf seine Initiative zurück. Er war der große Ideengeber geworden, war der Wind in ihren Segeln. Im engen Führungskreis war er zudem wegen seiner feurigen Reden beliebt. Kephallion sprach den Leuten aus dem Herzen. Er konnte ihnen jenes wilde Glitzern in die Augen zaubern, das Sadoq zum ersten Mal vor vielen Jahren an Zelon gesehen hatte und in diesem Moment auch an Kephallion selbst bemerkte.

Sadoq setzte sich wieder zu den beiden anderen. Nachdenklich brach er mit Daumen und Zeigefinger ein kleines Stück Kuchen ab und kaute es langsam. Schließlich blickte er den Mann an, mit dem er noch nie uneins gewesen war, seinen treuesten Freund. »Menahem«, sagte er nur und forderte ihn damit auf, Stellung zu beziehen. Doch er wusste schon vorher, was dieser sagen würde.

»Ich bin dagegen. Mit jeder Stunde nimmt die Zahl unserer Anhänger zu, auch ohne dass wir unsere Gegner ermorden. Welchen Vorteil soll uns das bringen? Wir schütten nur Gräben auf – und Gräber.«

»Genau das«, bestätigte Kephallion. »Was helfen uns Anhänger, wenn wir sie nicht einsetzen? Mir sind tausend entschlossene, todesmutige Männer lieber als zehntausend Angsthasen.«

»Nur weil ich überlege, bin ich kein Angsthase«, rechtfertigte Menahem sich vor Sadoq. »Habe ich nicht Seite an Seite mit dir gestanden, als ...«

Sadoq legte beruhigend seinen Arm auf den seines Freundes. »Niemand behauptet, du seist furchtsam. Nicht wahr, Kephallion, du auch nicht?«

Kephallion schien einen Moment unentschlossen, ob er zustimmen sollte, entschied sich schließlich dafür. »Natürlich nicht. Ich wollte lediglich ausdrücken, dass die Zeit für Taten gekommen ist, nachdem das Wort versagt hat. Die Germanen haben die Römer auch nicht mit Predigten verjagt, sondern mit einem einzigen, furchtbaren Schlag.«

Menahem schüttelte den Kopf. »Das kannst du nicht vergleichen. Die Barbaren nutzten die sumpfigen Wälder, um drei römische Legionen zu vernichten, außerdem waren sie erfahrene Krieger. Was du vorhast, sind Nadelstiche, keine Schläge, und Stiche reizen ein Raubtier nur, ohne es ernsthaft zu verletzen.«

Kephallions Brust schwoll an. »Ich würde gerne losschlagen. In Jerusalem lebt einer unserer besten Männer, Barabbas. Wenn ich ihn beauftrage, einen Aufstand vorzubereiten ...«

»Das kommt nicht in Frage«, rief Menahem.

»Wieso nicht?«

»Wir sind nicht stark genug.«

Der Herodianer grinste. »Möglich. Aber wir sind in jedem Fall stark genug, feindselige Gelehrte zu beseitigen und damit die Motivation unserer Anhänger zu stärken.«

Menahem war seinem Gegenspieler auf den Leim gegangen. Rhetorisch konnte er ihm nicht das Wasser reichen.

Ein letztes Argument blieb ihm jedoch. »Du machst es dir sehr einfach. Du sitzt hier vor deinen Kuchen und schwingst große Reden, aber unsere Anhänger sind diejenigen, die unsere Beschlüsse in die Tat umsetzen müssen. Sie sind es, die den Dolch in die Leiber stoßen, denen das Blut entgegenspritzt und die ...«

»Das habe ich alles schon getan«, unterbrach Kephallion. »Ja, du brauchst mich gar nicht so verblüfft ansehen, Menahem. Ich habe schon getötet, und zwar Zacharias, meinen eigenen Vater.«

Menahem stockte der Atem. Auch Sadoq konnte es kaum glauben.

»*Du* warst das?«

Kephallion zuckte mit den Schultern. »Aber ja. Er war ein Feind unserer Sache, er hätte uns verraten.«

»Eine Frau wurde für diesen Mord gesteinigt.«

»Eine Ungläubige«, erklärte Kephallion knapp und kam wieder zum eigentlichen Thema zurück. »Ich würde nie etwas von unseren Leuten verlangen, das ich nicht selbst als Erster täte. Jetzt liegt es bei dir, Sadoq. Stimmst du meinem Vorschlag zu, oder willst du weitermachen wie bisher? Du warst kaum zwanzig Jahre alt, als du die Zeloten gegründet hast, um deinen Freund zu rächen und alle Gottlosen aus diesem Land zu vertreiben. Nun zählst du über dreißig Jahre und bist deinem Ziel nicht viel näher gekommen. Willst du einmal sterben, ohne deinen erhabenen Schwur erfüllt zu haben?«

Sadoq und Menahem schwiegen, und so setzte Kephallion hinzu: »Du bist der *Messias*, Sadoq, auch wenn du es selbst noch nicht wahrhaben willst. Du bist der, der Judäa retten wird, und ich helfe dir dabei. Wir müssen Chaos und Schrecken im Land verbreiten, dann werden die Fürsten und Prokuratoren erzittern und schließlich stürzen. Die Rache an den Herodianern wird furchtbar sein, und unser Ruhm ewig.«

Sadoq seufzte tief. Alles in ihm warnte vor Blutvergießen, das weiteres Blutvergießen nach sich zöge. Die Lehre aus dem gewaltsamen Tod seines Vaters und seines Freundes Zelon hieß, dafür zu sorgen, dass möglichst wenige andere Söhne eine solche Erfahrung machen mussten. Und doch hatte Kephallion in einem Punkt Recht: Er, Sadoq, war seinem Lebensziel keinen Schritt näher gekommen. Warum zogen die Römer, die nur Leid und Unterdrückung brachten, nicht einfach ab und ließen den Juden das Land, in dem sie schon seit vielen Generationen lebten?

Er stand wieder auf und blickte auf seine beiden engsten Gefolgsleute hinab. »Also gut, Kephallion. Setze deinen Plan in die Tat um. Du hast meine Zustimmung.«

Kephallion sprang auf. Er strahlte wie ein kleiner Junge, der soeben ein Holzschwert geschenkt bekommen hatte. »Du wirst es nicht bereuen, Sadoq. Ich kümmere mich um alles, ihr habt nichts zu tun.« Er nahm seinen Kelch und hob ihn feierlich in die Höhe. »*Masal tov*. Auf gutes Gelingen!«

Sadoq nickte abwesend und machte eine Geste, dass er sich zurückziehen wolle. Er war fort, bevor Kephallion oder Menahem noch etwas sagen konnten.

Kephallion straffte sich. Er fühlte sich wie neugeboren. »Siehst du«, sagte er mit Blick auf Menahem. »Er nimmt langsam Vernunft an und hält mehr von meiner Meinung als von deiner.«

Sein Kontrahent erhob sich langsam auf Augenhöhe. Im Gegensatz zu Sadoq, dessen müde Augen und zerklüftete Stirn ihn älter wirken ließen, als er war, war Menahems Gesicht jung geblieben, dessen Ausdruck jene Mischung aus Ruhe und Strenge war, die man gemeinhin Engeln nachsagte.

»Für den Augenblick sieht es so aus«, räumte er ein.

»Dann gibst du zu, geschlagen zu sein?«

Menahem lächelte verächtlich. »Als wir diesen Raum betraten, standen wir ein für Freiheit und Würde, nun verlassen wir ihn als Mörder. Wir sind alle geschlagen, Kephallion, alle. Das weiß auch Sadoq. Nur du verstehst es nicht.«

Als Salome ihn zum letzten Mal gesehen hatte, war es ein warmer Spätsommertag gewesen. Die Fliegen summten um den Teich in Ashdods verblassenden Blumengärten, die Luft war still und der Wein süß. Der viele Rebensaft – aber mindestens ebenso das Glück – hatten sie damals berauscht. An jenem Tag vor etwa zehn Jahren war sie Timon so nahe gewesen wie nie zuvor und nie mehr danach. Sie durften sich berühren und anlächeln, ihre Blicke verschmolzen ... Heute saß Salome im Palast von Bethsaida auf ihrem fürstlichen Thronschemel neben Philipp, einer Statue gleich, und musste ihre Liebe öffentlich verleugnen, wo sie sie doch am liebsten in die Welt hinausgeschrien hätte. Wieder spürte sie diesen

Zorn auf Philipp, der eigentlich nicht ihm selbst galt, sondern der Ehe, in der sie gebunden war.

»Darf ich vorstellen, Herr, Herrin«, eröffnete der Schreiber die Audienz. »Kallisthenes von Epidauros.«

Salome begrüßte den Architekten mit einem höflichen, knappen Kopfnicken, zu dem sie sich geradezu zwingen musste. Sie hatte nur Augen für Timon und suchte in dem stolzen, gut gekleideten Griechen jenen ungestümen jungen Mann, den sie vor zehn Jahren verloren hatte. Seine Statur war kräftiger als damals. An seinen Unterarmen waren die Adern so dick wie Seile, und an vielen Stellen bildeten Narben winzige Inseln auf seiner gebräunten Haut, Spuren der gnadenlosen Arbeit im Steinbruch. Doch das alles bedeutete Salome nichts. Er war da. Nach Tausenden von Träumen, durch die er gegeistert war, stand Timon wahrhaftig vor ihr.

Mit klopfendem Herzen richtete sie ihren Blick auf Timons Gesicht, um sich in der Sprache der Augen mit ihm zu verständigen. Wie lang hatte sie auf diesen Moment gewartet!

Die letzten Wochen vor seinem Eintreffen waren kaum auszuhalten gewesen. Nachts hatte sie nicht einschlafen können und war unruhig auf und ab gelaufen, am Tage blieb sie in sich gekehrt und nahm kaum noch an den Geschehnissen ihrer Umwelt teil. Alle ihre Gedanken waren auf diesen einen Moment gerichtet, in dem sie Timon wieder in die Augen sehen durfte.

Doch er wich ihr aus, selbst als er vom *sofer* vorgestellt wurde. Ja, seine Verbeugung war vollkommen, doch was kümmerten sie seine Manieren? Sie wollte ihn mit ihren Augen streicheln, Erregung tauschen, wenn auch nur stumm. Wenigstens *das* musste ihr doch vergönnt sein. Warum sah er sie nicht an?

»Salome?«

Sie schreckte auf, als Philipp ihren Namen nannte. Offenbar war sie so vertieft gewesen, dass sie nicht mitbekommen hatte, wie von ihr gesprochen wurde.

Philipp sah sie nicht anders an als sonst, aber sie spürte, dass er eine Veränderung an ihr bemerkt hatte.

»Ich habe Kallisthenes eben erzählt, dass der Bau Philippis deine Idee war.«

Sie versuchte, sich zusammenzureißen. »Das stimmt.« Ihre Stimme klang belegt, wie sie selber feststellte. Sie bemühte sich, heller zu sprechen, als sie erklärte: »Niemand traut unserem Land zu, dass wir Großes zustande bringen. Alle glauben, die schöpferische Kraft Basans beschränkt sich auf die Zucht von Rindern und das Graben von Wasserlöchern. Wir wollen die Zweifler eines Besseren belehren.«

Kallisthenes nickte. »Welche Vorstellungen, die Stadt betreffend, habt ihr, wenn ich fragen darf?«

»Keine«, antwortete Philipp. »Nur etwas Besonderes soll sie werden, ein Schmelztiegel der Völker. So wünscht es meine Frau, und ich mit ihr. Wer diese Stadt bauen will, benötigt neue Ideen.«

Kallisthenes zog die Augenbrauen hoch. »Das versteht sich ja wohl von selbst«, kommentierte er leicht gekränkt. »Einen griechischen Einschlag werden wir jedoch nicht vermeiden können, wenn es etwas Besonderes werden soll. Mir fällt wahrhaftig kein Baustil ein, der die Schönheit des Steins besser zum Ausdruck bringen könnte.«

»Das soll mir recht sein. Viele jüdische Städte sind von griechisch inspirierten Bauten geprägt, Jericho, Hebron, Lydda, auch Jerusalem. Sogar der dortige Tempel des Einen Gottes, das erhabene Zentrum unseres Glaubens, ähnelt einer *Akropolis*. Es gibt keine Stadt in Judäa ohne griechische Bauwerke, ausgenommen vielleicht Tiberias, die Hauptstadt meines Bruders. Sie wirkt römisch.«

Kallisthenes verzog das Gesicht wie nach einer bitteren Medizin. »Diese Gefahr besteht bei uns nicht, Fürst. Nicht wahr, Timon?«

»Nein«, antwortete er wortkarg, ohne seinen Blick zu heben.

Obwohl Salome ihn kaum aus den Augen ließ, hatte sie noch keinen Kontakt zu ihm herstellen können. Viel Zeit blieb ihr nicht mehr, denn die beiden Architekten würden bereits morgen früh weiter nach Norden reisen, zur Quelle des Jordan, wo Philippi entstehen sollte. Sie überlegte schon, Timon eine Frage zu stellen, ihr fiel jedoch in der Aufregung keine passende ein. Dutzende Varianten, warum er sich so verhielt, gingen ihr durch den Kopf. Glaubte er, sie habe ihn damals im Stich gelassen? Schämte er sich noch wegen des Mordanschlags auf ihre Tante? Dachte er vielleicht, sie liebe ihn nicht mehr, weil sie verheiratet war? Oder – liebte er sie nicht mehr? Diese Vorstellung überfiel sie derart heftig, dass sie kurz aufstöhnte.

Philipp sah erneut zu ihr und wandte sich dann wieder Kallisthenes zu. »Da ich gerade von meinem Bruder sprach – er wird morgen hier in Bethsaida zu politischen Gesprächen erwartet. Wir geben ein abendliches Gastmahl, zu dem wir auch dich und Timon bitten.«

Diese Einladung versetzte alle in Erstaunen, auch Salome. Es war in Judäa zwar üblich, Gäste persönlich und reichhaltig zu bewirten, auch solche, die fremd waren oder im Rang weit unter den Gastgebern standen. Besonders die *se'uda mafseket*, die Abschiedsessen für Familienmitglieder, Freunde und Bedienstete, fielen üppig und herzlich aus. Doch zwei Architekten zum Treffen der Tetrarchen, der beiden höchsten jüdischen Souveräne, zu bitten, war ungewöhnlich. Philipps Vorschlag verwirrte alle.

Doch Salomes Überraschung folgte schnell die Freude. Bis morgen Abend würde sich gewiss eine Gelegenheit finden, mit Timon zu sprechen, und so huschte ein Lächeln über ihr Gesicht, als sie sagte: »Was für eine großartige Idee, Philipp. Dass ich nicht selbst darauf gekommen bin.«

Am nächsten Morgen konnte Salome von einem Fenster aus beobachten, wie Timon zu einem Spaziergang aufbrach. Der kleine Palast von Bethsaida erhob sich nicht am Ufer des Sees Genezareth, sondern zur Landseite hin am Rande der Stadt. Jetzt, im Frühherbst, zog der Duft des goldenen, frisch geschnittenen Grases über die Ebene, und das Zirpen der Grillen drang wie ein ständiges Wispern bis in die Säle der Residenz, so als wolle es die Menschen in die Natur locken.

Für Salome begann die schönste Zeit des Jahres, denn sie liebte Tage wie diese, in denen ein warmer Mittag einem kühlen, feuchten Morgen folgte. Die Hochsommer in Basan waren dagegen oft unerträglich heiß, und manchmal hielt sie es nicht mehr aus und floh vor der Hitze an Ashdods Küste. Die Winter wiederum waren zwar mild, in den letzten Jahren jedoch ausgesprochen regenreich. Die Bauern freuten sich, denn ihre Weiden grünten mit jedem Frühling mehr, und die Feigen hingen schwer wie Pampelmusen an den Bäumen. Doch für Reisen oder Ausflüge waren die Wintermonate *kislev, tevet* und *shvat* völlig ungeeignet. Salome verbrachte dann scheinbar endlose Stunden mit dem Studium von Schriften, dem Ausarbeiten neuer Edikte für Ashdod oder einem gelegentlichen Gespräch mit Philipp. Denn einen Hofstaat gab es in Philipps Tetrarchie nicht, sah man einmal von den Beamten ab. Seine Sparsamkeit – mehr noch, seine Menschenscheu – verbot das.

Sie beschloss, die günstige Gelegenheit zu nutzen und Timon zu folgen. Einen kurzen Moment lang musste sie über sich selbst schmunzeln, denn sie kam sich wie ein kleines Mädchen vor, das seiner Jugendliebe hinterherlief. Und gewissermaßen verhielt es sich auch so. Als sie Timon verloren hatte, war sie tatsächlich noch ein Mädchen gewesen, und heute wollte sie nahtlos an diesem Punkt anknüpfen.

Sie warf sich rasch eine strahlend weiße *stola* über ihr Gewand und huschte nach draußen. Als sie das Palasttor passierte, konnte sie sofort sehen, in welche Richtung Timon spaziert war, denn das Land war fast eben und seine Silhouette weithin sichtbar. Er hatte den gleichen Weg eingeschlagen, den Salome meist ging; dieser führte zu einem kleinen Olivenhain, der windgeschützt in einer Senke gedieh.

Als sie dort ankam, fand sie ihn auf einem Felsen sitzend. Der morgendliche Orangenglanz der Sonne überflutete den Hain, und ganze Schwärme junger Vögel hüpften aufgeregt von Ast zu Ast und übten sich im Gesang. Dieses friedliche Bild erinnerte Salome an ihre Sehnsüchte. So viele Jahre schon hätten sie gemeinsam auf Steinen sitzen können, die warmen Strahlen auf dem Rücken spürend, den Tag genießend, jeden Tag.

Sie näherte sich leise von hinten, bis sie kaum einen Schritt von Timon entfernt war. Ihr Blick ruhte auf ihm. Muskeln zeichneten sich durch seine enge Tunika ab, und ihre Hand war versucht, in Timons schulterlanges Haar zu greifen, zuckte aber wieder zurück. Lieber genoss sie noch eine Weile dieses friedliche Bild und gab sich ganz der Freude hin, Timon endlich wieder so nahe zu sein wie früher.

Schließlich trat sie absichtlich auf einen Zweig, der knackend unter ihren Füßen brach. Timon schreckte auf, und zum ersten Mal nach zehn Jahren sahen Salome und Timon einander wieder an. Seine Verblüffung war so groß, dass er seinen Blick zunächst nicht mehr von ihr losreißen konnte. Stumm standen sie sich gegenüber, zum Greifen nahe. Die alte Erregung in ihr, die sie erstmals am Strand von Ashdod gespürt hatte, erwachte zu neuem Leben. Sie schluckte, und ihr Atem ging stoßweise.

»Timon«, sprach sie seinen Namen mit zärtlicher Stimme aus, worauf er, wie am Tag zuvor bei der Audienz, zu Boden blickte. Doch auch er war aufgeregt.

»Warum weichst du mir aus?«, fragte sie sanft und streckte ihre Hand nach seinen Wangen aus. Er ließ es geschehen und sah sie wieder an.

»Du ... du bist nicht mehr die, die ich früher kannte«, antwortete er.

Sie schüttelte den Kopf. »Ich bin noch dieselbe. Als ich hörte, dass du noch lebst, war ich wahnsinnig vor Glück«, gestand sie offen. Für kindliche Schüchternheit gab es keinen Platz und keine Zeit.

»Trotzdem, du bist eine Fürstin.«

»Das bedeutet nichts. Wir haben ein Recht auf unsere Liebe.«

»Ist dein Mann der gleichen Meinung?«

»Bitte, Timon, lass uns die Dinge nicht schwieriger machen, als sie sind.

»Sie *sind* schwierig.«

»Wir sehen uns zum ersten Mal seit einer Ewigkeit, und du willst unbedingt streiten. Was stimmt denn nicht?«

»Was nicht stimmt?«, wiederholte er aufgeregt und entzog sich ihrer Berührung. »Alles stimmt nicht. Du solltest mich nicht lieben, und ich sollte nicht hier sein. Wir sollten nicht miteinander sprechen. Und du hättest nicht heiraten sollen.«

Nun ging ihr ein Licht auf. »Ach, *das* ist es, was dir zu schaffen macht. Timon, ich musste damals heiraten, um Ashdod vor dem Zugriff ...«

»Verdammt«, fiel er ihr ins Wort. »Verdammt, Salome, ich saß quasi schon auf dem Pferd, das mich zu dir bringen sollte, als ich von deiner Hochzeit erfuhr. Hättest du nicht warten können? Nur einen Monat?«

»Ich wusste nicht, dass du noch lebst.«

»Und ob du es wusstest. Wieso sonst hättest du mich jetzt rufen lassen?«

Langsam wurde sie ärgerlich. »Ich habe erst kürzlich und auf Umwegen erfahren, dass du lebst und Architekt geworden bist. *Damals* wusste ich es nicht.«

»Du hättest dich ein wenig anstrengen können, um es herauszufinden. Oder lag dir nichts mehr an mir?«

Ihr Mund stand vor Überraschung weit offen. Am meisten ärgerte sie, dass *sie* die Aufrichtigkeit ihrer Liebe beweisen sollte, wo doch *er* es gewesen war, der sie damals belogen und benutzt hatte. »Ob mir …? Also, das ist ja wohl das Dümmste, was ich je gehört habe. Was glaubst du wohl, was ich alles unternommen habe, um dich zu finden? Was glaubst du wohl, warum diese Stadt gebaut wird?«

»Heißt das, Philippi entsteht, weil du mich in deiner Nähe haben willst?«

»Ja«, rief sie.

»Das ist doch Wahnsinn.«

Das Gespräch, das von ihr als Wiedersehensfest und Auftakt der neuen Liebe gedacht gewesen war, entglitt ihr völlig. Beide sagten sie Dinge, die sie nicht so meinten. »Oh, Verzeihung, ich vergaß, dass ich es mit dem ehrlichsten und tugendhaftesten Mann unter der Sonne zu tun habe. Du würdest ja niemals irgendjemanden ausnutzen, um an ein Ziel zu kommen, nicht wahr?«

»Ich konnte dir vor zehn Jahren meine Pläne nicht enthüllen.«

»So, und warum nicht?«

»Weil du mich sonst vielleicht verraten hättest.«

»Siehst du, das ist der Unterschied zwischen uns. Ich bin wenigstens ehrlich zu dir, ich habe Vertrauen und gehe Risiken ein. Immerhin setze ich mich einer großen Gefahr aus, wenn ich mich mit einem Mann in einem Hain treffe. In Judäa sieht man so etwas gar nicht gern.«

»Ich habe dich nicht gebeten, mir nachzuschleichen wie eine rollige Katze.«

Sie versetzte Timon eine laut schallende Ohrfeige, die sogar die Vögel aus den Bäumen scheuchte. Ihre Hand brannte von dem Schlag, und Timons gesamte linke Gesichtshälfte leuchtete im Nu feuerrot. Auf der Stelle tat ihr Leid, was sie getan hatte – und doch auch wieder nicht. So durfte niemand mit ihr sprechen, nicht einmal Timon.

Er sah sie zunächst überrascht an, senkte dann beschämt den Blick, aber schließlich ging er ohne ein weiteres Wort davon und war bald nur noch ein Punkt auf den Heuweiden.

Ihr Ärger verrauchte binnen eines Atemzuges. Von Traurigkeit überwältigt lehnte sie sich an einen runzeligen, warmen Olivenbaumstamm und starrte in sein Blattwerk. Zwischen dem Laub hingen hunderte grüner Oliven, und Salome nahm, in Gedanken versunken, eine nach der anderen der harten Früchte, riss sie ab und knetete sie in den Händen.

Heute Abend würde sie Timon noch einmal auf dem Festmahl sehen, doch es gab keinen schlechteren Ort, um einen weiteren Versuch zu unternehmen, ungestört mit ihm zu sprechen. Morgen reiste er schon zur Quelle des Jordan, und sie wusste noch immer nicht, woran sie war. All die Hoffnungen, die sie seit Wochen an das Wiedersehen geknüpft hatte, bröckelten wie eine schlecht gepflegte Fassade.

Weil sie in ihrer Wut irgendetwas packen wollte, zerrte sie an einem der unförmigen Äste des Olivenbaums und hieb auf das genarbte Holz ein, immer wieder, auch noch als ihre Hände schmerzten und der dünne Stoff ihres Gewandes an den Ärmeln aufriss.

Doch plötzlich hielt sie inne und grinste. Wer sagte denn, dass sie mit Timon *reden* musste, um seine wahren Gefühle aus ihm herauszulocken?

Für Herodias und ihren Gemahl war der Weg von Tiberias nach Bethsaida kurz. Da beide Städte am See Genezareth lagen, bestieg das Fürstenpaar ein Schiff, das eigens für diese Reise gebaut worden war, und fuhr mit der Nachmittagssonne und einem milden

Wind im Rücken in nordöstliche Richtung. Von gleichmäßigen Ruderschlägen angetrieben, durchpflügte das Schiff die seichten Wellen, als schwebe es auf einer Wolke dahin, und Antipas schlummerte schon nach wenigen Minuten auf seinem Prunksessel auf dem Oberdeck ein. Er hatte die ganze Nacht getrunken, nun schnarchte er, was das Zeug hielt.

Herodias blickte ihn mit verzogenen Mundwinkeln an. Sie hatte nicht die Absicht, sich das die ganze Überfahrt lang anzuhören. Stattdessen spazierte sie lieber ein wenig über das Deck und betrachtete die Muskeln der Rudersklaven. Die meisten Männer waren dunkelhäutig, denn die *thora* verbot, Juden als Sklaven zu halten, gestattete hingegen ausdrücklich die Unterjochung von Menschen benachbarter Staaten, also von Ägyptern und Nabatäern. Der afrikanische Nubier unter den Ruderern erregte sie besonders, denn den athletischen Körper überzog ein feiner Schweißfilm, der seine schwarze Haut wie Samt glänzen ließ, und sein Gesicht verzerrte sich unter der Anstrengung zu einer hinreißend zornigen Grimasse. Wie gerne würde sie ihn … Nein, das war undenkbar. Eine Frau in einer Stellung wie sie durfte sich nicht mit Sklaven abgeben. Aber ein Seufzen konnte sie dennoch nicht unterdrücken.

»Bist du mit irgendetwas unzufrieden, Herrin?«

Die Frage des Schiffskommandanten klang besorgt. Für diesen verantwortungsvollen Rang war er noch recht jung, und er wollte auf seiner ersten Fahrt unbedingt alles richtig machen.

Herodias spielte lächelnd mit ihrer Perlenkette. Dieser Offizier war wirklich ein Schmuckstück, und ihre erfahrenen Augen erkannten sofort, dass er sich im Bett führen lassen würde. Sie war es nämlich leid, von Antipas' schwerem Körper erdrückt zu werden, ohne Gelegenheit, ihre Künste voll zu entwickeln.

»Wenn wir wieder zurück in Tiberias sind«, erwiderte sie, »musst du mich einmal besuchen, Kommandant. Dann berichte ich dir meine Beobachtungen deiner Leistungen.«

Er nickte, seine Augen verrieten jedoch Verwirrung. Ganz sicher hatte er noch nicht verstanden, worauf sie hinauswollte, doch das würde er noch zeitig genug erfahren.

»Fürs Erste«, fügte sie hinzu, »bin ich zufrieden. Oder warte ... Wie lange werden wir noch bis Bethsaida brauchen?«

»Etwa eine halbe Stunde, Herrin.«

»Geht es nicht schneller?«

Er zögerte. »Ich müsste den Rudertakt erhöhen, Herrin. Allerdings weiß ich nicht, wie lange die Sklaven das durchhalten.«

»Wir werden sehen«, sagte sie und richtete den Blick wieder auf den Nubier. Unter dem schnelleren Takt spannten sich die Sehnen seiner Arme und Beine bis zum Zerreißen, und seine Pupillen funkelten wild. Herodias beobachtete genießerisch, wie sich der Ausdruck seines Mundes veränderte, von den anfänglich kraftvoll zusammengebissenen Zähnen über schweres Keuchen bis zu matter, an Ohnmacht grenzender Erschöpfung. Doch der Schlag einer Peitsche erweckte ihn zu neuem Leben, und Herodias war es ein weiteres Mal vergönnt, die Phasen der Entkräftung zu betrachten.

»Haritha, Haritha!«

Mitten im höchsten Genuss wurde sie von den Schreien ihres Gemahls unterbrochen. Schlimm genug, dass Antipas den Namen seiner früheren Frau fast jede Nacht durch den Palast kreischte, so dass es der ganze Hof hörte und damit ständig ein Thema zum Lästern hatte. Jetzt bekamen auch noch die Offiziere und Bootsmannschaften seinen jämmerlichen Zustand mit. Ausgerechnet ihre frühere Rivalin geisterte ihm durch den Kopf. Was für eine Demütigung!

Wütend rüttelte sie ihn wach, damit er nicht noch mehr Schaden anrichtete. Als er sie, noch benommen von seinen Träumen, anblickte, erklärte sie: »Du hast wieder geschrien, Antipas. Kannst du dich nicht ein einziges Mal zusammenreißen?«

»*Sie* – war wieder da«, winselte er.

Herodias biss sich zornig auf die Lippe. »Zeig sie mir. Wo ist sie? Nirgends! Sie ist nicht da. Sie ist tot, Antipas, tot. Wann begreifst du das endlich? Sie kann dir nicht mehr schaden.«

»Sie hat mir nie geschadet.«

»Scht«, zischte sie ihn an. »Sprich leiser, alle können dich sonst hören.«

»Das ist mir egal. Jeder kann hören, was für eine Frau Haritha war. Nie hat sie mir widersprochen und immer alle Wünsche erfüllt. Sie war eine Tänzerin, eine Schönheit, ein Wunder, eine ...«

»Eine Mörderin und Ehebrecherin«, fuhr Herodias dazwischen.

Antipas packte sie am Handgelenk. Leise und energisch presste er die Worte zwischen den Zähnen hervor: »*Du* bist eine Mörderin. *Du* bist eine Ehebrecherin. Denk nicht, dass ich das vergessen habe. Du widerst mich an, Herodias. Nimm dich in Acht.«

Sie kannte dieses böse Aufblitzen in seinen Augen und wusste, dass sie dann besser schwieg. Antipas war nur noch selten Herr seiner selbst, er war getrieben von Ängsten, dunklen Vorahnungen und dem Rausch des Weins. Er hatte aber seine lichten Momente, in denen er verstand, was um ihn herum vorging. Zweifellos waren ihm ihre erotischen Eskapaden ebenso wenig entgangen wie ihr Bündnis mit *Rabban* Jehudah. In allen wichtigen Fragen sprachen sie mit einer Stimme auf Antipas ein, wobei jeder der beiden seinen Vorteil dabei fand. So deckte sie seine Initiative, dass nur noch pharisäische *Rabbiner* an den Schulen Galiläas lehren durften, wohingegen er öffentlich seinen Dispens erneuerte, dass die Ehe zwischen Schwager und Schwägerin in ihrem Fall legitim sei, da zwar ein Nachkomme aus ihrer vormaligen Ehe entstanden war, nämlich Salome, doch eben nur eine Tochter, die nicht ins Gewicht falle. Da der unverschämte Johannes der Täufer durch die Lande zog und lauthals gegen die nach mosaischem Gesetz verbotene Ehe wetterte – er schimpfte sie sogar eine Hure –, war die Unterstützung Jehudahs für sie viel wert. Gemeinsam bildeten sie also ein machtvolles Gespann, das von Antipas zwar manchmal skeptisch beäugt wurde, gegen das er am Ende aber nichts auszurichten vermochte. Zu sehr war er der geistlichen Autorität des *Rabbans* einerseits und Herodias' wollüstigem Körper andererseits verfallen. Seine Drohungen waren das Gebell eines zahnlosen Hundes.

Trotzdem fand Herodias es besser, ihn nicht noch weiter zu reizen, vor allem nicht hier vor der Mannschaft. Darum lenkte sie ihn schnell ab.

»Wir sollten uns lieber auf die bevorstehenden Verhandlungen mit deinem Bruder konzentrieren, als uns hier gegenseitig anzuschnauben.«

Er ließ sich augenblicklich auf ihren Themenwechsel ein und gab ihr Handgelenk wieder frei. »Ich verstehe nicht, wie mir dieses Treffen nutzen soll«, brummte er. »Ich habe mich von dir dazu überreden lassen, aber beim Namen des Unaussprechlichen, ich habe keine Ahnung, was du dir von einem Schwatz mit diesem Langweiler versprichst.«

»Nun, du möchtest doch König werden, oder?«

»Meine Astrologen sagen, mein Heil liege im Reif der Könige.«

Herodias grinste unmerklich. Es hatte sie ein kleines Vermögen gekostet, die Astrologen davon zu überzeugen, dass die Sterne genau darauf hindeuteten. Der wahre Schatz Judäas, das Gold des Herodes, lagerte in Jerusalem. Im großen Palast in der Oberstadt, gleich neben dem Tempel, wollte sie eines Tages residieren und Bäder in Wannen aus Edelsteinen nehmen.

»Siehst du«, sagte sie. »Und wer hat die Macht, dich zum König zu machen?«

»Der Unaussprechliche.«

Sie verdrehte die Augen. »Außer dem Unaussprechlichen.«

»Tiberius.«

»Richtig. Und Tiberius hört auf den Rat seiner Statthalter. Wenn wir also Pilatus überzeugen, dass du für die Römer der bessere König wärst …«

»Pilatus mag mich nicht«, jammerte Antipas.

»Pilatus ist zu vorsichtig, um Empfehlungen an den Kaiser von seinen Sympathien abhängig zu machen, denn er muss dafür geradestehen. Er wird dich bevorzugen, weil du fähiger bist, ein rumorendes Land mit eiserner Hand unter Kontrolle zu halten. Nun zu meinem Plan.«

Herodias holte tief Luft und funkelte ihren Gemahl mit aller Schläue an. »Du erinnerst dich doch an diesen Mann, der sich selbst den *Messias* nennt, Josua oder Jesus hieß er, glaube ich. Philipp weigerte sich, ihn verhaften zu lassen, woraufhin wir eine Beschwerde an Pilatus sandten.«

»Ja, und? Der falsche Prophet ist längst nicht mehr in Philipps Tetrarchie. Dort war er nur ein paar Tage, nun ist er verschwunden. *Rabban* Jehudahs Leute berichten, er sei in die Wüste jenseits des

Gebirges Gilead gegangen, wo weder Philipp noch ich Machtbefugnisse haben.«

»Das ist nicht der springende Punkt, Antipas. Wichtig ist, dass wir ihn verhaften wollten, wo Philipp sich weigerte. Sollte der falsche *Messias* künftig für Unruhe sorgen, was anzunehmen ist, steht Philipp als naiver Schwächling da, der nicht in der Lage ist, Aufruhr zu unterbinden.«

Antipas brauchte einen Moment, um ihren Worten zu folgen, bevor er nickte. »So weit, so gut. Was hat das nun mit unserer Reise zu Philipp zu tun?«

»Hier kommt Johannes der Täufer ins Spiel. Wusstest du, dass er sich derzeit am östlichen Jordanufer aufhält, auf Philipps Gebiet? Und wusstest du auch, dass es vor einigen Tagen eine Begegnung zwischen ihm und dem falschen *Messias* gegeben hat?«

»Nein, aber was ...«

»Wir behaupten, sie haben sich verschworen, um deine Herrschaft zu untergraben, und verlangen von Philipp die Auslieferung des Täufers. Er wird sie verweigern, so wie er schon die Auslieferung des falschen *Messias* verweigerte, denn er ist ein rührseliger Narr. Anschließend werden wir uns erneut beim Prokurator über Philipp beschweren, und sobald der Täufer wieder auf unserem Gebiet ist und die nächste Schimpfrede gegen deine Herrschaft hält oder sonst eine Narrheit begeht, verhaften wir ihn. Gegenüber Pilatus müssen wir die Vergehen des Täufers natürlich ein wenig aufbauschen, doch das wird niemand merken. Bei den Römern wird sich dadurch der Eindruck verfestigen, dass Philipp nicht zum Regieren Judäas taugt, du hingegen ein Fels in der Brandung bist.«

Abermals verharrte ihr Gemahl in Nachdenklichkeit, so als ob ihre Worte nur tröpfchenweise zu ihm durchdrangen. Plötzlich sah er auf. »Das hieße ja, ich muss den Täufer verhaften!«

»Keine Panik, bitte. Ich weiß, du meinst, der Täufer sei ein heiliger Mann und es brächte Unglück, ihm ein Haar zu krümmen.«

»Das wäre mein Ende«, verstärkte er seine Befürchtungen noch. »Gott würde ...«

»Du musst ihm ja nichts antun. Es reicht völlig aus, ihn unter Arrest zu stellen. Du könntest ihn zum Beispiel in die Festung Machairos bringen lassen, am Salzmeer. Er hätte dort eine riesige Anlage zur Verfügung und würde mit allem versorgt. Es wäre ja nur so lange, bis du König bist. Später kannst du ihn wieder freilassen.«

»Also, ich weiß nicht«, zögerte er.

Ihr Tonfall wurde strenger. »Antipas, dein einziger Trumpf ist die Stärke, mit der du deine Tetrarchie beherrschst. Wenn du die nicht ausspielst, wird dein jüngerer Bruder König, dieser hölzerne, farblose Mensch. Meine Tochter wird mich demütigen und Philipp dich. Die ganze Welt wird über uns lachen – und du wirst nicht das Heil finden, von dem deine Astrologen sprachen. Der Unaussprechliche will, dass du König wirst, also kann er nichts dagegen haben, dass du den Täufer für eine Weile der Welt entziehst.«

Vor allem dieses letzte Argument schien Antipas einzuleuchten, denn sein vollbärtiges, düsteres Gesicht hellte sich blitzartig auf.

»Vielleicht soll der Täufer auf diese Weise zur Einkehr gebracht werden. Vielleicht ist die vorübergehende Arrestierung sogar ein Geschenk des Unaussprechlichen an seinen Propheten Johannes.«

Herodias nickte und atmete erleichtert durch. »So wird es wohl sein.«

Sie richtete ihren Blick auf die nahe Küste von Bethsaida, die unter einer Herde geballter Regenwolken fast verschwand, und ihre Gedanken kreisten um den gehassten Täufer, und um das, was sie ihm antun würde, wenn er endlich gefangen war.

Träge plätscherten die Töne der *Lyra* durch den Saal und vermischten sich mit dem Gähnen der Tafelgäste. Die Gespräche waren längst versiegt. Kallisthenes fand, dass der Musikant, der mit einem Holzstöckchen das Saiteninstrument spielte, gerne etwas Schnelleres zum Besten geben könnte, um die Gesellschaft ein wenig aufzumuntern, aber vermutlich war der Spieler selbst bereits von der allgemeinen Müdigkeit erfasst worden, die sich auch in Kallisthenes breit machte.

Der Tetrarch von Galiläa schlief schon, was Kallisthenes jedoch nicht wunderte. Zuerst hatte der beleibte Fürst sich wie ein Löwe über die gekräuterten Lammkeulen hergemacht, danach mühelos eine komplette Gans zerpflückt, als sei sie aus dünnem Teig und nicht aus Knochen geschaffen, und abschließend einen ganzen Fleischkäse in sich hineingestopft. Nachdem er sich lautstark durch beide Luftöffnungen erleichtert hatte, lieferte er sich einen Streit mit seinem Bruder über irgendeinen Prediger und ließ den Wein in sich hineinlaufen, so dass der Mundschenk mit dem Nachfüllen kaum nachkam. Dann hatten die Brüder sich nichts mehr zu sagen, und jeder von ihnen blickte in eine andere Richtung.

Auch Herodias und Salome trugen nichts zur Unterhaltung bei. Zu Beginn des Abends war etwas Seltsames vorgegangen, als er und Timon dem galiläischen Fürstenpaar von Salome vorgestellt wurden. Bei der Erwähnung von Timons Namen war Herodias bleich geworden, Salome hingegen grinste ihre Mutter in einer Mischung aus Feindschaft und Genugtuung an. Den ganzen Abend über sprachen sie kaum ein Wort miteinander, und wenn, schwang ein gereizter Unterton mit. Es war, als stünde irgendetwas, das mit Timon zusammenhing, zwischen ihnen. Kallisthenes konnte sich nicht erklären, was es war.

Timon seinerseits blieb ebenfalls wortkarg, was Kallisthenes ihm jedoch nicht verübelte. Salome trug am heutigen Abend ein Gewand, das in Griechenland allemal, vielleicht sogar im heiteren Rom für Aufsehen gesorgt hätte, hierzulande mit Sicherheit ein Skandal war. Der flammend rote Stoff war am Bodensaum aufgeschlitzt und ließ Blicke bis weit über das Knie zu, und oben herum war er so eng geschnitten, dass die Konturen der Brüste wie Hügel im Abendrot hervortraten. Salomes glattes Haar fiel ihr wie ein Wasserfall auf die Schultern, und die Augen funkelten herausfordernd. Letzteres konnte Timon zwar nicht bemerken, da er sich jedes Mal, wenn sie zu ihm blickte, seiner Speise widmete. Sobald sie ihm jedoch wieder den Rücken zuwandte, konnte er kein Auge von ihr lassen.

Kallisthenes lehnte sich zurück. Er gab sich dem seichten Geklimper des Musikanten und dem betäubenden Geruch der Myrrhe hin, die in schweren Schwaden aus einem Kessel stieg. Ihm war schon aufgefallen, dass dieses Baumharz in Judäa allgegenwärtig war. Sein süßer, betäubender Duft zog über die Märkte, die Straßen und durch die Gänge des Palastes, ja selbst auf den Feldern meinte er ihn einige Male in einer Bö gerochen zu haben. Anfangs hatte ihn die Myrrhe gestört, war ihm aufdringlich vorgekommen. Mittlerweile genoss er ihren Duft. Sie passte in dieses exotische, verhältnismäßig fremde Land, das sich beharrlich jeder Kategorie, der man es zuordnen wollte, verweigerte. Judäa war Teil des Ostens und doch nicht orientalisch, es verband Ägypten mit Syrien, aber es entzog sich der kulturellen Ausstrahlung der beiden Provinzen. Die Seele des Landes, ausgedrückt in ihrer Geschichte, ihrer Glaubenslehre und in den Winzigkeiten des Alltags, war unbezwingbar.

Kallisthenes hatte sich geweigert, über Judäa zu lesen, und er ignorierte auch Timons Berichte, so weit das möglich war. Er beurteilte die Völker nach ihren Bauwerken, nach Dächern, Höfen, Säulen, Märkten, Straßen und Badehäusern, nach Bibliotheken, Tempeln, Theatern und Stadien, nach Mausoleen, Standbildern und Ruhmeshallen. Die klotzige Wucht römischer Bauart, zum Beispiel, war aus seiner Sicht symptomatisch für ein selbstherrliches Volk, ebenso wie die farbenfrohen Kulissen der Syrer die Nähe zur exotischen Welt jenseits von Babylon widerspiegelten. In Judäa waren Kallisthenes vor allem die hohen, nüchternen Mauern aufgefallen, auf die selbst kleine Städte nicht verzichten wollten, und er fragte sich, ob diese steinernen Klammern wirklich nur vor angreifenden Heeren schützen sollten oder im Laufe der Jahrhunderte nicht auch noch einen anderen Sinn bekommen hatten. Jedes Städtchen, jeder Jude, jede Seele wirkte wie eine Trutzburg, die zwar zu schützen vermochte, sich dadurch jedoch jeder Möglichkeit beraubte, andere Völker – und Seelen – für sich einzunehmen. Trotz der flimmernden Hitze strahlte Judäa keine echte Wärme aus.

Philippi musste anders werden. Philippi musste die Schönheit der hiesigen Landschaft in sich aufnehmen, die Würde einer alten Geschichte und die Gastfreundschaft der Menschen, und es musste mit einigen Tabus brechen. Verboten waren Mauern so hoch wie hundertjährige Zedern, das verstand sich von selbst. Philippi sollte offen sein, frei und gut einsehbar, eine Einladung an Reisende vorbeizuschauen. Blau und Weiß würden die vorherrschenden Farben im Marmor und den Ornamenten sein, zwei kühle und frische Töne mit einer deutlichen und ansprechenden Kontrastwirkung. Ein Kranz aus Olivenhainen würde die Stadt umgeben und die Sehnsucht der Juden nach Frieden symbolisieren. Die Ideen für die Stadt quollen aus ihm hervor wie die Myrrhe aus dem Kessel, und sie verbreiteten sich wie Dunst in ihm und füllten ihn ganz aus.

Nebenbei blickte er zu Timon und fragte sich, was er wohl von diesen Geistesblitzen halten würde. Am liebsten hätte er ihn gleich gefragt, aber der Junge war noch immer in den Anblick Salomes vertieft. Und Philipp? Was würde der Fürst von Basan zu den Plänen für seine Stadt sagen?

Mit einem Schlag war Kallisthenes hellwach. Salomes Gemahl döste nämlich nicht wie die anderen vor sich hin, sondern beobachtete Timons auffällige, beinahe schon taktlose Betrachtung seiner Frau.

War Timon denn von allen Göttern verlassen, so blind und so töricht zu sein? Kallisthenes befürchtete bereits den schlimmsten denkbaren Eklat. Er musste den Jungen ablenken. Er griff nach irgendeiner Schüssel.

»Wie heißt das hier?«, fragte Kallisthenes und stieß Timon an.

Er sah verwirrt auf. »Bitte?«

»Diesen Brei hier, den ich esse, wie nennt man ihn? Du kennst dich doch mit den jüdischen Bräuchen und Gewohnheiten aus.«

Timon brauchte einen Augenblick, um sich zu sammeln. Kallisthenes konnte nur vermuten, aus welchen Traumwelten er ihn geholt hatte.

»*Charosseth*«, antwortete Timon, noch immer nicht voll bei der Sache.

»Er ist köstlich. Wie wird er zubereitet?«

Timon sah nicht aus, als habe er in diesem Moment Lust, über Brei zu sprechen, doch Kallisthenes ließ nicht locker. Timon durfte keine Gelegenheit mehr bekommen, Salome anzustarren.

»Nun?«, hakte Kallisthenes nach.

»Zerkleinertes Trockenobst, Nüsse, vermust mit Honig und süßem Wein«, zählte Timon rasch auf.

»Interessant. Und welches Trockenobst?«

»Datteln und Rosinen.«

»Und die Nüsse? Welche Nüsse werden genommen?«

»Hauptsächlich Mandeln. Haselnüsse, wenn man welche bekommen kann.«

»Und der süße Wein kommt von Zypern, nehme ich an?«

»Was ist denn plötzlich mit dir los? Seit wann interessierst du dich für Nüsse und Wein?«

»Seit eben. Also, was ist mit dem Wein? Kommt er von Zypern?«

»Möglich«, stöhnte Timon lustlos. »Aber im Jordantal zwischen dem Salzmeer und dem See Genezareth wachsen viele süße Reben.«

»Hier im Golan auch? Ich habe bei der Anreise Reben gesehen.«

»Ja, doch hier ist der Wein trockener und muss mit Honig gesüßt werden, um trinkbar zu sein.«

»Was es nicht alles gibt. Und was steht dort drüben?« Kallisthenes deutete auf eine Platte voller flacher, gebrannter Teigwaren, die verführerisch golden leuchteten und mit schwarzen Punkten übersät waren.

Doch die Antwort kam nicht von Timon, sondern aus einer anderen Richtung.

»Wir nennen diese Leckerbissen ›Backwerk der Königin Esther‹«, erklärte Salome quer über die auf niedrigen Bänken angerichtete Tafel hinweg. »Die schwarzen Punkte rühren von der kostbaren Vanille her. Das Gebäck wird nur zu besonderen Gelegenheiten gereicht.«

»Königin Esther, aha. Hat sie gerne gebacken?«

Salome lachte. »Eine backende Königin ist eine amüsante Vorstellung, vielleicht sollte ich es selbst einmal probieren. Nein, Esther hat alle Juden Persiens vor der Ermordung bewahrt, indem sie während eines Mahls, zu dem dieses Backwerk serviert wurde, eine Intrige aufdeckte. Eine lange Geschichte. Der Tag der Rettung wird noch heute mit Festen und vielen süßen Spezereien gefeiert, er heißt *purim*. Und dieses Gebäck gilt allgemein als Ausdruck der Freude, wie zum Beispiel Freude über liebe Gäste.«

»Der Freude, aha.« Kallisthenes blickte um sich. Die Freudenstimmung hielt sich sehr in Grenzen, fand er. Der dicke Tetrarch schnarchte, seine Frau sah aus, als würde sie ihn am liebsten erwürgen, und Timon bemühte sich wieder, niemanden anzusehen, vor allem nicht Salome.

Als hätte sie Kallisthenes' Blick gelesen und nur darauf gewartet, rief Salome: »Du hast Recht, Kallisthenes. Wir sollten für mehr Unterhaltung sorgen. Ich werde den Anfang machen und tanzen.«

»Tanzen?«, schrie Herodias dermaßen laut, dass sogar Antipas erwachte.

»Wer hat etwas von Tanzen gesagt?«, fragte er sofort.

»Salome«, erwiderte Herodias missmutig.

»Ach, Salome«, seufzte er enttäuscht. »Jetzt?« Er hätte genauso gut ›Muss das sein?‹ fragen können, so uninteressiert klang es.

Salome sprang auf, rief zwei weitere Musikanten und schlang sich einen weiten nachtblauen Schleier locker um den Kopf und die Schultern, bis sie aussah wie ein Geheimnis.

»Willst du wirklich tanzen?«, fragte Philipp. Es klang eher verwundert als aufgebracht, sogar ein wenig traurig.

Sie antwortete ihm nicht mehr. Einer der Musikanten blies auf ihr Zeichen hin in das *aulos*, eine Doppelflöte, die einen warmen, melancholischen Klang in den Saal schickte. Die Melodie war langsam und wurde immerzu wiederholt, als drehe sie sich um sich selbst; sie hüllte ein, sie spann einen Faden aus Tönen, und schon nach wenigen Momenten war man in einer anderen Welt, in einem Kokon der Exotik. Mit der Langsamkeit der Melodie drehte sich auch Salome um die eigene Achse. Mal streckte sie sich und mal schraubte sie sich so weit herunter, dass ihre Hände den Boden berührten, doch immer blieb ihr Rücken gerade und ihr Gesicht zur marmornen Saaldecke erhoben, über der die Sterne glitzerten. Die *lyra* setzte ein, nicht zaghaft und beschaulich wie vorhin, sondern wie ein Waldesrauschen, die Töne hell und dunkel und munter, so dass man sie nicht auseinander halten konnte. Die Melodie beschleunigte sich im Takt einer Handtrommel, sie war wie ein Sog. Und Salome war wunderbar.

Selbst Kallisthenes, der Frauen längst aus seinem Leben ausgeklammert hatte, konnte ihre Wirkung nicht verleugnen. In ihrem geschlitzten roten Kleid wirkte sie wie Feuer, und der blaue Schleier war der Rauch, der sie umwehte. Fabelhaft, dachte er. Sie erschaffte ein Bild, und der Zufall hatte gewollt, dass sie genau die richtige Kleidung dafür trug. Oder war es gar kein Zufall?

Das Tamburin steigerte die Geschwindigkeit der exotischen Melodie ein letztes Mal. Das Trommeln und Rasseln füllte den ganzen Saal aus, Diener blieben stehen und sahen der Tänzerin zu, die Musikanten wurden von ihrem eigenen Feuer mitgerissen und spielten immer schneller. Doch konnte keine Musik so rasant sein, dass Salomes Schritt ihr nicht folgen würde.

Kallisthenes konnte seine Neugier nicht bezähmen und riss sich von dem Spektakel los, um die Gesichter der anderen zu beobachten. Herodias' Miene war düster. Jede andere Mutter wäre stolz gewesen, aber aus ihr blickte nur Neid und – Angst. Kallisthenes konnte es kaum glauben und sah noch einmal genauer hin; er las tatsächlich Furcht in ihren Augen. Im nächsten Moment fand er die Erklärung dafür. Noch nie hatte er einen Gesichtsausdruck gesehen wie jetzt bei Antipas, verzerrt von Begierde. Schämte er sich nicht, so offensichtlich nach der Frau seines Bruders zu hungern? Und merkte Salome nicht, wie ihr Stiefvater auf ihren Tanz reagierte?

Nein, sie merkte nichts davon. Der Tanz erreichte seinen Höhepunkt, schneller und wilder konnten die Musiker unmöglich spielen. Zwischen ihren Sprüngen und Drehungen warf Salome kurze Blicke zu Timon. Und der beantwortete sie zum ersten Mal. Zu Kallisthenes' Schrecken waren Timons Augen zu zwei azurblauen Flammen geworden.

Zum Glück bekam Philipp davon nichts mit. Auch er war in den Anblick seiner tanzenden Frau vertieft, doch er strahlte weder die dunkle Begierde seines Bruders aus noch die erwachte Leidenschaft seines – Kallisthenes fiel kein anderes Wort ein – Rivalen. Ruhig und emotionslos, so als wolle er danach einen Bericht über den Tanz anfertigen, folgte er den letzten aufregenden Figuren Salomes. Sie warf schwungvoll ihren Schleier von sich, der über den Köpfen Philipps und Timons niederging, und kniete im nächsten Augenblick auf dem Boden.

Die Musik verstummte, und die Anwesenden rührten sich nicht.

Erst Philipps bedächtiges Klatschen brachte wieder Bewegung in den Saal. Die Diener setzten ihre Arbeit fort, die Musikanten verschwanden, die Gesichter entspannten sich, und Salome sprang freudestrahlend auf.

Kallisthenes stimmte mit allen anderen in Philipps Applaus ein, doch er dachte daran, wie viele verschiedene Emotionen er eben noch während Salomes Tanz erkannt hatte, und er ahnte nichts Gutes.

15

Jeden Morgen, wenn Timon aus seinem Zelt trat, erwartete er, eine Stadt vor sich zu sehen – Philippi. Ins Morgenrot getauchte, pfirsichfarbene Türme, palmengesäumte Alleen, die zu geschwungenen Torbögen führten, die ratternden Karren der Fuhrleute, Kamelkarawanen, der gelegentliche Ruf eines *Rabbiners*, der seine *berachot*, seine Segenswünsche, unter die Gläubigen verteilte – jenes Gemisch eben aus Natur, Geld, Göttern und ein wenig Schmutz, das jede spannende Stadt ausmachte. Stattdessen blickte er jedoch auf eine Fläche aus welkem Gras und wuchernden Kräutern, und wenn er sich umdrehte, ragten dort die grauen Wände des Hermon-Massivs wie Riesen in den Himmel. Alles andere wäre auch ein Wunder gewesen, denn er war erst seit zehn Tagen hier. Kein einziges Gebäude war entworfen, geschweige denn in Angriff genommen. Keine Grundmauer, kein Ziegel weit und breit, nur einige Gräben durchzogen den taufeuchten Boden. Hundert Schritte entfernt, im Schatten der Berge, entstanden zwar zehn feste Unterkünfte und unzählige Zelte, doch die wurden für die täglich eintreffenden Scharen von Arbeitern, Steinmetzen, Zieglern, Köchen und allen anderen errichtet, die für den Bau einer Stadt benötigt wurden. Auch die vierzig zusätzlichen Architekten trafen nach und nach ein, denn es wäre schier unmöglich gewesen, Hunderte von Bauwerken und Straßen zu zweit zu entwerfen und den Bau zu überwachen. Mit der Oberaufsicht hatten sie schon genug zu tun. Obwohl Kallisthenes und er vom frühen Morgen bis in die Nacht arbeiteten, erhob sich die bevorstehende Aufgabe noch immer wie die Berge hinter ihm zu einer beängstigenden Herausforderung. Nur die Bilder seiner künftigen Stadt stimmten ihn wieder zuversichtlich. Das Lebenswerk, das er sich ebenso wie sein väterlicher Freund Kallisthenes mit dieser Stadt erschaffen wollte, stand in seinen Träumen so deutlich und ausgeschmückt vor ihm, dass er jeden Morgen einen Lidschlag lang erstaunt war, dass Philippi sich noch nicht fertig und belebt vor ihm erhob.

»Halt, nicht dorthin«, rief er einem Arbeiter zu, der soeben eine Markierung anbringen wollte. Seit gestern begann man damit, entsprechend den ersten Entwürfen die Position der zentralen Gebäude festzulegen, und rammte zu diesem Zweck Pflöcke mit verschiedenfarbigen Wimpeln in den Boden. Die Männer mussten dabei sehr genau arbeiten, denn bereits kleine Abweichungen von dem Grundrissplan zögen problematische Verschiebungen nach sich.

»Achte auf deine Karte!«, mahnte Timon. »Siehst du, du musst die Linie einhalten.«

Der Arbeiter nickte, aber Timon entdeckte bereits weitere Fehler. »Was ist denn das?« Statt der roten Pflöcke, die zur Markierung von Gebäuden gedacht waren, wurden von einigen Arbeitern weiße Pflöcke verwendet, die eigentlich Straßen markieren sollten.

»Die müssen wieder raus«, befahl er. Doch die Arbeit ging ihm viel zu langsam vonstatten, und so legte er selber Hand an. Er kniete sich nieder, umfasste einen Pflock und riss ihn aus dem harten Boden. Nach einem weiteren Pflock war sein Kopf bereits rot vor Anstrengung, nach dem dritten war sein Körper verschwitzt und beim vierten zerriss er sich seine dunkelblaue Tunika.

»Nun ist es ohnehin egal«, flüsterte er vor sich hin und zog das zerfetzte Kleidungsstück kurzerhand aus. Nur mit einem Schurz bekleidet, sah er aus wie die übrigen Arbeiter und schuftete auch wie sie. Wenn mich jetzt bloß Kallisthenes nicht sieht, dachte er und erblickte diesen im nächsten Moment.

»Wie oft soll ich es dir noch sagen?«, schimpfte Kallisthenes und schüttelte den Kopf. »Ein Architekt erteilt Anweisungen, aber er wird niemals, *niemals* körperliche Arbeit verrichten. Das macht nicht nur einen schlechten Eindruck auf die Auftraggeber, sondern verhindert auch, dass man den Überblick behält, weil …«

»… weil man sich bei körperlicher Arbeit auf die Einzelheit der Ausführung konzentriert und nicht auf das Ganze, ich weiß.« Timon war dem Architekten wegen der Ermahnungen nicht böse. Er hatte ja Recht. Wenn Philippi ein architektonisches Prachtstück werden sollte, musste er lernen, strategisch zu denken. Er musste in der Lage sein, Aufgaben an andere abzugeben, Fäden in der Hand zu halten, nicht alles wissen und machen zu wollen. Kurz, er musste wie ein Feldherr auf diesem Land stehen, nicht wie ein Rekrutenausbilder. Doch manchmal juckte es ihn einfach in den Fingern, mit anzupacken. Vielleicht hatte er im Steinbruch zu lange körperliche Arbeit verrichtet, um jetzt mit anzusehen, wie andere neben ihm schufteten. Vielleicht lag der Grund dafür auch tiefer. Seit Nikolaos' Tod hatte er sich allein durchs Leben schlagen müssen, wobei er angebotene Hilfe zwar angenommen hatte, aber nur so lange in Anspruch nahm, bis er auf eigenen Füßen stehen konnte. Er war es gewöhnt, die Dinge selbst in die Hand zu nehmen, und sein Wunsch nach Gestaltung schloss immer auch ein, unmittelbar mitzuwirken. Ein Haus, bei dem er nicht wenigstens einige Steine selbst behauen, ein kleines Relief eigenhändig geschliffen und das Portal persönlich in die Scharniere gesetzt hätte, könnte er nicht als *sein* Werk betrachten. Bisweilen – so wie heute – war es auch nur bloße Ungeduld, die ihn antrieb.

»Wir liegen einen Tag hinter dem Zeitplan zurück«, erinnerte Timon ihn.

»Ein Tag! Was ist schon ein Tag, verglichen mit der Ewigkeit, die Philippi stehen wird. Bis wir fertig sind, werden Jahre vergehen, Jahre übrigens, in denen der Zeitplan mindestens zwanzigmal abgeändert werden muss. Ich glaube eher, du reagierst dich ein wenig an den Pflöcken ab.«

Timon blickte Kallisthenes verdutzt an. »Wie meinst du das, abreagieren?«

Kallisthenes' Mundwinkel zuckten sarkastisch. »Nun ja, seit wir hier sind, zerbrichst du grundlos jeden Zweig, der dir in die Hand kommt, knackst Nüsse mit der Faust, reitest wie ein Irrer von einem Punkt zum anderen ... Gestern Abend habe ich dich beobachtet, wie du mit einem der Arbeiter einen sportlichen Wettkampf ausgetragen hast. Ich glaube, mein Lieber, du weißt nicht wohin mit deiner überschüssigen Energie.«

»Es gibt in dieser Hinsicht nichts, worüber du dir Sorgen machen müsstest.«

»Da bin ich anderer Meinung. Wenn mich nicht alles täuscht, spukt dir eine Frau im Kopf herum. Sie hat ein schlankes, längliches Gesicht, Augen wie die schwarzen Perlen Afrikas, Haare wie ...«

»Schon gut. Ich weiß, wie sie aussieht.« Timon wandte sich ruckartig der Weite des Feldes zu. Er atmete tief durch und strich sich über die Haare. Dann flog ein Lächeln über Timons Gesicht, und er murmelte: »Diese Füchsin! Den Tanz hat sie geplant, ganz sicher. Früher war sie nicht so raffiniert. Mut, ja, den hat sie schon immer besessen. Und es war ja auch mutig, so vor mir zu tanzen. Wo sie das wohl gelernt hat? Ich habe so etwas noch nie gesehen. Die Tänzerinnen in Rom waren immer irgendwie billig, vor allem die aus dem Orient. Sie waren über und über mit rasselndem Schmuck behängt, ansonsten trugen sie nicht viel an ihren geölten Leibern. Sie tanzten wild, schüttelten ihre Brüste zum Takt irgendeiner ohrenbetäubenden Musik, und alle waren begeistert. Die Senatoren und Reichen lechzten nach ihnen und bekamen auch meist, was sie wollten. Doch Salome ... Sie ist anders. Es ist ja nicht nur ihre Art zu tanzen – obwohl sie genau die richtige Mischung gefunden hat, aufregend, aber nicht oberflächlich, künstlerisch, aber nicht gezwungen. Man merkt ihr an, dass sie klug ist.«

Kallisthenes hatte sich, unbemerkt von Timon, an ihn herangeschlichen und musterte sein Gesicht. »Du lächelst, ich kann es genau sehen. Schlimmer noch, du lächelst auf eine Art, die ich an mir selbst nur kenne, wenn ich an Bauwerke denke. Ich kann mir gut vorstellen, was du gerade fühlst. Salome ist also die Frau, die du liebtest? Sage mir bitte, dass ich mich irre.«

»Ich müsste lügen.«

»Timon«, mahnte Kallisthenes. »Sie ist jetzt eine verheiratete Frau.«

»Ich weiß.«

»Sie ist eine Fürstin.«

»Auch das ist mir klar.«

»Schon der Gedanke an sie ist gefährlich.«

»Das alles habe ich ihr neulich auch gesagt – und noch viel mehr. Ich habe sie sogar grundlos beleidigt, damit sie mich in Ruhe lässt.«

»Gefährlich, gleichzeitig klug, und in diesem speziellen Fall zu entschuldigen.«

»Nein, Kallisthenes, du verstehst das nicht. Ich habe sie nicht aus Berechnung beleidigt. Seit Jahren bin ich enttäuscht, weil sie ... weil ich ... weil wir uns verpasst haben. Irgendjemand, Menschen oder Götter, waren gegen uns. Ich dachte, ich könnte damit leben. Die Wahrheit ist, dass ich wütend bin, auf Salome, auf ihren Mann, auf die Fallensteller und Intriganten und das Schicksal. Und vor allem auf mich selbst. Während Salome wenigstens etwas tut, indem sie versucht, die Vergangenheit wiederzubeleben, benehme ich mich wie ein weinerliches Kind. Und trotzdem lässt sie nicht locker und tanzt vor mir. Sie liebt mich.«

Kallisthenes schüttelte den Kopf. »Viel schlimmer, sie liebt das Spiel. Nach allem, was du mir über dieses Land erzählt hast, tändelt ihr beide mit dem Tod, ist euch das klar?«

»Ich habe alles im Griff.«

»Das habe ich gesehen. Während sie tanzte, konnte man glauben, deine Augen seien entzündet. Du hast keinen Moment von ihr abgelassen, nicht einmal gezwinkert hast du.«

»Niemand hat das. Nicht einmal ihr Mann, diese Beamtenseele. Er ist trockener als die arabische Wüste, und wenn du mich fragst, ist er kein normaler ...«

»Ich will jetzt wissen, womit ich es bei dir zu tun habe«, schnitt Kallisthenes ihm unduldsam das Wort ab. »Wir haben hier eine einmalige Gelegenheit, in die Geschichte einzugehen, da darf nichts dazwischenkommen. Kann ich mich darauf verlassen, dass es keinen Ärger gibt?«

Timon hob den Kopf und ließ seinen Blick über das Gelände des künftigen Philippi wandern. Wieder erstand die Stadt vor seinen

Augen, die Monumente, Gärten, Märkte und Karawanen, Traum und Ziel jedes Architekten. »Das kannst du«, seufzte er.

»Sieh mir in die Augen, wenn du ein Versprechen abgibst.«

»Ich bin kein kleiner Junge mehr, Kallisthenes«, entgegnete Timon ärgerlich.

»Eben noch hörte es sich so an.«

»Wenn ich sage, ich habe alles im Griff, dann meine ich das auch so.«

Kallisthenes ging brummelnd davon, offensichtlich nicht überzeugt.

Timon selbst war nicht überzeugt von seinen eigenen Worten. Salome hatte schon immer eine große Wirkung auf ihn gehabt, damals in Ashdod, wo er ihretwegen beinahe die Vergeltung für den feigen Mord an seinem Vater aufgegeben hatte, und später im Steinbruch, wo es der Gedanke an sie war, der die Hoffnungslosigkeit seines dortigen Lebens durchbrach. Nach ihrer Heirat hatte er sich ins Studium gestürzt, wie kein anderer gearbeitet und Frauen getroffen, die weit schöner als Salome waren. Doch die meisten waren zu brav und glatt, und die wenigen anderen waren Amazonen, hart wie der Stein, mit dem er jeden Tag arbeitete. Bei den einen vermisste er die Exotik, bei den anderen die Verletzbarkeit, bei den dritten den Mut. Irgendetwas fehlte immer. Schon bald begriff er, dass es so nicht ging. Er konnte die Erinnerung an Salome nicht einfach zersplittern, die einzelnen Bruchstücke ihres Charakters nehmen und anderen Frauen anzupassen versuchen, so dass eine neue Salome entstand, nur mit anderem Namen. Das Einzige, was er tun konnte, war, noch mehr zu arbeiten, noch besser zu werden und auf den Tag zu warten, da irgendeine Überraschung den Zustand beenden würde.

Merkwürdig, dachte er. Er hatte bei dieser Überraschung immer an eine andere Frau gedacht, eine, die wie der Blitz des Zeus bei ihm einschlagen und Salome vergessen machen würde. Wie anders war es gekommen! Nun war er ihr so nah wie seit zehn Jahren nicht mehr. Er spürte, wie sein Herz schneller schlug, wie seine Arme und Beine nach Betätigung suchten und wie er die Spannung vor einer Herausforderung genoss, alles Dinge, die ihn seine Kindheit und Jugend begleitet hatten, in den letzten Studienjahren jedoch verloren gegangen waren. Salome brachte sie ihm zurück.

Er atmete tief durch und fuhr sich mit beiden Händen durch die Haare. »Sie ist verheiratet«, stieß er hervor. »Es hat keine Zukunft.« Er wiederholte es lauter, als könne er es sich dadurch besser einprägen. »Es hat keine Zukunft.«

Kephallions Gesicht wirkte im Schattenspiel des Lichts der Öllampen wie eine Totenmaske, und den Mann, der vor seinem Schreibtisch stand, verschluckte fast vollständig die Dunkelheit. Nur das kalte Weiß seiner Augen strahlte wie zwei Sterne daraus hervor.

»Sieben wandernde *Rabbiner* hast du bereits getötet«, stellte Kephallion zufrieden fest und blickte auf die sieben blutbefleckten *thora*rollen, die wie Trophäen vor ihm lagen. »Damit liegst du vor allen anderen unserer Anhänger. Gratulation.«

Sollte der Zelot stolz und zufrieden grinsen, konnte Kephallion es nicht sehen. In seinem Arbeitszimmer war es zu finster, und der Bart des Mannes war schwarz und voll.

»Dafür bekommst du dieses hier«, sagte Kephallion und hielt dem Mann einen Ring entgegen, in dem ein Krummmesser eingraviert war, das zum Symbol der zelotischen Bewegung wurde. Kurz hatte Kephallion überlegt, ob er nicht das Kreuz zum Sinnbild machen sollte, weil Zelon daran gestorben war, aber es drückte zu viel Niederlage und Leid aus, also Schwäche. Das Krummmesser hingegen war die Waffe, mit der die *Rabbiner* getötet wurden, ein Sinnbild der Macht und Kraft.

»Und als zusätzliche Belohnung erhältst du noch eine besonders ehrenvolle Aufgabe. Du darfst dem Herrn ein besonderes Geschenk machen.«

Die Tür ging auf, und Berenike kam herein. In der einen Hand trug sie eine kleine Öllampe vor sich her, in der anderen einen Kelch mit dampfendem, gewürzten Wein. »Ich dachte, du möchtest vielleicht etwas trinken, wenn du schon nachts arbeitest. Ich ...«

In diesem Moment sah sie die Umrisse des Fremden und schrak zurück. Kephallion sprang auf. Er schlug ihr Lampe und Kelch aus der Hand, krachend fiel alles zu Boden. »Ich habe dir gesagt, dass du hier drin nichts verloren hast. Und wie du aussiehst, wie eine Hure! Nur ein Nachtgewand hast du an.«

»Verzeih«, ächzte sie. »Ich wusste nicht, dass du Besuch hast.«

Er versetzte ihr eine Ohrfeige, doch dann kam ihm diese Strafe noch zu mild vor, und er schlug Berenike mit geballter Faust ins Gesicht.

Sie torkelte und fiel auf den Rücken. »Räume den Schmutz auf, den du gemacht hast«, rief er.

Sie rappelte sich wieder auf, kroch auf allen vieren zu den Scherben und sammelte sie auf.

»Nicht jetzt«, schrie er, stieß sie mit dem Fuß zurück und schlug die Tür zu.

»Gelobt sei der Herr, der mich nicht zu einer Frau gemacht hat«, kommentierte er gegenüber dem Zeloten die Szene, die eine wichtige Unterredung unterbrochen hatte. Von draußen drang das Gewimmer seiner Frau herein, aber Kephallion setzte sich wieder und atmete tief durch. »Nun wieder zu unserer erhabenen Aufgabe. Bisher haben wir nur *Rabbiner* beseitigt, doch das soll sich nun ändern. Und du wirst der Erste sein, der ein neues Kapitel in unserem heroischen Kampf aufschlägt. Es kann dich dein Leben kosten, doch sei gewiss, dass du damit zum Liebling Gottes wirst, zum Märtyrer!«

Als Salome in ihrer Sänfte auf einem Hügel nahe der künftigen Hauptstadt ankam, blickte sie über ein Heer von Menschen, die wie in einem Ameisenhaufen arbeiteten und durcheinander liefen. Die Geräusche, die sie dabei machten – hämmern, rufen, mauern, stampfen, klappern, ächzen, fahren und reiten –, vermischten sich zu einem einzigen unheimlichen wabernden Geräusch, das die gesamte Ebene erfüllte. Von einzelnen Gebäuden oder gar einer Struktur war noch nichts zu sehen. Hunderte bunter Wimpel, die im frischen Herbstwind flatterten, riesige Steinhaufen, Holzgerüste und wirre, sich kreuzende Gräben waren die einzigen Zeichen dafür, dass etwas Gewaltiges im Entstehen war.

Für Salome war es ein seltsamer Moment, dies alles zu überblicken. Ihre Anregung, eine Stadt zu bauen, war ja nur zu dem

Zweck geschehen, Timon auf unverdächtige Weise wiederzusehen. Philippi war für sie die ganze Zeit über nur ein Begriff gewesen, eine Metapher, die für ihr persönliches Glück stand. Doch nun bauten Tausende von Menschen daran, Wälle wurden aufgeschüttet, Ziegel gebrannt, Steine geschlagen. Aus dem ganzen Osten, aus Griechenland, Persien und Ägypten waren Architekten herbeigeholt worden, und noch in Hunderten von Meilen Entfernung verdienten Steingrubenbesitzer und Bildhauer an dieser einen Laune von ihr. Das alles hatte etwas Beängstigendes und zugleich Faszinierendes.

Zum ersten Mal kam ihr der Gedanke, dass der Bau Philippis noch weit mehr Vorteile brachte als das Wiedersehen mit Timon und dass die Argumente, die sie ihrem Gemahl gegenüber ins Feld geführt hatte, nicht nur Vorwände waren, sondern tatsächlich etwas taugten. Wenn Philippi das würde, was Kallisthenes versprach, nämlich etwas Besonderes, dann konnte Philipps Ruf als großer Erbauer und weiser Staatslenker in die Welt hinausdringen. Im Rennen um den Königsreif konnte das entscheidende Meter bringen.

Dennoch: Sie war nicht der Stadt wegen hierher gekommen. Timons Blick während ihres Tanzes war einer Aufforderung gleichgekommen, hierher zu reisen. Seit Wochen wartete sie nun schon auf eine günstige Gelegenheit, die sich bis gestern nicht ergeben hatte. In den ersten Tagen fehlte ihr schlicht eine vernünftige Begründung für eine Reise in die entstehende Stadt. Bevor die Arbeiten begonnen hatten, wäre eine vermeintliche Besichtigung der Baustelle ihrem Gemahl verdächtig erschienen. Danach wurde er krank, nichts Ernsthaftes zwar – nur die seltsamen Kopfschmerzen, die er seit einiger Zeit hatte –, aber einen Ausflug konnte sie unter diesen Umständen unmöglich antreten. Wieder hatte sich in ihr Gefühl der Fremdheit und Gleichgültigkeit, die sie für Philipp empfand, jener Zorn auf ihn gemischt, der sich in letzter Zeit immer häufiger einschlich. Philipp selbst war unschuldig daran, das wusste sie, doch seine bloße Existenz verhinderte, wonach sie sich am meisten sehnte: nach der Liebe Timons. Wegen Philipp ging er ihr aus dem Weg, obwohl er sie noch immer begehrte, und wegen

Philipp konnte sie nicht zu ihm reisen, obwohl alles an ihr danach verlangte.

Vor drei Tagen dann die Überraschung: Philipp kündigte eine Reise an und ging wie üblich davon aus, dass sie ihn begleiten wolle.

»Mein Bruder hat mich schon am Morgen nach dem Gastmahl eingeladen, ihn in Tiberias zu besuchen«, hatte er gesagt. »Seltsam, oder? Erst haben wir uns gestritten, und nur ein paar Stunden später will er ... Jedenfalls möchte er mit mir über die zunehmenden Morde an *Rabbinern* sprechen. In der letzten Woche wurden vierzehn von ihnen von den Zeloten getötet, und vor einigen Tagen ist es in Galiläa zu einem besonders schweren Vorfall gekommen. Ein Zelot ist in eine Versammlung von Betenden eingedrungen und hat mit einem Krummdolch wie ein Irrer auf alle eingeschlagen, die sich in der Synagoge befanden. Neun Männer und zwei Frauen starben, bevor man den Mann überwältigen konnte.«

»Schrecklich. Woher weiß man, dass es ein Zelot war?«, hatte sie entsetzt gefragt.

»Er trug einen Ring, in dem ein Krummdolch eingraviert war. Das ist neuerdings ihr Symbol.«

»Gab es auch in Basan Übergriffe auf *Rabbiner* und andere Gläubige?«

»Zwei. Ich arbeite in dieser Frage wohl besser mit Antipas zusammen. Vor Grenzen machen diese Wahnsinnigen gewiss nicht Halt.«

»In diesem Fall bin ich natürlich ebenfalls für eine Zusammenarbeit. Ich kann leider nicht mitkommen.«

»Warum? Du kommst doch immer mit.«

»Nicht zu Antipas«, erwiderte sie, froh, einen guten Grund für ihre Absage gefunden zu haben.

»Antipas schreibt ausdrücklich, dass du mich begleiten sollst, er bittet mich geradezu darum. Vermutlich möchte deine Mutter euren Streit beilegen.«

»Es fällt mir nicht ein, das zu tun, was mein Stiefvater will«, entgegnete sie trotzig.

»Wie du meinst«, seufzte er ungewöhnlich traurig. »Ich lasse dir Nathan da.«

»Wen?«

»Nathan, meinen Schreiber.«

Der junge *sofer* mit dem Wuschelkopf stieg in Philipps Gunst offenbar immer weiter. Nun sollte er also ihr Aufpasser werden.

»Wozu denn das?«, fragte sie.

»Du solltest einen klugen Mann an der Seite haben.«

»Ich bin selbst klug genug«, entgegnete sie, brach ihren Protest anschließend jedoch ab, denn sie wollte nicht, dass Philipps Abreise am Ende an dieser Frage scheiterte.

Mit einem Kuss auf beide Wangen verabschiedete sie ihn und versuchte, so traurig wie möglich auszusehen. In Wahrheit schlug ihr Herz Purzelbäume vor Freude. Sie hatte es keinen Tag länger in Bethsaida ausgehalten und war gleich heute bei Morgengrauen aufgebrochen.

»Weiter«, rief sie der Eskorte zu, zu der auch Nathan, der Schreiber, gehörte.

Die Nachmittagssonne im Rücken, schaukelte sie in ihrer Sänfte den Hügel hinunter. Überall, wo sie vorbeikam, sanken die Menschen auf die Knie und senkten die Köpfe, woran sie erkennen konnte, dass es Nichtjuden sein mussten. Kein Jude hätte sich zu einer solchen unterwürfigen Geste bereit gefunden, nicht einmal dann, wenn sie Königin gewesen wäre. Außerdem war sie bei den Nichtjuden des Fürstentums äußerst beliebt, denn es hatte sich herumgesprochen, dass sie immer wieder deren Rechte stärkte. Für diese Leute war sie wohl schon so etwas wie eine Königin.

Sie genoss die Hochachtung, die ihr entgegengebracht wurde, und nickte freundlich nach allen Seiten, aber nach einer halben Stunde war sie dann doch froh, die anstrengende Prozedur hinter sich gebracht zu haben. Sie war am Ziel angekommen.

Timon trug eine zerrissene Tunika, sein Gesicht war schmutzig, kleine Holzsplitter hingen ihm in den Haaren, und seine Sandalen hatte er ausgezogen. Wie ein Bauernjunge, der soeben von einer wilden Rauferei nach Hause kommt, stand er vor Salome. Kallisthenes hingegen war die Sauberkeit selbst.

»Wenn wir gewusst hätten, dass du kommst, Fürstin, hätten wir etwas vorbereitet«, sagte Kallisthenes höflich und warf seinem zerlumpten Partner einen ärgerlichen Seitenblick zu.

»Genau das wollte ich nicht«, erwiderte Salome schmunzelnd. »Ich habe die Erfahrung gemacht, dass Überraschungsbesuche immer die ergiebigsten sind. Man entdeckt so viel ... so viele neue Ansichten.«

Kallisthenes grinste bemüht. »Wie wahr.«

Sie wollte den offiziellen Teil ihres Besuches und die enge Planungsbaracke der Architekten möglichst schnell hinter sich lassen. »Wie kommt ihr voran?«, fragte sie.

»Sehr gut, da sich das Wetter hält.«

»Das wird es nicht mehr lange«, gab sie zu bedenken. »In wenigen Wochen werdet ihr mit sehr viel Regen zu kämpfen haben.«

»Wir haben Furchen gegraben, damit das Wasser gut ablaufen kann«, erklärte Kallisthenes. »Außerdem sind wir noch im Planungsstadium. Die eigentlichen Bauarbeiten beginnen ohnehin erst im nächsten Frühling. Dann fangen wir mit den großen, repräsentativen Gebäuden im Zentrum an.«

Sie nickte. »Ich hoffe, ihr habt alles? Ihr wisst, dass ihr euch jederzeit an mich oder meinen Gemahl wenden könnt. Wenn ihr also etwas benötigt, so zögert nicht.«

Kallisthenes wollte eben verneinen, als Timon ihm zuvorkam. »Ja, du könntest tatsächlich etwas für mich tun, Fürstin.«

Sie war froh, dass Timon endlich einmal von sich aus das Wort an sie richtete. Ein feines Lächeln glitt über ihre Lippen. »Gerne.«

»Die Unterkünfte der Arbeiter sind schlecht gebaut, und ihre Verpflegung ist dürftig. Sie müssen elf Stunden am Tag schuften, und die Wärter treiben sie unnötig hart an. Ich kann verstehen, dass die meisten von ihnen Sklaven sein müssen, denn eine ganze Stadt mit bezahlten Arbeitern zu bauen ist finanziell nicht möglich. Sie sollten aber anständig behandelt werden. Leider lässt der Kommandierende der Wachen überhaupt nicht mit sich reden und ...«

Ein leichter Stoß von Kallisthenes' Ellbogen unterbrach Timons Redefluss, der einen zunehmend anklagenden Tonfall bekommen hatte.

Salome ging einen Schritt auf ihn zu. »Ich vermute, dass du in dieser Frage besonders kompetent bist«, verschlüsselte sie ihr Wissen um seine Vergangenheit als Gefangener im Steinbruch, denn ein Offizier, der Schreiber und zwei Frauen ihres Gefolges waren anwesend und hörten jedes Wort mit. Noch musste sie vorsichtig sein. »Daher übergebe ich dir hiermit das Kommando über die Sklaven und die Wachen. Behebe die Missstände, von denen du gesprochen hast.«

Diese Lösung des Problems verblüffte Timon, allerdings nicht nur ihn.

»Das geht nicht«, wandte der Offizier ein. »Ein Ungläubiger darf keine Befehlsgewalt über jüdische Soldaten bekommen. Kein aufrechter Gläubiger würde das hinnehmen.«

»Ach wirklich«, sagte Salome und blickte den Mann scharf an. »Du auch nicht?«

»Niemals. So etwas wäre schändlich.«

»Dann erkläre mir doch bitte, weshalb du noch lebst und nicht schon längst im Kampf gegen die ungläubigen Römer gefallen bist, die die Oberherrschaft innehaben.«

Als er darauf keine Antwort fand, wandte sie sich wieder Timon zu. »Noch so ein unsinniger Brauch, der endlich ausgemerzt werden sollte. Bei Beschwerden sollen die Wachen sich direkt an mich wenden. Es steht ihnen dann jederzeit frei, ihren Dienst zu quittieren. Ich schätze jedoch, es wird zu keinen nennenswerten Unstimmigkeiten kommen.«

Wie vor vielen Jahren im Zitrushain von Ashdod fing sie einen bewundernden Blick von Timon ein, der ihr sehr gut tat. Es war, als verliebe er sich ein zweites Mal in sie.

»Was die Frage der Sklavenhaltung angeht«, fügte sie hinzu, »so ist tatsächlich der Bau einer Stadt nicht ohne Sklaven möglich. Ich werde jedoch dafür sorgen, dass jeder Sklave nach der Fertigstellung Philippis freigelassen wird und eine Wohnung in der Stadt erhält. Die handwerklichen Kenntnisse, die sie sich bis dahin erworben haben werden, ermöglichen ihnen dann ein bescheidenes Auskommen.«

Timon blinzelte sie dankbar an. Sein Blick schien sie einzuhüllen, und als er seine Sprache wiederfand, waren seine Worte wie zarte Berührungen. »Das ist sehr großzügig. Du bist die Frau geblieben, die …« Er schluckte und korrigierte seinen Satz. »Von der ich so viel Gutes gehört habe.«

»Und du«, erwiderte sie, »bist noch immer auf der Suche nach Gerechtigkeit.«

Sie waren beide sehr weit gegangen in dem, was sie gesagt hatten und wie sie es gesagt hatten, nun schwiegen sie vorsichtig. Nach einem Augenblick beklemmender Stille wandte Salome sich an den Offizier und die beiden Dienerinnen und befahl: »Stellt mein Zelt auf. Bis es fertig ist, lasse ich mich herumführen, um mir einen Überblick zu verschaffen. Wenn du so freundlich wärst, Timon, mir einiges zu zeigen.«

»Soll nicht ich vielleicht lieber …«, bot Kallisthenes an.

Salome lächelte entschuldigend. »Normalerweise hätte ich natürlich dir als Älterem und Erfahrenerem der Architekten den Vorzug gegeben, Kallisthenes. Aber auf Dauer ist es mühsam für mich, griechisch zu sprechen, und Timon beherrscht glücklicherweise meine Heimatsprachen Aramäisch und Hebräisch.«

Sie trat mit Timon hinaus ins Freie. Die Sonne strahlte von einem ungetrübten Nachmittagshimmel und wärmte an einem dieser letzten schönen Tage des Jahres die Erde Basans. Nach der stickigen Luft der Baracke tat ihr die klare Brise gut, und sie atmete sie mit vollen Zügen ein. Noch befreiender war, dass sie bei Timon nicht mehr die Fürstin sein musste, sondern nach langer Zeit wieder Frau sein konnte, so wie damals in Ashdod.

»Endlich«, rief sie erleichtert aus, »endlich können wir miteinander reden, und da wir beim letzten Mal schon genug Luft abgelassen haben, wird unsere jetzige …«

»Verzeih, Herrin«, sagte eine Stimme hinter ihr.

Sie fuhr erschreckt herum. Der *sofer* war ihnen unbemerkt aus der Baracke gefolgt und funkelte sie mit seinen klugen Augen an. »Wünschst du, dass ich dich auf dem Rundgang begleite?«

Sie schlug die Augen nieder. »Nein«, antwortete sie. »Der Fürst möchte sicher baldigst einen Bericht über den Stand der Arbeiten erhalten. Sorge dafür, dass noch heute ein Bote auf den Weg zu ihm geschickt wird.«

Ein verächtlicher Zug spielte um Nathans Mundwinkel, doch er verneigte sich widerspruchslos und verschwand.

»Puh«, stöhnte sie, »das war knapp.«

»Er benimmt sich ziemlich freimütig für einen Diener. Habt ihr beide ... Ich meine, seid ihr irgendwie ... miteinander ...?«

Sie lachte auf. »Himmel, Timon, du hast Ideen. Sag, gibt es hier einen Ort, wo wir ungestört sein können?«

Einen Moment schien Timon unentschlossen, dann erwiderte er: »Komm mit.«

Es waren tausend Schritte nötig, bis sie das Feld der Wimpel, Gräben und Erdhaufen überquert hatten, und noch einmal so viele, um die Lager der Arbeiter hinter sich zu lassen. Sie nutzte diese Zeit in der Öffentlichkeit und erzählte Timon von allem, was sich nach seinem Verschwinden zugetragen hatte: vom hinterhältigen Spiel des Coponius und der Herodias, von ihrer eigenen Ahnungslosigkeit, der langen Suche nach ihm, der Hilfe von Pilatus und schließlich der vergeblichen Reise in den Steinbruch bei Ephesos.

»Ich dachte, du seist tot, Timon. Der Verwalter sagte mir, er habe dich an eine Gladiatorenschule verkauft.«

»Kallisthenes hat mich gekauft und sofort freigelassen. Das muss kurz vor deinem Erscheinen im Steinbruch gewesen sein.«

»So viele Jahre«, murmelte sie kopfschüttelnd. »Aber nachdem ich keine Hoffnung mehr hatte, dich jemals wiederzusehen ... Und die Gefahr, Ashdod an Antipas zu verlieren ... Da habe ich doch lieber geheiratet.« Sie spürte den Zwang, sich entschuldigen zu müssen, und Timon begriff es.

»Nicht doch. Du hast alles richtig gemacht. Ich hatte kein Recht, dir Vorwürfe zu machen.« Er senkte betroffen den Kopf. »Dass du überhaupt so lange an mich geglaubt hast, ist bewundernswert. Nach dem versuchten Mord an deiner Großtante hättest du vermuten können, dass ich dich nur benutzt habe.«

Sie nickte. »In dunklen Stunden kam mir der Gedanke.«

»So war es nicht. Ich ...«

Nun war sie es, die ihn beruhigte. »Du hast auch alles richtig gemacht, Timon.«

Sie sah ihn an, er erwiderte ihren Blick. Für die Dauer eines Atemzuges kam sie sich wie das junge Mädchen vor, das mit dem noch nahezu unbekannten Jungen durch den Palast von Ashdod geschlendert war. Damals wie heute war sie aufgeregt, und damals wie heute plauderte sie freundlich mit ihm, berichtete von ihrem Leben und ihrer Vergangenheit, tauschte forschende und verlangende Blicke, kurz, sie verhielt sich wie eine Halbwüchsige vor dem Verlust ihrer Unschuld. Und er nicht anders. Ja, gewissermaßen waren sie wohl noch immer die unschuldigen und von Gefühlen verwirrten Kinder von Ashdod, denn ihre Beziehung hatte in den letzten zehn Jahren nicht reifen können, und das war alles andere als ein Vorteil. All die Tage und Nächte hatte sie nicht Timon selbst, sondern eine Vorstellung von ihm geliebt, einen Traum, eine Erinnerung, aber erst jetzt, da sie nebeneinander herliefen und redeten, begriff sie das. Die Zeit, die zwischen ihrer letzten Begegnung in Ashdod und der heutigen lag, konnte nicht verleugnet werden. So vieles war geschehen. Beide hatten sie Erfahrungen gemacht, die sie verändert hatten, er in der Gefangenschaft, sie durch zahllose Enttäuschungen und den Verlust fast aller geliebter Menschen. Neben ihr lief nicht mehr der nach Abenteuern suchende Siebzehnjährige, sondern ein gestandener Architekt, und sie hatte sich von einem unscheinbaren und unbedeutenden Mädchen zu einer geachteten Fürstin gewandelt, die noch nach weit mehr strebte.

Sie erschrak und bekam Angst, was sie bisher nicht kannte. Monatelang hatte sie mit der Ungewissheit gelebt, ob Timon sie noch liebte. Doch plötzlich überfiel sie der Gedanke, ob sie Timon, den neuen Timon, der ihr vertraut und fremd zugleich war, würde lieben können, und diese Ungewissheit war schlimmer als die andere.

»Du bist so still«, sagte er. »Möchtest du lieber umkehren?«

Erst jetzt nahm sie wahr, dass Timon sie aus dem Feldlager hinausgeführt hatte. Sie waren vor einigen schroffen Felsen angekommen, kleinen Ausläufern des Hermon-Gebirges. Nur noch wenige Arbeiter trieben sich hier herum, die meisten von ihnen, um eine nahe gelegene Grube mit einem darüber gelegten Balken aufzusuchen, die als Latrine diente.

»Nein«, antwortete sie. »Ich habe nur gerade an Ashdod gedacht.«

»Ich auch«, gab er zu und ließ – so wie sie – offen, welche Gefühle er damit verband.

»Ungestört sind wir hier leider nicht«, sagte sie mit einem Blick auf die stinkende Latrine.

Er lächelte. »Komm hier entlang.«

Er führte sie durch einen Felsspalt, der sich wie eine Schlange durch das Massiv wand und so schmal war, dass sie hintereinander gehen mussten. Links und rechts schienen die steinernen Wände bis in den Himmel hineinzuragen. Nach einigen Minuten jedoch öffnete sich der Spalt und gab den Blick auf ein weites, herrliches Tal mit Hügeln frei. Zwischen herbstfarbenen Bäumen erstreckte sich ein schmales Flussbett bis in den blassblauen Horizont. Hier war die Quelle des Hule, eines der Flüsse, die sich weiter südlich zum Jordan, dem heiligen Strom, vereinigten. Die Quelle allerdings war in diesem heißen Sommer versiegt. Unter einer Decke rostiger Blätter verbargen sich nur glitschige, mit Algen überzogene Steine und gelegentliche Pfützen, wie Salome schnell feststellte, als sie Timon durch die Senke folgte.

Einer kindlichen Neigung nachgebend, balancierte sie über einige Steine und ließ sich dabei von Timon an der Hand führen. Sie hatten die Senke fast durchquert, als sie das Gleichgewicht verlor – sie wusste hinterher auch nicht mehr, ob absichtlich oder nicht – und sich in Timons Arme fallen lassen wollte. Doch der sprang einen Schritt zur Seite, und sie fiel in eine Pfütze. Lautes Gelächter erfüllte den Wald um sie herum.

»Sehr witzig«, kommentierte sie. »Du hättest mich gerne auffangen dürfen.«

Er schmunzelte. »Glaubst du, ich weiß nicht, dass du den Sturz nur gespielt hast, um mir in die Arme zu fallen.«

»So etwas Albernes würde ich nie tun.«

»Und der Tanz? Das war doch dasselbe. Du bist ein raffiniertes Luder.«

»Ein was?«, rief sie.

»Ein Luder, oder galanter ausgedrückt, eine Verführerin.«

»Frechheit«, stieß sie aus.

»Wahrheit nenne ich es. Also, was ist nun? Möchtest du hier sitzen bleiben, Hochwohlgeborene, oder soll ich dir aufhelfen?«

Er streckte ihr seine Hand entgegen, aber sie griff in den Schlamm und schleuderte ihn in sein Gesicht. Gleich danach erschrak sie über ihre Tat nicht weniger als er.

»Oh weh«, rief sie und rappelte sich auf, während er versuchte, den Matsch aus seinem Gesicht zu kratzen.

»Ich will hoffen, dieses Oh weh soll heißen, dass es dir Leid tut.«

Sie nickte. »Und wie«, sagte sie mit ernster Miene. »Eigentlich wollte ich deine andere Gesichtshälfte treffen.« Ehe er sich's versah, warf sie ihm eine weitere Portion Schlamm ins Gesicht und rannte lachend davon.

»Du Biest«, rief er. Es kostete ihn nicht viel Mühe, sie einzuholen. Er packte sie von hinten um die Taille und hielt sie fest. Unentschlossen, was sie als Nächstes tun sollten, verharrten sie eine Weile in dieser Position, keiner rührte sich, beide atmeten schwer.

»Du bist unverschämter geworden«, flüsterte er endlich. »Und noch wunderbarer als früher.«

Dieser Satz war es, der endlich die Grenzen der Zurückhaltung durchbrach. Nie war ihre Liebe über einfache Zärtlichkeiten hinausgegangen, immer war sie von Unerfahrenheit, Stolz oder sogar Furcht kontrolliert worden. Jetzt drehte Salome sich zu Timon um und küsste ihn – und er erwiderte den Kuss. Eine unendliche Gewissheit überflutete sie, dass sie diesen Mann liebte und er sie. Alles, was sie je füreinander gefühlt hatten, hatte überdauert, und nichts konnte sie zurückhalten, nicht die vergangenen viertausend Tage und Nächte, nicht die Schmerzen und Enttäuschungen ihres Lebens, keine Titel, keine Eheschwüre, keine Vorsicht, keine einzige jener Schranken, die von irgendeinem Gott oder den Menschen geschaffen worden waren, um die Liebe zu verhindern.

Stumm nahm er sie an der Hand und führte sie aus der Senke in den angrenzenden Hain aus jungen biegsamen Bäumen. Sie schritten über die weiche Decke des Laubs bis zu einer Stelle, die ein Teppich sattgrünen Mooses bedeckte. Er streifte seine Tunika ab und trocknete damit sein Gesicht. Seine Augen verengten sich vor

Glück und Verlangen, als ihr Gewand an ihrem Körper zu Boden fiel.

Er schluckte. »In den letzten Wochen bin ich fast jeden Tag hierher gekommen und habe mir vorgestellt, dass du auch da wärst.«

Ihr Blick glitt über seine nahezu unbehaarte Brust, nur über seinem Schurz zeigte sich flaumiges Haar. »Nun bin ich da«, flüsterte sie Timon zu. »Und ich bleibe.«

Gemeinsam legten sie sich auf das Moos und umklammerten sich, so als wollten sie einander nie wieder loslassen.

Einige Stunden später warfen die Bäume keinen Schatten mehr, die Luft war schwarz und kalt, und die Welt war verstummt. Alles war Nacht. Die Tiere des Waldes hatten sich in die Finsternis zurückgezogen und die beiden Liebenden allein gelassen. Gelegentlich schwebte ein Blatt auf ihre Körper, oder ein Stamm knarrte dunkel durch das Tal, doch da sie nahezu nichts sehen konnten, bekam jedes dieser Geräusche eine andere Bedeutung.

»Unheimlich, nicht?«, flüsterte sie nach einer Ewigkeit, in der sie nicht gesprochen hatten.

»Was du hörst, sind Faune und Waldgeister«, hauchte er zurück und küsste sie. Er konnte in dieser mondlosen Nacht kaum ihr Gesicht sehen, obwohl es keine Handbreit von seinem entfernt war. Er spürte sie, überall, alles von ihr. Ihr warmer Atem streichelte seine Wangen, seine Stirn berührte ihre Haare, ihre Beine wanden sich um seine Hüften. Sie waren wie zwei Teile, die sich nach Jahren endlich gefunden hatten und ineinander verschränkten zu einem Ganzen. Sie waren glücklich. Und sie mussten nicht über das reden, was sie getan hatten.

»Ich habe Angst«, sagte sie.

»Es war nur ein Spaß. Niemand hat je einen Waldgeist gesehen.« Er konnte ihr Lächeln hören.

»Sehr beruhigend«, sagte sie. »Aber das habe ich nicht gemeint. Ich fürchte die Glaubenseiferer in diesem Land, die mich hassen, und die Zukunft, von der man nicht weiß, was sie bringt.«

»Du hast nie wie ein ängstlicher Mensch auf mich gewirkt.«

»Es ist gut, Angst zu haben, solange man sich nicht von ihr besiegen lässt. Sie macht aufmerksam. Und seit ein paar Stunden bin ich nicht mehr allein, Timon, ich muss auch an dich denken.«

»Nur keine Sorge. Ich fühle mich, als hätte ich ein Tonikum getrunken, das mich unverwundbar macht.«

Sie strich mit ihrer Nase über seine Lippen. Auch sie spürte diese neue Kraft, zugleich mahnte eine andere Stimme zur Vorsicht.

»Die Welt ist einer Liebe wie der zwischen uns nicht freundlich gesonnen.«

»Wir sind weit weg von der Welt.«

»Die Welt ist keine fünfhundert Schritte von hier – und sucht mich vermutlich bereits. Dass wir zu dieser Stunde noch zusammen sind, ist gefährlich.«

Seine Stimme klang traurig. »Mein Verstand weiß das, mein Gefühl aber …«

»Mir geht es genauso«, gab sie zu. »Aber wir hätten nicht zehn Jahre gebraucht, um zusammenzukommen, wenn wir häufiger auf unseren Verstand gehört hätten. Ich glaube, wir sollten ihm dieses Mal nachgeben.«

Sie richtete sich auf und sammelte ihre auf dem Waldboden verstreuten Schleier und Gewänder zusammen. »Wie gehen wir jetzt vor?«

»Du gehst allein zurück und sagst, wir hätten uns schon vor Stunden getrennt und du hättest dich verlaufen.«

»Klingt nicht nach mir, aber etwas Besseres fällt mir auch nicht ein.«

»Wann sehen wir uns wieder?«, wollte er wissen.

»Ich wünschte, ich wüsste es. Morgen früh reise ich wieder zurück. Beim Himmel, es wird eine furchtbare Zeit in Bethsaida werden, ohne dich. Ich komme, sooft ich kann, nach Philippi, das verspreche ich.«

»Ich bin auf ihn eifersüchtig.«

Sie lachte hell auf. »Auf Philipp? Wir schlafen nie miteinander.«

»Er darf dich um sich haben.«

»Für ihn ist das eher eine Strafe, scheint mir.« Sie hatte ihr Gewand angelegt und streifte nun den roten Schleier über ihr Haupt.

Er stand auf und küsste sie ein letztes Mal.

»Ich hasse es, jetzt so wegzugehen«, schimpfte sie. »Die letzten Stunden waren die schönsten, die ich je erlebt habe, und nun muss ich mich wie eine Verbrecherin benehmen, lügen und verstecken und ... Die Welt müsste einfacher sein. Ich müsste zu Philipp gehen, mich scheiden lassen und ein neues Leben anfangen können.«

»Eines Tages werden wir das alles tun. Wie du sagtest: Wir haben ein Recht auf unsere Liebe.«

Sie fiel ihm um den Hals. »Das war genau der Satz, den ich jetzt gebraucht habe.« Sie wandte sich abrupt um und verschwand in der Dunkelheit.

»Pass auf dich auf«, rief sie, als sie schon die Flusssenke passiert hatte. Sie konnte sich nicht sicher sein, ob er sie gehört hatte, denn es kam keine Antwort mehr.

Zurück in Bethsaida, erfuhr Salome, dass ihr Mann wenige Stunden vor ihr eingetroffen war. Ursprünglich hatte er eine Woche bei seinem Bruder Antipas bleiben wollen, doch irgendetwas schien seine Pläne geändert zu haben. Mit dieser Überraschung musste sie erst fertig werden. Sie überlegte, was unverdächtiger wirkte, sofort zu ihm zu gehen und von ihrem Abstecher zu berichten oder bis morgen damit zu warten. Es war schon spät, die Sonne war eben über dem Jordantal untergegangen. Es wäre völlig normal, sich erst auszuruhen, nachdem sie stundenlang in einer schaukelnden Sänfte gelegen hatte, doch Philipp könnte vielleicht meinen, sie weiche ihm aus. Andererseits könnte ihre Erklärung wie eine Rechtfertigung wirken.

Nachdem ihre Überlegungen eine Weile wie bei einem Ballspiel hin und her gesprungen waren, entschied sie, dass es besser war, ihren Mann zu begrüßen. Aber ihre Laune hatte sich erheblich verschlechtert, denn die Situation ärgerte sie. Vor fast genau vierundzwanzig Stunden lag sie noch eng an Timons warmen Körper geschmiegt mitten in einem Wald, auf Moos und Blätter gebettet. Kalt war es gewesen, doch sie hatte nicht gefroren. Niemals war ein Augenblick erfüllter gewesen, niemals hatte sie sich reicher gefühlt. Die Ungewissheit, die Einsamkeit, die Unruhe – fast alles, was ihr Handeln bis gestern bestimmte, war binnen einer Stunde hinweggefegt und durch Geborgenheit, Kraft und Zuversicht ersetzt worden, so dass der Körper, der den Palast von Bethsaida betrat, nicht mehr derselbe war, der ihn verlassen hatte. Bei jedem Schritt, den sie tat, spürte sie neben ihrem eigenen Körper einen zweiten, eine zusätzliche Kraftquelle. Sie war nicht länger allein. Timon war bei ihr.

Nur dieser seltsame, bohrende Ärger war geblieben, ja sogar noch stärker geworden. Philipp war ein Hindernis. Seinetwegen lag sie heute und morgen und an jedem einzelnen Tag der kommenden Wochen nicht wieder und wieder mit Timon in jenem Wald, seinetwegen musste sie eine Rolle spielen, einer Gauklerin gleich, und seinetwegen konnte sie ihr Glück nicht in die Welt hinausschreien, sondern musste es in sich einschließen. Philipp hätte sie beleidigen, schlagen oder auspeitschen lassen können, sie hätte nicht mehr Wut über ihn empfunden als so, wo er arglos und zuvorkommend war, alles in allem kein schlechter Mann. Ihr wäre es lieber, Philipp würde ein Tyrann sein, ähnlich wie Antipas, dann müsste sie sich wenigstens nicht so schuldig fühlen, weil sie ihn fortwünschte.

Die Situation, in der sie ihn antraf, war charakteristisch für ihre widerstreitenden Gefühle. Philipp stand mit gesenktem Kopf, die Hände vor dem Gesicht, im Gebetsraum der Synagoge, mitten unter den jüdischen Bediensteten und Beamten des Palastes, die das *maariv*, das Abendgebet, absolvierten, und weder durch die Kleidung noch die Haltung hob er sich von den anderen ab. Er trug noch immer jenen schlichten Gebetsmantel, den sie ihm zur Hochzeit geschenkt hatte, obwohl der schon leicht abgenutzt war. Er klammerte sich gerne an alte Sachen, und er legte keinen Wert auf die äußerlichen Zeichen seiner Fürstenwürde, auf Pomp und Erhabenheit. Das Volk schätzte ihn dafür – ebenso wie sie. Sie entdeckte in solchen Gesten einen melancholischen Menschen und guten Charakter. Umso erstaunlicher war, dass Philipp keine Wärme zu schenken vermochte. Sein Äußeres – die kalten Augen, die ausdruckslose Stimme, das häufige Schweigen – war eine Wand, die Gefühle einsperrte. Genau genommen, dachte Salome bitter, waren sie beide sich derzeit ähnlicher denn je, denn auch sie musste ihre Empfindungen unterdrücken, wenn auch unfreiwillig.

Er bemerkte nicht, wie sie die Synagoge betrat und zwischen den

Dienern, die Gebetsformeln vor sich hin murmelten, einen Platz einige Schritte hinter ihm einnahm. Sie beobachtete Philipp. Seine Frömmigkeit, das wusste sie, war aufrichtig. Er sprach fast nie vom Glauben und vom Herrn, obwohl beides fest in ihm verankert war. Für seine nichtjüdischen Untertanen tat er genauso viel wie für die jüdischen, und er lehnte jede Form von übertriebener Religiosität oder gar die Überwachung von religiösen Vorschriften ab, dennoch achtete er in seinem persönlichen Leben auf die Gebote der *thora* und die Riten. Nie hatte er eines der drei täglichen Gebete ausfallen lassen, doch nie hatte er sie aufgefordert, es ihm gleich zu tun. Mit diesem sanftmütigen Verhalten stand er für die eine Hälfte des jüdischen Volkes, das still und in sich gekehrt seinen Glauben lebte, ohne die Sünder oder Andersdenkende strafen zu wollen. Die andere Hälfte des Volkes hingegen wurde lauter und lauter.

Einer nach dem anderen verließen die Gläubigen die Synagoge, bis nur noch Philipp und sie übrig waren. Er hatte sie noch immer nicht bemerkt, denn er stand mit dem Rücken zu ihr und hielt unverändert die Hände vor das Gesicht. Einige der Öllampen verloschen, und es wurde zunehmend dunkel in dem mit Ornamenten geschmückten Raum, der keinen Mittelpunkt hatte wie die Tempel der heidnischen Religionen. Hier gab es üblicherweise keinen Altar, kein Podium, auf dem ein Priester Rituale hätte vollziehen können. Ja, nicht einmal Priester gab es, denn diese hatten lediglich den Tempel von Jerusalem zu betreuen. Die Synagogen waren Versammlungsorte, wo man betete, diskutierte oder sang, ein Ort gemeinsamen Lebens. Außer einigen Bänken und einer mannshohen, bronzenen *menora* gab es keine Gegenstände.

Nun brannten nur noch die sieben Kerzen der *menora*, die Öllampen waren alle erloschen. Salome fror. Sie hatte lange darauf gewartet, dass ihr Mann sein Gebet beenden würde, doch jetzt war ihre Geduld erschöpft. Sie trat neben Philipp und räusperte sich. Als das nicht half, berührte sie ihn sacht an der Schulter.

Augenblicklich ließ er seine Hände sinken, und was sie im nächsten Moment sah, ließ sie zusammenzucken. Tränen rannen ihm über Wangen und Kinn, seine Hände waren nass davon. Er erschrak nicht minder als sie.

»Du?«, ächzte er.

»Was …?« Sie konnte nicht weitersprechen. Der Anblick eines weinenden Philipp raubte ihr den Atem. Wäre ihr, wie einst Moses, ein brennender Dornbusch erschienen, hätte sie nicht verwirrter sein können.

Sekundenlang konnte keiner von ihnen etwas sagen. Sie sahen einander an, ohne sich zu bewegen. Schließlich fragte sie leise: »Was ist geschehen?«

Er wich ihrem Blick aus, wandte sich ab.

»Ist jemand gestorben?«, fragte sie, wobei ihr niemand einfiel, dessen Tod Philipp schmerzlich berühren könnte – nicht einmal ihr eigener.

Er schüttelte sacht den Kopf. »Nein«, antwortete er mit belegter Stimme. »Alle sind wohlauf.«

»Warum bist du schon wieder zurück, und warum stehst du hier und …« Sie sprach nicht aus, dass er weinte.

»Antipas und ich hatten weniger zu besprechen als geglaubt. Nachdem ich ihm gesagt hatte, dass du nicht mitgekommen bist, war er kurz angebunden und hakte die politischen Themen schnell ab. Ich sagte dir ja, dass mehr hinter der Einladung steckte. Vermutlich deine Mutter – vielleicht auch etwas anderes.«

Antipas war ihr egal, an ihn verschwendete sie keinen Gedanken. Immerhin erklärte diese Geschichte, weshalb Philipp früher als geplant zurückgekommen war, jedoch noch nicht seine Tränen.

Plötzlich keimte ein Verdacht in ihr. Konnte es sein, dass Philipp etwas von Timon und ihr wusste und dass er einen schwerwiegenden Entschluss gefasst hatte? Wollte er sich von ihr trennen – oder Schlimmeres? Jeden Tag wurde irgendwo in Judäa eine Frau wegen Ehebruchs gesteinigt.

Sie ermahnte sich, Ruhe zu bewahren. Vielleicht bildete sie sich das alles nur ein. Ihr wurde bewusst, wie Recht sie gehabt hatte, als sie Timon die Realität der Welt vor Augen führte. Sie wandelten beide auf einem schmalen, gefährlichen Grat, darüber mussten sie sich stets klar sein.

»Möchtest du mir nicht verraten, was dich in diesen … Zustand versetzt hat?«, fragte sie.

Er antwortete nicht. Noch immer stand er abgewandt von ihr da und war offenbar damit beschäftigt, seine Fassung wiederzugewinnen, jene steinerne Fassade, die sie und alle Welt kannte.

»Also gut«, seufzte sie halb ärgerlich, halb besorgt. »Dann gehe ich jetzt in meine Gemächer.«

»Bleib hier«, rief er, bevor sie den Gebetsraum verlassen konnte. »Ich muss mit dir sprechen.«

»Diesen Eindruck hatte ich eben nicht.«

»Bitte, setz dich.« In seinem gewohnt höflichen Ton schwang diesmal eine leichte Gereiztheit mit. Er hatte die Tränen zwar abgewischt, doch die Wangen waren gerötet und schimmerten feucht im Licht der *menora*. Das war nicht der Philipp, den sie kannte.

Sie nahm auf einer Steinbank Platz und erwartete, dass er sich neben sie setzen oder vor sie stellen würde. Stattdessen ließ er sich dort, wo er stand, auf den ornamentierten Bodenkacheln nieder, wie ein arabischer Markthändler, der seine Waren feilbot.

Er schwieg, doch sie sah ihm deutlich an, wie er nach Worten suchte.

Sie konnte ihre Unruhe nun kaum noch bezähmen. Sie spürte, dass etwas Bedeutendes in der Luft lag, etwas, das ihr ganzes Leben verändern würde.

Endlich sprach er.

»Salome, du weißt gewiss, dass ich dich immer gut behandelt habe, besser als so manch anderer sein Eheweib behandelt.«

Sie nickte vorsichtig.

»Du hattest Rechte, die über das hinausgehen, was die *thora* für eine Frau vorsieht. Du konntest tun, was dir beliebt, umfangreiche Korrespondenz führen, Reisen unternehmen, Einfluss auf die politischen Geschäfte Basans nehmen ... Wie ich höre, hast du den Architekten von Philippi mitgeteilt, dass alle am Bau beteiligten Sklaven nach Fertigstellung der Stadt freigelassen werden und eine Wohnung erhalten.«

Diese Information konnte er nur von seinem Schreiber oder dem Offizier bekommen haben, dachte sie bitter. Vermutlich hatte man sich über sie beschwert.

»Die Idee kam mir spontan«, erklärte sie. »Vielleicht ist das die

Vision für Philippi, die uns noch fehlte: eine Wohnstatt der einstmals Entrechteten soll es werden, ein Signal für die Völker …«

Er unterbrach sie. »Es geht hier nicht um deine Ideen bezüglich Philippi.«

»Sondern?«

»Um deine Liebschaft.«

Augenblicklich krampfte sich alles in ihr zusammen, und eine Flut von Ängsten brach über sie herein. Die Bilder von Harithas elendem Tod waren übermächtig. Ihre Kehle war wie zugeschnürt, und ihr wurde so heiß, dass sie glaubte, ohnmächtig zu werden. Tatsächlich konnte sie sekundenlang nichts mehr sehen, der Raum um sie war dunkel wie eine Gruft. Als sie wieder zu sich kam, saß sie noch immer aufrecht auf der Steinbank. Philipp saß neben ihr.

»Hörst du mich nicht?«, fragte er.

Sie sah ihn an. Der erste, klare Gedanke, den sie wieder fassen konnte, bestand aus einem einzigen Wort: Flucht. Sie musste Bethsaida sofort verlassen, notfalls ohne Habseligkeiten auf einem Kamel oder zu Fuß, nur weg von hier. Noch in dieser Stunde musste sie den Jordan nach Galiläa überqueren. Von dort aus konnte sie Timon eine Nachricht schicken und weiter nach Ashdod fliehen. In ihrer Stadt wäre sie einigermaßen sicher.

Sie wollte aufstehen; Philipp hielt sie fest. Bisher hatte sie nie mehr als zaghafte Berührungen von ihm erfahren, doch jetzt spürte sie, wie kraftvoll er zupacken konnte. Seine Hand umklammerte ihren Oberarm und zog sie wieder auf die Bank zurück.

»Du kannst nicht gehen«, sagte er.

Machte es Sinn zu leugnen? Oder sollte sie ihm die Wahrheit mit aller Macht entgegenschleudern und damit Stärke demonstrieren, die ihn beeindrucken könnte? Sie könnte ihm vorhalten, dass er sie nie wirklich zur Frau genommen, nie ihre körperlichen Bedürfnisse befriedigt habe, ja, dass sie geradezu gezwungen gewesen sei, ihre Liebe woanders zu suchen. Es wäre leicht, ihn in Bedrängnis zu bringen. Aber war es auch klug?

Sie wollte eben zum Angriff übergehen, als er sagte: »Du bist in einem viel zu schlechten Zustand, um in deine Gemächer zu laufen. Das kann ich nicht verantworten. Außerdem – ich bin noch nicht fertig.«

Er löste die Umklammerung ihres Armes, stand auf und ging langsam durch den Gebetsraum. Er stellte sich mit dem Rücken zu ihr vor der *menora* auf, blickte in die sieben kleinen Flammen und fuhr dann bedächtig fort:

»Mir ist klar, ich habe meinen Teil dazu beigetragen, dass du dich einem anderen Mann … zugewandt hast. Nach sechs Jahren Ehe kannst du mehr von einem Gatten erwarten als das, was ich dir gebe.«

Er atmete tief durch, bevor er weitersprach. »Ich liebe dich, Salome. Ich liebe dich wie eine Schwester. Deine Ratschläge, deine Ideen, deine Ansichten erscheinen mir stets wie eine Verlängerung meiner eigenen. Wir denken häufig dasselbe. Natürlich sind wir in unserem Wesen verschieden, das ist offensichtlich, und dennoch gleichen sich unsere Ziele für Basan und ganz Judäa wie Zwillinge.«

Noch einmal holte er tief Luft. »Ich kann dich allerdings nicht auf die Art lieben, die … die …«

»Ich verstehe«, sagte sie, überrascht von der Wendung, die das Gespräch nahm. Nicht sie war dabei, sich zu rechtfertigen, sondern er.

»Tust du das wirklich?«, fragte er und blickte sie über die Schulter an. Etwas Flehendes, sogar Verzweifeltes lag in seinen Augen. »Verstehst du mich?«

Sie zögerte einen Moment. »Ich weiß, was du meinst, aber nicht, wieso du …« Sie setzte von neuem an. »Hast du nie das Bedürfnis … nun ja, ab und an wenigstens. Oder hast du eine Liebschaft, von der ich nichts mitbekommen habe?«

Er beantwortete die Frage nicht direkt, sondern wandte sich wieder der *menora* zu und sagte: »Das wäre doch eine Sünde, nicht?«

Sie seufzte. Philipp war fromm, weitaus frommer als die meisten Eiferer da draußen, und genau diese Gottesfürchtigkeit stand ihm nun im Weg. Vielleicht liebte er eine andere, eine Sklavin womöglich, die er nicht ehelichen konnte, oder eine verheiratete Frau. Und sein Glauben verbot ihm darüber hinaus jede körperliche Beziehung zu ihr. Ein Dilemma, das gewiss auch die Ursache seiner Kopfschmerzen und der gelegentlichen Schlaflosigkeit war.

»Du darfst dich nicht so quälen, Philipp, sonst gehst du daran zugrunde.«

»Ich soll Gottes Gebote brechen?«

»Ich breche sie doch auch, und bisher hat mich kein Blitz getroffen. Nicht von Gott werde ich bedroht, sondern von Menschen, die glauben, in Gottes Namen zu handeln.«

»Aber die Gebote geben uns Ordnung und Sicherheit.«

»Mir nicht«, stieß sie hervor, »für mich bedeuten sie nur Bedrückung und Schmerz. Ich nehme mir die Freiheit, leidenschaftlich zu sein, zu lieben, zu erfahren ... Alles, was wir Menschen schätzen, entsteht aus Leidenschaft oder Liebe, die Musik, die wir hören, die zauberhaften Gärten, in denen wir spazieren gehen, die Freunde, die wir beschenken. Und so sollten auch die Kinder aus Liebe entstehen. Unser Alltag sollte voll davon sein. Irgendwann ist es irgendjemandem eingefallen, die eine Liebe für gut und die andere für schlecht zu erklären. Doch welche Liebe kann eine Sünde sein?«

Er schwieg dazu. Vielleicht fand er es unsinnig, ausgerechnet mit ihr über Glaubensfragen zu diskutieren. Und es stimmte: Sie konnte beim besten Willen diese Welt der tausend Gebote nicht mehr verstehen, Gebote, die wie dunkle Wolken über den Herzen der Menschen lagen. Die Liebe und die Freiheit zur Liebe spendeten ihr so viel Licht und Wärme, dass sie diejenigen nicht mehr begriff, die freiwillig den Schatten der Zwänge wählten. Seit gestern Nacht, seit sie die elementarsten Gebote gebrochen hatte, war Gott nur noch ein kleiner, schwach funkelnder Stern an ihrem Himmel.

»Habe ich dich mit dem, was ich getan habe, verletzt?«, fragte sie. »Hast du deswegen geweint?«

»Nein«, antwortete er. »Nein, es hatte nichts mit dir zu tun. Es gibt da etwas, das ich mit mir selbst abmachen muss, das ich schon längst hätte klären müssen.« Er wandte sich ihr zu. Mit einer Wärme in der Stimme, die sie nicht von ihm kannte, ergänzte er: »Ich bitte dich lediglich, im Umgang mit Timon diskret zu sein, Salome. Um meinetwillen und um deinetwillen.«

»Du hast nichts dagegen, dass Timon und ich uns weiterhin treffen?«

»Nein.«

»Und du fühlst dich nicht schlecht dabei?«

»Im Gegenteil. Deine Liebe zu Timon und unser Gespräch haben mir sogar geholfen.«

»Wobei?«

»Bei einer Entscheidung.«

»Darf ich fragen, welche?«

»Keine Sorge, sie betrifft dich nicht.«

»Nun, wenn das so ist ... Darf ich erfahren, woher du über Timon und mich so schnell Bescheid wusstest? Ich frage nur, weil ich künftig – deinem Wunsch entsprechend – diskreter sein möchte.«

»Nathan«, sagte er knapp. »Er ist euch gefolgt, als ihr in den Wald gingt.«

»Ich mag ihn nicht. Er hat etwas Hartes in seinem Gesicht.«

»Das ist mir noch nicht aufgefallen. Wie auch immer: Er wird euch nicht mehr beobachten.«

Sie nickte. Da sie das Gefühl hatte, dass Philipp nun allein sein wollte, verabschiedete sie sich mit einem dankbaren Blick. Jeder Groll, den sie gegen ihn gehegt hatte, war verschwunden. Was Philipp für Timon und sie tat, war nicht selbstverständlich, und zum ersten Mal, seit sie ihn kannte, schätzte sie ihn nun nicht nur als Herrn seiner Untertanen, sondern auch als Mensch.

Als sie die Tür vom Gebetsraum von außen geschlossen hatte, lehnte sie sich gegen das Holz und atmete frei und tief durch. Wieder einmal hatte sie in der vergangenen Stunde ein Wellental der Gefühle durchquert, wie so oft, seit sie Timon kannte. Eine weitere Etappe war genommen, ein Hindernis überwunden, doch würden Timon und sie je uneingeschränkt zusammengehören, je offen zu ihrer Liebe stehen dürfen?

Dergleichen war nicht in Sicht. Doch noch etwas anderes beunruhigte Salome, nämlich, dass außer Timon, Philipp und ihr noch jemand von ihnen wusste: Nathan, der Schreiber.

»Ich halte das nicht länger aus.«

»Beherrsche dich.«

»Ich muss sie haben. Hörst du? Ich will, dass Salome vor mir tanzt.«

Herodias biss die Zähne zusammen. Hätte sie Antipas damals bloß nicht zu der Fahrt nach Bethsaida überredet. Nichts Gutes war dabei herausgekommen. Sie hatte entdecken müssen, dass dieser unselige Grieche wieder aufgetaucht war, den sie mit Coponius so wunderbar beiseite geschafft hatte, und damit war eine weitere Intrige aufgedeckt. Und dann zeigte Salome einen Tanz, den Haritha nicht besser gekonnt hätte. Seit Monaten dachte Antipas an nichts anderes mehr. Und schließlich hatte sich noch nicht einmal der Zweck des damaligen Besuches erfüllt. Der Täufer war noch immer in Freiheit, denn er predigte weiterhin in Basan, jenseits ihres Machtbereichs.

»Du solltest dich lieber darauf konzentrieren, König zu werden«, kritisierte sie.

»Sag mir nicht, was ich tun soll«, gab er zurück und funkelte sie böse an. »Ich will, dass deine Tochter an meinen Hof kommt und tanzt. Also lade sie gefälligst ein.«

»Du hast nicht die geringste Chance bei ihr. Sie ist nicht so eine, die leicht zu haben ist.«

»So eine wie du, meinst du? Nein, sie ist tausendmal besser. Wenn ich doch bloß Salome zum Weib genommen hätte und nicht dich.«

Dieser Hieb saß. Herodias' Augen füllten sich mit Tränen. »Du wirst sie nie bekommen, nie. Selbst wenn sie nicht verheiratet wäre. Sie liebt einen anderen, damit du's weißt.«

»Weiß ich schon längst.«

Herodias stutzte. »Woher?«

Antipas wandte sich von ihr ab, als ob er ihren Anblick nicht länger ertragen könnte. »Ach, scher dich weg«, maulte er und wartete, bis Herodias endlich gegangen war.

Ich muss sie haben, dachte er. Und ich werde sie bekommen.

Fünfter Teil

Der Tanz der sieben Schleier

16

Ein feuchter, warmer und unangenehm konstanter Luftzug wehte in den unterirdischen Gängen Philippis. Salome lief dicht hinter Timon, beide trugen sie Fackeln und konnten doch kaum drei Schritte weit sehen. In der Mitte der Gänge verlief eine breite Furche, drei Fuß breit, vier Fuß tief, und Salome musste aufpassen, nicht hineinzustolpern und sich den Knöchel zu verstauchen. Durch die Furchen würden nach der Fertigstellung Philippis die Abwässer fließen; die Ränder waren erhöht und begehbar, so dass eventuelle Verstopfungen von städtischen Arbeitern leicht behoben werden konnten. Noch vor zwei Jahren gab es hier nur Maulwürfe, Mäuse und Würmer, und nun durchzog ein Labyrinth endlos langer Tunnel das Erdreich.

»Erstaunlich, wie schnell ihr gearbeitet habt«, lobte sie Timon, der sie unbeirrt weiterführte.

»Die Kanäle sind ein Spiegelbild des oberirdischen Straßensystems. Kaum eine andere Stadt besitzt so etwas.«

»Beeindruckend. Weißt du auch noch, wo wir sind?«, fragte Salome. »Ich habe nämlich nicht die Absicht, den Rest meines Lebens hier unten zu verbringen. So wohnlich sind die Kanäle nun auch wieder nicht.«

Timon wandte sich um und lächelte. »Höre ich da einen besorgten Unterton?«

»Nicht nur einen Unterton, mein Liebster.«

»Du wolltest die Kanäle sehen, das hast du ausdrücklich gesagt.«

»Sehen, ja. Meinen nächsten Geburtstag in ihnen feiern, nein.«

Er lachte. »Ich bin der Architekt, das vergisst du wohl. Ich kenne jeden einzelnen Gang, als wäre es mein Kind.«

»Also, wenn ich tausend identisch aussehende Kinder hätte«, wandte sie schmunzelnd ein, »würde ich sie nicht auseinander halten können.«

Timon küsste sie schnell auf die Lippen und blinzelte ihr zu. »Wirst du jetzt wohl aufhören herumzumäkeln, du Xanthippe. Ich weiß genau, wohin wir gehen müssen, nämlich nach links. Oder war es rechts? Vielleicht doch lieber geradeaus.«

Salome sog erschrocken die feuchte Luft ein. »Timon!«

Er machte ein amüsiertes Gesicht. »Nur ein Spaß. Keine Sorge, hier entlang.«

Sie entspannte sich wieder, kam sich allerdings um fünf Jahre gealtert vor. Timon trieb immer wieder solche Späße mit ihr. Seit sie ihre Beziehung leben konnten, ohne eine Entdeckung durch Philipp fürchten zu müssen, war er fröhlich und vorwitzig wie ein Knabe. Wenn sie nach Philippi kam, trug er sie förmlich auf Händen und kämpfte um jede Sekunde, die er mit ihr allein sein konnte. Es war, als werbe er seit zwei Jahren um sie – obwohl er das ja schon lange nicht mehr musste.

Sie genoss jeden Augenblick mit Timon, denn sie liebte alles an ihm, seine weiche Stimme, sein Blinzeln, seine Leutseligkeit im Umgang mit den Arbeitern, seine schnörkellose Art zu reden, seine Lippen ... Sie liebte es, wenn er seine Tunika beschmutzte, um selber Hand anzulegen, oder sie sogar auszog und dann von den Sklaven nicht mehr zu unterscheiden war. Sogar die Scherze liebte sie – wenngleich es durchaus ein paar weniger hätten sein dürfen. Jeder Moment mit ihm war ihr kostbar.

»Da sind wir!«, rief Timon, und ihr Blick fiel auf einen Tisch, der mit Obst und Süßspeisen gedeckt war. Er stand inmitten eines kleinen Rondells, und die prallen Früchte und die Kristallgläser schimmerten im warmen Licht einiger Fackeln. Auf dem Boden lagen zwei Schichten dicker Schaffelle ausgebreitet.

»Nun, was sagst du?«, fragte er. »Gefällt es dir?«

Salome war sprachlos. Timon hatte ihr eine zauberhafte Überraschung bereitet. Wer wäre schon auf die Idee gekommen, fünfzig Fuß unter der Erde ein Liebesnest vorzubereiten?

Sie fiel ihm um den Hals. »Danke«, flüsterte sie.

»Hier sind wir endlich einmal völlig ungestört und müssen keine Angst haben, von irgendjemandem entdeckt zu werden.«

»Erst essen und danach ... Oder erst ...«

»Das zweite«, flüsterte er und umarmte sie mit seiner ganzen Kraft. »Ich liebe dich, Salome.«

»Und ich liebe dich. Mehr als alles andere.«

Erst drei Stunden später, als fast alle Fackeln abgebrannt waren, kamen Salome und Timon wieder an die Oberfläche. Inzwischen stand die Frühlingssonne in ihrem Zenit und brachte den Sandstein der Häuser zum Leuchten. Das matte Gelb tat den Augen jedoch nicht weh, wie es bei den weißen Bauten von Tiberias der Fall war, sondern tauchte die Stadt in ein verklärtes Licht.

Schon häufig war Salome durch die provisorischen Straßen Philippis spaziert, aber noch nie zuvor hatte sie eine Vorstellung der Stadt bekommen können, wie sie einmal aussehen würde. Jetzt war es so weit. Die meisten öffentlichen Gebäude waren fertig gestellt: der kleine Palast mit seinen lichten Sälen, die Agora – der Versammlungsplatz für das Volk – sowie ein Marktplatz rund wie der Vollmond, die Bibliothek mit dem Kuppeldach, das sich wie ein Sternenzelt über Büchern wölben würde, das Theater, das nicht in die Höhe ragte, sondern spektakulär in den Boden eingelassen war, und schließlich ein halbes Dutzend tempelartige Gebäude, die von den verschiedenen Glaubensgruppen, die hier einmal leben würden, in Anspruch genommen werden konnten. Von der Treppe eines dieser Tempel blickten sie über die Ebene, wo noch an den zahlreichen Bürgerhäusern gebaut wurde. Philippi würde tatsächlich, wie von Timon und Kallisthenes versprochen, etwas Besonderes werden, ein Ort der Toleranz und Gleichheit.

»Was hat es mit den vielen kleinen Eisentafeln auf sich, die an den Mauerwerken der öffentlichen Gebäude prangen?«, fragte Salome.

»Wir haben Tausende davon angebracht. In jede Tafel wird der Name eines Arbeiters gebrannt, der an dem Bau der Stadt beteiligt war, gleichgültig welchen Rang er oder sie hatte, Wassermädchen, Kutscher, Steinmetze, Architekten ...«

»Eine hervorragende Idee.« Salome lächelte zufrieden.

»Warum sollen immer nur die Auftraggeber und Architekten den Ruhm ernten, haben Kallisthenes und ich uns gedacht.«

»Und es wird keine Stadtmauer geben?«, fragte Salome.

Timon schüttelte den Kopf. »Stattdessen werden wir einen Kranz von Oliven- und Pfirsichbäumen um die Stadt herum pflanzen und entlang der Eingangsstraßen Jasmin.«

»Eine Mauer aus Düften«, rief Salome begeistert aus.

»Es gibt nichts Friedlicheres.« Er trat neben sie und strich ihr eine Strähne aus der Stirn. »Bist du glücklich?«

Sie lächelte und wollte sich eben an ihn lehnen, als ein Räuspern sie aufschreckte. Es kam von Kallisthenes.

»Ihr müsst vorsichtiger sein«, mahnte er stirnrunzelnd. »Wenn ich nun eine Wache gewesen wäre oder ein Arbeiter.«

»Schon gut, du hast Recht«, stimmte Timon zu. »Wir haben uns für eine Sekunde vergessen.«

»Solche Schwindsucht kann gefährlich werden«, setzte Kallisthenes nach. »Einen Erpresser werdet ihr mit diesen Erklärungen jedenfalls nicht zu Tränen rühren. Man sollte meinen, ihr hättet euch in den Kanälen genug geliebt.«

Salome und Timon mussten lachen. Kallisthenes klang zwar verärgert, aber er meinte es nur gut mit ihnen, und das wussten sie. In den letzten zwei Jahren hatte er sich mit ihrer Liebe abgefunden, ja, er hatte ihnen sogar mehr als einmal Gelegenheit für ein Zusammensein verschafft. Doch er fühlte sich nach wie vor verantwortlich für Timon und wachte wie ein treuer Hund über ihn.

Zu dritt setzten sie die Besichtigung fort. Die einfachen Bürgerhäuser waren bereits zur Hälfte fertig gestellt, was in der kurzen Zeit eine ungeheure Leistung war. Keines war mehr als drei Stockwerke hoch, um das Bild der Stadt nicht zu stören. Salome fiel auf, dass die Steine nicht wie üblich kalibriert waren, also passend geklopft und aufeinander gesetzt wurden, sondern durch eine Masse verbunden wurden.

»Das ist Mörtel«, erklärte Timon. »Eine Mischung aus Sand, gebranntem gemahlenem Ton, Wasser und Kalk, die die Steine zusammenhält. Die Masse ist zunächst flüssig und wird durch den Kalk fest. Auf diese Weise muss nicht mehr jeder Stein exakt behauen werden, was viel Zeit spart. Und die Festigkeit der Häuser wird erhöht.«

»Genial«, kommentierte Salome.

»Ja, doch der Verdienst gebührt nicht uns. Die Römer haben den Mörtel kürzlich erfunden.«

»Eine der wenigen sinnvollen Erfindungen, die sie je gemacht haben«, ergänzte Kallisthenes mit schiefem Grinsen. »Das wollen wir doch mal festhalten.«

Salome lehnte sich entspannt an eine Hauswand und schmunzelte Timon zu, der in diesem Augenblick dasselbe wie sie dachte: Ihr Freund Kallisthenes konnte seine Seitenhiebe auf die Römer einfach nicht lassen.

»Ansonsten«, fügte Kallisthenes hinzu, »kümmern die Römer sich nur um die Entwicklung monströser Waffen oder neuartiger Quälereien für die Leute, die sie in die Arenen schicken. Nicht zu glauben, dass Hunderte kluger Köpfe nichts anderes zu tun haben, als den Norden Afrikas zu durchkämmen, auf der Suche nach unbekannten Wildtieren, die sich dafür eignen, auf Gladiatoren losgelassen zu werden und …«

Noch während Kallisthenes sprach, fiel Salome auf, wie feiner Sandstaub scheinbar vom Himmel herabrieselte und auf Timons Haare und Schultern fiel. Sie blickte nach oben – und dann ging alles ganz schnell.

Ein Steinblock kippte, wie von Geisterhand berührt, langsam über den oberen Rand der Hauswand.

Er war schwer, ein mächtiges, massives Quadrat.

Timon bemerkte nichts.

Er hörte Kallisthenes zu.

Kallisthenes sprach weiter.

Über die Römer. Über unheimliche Tiere. Über Arenen. Über den Tod.

Der Block stürzte herunter.

Salome dachte nicht nach.

Sie sprang vor zu Timon.

Sie packte ihn, riss ihn um.

Der Block schlug nur eine Handbreit entfernt von ihnen auf.

Sie schwiegen sekundenlang, alle drei, und starrten auf den Block.

Kallisthenes' Zunge löste sich als Erstes. »Bei Tyche«, flüsterte er den Namen der griechischen Göttin des Glücks. »Das war haarscharf am Tod vorbei.«

Er kniete sich neben Salome und Timon. »Seid ihr unverletzt?«

Salome nickte. Sprechen konnte sie noch nicht, der Schreck saß zu tief.

»Mein Knie«, sagte Timon, wobei er nur mühsam den Schmerz unterdrücken konnte. »Ich habe es mir beim Sturz aufgeschlagen.«

Mittlerweile waren einige Arbeiter herbeigelaufen und bildeten einen Kreis um die am Boden Liegenden. »Du«, bestimmte Kallisthenes und deutete auf einen Sklaven. »Hole einen Arzt. Beeile dich.«

Mit sorgenvollem Ausdruck wandte er sich wieder Timon zu. »Das ist nun schon das dritte Mal binnen eines Jahres, dass so etwas passiert.«

»Wie bitte?«, rief Salome.

»Es gab zwei weitere Unfälle«, gestand ihr Timon kleinlaut. »Einmal stürzte ein Stapel Wasserfässer auf mich, ein anderes Mal gab ein Balken nach, der mich eigentlich hätte tragen müssen. Ich hatte Glück und wurde nie schwer verletzt.«

»Warum erfahre ich so etwas nicht?«

»Weil ich kein Kind mehr bin«, erwiderte er etwas ärgerlich. »Solche Unfälle kommen nun einmal auf Baustellen vor.«

»Das waren keine Unfälle«, stellte sie fest, und Kallisthenes nickte zustimmend. »Der Steinblock ist bestimmt nicht vom Haus gefallen, weil er schlechte Laune hatte«, fuhr sie fort. »Er wurde gestoßen. Und ich gehe jede Wette ein, dass der Balken angesägt war und die Fässer umgekippt wurden. Jemand möchte dich zu gerne tot sehen.«

Salome stand auf und klopfte sich den Sand vom Gewand. »Und ich werde herausfinden, wer es ist.«

Timons Verletzung war nicht schwerwiegend, wie sich schnell herausstellte, aber für eine Weile würde er eine Krücke benutzen müssen, um das Knie nicht zu belasten. Er hatte in seinem Leben schon so viele Wunden zugefügt bekommen, dass ihm eine weitere nichts ausmachte. Doch da er vorerst nicht reiten konnte, war es für ihn unmöglich, die weiträumigen Arbeiten in Philippi zu beaufsichtigen. Kallisthenes übernahm diese Aufgabe, und Timon war fürs Erste an den Zeichentisch gefesselt.

Salome war indes ganz mit den Nachforschungen über die vermeintlichen Unfälle beschäftigt. Nüchtern listete sie auf, wer für eine solche Tat als Auftraggeber in Frage kam. Unwahrscheinlich, jedoch nicht ausgeschlossen, war, dass ein unzufriedener Arbeiter die Attentate in Eigenverantwortung beging. Auf Baustellen ging es immer mal drunter und drüber, Entscheidungen wurden getroffen, die nicht jedem gefielen, und Timon traf jeden Tag Hunderte davon. Doch er behandelte die Leute besser, als sie es von vorherigen Herren gewöhnt waren, und sobald Philippi fertig gestellt war, würde jeder seine Freiheit und eine Wohnung in der Stadt bekommen.

Ihr drängte sich eher der Gedanke auf, dass Timon jemandem im Weg war. Den Offizieren war zu seinen Gunsten die Befehlsgewalt über die Wachen weggenommen worden, möglich, dass einer von ihnen das wieder ändern wollte. Dann die pharisäischen Juden, denen das ganze Projekt Philippi nicht gefiel – ein Schmelztiegel der Religionen am Rande des Verheißenen Landes. Seit Jahren liefen sie bei Philipp Sturm dagegen.

Und Philipp? War es möglich, dass er weitaus eifersüchtiger war, als er zugab? Dagegen sprach, dass er in letzter Zeit bester Laune schien, er, der früher nicht einmal wusste, was Launen waren. Seine Beliebtheit beim Volk angesichts seiner umsichtigen Regierung wurde immer größer, so dass sogar die jüdischen Bürger nicht protestierten, als er ihnen Münzen mit seinem und Salomes Konterfei zumutete, also verbotene Abbildungen. Er verhielt sich ihr gegenüber wohlwollender denn je.

Dennoch, sein Name kam ebenso auf die Liste wie der von Herodias und von Antipas. Die Beziehung zu ihnen war schlecht. Wer konnte schon wissen, was in den Köpfen ihrer Mutter und ihres Stiefvaters vor sich ging? Keiner von beiden würde vor Sabotage zurückschrecken, um den Bau Philippis zu verzögern.

Salome und einige ausgewählte Männer ihres Gefolges befragten Arbeiter im Lager, ob einer der ihren vielleicht plötzlich zu Geld gekommen sei, ob sie ein verdächtiges Verhalten beobachtet hätten, ob jemand im Weinrausch damit geprahlt habe, einen hohen Offizier oder gar einen Fürsten persönlich zu kennen, ob Pharisäer sich unter den Arbeitern befänden und allerlei mehr. Sie erhielt mehr positive Rückmeldungen, als ihr lieb war. Nachdem vier Tage lang unzählige Arbeiter befragt worden waren, galt fast jeder Gruppenführer als verdächtig, ebenso jede Wache und jeder Aufseher, und umgekehrt meldeten die Aufseher, Wachen und Gruppenführer Hunderte von verdächtigen Arbeitern. Alle Antipathien und schlechten Gefühle, die zwangsläufig entstanden, wenn so viele Menschen jahrelang auf engem Raum arbeiten, schlafen und essen mussten, traten nun zutage. Salome erkannte die Unmöglichkeit, Hinweise für ihre Nachforschungen herauszufiltern.

Doch dann half ihr ein glücklicher Umstand. Am Tag fünf nach dem Attentat auf Timon floh ein Mann nachts aus dem Lager. So etwas kam immer wieder vor, denn die Bewachung war bewusst auf das Notwendigste reduziert, und manche Sklaven wollten ihre baldige Befreiung nicht abwarten. Das Besondere an dieser Flucht war, dass der Mann nicht als Sklave in Philippi arbeitete, sondern als Aufseher. Noch nie zuvor war ein Aufseher von der Baustelle geflohen, denn sie waren frei und wurden bezahlt. Seine Abwesenheit fiel am nächsten Morgen auf und wurde Timon und Salome sofort gemeldet.

»Einer meiner verlässlichsten Leute«, stellte Timon fest, als er den Namen las. »Was habe ich ihm nur getan?«

»Kein Grund für Selbstvorwürfe. Er war nicht von Anfang an in deinen Diensten. Er stieß erst vor einem Jahr zum Bau, vermutlich mit keinem anderen Ziel, als dich zu beseitigen.«

»Warum?«

Salome schüttelte den Kopf. »Wir wissen bisher nur, dass er Galiläer ist. Wenn er die Nerven behalten hätte, wäre er höchstwahrscheinlich unentdeckt geblieben.«

»Die Lage wurde ihm wohl zu gefährlich.«

Sie nickte. »Unser Glück. Nun kenne ich zumindest die Himmelsrichtung, in der ich weiterforschen muss. Die Spur führt zu meiner lieben Familie und ihrem Hofstaat. Und dabei kommt mir ein weiterer Glücksfall zu Hilfe, denn in drei Wochen werden sich Antipas, Philipp und Pilatus in Masada treffen. Herodias und *Rabban* Jehudah werden auch dabei sein.«

»Und du ebenfalls?«

»Es geht bei dem Treffen um den Königstitel, der noch in diesem Jahr vergeben werden soll. Aber jetzt habe ich noch einen Grund mehr, teilzunehmen. Antipas und Herodias reisen stets mit großem Hof. Ich werde mit Bestechungsgeldern nur so um mich werfen, um Hinweise zu erhalten.«

Salome blieb noch eine Woche in Philippi. Am Vorabend ihrer Abreise machte sie einen Spaziergang mit Timon zu dem Ort, wo sie sich zwei Jahre zuvor zum ersten Mal geliebt hatten. Sie waren sehr vorsichtig und gingen im Abstand von einigen Minuten den Pfad durch das Gebirgsmassiv. Am Ende des verschlungenen Weges, das Hule-Tal zu ihren Füßen, trafen und küssten sie sich. Durch das junge Laub der Bäume schimmerte der Quellfluss des Jordan wie ein silberner Streifen im Sonnenlicht. Der Frühlingsabend war noch hell, der Blick ging weit nach Süden über die Wipfel der Palmen und Platanen hinweg, und Wogen von Wärme strahlten vom Gestein der Berge zurück.

Hand in Hand stiegen sie auf einem nicht ganz ungefährlichen Weg in das Tal hinunter, wobei Salome ihren Geliebten immer wieder stützte. Timon konnte schon wieder ohne Krücke gehen, lief allerdings noch etwas unsicher und war daher froh, als er sich am Ufer des kleinen Flusses endlich setzen konnte.

»Damals sind wir ans andere Ufer gewatet«, erinnerte er sich. »Du hast mich mit Schlamm beworfen.«

»Erst nachdem du mich einfach in den Dreck hast fallen lassen«, protestierte sie lächelnd.

»Ich habe dich ein Luder genannt.«

»Wie empört ich darüber war – natürlich nur äußerlich. Insgeheim habe ich es als Kompliment aufgefasst.«

Timon legte sich ins Gras und blickte Salome lange an. Dann sagte er: »Ich habe etwas getan, das dich wieder empören wird.«

»Du bist heimlich geritten, obwohl der Arzt sagte …«

»Falsch.«

Sie legte sich neben ihn und riet weiter. »Du bist mit einem Wassermädchen im Mondschein spazieren gegangen.«

»Falsch.«

»Dann kann es nicht wirklich empörend sein.«

»Warte ab. Ich habe deinem Mann einen Brief geschrieben.«

Salome richtete sich wieder auf. Sie versuchte, ihre Gedanken zu ordnen und zu begreifen, was er ihr damit sagen wollte, doch es gelang nicht. Ihr fiel kein Grund ein, weshalb Timon etwas von Philipp erbitten oder worüber er ihn informieren wollte.

Sie wurde ernst. »Weiter«, sagte sie, Schlimmes ahnend.

»Höre mir bitte zu, bevor du protestierst. Ich weiß, du meinst es gut, wenn du auf eigene Faust nach den Hintermännern der Anschläge suchst. Aber so etwas ist gefährlich, und du hast darin keine Erfahrung – im Gegensatz zu mir.«

»Oh ja«, platzte sie dazwischen. »Der Held von Ashdod, der die Mörder seines Vaters bestrafen wollte und am Ende im Steinbruch von Ephesos sein Dasein fristete.«

»Bat ich dich nicht, mich ausreden zu lassen?«, fragte er ohne Ärger in der Stimme. Dann fuhr er fort. »Ashdod ging nicht gut für mich aus, das ist wahr. Aber ich habe dort trotzdem die Wahrheit herausbekommen, und das kann uns zu zweit in Masada auch gelingen. Meine Anwesenheit wird den oder die Schurken womöglich beunruhigen und zu einem weiteren Attentat verleiten.«

»Herzlichen Glückwunsch. Du erwartest doch wohl nicht, dass ich nun Purzelbäume schlage?«

»Ich werde vorbereitet sein, Salome. Gib zu, dass der Plan gut ist.«

»Nur, wenn man auf elegante Art Selbstmord begehen will«, entgegnete sie.

Er seufzte und blickte in den Himmel. »Diese Reaktion habe ich vorausgesehen und mir deshalb von deinem Mann die Erlaubnis geholt. Heute kam seine Antwort. Er hat mich in euer Gefolge aufgenommen, das mit euch zu dem Treffen nach Masada zieht. Die Sache ist beschlossen. Du kannst nichts mehr dagegen tun.«

Salome wusste nicht, was sie darüber denken sollte. Ihr Mann und ihr Geliebter verbündeten sich also miteinander – wenn die Angelegenheit nicht so ernst wäre, wäre sie zum Lachen. Timons Abenteuergeist überraschte sie dabei noch am wenigsten; dass Philipp jedoch mitspielte ... Er verhielt sich in letzter Zeit wirklich seltsam, geradezu impulsiv. Salome glaubte nicht, dass die Aussicht auf den Königstitel, seine verschwundenen Kopfschmerzen oder die raschen Fortschritte beim Bau von Philippi die Ursache dafür waren. Irgendetwas anderes beflügelte ihn.

Wortlos lagen sie nebeneinander und blickten in den Strom, der im verzauberten Dämmerlicht der Abendstunde träge schimmerte. Langbeinige Vögel standen reglos auf den Sandbänken, bevor sie sich ins Dickicht des Schilfs zurückzogen oder zu den runden Horsten auf den Baumkronen aufschwangen, und wilde Esel und Steinböcke löschten, sprungbereit nach allen Seiten witternd, ihren Durst. Die Tiere und das versiegende Licht, der Geruch des Schilfes und das Frühlingsgrün der Bäume, all das beruhigte Salome, und als Timon seinen Kopf auf ihre Brust sinken ließ, war der letzte Ärger verflogen, den sie wegen seines eigensinnigen Vorhabens empfunden hatte.

»Was glaubst du?«, fragte er schläfrig, wobei sein Atem über ihren Körper strich. »Werden wir irgendwann einmal als Mann und Frau in einer Landschaft wie dieser liegen, von Kindern umgeben, ohne große Pläne, ohne große Sorgen, frei von Zwängen? Werden wir je in einem Haus leben, das du gestaltet hast und ich gebaut habe? Werden wir die Städte und Könige und Ränke eines Tages hinter uns lassen und ...«

Timon träumte weiter und weiter. Seine Stimme murmelte wie das vorbeiziehende Wasser an Salomes Ohr, malte ein Paradies voller wunderbarer Momente, von denen jeder Einzelne eine Blume war, duftend im Sonnenlicht. Noch pulsierte das Abenteurerblut seiner Jugend in Timon, aber durch seine Worte schimmerte bereits das Erbe seines klugen Vaters Nikolaos, der stets den Ausgleich geliebt hatte. Diese beiden Eigenschaften gingen in Timon eine glückliche Verbindung ein.

Salome kannte ebenfalls diese Sehnsucht nach einem unkomplizierten Zusammenleben mit einem Mann, den sie liebte. Sie kannte allerdings auch widerstreitende Gefühle, die Lust an der Konfrontation, die Freude am Regieren, die Liebe zur Herausforderung. Im Grunde verlief ihre Entwicklung gegensätzlich zu der von Timon. Je älter und erfahrener er wurde, desto mehr Ruhe wünschte er sich. Er hatte in seiner Kindheit und Jugend genug Abenteuer für drei Leben gesammelt, hatte in Rom, Jerusalem, Ashdod und in den Steinbrüchen von Ephesos alle Tiefen ausgelotet, um in seiner anschließenden Ausbildung zum Architekten die Vorzüge eines künstlerischen und handwerklichen Lebens ohne Aufregungen schätzen zu lernen. Mit dem Bau einer ganzen Stadt hatte er den Gipfel seiner architektonischen Träume bereits erreicht; er konnte in seinem Beruf nichts Größeres mehr erschaffen. Natürlich war er noch immer neugierig und unerschrocken, was jedoch nicht mehr so deutlich hervortrat wie in seiner Jugend.

Salome verstand Timon nur zu gut, aber ihre eigenen Träume für Judäa waren noch weit von ihrer Erfüllung entfernt. Sie hatte in ihren ersten Jahren als Fürstin von Ashdod und von Basan keine Freude am Regieren gefunden, zum einen, weil sie von ihren Eltern eingeengt wurde, zum anderen wegen Timons Verschwinden. Sie hatte ihm lange nachgetrauert und war eine Ehe eingegangen, die sie nie befriedigt hatte. Nie hatte sie die Kraft gefunden, aus vollem Herzen für etwas zu streiten, immer war ein Teil von ihr schwach geblieben, zusätzlich geschwächt von Schicksalsschlägen und Verlusten. Erst seit zwei Jahren, seit Timon und sie nach vielen Monden und Hürden wieder zueinander gefunden hatten, spürte sie die volle Stärke und Tatkraft, die in ihr waren. In Ashdod eröffnete sie endlich die Mädchenschulen, von denen sie schon so lange geträumt hatte, in Basan trat sie leidenschaftlicher denn je für die Abschaffung der Sklaverei ein, und Philipp suchte immer häufiger ihren Rat in Fragen der Gesetzgebung. Dass ihr die Ehre zuteil wurde, auf Münzen dargestellt zu werden, war ein Indiz für ihre wachsende Bedeutung und Beliebtheit. Doch sie war noch lange nicht am Ziel, ja, noch nicht einmal auf der Hälfte ihres Weges angekommen. Sie wollte die Steinigung abschaffen, den Einfluss der engstirnigen Pharisäer brechen, dem Fremdenhass der Zeloten das

Wasser abgraben – und das alles und noch mehr nicht nur in Basan verwirklicht sehen, sondern in ganz Judäa. Ehe das nicht erreicht war, würde sie immer das Gefühl haben, ihre Möglichkeiten nicht genutzt zu haben. Sie war nun einmal eine Herodianerin, für die Macht geboren.

Timon hatte schon lange seinen Monolog beendet und war auf ihrer Brust eingeschlafen, ohne dass sie ihm hätte antworten müssen. Die letzten Tage waren für sie beide anstrengend gewesen, und die Aufgabe, die vor ihnen lag, erforderte Kraft und Konzentration. Auch Salome entschied sich, ihrer Müdigkeit nachzugeben. Wäre es nicht wunderbar, wenn sie beide nachher in der Dunkelheit aufwachen würden, so wie damals, in ihrer ersten gemeinsamen Nacht ...

Plötzlich schreckten die Vögel von den Bäumen auf, Steine rollten die Uferböschung hinunter und fielen klatschend ins Wasser, die Wildesel und Steinböcke flohen in die Felsen, und ein Bussard krächzte warnend über das Tal. Salome blickte nervös um sich. Keine zehn Schritte von ihr entfernt zeichnete sich die Silhouette eines gewaltigen Mannes gegen den grauschwarzen Horizont ab. Sie schnellte auf und weckte dadurch Timon.

»Wer bist du?«, rief sie dem barfüßigen Mann entgegen. Noch immer konnte sie sein Gesicht nicht erkennen. Er war stehen geblieben und musterte sie ebenso wie sie ihn.

»Wer *du* bist, weiß ich«, antwortete er. Seine Hand krallte sich um einen langen Stock. Er trug ein grobes Gewand aus Kamelhaaren, an der Hüfte durch einen Ledergürtel zusammengebunden.

»Und woher?«, fragte sie.

»Ich habe dich gesehen.« Er warf eine Münze, die unmittelbar vor ihr im Gras landete. Sie zeigte ihr Abbild. »Ich habe dich in Bethsaida gesehen, an der Seite des Fürsten dieses Landes. Du bist die Tochter der Herodias.«

Timon stellte sich schützend vor Salome. »Was willst du von uns?«

»Ich bin ein Wanderer«, erklärte er, »und begegne euch nur zufällig. Oder wer weiß, vielleicht hat der Herr mich hierher geführt. Ich bin zu gering, um seine Absichten zu erkennen.«

Langsam kam er auf sie zu, wobei sich wiederum mehrere Steine von der Böschung lösten und ins Wasser rutschten.

Timon trat ihm einen Schritt entgegen. Er sah aus, als stelle er sich auf alles ein, auch auf einen Kampf. Räuber gab es überall, Attentäter neuerdings auch, und der Mann war ein Hüne. Allerdings schien er außer dem Stock keine Waffen zu tragen.

Timon und der Fremde standen sich gegenüber, und jetzt war auch das große, breite Gesicht des Fremden zu erkennen. Es war von einem wilden, braunen Bart bedeckt, aus dem feurige Augen leuchteten. So hatte Salome sich immer die Propheten in den heiligen Schriften vorgestellt.

»Bist du einer der Männer, die herumlaufen und das Kommen des *Messias* predigen?«, fragte Salome.

»Er ist schon da«, erwiderte der Mann. »Ihr wollt ihn bloß noch nicht sehen. Ich weiß es, denn ich bin Johannes, den alle den Täufer nennen.«

Salome wusste einiges über ihn. Seit Jahren predigte er entlang des östlichen Jordanufers, weil er in Galiläa nicht mehr sicher war. Seine Schimpfreden gegen Antipas und Herodias, gegen Pharisäer und Sadduzäer, gegen Eitle, Sünder und vom Glauben Abgefallene waren landauf und landab bekannt. Die zu ihm kamen, segnete er mit dem Wasser des heiligen Flusses, die Zweifelnden versetzte er mit gewaltigen Drohungen vom Gottesgericht in Angst und Schrecken. Er ernährte sich von Heuschrecken, die er fing und in wilden Honig tauchte, lehnte jede Bequemlichkeit ab und dankte Philipps Großzügigkeit, ihn ungehindert in Basan walten zu lassen, mit polternden Reden gegen die neue Stadt Philippi, die angeblich ein Hort der Ungläubigen und Zuchtlosen werden würde, ein neues Sodom.

Timon hingegen wusste nichts über den Mann. »Schön«, sagte er. »Nachdem wir nun gegenseitig lustiges Raten von Namen betrieben haben, kannst du ja wieder deiner Wege gehen.«

Der Blick des Täufers glitt über Timons Schulter hinweg zu Salome. »Was habt ihr hier getan?«

»Das geht dich nichts an«, gab sie zurück.

»Ihr habt beieinander gelegen wie Mann und Frau, obwohl ihr es nicht seid.«

Ihr Schweigen bestätigte ihn. »Und du?«, wandte er sich an Timon. »Du bist kein Jude.«

»Nein. Ich bin griechischer Architekt.«

»Dann ist es noch schlimmer, als ich dachte. Die Fürstin, deren Eitelkeit so groß ist, dass sie sich auf Münzen schlagen lässt, tut sich zusammen mit dem Architekten einer Stadt, die ein Bollwerk der Sünde werden soll. Oh, das Blut der Herodias ist so stark wie das Gift gefallener Engel. Ändere dein Leben, Tochter der Verderbnis, sonst kannst du nicht gerettet werden. Gott wird in naher Zukunft seine Herrschaft errichten und sein Werk vollenden. Lasse dich taufen und lebe nach den Geboten, sonst kannst du nicht gerettet werden.«

Johannes eilte mit schweren Schritten die Böschung hinunter und watete bis zu den Knien in den Fluss. »Komm her und schwöre deinem Blut ab. Dann werde ich dich taufen.«

»Nein«, rief sie.

»Warum nicht? Dein Leben wird sich von Grund auf ändern.«

»Du hast gehört, was die Fürstin sagte«, mischte sich Timon ein. »Also geh weiter. Wir lassen dich in Ruhe, also lasse auch du uns in Ruhe.«

»Glaubst du, der Herr lässt auf diese Weise mit sich handeln, wenn der Tag seiner Herrschaft kommt?«

Timon ging zu Salome. »Komm, lass uns gehen.«

Sie wandten sich beide ab und wollten das Tal verlassen, doch der Täufer sprang mit riesigen Sätzen, die man seinem schweren Körper nicht zugetraut hätte, die Böschung hinauf und holte die beiden ein.

Timon stellte sich ihm in den Weg, aber Johannes schob ihn mit seinem Stab einfach zur Seite und trat dicht vor Salome. Sein Blick irrte wie eine schwarze Wolke über ihr Gesicht. »Du ahnst nicht, was dir noch bevorsteht«, donnerte er. »Welcher Schrecken dich heimsuchen, welches Unglück dich niederreißen wird, Tochter der Herodias. Du wirst werden wie deine Mutter, über und über besudelt vom Bösen, in Sünde wie in Schlamm steckend.«

Sie wollte sich von ihm abwenden – er riss sie an ihren Schultern wieder herum. »Eine Gehetzte wirst du sein«, polterte er weiter.

»Was du begehrst, wird vergehen, was du verabscheust, groß und mächtig werden. Deine Kinder werden elend zugrunde gehen, noch bevor sie eigene Kinder zeugen können. Dein Geschlecht wird aussterben. Die Axt ist schon angelegt ...«

In diesem Moment riss Timon den Täufer von Salome weg, so dass beide strauchelten und ins Gras fielen. »Ich sage es dir zum letzten Mal«, drohte Timon. »Lass uns in Ruhe.«

Schnell richtete Timon sich wieder auf, legte seinen Arm schützend um Salomes Schultern und eilte mit ihr den Pfad zu den Felsen hinauf.

Doch die Stimme des Täufers holte sie noch einmal ein. »Du bist verflucht, Salome. Du bist verflucht auf ewig.«

Als sie endlich den Pfad durch die Felsen erreicht hatten und der Täufer weit hinter ihnen war, blieb Salome abrupt stehen und schlug mit der Faust auf den warmen Stein ein.

»Wie zuwider sie mir sind«, zischte sie. »Diese Propheten und Seher, die Besserwisser, Heilsboten und Unheilsverkünder. Ich kann dir gar nicht sagen, wie sehr ich sie hasse.«

Timon strich ihr über das lange, offene Haar. »Beruhige dich«, sagte er leise. »Du zitterst ja am ganzen Leib. Er hätte dir nichts angetan, auch wenn ich nicht dabei gewesen wäre. Er ist ein harmloser verwirrter Mann, der ...«

»Er ist nicht harmlos«, sagte sie und schlug ein weiteres Mal gegen den Berg. »Menschen wie er halten dieses Land in ihrem Griff, und wenn nicht irgendjemand sie aufhält, werden sie auch noch in tausend und zweitausend Jahren das Volk mit ihren Reden verwirren. Ich sage dir, dieser Täufer ist nicht besser als ein *Rabban* Jehudah oder ein Sadoq. Menschen wie er bringen Menschen wie Haritha, die nicht in ihr Regelwerk passen, den Tod.«

»Jetzt übertreibst du. Der Mann ist ein Eremit aus der Wüste, wild aussehend, aber unbewaffnet.«

»Er braucht keine Waffe, solange er seine Zunge hat. Was glaubst du wohl, welche Taten einst aus radikalen Worten wie seinen entstehen werden? Taten des Friedens? Werden seine Nachfolger diejenigen, die nicht ihrer Meinung sind, in Ruhe lassen? Wohl kaum! Der Täufer verflucht alles, was ihm nicht passt, unsere Stadt, unsere Münzen, unsere Liebe …«

»So etwas berührt dich doch nicht. Du hast mir selbst erzählt, wie oft dir Sünden vorgehalten wurden.«

»Noch nie«, rief sie außer sich, »noch nie hat jemand meine ungeborenen Kinder verflucht. Das darf niemand. Niemand! Ich hasse ihn, Timon. Ich hasse sie alle. Und ihren Gott mit ihnen.« Salome war den Tränen nahe, Tränen der Wut, aber – wie sie sich nur ungern eingestand – auch Tränen der Angst. Selbst wenn sie nicht an Flüche und Prophezeiungen glaubte, sie würde die Worte des Täufers nie vergessen können. Seit der Demütigung durch Kephallion hatte sie sich jedoch geschworen, nie wieder zu weinen, und mit einer großen Willensanstrengung gelang es ihr, diese sichtbaren Zeichen des Schmerzes zu unterdrücken.

Timon umarmte sie mit seiner ganzen Kraft und ließ sie nicht los, bis sie ein wenig zur Ruhe gekommen war. Dann küsste er sie und blickte sie mit seiner ganzen Zuversicht an. »Es ist vorbei«, sagte er. »Wir werden den Mann nie wiedersehen.«

Sie schaffte es, kurz zu lächeln. »Ja«, sagte sie, tief durchatmend.

Doch sie ahnte, dass es noch nicht vorbei war.

17

Pontius Pilatus schob den Vorhang seiner Sänfte sacht beiseite, und schon blendete ihn die grelle Sonne. Mittlerweile glaubte er, sie sei allgegenwärtig, sie verfolge ihn. In diesem Land, so sagte er häufig, gibt es mehr *Rabbiner* als Schatten.

Er stöhnte, ließ sich in die mit Entendaunen gefüllten Kissen zurückfallen und überließ seinen Körper dem trägen Schaukeln der Sänfte. Ihm war übel. Auf der steinigen Straße stolperte alle paar Minuten einer der sechs Träger und brachte die Sänfte zum Schwanken. Er hasste dieses Geröll. In diesem Land, so sagte er häufig, gibt es mehr Steine als im ganzen übrigen Imperium zusammengenommen.

Hätte er dieses Treffen doch bloß in Caesarea, seiner Residenz, abgehalten! Nein, gutmütig, wie er war, folgte er der Einladung des widerwärtigen Antipas und seiner nicht weniger widerwärtigen Frau.

»Wann sind wir denn endlich da?«, quengelte er.

Die Antwort kam von einem Centurio, der neben der Sänfte ritt. »Wir sind am Ziel, Herr. Dort vorne, seht!«

Pilatus ließ den Zug stoppen. Er stieg aus der Sänfte, schützte seine Augen mit der Hand vor der Sonne und blickte in die Ferne.

Der Berg ragte wie ein Monstrum aus der Dünenlandschaft rund um das Salzmeer auf, und auf seinem breiten Buckel trug er eine nicht weniger gewaltige Festung. »Masada«, flüsterte Pilatus ehrfürchtig.

Die Wucht dieses Bollwerkes beeindruckte ihn jedes Mal aufs Neue. Glatte Felswände, die in riesenhafte Türme und Mauern mündeten, schwere Tore, zahllose Steinschleudern, Soldatenmassen: Selbst der Olymp der Götter konnte nicht besser befestigt sein.

»Gut, dass wir diese Festung nicht stürmen müssen«, kommentierte der Centurio. »Ich bin schon viel herumgekommen, Gallien, Germanien, Ägypten – aber nirgendwo habe ich etwas Vergleichbares gesehen.«

Bei dem Gedanken, dass Masada in die falschen Hände geraten könnte, lief Pilatus ein Schauer über den Rücken. Die Festung gehörte, zusammen mit den anderen Bastionen entlang der Ufer des Salzmeeres, Antipas. Es waren dessen Leute, die Masada bevölkerten und notfalls verteidigten. Pilatus war kein Militärexperte, er wusste jedoch, dass dieses Bollwerk nicht zu erstürmen war, und eine Belagerung würde Jahre dauern. Viele Jahre.

Auch solche Erwägungen musste er einbeziehen, wenn es darum ging, den Königstitel zu vergeben. Die Entscheidung darüber würde in den nächsten beiden Tagen fallen, so dass die Krönung noch vor dem Winter stattfinden – und Pilatus Judäa verlassen konnte. Endlich.

Er gab dem Centurio ein Zeichen, und die Sänfte mit der zweihundertköpfigen Leibwache setzte sich wieder in Bewegung.

Pilatus trat das letzte Stück der Reise an.

Als er nach weiteren zwei Stunden, in denen der Tross den schmalen, sich spiralförmig um den Berg schraubenden Pfad erklommen hatte, endlich im zentralen Hof der Festung ankam, begrüßten ihn sogleich Antipas und seine Frau. Pilatus fiel auf, dass Herodias bedeutend mehr redete als der Tetrarch, genau genommen sprach Antipas so gut wie nichts, er schien abgelenkt, mit seinen Gedanken woanders. Pilatus zerbrach sich darüber nicht den Kopf, denn er fühlte die Übelkeit in sich hochkriechen. Der spiralförmige Pfad, der Abgrund gleich daneben, die Schaukelei, das alles war zu viel für ihn gewesen. Mitten im Redeschwall der Herodias erbrach er ihr das gekräuterte Täubchen vor die Füße, das er mittags verspeist hatte.

Er bat darum, ihn allein zu lassen. Auch den Medicus, der ihm außer mit ein wenig tröstendem Schulterklopfen auch nicht helfen konnte, schickte er weg. Dann schleppte er sich zur Außenmauer, wo er sich über den Rand beugte und den Rest des Täubchens wieder zum Fliegen brachte – einhundert Meter in die Tiefe.

Es dauerte eine Weile, bis er sich besser fühlte. Die Sonne neigte sich inzwischen dem Horizont zu, die Luft wurde etwas frischer und tat ihm gut. Mit einem Tuch wischte er sich die gelben Flecken von der Toga und warf es dann über die Mauer, wo es, vom Aufwind erfasst, wie eine Friedenstaube in den Himmel stieg und irgendwann in der zerklüfteten Weite der Wüste Juda verschwand.

Pilatus sah dem Tuch fast ein wenig neidisch hinterher, dann glitt sein Blick über scheinbar endlose braune Dünen und das Tote Meer zu seinen Füßen. »Verdammtes Land«, zischte er. »Acht Jahre sind wirklich genug.«

Hinter ihm erschallte ein amüsiertes Lachen.

»Fürstin«, rief er aus. »Fürstin Salome.«

Natürlich hatte er gewusst, dass sie heute hier sein würde, denn sie war ambitioniert und wollte unbedingt verhindern, dass Antipas und Herodias die Krone gewannen. Ihr Erscheinen war also weniger eine Überraschung als ihre Erscheinung. Die letzten Jahre hatten jeden Rest von Melancholie und der Misere ihrer Kindheit aus ihrem Gesicht gelöscht. Obwohl sie nach wie vor nicht im eigentlichen Sinne schön war, hatte sie eine starke Ausstrahlung, noch unterstrichen von der orientalisch anmutenden Kleidung und dem Schmuck, der aus fernen Gebieten zu stammen schien und für den einige römische Damen, die er kannte, gemordet hätten. Ihre offenen Haare trug sie unter einem zitrusfarbenen Schleier, der unentwegt vom Wüstenwind bewegt wurde. Sie war zur Verführung geworden, etwas, das er ihr noch vor wenigen Jahren nicht zugetraut hätte.

»Ich bin mit Philipp vor einer Stunde eingetroffen«, sagte sie.

Pilatus blickte an seiner verschmutzten Toga hinab. »Bitte verzeih«, sagte er. »Du triffst mich ein wenig lädiert an. Diese Wege hierzulande, diese Hügel, dieses elende Gestein ... Braun, wohin man sieht. Nie weiß man, wo man gerade ist. Wie soll es einen da nicht schwindeln? Und die Sonne steht hier immer hoch am Himmel. Ich schwöre dir, manchmal glaube ich, sie springt morgens vom Horizont direkt in den Zenit und bleibt dort den ganzen Tag. Erbarmungslos.«

Salome schüttelte den Kopf und lachte. »Du bist ein Witzbold.«

Das war eine unangemessene Bezeichnung für einen Stellvertreter des erhabenen Kaisers, aber Pilatus störte sich nicht daran, sondern genoss die Gesellschaft einer Frau. In Judäa, so sagte er immer, gab es weniger reizvolle Frauen als Wolken – und das wollte etwas heißen.

»Das ist noch nicht alles«, beklagte er sich, froh, jemanden gefunden zu haben, dem er sein Leid mit diesem Land klagen konnte. »Wenn wenigstens die Menschen hier normal wären. Aber nein, es wimmelt plötzlich von Erlösern – wie nennt ihr das, *Messias*? An jeder Ecke scheint einer zu stehen. Fischer werden zu Erlösern, Zöllner, Bauern, Vagabunden, Tischler ... Und jeder predigt etwas anderes, der eine Liebe, der andere Hass, der dritte eiserne Regeln und der vierte unbegrenzte Freiheit. Sie sind sich untereinander so uneins wie Romulus und Remus, und deswegen kann ich auch tun, was ich will, ich habe bestimmt immer irgendeine Volksgruppe gegen mich.«

»Ich habe dir schon damals, als wir uns kennen lernten, gesagt, dass wir Juden kompliziert sein können.«

»Und wie kompliziert, furchtbar!«, jammerte er. »Einmal lugte eine Legionsstandarte mit dem römischen Adler ein klein wenig über die Mauer der Burg Antonia in Jerusalem, und schon geriet die halbe Stadt in Aufruhr.«

»Abbildungen sind Juden ein Gräuel.«

Er verdrehte die Augen. »Wie zählt ihr Juden bloß die römischen und griechischen Münzen nach, die man euch ausgibt? Da sind doch auch überall Abbildungen drauf.«

»Dieses Geheimnis habe ich auch noch nicht gelöst«, erwiderte sie schmunzelnd.

»Und da soll einer den Durchblick behalten! Wie dem auch sei, ich bin nun acht Jahre in Judäa, und trotzdem habe ich noch nicht eine Messerspitze von dem verstanden, was euch umtreibt. Mal revoltieren die einen, dann revoltieren die anderen. Nur die Fanatiker, die revoltieren immer. In den letzten Monaten haben sie ihre Anschläge verstärkt. Sie überfallen nicht mehr nur Gelehrte und Pharisäer, sondern vereinzelt auch griechische und römische Händler. Sogar der Kaiser hat schon davon gehört und mir einen energischen Brief geschrieben, woraufhin ich drei Tage mit Fieber im Bett lag. Was soll ich machen? Man weiß nie, wo und wen die Fanatiker als Nächstes töten, nur die Art des Tötens ist immer dieselbe. Sie benutzen Krummdolche, *sicari*, mit denen sie Bäuche aufschlitzen. Daher nennen wir die Mörder *sicarii.*«

»Zeloten«, stellte Salome traurig fest.

Pilatus zuckte gleichgültig mit den Schultern. »Egal, wie sie heißen. Sie sind verrückt, einfach verrückt.«

»Sie sind nicht verrückt geboren«, korrigierte Salome sacht. »Sie sind es geworden. Man müsste die Ursachen dafür finden und ...«

»Es wäre Unfug, zu versuchen, den Sinn hinter ihren Taten zu verstehen. Man muss sie umbringen. Das ist die einzige Taktik.«

»Bisher hatte diese Taktik, wie du es nennst, wenig Erfolg.«

Pilatus hatte die ganze Zeit über unbefangen geplaudert, wie es seine Art war. Nun änderte sich sein Gesichtsausdruck, und seine Worte klangen ungewohnt überlegt.

»Ich muss gestehen, Fürstin, dass ich gerade von dir am wenigsten Kritik erwartet hätte. Immerhin ist das Vorgehen deines Gemahls mit schuld an der Lage.«

Salome runzelte die Stirn. »Inwiefern, bitte?«

»Philipp nimmt in Basan kaum Verhaftungen vor, niemand wird hingerichtet, niemand ausgeliefert. Er hat keine Spitzel, seine örtlichen Ordnungskräfte sind nachlässig, seine ganze Politik den Verrückten gegenüber unverständlich. So rottet man keine Fanatiker aus.«

»Unser Ziel, edler Pilatus, ist, den Fanatismus auszurotten, nicht die Fanatiker. Philipp bekämpft den Irrsinn, indem er ihm den Nährboden entzieht, nämlich die Intoleranz, die Dummheit und die Armut, und dafür hat er meine volle Achtung und Unterstützung. In Basan gibt es nur selten Übergriffe auf Händler und Rabbiner, in Galiläa hingegen, wo mein Stiefvater eine strenge Herrschaft führt ...«

»Wenigstens tut Antipas etwas«, unterbrach Pilatus. »Erst gestern ist es seinen Leuten gelungen, den Mann verhaften zu lassen, der sich selbst Täufer nennt und offen gegen ihn gepredigt hat. Jetzt sitzt er in der Festung Machairos ein und kann niemandem mehr schaden. Zwar will Antipas den Täufer aus mir völlig unverständlichen Gründen nicht hinrichten lassen, doch ich kann dem Kaiser immerhin einen Erfolg berichten. Dein Mann hingegen beschäftigt sich lieber mit Rechtsreformen und dem Bau einer Stadt für – man sollte es nicht für möglich halten – für ehemalige Sklaven.«

Salome holte gerade Luft für eine Erwiderung, als er ihr zuvorkam. »Ich will nicht streiten, Fürstin. Wir sind hier, um den besten König für Judäa zu finden, nicht wahr? Ich wollte dir lediglich aufzeigen, wo dabei die Defizite deines Mannes liegen.«

Vom einen Augenblick zum anderen fiel Pilatus wieder in seinen Plauderton zurück und setzte seine übliche, leicht genervte und gleichgültige Miene auf. »Nun ist es passiert. Ernsthafte Konversation macht mich entsetzlich müde. Außerdem ist es frisch geworden hier draußen. Kaum ist die Sonne wieder auf den Horizont zurückgeplumpst, da friert dieses Land auch schon zu. Wie soll man sich da konzentrieren? Entsetzlich anstrengend, das alles. Entschuldige mich jetzt bitte. Wir sehen uns dann zur Tafel. Hoffentlich wird nicht wieder dieser süße Brei serviert, der mir tagelang alle Organe verklebt, dieser Chassabum.«

»*Charosseth*«, korrigierte sie. Doch Pilatus hatte sich bereits abgewandt. Von seiner verknitterten Toga umschlottert, ging er ins Innere der Festung Masada.

Salome blieb auf der Mauer zurück und blickte über das Land. Der Tag verging in einem grandiosen Leuchten, und eine Brise streifte ihre Haut wie unsichtbare Federn. Sie konnte sich nicht vorstellen, dass es irgendwo auf der Welt einen zweiten Ort wie diesen gab, leuchtend von rotgoldenen Tönen, duftend nach Salz und Stein, still wie ein Morgen. Die Landschaft war karg, totes Strauchwerk ragte aus totem Wasser und toter Erde. Hier war sie geboren worden. Und hier würde sich noch an diesem Abend ihr weiteres Schicksal entscheiden.

Bevor sie die warmen Innenräume Masadas betrat, schaute sie noch einmal über die Wasser des Salzmeeres hinweg, das sich wie geschmolzenes Silber im Abendlicht ausbreitete. Das andere Ufer war schon nicht mehr deutlich zu erkennen, aber irgendwo dort drüben, wusste sie, war die Festung Machairos in den Stein der Berge gehauen, und sie dachte an Johannes, den mächtigen Täufer, Prediger und Donnergott, der nun dort gefangen saß, bis zu seinem Lebensende.

Antipas lief auf und ab wie ein gefangener Löwe, rang seine verschwitzten Hände, und seine Augen irrten in dem mit zahllosen Stoffen verkleideten Gemach umher. Gelegentlich griff er nach einem der Schleier, die aus den halb ausgepackten Reisetruhen lugten, roch mit einem tiefen Atemzug daran und fragte sich, ob er ihr gehörte, Salome, ob sie ihn vielleicht gestern getragen hatte oder am heutigen Abend anziehen würde. Die Vorstellung, dass Salome sich einen der Schleier um den Körper wickelte, konnte Antipas für einen Moment entzücken, doch dann krampften sich seine Eingeweide wieder zusammen und sein Körper zuckte im Schmerz, so dass ihm Tränen in die Augen stiegen.

Eine von Salomes Dienerinnen trat zum wiederholten Mal ein. »Vielleicht, Herr, willst du doch lieber in deinen eigenen Gemächern auf meine Fürstin warten. Ich werde dich auch sofort unterrichten, sobald sie ...«

Antipas stampfte mit dem Fuß auf. »Schweig. Hinaus, sage ich dir zum letzten Mal, sonst lasse ich dich von einem meiner Soldaten auf die Mauer werfen und dir seinen Prügel zwischen die Schenkel stopfen, bevor du den Berg hinuntergeworfen wirst.«

Als sie sich vor Schreck nicht rührte, wirbelte er seine Fäuste in der Luft und schrie: »Und unterstehe dich, vor der Tür auf deine Herrin zu warten.«

Ängstlich lief die Dienerin hinaus, und Antipas konnte sich wieder völlig seiner Verzweiflung hingeben.

Er kannte dieses Elend, dem er derzeit ausgesetzt war, von den Monaten nach Harithas Tod, der eine entsetzliche Lücke gerissen hatte. Mit ihrem gesteinigten Körper war auch der Tanz ins Grab gesunken, die erotischen Bewegungen der Arme und Beine, die Geschmeidigkeit des Leibs, die Geheimnisse der Schleier, die speziellen Düfte ihrer Haut, der sinnliche, vernebelte Blick ihrer arabischen Augen ... Alles war vom einen Tag auf den anderen aus seinem Leben gerissen worden, schlimmer, er selbst hatte sich dessen beraubt. Es war, als hätte man ihm die Nahrung entzogen oder den Wein, er zitterte, er schwitzte, das Gesicht schwoll ihm an, und die Zunge klebte trocken am Gaumen. Weder *Rabban* Jehudah noch Herodias konnten ihn verstehen. Immerhin, damals lenkte Herodias, wegen deren Schenkel und Augen er das alles verbrochen hatte, ihn wenigstens ein klein wenig ab, denn wenn sie schon die Tänze nicht ersetzen konnte, so gab sie doch jede Nacht ihr Bestes, um Haritha wenigstens für die Stunden der Dunkelheit aus seinem Kopf zu drängen. Nach einigen Monaten war das Schlimmste für ihn überstanden. Die lebhaften Bilder von Harithas Tanz in seinem Kopf trübten sich, verschwammen, verloren ihre Wirkung. Die Schuld an seinem Verbrechen wurde er nie los, aber die ekstatische Leidenschaft für sie konnte er mit Herodias' Hilfe unterdrücken. Eine Zeit lang ging alles gut.

Doch dann weckte eine Frau diese Leidenschaft aufs Neue, eine Frau, von der er das niemals erwartet hätte: Salome. Er hatte sich nie für seine Stieftochter, die ja auch seine Nichte und Schwägerin war, interessiert. Sie war ihm stets zu dünn und zu blass gewesen, ihr Gesicht entbehrte sowohl der klassischen Schönheit wie dem

Ausdruck der Verderbtheit. Sie schien nichts zu besitzen, was ihm gefallen konnte. Ihr Tanz im Palast von Bethsaida jedoch änderte seine Meinung völlig. Salome war nun eine Göttin der Lust geworden, eine Beherrscherin des Körpers – ihres und seines –, und sie drängte sich mit ungeheurer Macht in seine Träume, ob am Tag oder in der Nacht. Er wusste nicht, ob er im Schlaf ihren Namen rief und damit Herodias kränkte; wochenlang, monatelang dachte er fast nur an sie. Die nächtlichen Zuckungen seiner Frau, ihre immer komplizierteren und raffinierteren Stellungen, ihre Hinzuziehung ägyptischer Sklavinnen und sogar der Straßenjungen aus Tyrus beeindruckten ihn nicht länger. Er torkelte täglich von Gefühl zu Gefühl, von der Verachtung für Herodias' klägliche Bemühungen, über die Ohnmacht, die Befriedigung seiner Wünsche so nah zu wissen und doch nicht berühren zu können, bis zur Wut, dass Salome sich ihm entzog und ihren tanzenden Körper mit all seinen Wundern einem anderen schenkte. Oh, was würde er nicht dafür tun, könnte er sie nur einmal noch …

Die Tür öffnete und schloss sich wieder. Salome bemerkte ihn erst, als sie unmittelbar vor ihm stand. Tief sog er den berauschenden Duft ein, der sie umgab.

»Salome«, flüsterte er. »Endlich.«

Im ersten Schreck wollte sie schreien, er hielt ihr jedoch seine mächtige Hand auf den Mund. Sie stieß sie von sich weg.

»Was, um alles in der Welt, tust du hier?«, fragte sie entsetzt.

»Ich muss unbedingt mit dir sprechen.«

Sie ging nicht darauf ein. »Wir haben nichts zu besprechen. Was soll denn Philipp denken, wenn er von diesem seltsamen Besuch erfährt?«

»Lass doch dieses Theater«, raunte er. »Als ob man jemanden wie dich kompromittieren könnte. Außerdem bin ich dein Stiefvater.«

»Ja, genau«, rief sie. »Ich hatte nie viel mit dir zu tun, und das soll auch so bleiben.« Sie riss die Tür auf und forderte ihn zum Verlassen des Gemachs auf, aber er drückte die Tür gegen ihren Widerstand wieder zu. Dann blickte er sie mit großen Augen an, Augen, die sie an seinen Vater Herodes erinnerten, ihren Großvater.

»Tanze für mich, Salome.«

Sie meinte zuerst, sich verhört zu haben, war verwirrt. »Wie bitte?«

»Tanze. Tanze so wie damals in Bethsaida. Tanze, bis ich zu Boden sinke, tanze mich zugrunde. Tanze, so dass mir alle Gedanken abhanden kommen, dass ich nur noch fühle, dass mir schwindelt, dass mir der Atem stockt, dass ich in jeder Sekunde aufs Neue aufblühe und verwelke, dass ich ertrinke und verbrenne, dass ich Schmerzen leide und Glück mich dabei durchströmt. Denn das alles machst du mit mir, wenn du tanzt wie sie, wie Haritha.«

Salome konnte nicht glauben, was sie da hörte. Ihre Gedanken konnten mit der Geschwindigkeit von Antipas' Worten nicht Schritt halten. Nie wäre ihr in den Sinn gekommen, Antipas könne sich von ihr angezogen fühlen. Sie war überhaupt nicht die Art von Frau, die er bevorzugte, und niemals hatte er den Versuch gemacht, sich ihr zu nähern, im Gegenteil, er hatte sie stets ignoriert, damals, als sie in Tiberias weilte.

Haritha, fiel ihr ein. Haritha passte auch nicht zu ihm, er vergötterte sie nur wegen ihres speziellen Tanzes, den nur nabatäische Priesterinnen beherrschten. Du darfst mit keinem über unseren Unterricht sprechen, hatte Haritha ihr mehrfach eingeschärft. Antipas dürfe sie nicht beim Tanzen sehen, niemals dürfe er davon erfahren, lauteten die Mahnungen ihrer Freundin damals. Salome hatte das nie ganz verstanden, und nach Harithas Tod auch nie wieder darüber nachgedacht. Jetzt allerdings wurde ihr manches erklärlich.

»Das hättest du dir überlegen sollen, bevor du Haritha umgebracht hast«, schleuderte sie ihm entgegen.

»Ich bereue es«, erwiderte er. »Du ahnst nicht, wie sehr. Nun bist du ja da. Sie hat dich in ihre Geheimnisse eingeweiht, du wirst ihre Nachfolgerin.«

Salome stand vor Staunen der Mund offen. »Du musst völlig verrückt sein, wenn du glaubst, ich würde jemals dir gehören.«

»Tanze für mich, Salome.«

»Niemals.«

»Du könntest damit deiner Mutter einen Schlag versetzen, das willst du doch?«

»Nicht auf diese Weise. Ich verzichte, danke sehr.«

Erneut riss sie die Tür auf und hielt sie dieses Mal derart verbissen fest, als wolle sie sie mit ihrem Leben verteidigen.

Antipas ballte die zitternde Faust, aber schließlich schien er sich ihrer Entschlossenheit zu fügen. Vorerst jedenfalls.

»Vergiss nicht«, gab er ihr noch zu bedenken, »dass die kommende Nacht vielleicht noch manche Überraschung für dich bereithält. Wenn ich König werden sollte, bedeutet das nicht zwangsläufig, dass du keine Königin werden kannst. Ich habe schon einmal eine Schwägerin geheiratet, ich könnte es wieder tun. Du brauchst mich nur zu …«

Sie knallte Antipas die Tür vor der Nase zu, legte den Riegel um und lehnte sich von innen gegen das Holz. Sie war hellwach und konzentriert. Ihre Gedanken überschlugen sich, verknüpften Geschehnisse, mutmaßten und verdächtigten.

In einem, dachte sie, hatte Antipas Recht. Was sie eben erlebt hatte, war mit Sicherheit nicht die letzte Überraschung des Abends.

Menahem klopfte an die Pforte von Kephallions Haus in Nazareth. Während er wartete, rieb er sich die Arme, um sich aufzuwärmen. Die soeben hereingebrochene Nacht war verhältnismäßig kühl, wenn man bedachte, dass der Monat *sivan* den Sommeranfang kennzeichnete, in dem das Land von blühenden Sträuchern und sattgrünen Wiesen überzogen war. Schafe und Lämmer grasten zu Tausenden um Nazareth herum, und die Bauern brachten ihre erste Ernte an Pfirsichen, Aprikosen und Kohl ein und ihre letzte an Zitrusfrüchten.

Menahem trug leichte Kleidung, denn sein eigenes kleines Haus lag nur eine Straße entfernt, nun aber fror er, und jeder Moment kam ihm zehnmal so lang vor.

Er klopfte erneut. Jemand musste im Haus sein, denn obwohl die Fensterläden schon geschlossen waren, drang durch einige Spalten ein matter Lichtschimmer. Im Bemühen, sich warm zu halten, sprang er einige Male auf und ab und stieß dabei an die *mazuza*, einen Behälter, der traditionsgemäß an den oberen Türpfosten gebunden war und einige Schriftrollen mit heiligen Texten enthielt. Die *mazuza* fiel zu Boden und einige der Schriftrollen kullerten heraus und öffneten sich. Menahem wollte sie wieder sorgfältig einrollen und in den Behälter zurücklegen, als er feststellte, dass eine zu viel dabei war. Welche Texte in die *mazuza* hineingehörten, war genau festgelegt, und die Schriften des Propheten Jesaja gehörten nicht dazu. Er überflog die Rolle, die Auszüge aus dem Buch Jesaja enthielt: »*... Israel, der Herr wird deiner Sklaverei ein Ende machen! Nach allen Leiden und Unruhen wirst du wieder aufatmen können*« ... »*Wie aufgescheuchte Gazellen so werden alle Fremden davonfliehen. Wer auf der Flucht entdeckt wird, wird niedergestochen, wen man aufgreifen wird, der wird mit dem Schwert erschlagen. Sie werden mitansehen müssen, wie man ihre Kinder zerschmettert*« ... »*Dann wird ein Thron errichtet werden, dessen Fundament die Treue ist. Und auf diesem Thron am Wohnsitz Davids wird beständig einer regieren ...*«

Was er da las, bestätigte Menahem in seinen schlimmsten Befürchtungen. Kephallion träumte von einer Befreiung durch Blut und Zerstörung, und damit von einer ganz anderen Art der Befreiung als Sadoq und er selbst.

Menahem hörte Schritte. Er schaffte es gerade noch, die Rollen wieder in die *mazuza* zu legen und den Behälter am Pfosten zu befestigen, bevor die Tür sich öffnete.

Menahem kannte Berenike kaum. Er war ihr nur wenige Male begegnet, denn Kephallion sah es nicht gern, dass sie Umgang mit Männern pflegte. Gesprochen hatte er noch nie mit ihr.

»Verzeihung, ich weiß, es ist spät. Ich muss unbedingt mit Kephallion reden. Ist er im Haus?«

Sie machte eine einladende Geste und senkte den Kopf.

Er trat ein und rieb sich die Hände über einem Becken mit glühender Kohle, das dem Raum Wärme spendete. »Ah, das tut gut«, sagte er erfreut. Berenike brachte ihm einen Becher heißen Wein, der ihn auch von innen wärmte.

»Hast du ihm gesagt, dass ich ihn sprechen möchte?«

Berenike nickte stumm.

»Wo bleibt er denn?«

»Er absolviert sein *maariv*.«

»Jetzt noch?«

»Er betet immer lange.«

Menahem bemerkte, dass Berenike seltsam nuschelte, und zuerst dachte er, dass sie einen angeborenen Sprachfehler habe. Aber dann sah er die Wunde, obwohl sie sie zu verbergen versuchte. Ein dicker Grind zog sich über die gesamte linke Oberlippe.

Ihm war sofort klar, was das bedeutete. Gegen ihren sanften Widerstand hob er ihr Kinn, damit er die Verletzung besser sehen konnte, nicht die der Lippen, sondern die in ihren Augen. Sie war tief und schmerzhaft.

Menahem suchte nach Worten. Er verspürte den Drang, sich zu rechtfertigen, dass er mit einem, der ihr das angetan hatte, in engem Kontakt stand, aber ihm fiel nichts ein. Er schluckte nur und sah sie mitleidig an. Vielleicht war es gerade dieser erbarmungsvolle Blick, der sie dazu brachte, sich abzuwenden, vielleicht hörte sie Kephallion nahen. Manche Menschen, so sagte man, entwickelten ein Gespür für Feinde.

Tatsächlich stand er einen Moment später im Zimmer, den Blick von ihr zu ihm und wieder zurück gleitend.

»Hinaus«, befahl er Berenike knapp und wartete.

Wenn Menahem und Kephallion sich sonst trafen, war immer Sadoq dabei oder einer der Anhänger der zelotischen Partei. Heute waren sie zum ersten Mal allein miteinander, und Menahem fühlte sich unwohl. Mit einem Schlag wurde ihm bewusst, dass ein Mann vor ihm stand, der seinen Vater eigenhändig ermordet und eine Unschuldige dafür gesteinigt hatte, der seine Frau schlug und Menschen im ganzen Land aufschlitzen ließ.

Letzteres hatte Menahem hergeführt.

»Ist dir bekannt«, fragte er und überwand die Beklemmung, die er empfand, »dass letzte Woche in der Nähe von Jericho zwei Kinder erdolcht wurden, die mit einem pharisäischen *Rabban* auf Wanderschaft waren?«

Kephallion nickte.

»Ist dir auch bekannt, dass in Joppe drei sizilianische Kaufleute auf dieselbe Weise ums Leben kamen und dass in Idumäa eine Frau vor einer Synagoge …«

»Worauf willst du hinaus?«, kürzte Kephallion die Aufzählung ab. Er ging zu einer Platte, auf der getrocknete Feigen lagen, und steckte sich eine davon in den Mund.

»Ist das nicht klar?«, fragte Menahem gereizt. »Unsere Anhänger entziehen sich unserer Kontrolle. Wenn heute schon Kinder, Frauen und andere Unbeteiligte den Anschlägen unserer Leute zum Opfer fallen, was wird dann erst morgen geschehen?«

Kephallion zuckte mit den Schultern. »Zugegeben«, schmatzte er. »Ein paar übertreiben es. Das ist normal, das gibt es in jedem Krieg. Unsere Leute leben schon lange mit der Unterdrückung, nun machen sie sich ein wenig Luft.«

»Sie rammen dreijährigen Kindern einen Dolch in die Brust, und du nennst das ›Luft machen‹?«, schrie Menahem.

»Sei gefälligst leiser«, zischte Kephallion. »Man hört dich ja bis nach draußen.«

»Ja, um dein eigenes Leben ist dir bange, nicht wahr? Aber das Leben unserer Leute und der unschuldigen Opfer kümmert dich kein bisschen.«

Kephallion wollte eine zweite Feige nehmen; Menahem ging auf ihn zu und schlug sie ihm aus der Hand.

»Du«, rief er. »Du steckst dahinter. Unsere Männer entgleiten vielleicht Sadoqs und meiner Kontrolle, gewiss nicht deiner, so ist es doch. Du erlaubst ihnen ihre so genannten Übertreibungen, du segnest jede ihrer Handlungen ab, du ermunterst sie dazu. Ja, vielleicht erteilst du ihnen sogar die Anweisung für ihre Verbrechen.«

Kephallion verzog seinen Mund zu einem verächtlichen Grinsen. »Dass du ihre Heldentaten als Verbrechen hinstellst, zeigt deutlich, was für ein Feigling du bist, Menahem. Ich wusste vom ersten Augenblick an, als wir uns trafen, dass du für unseren heroischen Krieg nicht taugst.«

»Und ich«, erwiderte Menahem, »wusste, dass es dir nur darum ging: um den Krieg.«

»Du verstehst nichts.«

»Jemanden wie dich, Kephallion, will ich überhaupt nicht verstehen. Denn das hieße, ebenso krank wie du zu sein.«

Nach diesem Wortwechsel wurde es eine Weile still zwischen den beiden. Kephallion ging ziellos und nachdenklich im Zimmer umher, und Menahem ließ ihn dabei keine Sekunde aus den Augen.

Schließlich sagte Kephallion: »Wenn du Sadoq davon erzählst, werde ich alles abstreiten.«

Menahem schüttelte den Kopf. »Sadoq«, seufzte er. »Er würde mir ohnehin nicht glauben, dass du die Morde ausdrücklich befiehlst. Er denkt, ich bin eifersüchtig auf dich und stehe dir deswegen kritisch gegenüber. Das hast du ihm sicher eingeredet, nicht wahr?«

Kephallion antwortete nicht, das war auch nicht nötig. Sein Gesichtsausdruck war Antwort genug.

»Dein Triumph ist so armselig, Kephallion, du ahnst nicht, wie sehr.«

»Ich bin jetzt der Zweite, Menahem. Ich bin der, der dem *Messias* die Schlachten schlägt. Ich bin Josua, der das Volk auf seiner letzten Strecke durch das Hungertal führt. Mir wird Sadoq eines Tages, wenn der Herr ihn abberuft, die Führung des Volkes Israel übergeben.«

Menahem war es nie um Führung gegangen, um einen *Messias* oder neuen König oder darum, vor einem brennenden Dornbusch zu stehen und Gottes Stimme zu vernehmen, also auserwählt zu sein. Er wollte ein Land frei von Legionären und dem Schatten des römischen Kaisers, frei auch von Gestalten wie Herodes, Antipas oder Kephallion, frei von Niedertracht und engstirnigem Egoismus. Selbst Sadoq würde er nicht als Herrscher haben wollen, obwohl er ihn liebte, wie man nur einen vertrauten Freund lieben konnte. Die Zeit der Könige sollte vorüber sein. Ein Gremium weiser Männer, gewählt vom Volk, sollte an ihre Stelle treten, und er glaubte, dass Sadoq genauso darüber dachte – noch.

Menahem wandte sich zum Gehen.

»Du hältst mich nicht auf«, warnte Kephallion, doch Menahem würdigte ihn keines Blickes mehr.

An der Tür wartete schon Berenike mit einem dicken Umhang über dem Arm. »Die Nacht ist sehr kalt geworden«, erklärte sie und bot ihm den wollenen Stoff an.

Er versuchte, jedes Mitleid aus seinem Blick zu verbannen, als er ihr in die Augen sah. Stattdessen legte er Dankbarkeit und sogar etwas Zuversicht hinein.

»Ja«, sagte er. »Aber von jetzt an wird es wärmer werden.«

»Ich bin der Ältere«, dröhnte Antipas' Stimme wie die eines röhrenden Hirsches durch den Festsaal der Festung Masada, so dass sie allen Anwesenden bis ins Mark drang, Pilatus, Philipp, Salome, Herodias, *Rabban* Jehudah, den Dienern und dem Gefolge. Antipas brachte seine Argumente mit ungewohnter Wucht vor, während Philipp leise blieb. Die Gefolge der beiden jauchzten nach jedem Satz ihres jeweiligen Herrn auf, so, als feuerten sie ihre Favoriten beim Ringkampf an.

»Dafür hat Vater mir die größeren Gebiete vererbt«, brachte Philipp vor.

»Fast alles Einöden. Meine Tetrarchie ist fruchtbar und reich. Ich besitze große Städte ...«

»Die besitze ich auch. Philippi ist in Kürze fertiggestellt.« Philipp wies in eine Ecke, in der Timon inmitten des übrigen Gefolges lag und die Auseinandersetzung der Brüder verfolgte.

Der Anblick des Architekten schien Antipas noch zorniger zu machen. »Ich herrsche über Juden«, schrie er Philipp an. »Du dagegen regierst bloß unbeschnittene Wilde, die sich Tücher wie Windeln um den Kopf wickeln.«

Philipp warf einen kurzen Seitenblick zu Pilatus. »Ich glaube«, antwortete er gelassen, »dass man einst auch die Römer als heidnische Wilde ansah. Und nun ...«

»Du verdrehst mir das Wort im Mund«, brüllte Antipas.

»Wie kann das sein?«, fragte Philipp. »Wo du doch den Mund so voll nimmst, dass da kein bisschen Platz mehr bleibt.« Philipps Gefolge schüttelte sich vor Lachen.

Antipas stemmte beide Fäuste in die Kissen seiner Liegebank, und sein Gefolge schrie laut durcheinander, sodass man sein eigenes Wort nicht mehr verstand. Manche machten obszöne Gesten, einige gingen sogar noch weiter und schimpften mit Worten, die ein Fürst sonst nie zu hören bekam: »Kröte« ... »große Töne und nichts dahinter« ... »Redenschwinger« ... »Weichling« ...

Es wollte kein Ende nehmen. Pilatus stand auf. »*Silentium*«, gebot er, doch niemand hörte auf ihn. Er hob die Hand, doch auch diese Geste brachte keine Ruhe. Erst als auf sein Zeichen hin sein Centurio demonstrativ auffällig neben ihn trat, ebbte das Geschrei zu einem Gemurmel ab und versiegte schließlich vollständig. »Kein Wort mehr, sage ich. Euer Betragen ist unwürdig.«

Antipas entspannte sich binnen eines Lidschlages, und sein Blick schweifte langsam über das Gefolge seines Bruders. Ein feines Lächeln spannte sich über seine Lippen, als er sagte: »Wie wahr, edler Pilatus. Wir sollten uns mäßigen, und da wäre es doch das Beste, die Leute hinauszuschicken. Wenn wir uns geeinigt haben, können wir sie ja wieder hereinholen und feiern.«

Pilatus und Philipp nickten zu diesem Vorschlag, und jeder schickte sein Gefolge aus dem Saal. Bevor Timon den Raum verließ, warfen er und Salome sich noch einen kurzen, unauffälligen Blick zu, der dennoch voller Liebe war. Gleichzeitig wechselte Antipas einen Blick mit einem seiner Männer – doch in seinen Augen glänzte ein ganz anderes Gefühl.

Timon schlenderte zu einer steinernen Plattform, die beinahe den höchsten Punkt Masadas bildete. Nur ein rechteckiger Wehrturm auf der anderen Seite der Festung überragte ihn noch. Er lehnte sich auf eine der Zinnen und blickte nach Westen. Die Aussicht zur anderen Seite, wo das Salzmeer den Mond und das rotbraune Gestein spiegelte, war schöner, doch der Wind hatte gedreht und brachte milde Luft vom *mare nostrum*, das etwa achtzig Meilen entfernt lag. Timon genoss den warmen Wind im Gesicht. Er dachte an das sagenhafte Blau von Epidauros, an die weißen Steine und bewaldeten Ufer. Sein Traum war, eines Tages dorthin zurückzukehren, mit ihr, Salome, und dort zu leben. Fortzukommen vom Gerangel um Titel und Macht. Architekt zu sein, Kinder zu haben ... Doch er wusste, wie unrealistisch seine Wünsche waren. Myriaden von Hindernissen taten sich auf und verdoppelten sich mit jedem Moment, in dem er länger darüber grübelte: Salome war verheiratet, sie glaubte nicht an die gleichen Götter, sie war von anderem Stand, war aus einem anderen Land, aus anderem Holz. Sie würde weder Judäa und viel weniger noch die Symbole ihrer hohen Stellung aufgeben, das wusste er. Königliches Blut pulsierte in ihren Adern, der Wille zur Macht war ihr angeboren. Aber eines Tages würde sie sich entscheiden müssen, zwischen ihrem Namen und allem, was damit verbunden war, einerseits und ...

Ein Geräusch machte ihn hellhörig. Er drehte sich um und sah durch das Dunkel die Schemen zweier Gestalten auf sich zukommen.

»Ich bin Rom derart ergeben, dass ich sogar meine Hauptstadt nach dem Kaiser benannt habe«, flötete Antipas, plötzlich bar jeder Aggressivität. »Mein Bruder hingegen wird seine Hauptstadt nach sich selbst benennen. Das sollte dir zu denken geben, edler Pilatus.«

Pilatus wandte sich auffordernd Philipp zu. »Was sagst du dazu, Fürst von Basan?«

»Ich sage, dass ich ein dämlicher Tropf wäre, wenn ich eine etwaige Feindschaft gegen Rom – die ich nicht habe – so deutlich zutage treten ließe, wie Antipas es andeutet. Schon die griechischen Philosophen wussten, dass man sich vielmehr vor denen hüten soll, die ihre Freundschaft allzu eifrig beteuern.«

Pilatus blickte wieder zur anderen Seite.

»Und ich sage, dass ich meine Freundschaft zu Rom vor allem durch Taten bewiesen habe. Ich habe die Feinde Roms zu Hunderten aufgreifen und verurteilen lassen. Philipp hat das nicht getan.«

»Weil es in meinem Land weniger Feinde gibt.«

»Nichts als Ausreden, Bruder.«

»Je rücksichtsloser eine Regierung, desto größer der Widerstand gegen sie.«

»Blödsinn. Was willst du mit Worten gegen Dolche ausrichten?«

»Nicht allein mit Worten. Mische ihnen ausreichend Geld hinzu, ein offenes Ohr für die Sorgen der Menschen ...«

»Wo kämen wir denn da hin, wenn wir anfingen, das Volk zu bezahlen. *Sie* bezahlen *uns*. Das ist völlig natürlich.«

Der erste Stoß verfehlte Timon so knapp, dass der Dolch das Gewand in Höhe seines Bauchnabels aufschlitzte. Timon wich einen

Schritt zurück – den letzten, der möglich war. An seinen Oberschenkeln spürte er die Zinnen, dahinter kam nur schwarze Tiefe. Er griff in seinen Gürtel und holte das Kurzschwert hervor. Er hatte es so gut verborgen, dass es nicht einmal die Wachen am Eingang des Festsaals bemerkt hatten. Entsprechend erstaunt blickten die beiden Gegner einander an. Sie hatten den Vorteil, von zwei Seiten attackieren zu können, aber Timon besaß nun ebenfalls eine Waffe, noch dazu eine, die länger als ihre war. Drei blanke Klingen belauerten sich mit dem Ziel zu töten.

»Wenn sie uns schon bezahlen, haben sie ja wohl Anrecht auf gute Behandlung, meinst du nicht?« Philipp zwinkerte kurz zu Salome hinüber.

Sie war überrascht, wie gut er sich in dem Disput schlug. Er war wendiger als Antipas und brachte seinen Bruder immer wieder in die Defensive. Von dem hölzernen Mann, den sie vor Jahren geheiratet hatte, war kaum noch etwas übrig geblieben.

»Wieso reden wir über solche Belanglosigkeiten?«, fragte Antipas den Prokurator. »Es geht hier doch darum, wer Rom ein loyalerer Verbündeter sein wird, nicht wahr?«

»Nein«, antwortete Philipp, bevor Pilatus etwas entgegnen konnte. »Es geht darum, wer der bessere König für das Volk wäre. Denn nur wer das Volk hinter sich hat, kann Judäa stabil halten. Und darauf kommt es dem Kaiser an.«

Antipas knirschte mit den Zähnen. »Galiläa *ist* stabil.«

»Galiläa ist ein Hort des Widerstandes, wo Propheten, Zeloten, Arme und Unterdrückte sich zu einer gefährlichen Allianz vereinen.«

Timon wollte nicht um Hilfe rufen, denn er war sich nicht sicher, wen die Heraneilenden unterstützen würden – ihn oder die unbekannten Angreifer. Immer wieder griffen die beiden Männer mit kurzen Vorstößen Timon an und brachten ihm kleine Wunden bei. Es waren nur Schnittverletzungen, die schmerzten, ohne wirklich gefährlich zu sein. Die Angreifer stellten damit deutlich ihre Überlegenheit zur Schau. Sie konnten mit Timon spielen, ihn quälen wie ein Tier, und mussten ihrerseits sein Schwert nicht fürchten, wenn sie bei dieser Taktik blieben. Sobald Timon versuchte, einen der Männer anzugreifen, machte der andere einen Vorstoß und zwang Timon, diesen zu parieren. Er schaffte es, die beiden auf Distanz zu halten. Doch wie lange konnte er das durchhalten? Seine Arme wurden bereits müde.

»Wer Widerstand leistet, wird getötet«, stellte Antipas klar. »Ich habe den Propheten Johannes verhaften lassen, weil er gegen mich war. Dort drüben sitzt er ein, auf der anderen Seite des Salzmeeres. So gehe *ich* mit Rebellen um, während du sie gewähren lässt. Ich weiß den edlen Pilatus in dieser Frage auf meiner Seite, und damit auch den Kaiser. Deine geschickten Worte, Bruder, sollen uns nur verwirren. Du willst, dass wir das Wesentliche nicht mehr erkennen, dass es nämlich ein Recht gibt auf dieser Welt, und das ist das Recht des Stärkeren. Die Dolche einiger Fanatiker können Judäa und die Interessen Roms nicht bedrohen, solange wir Stärke zeigen. Milde dagegen macht uns schwach und verwundbar, und du, Bruder, bist die verkörperte Milde.«

Flucht. Nur das konnte ihn noch retten. Timon war am rechten Unterarm verletzt, jetzt musste er sein Kurzschwert in der schwächeren Linken halten. Die beiden Männer lachten; sie ahnten, dass er am Ende seiner Kräfte war. Er wartete den nächsten Vorstoß ab, duckte sich und schoss pfeilschnell zwischen den beiden Angreifern hindurch, um zu der einzigen Treppe zu gelangen, die von dieser abgelegenen Plattform hinunterführte. Doch im vollen Lauf klammerten sich zwei Arme von hinten um seine Knie und brachten ihn zu Fall. Sein Schwert glitt ihm aus der Hand. Er konnte sich noch drehen und rang im nächsten Moment mit einem der Männer. Der Dolch fuhr ihm in die rechte Schulter, die Wunde brannte wie Feuer. Doch für eine kurze Sekunde schenkte der Schmerz ihm eine übermenschliche Kraft, und es gelang ihm, den auf ihm liegenden Mann wegzustoßen und sich aufzurappeln. Kaum stand er, schlug der andere Mann ihn mit der Faust ins Gesicht, dann in den Bauch, schließlich erneut ins Gesicht. Timon taumelte rückwärts, stieß an eine der Zinnen und blickte im nächsten Moment in die Finsternis der Tiefe, aus der ein warmer Hauch ihn anwehte, ein Wind, wie er ihn von Epidauros kannte.

Pilatus zog eine säuerliche Miene. Er hatte sich während des Disputes immerzu das Gesicht des Kaisers vorgestellt, vor dem er sich früher oder später erklären musste. Tiberius war nicht gerade für seine Gutmütigkeit bekannt. Dutzende Senatoren, Prokuratoren und Prokonsuln waren in den letzten Jahren hingerichtet oder enteignet worden, wegen angeblichem Hochverrat, wegen Amtsmissbrauch, Korruption oder Verschwörung. Fehler bestrafte der Greis so hart, dass man sie nie vergaß. Bei der Auswahl eines Königs für Judäa durfte Pilatus sich keine unglückliche Hand erlauben.

»Ihr seid beide kinderlos«, unterbrach er den brüderlichen Streit. »Beide Ehen sind ohne Sohn geblieben.« Abwechselnd blickte er Antipas und Herodias sowie Philipp und Salome an.

Betretenes Schweigen folgte. Es war unüblich, dass Fremde sich in Familienangelegenheiten einmischten, noch dazu in die intimsten. Allen war jedoch klar, dass Pilatus diese Frage erwägen *musste*, denn sie betraf den Fortbestand des Königshauses.

»Ich habe keine Lust«, fügte Pilatus hinzu, »in drei Jahren noch einmal in dieses öde Land geschickt zu werden, weil der König kinderlos gestorben und Judäa führungslos geworden ist.«

»Daran haben wir auch schon gedacht, edler Prokurator«, mischte Herodias sich in süßlichem Ton ein. »Antipas und ich werden einen Sohn annehmen.«

Diese Nachricht überraschte alle.

»Eine Adoption?«, fragte Pilatus neugierig.

Herodias nickte. »Wir haben vor, Kephallion an Kindes Stelle anzunehmen.«

Salome hielt es nicht mehr auf ihrer Bank. »Das ist dumm und gefährlich«, rief sie. »Kephallion ist rücksichtslos. Er lässt keine Moral außer seiner eigenen gelten, er hackt auf Schwächeren herum und achtet ausschließlich auf seinen eigenen Vorteil.«

»Das hört sich an, als sei er ein zweiter Herodes«, kommentierte Pilatus. »Das ist gut, denn Herodes war Roms Freund.«

»Kephallion wird niemals Roms Freund sein«, stellte Salome richtig. »Nur sein eigener.«

»Das ist doch heutzutage dasselbe. Wer zu Rom hält, gewinnt.«

Salome atmete tief durch und versuchte, ihre Wut zu zähmen. Sie musste Pilatus erklären, wer und was Kephallion war und dass er weder für Judäa noch für Rom gut sein konnte.

»Herodes«, begann sie, »hat trotz aller gewaltiger Fehler, die er zweifellos besaß, einen einzigen richtigen Gedanken gehabt. Er hat erkannt, dass Judäa eine Brücke zum Imperium schlagen muss, denn an Rom ging kein Weg mehr vorbei. Darum hat er Bauwerke in nichtjüdischem Stil erbaut und römische Zeichen in Judäa zugelassen, zum Beispiel den Adler. Da er selbst nur nach außen hin gläubig war, fiel ihm das nicht schwer. Kephallion hingegen ist aus völlig anderem Holz, wie ich buchstäblich am eigenen Leib erfahren habe. Er wird ...«

Salome wurde durch einen hereinstürzenden römischen Legionär unterbrochen. »Herr«, rief er dem Prokurator zu, »Herr, ein Mann ist von der Mauer gefallen.«

»Einer von unseren Leuten?«

»Nein, Herr.«

Pilatus lehnte sich wieder entspannt auf die Bank. »Na dann«, winkte er ab. »Ich dachte schon, ich müsste wieder ein halbes Dutzend Berichte lesen.«

»Wir wissen noch nicht, wer der Mann war.«

Salome, die sich von dem Eindringen des Legionärs in ihren Ausführungen über Kephallion gestört fühlte, warf einen Seitenblick auf Herodias und Antipas, die diese unsinnige Idee eines künftigen Königs Kephallion geboren hatten, und dabei bemerkte sie ein zufriedenes Grinsen ihres Stiefvaters, das allerdings nichts mit dem Disput zu tun zu haben schien, sondern mit der Nachricht des Legionärs. Doch im nächsten Moment veränderte sich sein Gesichtsausdruck schlagartig. Salome folgte seinem Blick – und sah Timon, der, mit zerfetzter Tunika und aus zahlreichen Wunden blutend, in den Festsaal taumelte.

Sie erstarrte. Sie war nicht fähig, auch nur einzigen Schritt zu tun oder einen Finger zu krümmen. Es war, als sei das, was vor ihren Augen geschah, nicht wirklich, als träume sie nur einen schrecklichen Traum.

Timon sackte auf die Knie. Der Legionär sprang ihm helfend zur Seite, versuchte, ihn zu halten, doch vergebens. Bäuchlings fiel Timon auf den nackten Steinboden und regte sich nicht mehr.

In diesem Moment erst erwachte Salome aus ihrer Starre. Sie wollte zu Timon laufen, aber Philipp hielt sie zurück, so dass niemand ihre Reaktion bemerkte.

»Das darfst du nicht«, flüsterte er ihr zu und hielt sie mit beiden Armen fest. »Jeder würde erkennen, wie ihr zueinander steht.«

»Lass mich.«

»In deinem eigenen Interesse – nein. So hart es für dich ist: Du musst dich jetzt zusammennehmen.«

Sie blickte über Philipps Schulter hinweg auf Timon, der reglos auf den Kacheln lag. Sie wollte seinen Namen rufen, doch als Philipp es merkte, handelte er schnell. Er hätte ihr den Mund zuhalten können oder sie schlagen, aber beides wäre aufgefallen. Und so küsste er sie. Zum ersten Mal seit der Hochzeit berührte er ihre Lippen mit seinen. Sie war so verwirrt und so ohnmächtig, dass sie es zuließ. Während sein Mund sich auf ihren drückte, betete sie. Herr, lass ihn nicht tot sein. Ich bitte dich. Ich flehe dich an. Es darf nicht sein.

»Ist er tot?«, fragte Pilatus einen herbeigerufenen Arzt.

Der Medicus ließ sich mit der Antwort Zeit. Dann stand er auf, blickte auf den Reglosen hinab und sagte: »Nein. Er lebt.«

Salome sackte in Philipps Armen zusammen.

Masada war mit allem Luxus ausgestattet. Hier gab es edel eingerichtete Bäder mit Schwimmbassins, eine Bibliothek, in der allerdings Antipas' Geschmack gemäß vornehmlich erotische Literatur zu finden war, zwei Festsäle, einen Theaterraum, vier Küchen, die vom einfachsten Brei bis zu raffiniert gefüllten Pfauen und feinstem Zuckerwerk alles herstellen konnten, einen bis zum Rand gefüllten Weinkeller, in dem man sich verlaufen konnte, einen kleinen, üppigen Garten mit einer Voliere und eine schier unübersichtliche Anzahl an Quartieren. Manche behaupteten, Masada könne mehr Menschen aufnehmen als die neue Metropole Philippi, die derzeit entstand. Auch wenn das übertrieben war, stand fest, dass Masada die größte, sicherste und komfortabelste Festung war, die zwischen Griechenland und Ägypten existierte.

Die meisten Quartiere waren für die Mannschaften gemacht, einfache Löcher ohne Tageslicht, zugig und eng. Sie lagen abseits des Palastes am anderen Ende des Berges, und keiner der Gäste bekam sie je zu Gesicht. Die Gemächer des Palastes waren großzügig ausgestattet mit Truhen aus afrikanischem Ebenholz, schweren Lüstern und Matratzen, die mit Hasenfellen gestopft waren, dazu reiche Ornamente an Wänden und Böden, zwitschernde Vögel in hängenden Käfigen, wärmende Kohlenbecken …

Philipps Quartier hatte nichts von alledem, stellte Salome fest, als sie erwachte. Sie war allein. Vier Fackeln, an jeder Wand eine, erhellten den nahezu kahlen Raum. Außer einigen Kleidertruhen, die ihr Mann auf jeder Reise mit sich nahm, gab es nur noch einen kleinen Tisch, auf dem zahlreiche Berichte und Dokumente gestapelt lagen, Zeichen dafür, dass Philipp jeden Tag arbeitete, gleichgültig, wo er sich befand. Auf beiden Seiten der Eingangstür standen bemalte Statuen, rechts ein nackter Mars, links eine nackte Aphrodite. Zwischen den beiden unbekleideten Göttern plötzlich Philipp auftauchen zu sehen, hatte etwas Komisches. Doch Salome war nicht zum Lachen zumute.

»Kommst du von Timon?«, empfing sie ihren Gemahl.

Er nickte.

»Wie geht es ihm?«

»Es geht ihm den Umständen entsprechend.«

Sie runzelte die Stirn. »Was ist denn das für eine unsinnige Beschreibung«, fuhr sie ihn an. »Auch einem Einarmigen oder Toten geht es den Umständen entsprechend. Kannst du dich nicht klarer ausdrücken?«

Es war unrecht, Philipp so vor den Kopf zu stoßen, ihn, der sie im Festsaal vor schlimmen Folgen bewahrt hatte, der Timon besuchte und nun an ihre Seite gekommen war, um sie zu trösten. Und sie wusste das auch. Aber ihr Kopf war, wenige Atemzüge nach ihrem Erwachen, voll mit Sorgen und Ärger, die sich miteinander mischten.

Philipp blickte sie, unbeeindruckt von ihrem Ausbruch, geduldig und fast zärtlich an.

»Er wird also gesund?«, fragte sie, ohne den gereizten Unterton abzulegen.

»Seine Wunden sind eher oberflächlich. Er wurde vermutlich nur aus Schwäche ohnmächtig.«

»Kann er sprechen?«

»Ja, er hat mir erzählt, dass zwei Männer ihn überfielen. Es gab einen Kampf. Timon wäre beinahe von der Mauer gefallen. Er konnte ausweichen, als einer der Unbekannten auf ihn zustürzte – und selbst über die Mauer in die Tiefe fiel. Der andere Unbekannte ergriff daraufhin die Flucht.«

»Ich gehe zu Timon.«

Salome wollte bereits von ihrem Lager aufstehen, als Philipp sie sanft zurückhielt. »Er schläft jetzt«, erklärte er.

»Ich will dennoch zu ihm, wenn du gestattest. Wobei dieser zweite Teil nur eine Floskel ist. Selbst wenn du es nicht gestattest, werde ich zu ihm gehen.«

»Natürlich gestatte ich es. Gang nach rechts, zweite Tür.«

»So nah?«

»Ich hielt es für besser, wenn er in unmittelbarer Nähe liegt. So können wir seine Genesung besser überwachen, und er ist sicherer.«

Etwas beschämt blickte sie zu Boden. Wieder einmal hatte sie Philipp völlig unnötig vor den Kopf gestoßen. Doch schon im nächsten Moment dachte sie erneut an Timon. Sie griff nach ihrem Umhang und legte ihn sich um die Schultern. Ihre Dienerinnen hatten sie wohl während ihrer Ohnmacht entkleidet, jedenfalls trug sie nur noch ihre Wäsche. Sie raffte den Umhang vorne mit den Händen zusammen und ging zur Tür.

»Hältst du es für klug, in diesem Aufzug zu Timon zu gehen?«, fragte Philipp.

In diesem Moment bemerkte Salome ein Gefühl in sich, das sie schon seit Jahren nicht mehr gespürt hatte, seit dem offenen Gespräch mit Philipp in der Synagoge des Palastes von Bethsaida, als sie ihm ihre Liebe zu Timon gestanden hatte. Damals endeten Ärger und Wut, die sie oftmals grundlos für Philipp gehegt hatte. Ihr Verhältnis zueinander entspannte sich, und sie lebten wie gute Bekannte beisammen.

Heute kehrte die Wut zurück – und wieder war sie scheinbar grundlos. Philipp kümmerte sich um Timon wie um einen Freund, zu ihr war er gutmütig und verständnisvoll, und trotzdem hätte sie ihm am liebsten die Schuld für alles gegeben, was in ihrem Leben nicht gut lief, und ihn in Grund und Boden geohrfeigt. Sie liebte nur Timon, und da passte Philipp einfach nicht dazu. Nie zuvor war ihr dies deutlicher als in diesem Augenblick, nie war ihre Wut größer gewesen, nie hatte sie stärker den Drang verspürt, Philipp zu verletzen.

Sie fuhr herum. »Nur weil du es ein einziges Mal in acht Ehejahren geschafft hast, mich zu küssen, bin ich noch lange nicht dein Weib, das du herumkommandieren kannst. Ich gehe in dem Aufzug, den ich für richtig halte. Und du kümmerst dich besser um Antipas und Pilatus, denn während wir hier über die Schicklichkeit meines Umhangs diskutieren, wird dein Bruder versuchen, sich den Königstitel zu schnappen.«

Sie wartete Philipps Reaktion nicht ab, sondern eilte aus dem Gemach und schloss die Tür hinter sich. Der Gang vor ihr schimmerte golden im Licht der Fackeln. Der Boden war mit ornamentierten Kacheln versehen und kühl, wie Salome schnell merkte. Sie war barfuß, aber glücklicherweise musste sie nicht lange gehen. Wie Philipp gesagt hatte, war Timons Krankenlager nur zwei Türen weit entfernt. Ein Soldat aus dem Gefolge bewachte die Tür, und wieder wurde ihr die Fürsorge ihres Mannes bewusst. Sie hätte beschämt sein sollen, doch sie konnte jetzt an niemand anderen mehr denken als an Timon.

Er lag schlafend auf dem Bett, eingehüllt in eine weiche Decke und in die Dunkelheit des Raumes. Salome ließ sich von der Wache eine Fackel reichen und befestigte sie in einem Wandhalter. Dann schloss sie die Tür und trat dicht an Timon heran.

Es war ein friedliches Bild. Seine Wunden waren ausgewaschen worden und nunmehr nichts weiter als schmale rote Linien auf der Haut seiner Arme, Schultern und Rippen. Keine von ihnen sah bedrohlich aus, und auch der Stich in seine Hüfte, der ihn am schwersten verletzt und schließlich zu Fall gebracht hatte, blutete nicht mehr. Es war wie ein Wunder, dass ihr Geliebter, der noch vor einer Stunde dem Tode so nahe schien, weiterleben würde, als sei nie etwas geschehen. Sie streichelte Timons Wange und seufzte erleichtert.

Gleich darauf verdunkelte sich ihr Blick. Nichts geschehen? Doch! Jemand hatte versucht, ihr das zu nehmen, was ihr am meisten auf der Welt bedeutete, hatte versucht, ihr Glück zu ermorden, ihre Liebe die steile Felswand hinunter auf die weißen und roten Ufersteine des Salzmeeres zu stürzen. Dieser Jemand hatte bereits den dritten Versuch unternommen und würde weitere drei, dreißig oder dreihundert Versuche unternehmen, um sein Ziel zu erreichen. Dieser Jemand war Antipas.

Was für eine Ironie, dachte Salome und grinste bitter in das Halbdunkel des Raumes hinein. Herodes hatte sie in der ersten Minute ihres Lebens töten wollen, sein Sohn trachtete nun, mehr als drei Jahrzehnte später, danach, sie ins Unglück zu stürzen. Unleugbar war der heutige Tag der dramatische Höhepunkt seiner Bemühungen, ihr alles zu nehmen, was sie besaß, doch im Grunde hatte er damit schon vor langer Zeit angefangen. Seine Begierden hatten unmittelbar oder indirekt sowohl ihre Freundin Haritha wie auch Theudion, ihren Vater, das Leben gekostet, und auch ihre Mutter hatte sie an ihn verloren. Er hatte aus großen Teilen des Landes, das ihre Heimat war, einen Ort der Angst und Unterdrückung gemacht, und er war dabei, seine Macht auch über den Rest Judäas auszudehnen. Ja, selbst im Tod brächte er noch Verderben über ihre Heimat, denn Kephallion würde noch unbarmherziger als er herrschen.

Antipas musste ein für alle Mal unschädlich gemacht werden. Wer konnte wissen, wann er den nächsten Anschlag auf Timons Leben verüben würde? Noch heute Nacht womöglich? Er könnte Meuchelmörder durch das Fenster einsteigen lassen, Wachen bestechen, ja, vielleicht war sogar die Wache, die gerade vor der Tür stand, bereits von Antipas gedungen worden. Das Unglück konnte überall lauern. Salome war in diesem Moment zornig genug, noch heute Abend einen Dolch zu nehmen und ihn Antipas in die Brust zu stoßen, doch damit wäre auch ihr eigenes Leben vernichtet worden, und diesen Triumph gönnte sie Herodias und Antipas nicht.

»Ich werde leben«, flüsterte sie und strich dem schlafenden Timon über die wirren, vom Fieber verklebten Haare. »Und Timon wird leben.« Sie küsste ihn zärtlich auf den Mund, wandte sich um und blickte entschlossen zur Tür.

18

»Antipas wird König«, beschloss Pilatus den Disput, nachdem er sich noch einmal die Argumente der beiden Brüder angehört und abgewogen hatte. Am Ende konnte es nur diese Entscheidung für ihn geben. Philipp war voller überspannter Ideen, von denen jede einzelne ein Experiment darstellte: Mitsprache für das Volk, Verwendung von Steuern für gemeinnützige Einrichtungen, Freilassung von Sklaven nach nur fünf Jahren Arbeit, Abschaffung der Steinigung ... Pilatus verstand nicht allzu viel von solchen Dingen, denn die Details von Politik strengten ihn zu sehr an, aber er wusste, dass alles, so wie es war, doch recht gut funktionierte. Wozu also ändern? Außerdem war er sich nicht sicher, wie Kaiser Tiberius über solche Visionen dachte, denn der Alte war unberechenbar. Mit Antipas hingegen fühlte Pilatus sich auf der sicheren Seite. Keine Ideen, keine Experimente, sondern klassische Machtausübung im Sinne Roms.

Längst war es tiefe Nacht geworden. Die Diener lehnten müde an den Wänden, die Fackeln waren fast abgebrannt, der Saal seltsam still. Auf ein freudiges Klatschen von Antipas hin füllte sich jedoch alles wieder mit Leben. »Das lasst uns feiern«, rief der designierte Monarch.

Die Gefolge der beiden Brüder strömten wieder herein, die Diener brachten Wein und Speisen, neue Fackeln erleuchteten den

Saal, Räucherwerk von Sandelholz quoll aus großen Schalen, und allenthalben diskutierten, lachten und tranken die Menschen, außer *Rabban* Jehudah, der sich angesichts des Spektakels angewidert zurückzog. Herodias, triumphal grinsend, schmiegte sich an ihren Gemahl und reichte ihm einen vollen Kelch nach dem anderen, den er binnen weniger Atemzüge leerte. Auf Philipp achtete kaum mehr jemand. Einige Männer seines Gefolges warfen ihm mitleidige Blicke zu, die ihn eher betroffen machten als trösteten, doch die meisten ignorierten ihn zugunsten seines Bruders, denn sie erhofften sich von einem Wechsel einen einträglichen Posten am künftigen Königshof von Jerusalem.

»Vielleicht sollten wir dir eine Sklavin zur Unterhaltung schicken«, bot Antipas dem Prokurator an, und dieser machte zur Antwort ein Gesicht, als sei er dieser Idee nicht abgeneigt.

»Und dem armen Philipp vielleicht auch«, fügte Herodias hinzu. »Meine Tochter scheint ihn ja nicht mehr mit ihrer Gegenwart verwöhnen zu wollen.«

Antipas jauchzte hell auf wie eine Hyäne, und das Gefolge lachte mit. »Herein mit den Weibern«, grölte Antipas, woraufhin drei Dutzend halbnackte ägyptische Tänzerinnen in den Saal fluteten und sich den nächstbesten Männern in die offenen Arme warfen. Ihre spärliche Bekleidung aus Kettchen und dünnen Tüchern verloren sie schnell, die Männer grapschten nach ihren Brüsten, spielten mit ihren Schenkeln, zogen an ihren Haaren, wenn sie sich mit anderen um sie stritten, bedachten sie mit unflätigen Worten, begossen sie mit Wein, gaben ihnen klebrige Speisen zwischen die Lippen und schoben sie mit ihrer Zunge in den Mund nach, und wenn eine von ihnen wegrennen wollte, jagten sie ihr hinterher und brachten sie unter lautem Geschrei zu Fall. Auch Herodias hatte ihren Spaß mit Sklavinnen und Männern aus dem Gefolge, die sie abwechselnd küsste. Nur wenige beteiligten sich nicht an dem wilden Spektakel, unter ihnen Philipp. Er verzog angewidert die Lippen, und als sogar Pilatus und die anwesenden römischen Offiziere sich von Weibern entkleiden und verführen ließen, beschloss er zu gehen.

Gerade als er den Saal verlassen wollte, kam ihm einer der Gäste entgegen und rief, so laut er konnte: »Salome tanzt.« Seine Stimme übertönte nicht vollständig den Lärm des Saales, und so wiederholte er seine Entdeckung: »Salome tanzt.«

Es wurde ruhiger. Antipas ließ von der Sklavin unter ihm ab und hob seinen Kopf. »Was sagst du? Wo? Wo tanzt sie?«

»Draußen im Hof.«

Antipas rappelte sich auf und lief, wie von einer unsichtbaren Macht gezogen, aus dem Saal; das Gefolge und die Römer eilten ihm nach. Nur die Sklavinnen blieben verstört zurück, und Philipp, der noch gar nicht glauben konnte, was er eben gehört hatte. »Salome«, flüsterte er. »Was tust du?«

Tatsächlich tanzte Salome im Hof der Festung Masada. Sie wiegte ihre Hüften zur sanften Melodie einer Flöte und hörte auch nicht damit auf, als die Menschen sie umringten und ihr Stiefvater vor sie trat.

»Ja, tanze vor mir, Salome«, bat Antipas mit glasigen Augen. Wein und Speichel flossen aus seinen Mundwinkeln und tropften ihm auf die speckige, haarige Brust.

Salome überwand all den Ekel und Widerwillen, der sie erfüllte, und lächelte Antipas durch den dünnen roten Schleier an, der ihr vom Kopf bis zu den Füßen reichte und nur Stirn, Augen und Nase freiließ. »Was bekomme ich dafür?«

»Was du willst. Aber tanze, noch heute Nacht, sofort.«

»Ich bekomme, was ich will?«

»Ich sagte es doch. Alles, bis zur Hälfte meines Königreiches.«

»Schwöre.«

»Ich schwöre.«

»Schwöre, so dass es alle hören. Schwöre es dem Pilatus.«

»Ich schwöre«, rief er laut. »Sie soll haben, was sie begehrt, bis zur Hälfte meines künftigen Königreiches.«

»Schwöre es beim Namen des Einen und Unaussprechlichen Gottes.«

Rabban Jehudah war von der Menschenansammlung angelockt worden und trat neben Antipas. »Juden sollen nicht beim Namen Gottes schwören«, wandte er donnernd ein. »Denn das hieße, den Schwur höher zu stellen als Gott.«

Salome hörte auf, die Hüften zu schwingen. »So werde ich also nicht tanzen.«

»Nein, warte«, rief Antipas und hielt sie mit zitterndem Arm fest. »Tanze vor mir, Salome.«

»Schwöre zuerst.«

Antipas schluckte, atmete schwer, blickte sich nach Jehudah, Pilatus und Herodias um. Seine Gemahlin trat zu ihm, wobei sie Salome giftig ansah. »Ein solcher Schwur würde dich binden, Antipas. Also schwöre nicht. Ich hole dir so viele Weiber, wie du willst, Tänzerinnen, so schön und verdorben, dass alle Männer sterben würden, um sie ein einziges Mal zu haben. Ich schicke Kundschafter bis ans Ende dieser Welt, nach Indien, nach Nubien, zu den Berbern Afrikas, nach Süden ins Weihrauchland, die Seidenstraße entlang bis nach ...«

Antipas stieß sie von sich. »Salome, ich schwöre beim Namen des Einen und Unaussprechlichen Gottes, beim Schöpfer der Welt, dass ich dir alles geben werde, was du begehrst, bis zur Hälfte meines künftigen Reiches. Und jetzt tanze endlich, tanze!«

Salome verzog den Mund zu einem feinen, fast unheimlichen Lächeln. Sie hatte, was sie wollte. Jetzt musste sie sich nur noch überwinden und das, was sie am liebsten tat, dem Menschen zeigen, den sie am meisten verabscheute. Daran führte kein Weg vorbei. Aber jeden Schritt, jede Drehung und jede Geste widmete sie Timon. Jeder einzelne Schleier, der fallen würde, fiel nur für ihren Geliebten und für das Leben mit ihm.

Salome ging in die Mitte des Hofes und wartete, bis die Leute sich in einem weiten Kreis um sie aufgestellt hatten. Weitere Musiker kamen herbei, die sie vorher instruiert hatte: ein zweiter Flötenspieler, ein *lyra*- und zwei Tamburinspieler.

Sie reckte die Arme in die Höhe und stand gerade wie eine Zypresse. Über ihr wölbte sich das tiefblaue Sternenzelt von der Wüste Juda bis zum fernen Meer. Fackeln warfen ihren zuckenden Schein auf Salome, und das Knistern ihrer Flammen betonte die Stille. Noch immer wehte ein warmer Wind aus Westen, der gelegentlich das Bellen eines Wüstenhundes mit sich trug und Salomes zahlreiche Schleier bauschte. Die Soldaten auf den Mauern verließen die Posten, nur um dieses Bild zu sehen, die Diener wurden den Wein für die Gäste nicht mehr los, weil niemand sich rühren wollte. Die Menschen hielten den Atem an und starrten auf Salome, nur Jehudah schloss gelegentlich die Augen, unsicher, ob er den lasterhaften Tanz ansehen solle oder nicht.

Der Augenblick war gekommen.

Anders als früher, als süße Töne den Anfang machten, begann Salomes Tanz mit dem wilden Klopfen der Tamburine, begleitet von den schwingenden Saiten der *lyra*, eine ausgelassene Melodie, wie ein Überfall aus dunkler Nacht. Ein greller roter Schleier wirbelte wie eine Windhose aus Feuer über den Hof, streifte die Gäste, die in vorderster Reihe standen, streifte auch Antipas. Er wollte nach dem Stoff greifen, doch Salome war zu schnell und drehte sich so rasch weg, wie sie gekommen war. Antipas gefiel dieses Spiel, er lachte wie ein kleines Kind, dem man ein Spielzeug vor Augen hielt und wieder wegnahm. Unter dem roten Schleier leuchtete bereits der goldene, doch noch war nichts von Salomes Haut zu sehen. Außer den Augen und den Füßen blieb ihr Körper verborgen, und so huschte Antipas' Blick von ihrem Gesicht bis zu den Zehen und versuchte, ihren Drehungen zu folgen.

Endlich fiel der rote Schleier. Jemand rief: »Eins.« Der Ruf breitete sich aus wie ein Feuer. »Eins«, riefen immer mehr Gäste, bis auch Antipas darin einstimmte. Seine Augen leuchteten, als er sah, wie Salomes geschmeidiges schwarzes Haar sich über ihre Schultern ergoss.

Der zweite Schleier war eine Sonne. Sein Gold spiegelte das Licht wider und warf kleine Punkte auf den Boden, die mit jeder von Salomes Bewegungen tanzten. Sie hüpfte leichtfüßig eine der Treppen hinauf und rannte, strahlend wie eine lebendige Fackel, vorbei an Soldaten die Festungsmauer entlang, bis sie so fern schien wie einer der Sterne am Firmament. Antipas wollte ihr folgen und wuchtete seinen Körper schweratmig die Treppe hinauf, doch da hüpfte sie eine andere Treppe hinunter und eilte wieder in den Kreis der staunenden Männer. Sie drehte einige Pirouetten vor ihrer Mutter, bevor sie mit einem kräftigen Ruck den Schleier von sich riss und in den Wind warf.

»Zwei«, riefen die Leute im Chor, und Antipas stapfte wieder die Treppe hinunter. »Zwei«, lachte auch er.

Die Tamburine schwiegen, und *lyra* und Flöten schickten wehmütige, wogende Klänge in die Nacht. Der dritte Schleier, türkis wie die Wellen des Sees Genezareth, ließ Salomes schlanke Arme frei. Sie bewegte sie, als würden sie von einem Sturm gebogen, der langsam nachließ und schließlich in vollendete Windstille überging. Sacht glitt der Stoff, wie von Zauberhand gelöst, an ihr herab, und sie stand in blendendem Weiß da.

»Drei«, jubelten die Leute, nur *Rabban* Jehudah verzerrte, angeekelt von so viel gottloser Gewöhnlichkeit, das Gesicht.

Nur die *lyra* spielte noch. Salomes Schritte wurden klein, zaghaft, verträumt wie die eines Mädchens, das durch eine schulterhohe blühende Wiese läuft. Schon waren unter dem seidigen Stoff die schlanken Unterschenkel zu erkennen, und als Salome eine Brücke machte, zeichneten sich die Konturen ihrer Brüste durch den gespannten Stoff deutlich ab. Antipas blinzelte, der Atem ging ihm noch schwerer als sonst, und er musste sich schließlich auf einen Schemel setzen, der ihm gebracht worden war. Langsam richtete Salome sich wieder auf und ließ den weißen Schleier fallen.

»Vier«, riefen alle, nunmehr schon geübt.

Die Flöten begleiteten erneut die *lyra*, aber die Musik hatte die wollüstige Sehnsucht der roten und goldenen Schleier und die Poesie der türkisfarbenen und weißen eingebüßt. Ein seltsam dunkler Unterton mischte sich in die Melodie, die ein dramatisches Geschehen anzukündigen schien. Tiefes Violett umhüllte Salome wie ein Geheimnis. Ihre Schritte wurden unruhig, fast ängstlich, ihr Tanz drückte eine Flucht aus, eine Flucht, die nicht gelang, weil eine Mauer erstarrter Menschenleiber sie umgab. Sie wand sich an den Männern entlang. Ihre Hüften streiften eine Ahnung lang deren Körper. Sie verstörte sie, betörte sie, ließ ihre Herzen wie Trommeln schlagen. Einem Windhauch gleich berührte sie diese Sklaven ihrer Begierden und verströmte dabei den schweren Duft, der ihren Körper benetzte. Als sie bei Antipas angekommen war, warf sie ihm das violette Tuch in den Schoß.

»Fünf«, grölten die Männer und störten sich nicht daran, dass

Philipp, Salomes Gemahl, eben in den Hof gekommen war. Die Männer in der ersten Reihe setzten sich auf den Boden, einige spülten rasch einen Mund voll Wein die trockenen Kehlen hinunter, andere warfen ihre Kelche achtlos fort, irgendwo in den Hof oder im hohen Bogen über die Zinnen der Festungsmauer. Keiner achtete mehr auf das, was der andere tat, jeder hatte nur Blicke für die Frau, die einen unglaublichen und scheinbar endlosen Tanz aufführte.

Salome trug nun das Kleid der Nacht. Dunkles Blau schmiegte sich eng um ihren Körper und ließ mehr frei, als es bedeckte. Schultern, Achseln, Arme, Knie schimmerten ölig im Schein der lodernden Fackeln, und sie wirbelte zum Takt der Tamburine über den noch warmen Boden Masadas. Wie zu Beginn, spielte die Musik schnell und ekstatisch, aber das Drohende, Unheilvolle lebte in ihr weiter. Salome sprang, schlug ein Rad, ihr langes Haar peitschte durch die Luft, ihr Körper reckte und streckte sich und gab mehr als eine Ahnung von seiner Gestalt preis. Ausgelassener hatte sie nie getanzt. Selbst ihr, die durch tausend Tage voller durchtanzter Stunden geübt war, schwindelte es jetzt, und sie atmete schwer. Ja, sie litt. Sie wollte leiden. Sie wollte den Zorn lebendig halten, der in ihr tobte. Sie fragte sich, wie es sein könne, dass niemand der hundert Zuschauer bemerkte, dass nur die Wut sie antrieb, dass nur dieses Gefühl die Schritte bestimmte und ihre Arme kreisen ließ. Doch die Männer sahen in ihren Bewegungen wohl nur Leidenschaft, denn Leidenschaft und Wut waren für sie alle miteinander verschmolzen – und vielleicht hatten sie damit sogar Recht. Salome konnte die beiden Emotionen in dieser Nacht auch nicht voneinander unterscheiden.

Die Männer machten sich jetzt einen Spaß und warfen Münzen auf die Tanzfläche, und einige versuchten sogar, in Salomes Halsausschnitt zu treffen. Anfeuernde Rufe wurden laut, wildes Geschrei erhob sich. »Sechs«, riefen einige, obwohl der sechste Schleier noch nicht gefallen war. Sie wollten mehr, sie wollten es schneller. Antipas grölte nicht mit ihnen; seine Augen sagten alles, sie waren so voller Begierde wie vor neun Jahren in Harithas Gemächern im Palast von Tiberias. Herodias dagegen kaute auf der Lippe und beobachtete, wie ihr Mann mehr und mehr unter der Last seiner erotischen Phantasien zusammenbrach und den letzten Rest seiner Fassung verlor.

Doch das kümmerte Salome nicht. Antipas, Pilatus, Philipp – sie alle kamen ihr plötzlich wie Fremde vor. Sie flatterte so gleichgültig an ihnen vorüber wie ein Schmetterling an totem Kraut; selbst Herodias bedeutete ihr nichts. Sie tanzte für ein Ziel, für eine Zukunft, für ein Glück. Sie tanzte für Timon.

»Sechs«, brüllten die Leute erneut, und so gab sie ihnen den sechsten Schleier.

Plötzlich verklang die Musik. Zwei, drei Atemzüge lang blieben die Instrumente stumm, dann – düster und schwer – hallte eine der Flöten durch die Nacht. Ein transparenter schwarzer Schleier wand sich um Salomes Brust, ein weiterer um ihre Hüften, alles andere war Haut. Einer Rächerin gleich stand sie vor den Menschen. Die Arme und Hände kreisten wie dämonische Fänge. Langsam, Schritt um Schritt, ging sie auf Antipas zu und fixierte ihn dabei mit ihren schwarzen Augen. Sie achtete nicht auf die Blicke der Männer, die sich zwischen ihren Schenkeln zu einem einzigen begehrenden Auge vereinigten. Philipp wandte sich ab, aber er verließ Salome nicht.

Als sie dicht vor dem zusammengesackten Antipas stand, als sie seinen Atem auf ihren Oberschenkeln spürte, als sie wie eine gigantische Statue auf ihn herabblickte, löste sie den Schleier ihrer Brust und der Hüften. In diesem Moment verhallten die dunklen Klänge der Flöte. Der Tanz fand sein Ende.

»Sieben«, schrien einige, doch das waren nur Römer, die nicht begriffen, was gerade vorging. Den Juden stockte der Atem. Ganz und gar entblößt schimmerte Salomes geölter Körper in der Nacht. Eine Frau, eine Fürstin zudem, stand nackt vor ihnen.

Nur Antipas' Röcheln unterbrach noch die Stille. Die Gefolge waren, wie dereinst Lots Frau, zu Salzsäulen erstarrt. Sie alle hatten vor nicht einer Stunde noch zahllose Sklavinnen nackt gesehen, ja, sich mit ihnen auf dem Boden gewälzt. Und viele von ihnen waren schöner und jünger gewesen als Salome. Doch diese Frauen waren Ungläubige, sie unverhüllt zu sehen war unbedenklich. Hier nun stand eine gebürtige Jüdin vor ihnen, eine Angehörige ihres erwählten Volkes, eine, die dem Gesetz Gottes untertan war, die rein bleiben musste. Wer war sie, dass sie so etwas wagen durfte? Und warum wagte sie es?

»Frevel«, flüsterte *Rabban* Jehudah. »Unerhörter, unschaubarer Frevel.«

Der Augenblick verging. Einer der Tamburinspieler – ein schwarzer Afrikaner – kam und legte ihr einen der abgeworfenen Schleier um die Schultern. Salome zog den roten Stoff fester um ihren Körper und sah nun beinahe so aus wie vor dem ersten Schritt.

»Nun hast du bekommen, was du wolltest«, sagte sie laut und hart. Sie wusste, dass Antipas noch nicht in der Lage war zu sprechen. Er japste und schluckte. Er versuchte, zu ihr aufzublicken, doch sein Kopf sank immer wieder nach vorne, so als reiche die Kraft des Nackens nicht aus, ihn zu halten.

»Nun?«, rief sie fordernd. Ihre Lippen blieben dabei seltsam starr, kein überlegenes Grinsen, kein missbilligendes Verziehen der Mundwinkel löste diese Spannung. »Ich habe einen Wunsch frei.«

Antipas brauchte noch einige Atemzüge, bis er wieder halbwegs in der Realität angekommen war. Schließlich nickte er. »Ich gebe dir Gold, so viel du willst.«

»Kein Gold.«

»Nun denn«, ächzte er, noch immer etwas benommen, »ein Prunkschiff dann.«

Sie schüttelte den Kopf.

»Kriegselefanten?«

»Wirklich sehr romantisch. Was soll ich mit Elefanten?«

»Einen Palast? Hundert arabische Schimmel? Eine Kiste voller Perlen aus Saba?«

Zu allem schüttelte Salome den Kopf. Sie beugte sich zum Ohr des Tetrarchen und flüsterte, so dass es keiner der anderen hören konnte: »Ich will, dass du die Hand von Timon und mir lässt.«

Antipas war mit einem Ruck wieder völlig wach. »Nein«, rief er laut. »Nein, das kannst du nicht verlangen.«

»Du hast es geschworen.«

»Ich biete dir den Thron an meiner Seite, den Thron, den deine Mutter wollte. Königin zu sein, das ist es, was du verdienst.«

»Du vergisst wohl«, entgegnete sie, »dass *ich* es bin, die einen Wunsch frei hat, nicht *du*. Gib mir, was ich verlange.«

»Du hast kein Recht, mich um so etwas zu bitten«, donnerte er verzweifelt.

Noch einmal flüsterte sie ihm ins Ohr: »Beim Namen des Unaussprechlichen, du hast geschworen, mir zu geben, was ich verlange. Und ich verlange, dass du die Hand lässt von Timon und mir.«

»Ich müsste gestehen«, flüsterte er zurück, »dass ich jemals Hand an ihn legen wollte. Und du müsstest gestehen, dass dir mehr an ihm liegt, als die Schicklichkeit erlaubt.«

»Nein, mein Wunsch bleibt unser Geheimnis.«

Antipas grinste. »In diesem Fall muss ich mich ja nicht daran halten, denn keiner kann die Einhaltung überprüfen.«

»Der Herr kann es«, erwiderte sie ärgerlich.

»Du hast *Rabban* Jehudah vorhin gehört: Der Herr erkennt Schwüre nicht an.«

Ihre Augen blitzten Antipas an. Was für ein elender Wurm er doch war! Sie hatte vor dem Widerling getanzt, bis ihm der Speichel floss, sie hatte seine verlangenden Blicke ertragen, seinen keuchenden, stinkenden Atem, sein Stöhnen und Röcheln. Sie hatte ertragen, dass er ihr Eltern und Freunde genommen hatte, dass er Pharisäern hörig war, das galiläische Volk unterdrückte und danach trachtete, Herr des ganzen Landes zu werden. Mit schwerem Herzen hatte sie ihm gegeben, was er von ihr begehrt hatte, und nun stahl er sich niederträchtig aus dem Handel heraus, bedrohte weiter Timons Leben und bald vermutlich auch Philipps. Der Tanz hatte alles nur schlimmer gemacht: Antipas würde nicht ruhen, bis er sie auf Herodias' Platz gesetzt hätte. Nie hatte sie ihn mehr gehasst als in diesem Moment, nie ein stärkeres Verlangen gespürt, einen Menschen zu vernichten. Sie konnte diesem Verlangen nicht länger widerstehen.

Da kam ihr eine Idee. Wenn sie von Antipas öffentlich etwas verlangte, was er noch weniger zu geben bereit war, so könnte sie doch noch ihr Ziel erreichen. Es musste etwas sein, das er nie und nimmer tun würde: Gott erzürnen. Vor die Wahl gestellt, sie und

Timon in Ruhe zu lassen oder seinen Gott zu erzürnen, würde er das zweite wählen.

»So wünsche ich mir etwas anderes«, rief sie, ihrer Eingebung folgend. »Ich wünsche mir den Tod des Täufers.«

Die Masse stöhnte. Antipas schreckte hoch und riss entsetzt die Augen auf. »Du willst …« Dem Tetrarchen versagte die Stimme.

»Töte ihn«, schrie sie. »Noch bevor die Sonne über dem Salzmeer aufgeht.«

»Er ist ein heiliger Mann«, erwiderte Antipas entsetzt. »Der Herr wird uns zerschmettern, dich und mich.«

»Der Herr hat seine Gelegenheiten versäumt, dich zu zerschmettern. Nun tue ich es. Töte Johannes – auf dass du selbst daran verreckst.«

»Ja, tu es«, stimmte Herodias ein. Sie hatte Johannes, den Täufer, der sie unentwegt als gottlose Hure beschimpft hatte, immer schon tot sehen wollen. Doch mehr noch sprach die Erleichterung aus ihr, denn Salome war zu einer Bedrohung ihrer Stellung geworden, seit Antipas ihr verfallen war. Leicht hätte ihre Tochter sich den Platz an Antipas' Seite und damit die Königinnenwürde wünschen können. Die überraschende Wende jedoch entzückte Herodias. Über Salomes mögliche Motive für diesen ausgefallenen Wunsch dachte sie in der Aufregung nicht nach. Und selbst Jehudah, den die Predigten des Täufers, die sich auch gegen die Pharisäer richteten, schon lange störten, sah keine Veranlassung, sich gegen eine Hinrichtung auszusprechen.

»Salome«, wimmerte Antipas. »Ich verstoße deine Mutter, ich schenke dir Tiberias und den See Genezareth, ich öffne dir sogar die Pforten zum Allerheiligsten im Tempel, das noch nie von einer Frau erblickt wurde. Aber fordere nicht das Leben des Täufers, denn das hieße, das Schicksal herauszufordern.«

Salome blieb ungerührt. »Pilatus hat deinen Schwur gehört. Alle haben ihn gehört. Willst du eidbrüchig werden? Willst du dich im Angesicht deiner Verbündeten, deiner Gefolgschaft und des Vertreters des römischen Kaisers zum Betrüger machen?«

Antipas barg sein Gesicht in den Händen. »Herr«, rief er. »Herr, hilf mir.«

Zum ersten Mal nach dem Tanz gönnte Salome sich ein triumphierendes Lächeln. »Du kannst wählen, Antipas. Entweder du erfüllst mir den Wunsch, den ich dir als ersten nannte, oder du erfüllst mir den zweiten. Du hast es in der Hand. Du kannst entweder mich aufgeben oder Gott. Die Wahl dürfte dir nicht schwer fallen.«

Salome hatte keinen Zweifel daran, dass Antipas dem Einen Gott treu bleiben würde. Nicht einmal ein direkter Befehl des Kaisers würde einen abergläubischen, ängstlichen Menschen wie ihn dazu bringen, einen Mann zu ermorden, den er für heilig hielt, für gottgesandt.

Antipas ließ zitternd seine Hände sinken, und zum Vorschein kamen gerötete Augen, die wirr flackernd von Pilatus zu Herodias und Jehudah, zu Philipp und endlich zu Salome hetzten. Schließlich stöhnte er: »Ich kann nicht. Ich schaffe es nicht, so sehr ich mich auch anstrenge.«

Salome atmete erleichtert auf, denn sie interpretierte seine Worte in ihrem Sinn. Er würde Timon und sie in Ruhe lassen. Doch dann rief er aus voller Kehle einen Befehl über den Hof der Festung Masada: »Tötet den Täufer. Sofort.«

Auf der Stelle machte sich laute Unruhe breit. Das Gefolge diskutierte, applaudierte, äußerte Bedenken, rumorte, stritt; vier Soldaten der Leibwache holten ihre Pferde und saßen auf, wobei Herodias einem von ihnen vorher noch etwas ins Ohr flüsterte; Philipp verließ das Geschehen; Antipas sackte wieder auf seinen Schemel, und sein schwerer Leib zuckte wie unter Krämpfen. »Ich kann dich nicht aufgeben«, jammerte er. »Ich kann nicht.«

Salome blieb äußerlich ruhig, doch in ihrem Innern tobte ein Orkan von Gefühlen. Kaum verstand sie, was soeben vorgefallen war. Aus dem Tumult hallten Worte über den Hof, die sie eine Mörderin schimpften, eine sittenlose Hure, eine Gotteslästerin; sie begriff dies ebenso wenig wie die Dankesworte, die Herodias ihr im Vorbeigehen zuraunte. So stand sie da, zehn, zwanzig, dreißig Atemzüge lang. Sie hätte ihren Wunsch zurücknehmen können, doch sie tat es nicht. Sie tat überhaupt nichts.

Ihre ganze Hoffnung hatte sie in diesen Tanz gesteckt, ihre ganze Würde als Prinzessin und Fürstin verleugnet, ihre Scham ignoriert, nur um von dem übelsten Charakter ganz Judäas einen Gefallen zu erbitten. Sie hatte Timons Leben retten wollen, doch stattdessen einem anderen das Leben genommen.

Salome verließ den Hof und eilte an Timons Bett. Ihr Geliebter schlief noch immer, wusste von nichts. Sie war allein, einsam wie nie. Nach der heutigen Nacht würde sie auch die letzten Menschen verlieren, die sich um sie sorgten, die ihr Wärme und Schutz gaben. Timon würde nicht länger in Basan bleiben können, es war zu gefährlich angesichts der Bedrohung durch Antipas. Und sie, was sollte sie machen? Zurückbleiben? Philipp verlassen? Er würde sich ohnehin von ihr abwenden, denn heute war ihm zu viel zugemutet worden. Seine Frau hatte nackt vor einem grölenden Hofstaat gestanden und den Tod eines Propheten verlangt. Sie hatte sich unmöglich gemacht. Aber das Land verlassen, ihre Stellung aufgeben, ihre letzten Bindungen lösen und sich an Timon klammern? Wo wäre da ihr Platz, wo ihre Aufgabe? Sie gehörte nicht mehr nach Basan, an die Seite eines würdevollen Fürsten wie Philipp, ja, sie gehörte nicht einmal mehr zu diesem Volk. Sie gehörte auch nirgendwo anders hin. Sie war allein.

Salome wusste nicht, wie viel Zeit verging, während sie an Timons Bett saß und seinem ruhigen Schlaf zusah. Irgendwann näherte sich Hufgeklapper, und sie ging zum Fenster und sah in den Hof. Es war noch immer Nacht. Nur fern am Horizont, über den Bergen östlich des Salzmeeres, kündete ein schmaler rötlicher Streif vom nahenden Morgen. Die Luft war kühl; Salome sah ihren Atem, als sie sich aus dem Fenster beugte. Antipas saß noch immer auf seinem Schemel, in derselben Haltung, in der sie ihn zuletzt gesehen hatte, zusammengesackt und mit starrem Blick wie ein Bettler am Wegesrand. Herodias und das Gefolge hatten sich längst in ihre Gemächer zurückgezogen.

Die vier Soldaten saßen von ihren Pferden ab. Einer trug eine verschlossene Amphore unter dem Arm, in der Händler gemeinhin Öl, Fischbrei oder Gewürze transportierten. Er stellte sie vor dem Tetrarchen ab, öffnete sie und griff hinein.

Ein gewaltiger Schrei entlud sich aus Antipas' Kehle. Er sprang auf, schlug die Hände über dem Kopf zusammen und lief wie ein Irrer davon, kam wieder zurück und lief erneut davon, die halbe Treppe zur Mauer hinauf und wieder hinunter, bis er endlich ins Innere der Festung verschwand. Mit seinem Schreien und Wimmern hatte er den halben Hofstaat geweckt, Dutzende Köpfe reckten sich aus den Fenstern. Der Soldat zeigte ihnen, was Herodias haben wollte, als sie ihm vor dem Abritt etwas zugeflüstert hatte: In der Hand hielt er den Kopf des Täufers an den Haaren gepackt und reckte ihn einer Trophäe gleich in die Höhe.

Salome schloss die Augen.

Sechster Teil

Feuer und Asche

19

Die Rückreise nach Basan glich für Salome einem Geistermarsch. Die Stimmung im Gefolge war schlecht. Niemand lachte, und es wurde wenig gesprochen. Hinter vorgehaltener Hand tuschelten sich die Höflinge Unverschämtheiten über sie zu, gaben ihr unflätige Namen und warfen ihr mal respektlose und mal kühle Blicke zu. Dass sie, eine Prinzessin, eine Herodianerin, eine Repräsentantin des Volkes, nackt vor Ungläubigen, vor Soldaten und einfachen Leuten gestanden hatte, eilte scheinbar mit der Geschwindigkeit des Windes durch das Land. Wohin man kam, wandten sich Juden ab, Fensterläden schlossen und Straßen leerten sich. In Städten, wo Pharisäer besonders stark vertreten waren, wurde es noch schlimmer. Männer aus dem Volk spuckten vor ihre Sänfte, und vereinzelt strömten junge Männer aus Nebenstraßen, warfen ihr Schimpfwörter entgegen, als seien es Steine, und zogen sich wieder zurück. Das Verhalten des Volkes trug Eigenschaften eines Aufstands in sich.

Obwohl der Zug unversehrt die Provinzen Samaria und Galiläa durchquerte, obwohl nicht ein einziger körperlicher Übergriff vorkam, wurde Salome in diesen Tagen dennoch verletzt. Die Verachtung traf sie sogar noch härter, als wenn jemand ein Attentat auf sie verübt hätte. Wenn sie sich nicht um Timons Genesung kümmerte, klagte sie sich an, lebte jede Phase jenes unseligen Abends wieder und wieder in Gedanken durch. Wie, fragte sie sich, war sie nur auf diesen absurden Gedanken gekommen, vor Antipas zu tanzen? Warum hatte sie vorher nicht Timons oder Philipps Rat gesucht? Und wieso hatte sie auch den letzten der sieben Schleier fallen lassen? Sie wusste keine Antwort auf diese Fragen. Jene Nacht in Masada war die seltsamste und schlimmste, die sie je erlebt hatte. Kaum dass sie sich der Vorgänge entsinnen konnte, geschweige denn der Motive, die sie trieben. Alles, woran sie sich deutlich erinnerte, war dieses Gemisch aus Wut und Angst, das jede Faser ihres Körpers durchdrungen hatte.

Aber auch, wenn sie bei Timon war und ihn pflegte, fand sie keine Ruhe. Selbst hier in seiner Nähe, wo sie sich am geborgensten und sichersten fühlte, holten sie ihre Fehler ein.

»Warum hast du das getan?«, fragte Timon sie nach einigen Tagen während einer Rast nahe Jericho. Die Sonne strahlte gleichmäßig warm auf die grünen Hügel herab, die nahen Balsamhaine versprühten ihren betörenden Duft, und das Plätschern der zahlreichen Quellen vermischte sich mit dem Gesang der Vögel. Es war ein nahezu perfekter Tag. Timon litt noch unter einem leichten Fieber, Folge seiner Verwundungen, doch er konnte in den Marschpausen die Sänfte verlassen und einige Schritte laufen.

Er stellte seine Frage leise, da sie beide sich aus verständlichen Gründen nicht allzu weit vom Gefolge entfernen durften, denn was Salome tat, ihre Blicke oder Gesten, alles wurde genauer denn je von Höflingen beobachtet. Ja, Timons Frage war diskret gestellt; der Vorwurf darin war für Salome dennoch deutlich herauszuhören.

»Ich weiß es selbst nicht mehr, Timon«, antwortete sie. »Vielleicht dachte ich, wenn ich Antipas den Tanz gäbe, den er sich wünscht, würde er dich und mich in Ruhe lassen. Und als ich dann tanzte, dachte ich überhaupt nicht mehr nach. Ich warf den siebten Schleier ab, ohne ...«

»Das meinte ich nicht«, unterbrach er sie. »Denkst du, ich würde dir vorwerfen, dass du nackt warst? Gut, es hätte vielleicht nicht sein müssen.« Er atmete tief durch und sah sie ernst an. »Aber warum hast du den Kopf dieses Täufers gefordert?«

»Oh«, sagte sie gedehnt, »das.«

»Ja, *das*!«, drängte er ärgerlich. »Wie kannst du nur so beiläufig darüber reden?«

»Die meisten Juden sind Pharisäer oder Zeloten, sie haben nicht viel für den Täufer übrig gehabt. Die werfen mir die Sache mit dem Täufer noch am wenigsten vor.«

»Es geht hier nicht darum, wie dein Volk über diese – wie du es nennst – *Sache* denkt, die in meinen Augen nichts anderes als Mord war. Es geht darum, wie *ich* darüber denke.«

Sie kämpfte gegen die Tränen an, die in ihr hochstiegen. »Es war nicht geplant«, entschuldigte sie sich mit zitternden Lippen. »Antipas wollte seinen Schwur nicht halten, er hatte weiterhin vor, dich umbringen zu lassen. Da kam mir diese Idee mit Johannes. Ich hätte doch nie geglaubt, dass er ... Ich wollte doch nicht ...«

»Du willst mir ernsthaft weismachen, dass du den Tod des Täufers nicht in Kauf genommen hast?«

»Ich habe überhaupt nicht nachgedacht«, rief sie.

»Du hast den Täufer gehasst. Darum hast du es getan.«

»Ich habe seine Ansichten gehasst, nicht ihn.«

»Du hast seine Ansichten *und* ihn gehasst. Damals, als er uns am Jordan überraschte und uns mit seinen Flüchen traktierte, hast du wörtlich gesagt, dass niemand ungestraft deine ungeborenen Kinder verfluchen dürfe.«

»Selbst wenn«, parierte sie. »Du hast ihn damals zu Boden gestoßen. Hättest du ihn deshalb gleich umgebracht?«

»Nicht um mich geht es hier. Nicht ich habe seinen Kopf gefordert, sondern du.«

»Das mit dem Kopf war grausam und ekelhaft, so etwas hätte ich nie verlangt.«

»Wie edelmütig von dir«, rief er sarkastisch. »Du wolltest nur, dass er umgebracht wird, aber wie er stirbt, war dir egal. Ich bin sicher, dass Johannes dir für diese wahrhaft aufrechte Tat die Hand schütteln würde – wenn er noch könnte.«

»Oh, wie gemein du sein kannst. Ich sagte doch schon, dass ich nicht nachgedacht habe. Ich habe es für dich getan, Timon, für uns. Ich wollte dich nicht verlieren.«

Timon schwieg. Ihr Streit war zu laut geworden. Er versuchte, sich zu beruhigen, atmete langsam durch und verscheuchte mit einem Blick ein paar Diener, die lange Ohren bekommen hatten.

Schließlich sagte er leise: »Wenn du nicht nachgedacht hast, wie du sagst, woher willst du dann wissen, dass du es wirklich und ausschließlich für mich getan hast, und nicht auch, weil du gleichzeitig Rache an Johannes und Antipas nehmen wolltest?«

Mit diesen Worten ließ er sie stehen.

Salome nahm Timons Worte durchaus ernst. Wenn sie ehrlich war, musste sie sich eingestehen, den Tod des Täufers nicht allzu sehr zu bedauern. Johannes hatte sie am Jordan beschimpft und verflucht, ja, sogar ihre noch ungeborenen Kinder verdammt. Er hatte das Volk gegen Philippi aufgewiegelt und die Rache des Himmels auf die neue Stadt herabbeschworen, die ihr und Timons Werk war. Nein, sie hatte keine Sympathie für diesen selbsternannten Richter über Gut und Schlecht, und wäre er eines natürlichen Todes gestorben, hätte sie sogar erleichtert aufgeatmet. Doch die Umstände seines Todes waren fürchterlich gewesen und unwürdig. Ein abgeschlagener Kopf, hochgehalten wie das Geweih eines erlegten Hirsches. Auch, wenn sie diese Art des Todes nicht befohlen hatte, so war sie doch verantwortlich dafür. Hatte Timon womöglich Recht, wenn er andeutete, sie habe die Ermordung des Täufers im tiefsten Inneren ersehnt? Sie, die seit Harithas Tod versuchte, die Todesstrafe abzuschaffen? Es gab Momente während der Reise, da hielt sie derartige Überlegungen für absurd, und es gab andere, da erschrak sie zutiefst über die Möglichkeit, dass sie vielleicht doch … Aber sie fand keine endgültige Antwort. Nach und nach spürte sie, dass sie mit dieser unheimlichen Frage würde leben müssen.

Und Timon wohl auch. Er brachte während der Reise die Themen Tanz und Täufer nicht mehr zur Sprache, auch scheute er nicht das Zusammensein mit Salome, und als sie sich dem See Genezareth näherten und Salome die Schönheit der alten, sonnenbeschienenen Olivenhaine sah, war sie voller Hoffnung, dass alles wieder in Ordnung käme. Im Palast von Bethsaida kümmerte sie sich als Erstes um ein Quartier für Timon, dessen Wunden weitgehend verheilt waren, den die Reise über staubige Wege und durch glühende Ebenen jedoch erschöpft hatte. Sie öffnete alle Läden, um Licht und Luft hereinzulassen, ordnete frisch geschnittene Myrtenzweige in einer Tonvase an und entzündete Weihrauch in einer Schale, ganz so, als empfange sie einen von langem Feldzug heimgekehrten Gemahl zu Hause. Heute sollten alle Sorgen vergessen sein, mit denen sie sich in den nächsten Monaten würde herumschlagen müssen. Weder Philipp noch Antipas, weder Königstitel noch Prokuratoren oder Kaiser oder murrendes Volk sollten die nächsten Stunden trüben. Als die Diener den Raum verlassen hatten, als sie zum ersten Mal seit Wochen wieder allein mit ihrem Geliebten war, zögerte sie keinen Atemzug lang und schmiegte sich an ihn. Sie sehnte sich nach einer kraftvollen Umarmung und einem warmen Körper, sie streichelte Timons Haut, die um ein Dutzend Narben reicher war, nahm sein Gesicht in die Hände, küsste ihn – und erschrak.

Sie ließ sich nichts anmerken, doch sie spürte deutlich, dass Timons Kuss nicht wie sonst war. Sie konnte es nicht erklären, es war nur so ein Gefühl ... Und als sie ihm tief in die Augen blickte, glaubte sie eine gewisse Distanz zu erkennen. So etwas hatte es noch nie zwischen ihnen gegeben, nicht in den Tagen in Ashdod, als sie sich kennen lernten, und auch nicht, als Timon das erste Mal nach Bethsaida gekommen war. Damals hatte er sich zwar distanziert *verhalten*, seine Augen hatten jedoch Zuneigung ausgedrückt, so deutlich, dass er sie gesenkt halten musste, damit seine wahren Gefühle nicht zu erkennen waren. Heute mied er den Blick nicht. Mit seinen blauen Augen sah er sie offen an, aber etwas Fremdes stand darin, das sich zwischen sie und ihn geschoben hatte.

Philipps Verhalten ihr gegenüber war wesentlich eindeutiger: Er mied sie, wo es ging. Die Besprechungen mit seinen Ministern setzte er so überraschend an, dass sie kaum noch daran teilnehmen konnte, so wie es früher möglich gewesen war, und kündigten sich ausländische Gesandtschaften an, empfing er sie in anderen Städten Basans, in Seleucia, Gamala oder sogar in Raphana, das weit von der Hauptstadt entfernt in den Geröllwüsten der Trachonitis lag. Er arbeitete bis in die Dunkelheit hinein und nahm währenddessen seine Mahlzeiten zu sich. Sie hatten immer schon getrennt geschlafen, nun schlief Philipp noch nicht einmal mehr in seinem eigenen Gemach, so dass sie selten wusste, wo er sich aufhielt. Nathan, sein Sekretär und persönlicher Diener, trieb die Frechheit sogar so weit, ihr auf Nachfrage Auskünfte zu verweigern. Kaum einmal aßen Philipp und sie gemeinsam, und wenn doch, so schwieg er wie ein Möbelstück.

Salome hätte es egal sein können, denn mehr als ein Bündnispartner war Philipp nie für sie gewesen. Sie hatte ihn als Mann nicht wahrgenommen, als Gemahl sogar störend empfunden und nur den Fürsten in ihm respektiert, und das war zu wenig, um den Verlust seiner Gesellschaft zu bedauern. Hätte er sich einfach über sie geärgert, würde ihr das überhaupt nichts anhaben können. Doch er schämte sich ihrer, das war offensichtlich, und dieses Gefühl traf Salome hart. Viele Menschen hatten sie im Laufe ihres Lebens für das verachtet, wofür sie einstand – Kephallion, Zacharias, Theudion, Jehudah –, und sie hatte diese Verachtung stets ertragen, ja, manchmal sogar wie eine Würde empfunden, doch nie hatte man sie vor der Welt verstecken wollen wie eine Aussätzige.

Mit jedem Tag in Bethsaida schwand ihre politische Bedeutung ein Stückchen mehr. Hatte der Hof sie früher als beinahe gleichwertige Herrscherin des Fürstentums angesehen, büßte sie diesen imaginären, auf persönlicher Integrität und Klugheit gründenden Rang vollständig ein. Mehr noch, sie nahm in den Augen der Leute nicht mal mehr die Stellung einer Fürstengemahlin ein, sondern wurde wie eine Konkubine angesehen, die zufällig im Palast wohnte, was an unzähligen Kleinigkeiten zu spüren war. Die Getränke und Speisen wurden nicht mehr so zubereitet, wie sie sie gern hatte; das *charosseth* war zu süß, der Wein nicht ausreichend verdünnt, das Gemüse bis zum Zerfallen gesotten. Mitten im Hochsommer ließ man ihr ein heißes statt ein erfrischendes Bad ein, und die Öllampen brannten plötzlich mit einem Duft, von dem sie immer schon Kopfschmerzen bekommen hatte. Eine Lüge nach der anderen wurde über sie in Umlauf gebracht. So wurde unter anderem behauptet, eigentlich sei Philipp vom Prokurator zum König bestimmt worden, erst ihr frevlerischer Tanz habe ihn umgestimmt, da eine Frau wie sie niemals Königin werden dürfe.

Ein absurdes Gerücht. Abgesehen davon, dass die Römer sich gewiss am wenigsten über einen freizügigen Tanz aufregten – immerhin badete ihr eigener greiser Kaiser angeblich mit einer ganzen Schar junger Frauen zusammen, was niemanden kümmerte –, hatte Salome, wie sich jetzt herausstellte, mit ihrem Tanz und der Forderung nach Johannes' Hinrichtung ganz unfreiwillig das Gegenteil von dem erreicht, was behauptet wurde. Die Nachrichten aus Galiläa, die in den Wochen nach ihrer Rückkehr eintrafen, berichteten von einer zunehmenden geistigen Verwirrung von Antipas. Er irrte schreiend in seinem Palast herum, verprügelte Diener, Minister und einmal sogar einen römischen Centurio, einen Boten des Prokurators, und er traf die unsinnigsten Entscheidungen, von denen die meisten gar nicht mehr umgesetzt wurden. War er ausnahmsweise einmal bei Verstand, konnte es passieren, dass er von einem Lidschlag zum anderen wieder rückfällig wurde, wild um sich schlug und ständig »Geh weg« rief. Der abgeschlagene Kopf Johannes des Täufers verfolgte Antipas, egal, ob er wachte oder schlief.

Nach wochenlangen Überlegungen entschloss sich Pontius Pilatus, seine Entscheidung zu revidieren. Glücklicherweise war Kaiser Tiberius noch nicht informiert worden, daher war es ein Leichtes für ihn, Antipas wieder fallen zu lassen. Weitere Wochen vergingen, dann traf eine Botschaft des Prokurators ein. Es war später Abend, und die Diener, die Philipp suchten, fanden ihn weder in seinem Arbeitszimmer noch im Schlafgemach. Als der Bote nach Salome fragte, wollten die Diener sie zunächst nicht holen lassen und boten an, einen Minister herbeizuholen, was jedoch der Bote nicht akzeptierte. Schließlich blieb ihnen keine andere Wahl, und so händigte der römische Centurio Salome die Schriftrolle aus, die mit dem römischen Adler gesiegelt war.

Edler Fürst, edle Fürstin, im Namen des Kaisers sende ich euch meinen Gruß. Es ist mir eine Freude und Ehre mitzuteilen, dass der erhabene Imperator Caesar Tiberius Augustus meinem Vorschlag zugestimmt hat, Philipp von Basan als König von Judäa einzusetzen. Die formale Anerkennung wird in Kürze folgen. Ich werde in drei Wochen zu euch nach Bethsaida reisen, um die Einzelheiten zu besprechen. Nehmt an dieser Stelle meinen Glückwunsch entgegen.

Marcus Pontius Pilatus, im Namen des Imperator Caesar Tiberius Augustus.

Das war die erste und einzige gute Nachricht seit Monaten, und Salome atmete auf. Die Sorgen, die sie mit sich herumtrug, halbierten sich damit schlagartig. Am meisten beruhigte sie, dass Antipas mittlerweile scheinbar völlig verrückt geworden war, was bedeutete, dass die Gefahr für Timon abnahm. Wer folgte noch Antipas' Befehlen? Wer würde es wagen, einen Gefolgsmann des künftigen Königs zu behelligen? Und Philipp würde Antipas wenn nicht absetzen, so doch für regierungsunfähig erklären und ihm einen Regenten zur Seite stellen. Salomes Stiefvater war erledigt; er konnte weder ihr noch dem Land jemals wieder gefährlich werden, und mit ihm sank auch der Stern von Herodias, Kephallion und Jehudah. Sie würde Königin werden. Einst hatte das Horoskop ihr vorausgesagt, zu Großem bestimmt zu sein, nun also sollte es sich bewahrheiten.

Ihr erster Impuls war, zu Timon zu gehen und ihm die gute Nachricht zu überbringen, doch sie sah ein, dass Philipp als Erster davon erfahren musste. Wie schon die Diener, traf sie ihren Gemahl weder beim Arbeiten noch beim Schlafen an. Auch die Synagoge des Palastes war dunkel und leer. Wen immer sie zu dieser Stunde noch in den Gängen traf, fragte sie nach Philipp, doch niemand wusste etwas. Sie holte den Hofmeister und den Schatzhüter aus dem Schlaf, erkundigte sich beim Zeugmeister, ob alle Pferde in den Stallungen waren, doch nirgendwo erhielt sie einen Hinweis. Im Trakt der Diener traf sie jedoch auf Nathan: Wenn jemand wusste, wo Philipp war, dann dieser naseweise *sofer*, der so tat, als gehöre ihm der Palast.

»Ich weiß es tatsächlich«, gestand er. »Aber ich werde es dir nicht sagen, Fürstin.«

»Wie bitte? Er ist *mein* Gemahl.«

»So steht es zumindest geschrieben«, parierte Nathan.

Sie hatte den Mann mit dem Wuschelkopf und den harten Zügen nie gemocht, doch da er Philipp gegenüber ausgesprochen loyal war und außerdem ihr Wiedersehen mit Timon ermöglicht hatte – wenn auch ahnungslos –, war sie ihm stets respektvoll begegnet. Doch sie konnte ihm nicht alles durchgehen lassen. Künftig würde sie Königin sein, und da musste sie wenigstens die Autorität in ihrem eigenen Haus besitzen. Sollte der Hof *denken*, was er wollte, aber er musste *tun*, was Philipp und sie wollten.

»Ich werde dein Verhalten nicht länger tolerieren«, mahnte sie.

»So?«, grinste er. »Was willst du machen? Mich köpfen?«

»Deine Scherze sind ebenso geschmacklos wie unangebracht. Ich besitze durchaus noch genug Einfluss auf meinen Gemahl, um dich ...«

»Was du sagst, hat keine Bedeutung mehr für Philipp«, unterbrach er sie.

Salome stutzte über seine vertrauliche Bezeichnung des Tetrarchen, den ein Sekretär eigentlich nicht mit dem Vornamen benennen durfte. Noch während sie sich wunderte, fuhr er fort:

»Und bemühe dich nicht, ihn irgendwie auf deine Seite zu bringen. Du könntest eine ganze Woche lang von morgens bis abends vor ihm tanzen, ohne auch nur das Geringste zu bewirken. Er ist fertig mit dir. Du hast ihn für immer lächerlich gemacht mit deinen widerlichen Verrenkungen und deinen nackten Brüsten.«

Nathan wurde lauter und heftiger. »Wenn es nach mir ginge, würdest du verstoßen werden und auch die Stadt verlieren, die du mit in die Ehe gebracht hast. Gründe dafür hast du ihm genug geliefert. Du hast Glück, dass Philipp ein anständiger Mensch ist. Dafür liebe und verehre ich ihn, und ich werde nicht zulassen, dass du seinen Namen noch weiter in den Schmutz ziehst. Warum lässt du ihn nicht einfach in Ruhe und sinkst in die Arme deines griechischen Liebhabers?« Nathan atmete tief durch, doch das konnte seine Erregung nicht dämpfen. »Er hat dich einmal geliebt, wusstest du das? Ja, auf seine Weise war er dir ergeben. Doch das ist nun endgültig vorbei.«

Eine Tür öffnete sich, und Philipp trat heraus. Er trug nur einen seidenen, zartgrünen Umhang, den er sich locker um Schultern und Hüften geworfen hatte. Seine Haare waren zerzaust, und seine Augen wirkten verschlafen. Es war für Salome offensichtlich, dass er eben noch in fremden Armen gelegen hatte. Sie gönnte ihm diese Liebelei, ja, einen Moment lang musste sie sogar schmunzeln, als sie sah, dass sein Auftritt ihm ein wenig peinlich war.

»Habe ich dich also doch noch gefunden«, begrüßte sie ihn.

»Was ist denn hier los?«, fragte er. »Ihr weckt mit eurem Geschrei den ganzen Palast auf.«

»*Ich* habe nicht geschrien. Dein übergeschnappter Schreiber hier führt sich auf wie eine Schwiegermutter und hält mir Vorträge über unsere Ehe.«

Nathan blies die Backen auf. »Philipp, ich habe nur ...« Er biss sich auf die Lippe, als er merkte, wie unangemessen er sich ausgedrückt hatte. Es konnte sein, dass sie sich untereinander vertraulich anredeten – vor anderen war das undenkbar. »Herr, ich habe deiner Gemahlin bloß verständlich machen wollen ...«

»Du wirst die Fürstin künftig nicht mehr anschreien, Nathan«, befahl Philipp ruhig und knapp, wie es seine Art war. Und an Salome gewandt, fügte er hinzu: »Und du, Salome, wirst diesen Trakt künftig nicht mehr betreten.«

»Ich werde es wohl schaffen, dieser wahrhaft gigantischen Versuchung zu widerstehen«, konterte sie sarkastisch. »Schon allein deshalb, weil mir die Gelegenheit dazu fehlen wird. Ich werde nämlich umziehen.«

Philipp runzelte die Stirn. »Wie meinst du das?«

Sie überreichte ihm die Schriftrolle, und er las sie gleich zweimal. Als er die Botschaft endlich sinken ließ, verkündete sie:

»Der Palast von Jerusalem erwartet uns, Philipp. Der Palast deines Vaters, Herodes des Großen. Nach so vielen Jahrzehnten wird dort endlich wieder ein König einziehen, noch dazu einer, der würdiger nicht sein könnte.«

»Würdiger?« Philipp wiederholte das Wort kopfschüttelnd. »Ich werde König, weil mein Bruder in den Wahnsinn getrieben wurde von meiner ...« Er sprach es nicht aus. »Der Kopf eines Propheten ist der Preis für diese so genannte Würde. Ich glaube, niemals zuvor hat ein König unter schlimmeren Vorzeichen sein Amt angetreten.«

Nachdenklich, fast niedergeschlagen, verschwand er wieder in dem Gemach, aus dem er gekommen war, und ließ Salome ratlos zurück. Philipp würde König der Juden werden, doch er tat so, als habe man ihn zum Tode verurteilt.

»Ich verstehe ihn nicht«, murmelte sie vor sich hin.

Nathan griff diese Bemerkung sogleich auf. »Nein, du wirst ihn nie verstehen. Du magst in Judäa geboren sein, und jüdisches Blut fließt in deinen Adern, aber er ist ein *wahrer* Jude, mehr als die meisten in diesem Land, und tausendmal mehr als du. Gerade das ist ja sein Verhängnis.«

Salomes sonnige Laune trübte sich nach der Begegnung mit Philipp und Nathan zwar ein wenig ein, verdunkelte allerdings nicht vollständig. Schon als Kind hatte sie sich gewünscht, Königin in Judäa zu werden. Vielleicht war damals wie heute auch ein Funken persönlicher Ehrgeiz und Eitelkeit dabei gewesen, aber ihr war es immer auch um mehr gegangen.

Judäa lebte im Grunde noch in der fernen Vergangenheit. Es trauerte den Zeiten Davids und Salomons nach und klammerte sich an die Worte von Propheten, die vor tausend Jahren gesprochen worden waren. Das Streben vieler Juden, die ganze Kraft, konzentrierte sich darauf, diese Zeiten lebendig zu erhalten oder wiedererstehen zu lassen. In Kürze würden die Juden den Beginn des Jahres 3794 nach Erschaffung der Welt begehen, doch im Grunde dachten und handelten sie nicht anders als im Jahr 2794. Das Volk wollte nicht wahrhaben, dass die Welt sich verändert hatte. Sie war größer geworden. Sie gehorchte nicht mehr den Regeln des letzten Jahrtausends. Babylon, Assyrien, Ägypten, Hellas – die alten Feinde waren längst untergegangen. Ein neues Imperium war erstanden, größer als alle zuvor – und anders als alle zuvor. Es wollte Judäa nicht brutal unterjochen, es wollte seine Städte und Dörfer nicht besetzt halten, seine Heiligtümer nicht schänden, seine Reichtümer nicht rauben, seine Menschen nicht versklaven, seinen Gott nicht absetzen. Das Einzige, was dieses Imperium wollte, war, von den Juden als Hoheit anerkannt zu werden, als dominierende Schutzmacht der Region. Diesen Anspruch würde es behalten – und durchsetzen, so oder so.

Salome wollte Brücken zu diesem Imperium bauen. Sie wollte Judäa näher an Rom heranführen, es gleichsam von Rom adoptieren lassen. Die Juden sollten ihre Identität behalten, aber ihre vorgestrigen Denkweisen nach und nach ablegen, sie sollten prüfen, welche ihrer Gesetze und Traditionen nicht mehr in die neue Zeit passten und welche fester Bestandteil der jüdischen Kultur bleiben mussten. War es denn gleich Verrat, wenn man Städte nach griechischem Vorbild baute? Wenn man Münzen mit Abbildungen prägte? Wenn man den Römern Hilfstruppen stellte und der König dem römischen Kaiser Huldigungsadressen schickte? Wenn man die Steinigung abschaffte? Wenn man eigene Speerwerfer, Hochspringer, Läufer und Ringer zu Wettkämpfen nach Olympia, Sparta oder Verona entsandte? Judäa durfte sich nicht länger isolieren, es musste sich der Welt öffnen. Diesen Prozess zu beginnen, dafür waren Philipp und sie genau die Richtigen.

Salome hatte das Bedürfnis zu feiern. Zugegeben, nicht alle Probleme waren mit der Entscheidung des Prokurators gelöst, sie würde auch weiterhin mit den Folgen des Tanzes und der Hinrichtung des Täufers zu kämpfen haben. Und viele Schwierigkeiten stünden ihr erst noch bevor. Doch ein Anfang war gemacht, und vor Verantwortung hatte sie sich noch nie gescheut, im Gegenteil. Voller Spannung sah sie der Zukunft entgegen.

Als sie in Timons Gemach eintrat, schlief er bereits. Auf Zehenspitzen schlich sie sich durch das Dunkel, zog sich aus und legte sich neben ihm auf das Bett. Die Nacht war warm und feucht, und vom See Genezareth wehte kein einziges Lüftchen heran. Salome nahm sich eine Hand voll des bereitgestellten Wassers aus der Schale und benetzte sich damit Brust, Bauch und Gesicht. Sie dachte an die Nachmittage mit Timon, damals am Strand von Ashdod. Er hatte sie einmal nass gespritzt, als er seine Haare lachend geschüttelt hatte. An diesem Tag hatte er ihr sein erstes Geschenk gemacht, eine Zeichnung, und am selben Tag hatte sie sich in ihn verliebt.

Ein Lächeln glitt über ihr Gesicht, als sie an jene Zeit zurückdachte. Einer übermütigen Laune folgend spritzte sie einige Tropfen des Wassers auf Timons Rücken, dann weitere, schließlich nahm sie die Tonschale und kippte ihren Inhalt über Timons Gesicht.

Erschrocken fuhr er hoch. Sie kicherte.

»Was, bei Hera …«, fluchte er, bevor er die Situation begriff. »Warum hast du das getan?«

Sie zuckte dreist mit den Schultern. »Ich wollte dich wecken.«

»Das hättest du auch trockener machen können.«

»Ja«, erwiderte sie. »Aber mir war eben nach nass zumute.«

»Weißt du, genau das ist ja das Problem, dass du immer das tust, wonach dir gerade zumute ist.«

Timons missgelaunte Worte, mehr noch sein Tonfall, ernüchterten Salome schnell. »Ich wusste nicht, dass das ein Problem für dich ist.«

»Seit einiger Zeit ist es das, ja«, stellte er klar. Er rieb sich rasch die Tropfen aus dem Haar, wandte sich von ihr ab und legte sich wieder hin.

Nicht selten verliefen ihre Gespräche so, seit sie wieder in Bethsaida waren. Timon war häufig mürrisch. Jede Geste, jedes Wort, jede gut gemeinte Tat von ihr konnte er zum Anlass nehmen, sie zu kritisieren; es kam ihr fast vor, als suche er geradezu nach Vorwänden, um seine schlechte Laune über sie auszukippen. Selbst wenn sie ihn verwöhnte, ihm Aufmerksamkeiten zukommen ließ und jeden Konflikt sorgsam vermied, so dass ihm ein Vorwand fehlte, ließ er sich nur widerwillig auf ihre Bemühungen ein. Wenn sie ihn küsste, erwiderte er den Kuss nur halbherzig. Seine Umarmungen waren längst nicht mehr so kraftvoll wie die früherer Tage, seine Blicke erreichten nie wieder diese Intensität. Auch kam er auf die merkwürdigsten Einfälle. So hatte er sich, zum Beispiel, die schulterlangen blonden Haare, die sie so schön gefunden hatte, kurz scheren lassen. Und ein indischer Kaufmann, der die Kunst des Hautstechens beherrschte, hatte ihm auf seinen Wunsch hin eine Art blaugraues Ornament in den Oberarm graviert. Timon war nicht mehr derselbe wie noch vor zwei Monaten, vor Masada.

»Ich bin gekommen, um dir zu sagen, dass Philipp zum König ernannt wird.«

Einige Atemzüge vergingen, ehe Timon sie durch die Dunkelheit ansah. »Dann hast du es also geschafft, ja?«

»Ja«, erwiderte sie freudig. »Wir gehen nach Jerusalem, du und ich.«

»Mein Platz ist in Philippi.«

»Philippi ist bald fertig. Dem neuesten Bericht von Kallisthenes nach kommen die Arbeiten schneller voran als erwartet. Schon im nächsten Frühling könnten wir die Stadt einweihen.«

»Ich weiß noch nicht, was ich danach machen werde.«

»Weiterbauen, natürlich. Die heilige Stadt braucht eine neue Wasserversorgung. In Jerusalem leben außerdem viele Griechen, wie du weißt. Dort wirst du Freunde finden, Timon. Es wird herrlich werden.«

»So, glaubst du?«

Er wollte sich wieder abwenden, aber diesmal sah Salome ihm nicht tatenlos dabei zu; schon zu lange hatte sie das Gefühl, dass Timon ihr entglitt. Sie umarmte ihn, legte sich auf ihn, küsste seine Lippen langsam und sinnlich. Ihre Hände waren überall, strichen über seinen Körper, über seine Narben, fuhren durch seine Haare, drückten ihn nieder und hielten ihn fest. Anfangs ließ er sich kaum darauf ein, doch nach einer Weile riss ihn seine Erregung mit. Die Stunden, die nun folgten, waren für Salome die leidenschaftlichsten, die sie je mit Timon erlebt hatte. Seine Berührungen waren fester, seine Küsse ungestümer denn je. War er früher zärtlich mit ihr umgegangen, weich und fast vorsichtig, packte er nun zu wie ein Eroberer. Er bestimmte in dieser Nacht allein, was passierte. Er brachte Salome an die Grenze dessen, was sie bisher mit ihm erlebt hatte, und überschritt diese Grenze. Als er auf ihr lag, funkelte er sie in einem Ausdruck von Macht und Lust an, biss die Zähne zusammen und hielt ihre Arme so fest umklammert, dass sie beinahe vor Schmerz aufschrie. Er merkte es, und in diesem Moment ließ er plötzlich von ihr ab. So schliefen sie nebeneinander ein.

Am nächsten Morgen erwachte Salome mit leichten Schmerzen an ihren Handgelenken. Eigentlich tat ihr ganzer Körper weh, doch sie achtete nicht weiter darauf. Timon war schon wach und zog sich gerade eine Tunika über den Kopf.

Der Anblick gefiel ihr, und mit einem Mal fand sie sogar seine kurzen Haare passend und auch verführerisch. »Wohin gehst du?«

Er zog sich weiter an, ohne sie anzusehen. »Nach draußen.«

»Um was zu tun?«

»Reiten.«

Sie lachte. »Reiten? Man sollte meinen, dass du nach dieser Nacht ...«

Er drehte sich blitzartig um. »Sag es nicht«, bat er. »Diese Nacht war ein Fehler.«

Sie stand auf und umarmte Timon von hinten. »Nein, das war sie nicht. Wir sind weiter gegangen als früher. Na und? Es wird schon nichts passiert sein.«

Er lachte verächtlich auf. »Da ist er wieder, der Hochmut, mit dem du alles beiseite schiebst. Fast beneide ich dich darum, wie leicht du über Geschehenes hinweggehst, als sei nichts passiert. Aber nur fast. Im Grunde ist sie mir unheimlich, diese Ignoranz. Sogar unangenehm.«

Ihre Augen glitzerten. »Oh, plötzlich ist sie dir also unangenehm. Als ich alles daransetzte, dich wiederzufinden, obwohl keiner mehr an dich glauben wollte, und als ich dich trotz enormer Gefahren nach Basan holte, als ich uns zusammenbrachte und dir den Auftrag deines Lebens verschaffte, da war dir meine Ignoranz nicht unangenehm, da hast du sie in vollen Zügen genossen. Und Hochmut? War es hochmütig, als ich dir damals hinterhergelaufen bin wie eine – das waren deine Worte – rollige Katze? Ich weiß genau, was dich stört, mein Lieber, und zwar die Tatsache, dass ich Erfolg habe, weil ich Initiativen ergreife.«

»Nein, mich stört, dass du die *falschen* Initiativen ergreifst.«

»Manche sind richtig, manche sind falsch, das weiß man vorher nicht immer. Eigentlich solltest du das wissen, oder würdest du sagen, dass deine Idee, meine Großtante zu ermorden, ein guter Einfall war?«

Er wirbelte herum und richtete seinen Zeigefinger auf sie. »Vergleiche das nicht mit dem, was du getan hast.«

»Johannes, nicht wahr? Es geht immer noch um den Täufer.«

»Deine Großtante war eine Mörderin, Salome, und ich war noch ein halbes Kind. Du dagegen bist klug und erwachsen. Der Täufer hatte dir nichts getan, er war nur ein Prediger unter tausend anderen. Für dich war er ein Instrument, ein Hilfsmittel, mit dem du deine Ziele erreichen wolltest.«

»Ich wollte dich beschützen.«

»Ja. Und du wolltest deinen Stiefvater besiegen und Königin werden.«

Sie verdrehte die Augen. »Ich habe dir doch schon gesagt, dass ich …«

»Wenn du alles ungeschehen machen könntest«, schnitt er ihr das Wort ab, »würdest du es tun?«

»Eine hypothetische Frage, die uns nicht weiterbringt.«

»Antworte! Würdest du den Tanz und die Hinrichtung rückgängig machen?«

Salome holte tief Luft. Sie zögerte drei, vier Herzschläge lang. Ohne den Tod des Täufers würden noch immer die Häscher des Antipas hinter Timon her sein. Auch Philipp wäre bedroht, und sie würde Gefahr laufen, von Antipas in Besitz genommen zu werden. Das Land wiederum müsste unter einem König leiden, der noch schlimmer wäre als einst Herodes.

Salome schlug die Augen nieder und schwieg.

Timon seufzte. »Wusste ich es doch. Du spielst Schicksal auf Kosten anderer.«

»Wir alle spielen Schicksal, Timon«, entgegnete sie bedrückt. »Mit allem, was wir tun, und allem, was wir nicht tun. Ich sehe dieser Verantwortung ins Gesicht und bin bereit, mich dem Urteil der Welt zu stellen.«

»Siehst du«, sagte Timon und ging zur Tür. »Genau das nenne ich Hochmut. Und ich weiß nicht, ob ich weiter damit leben will.«

Die folgenden beiden Wochen waren furchtbar für Salome. Nicht nur Philipp ging ihr weiterhin aus dem Weg, so dass sie ihn überhaupt nicht mehr zu Gesicht bekam, sondern auch Timon. Für einige Tage reiste er sogar nach Philippi, um seine Arbeit wieder aufzunehmen, aber Kallisthenes schickte ihn zurück, denn die Wunde an seiner Schulter brach wieder auf und musste versorgt werden; nichts Ernstes zwar, doch die ärztliche Betreuung in einem Lager konnte nicht so gut sein wie am Hof des Tetrarchen. So kehrte Timon nach Bethsaida in den Palast zurück. Tatsächlich kümmerte sich ein jüdischer Arzt um ihn, jedoch nicht der griechische Hofarzt, der viel besser ausgebildet war und bisher Timons Wunden versorgt hatte. Er habe anderweitig zu tun, hieß es. Salome sah darin nur eine weitere Schikane der Höflinge, insbesondere Nathans. Da Timon sich allerdings schnell wieder erholte, ging sie nicht dagegen vor.

In diesen Tagen sprach sie wenig mit Timon. Beide wichen beharrlich der Fortsetzung ihres Disputes aus – und beide wussten es. Die wenigen Male, die sie in diesen zwei Wochen zusammentrafen, sprach Timon über seine heilende Schulter und Salome über das bevorstehende Neujahrsfest *rosh-ha shana*, mit dessen Vorbereitungen sie derzeit beschäftigt war. Sie ging diese Aufgabe viel akribischer an als in den Jahren zuvor, denn etwas anderes hatte sie ja nicht zu tun. Weder ihr Gemahl und seine Regierungsgeschäfte noch ihr Liebhaber und die Stunden mit ihm brachten ihr Abwechslung, und sie sehnte bereits die Ankunft von Pilatus herbei, der die förmliche Anerkennung des Kaisers überbringen und das neue Königspaar anschließend nach Jerusalem begleiten würde, wo Zeremonien und Feierlichkeiten auf sie warteten. Die Aussicht darauf war das einzige Licht in der Trostlosigkeit der letzten Tage des Jahres.

Eines Nachmittags, als Salome soeben von einem Spaziergang in den Olivenhainen zurückkehrte, begegnete ihr Timon kurz hinter den Mauern Bethsaidas. Die Wiesen waren zu dieser Jahreszeit schon weitgehend verdorrt, und als er seinen Schimmel, der mittlerweile in die Jahre gekommen war, zum Stehen gebracht hatte, waren Salome, Reiter und Pferd von einer braunen Staubwolke eingehüllt.

Salome hustete und rieb sich die Augen.

»Entschuldigung«, sagte Timon, sprang ab und gab ihr etwas Wasser aus dem Lederschlauch. »Ich habe vergessen, wie trocken der Boden ist.« Zum ersten Mal seit Wochen fasste er sie wieder zärtlich an, wenn auch nur, um den Staub von ihrem weißen Gewand zu wischen.

»Schon gut«, hustete sie lächelnd. »So sieht uns wenigstens keiner.« Sie tauschten Blicke, die keiner von ihnen zuordnen konnte.

»Ich wollte zu den Hainen reiten«, erklärte Timon.

»Von dort komme ich gerade.«

»Ernten sie schon?«

Sie verneinte. »Sie warten noch auf Vollmond, dann erst ist genug Saft in den Früchten.«

Timon klopfte seinem treuen Gaul auf den Hals und sagte: »Na, dann reite ich mal weiter. Ich will wieder zurück sein, bevor die Sonne untergeht.« Er saß schwungvoll auf, und Salome wollte bereits weitergehen, als er rief: »Es war schön, dich hier getroffen zu haben. Wir – wir sollten uns noch einmal aussprechen, möglichst bevor der Prokurator kommt. Es ist momentan bestimmt nicht leicht für dich, oder?«

»Es ging mir schon besser«, gab sie zu.

Er nickte verständig, und Salome wurde in diesem Augenblick von der Hoffnung, mehr noch, von der Gewissheit erfüllt, dass sie sich wieder versöhnen würden. »Ich freue mich schon«, sagte sie lächelnd.

»Ich mich auch. Ach, übrigens«, rief er und wendete sein Pferd noch einmal. »Entschuldige, wenn ich jetzt indiskret werde ... Wie geht es ihm?«

»Wem?«

»Philipp natürlich.«

Sie zuckte mit den Schultern und wunderte sich über die Frage. »Keine Ahnung.«

»Ist er dir völlig gleichgültig?«, fragte Timon stirnrunzelnd.

»Seltsame Fragen stellst du heute. Ihn kümmerte es in letzter Zeit ja auch nicht mehr, wie es mir geht.«

Timon senkte betroffen den Kopf, und die Nähe, die sie eben noch gespürt hatte, war wieder verflogen, als er sagte: »Du hast dich verändert, Salome, sehr sogar. Früher warst du mitfühlend. Und du warst dankbar gegen jene, die dir einmal beigestanden haben. Philipp hat dich besser behandelt, als die meisten Männer ihre Frau behandeln, wenn sie erfahren, dass sie einen Rivalen haben. Und wie dankst du ihm das nun?«

Salome war verwirrt. Sie verstand überhaupt nicht, was Timon meinte.

»Hast du ihn besucht?«, fragte er.

Sie stutzte. »Nein. Wieso auch?«

»Dein Mann liegt im Fieber, und du setzt dich nicht eine einzige Stunde an sein Bett, ja, erkundigst dich noch nicht einmal nach seinem Zustand, hast nur noch Titel, Paläste und Macht im Kopf. Du wirst deiner Großtante sehr ähnlich, Salome.«

Er riss seinen Gaul herum und ritt davon, noch ehe sie ihm antworten konnte.

Sie war bestürzt. Philipp im Fieber? Niemand hatte sie davon in Kenntnis gesetzt! Die erste Empörung darüber wich rasch der Sorge um ihn. Salome zögerte keinen Atemzug lang und eilte in den Palast.

»Wo ist er?«, rief Salome, als sie Philipps Gemach betrat, in dem er sich allerdings nicht befand. Zwei Sklavinnen waren dort gerade damit beschäftigt, frische Feigen und Granatfrüchte in die Schalen zu füllen.

Die beiden ägyptischen Frauen sahen einander an und beschlossen übereinstimmend zu schweigen.

»Habe ich mich undeutlich ausgedrückt?«, fragte Salome scharf. Sie war es leid, dass ihr alles, aber auch wirklich alles in diesem Palast verschwiegen wurde. Philipp im Fieber! Und sie, seine Gemahlin, wurde nicht informiert! Sie ging auf die beiden jungen Sklavinnen zu und stellte sich derart drohend vor sie, so dass sie angstvoll zurückwichen. »Ich werde nicht noch einmal fragen.«

»Im Trakt der Dienstboten, Herrin«, flüsterte die eine von ihnen, und die andere nickte heftig dazu. »Bitte verrate Nathan nicht, dass wir es dir gesagt haben, Herrin.«

Salome verlor keine Zeit. Mit großen, entschlossenen Schritten, die jedem Soldaten in der Schlacht zur Ehre gereicht hätten, ging sie in den kleinen, etwas abseits gelegenen Teil des Palastes, wo sie auch sogleich auf Nathan traf. Der wuschelköpfige *sofer* schloss soeben eine Tür hinter sich, und als er Salome kommen sah, machte er keine Anstalten, diese Tür für sie freizugeben.

»Aus dem Weg«, schrie sie so laut, dass sowohl er als auch die Wache neben ihm zusammenzuckten.

»Philipp hat dir verboten, diesen Trakt zu betreten«, konterte

Nathan nach dem ersten Schreck und wies die Wache an, Salome nicht durchzulassen.

»Der Mann, der mir etwas verbieten kann, ist noch nicht geboren worden. Das schließt dich ein.«

»Philipp braucht absolute Ruhe.«

»Ich habe auch nicht vor, ihm etwas auf dem Tamburin vorzuspielen«, erwiderte sie gallig. »Wenn du nicht auf der Stelle zur Seite trittst, lasse ich dich auspeitschen, bis dir die Haut vom Rücken platzt, und dich anschließend an deinen krausen Haaren am nächstbesten Ast aufknüpfen.«

»Ich bin Philipps engster Vertrauter, das wagst du nicht.«

»Meinst du? Du vergisst wohl, wie skrupellos ich einen Fürsten und einen Propheten erledigt habe. Da werde ich vor einem Schreiber wohl kaum zurückschrecken.«

Als er noch immer nicht reagierte, wandte sie sich um. »Gut, zähle bis hundert, dann bin ich wieder hier – mit meiner Leibwache.«

»Warte«, rief er, und gab endlich, wenn auch widerstrebend, die Tür frei.

Salome trat in die Dunkelheit des Raumes ein. In jeder Ecke brannten Öllampen, die gerade genug Licht spendeten, um die Umrisse dreier Gestalten in der Düsternis zu erspähen. Salome trat langsam näher und erkannte den griechischen Hofarzt, den sie für Timons Wunden hatte herbeiholen wollen. Dass er anderweitig beschäftigt sein sollte, war wohl ausnahmsweise keine Lüge von Nathan gewesen, sondern entsprach der Wahrheit. Er trug einen vollen grauen Bart, mit dem er wie Sokrates aussah. Sein Gehilfe, ein unscheinbarer Jüngling, rührte soeben eine Tinktur zusammen, deren Farbe Salome zwar nicht erkennen konnte, die allerdings stank, dass einem schlecht davon werden konnte. Philipp lag regungslos auf einem einfachen Bett, zugedeckt bis zum Hals, und schien zu schlafen. Soviel Salome erkennen konnte, ging sein Atem ruhig und regelmäßig, doch sein Gesicht war eingefallen und seltsam grau.

»Warum ist es dunkel in diesem Raum?«, flüsterte Salome.

»Deinem Gemahl, Herrin«, antwortete der Arzt nach einigem Überlegen, »schmerzen bei Licht die Augen.«

»Verstehe. Und seine graue Gesichtsfarbe, ist die üblich bei Fieber?«

Salome konnte erkennen, wie der Hofarzt einen flüchtigen Blick zu Nathan warf und die Hände rang. »Nun ja, bei diesem Fieber schon.«

»So? Um welches Fieber handelt es sich?«

»Um persisches Fieber.«

»Ich habe noch nie davon gehört.«

»Doch«, warf Nathan ein, »du hast *soeben* davon gehört.«

Salome ärgerte sich über Nathans Einmischung. Er schien hier alles und jeden zu kontrollieren. Doch wozu? Was versprach er sich davon? Warum war er so auffällig bemüht gewesen, Philipps Krankheit vor ihr zu verbergen? Und warum lag Philipp in diesem abgelegenen Trakt? Doch jetzt war nicht der richtige Zeitpunkt, um sich über so etwas den Kopf zu zerbrechen.

»Ist das Fieber bedrohlich?«

»Es kommt und geht, Herrin«, sagte der Arzt nach einem weiteren Blick zu Nathan. »Ich … ich kann nicht sagen, ob er es übersteht.«

Salome blieb noch bis in die Nachtstunden bei Philipp sitzen, immer auch in der Hoffnung, er würde erwachen, sie erkennen und anlächeln. Nicht nur, dass eine solche Geste ein Zeichen dafür gewesen wäre, dass er bei Bewusstsein und sein Zustand nicht hoffnungslos war, sie hätte auch ihr manches erleichtert. Neben ihrem kranken, gutmütigen Gemahl fühlte sie sich elend. Je länger Salome auf Philipps blasses, unheimlich graues Gesicht blickte, um so seltsamere Gedanken kamen ihr. War es möglich, dass die Flüche des Täufers Macht besaßen? Dass die herodianische Familie, einer nach dem anderen, ausstarb? Archelaos war schon längst in seinem Exil in den Pyrenäen verstorben, Theudion war dem Gift der Herodias erlegen, Antipas dem Wahnsinn verfallen. Sie alle waren ohne Sohn geblieben. Und nun womöglich Philipp. Wenn Johannes' Flüche etwas taugten, dann würde sie, Salome, als seine Mörderin gewiss ein furchtbares Schicksal erleiden, denn den Gerüchten nach sollte er sie, Herodias und Antipas noch in seinem letzten Atemzug, bevor man ihm den Kopf abschlug, neuerlich verdammt und binnen eines Jahres mit Gottes Feuergericht bedroht haben.

Irgendwann dröhnte ihr Kopf, sie wurde müde und wollte schlafen. Sie schleppte sich in ihr Gemach, und dort angekommen, warf sie sich, so wie sie war, auf ihr breites Bett. Das Licht des Dreiviertelmondes fiel breit durch die großen, säulengerahmten Fenster, und der leichte Nachtwind brachte den Duft der Obstplantagen vom Ostufer des Sees Genezareth mit.

Sie war kurz vor dem Einschlafen, als ein Rascheln sie erschreckte, und gleich darauf sah sie die Silhouette eines Mannes auf sich zukommen.

20

Zu dieser Stunde herrschte in Jerusalems Tavernen noch reges Treiben, zumindest in denen der Unterstadt. Die ungepflasterten Gassen waren hier manchmal so eng, dass noch nicht einmal die Pferde der berittenen Stadtwache hindurchpassten, und wenn jemand fauliges Wasser oder Urin in Eimern aus den Fenstern kippte, konnte man häufig nicht ausweichen. Dafür ließen sich in dieser Gegend gute Geschäfte machen. Drei wichtige Handelswege liefen in Jerusalem zusammen oder befanden sich zumindest in der Nähe: die Weihrauchstraße aus den Tiefen Arabiens, auf der nicht nur das begehrte Harz für religiöse Zeremonien transportiert wurde, sondern auch Kümmel, Koriander, Zimt und Sesam; die Seidenstraße, die aus der Unendlichkeit jenseits des Tigris kam und an Babylon und Palmyra vorbei kostbare Stoffe, duftende Hölzer und schillernde Edelsteine heranbrachte; und der Schiffsweg von Gaza und Caesarea, der den Osten mit Athen, Alexandria, Syrakus, Rom und Valentia verband sowie mit den Säulen des Herakles und dem Bosporanischen Reich nördlich des Schwarzen Meeres, also den Enden der Welt. Kaufleute aus allen Gegenden trafen sich in den Tavernen der jüdischen Metropole auf einen Becher Wein, um Gold gegen Elefantenholz, Sklaven gegen Papyrus oder Perlen gegen Rauschmittel zu tauschen, um Frachtschiffe gen Westen zu buchen oder Karawanen nach Baktrien, Nubien oder Indien zusammenzustellen.

So fielen die zwei bärtigen Juden, die sich an einem Tisch in der Ecke einer winzigen, überfüllten Taverne unterhielten, niemandem auf.

»Wie weit bist du?«, fragte Kephallion den Mann gegenüber.

»Der Plan ist fertig. Ich habe mich an deine Vorgaben gehalten und exakt berechnet, wie lange wir brauchen werden, um von der Unterstadt aus in die Oberstadt zu stürmen. Ich kenne hier alle Gassen, auch Abkürzungen, Löcher in Mauern, einfach jeden Stein. Immerhin bin ich hier geboren und habe vierzig Jahre hier gelebt. Alles wird so schnell gehen, dass die Römer keine Zeit haben werden, die Tore der Stadtfestung Antonia zu schließen.«

»Durch welches Tor werdet ihr eindringen?«

»Durch das Schaftor und das Benjamintor. Wir nehmen sie in die Zange. Wenn wir erst einmal drin sind, gibt es für sie kein Entkommen mehr. Dann gnade ihnen Gott.«

Kephallion grinste verächtlich. »Das wird er nicht, keine Sorge. Schließlich tun wir es ihm zu Ehren. Hast du genug Waffen?«

Der Mann nickte. »Deine letzten beiden Lieferungen haben unsere Bestände komplett gemacht. Dreihundert Krummdolche, einhundertfünfzig Kurzschwerter, sechzig Speere. *Das* ist nicht das Problem.«

»Problem?« Kephallion hörte dieses Wort nicht gerne. Er wartete schon viel zu lange auf den richtigen Moment, um mittels eines Aufstandes die verhassten Besatzer aus Gottes Land zu vertreiben. Die Revolte in Jerusalem sollte erst der Anfang sein; in Nazareth, Jericho und Tiberias würden gleich nach dem Sieg in der Hauptstadt ebenfalls Aufstände losbrechen. Dann, erst dann, würde er Sadoq enthüllen, dass er es war, der hinter dem Aufruhr steckte. Kephallion hatte nämlich seine Zweifel, dass Sadoq die Aufstände billigen würde. Sadoq war immer so zögerlich, wenn es um Gewalt ging, und seit das Gerede die Runde machte, es solle mit Philipp schon bald ein neuer König eingesetzt werden, überlegte er sogar, ob die zelotische Bewegung als solche nun nicht überflüssig geworden sei.

Für Kephallion war das ein absurder, ja beinahe frevlerischer Gedanke. Sadoq war wohl vorübergehend verwirrt, aber er, Kephallion würde ihn wieder auf den richtigen Weg bringen. Wenn der Aufstand erst einmal tobte, bliebe dem Führer der Zeloten, dem neuen Moses, nichts anderes, als sich an die Spitze des Kampfes zu stellen. Vom Gelingen der Jerusalemer Erhebung hing also einiges ab.

»Was ist das für ein Problem?«, fragte Kephallion ungeduldig.

»Ich habe noch nicht genug Leute beisammen.«

»Was?«, rief er. »Unmöglich. Welcher aufrechte Jude würde sich nicht am Krieg gegen die Unbeschnittenen beteiligen wollen?«

»Wenn ich es dir doch sage! Manche finden die Römer gar nicht so übel, manche haben Angst, andere lehnen Gewalt ab.«

»Feiglinge.«

»Und wieder andere warten auf einen gewissen Jesus, der sich selbst *Messias* nennt und Frieden und Versöhnung predigt. Er soll angeblich nächsten Monat in Jerusalem eintreffen.«

»Sadoq ist der *Messias*«, zischte Kephallion. »Und Frieden ist Unsinn. Wenn die Römer uns unterjochen, wie sollen wir da friedlich bleiben?«

»Der Prediger sagt, man solle die rechte Wange hinhalten, wenn man auf die linke geschlagen wird, oder so. Er sagt, man solle seine Feinde lieben, ihre Verbrechen vergeben und die Hand zur Freundschaft reichen.«

Kephallion verzog den Mund. »Ein Feigling. Schlimmer, ein Verschwörer gegen unser heiliges Land.«

»Ganz meine Meinung. Ich würde sogar allein, das Schwert erhoben, gegen die Festung Antonia anrennen, so sehr hasse ich die Römer.«

Kephallion blickte den Mann mit leicht verächtlichem Grinsen an. Er hielt nicht viel von ihm, doch Männer wie diesen brauchte er nun einmal für den Kampf: stark, mit mächtigen Fäusten und breiter Brust, mit Beinen so dick wie Baumstämme. Solchen Männern folgten die Menschen in den Kampf. In einem künftigen Judäa dürften diese zwar gläubigen, aber dummen Berserker mit dem Verstand eines Kindes allerdings nichts zu sagen haben. Und da er gerade an Kinder dachte …

»Wenn die Älteren nicht wollen, dann wirst du eben Kinder und junge Männer für unsere Sache rekrutieren. Niemand ist leichter zu beeinflussen als ein Kind, das kannst du mir glauben.«

»Also, ich denke ...«

»Überlasse das Denken mir.«

»Nur wenige Kinder können mit Waffen umgehen.«

Kephallion erwiderte gleichgültig: »Wenn auf fünf Tote auf unserer Seite nur einer bei den Römern kommt, haben wir schon gewonnen.«

»Aber ...«

Kephallion riss der Geduldsfaden. »Beim Namen des Unaussprechlichen. Wir können nicht länger warten. In Kürze werden die Römer einen König einsetzen, der nichts anderes als eine Marionette ist und obendrein eine tanzende Hure zur Frau hat.«

»Philipp ist beim Volk beliebt«, wusste der andere Mann zu berichten. »Obwohl er mit vielen Traditionen gebrochen hat. Und seine Frau nennen einige eine Löwin.«

Kephallion kochte innerlich vor Wut, wenn er solche Belobigungen hörte. Vor allem beim Landvolk gab es nicht wenige, die Philipp für weise und Salome für mutig und kämpferisch hielten. Die beiden konnten alles zunichte machen, wofür er seit vielen Jahren kämpfte.

»Sobald Philipp, Salome und Pilatus in der Stadt sind, musst du losschlagen und alle drei auf einen Streich töten. Das bricht den Römern das Genick. Und schone auch unsere jüdischen Feinde nicht, die heuchlerischen Pharisäer. Hast du verstanden?«

Der Mann schluckte und nickte brav.

Kephallion atmete tief durch und hob den Becher. Die Stunde, auf die er schon so lange gewartet hatte, war nah. »*Masal tov*«, prostete er seinem Gegenüber zu. »Auf gutes Gelingen, Barabbas.«

Die Gesichtszüge des Mannes zeichneten sich, von einem Strahl des blassen Mondlichts erleuchtet, deutlich in der Dunkelheit des Raumes ab. Besonders der graue, sokratische Bart schillerte silbern über Salomes Bett. Sie erkannte den griechischen Arzt sofort.

»Was ist geschehen?«, fragte sie. »Ist Philipp etwa ...«

Der Arzt schüttelte sacht den Kopf. »Ich bin gekommen, Fürstin, um dir die Wahrheit über die Krankheit deines Gemahls zu sagen.«

Salome stand auf. Sie hatte natürlich schon längst begriffen, dass der Arzt sie vorhin angelogen hatte, aber das hatte ihr bei der Frage nicht weitergeholfen, worunter Philipp tatsächlich litt und weshalb Nathan versuchte, es geheim zu halten. Sie ergriff die Hand des Arztes und blickte ihn dankbar an.

»Ich weiß«, sagte sie, »dass es nicht leicht für dich sein muss, Nathans Befehlen zuwider zu handeln.«

Er nickte. »Du als Philipps Frau hast ein Recht darauf, seinen Zustand zu kennen. Und die Ursache des Zustands.«

»Ursache?«, fragte sie forschend.

Der Arzt wandte sich ab und ging einige Schritte durch das Gemach, wobei er abwechselnd vom Mondlicht erfasst und von der Düsternis verschluckt wurde. Er schien sich seine Worte genau zu überlegen, bevor er endlich begann.

»Dein Mann, Herrin, leidet an einer Krankheit, an der schon Alexander der Große erkrankte.«

»Du musst schon etwas genauer werden.«

»Eine Krankheit des Geschlechts«, stellte er klar. »Seine Genitalien sind stark entzündet und lösen heftige Fieberschübe aus.«

»Und wie kam es dazu?«

»Die Krankheit kann nur über Geschlechtsverkehr übertragen werden.«

Salome senkte die Augen. Ihre Ahnungen, die sie schon seit einiger Zeit hatte, schienen sich zu bestätigen. »Wer hat ihn angesteckt?«, fragte sie.

»Vor zwei Wochen erkrankte jemand aus dem Gefolge an der gleichen Krankheit. Ein junger Offizier.«

Salome war nicht wirklich überrascht.

»Der Fürst«, berichtete der Arzt weiter, »kümmerte sich persönlich um die Pflege des Kranken, und wenn ihm das nicht möglich war, erkundigte er sich beinahe stündlich nach dessen Befinden. Ich glaube, es gibt keinen Zweifel, dass die beiden ... nun ja.«

»Ein Paar waren«, vervollständigte Salome den Satz. »Nein, ich denke, das ist offensichtlich. Und jetzt wird mir auch klar, weshalb Nathan die Krankheit verheimlicht. Er tut es für Philipp, für seinen Ruf. Wenn etwas davon an die Ohren des Volkes dringt, ist Philipps Ansehen zerstört.«

Mit einem Mal begriff Salome die Zusammenhänge, nicht nur die der letzten Wochen, sondern auch die Geschehnisse in all den Ehejahren. Philipps mit Ehrfurcht praktizierter Glaube verbot die Liebe, die er empfand, und so war er jahrelang hin und her gerissen zwischen den in Stein gemeißelten Geboten und den Gefühlen tief in seinem Herzen. Er musste sich unvorstellbar gequält haben, und vielleicht rührten sogar die unerklärlichen Kopfschmerzen, die er damals gehabt hatte, von diesem inneren Kampf her. Sie, Salome, liebte er nur im Geiste, sein Körper jedoch lebte für einen anderen, für einen Mann. Ihre Liebe zu Timon hatte für Philipp manches leichter gemacht. Vielleicht war es ihr damals in der Synagoge gelungen, ihn zu überzeugen, dass Liebe an sich niemals Sünde sein kann, jedenfalls war er ihr seit diesem Tag wie von Ketten befreit vorgekommen, und vielleicht hatte er in der darauffolgenden Nacht zum ersten Mal überhaupt seinen Gefühlen nachgegeben.

»Und Nathan?«, fragte sie. »Hat er auch diese Krankheit?«

»In einem frühen Stadium.«

»Darum«, fiel Salome ein, »hat Nathan auch einen griechischen Arzt hinzugezogen, keinen jüdischen.«

»So ist es. Der jüdische Arzt hätte Widerwillen empfinden können und wäre vielleicht weniger verschwiegen gewesen. Wir Griechen hingegen haben den hippokratischen Eid geleistet, wir helfen jedem, gleichgültig, wer er ist oder woran er leidet.«

Salome blickte den Arzt durch die Dunkelheit an. »Sag mir die Wahrheit. Wie steht es um Philipp?«

Der Arzt schüttelte entmutigt den Kopf. »Der junge Offizier ist vor sechs Tagen an der Entzündung gestorben, ohne dass ich etwas hätte tun können. So ging es auch schon dem großen Alexander. Wenn kein Wunder geschieht, wird Philipp ebenfalls daran sterben.«

Salome verspürte einen leichten Schmerz, als sie fragte: »Wann?«

»Es kann morgen sein oder in zehn Tagen. Vielleicht auch noch in dieser Nacht.«

Sie stöhnte auf und setzte sich wieder auf das Bett. Philipp tat ihr unendlich Leid. Er hätte Besseres verdient, als in einem Hinterzimmer versteckt zu sterben, nachdem er sein Leben dem Wohl seines Volkes gewidmet hatte.

»Kann ich noch etwas tun?«, fragte der Arzt.

Sie verneinte und dankte ihm für seinen ehrlichen Bericht, wartete, bis er gegangen war, und blickte dann von ihrer Terrasse aus in den Nachthimmel. Eine Stimme in ihrem Innern forderte sie auf, niederzuknien und für Philipp zu beten, aber sie widerstand der Anweisung. Philipps Wohl lag nicht in der Obhut eines Gottes, der ihn nicht haben wollte, der ihn und seine Liebe ablehnte, ebenso wenig wie sie selbst unter der Obhut dieses Gottes stand. Sie würde nie wieder vor ihm niederknien, nie wieder ein Wort an ihn richten.

In diesem Moment sagte sie sich von ihm los.

In seiner Nähe fühlte sie sich wohl. Alle Schwermut, alle Leiden, die ganze Misere ihres Lebens fiel für die wenigen Momente von ihr ab, die ihr mit ihm vergönnt waren. Sie stellte sich vor, wie es gewesen wäre, wenn sie ihn früher kennen gelernt hätte. Hätte sie sich dann auch in diesen Mann verliebt? Oder erzeugte erst das derzeitige Unglück diese Gefühle in ihr?

Zwischen ihnen lagen Welten. Sie war von königlichem Blut, eine Herodianerin, aufgewachsen in einem riesigen Palast. Wenn sie aus den Fenstern geblickt hatte, war ihr Jerusalem wie ein Spiel mit Bauklötzen vorgekommen, so klein schien es ihr damals zu sein. Jeden Tag und jeden Abend war die Tafel reich gedeckt gewesen. Griechische Kaufleute und römische Gesandte hatten eine Ahnung von der Welt in die Säle der Residenz gebracht. Er hingegen war in den engen Gassen groß geworden, auf die sie früher hinabgeblickt hatte. Sein Großvater und sein Vater waren von jenem König hingerichtet worden, an dessen Tafel sie als Kind gesessen hatte und den sie ihren Verwandten nannte. Und er hatte lange Zeit nur einen einzigen Gedanken im Kopf gehabt: Judäa. Dieses Land liebte er mit jeder Faser seines Herzens und mit jedem Atemzug neu. Woanders zu leben, so wie sie es sich nachts erträumte, wäre für ihn nicht in Frage gekommen.

Natürlich lag so etwas ohnehin außerhalb aller Möglichkeiten. Sie war verheiratet, und er war es auch. Auch wusste sie überhaupt nicht, ob er genauso für sie fühlte wie sie für ihn. Ja, er kümmerte sich um sie, so weit das möglich war. Seine Blicke aus den klaren grauen Augen waren Balsam für ihre Wunden, und seine Worte trösteten sie. Doch Liebe und Mitleid waren oft schwer auseinander zu halten, besonders in ihrem Fall, das wusste sie, denn sie gäbe tatsächlich ein hervorragendes Objekt für Mitleid ab.

Menahem konnte die Spuren der Gewalt an Berenikes Körper kaum übersehen. Ihre Lippe war an zwei Stellen aufgesprungen, ihre rechte Wange geschwollen, und als er ihr Haar, das sie entgegen jeder Mode und Tradition mühsam in die Stirn frisiert hatte, vorsichtig zurückstrich, entdeckte er eine Platzwunde, deren Grind noch ganz frisch war. Menahem erschrak und sah sie an wie ein waidwundes Tier. Dann tauchte er einen Finger in eine winzige Amphore, die er noch am Abend vom Arzt geholt hatte, und tupfte ihr im Licht der Öllampen sanft die dicke Paste auf ihre Lippen und die Stirn.

»Das ist keine Arbeit für einen Mann«, sagte Berenike.

»Doch, es wäre eine Arbeit für *ihn*«, widersprach er. »Immerhin hat er dir das angetan. Das Mindeste, was er tun könnte, wäre, dich zu pflegen.«

»Er musste geschäftlich nach Jerusalem.«

»Wieso entschuldigst du ihn noch?«, fragte Menahem ärgerlich.

»Es war mein Fehler. Ich habe ihn gereizt.«

»Oh, natürlich«, rief er ungehalten. »Du bist also schuld, ja? Was hast du Furchtbares getan?«

»Ich habe ihn gebeten, seinen Plan aufzugeben.«

»Plan?«

»Nach Jerusalem zu reiten und dort …« Sie stockte.

Menahem verteilte weiter die Salbe auf ihrem Gesicht. Unbeeindruckt von ihrem plötzlichen Schweigen, sagte er: »Du kannst ruhig weiterreden, Berenike. Ich weiß schon seit langem, dass dein

Mann an Sadoq und mir vorbei Pläne schmiedet. Aber ich kann so wenig dagegen tun wie du. Kephallion wird seinen Weg unbeirrt gehen – und hoffentlich in einen Abgrund stürzen.«

Berenike wollte protestieren, doch er verbot ihr jedes weitere Wort. »Du musst jetzt deine Lippen geschlossen halten, sonst trocknet die Salbe nicht«, sagte er grinsend. »Und ich kann dir endlich alles das sagen, was ich will, ohne dass du widersprechen kannst.«

Sie lächelte ihn an. An seinem klaren hellen Blick erkannte sie, dass er es gut mit ihr meinte. Wie unterschiedlich sie waren, Kephallion und Menahem. Sie gehörten derselben politisch-religiösen Gruppierung an, sie waren beide enge Gefolgsleute von Sadoq und wollten ihre Idee eines von den Römern befreiten Judäa verwirklicht sehen. Aber während ihr Mann bis über beide Ohren voller Hass und Gewalt war – obwohl er nie einen Verwandten oder Freund im Kampf gegen die Römer verloren hatte –, vertrat Menahem, der viele Freunde an Kreuzen hatte sterben sehen, eine weit mildere, unblutige Methode der Befreiung, nämlich den Ungehorsam des ganzen Volkes gegen die Besatzer. Und so, wie sie politisch agierten, waren sie auch im Privaten. Kephallion schlug sie wegen jedem falschen Wort, das sie sagte, und wenn er einmal keinen Vorwand fand, dachte sein krankhaftes Gehirn sich einen aus und verdächtigte sie der Untreue. Menahem dagegen schenkte ihr die einzigen sanften Berührungen, die sie in diesen Tagen von einem Menschen erfuhr.

»Ich habe alles versucht«, sagte Menahem, »um Kephallion zur Vernunft zu bringen, und damit meine ich nicht nur seine Eigenmächtigkeiten, sondern auch sein Verhalten dir gegenüber. Ich habe mit ihm gesprochen wie auch mit Sadoq. Was Kephallions politische Ambitionen angeht, glaubt Sadoq, ich übertreibe, und was dich angeht, sagt er, ich habe mich da nicht einzumischen. Aber genau das werde ich tun.«

Menahem holte tief Luft, bevor er fortfuhr: »Ich habe mir alles gründlich überlegt. Du musst Kephallion verlassen, Berenike.«

Sie wollte erneut protestieren, doch wieder erinnerte Menahem an die Salbe auf ihren Lippen.

»Ich weiß, dass Frauen ihre Männer nicht ohne deren Einverständnis verlassen dürfen, und kein Gericht, schon gar nicht der konservative *sanhedrin*, würde in diesem Fall eine Scheidung aussprechen. Wenn du jedoch all dein Wissen über seine geheimen Unternehmungen einsetzt, um ...«

Berenike brach ihr auferlegtes Schweigen. »Damit würde ich auch dich und Sadoq gefährden. Ich weiß viel über das, was ihr Zeloten tut, mehr, als ihr denkt.«

»Darum musst du mit Sadoq sprechen. Wenn du ihm erzählst, was du über Kephallions Pläne weißt, wird er ihn zur Rechenschaft ziehen, vielleicht sogar von den Zeloten ausschließen.«

»Kephallion würde mich umbringen.«

»Darum musst du dich vor ihm in Sicherheit bringen.«

Sie blickte wie ein gehetztes Reh um sich. »Ja, aber wohin denn? Es gibt keinen Ort in Judäa, an den Kephallions Einfluss nicht reicht.«

Menahem schüttelte langsam den Kopf. »*Einen* Ort gibt es. Du bist doch mit Salome befreundet, der Gemahlin Philipps.«

»Wir haben uns aus den Augen verloren, seit Kephallion mir verboten hat, Briefe zu schreiben.«

»Aber sie würde dich doch nicht im Stich lassen, wenn du sie um Hilfe bittest, nicht wahr? Also geh zu ihr.« Er senkte seinen Blick. »Leicht fällt mir dieser Ratschlag allerdings nicht. Salome ist ... Tja, wenn wir Zeloten ein Feindbild haben, dann ist sie es.«

Berenike wusste, worauf Menahem anspielte. So isoliert lebte sie nun auch wieder nicht, als dass sie nichts von den Geschehnissen der letzten Monate erfahren hätte. Aber Wahrheit und Phantasie der Gerüchte konnte sie nicht trennen. Tatsache war wohl, dass Salome in Masada getanzt hatte und dass noch in derselben Nacht der Kopf Johannes des Täufers gefallen war. Doch alles andere verschwamm im Dunst der Legendenbildung. Die einen erzählten, Salome sei in den Täufer verliebt gewesen, aber von ihm zurückgewiesen worden, woraufhin sie in einem Anfall von Rachsucht seinen Kopf gefordert habe. Andere behaupteten, sie habe auf Befehl von Herodias gehandelt. Und wieder andere waren der Überzeugung, Salome sei die Geliebte von Antipas gewesen, und er habe ihr aus Dankbarkeit für ihren Tanz dieses makabre Geschenk gemacht. So oder so, Salome kam nicht gut weg in den Erzählungen, und seither war Kephallion nicht mehr allein mit seiner Ansicht, sie sei nichts weiter als eine sittenlose Hure. Dazu kam ihr gutes Verhältnis zu den Römern, ihr schlechtes Verhältnis zu den jüdischen Traditionen und ihr Anteil am Bau von Philippi, das bereits jetzt, noch vor der Fertigstellung, den Ruf eines neuen Sodom hatte. Gewiss, sie hatte auch heimliche Bewunderer, doch die schwiegen, weil sie nicht riskieren wollten, sich dem Zorn von Pharisäern und Fanatikern auszusetzen.

Menahem musste wohl über viele Schatten springen, um sie in die Obhut einer von den Zeloten verachteten Frau zu geben. Dass er es dennoch tat, zeigte, wie viel ihm an ihr lag.

»Sie wird in Kürze in Jerusalem sein, eine Königin«, stellte er fest. »Kephallion kann es nicht wagen, dich aus ihrem Palast zu entführen, damit würde er alles verlieren, was er hat. Und wir wissen doch wohl beide, dass er zwar ein Fanatiker ist, aber den Lebensstil eines Fürsten schätzt. Er wird seine Stellung nicht einer Frau wegen wegwerfen.«

Menahems Einschätzung von Kephallion stimmte mit ihrer überein. Sein Plan könnte tatsächlich funktionieren, und Berenike war derart erschöpft von den jahrelangen Misshandlungen und von der Isolation, dass sie auch weit weniger vernünftigen Argumenten nachgegeben hätte. In ihren Augen war Menahem der Retter. Sie vertraute ihm. Sie liebte ihn.

Durch die Ritzen der Fensterläden fiel das erste Licht des neuen Tages, die Geräusche von Ochsenkarren und Pferden drangen zu ihnen herein, und jetzt erst wurde beiden bewusst, wie lange sie hier schon beisammen saßen.

»Ist wohl besser, wenn ich jetzt gehe«, sagte Menahem. »Falls Kephallion wieder zurückkommt, sollte er mich nicht mit dir zusammen sehen.«

»Er wollte erst heute von Jerusalem aufbrechen«, beruhigte sie ihn. »Vor Sonnenuntergang kann er nicht zurück sein.«

Menahem wollte ihr eben beipflichten, als laute Stimmen zu hören waren. Irgendein Satz wurde ständig wiederholt, aber sie konnten beide nicht verstehen, worum es ging. Dann öffnete jemand die Vordertür, und plötzlich hallte der Ruf durch das Haus: »Ich bin wieder da, Berenike.« Eine Tür nach der anderen öffnete sich. Für Berenike war es, als rolle ein Felsbrocken auf sie zu. Am liebsten hätte sie Augen und Ohren verschlossen, irgendetwas in ihr besaß jedoch die Geistesgegenwart, Menahem noch schnell hinter die Tür zu schieben, bevor sie sich öffnete und Kephallion vor ihr stand.

»Stell dir vor«, sagte er als Erstes, und eine seltene Freude strahlte aus seinem Gesicht. »Philipp von Basan ist tot. Er ist doch tatsächlich einem Fieber erlegen, und Pilatus hat nun niemanden mehr, den er uns als König vorsetzen kann. Noch besser ist, dass Salome damit endgültig gescheitert ist. Gott ist groß. Gott ist gerecht. Gott hat uns nicht verlassen.«

Berenike schluckte. Was Kephallion da berichtete, interessierte sie in diesem Moment kein bisschen. In einer Ecke ihres Schlafgemachs befand sich ein Mann, keine zwei Schritte von Kephallion entfernt. »Du ... Du wolltest doch erst heute Abend zurückkehren.«

»Als ich die gute Nachricht hörte, wollte ich sofort nach Nazareth. Ich muss mit Sadoq darüber sprechen.« Er blickte sie mit Adleraugen an, Misstrauen kroch über seine Miene. »Wieso fragst du?«

»Nur so. Ich – ich habe nichts vorbereitet.«

»Das macht doch nichts«, sagte er generös. »Zur Feier des Tages musst du dich heute auch um nichts kümmern. Wir laden uns einfach bei Sadoq ein, soll er uns mal bewirten. Und du darfst mitkommen. Wie gefällt dir das?«

Sie musste auf diese Frage nicht mehr antworten, denn Kephallion schloss die Tür – und entdeckte im selben Augenblick Menahem. Er brauchte einen langen Atemzug, um die Situation einordnen zu können, dann rammte er ohne ein Wort seine Faust in Menahems Magen. Menahem knickte zusammen wie ein Zweig. Doch Kephallion war noch nicht fertig mit ihm. Er packte ihn am Kragen und schleuderte ihn zu Boden, trat in seinen Rücken, hob ihn auf und schlug ihn erneut in den Bauch. Menahem versuchte, sich zu wehren, doch er besaß nicht Kephallions Kraft und Wut. Eine wuchtiger Schlag traf ihn aufs Auge, ein zweiter am Mund, danach war sein Widerstand gebrochen. Blut lief ihm am Kinn herunter, während er von Kephallion durch das Haus geschlagen und getrieben wurde. An der Eingangstür traf ihn dessen Faust ein letztes Mal, dann fiel Menahem rücklings auf die Straße. Sein Körper schmerzte, er konnte nicht mehr denken. Kephallion bedachte ihn mit keinem Wort, sondern wandte sich ab.

»Und jetzt zu dir«, rief er ins Haus hinein, bevor er die Tür hinter sich zuschlug.

Salome hatte Philipp noch einmal kurz vor seinem Tod gesehen; er fieberte stark und erkannte sie nicht wieder. Nur wenige Atemzüge lang durfte sie mit ihm allein in seinem kleinen Hinterzimmer bleiben, dann musste sie ihn verlassen. Nicht der griechische Arzt, sondern Nathan selbst informierte sie eine Stunde später über sein Ableben. Hinter seiner Verschlossenheit spürte sie Trauer. Sie wollte ihm etwas Tröstliches sagen, doch das ließ er nicht zu.

»Nach dem Willen des Hofes«, verkündete er beinahe freudig, »sollst du das Ritual der *shiw'a* absolvieren, der sieben Trauertage.«

Das war in vielen jüdischen Familien üblich; von den einen wurde diese Tradition eher symbolisch ausgelegt, von anderen überaus streng zelebriert. In ihrem Fall war klar, dass man die sieben Trauertage streng einhalten würde.

Ihr erster Gedanke war Widerstand. Sie wollte dieses Ritual nicht durchführen, sie wollte zu Timon. Und überhaupt, was hatte sie noch mit diesem Gott und seinen Ritualen zu tun?

Nathan bemerkte ihr Zögern und erinnerte sie mit schneidender Stimme daran, dass sie als Witwe eines Juden dem Toten diesen letzten Respekt schuldig war und dass er sie notfalls mit Gewalt zur *shiw'a* zwingen würde. Das Recht sei auf seiner Seite.

Schmerzlich wurde Salome klar, dass ihre Welt mit Philipps Tod von einer Stunde zur nächsten eine völlig andere geworden war. Sie war nicht mehr Fürstin von Basan. Als kinderlose Witwe war sie in den Augen des Hofes nur noch ein Gast, eine Fremde auf fremdem

Gebiet. Nach altem Brauch erbte sie nichts, kein Geld, keine Titel, kein einziges Möbelstück, nur das Gebetbuch, das Philipp ihr zur Hochzeit geschenkt hatte. Aber natürlich erhielt sie laut *ketubba*, dem Ehevertrag, ihre eingebrachte Mitgift zurück: Ashdod. In Basan jedoch galt sie nichts mehr. Der Hof wurde vorübergehend vom Hofmeister verwaltet, und der Hofmeister hörte auf das, was Nathan sagte.

Und so fügte sie sich, nicht nur wegen des Respekts vor Philipp, dem Frommen. Auch wenn sie mit Gott gebrochen hatte, durfte sie es nicht riskieren, die Vorschriften für die Trauerzeit zu missachten. Sie hätte sich damit im gesamten Land völlig unmöglich gemacht, und ihren Feinden wäre ein solches Verhalten hochwillkommen gewesen. Außerdem war Nathan zuzutrauen, dass er sie tatsächlich zur *shiw'a* zwingen würde, und wenigstens diese Demütigung wollte sie sich ersparen.

Salome wurde also in eine fensterlose Kammer eingeschlossen, die nicht mehr enthielt als ein Bett und einen Schemel. In einer Ecke brannte tagein und tagaus eine einzelne Kerze, die sie als Witwe an ihren verstorbenen Mann erinnern sollte. An der Pforte zu diesem dunklen, künstlichen Grabgewölbe nahm man ihr alle Kleidung ab und reichte ihr stattdessen ein schwarzes, viel zu weites Gewand; man nahm ihr den Schmuck, jede einzelne Perle, jede Haarnadel und jeden Kamm. Farben auf ihrer Haut zu tragen wurde ihr verboten, sogar der violette Lidschatten wurde abgewischt. Dann schloss man die Kammer ab.

Und es wurde still.

Niemand, nicht einmal eine Dienerin, durfte zu ihr. Außer ihren Sorgen, was aus Timon geworden war, ihrer Trauer um Philipp und ihren Gedanken an ihre Zukunft hatte sie nichts, womit sie sich die Zeit vertreiben konnte: Sie durfte nicht baden und nicht die Kleider wechseln, nicht schreiben und nicht lesen, nicht nähen und nicht singen oder summen. Jedes Wort war ihr verboten, außer das *qaddisch*, das Trauergebet, durfte sie sprechen – worauf sie verzichtete. Ihre Notdurft verrichtete sie in ein Tongefäß. Außer *challa*, Schafskäse und Feigen bekam sie nichts zu essen, gebracht von einer Dienerin, die leise und stumm wie ein Schatten herein- und wieder hinaushuschte. Nie fühlte Salome sich erbärmlicher als in diesen Tagen.

Schon bald klebte das Gewand wie Honig an ihrem Körper. Die Hitze in der Kammer war unerträglich, noch unerträglicher war die Finsternis. Salomes Blick haftete an der schmächtigen Kerzenflamme wie an einer Freundin, aber auch das half nur wenig. Die Grenzen von Tag und Nacht verschwammen zusehends, so dass Salome jedes Gefühl dafür verlor, wie lange sie schon eingeschlossen war. Waren die sieben Tage nicht schon längst vorbei? Hielt man sie länger hier fest? Die wirrsten Gedanken ergriffen Besitz von ihr, sie glaubte verrückt zu werden, wenn sie noch eine Stunde länger in dieser Gruft bleiben musste. Aber wie lange war eine Stunde? Wieder fiel ihr der Fluch des Täufers ein. Antipas war dem Wahnsinn verfallen, war sie die Nächste? Sie wünschte sich, irgendjemand käme zu ihr und spräche mit ihr, gleichgültig ob eine Wache oder der Stallknecht, sogar Nathans missbilligende Stimme hätte sie lieber in Kauf genommen als diese ewige Stille. Sie wusste, dass man Timon unter keinen Umständen einen Besuch bei ihr gestatten würde, und doch erwartete sie auf ganz unsinnige Weise, er käme herein und berührte sie. Doch würde er überhaupt kommen, selbst wenn er dürfte? Gerade als sie auf dem Weg waren, sich zu versöhnen, hatte sich ein Missverständnis zwischen sie geschoben, eines, das sie unbedingt aus der Welt schaffen musste. Wenn sie nur mit ihm reden könnte … Von allen unangenehmen bis erniedrigenden Umständen, von den schweißnassen Haaren über die stickige Luft, die Dunkelheit und Stille war *das* vielleicht das Schlimmste für Salome: Sie wusste nicht, was draußen vor sich ging. Immerhin war ein Fürst gestorben, der in Kürze König werden sollte; so etwas konnte doch nicht folgenlos bleiben. Was würde als Nächstes geschehen? Nur so viel wusste sie: Sie war Fürstin von Ashdod, und sie war frei. Es hatte nie eine bessere Grundlage für ihre Liebe zu Timon gegeben als jetzt, und diese Beruhigung war das Einzige, was ihre Situation ein wenig erleichterte.

Sie wusste nicht, wie viel Zeit vergangen war, als jemand zur Tür hereinkam, mit dem sie gar nicht mehr gerechnet hatte: Pontius Pilatus. In seiner strahlend weißen Toga kam er ihr in diesem Augenblick beinahe wie ein überirdisches Wesen vor, und sie wäre ihm am liebsten um den Hals gefallen. Sie sah jedoch ein, dass sie in diesem Aufzug, klebrig und ganz sicher übel riechend das Letzte war, was Pilatus an seinem Hals haben wollte.

»*Ave*, Fürstin, ich grüße dich«, sagte er mit gerümpfter Nase. Im nächsten Moment kroch ihm der Ausdruck des Ekels über das Gesicht. »Bei allen Göttern, in keinem römischen Hurenhaus stinkt es so erbärmlich wie hier.«

Natürlich war ihr das peinlich; allerdings war sie viel zu dankbar für sein Erscheinen, um sich zu wünschen, dass er wieder ginge.

Pilatus wandte sich an den Hofmeister, der hinter ihm stand. »Kann ich nicht vor der Tür mit ihr reden?«

»Es ist Brauch, edler Pilatus, dass sie sieben Tage in Trauer verbringt.«

»Um was soll man denn in diesem Verlies trauern, außer um die Tatsache, eben hier eingeschlossen zu sein?« Er seufzte gedehnt. »Aber bitte, wenn du meinst.« Pilatus hatte sich in den Jahren angewöhnt, jede jüdische Sitte zu respektieren, so absurd sie ihm auch erschien. Im Übrigen hatte der Hofmeister ihm zu verstehen gegeben, dass bereits sein Besuch bei einer trauernden jüdischen Witwe eine ungewöhnliche Ausnahme sei, die man ihm gestattet habe.

Die Tür schloss sich hinter ihm. Langsam tastete er sich durch den Raum und setzte sich auf den Schemel, den Salome ihm anbot. Sie selbst nahm auf dem Bett Platz.

»Ich bin froh, dich zu sehen, edler Pilatus«, gestand sie. »Du weißt nicht, wie froh.«

Er zog noch immer ein leicht angewidertes Gesicht. »Ich wünschte, ich könnte dasselbe sagen. Die Umstände hingegen ...«

»Ja«, sagte sie mit gesenktem Kopf. »Philipps Tod muss schlimm für dich sein.«

»Eine Katastrophe«, platzte er jammernd heraus. »Wen soll ich denn jetzt zum König machen, wo der eine Tetrarch dank deiner ausgefallenen Wünsche verrückt geworden ist und der andere tot? Werde ich denn nie von hier wegkommen? Ich habe nun wahrlich schon so viel Wüstensand geschluckt, dass es für zehn Leben reicht. Ich will endlich wieder nach Rom.«

»Vielleicht solltest du auch einmal eine Königin als Lösung in Betracht ziehen.«

»Denkst du dabei an dich selbst? Meine Liebe, du hast derzeit ganz andere Probleme als einen hässlichen Goldreif, der seit Jahrzehnten in Rom vergammelt.«

Sie runzelte fragend die Stirn. »Was meinst du damit?«

»Ich hatte eben eine Besprechung mit dem Hofmeister und diesem Nathan, dessen Funktion mir leider noch nicht klar ist.«

»Worum ging es bei der Besprechung?«

»Um dich, meine Liebe. Es sind ...« Er räusperte sich. »Es sind Beschuldigungen gegen dich erhoben worden. Du sollst ein ehebrecherisches Verhältnis mit einem Griechen gehabt haben, diesem Timon, den ich damals habe für dich suchen lassen.«

Salome stand ruckartig auf und blickte Pilatus halb wütend, halb erschrocken an. Doch dieser kraftvollen Reaktion folgte nichts.

»Man hat mir erklärt«, fuhr Pilatus fort, »dass du trotz des Todes deines Gemahls noch immer deswegen belangt werden kannst. Nun, natürlich werde ich das noch prüfen, aber ich bin gezwungen, dich vorsorglich schon einmal mit nach Jerusalem zu nehmen.«

»Wieso das?«, fuhr sie ihn an.

»Wenn ich den Hofmeister richtig verstanden habe, sollst du vor dem obersten jüdischen Gericht, dem *Sanhedrin*, angeklagt werden. Und dein Geliebter ebenfalls.«

Sie riss die Augen weit auf. »Das musst du verhindern.«

»Beim Jupiter, das werde ich nicht«, entgegnete er entschieden.

»Es wäre dir ein Leichtes, mir zu helfen. Jedes Urteil des *Sanhedrin* muss von dir als Prokurator bestätigt werden.«

»Hierzulande brechen doch bereits Unruhen los, wenn ein Römer einem Juden auf den Fuß tritt. Kannst du dir vorstellen, was passiert, falls ich eine Ehebrecherin, die noch dazu als lasterhafte

Prophetenmörderin verschrien ist, vor dem jüdischen Gesetz zu retten versuche? Nein, meine Liebe, das musst du allein durchstehen. Ich sorge dafür, dass du standesgemäß behandelt wirst und …«

»Mir könnte Ashdod genommen werden, ja, ich könnte sogar zum Tod verurteilt werden. Was interessiert mich da meine Unterbringung?«

»Du bist undankbar, jawohl, das bist du. Weißt du eigentlich, wie schwer du mir mit deinen Eskapaden das Leben in Judäa gemacht hast? Wahnsinnige Tetrarchen, hingerichtete Propheten, aufgebrachte Menschen … Und nun soll ich dir gegen alles Recht helfen, deinen Kopf aus der Schlinge zu ziehen, indem ich meinen eigenen Kopf hineinstecke? Oh nein, ich werde jedes Urteil des *Sanhedrin* akzeptieren, so wie immer.«

Sie ergriff seine Hand und kniete sich vor ihn. »Für Timon kannst du doch sicher etwas tun?«

»Er ist unauffindbar. Was übrigens deine Lage nur verschlimmert, denn man könnte seine Flucht als Schuldeingeständnis werten.« Er seufzte übertrieben, wie es seine Art war, und sagte: »Das Schicksal spielt schon seltsame Streiche, nicht wahr, meine Liebe? Damals habe ich Timon suchen lassen, um dir einen Gefallen zu tun, und nun muss ich ihn suchen lassen, damit er dir schadet.«

Er entzog seine Hand der ihren und klopfte gegen die Tür, damit sie ihm geöffnet wurde. Bevor er ging, blickte er noch einmal zu ihr zurück. Salome gab ein Bild des Jammers ab, mit fettigem Haar, äußerlich verwahrlost und zutiefst niedergeschlagen. Pilatus erinnerte sich noch an die Salome früherer Tage, an ihre mädchenhafte Schönheit in Tiberias, an ihren ernsten, melancholischen Zauber während der Hochzeit am Jordan und ihren verführerischen Reiz in Masada, als sie den Tanz aufführte, der jedem unvergessen bleiben würde, auch denen, die sich empört gaben, auch ihm selbst.

Und nun war sie zerstört, eine Frau ohne Zukunft.

»Meine Leute werden nur zum Schein nach Timon fahnden«, warf er ihr den Gefallen noch hin wie einer Bettlerin, bevor es wieder finster um sie wurde.

20

Auf dem *beit chakvarot*, dem Friedhof auf dem Ölberg, wurde Philipp mit allen Ehren bestattet. Das schlichte Grab war der Tradition gemäß erst am Morgen geschaufelt worden, die Gäste hatten zum Zeichen der Trauer ihre Kleidung ein Stück eingerissen, und ein *Rabbiner* sprach die letzten Worte: »Seine Werke sind ein Fels. Sie sind vollkommen, denn alles, was er tut, das ist recht. Treu ist Gott und kein Böses ist an ihm, gerecht und wahrhaftig ist er. Gelöst ist die Schnur und gebrochen das Band. *Shalom.*«

»Shalom«, erwiderten die Gäste im Chor.

Alles war, wie Philipp es sich gewünscht hätte.

Während ein Mann ein *nashid* sang, ein gedichtartiges Lied, wurde Philipps Körper in das Grab gelegt und langsam mit Erde bedeckt. Man hatte ihn in einen Gebetsmantel gehüllt, doch Salome musste erkennen, dass es nicht jener war, den sie ihm damals bei der Hochzeit geschenkt hatte. Es war offensichtlich, dass er nichts in sein ewiges Grab mitnehmen sollte, das von ihr stammte.

»Erhöht und geheiligt werde sein großer Name in der Welt, die er erneuern wird, wenn er die Toten belebt und zum ewigen Leben führt«, beteten die Menschen.

Dann löste sich die Trauergemeinde auf.

Salome blieb noch am Grab, bis es vollständig aufgefüllt war. Es war ihr egal, dass die anderen sie eine Heuchlerin schimpften und dass sie sogar spekulierten, ob sie ihren Gemahl nicht vergiftet habe. Ja, sie hatte früher manchmal gewünscht, es gäbe ihn nicht, doch nun, wo Philipp gegangen war, vermisste sie ihn. Er hatte ihr stets Sicherheit gegeben, und er hatte nie – auch nicht in den schlimmsten Tagen – ein böses Wort gegen sie gerichtet. Jetzt erst wurde ihr bewusst, wie viel so etwas in diesen Zeiten bedeutete und wie selten jemand wie er zu finden war.

Sie blickte den Hügel hinab, wo die Mauern im Herbstglanz der Sonne golden leuchteten, dahinter ragten der Tempel des Einen Gottes und die Festung Antonia auf, wo sich morgen ihr Schicksal entscheiden würde. Ein warmer Wind fegte durch die vertrockneten Sträucher der Landschaft und zerrte an Salomes schwarzen Schleiern. Eine Weile blieb sie noch, denn sie spürte, dass sie Abschied nehmen musste von diesem Ort, der schon lange nicht mehr ihr Zuhause, aber immer ihre Heimat geblieben war: Jerusalem. Dann verließ sie den Ölberg und ging in Richtung des Goldenen Tores. Hunderte von Eidechsen huschten auf ihrem Weg an ihr vorüber, und Scharen von Vögeln kreisten hoch über ihr und krächzten ihr schauerliches Lied.

Am Garten Gethsemane, kurz vor dem Goldenen Tor, blieb sie stehen. Sie erinnerte sich, dass sie ein einziges Mal hier gewesen war, noch als Kind, fünf oder sechs Jahre alt. Ihre Eltern hatten sie mit hierher genommen. Sie hatten hebräische Decken dabei, Körbe voll Käse, Brot und Wein, eine Schale *charrosseth*, Trockenpflaumen, Mandelgebäck ... Sie aßen und lachten, und ihre Mutter hielt sie im Arm, dicht bei sich. Damals hatte Salome sich keine Gedanken darüber gemacht, warum sie die einzigen Menschen im Garten waren; heute begriff sie, dass Herodes ihn an diesem Tag hatte absperren lassen, damit sein Sohn und seine Familie einen ungestörten Nachmittag verleben konnten. Schon damals also war Salome – wie die ganze herodianische Familie – eine Außenseiterin gewesen, nicht eine Frau des Volkes, sondern gemäß dem Willen des Herodes eine Frau *über* dem Volk. Er hatte ihr Leben bestimmt – er tat es bis heute. Salome hatte nie die einfache Frömmigkeit der Juden annehmen, nie ihre Sturheit akzeptieren, nie ihren Widerstand gegen Neuerungen verstehen können, weil sie nie unter ihnen gelebt hatte, sondern stets hoch über ihnen, in Palästen auf Hügeln. Sie war wie die Vögel hoch über ihr: Sie gehörte nicht zu den Menschen in den Gassen, und doch lebte sie in diesem Land, das auch *ihr* Land war. Sie war eine Fremde, doch aus ihrer Sicht waren es die anderen, die fremd waren.

Der Garten Gethsemane war durchdrungen vom Duft der Zypressen und wilden Kräuter, die zwischen den Steinen wucherten. Auf den wenigen noch grünen Grasflächen weideten Lämmer, behütet von einem Hirten, der sie lustlos mit leichten Stockschlägen zusammenhielt. Offene Flächen wechselten sich mit dichtem Gebüsch ab, und Salome streifte sowohl im Garten wie auch in ihren

Erinnerungen ziellos umher. Wolken zogen auf und warfen ihre wandernden Schatten auf die Erde. Der Himmel verdunkelte sich, doch es lag keine Feuchtigkeit, kein Regen in der Luft. Salome setzte sich auf einen warmen Stein. Sie war derart in Gedanken versunken, dass sie die Gestalt, die sich ihr genähert hatte, erst bemerkte, als sie direkt neben ihr stand.

Einen flüchtigen, verlorenen Augenblick lang glaubte sie, Timon sei gekommen, und Angst und Hoffnung versetzten ihr gleichzeitig einen Stich. Dann sah sie …

»Du?«

Ihre Mutter stand wie ein Geist neben ihr. Sie war um die Hälfte ihres früheren Gewichts abgemagert, ihr Gewand war nicht so herausgeputzt, wie man es sonst an ihr kannte, und die Farben, mit denen sie sich schon immer Wangen und Lider bemalt hatte und die sie sonst so strahlend aussehen ließen, wirkten nur noch wie eine billige Fassade. Am auffälligsten war, dass der Lebenshunger in ihren Augen erloschen war.

»Ich habe Philipps Bestattung aus der Ferne verfolgt«, erklärte Herodias ungewöhnlich mild. »Ich sah, wie du hierher kamst, und da wollte ich zu dir.«

»Was willst du?«, fragte Salome.

»Muss denn eine Mutter immer etwas Bestimmtes wollen, wenn sie ihr Kind besucht?«

»Ich weiß nicht, ich bin keine Mutter. Und du bist auch keine.«

Salome bemerkte Herodias' Erschrecken, und ohne dass sie es wollte, spürte sie plötzlich einen Funken Mitleid in sich. Sie fragte freundlicher: »Hast du Antipas verlassen, nun, wo er nicht mehr zum Fürsten und König taugt?«

Herodias schlug die Augen nieder. »Deswegen bin ich nicht nach Jerusalem gekommen.«

»Warum sonst? Willst du bei Pilatus betteln?«

Herodias schluckte. »Dein Prozess. Ich dachte – ich dachte, du könntest jemanden an deiner Seite gebrauchen.«

Salome stand auf und lachte bitter. »Das ist doch wohl nicht dein Ernst. Deine Anwesenheit soll mir helfen? Sie macht alles nur noch schlimmer! Oder muss ich dich daran erinnern, dass dein Ruf kaum besser als mein eigener ist? Liebschaften, verbotene Schwagerehe, Orgien ... Die Pharisäer im *Sanhedrin* werden begeistert sein, wenn ich dich als moralischen Leumundszeugen aufrufen lasse.«

»Verstehst du nicht? Ich möchte einfach ein wenig Zeit mit dir verbringen.« Ihr Ton klang bittend, mehr noch, fast flehentlich.

Salome blickte sie einige Atemzüge lang unschlüssig an. Ihre Mutter schien völlig verändert, nicht nur äußerlich, sondern in ihrem ganzen Wesen. Sie hatte sie nur selbstbewusst erlebt, verführerisch, verlangend, geldgierig, egoistisch und rücksichtslos, manchmal auch ängstlich, nie jedoch so schutzlos wie jetzt. Konnte es sein, dass Antipas' Entmachtung das bewirkte? Ging mit seinem Untergang auch Herodias zugrunde?

»Du bist an deinem Unglück selbst schuld«, sagte Salome.

»So wie du an deinem.«

»Ja, ich habe Fehler gemacht«, gestand Salome. »Aber den Mann, den ich hatte – meine Affäre, wenn du so willst –, habe ich wenigstens geliebt. Du dagegen bist wie eine Libelle von einem zum anderen geflogen. Ja, und ich trage meine Schuld am Tod des Täufers, du dagegen bist immer schon grundlos grausam gewesen. In den Augen des Volkes mögen wir gleich scheinen, doch wir sind es in keiner Weise. Es tut mir Leid. Du hast mir zu viel genommen, Herodias, um in dir eine Stütze zu sehen oder sonst irgendetwas, das ich in meinem Leben brauche.«

Salome ging an ihrer Mutter vorbei, und als sie schon beinahe vom Halbdunkel verschluckt war, rief Herodias hinter ihr her:

»Wir sind verflucht, Salome. Wir alle.«

Sie blieb stehen und wandte sich noch einmal um. »Ja, das sind wir wohl«, sagte sie nachdenklich. »Abergläubische Irre, Trunkenbolde, Schwächlinge, Fanatiker, kinderlose Frauen ... Ich will nichts mehr mit euch zu tun haben, nicht mit diesem Land, nicht mit diesen Menschen. Ich sage mich los. Ich gehe fort, so oder so. Und wir werden uns nicht wiedersehen.«

Herodias blieb allein im Garten Gethsemane zurück, dunkle Wolken über ihr. Sie ließ sich müde auf dem Gras nieder und griff sich an den Bauch oberhalb der Leiste, wo bereits der Tod in ihr wucherte. Ein paar Monate, vielleicht noch ein volles Jahr, gaben ihr die Ärzte. Was würden das für Monate sein ohne einen Menschen in der Nähe, der sie liebte?

»Leb wohl«, flüsterte sie dem Schatten hinterher, der den fruchtbaren Garten verließ.

Die Stadtwache musste für Salome erst einen Korridor freimachen, damit sie überhaupt vor Gericht erscheinen konnte. Hunderte von Menschen drängten sich am Schaftor und dem Hügel Moriah. Sie reckten die Hälse nach Salomes Sänfte, sie schimpften, schoben und diskutierten und hätten am liebsten an der Verhandlung teilgenommen, wenn man sie gelassen hätte. Doch der *Sanhedrin* hatte strikte Anweisung gegeben, niemanden durchzulassen. Die Stimmung in der Stadt war ohnehin aufgeheizt, und allein der Prozess gegen eine derart prominente Ehebrecherin und womöglich Gattenmörderin – die Gerüchte machten sie dazu – tat schon ein Übriges; da wollte man nicht auch noch Öl ins Feuer gießen.

Dicht am Allerheiligsten, gleich neben dem Tempel, tagte von alters her der *Sanhedrin*, die oberste richterliche und gesetzgebende Körperschaft der Juden. Hier wurden religiöse und rechtliche Vorschriften erlassen, der Tempeldienst überwacht, die Anliegen der Priester- und Levitenkaste betreut und der Kontakt zu Synagogen innerhalb und außerhalb Judäas gehalten. Weiterhin fungierte der *Sanhedrin* als Stadtrat von Jerusalem und verwaltete außerdem den jüdischen Kalender, was bedeutete, dass er ein Schaltjahr verkünden konnte und für die Ausrufung des Neumonds und damit eines Monatswechsels zuständig war.

Die vielleicht wichtigste Aufgabe jedoch war seine Funktion als oberstes Gericht Judäas. Der *Sanhedrin* nahm für sich in Anspruch, die Gesetze, die er ausgearbeitet und anschließend beschlossen hatte, selbst zu überwachen und etwaige Verletzungen zu untersuchen und zu ahnden. Von Gefängnisstrafen bis hin zum Tod durch Erhängen oder Steinigung stand dem *Sanhedrin* jedes Urteil offen; die Todesurteile jedoch bedurften der Bestätigung des römischen Prokurators, die er in der Regel auch erteilte. Da der *Sanhedrin* über eine eigene Polizei verfügte, der *speculatora*, konnte er die Umsetzung seiner Urteile ohne Hilfe der Römer selbst bewerkstelligen. Dass er einst unter Herodes zu ohnmächtiger Unterwürfigkeit degradiert worden war, dass seine Gesetze kontrolliert, seine Entscheidungen ungültig gemacht und einzelne seiner konservativen Mitglieder verhaftet und hingerichtet worden waren, hatte der *Sanhedrin* der herodianischen Familie nie verziehen. In dieser Versammlung, das wusste Salome, war sie ohne Freund und nur auf sich allein gestellt.

Die siebzig Männer, die über Salome richten sollten, saßen im Halbkreis in der großen Gerichtshalle. Hinter ihnen brannten Hunderte von Kerzen in großen *menorot*, und an den Wänden prangte das riesige *Magen David*, das sechszackige Schild Davids, sowie eine bronzene Palme, von jeher ein wichtiges Symbol des jüdischen Volkes. In ihren wallenden Gewändern bildeten die *Priester*, *Leviten* und *Rabbiner* ein beeindruckendes Bild. Nicht einer von ihnen war in den *Sanhedrin* gewählt worden, sie alle verdankten ihre Mitgliedschaft der hohen Geburt in einer ehrwürdigen alten Familie. Und genauso wirkten sie auch auf Salome: ehrwürdig, altväterlich, starr wie eine Mauer; siebzig Patriarchen in siebzigster Generation.

Doch Salome wusste auch, dass hinter dieser Fassade der Gleichheit und Harmonie gestichelt, intrigiert und über die absurdesten Themen gestritten wurde, wobei Sadduzäer, Pharisäer und Essäer drei unversöhnliche Fraktionen bildeten. Die Essäer protestierten gegen den Versuch der Pharisäer, den 354-tägigen Mondkalender durch einen Sonnenkalender zu ersetzen, und kündigten Gottes Zorn an. Die Pharisäer wiederum sprachen den Sadduzäern ab, von elitärer Geburt zu sein, und die Sadduzäer verwarfen den Glauben der Pharisäer an Geister und Engel. Und selbst innerhalb der jeweiligen Sekten tobten erbitterte Machtkämpfe zwischen den großen Familien, die den anderen keinen Vorrang einräumen wollten: Die Boethos gegen die Kathros, die Kathros gegen die Hanan, die Hanan gegen die Phiabi und so fort. Unablässig überzogen sie sich mit Argwohn, verbündeten sich kurzfristig gegen dritte, bildeten Klüngel und Cliquen, um schließlich doch wieder in Feindschaft und Hader zu verfallen.

Nur zwei Männer aus der Gruppe der Siebzig waren Salome bekannt. Kaiphas, der Hohepriester und damit Vorsitzender des *Sanhedrin*, war damals bei ihrer Hochzeit mit Philipp zugegen gewesen, ein ältlicher Mann mit fahlen Augen und leicht gebeugtem Rücken, ein Kompromisskandidat zwischen den widerstreitenden Interessen der Sekten und Familien. Er sah nicht aus, als wolle er eine entscheidende Rolle bei der bevorstehenden Verhandlung führen, außer natürlich, sie zu eröffnen und mit einem Urteilsspruch, den die anderen neunundsechzig beschließen würden, wieder zu beenden. Der andere konnte Salome gefährlich werden: *Rabban* Jehudah, mit dem sie bereits in Tiberias aneinander geraten war und der auch ihrem Tanz in Masada zugesehen hatte. Schon lange wartete er auf eine Gelegenheit wie diese, um seine Feindin von einst zu bezwingen und damit sein Versprechen wahr zu machen, dass sie sterben würde, wenn sie sich gegen ihn und den Glauben stelle. Seine großen Augen waren in den vergangenen Jahren noch Furcht erregender geworden, und erneut fröstelte sie unter seinem unheimlichen Blick.

»Salome, Fürstin von Ashdod und Prinzessin von Judäa«, begann Kaiphas. »Du bist vor dem erhabenen *Sanhedrin* angeklagt, das siebte Gebot übertreten und dich deshalb vor Gott und deinem Mann schuldig gemacht zu haben. Wie äußerst du dich zu dieser Anklage?«

Salome war noch in das Schwarz der Trauer gekleidet, selbst ihre untere Gesichtshälfte war bisher durch einen feinen, transparenten Schleier verdeckt gewesen. Nun lüftete sie diesen.

»Zunächst einmal: Wer klagt mich an?«

Auf ein Zeichen von Kaiphas hin wurde Nathan hereingeführt. »Dieser Mann«, rief Kaiphas, »war der Diener deines toten Gemahls, und er verbürgt sich, dass du eine Liebschaft mit einem Ungläubigen eingegangen bist.«

»So ist es«, bestätigte Nathan. »Sie hat sich viele Male mit einem Griechen zusammengelegt, einem der Architekten Philippis, und sie hat damit meinem Fürsten und Herrn das Herz gebrochen. Sogar als er schon im Sterben lag, hat sie sich mit diesem Timon unweit von Bethsaida getroffen.«

»Was für ein Scharlatan du doch bist«, griff Salome ihn an. »Alles, worauf du deine Anklage begründest, sind Vermutungen. Du hast nie gesehen, dass ich mit irgendjemandem zusammengelegen habe. Du hast noch nicht einmal gesehen, dass mein eigener Mann bei mir gelegen hat.«

Rabban Jehudah mischte sich ein. »Hatte Philipp einen Verdacht bezüglich des Ehebruchs«, fragte er Nathan. »Hat er mit dir darüber gesprochen?«

»Er war ein ehrenhafter Mann«, sagte Nathan. »Nie hätte er ein böses Wort über seine Frau gesagt. Aber was sie tat, bekümmerte ihn, das war ihm anzumerken.«

Hier hakte Jehudah ein, um die besondere Schwere des Ehebruchs festzustellen. Schließlich würde der *Sanhedrin* wohl kaum eine Ehebrecherin zum Tode verurteilen, die mit Billigung des Mannes vorgegangen war. »Ist er womöglich sogar an Salomes frevelhaftem Verhalten zugrunde gegangen? War es das, was ihn auf das Krankenlager warf?«

Nathan druckste bei dieser Frage herum, aus gutem Grund. »Das ... das weiß ich nicht«, sagte er. »Möglich wäre es schon. Ja, wenn ich genauer darüber nachdenke, ist es sogar wahrscheinlich.«

»Was für ein elender Lügner du bist«, rief Salome. »Du weißt sehr gut, dass Philipp an einer Entzündung gestorben ist. Ich verlange, dass der griechische Arzt hergebracht wird, der meinen Gemahl behandelt hat.«

»Unbeschnittene sind keine vollwertigen Zeugen«, unterbrach Jehudah. »Der Arzt darf nicht zugelassen werden. Es gilt, was Nathan sagte, dass nämlich nicht ausgeschlossen werden kann, dass Philipp aus Gram über Salomes schändlichen Ehebruch gestorben ist.«

»Er war am Geschlecht erkrankt«, schrie Salome. »Der griechische Arzt hat es mir im Vertrauen erzählt, und er kannte auch die Ursache: Philipp hat bei einem Mann gelegen.« Und mit einem Blick auf Nathan fügte sie hinzu: »Bei mehreren Männern.«

Unruhe erfasste den Saal, Wortfetzen flogen durcheinander. »Ungeheuerlich« ... »Frechheit« ... »Betrügerin« ... »Leichenschänderin« waren noch die mildesten Beschimpfungen, die Salome über sich ergehen lassen musste.

Nathan zeigte mit dem Finger auf sie und schrie: »Sie lügt. Sie hat vom ersten Tag an meinen Herrn gering geachtet, und nun will sie mittels dreister Beschuldigungen den Kopf aus der Schlinge ziehen.«

Vergeblich versuchte Kaiphas, die Gemüter zu beschwichtigen, erst als Jehudah sich von seinem Platz erhob und die Hände hob, ebbte der Sturm der Entrüstung langsam ab.

»Welchen Grund, hohe Mitglieder des *Sanhedrin*, sollte Nathan wohl haben, hier zu lügen?«

Salome kannte mehrere Gründe. »Sehr wahrscheinlich hat er mich immer als seine Rivalin um Philipps Gunst angesehen. Bis heute trägt er mir nach, dass Philipp mich liebte. Außerdem will er seinem Fürsten einen letzten Dienst erweisen, deshalb hat er auch alle Spuren verwischt, die zur wahren Ursache von Philipps Erkrankung geführt hätten. Und er verachtet mich, seit ich aus Masada zurückgekommen bin. Er hat Gerüchte verbreitet, im Gefolge Stimmung gegen mich gemacht, mir Informationen vorenthalten, und das alles nur, weil ich in Masada getanzt und damit seiner Meinung nach Philipp in Verruf gebracht habe.«

Jehudah griff das Stichwort auf. »Reden wir über den Tanz.«

»Was hat der mit meinem angeblichen Ehebruch zu tun?«

»Du warst nackt. Ich habe es selbst gesehen.«

»Und du hast dennoch nicht bei mir gelegen.«

Er riss die Augen auf. »*Selbstverständlich* nicht.«

»Also was soll meine Nacktheit in diesem Fall beweisen? Hundert Menschen haben gesehen, wie Gott mich geschaffen hat, so weit so gut. Das bedeutet allerdings nicht, dass ich ...«

»Es bedeutet«, fiel Jehudah ihr ins Wort, »dass du eine schamlose Person bist, die nicht davor zurückschreckt, ihren Gemahl in Verruf zu bringen. Und es entspricht doch wohl der Wahrheit, dass Philipp von deinem Auftritt betroffen war, oder?«

»Er war nicht glücklich darüber.«

»Er war entsetzt.«

»Ich weiß es so wenig wie du.«

»Du weißt es deshalb nicht, weil er so entsetzt war, dass er nicht mehr mit dir gesprochen hat.«

»Er hätte sich wieder mit mir versöhnt.«

»Womöglich, wenn er nicht vorher an den Schandtaten verzweifelt wäre, die du begangen hast. Von jeher warst du eine schlechte Gläubige unseres Volkes, zweifelnd an Gottes Gesetzen, widerspenstig gegen die Verkünder der Worte des Herrn, zugetan den Unbeschnittenen und Halbgläubigen in unserem Land, trotzig gegen die alten Sitten und Bräuche. Die Synagogen hast du gemieden, die Rechte der Juden Basans untergraben, die persischen und ägyptischen Sklaven befreit, kurz gesagt, du hast alles getan, um dich außerhalb unserer Gemeinschaft zu stellen, außerhalb der *thora*, die unser Volk zusammenschmiedet. Da passt es nur ins Bild, wenn du auch das siebte Gebot brichst, nachdem du zuvor schon andere gebrochen hast.«

»Das ist noch immer kein Beweis«, konterte sie.

»Hier steht der Beweis in Fleisch und Blut vor uns«, rief Jehudah, sich an die Mitglieder des *Sanhedrin* wendend. »Nathan bezeugt, die beiden Sünder gesehen zu haben, als sie beieinander lagen. Das Wort eines aufrichtigen Juden, der sich nie etwas hat zuschulden kommen lassen, steht gegen jenes einer Frau, die in Masada wie eine babylonische Hure vor Volk und Soldaten getanzt hat.«

»Und vor einem Mann, dem du bis vor kurzem gedient hast«, fügte Salome hinzu.

»Das tut hier nichts zur Sache«, wiegelte Jehudah ab. »Beantworte den hier versammelten Vätern des Volkes drei Fragen, Salome, mit Ja oder Nein. Erstens: Beharrst du auf deiner Aussage, dein Gemahl Philipp von Basan habe bei Männern gelegen und sei an einer dadurch hervorgerufenen Krankheit gestorben?«

Schon diese erste Frage wahrheitsgemäß zu beantworten, fiel ihr nicht leicht. Es war nicht ihre Absicht, Philipps Andenken zu beschmutzen, und für sie galt es auch nicht als beschmutzt. Die Menschen dagegen würden niemanden in Ehren halten, der ein Sodomit gewesen war, wie sie das in Anlehnung an die ausschweifenden Verhältnisse des von Gott vernichteten Sodom nannten. Trotzdem, nun wo Philipps Neigung bereits zur Sprache gekommen war, wollte sie auch bei der Wahrheit bleiben.

»Ja«, antwortete sie und löste damit ein weiteres Aufseufzen der bärtigen Männer aus.

Jehudah grinste. »Zweitens: Hast du Zweifel an der Gültigkeit der *thora* und der anderen heiligen Schriften, an ihrer Urheberschaft durch Gott den Herrn, an ihren Aussagen bezüglich der Entstehung der Welt, an ihren Gesetzen, Geboten und Strafen, an ihren Regeln und Richtlinien?«

Salome wusste, dass eine ehrliche Antwort ihr schaden würde. Aber mit welchem Recht durfte sie andere Lügner und Heuchler nennen, wenn sie selbst bei so grundsätzlichen Fragen wie dem Glauben log und heuchelte? Es gab nur eine Antwort darauf: »Ja, ich habe an einigen Stellen der *thora* Zweifel, mehr noch, ich halte diese Stellen für falsch.«

Die Empörung, die daraufhin losbrach, stellte alles Vorherige in den Schatten. Priester und *Leviten* standen auf und lärmten, manche ballten die Fäuste gen Himmel, anderen schien vor Schreck das Herz still zu stehen. Jemand erdreistete sich, klüger als Gott zu sein. Kaiphas brauchte eine Weile, um die Ordnung im *Sanhedrin* wiederherzustellen.

Jehudah und Nathan waren sichtlich zufrieden. Nur noch die letzte Frage trennte sie von einem sicheren Schuldspruch für Salome.

»Drittens«, rief Jehudah. »Hast du neben dem Griechen Timon gelegen und damit deine Ehe mit Philipp gebrochen?«

Nächtelang hatte Salome nachgegrübelt, wie sie sich in der Verhandlung verhalten sollte. Mal war sie entschlossen gewesen, die Wahrheit zu sagen, mal erschütterten sie die Erinnerungen an Harithas elenden Tod, und sie war bereit, für ihr Überleben zu lügen, selbst wenn das bedeutete, die schönsten Augenblicke der letzten Jahre zu leugnen.

Doch es ging nicht nur um ihr eigenes Leben, sondern womöglich auch um ein weiteres. Vorsichtig legte sie ihre Hände auf den Unterleib.

»Nein«, rief sie und löste ein weiteres Mal Murmeln und Raunen aus.

Jehudah stellte sich mit großen Augen vor ihr auf. »Soll das heißen, du bestreitest, eine Liebschaft mit Timon dem Architekten gehabt zu haben?«

»Deine Auffassungsgabe ist beeindruckend, edler *Rabban*«, lächelte sie und löste bei einigen Sadduzäern, die diesen extremsten aller Pharisäer ohnehin nicht leiden konnten, leichtes Schmunzeln aus.

Rabban Jehudah wollte gerade zu einer heftigen Erwiderung ansetzen, als sein Blick über Salomes Schultern hinweg zum Eingang der Gerichtshalle schweifte. Ein Grinsen zog über seinen Mund, dann sagte er: »Dort haben wir jemanden, den deine Antwort sicher außerordentlich interessieren wird.«

»Timon«, schrie Salome, als sie sich umwandte.

Er wurde von vier *speculatores* in die Halle geführt. Seine Hände waren gefesselt, Gesicht und Kleidung vom Staub der trockenen Ebenen überzogen. Er sah aus wie nach einem langen Ritt, erschöpft und durstig, und Salome begriff sofort, dass er nicht von Pilatus' Häschern aufgespürt worden, sondern aus eigenem Willen hergekommen war. Sie wusste nicht, ob sie sich ängstigen oder freuen sollte. Wenn sie heute verurteilt und somit untergehen würde, konnte er leicht in ihren Sog geraten. Andererseits gab sein bloßer Anblick ihr Kraft.

Während der Hauptmann der *speculatores* dem *Sanhedrin* erklärte, Timon habe sich freiwillig gestellt, um hier auszusagen, blickte Timon ihr kurz und innig in die Augen und flüsterte: »Ich war schon in Tyrus. Von da an ging es nicht mehr, Salome. Ich konnte nicht weiterreiten und dich den Hyänen überlassen. Ich liebe dich. Ich habe nie aufgehört, dich zu lieben.«

Salome musste mehrmals schlucken, um die Tränen zurückzuhalten. Nach allem, was in den vergangenen Monaten geschehen war, war sie sich der Liebe Timons nicht mehr sicher gewesen. Ihre Dummheiten und Fehler, seine Ansichten darüber, zuletzt die Missverständnisse ... Sie hatten eine schwere Zeit hinter sich, aber ihre Liebe zueinander hatte alles überstanden, ja, die heutige Krise führte sie erst wieder zusammen.

Sie lächelte glücklich. »Ich liebe dich auch. Mehr als ...«

»Was habt ihr beide da zu tuscheln?«, fuhr Jehudah sie an. »Ihr sprecht euch ab, nicht wahr?«

»Wir sind Freunde«, erklärte Timon. »Salome hat mir in Philippi das Leben gerettet, dafür gibt es Dutzende Zeugen. Seither bin ich der Fürstin von Basan in Respekt verbunden.«

»Sie ist nicht länger Fürstin von Basan, sondern nur noch von Ashdod«, zischte Jehudah besserwisserisch.

»Diesen Titel«, flüsterte Timon zu Salome, so dass nur sie es hören konnte, »habe ich sowieso immer lieber gemocht.«

Sie lächelten beide, doch auf ein Zeichen Jehudahs hin ergriffen die *speculatores* Timon wieder. »Ich brauche Gelegenheit, den Griechen zu verhören«, sagte der *Rabban*.

Salome beschwerte sich beim Hohepriester Kaiphas. »Jehudah hat vorhin selbst gesagt, dass die Aussagen von Ungläubigen nicht vollwertig seien. Wozu also soll das Verhör gut sein?«

»Wir müssen prüfen«, kam Jehudah einer Antwort des Hohepriesters zuvor, »ob der Grieche ebenfalls eines Verbrechens angeklagt werden muss.«

Kaiphas nickte gefügig, und so zerrten die Wachen Timon wieder aus dem Saal. Vorher rief er Salome noch etwas zu: »Erinnere dich daran, zu welcher Familie du gehörst, Salome. Du bist ein Mitglied …« Dann schloss sich die schwere Tür.

Kaiphas erhob sich. »Wir unterbrechen die Verhandlung bis zum Nachmittag. Wenn *Rabban* Jehudah bis dahin eine Aussage des Griechen Timon beibringt, soll es uns recht sein. Wenn nicht, müssen wir auf der Grundlage dessen, was wir bisher wissen, das Urteil fällen. Bedenkt jedoch«, wies er die Mitglieder des *Sanhedrin* an, »dass ein Schuldspruch nach unserem Recht auf mindestens zwei Zeugenaussagen beruhen muss. Eine allein reicht nicht.«

Rabban Jehudah sah aus, als sei er entschlossen, diese zweite Zeugenaussage von Timon zu bekommen, auf welche Weise auch immer.

Die Mitglieder des *Sanhedrin* blieben auch während der Gerichtspause im Saal und debattierten miteinander. Der Prozess war für sie ein weiterer Vorwand, ihre zahlreichen Differenzen auszutragen und die Meinung der jeweils anderen Fraktionen lächerlich, gefährlich oder sogar subversiv zu nennen. Durfte man die Aussagen Ungläubiger tatsächlich als minderwertig abtun? Bot die

Nacktheit einer Frau Hinweise auf ihre charakterliche Gesinnung? War eine Jüdin, die die *thora* nicht anerkannte, weiterhin als Jüdin zu behandeln? Oder musste sie nicht vielmehr als »tot« betrachtet werden, so wie vom Glauben Abgefallene ja auch nicht mehr erben konnten, weil sie wie Tote angesehen wurden? Die Sadduzäer beschuldigten die Pharisäer als extrem, die Pharisäer die Essäer als verweichlicht und die Essäer die Sadduzäer als abgehoben.

Salome lief indes vor der Gerichtshalle auf und ab, bewacht von einer Hand voll *speculatores*. Nervös lugte sie zwischen den Säulen die Stufen hinab, da immer mehr Menschen eintrafen und auf das Urteil warteten. Weder die Mittagshitze noch die Wachen hielten die Volksmenge davon ab, rege zu spekulieren, ob man die »Hure von Masada« drankriegen würde oder nicht, wobei die meisten lautstark eine Verurteilung forderten. Salome wusste, dass der *Sanhedrin* sich in seiner Geschichte schon sehr oft von der Volksmeinung hatte beeinflussen lassen, sowohl was die Gesetzgebung wie auch die Rechtsprechung anging. Die Zeichen standen nicht gut für sie. Angewidert vom Anblick der schimpfenden Menschen, spazierte sie auf dem Tempelgelände umher, das neben dem *Sanhedrin* lag.

Doch auch hier fand sie keine Ruhe. Mehr noch als der Pöbel beunruhigte sie das so genannte Verhör, das *Rabban* Jehudah mit Timon führen wollte. Warum musste er die Befragung im unterirdischen Gefängnis des *Sanhedrin* vornehmen? Welche Mittel würde er einsetzen? Womöglich wurde Timon in genau diesem Augenblick vernommen, und sie konnte nichts dagegen tun. Was hatte er ihr zugerufen, bevor man ihn abführte? Etwas über ihre Familie, ja, doch was konnte er damit gemeint haben? Herodias hatte ihren Einfluss auf *Rabban* Jehudah längst eingebüßt.

Im Schatten der Säulengänge war Salome bis zum südlichen Teil des Tempelbezirks gelangt, wo sich die prächtige *Stoa Basilica* erhob, eine riesige offene Halle mit mehr als hundertsechzig korinthischen Säulen. Unter ihrem Dach trafen sich gemeinhin die Händler und Geldwechsler, sehr zum Argwohn mancher Juden, die so viel unheiliges Tun im Schatten des Tempels nicht guthießen. Doch seltsam, die Halle war nahezu leer, und die wenigen, die sich in ihr befanden, eilten soeben hinaus. Salome hatte zwar davon gehört, dass vor kurzem ein Prediger sie beschimpft und vertrieben habe, doch selbstverständlich waren die Geschäftemacher rasch wieder zurückgekehrt. Wo aber waren sie in diesem Moment?

Das Geschrei vieler Menschen drang von Ferne heran, und die Wachen, die ihr in einigem Abstand gefolgt waren, wurden von wild gestikulierenden Kameraden abberufen und rannten davon. Salome durchschritt die *Stoa Basilica*, blickte von deren Südseite in die Unterstadt hinab – und erstarrte. Wie Ameisen strömten unübersehbare Menschenmassen durch die engen Gassen in Richtung Oberstadt und Tempel; ihre Spitze war höchstens noch fünfhundert Schritte von Salome entfernt. »Barabbas, Barabbas«, hallte es zum Himmel, und wenngleich Salome nicht wusste, wer Barabbas war, verstand sie doch, was vor sich ging: Jerusalem befand sich im Aufstand.

Sie rannte, so schnell sie konnte. Ihr schwarzer Kopfschleier fiel zu Boden, doch sie kümmerte sich nicht darum. Ihr Herz raste. Hassten die Leute sie so sehr, dass man sie lynchen wollte?

Für die Wartenden vor dem *Sanhedrin* kam der Aufstand ebenfalls überraschend. Zuerst dachten sie, dass es einen Tumult gäbe wegen des Prozesses, doch sie begriffen schnell, dass hier Größeres geschah. Junge Männer stürmten an ihnen vorbei und riefen: »Folgt uns zur Antonia. Wir verjagen die Römer.«

Die Aufrührer hatten den Augenblick gut gewählt, denn nun schlossen sich viele Leute vor dem *Sanhedrin*, ohnehin erregt, spontan ihnen an. Das Fieber griff um sich. »Barabbas«, schrien die Menschen, obwohl viele nicht wussten, wer Barabbas überhaupt war. Die meisten Leute rannten mit den anderen nordwärts zur Festung Antonia, doch nicht wenige stürmten nun, unterstützt von bewaffneten Aufständischen, die Treppen zum *Sanhedrin* hinauf. Die *speculatora* versuchte, sie zurückzuhalten, gegen den Volkszorn jedoch kam sie nicht an und wurde entweder niedergemacht oder ergriff die Flucht.

Salome war westwärts bis zur »Halle des Salomo« gerannt und erkannte jetzt, dass das unklug gewesen war. Denn auch der Herodespalast befand sich im Westen, und dieser war von den Aufständischen zuerst gestürmt worden. Dutzende junge Männer, halbe Kinder noch, strömten, mit blitzenden Dolchen und faustgroßen Steinen bewaffnet, von dort heran. »Reich Gottes, Reich Gottes«, skandierten sie unentwegt.

Keuchend rannte Salome in den inneren Tempelbezirk und durch ein bronzenes Tor in den so genannten Vorhof der Frauen. Nun rächte sich, dass sie als Kind nur selten an Opferzeremonien teilgenommen hatte – und wenn doch, dann nur mit geschlossenen Augen, weil sie das Schächten der Lämmer nicht mit ansehen konnte. Sie fand sich in den zahlreichen Haupt- und Nebenhöfen des Tempelbezirks nicht zurecht und wusste nicht, wohin sie fliehen sollte. Vom Frauenhof aus rannte sie durch den Israelitenhof, der eigentlich nur Männern vorbehalten war. Doch es befand sich ohnehin niemand hier. Auch der Priesterhof war leer. An einem von zahlreichen Tieropfern rosa gefärbten Steinblock vorbei gelangte sie nach zwölf Stufen in das Innere des eigentlichen Tempels. Sie befand sich im *sanktuar*, dem Vorraum zum Allerheiligsten, wo sonst nur Priester Zutritt hatten. Links von ihr dampfte Weihrauch aus zwei Schalen, rechts standen ein goldener Leuchter und ein Tisch mit Opferbroten. Geradeaus, hinter einer zehn Meter hohen, goldbeschlagenen Tür, war das Allerheiligste aufbewahrt, die Bundeslade.

Sie blickte sich nervös um. Würde sie hier ein Priester entdecken, war es unwichtig, welches Urteil sie in der Sache des Ehebruchs erhielt, denn dann wäre ihr der Tod ohnehin sicher. Zwar befanden sich die meisten Priester im *Sanhedrin*, doch es war nicht ausgeschlossen, dass ...

Sie hörte Geräusche aus dem Allerheiligsten und floh wieder hinaus, diesmal in Richtung des *Sanhedrin*. Menschen liefen durcheinander, wobei man ihnen nicht ansah, ob sie flohen, einfach nur neugierig waren oder nach Opfern suchten, Priester stürzten zu Boden, blutige Kleidungsfetzen lagen auf den Fliesen des Tempelbezirks, überall sah sie tote *speculatores*. Chaos breitete sich in Jerusalem aus.

Der Zorn des Volkes verselbstständigte sich und machte keinen Unterschied mehr zwischen den Römern und der eigenen jüdischen Obrigkeit, die sie so oft im Stich gelassen und verraten hatte. Die *speculatora*, die jüdische Polizei, war plötzlich auch Feind und Abtrünniger, der *Sanhedrin* ein verlängerter Arm der römischen Gewaltherrschaft. Unter dem Druck Dutzender Körper gaben die Tore zur Gerichtshalle nach, und die Menge ergoss sich wie eine Flut in den Saal. Sie packten, wen sie gerade in die Finger bekamen, und schlugen mit Knüppeln auf jeden ein. Nur Kaiphas und die Tempelpriester rührten sie nicht an, alle anderen wurden malträtiert, so dass der Saal, der sonst widerhallte von kleinlichem Gezänk, unter Schreien von Angst und Schmerz erzitterte.

Salome war eine der Letzten, die durch ein kleines Nordtor in die Festung Antonia gelangten. Hinter ihr fielen die Riegel ins Schloss, und wer immer noch da draußen war, war der Wut der Massen ausgeliefert. An der Südseite war es einigen Aufständischen sogar gelungen, in die Burg einzudringen, doch sie konnten unter Aufbietung aller Kräfte getötet oder vertrieben werden. Rings um die Mauern schrien und tobten die Massen, Steine flogen, vereinzelt bohrten sich Speere in den Boden des Burghofes. Römische Legionäre und jüdische *speculatores* hetzten konfus durch die Gänge, auf der Suche nach *decuries* und *centuries*, den Offizieren.

Salome wusste, wo sie den obersten Kommandanten finden würde, und stieg atemlos die steile Treppe zum Südwestturm hinauf. Es gab keine bessere Sicht über Jerusalem als von hier oben. Tempelgelände, Herodespalast, Oberstadt, Unterstadt, der Hügel Golgatha, das Griechenviertel, das Hippodrom, die Stationen der *speculatores* und die meisten Tore konnten mit einem einzigen Rundumblick erfasst werden. Eines wurde Salome sofort deutlich: Jerusalem war nicht länger unter römischer Kontrolle.

Pilatus stand mit einigen niederen Offizieren an der Turmmauer und blickte ängstlich nach unten, wo immer mehr Menschen gegen die Mauern und Tore der Antonia rannten.

»Warum unternimmst du nichts?«, fauchte Salome ihn an.

»Oh, du hast es also geschafft«, erwiderte er lapidar.

»Was nicht dein Verdienst ist. Warum befiehlst du keinen Angriff?«

»So etwas will gut überlegt sein, meine Liebe.«

»Während du überlegst, stürmt das Volk den *Sanhedrin* und die Gefängnisse. Sieh hin.«

Während einige der Aufrührer die Gerichtshalle stürmten, machten andere sich daran, das Gefängnis zu erobern, um die dortigen Gefangenen zu befreien. Doch der Widerstand der Wachtruppe des Gefängnisses war härter als erwartet. Nur wenige Türen führten in die unterirdischen Verliese, und diese konnten leicht verteidigt werden. In ihrer Wut rollten die Aufständischen Fässer voll mit Pech die Stufen hinab und setzten die auslaufende Masse in Brand. Kein Schreien der Eingeschlossenen weckte ihr Mitleid, Fass auf Fass und Fackel auf Fackel setzten sie das Gefängnis in Brand. Ein wahrer Feuersturm tobte im Innern der Verliese. Gleich lebenden Flammen, stumm vor Schmerz, rannten einige *speculatores* heraus, vorbei an grölenden Massen, und brachen schließlich wie Feuerholz in sich zusammen.

»Timon ist dort«, schrie Salome den Prokurator an.

»Also wirklich, das ist nicht meine Schuld«, klagte Pilatus beleidigt. »Wenn du nicht mit ihm ...«

»Wir halten hier keinen Höflichkeitsschwatz, Pilatus. Falls es dir noch nicht aufgefallen ist: Dort drüben geht die jüdische Oberschicht und die Polizei, also die gesamte jüdische Ordnung, in Flammen auf.«

»Sehr betrüblich. Aber dagegen kann ich derzeit nichts tun«, sagte er und wischte sich mit einem Tuch den Schweiß von der Stirn.

»Du kannst einen Angriff befehlen.«

Er trank einen Schluck Wasser aus einem Schlauch, den ihm eine Ordonnanz gebracht hatte. »Meine beiden höchsten Offiziere sind tot.«

»Es werden noch weit mehr Offiziere sterben, wenn du nicht endlich etwas *unternimmst*.«

»Beim Mars«, fluchte er. »Hier sind wir vorerst sicher, und ich werde nichts tun, was diesen Zustand gefährdet.«

Nun riss ihr der Geduldsfaden. »Wenn euer römischer Kriegsgott sehen könnte, wie die Römer in Jerusalem Krieg führen, würde er sich der Statuen schämen, die ihr von ihm aufstellt«, schrie sie zurück. »Greife endlich an.«

»Ich bin hier immer noch derjenige, der die Befehle gibt.«

»Dann gib sie auch«, presste sie aus Leibeskräften hervor und hämmerte mit ihren Fäusten auf eine Zinne ein, so dass sogar Pilatus und die umstehenden Soldaten zusammenzuckten.

Unsicher blickte Pilatus von einem *decurio* zum anderen. Mittlerweile brannten auch das Griechenviertel und das Hippodrom, wo Nichtjuden stets ihre sportlichen Wettkämpfe ausgetragen hatten. Es schien nur eine Frage von Stunden, bis die Aufständischen die gesamte Außenmauer Jerusalems besetzt hätten. Dann würde es auch ein Heer von außen schwer haben, die Stadt zurückzuerobern.

»Oh weh, oh weh«, jammerte Pilatus. »Wenn der Kaiser erst einmal davon erfahren hat ...«

Salome empfand einen derart gewaltigen Zorn auf diesen Mann, dass sie ihn beinahe an der Kehle gepackt und das Werk der Aufständischen komplettiert hätte. Doch im letzten Moment rief er seine Offiziere zusammen, beriet sich mit ihnen und beschloss tatsächlich einen Ausfall aus der Burg.

Salome war es in diesem Moment egal, dass Pilatus nicht aufgrund seiner Verantwortung für Jerusalem oder die bedrängten Menschen handelte, sondern um mit einer Rückeroberung der Stadt aus eigener Kraft den Kaiser zu beeindrucken oder zu beschwichtigen. Wichtig war, dass endlich etwas geschah.

Während Pilatus sich um die Aufstellung einer Schildkröte kümmerte – wie die Römer eine spezielle Angriffsformation nannten –, wandte Salome sich an einen der Offiziere.

»Du musst Pilatus davon überzeugen, dass er zunächst den *Sanhedrin* und die Gefängnisse befreit«, bat sie.

»Tut mir Leid, Fürstin«, erwiderte der junge Mann. »Die nördlichen Tore sind vorerst wichtiger. Es wäre strategisch unklug, wenn wir ...«

»Ich gebe dir, was du willst«, versprach sie, »und so viel davon, wie du willst.«

Der *decurio* grinste. »Sehr verlockend, Fürstin. In jeder Beziehung. Aber es geht nicht. Die Gefängnisse des *Sanhedrin* lohnen keinen riskanten Angriff.«

»Wieso nicht?«

Er deutete mit dem Finger dorthin, wo die Eingänge zu den unterirdischen Verliesen lagen. »Siehst du den schwarzen Qualm? In diesem Gefängnis, Fürstin, hat keiner überlebt.«

21

Die Aufrührer konnten sich noch einige Tage halten, dann brach ihre Revolte zusammen; andere Städte waren ihrem Beispiel nicht gefolgt. Weder Nazareth noch Jericho oder Tiberias wagten, sich zu erheben, ehe die heilige Stadt nicht vollständig frei von Römern war. Römische Kohorten aus Caesarea sowie mit Griechen bestückte Hilfstruppen aus Samaria trafen ein und machten diejenigen nieder, die ihren Widerstand noch nicht aufgegeben hatten, zumeist junge Männer zwischen vierzehn und zwanzig Jahren. Die Älteren hatten sich schon vorher, wie aus einem Rausch erwacht, in ihre Häuser zurückgezogen und beobachteten schuldbewusst aus ihren Fenstern, wie die Leichen weggeräumt wurden: Griechen, Polizeiwachen, Beamte, einige römische Legionäre und Offiziere. Doch die meisten Opfer hatte der Kampf unter ihresgleichen gefordert, etwa einhundert tote Jungen, vierzig ausgewachsene Männer, sogar neun Greise, drei kleine Kinder und zwei Frauen.

»Märtyrer«, erklärten die untergetauchten Hauptleute des Aufstands und nahmen damit ein Wort in den Mund, das in Judäa eigentlich Menschen bezeichnete, die sich lieber das Leben nahmen, als ein Gebot zu übertreten. Aufständische oder gar unschuldig Ermordete so zu nennen war allerdings ungewöhnlich. Dennoch machte das Wort von den Märtyrern die Runde.

Zehn Tage nach Beginn des Aufstandes ging das Leben in Jerusalem wieder weiter wie eh und je. Die Brände waren längst verraucht. Die Händler boten Waren feil, die Priester opferten Lämmer im unversehrten Tempel, das Hämmern der Handwerker und das Klappern der Fuhrkarren lag über der Stadt. Nur dort, wo einst die Gerichtshalle des *Sanhedrin* gestanden hatte, erhob sich nun ein Hügel aus rußigem Gestein und zerbrochenen Ziegeln.

Salome hatte schon vor neun Tagen, unmittelbar nach der Rückeroberung des Tempelbergs, eine zwanzigköpfige Gruppe bezahlt, die den Trümmerberg abtragen und nach Überlebenden und Opfern suchen sollten. Sie hatten am gleichen Tag zwei Männer lebend geborgen, einen Priester und eine Wache der *speculatora*, seither aber nur noch Tote gefunden, die oft in einem furchtbaren Zustand waren. Salome war kaum von der Stelle gewichen. Selten ging sie für ein paar Stunden in die Festung Antonia, um einige Stunden zu schlafen, die meiste Zeit verbrachte sie dort, wo sich bis vor kurzem noch die Eingänge zu den Verliesen befanden. Nachts stellte sie Fackeln und Öllampen auf, am Tage sorgte sie für Wasser und Speise für die Arbeiter; nie gab sie die Hoffnung auf, in diesem Feld der Toten auf den lebendigen Timon zu stoßen.

In einer Nacht fand einer der jüdischen Arbeiter eine goldene Kette mit einem winzigen Lapislazuli darin: Timons Kette, zerrissen und schmutzig. Der Arbeiter hatte Salomes Hand genommen und gesagt: »Hier drunten lebt keiner mehr, Frau. Wer nicht verbrannte, der ist erstickt, und wer nicht erstickt ist, den haben die Gesteinsbrocken erschlagen. Und die Leichen, die wir bergen, sind unkenntlich vom Feuer. Es wäre wirklich besser für dich, wenn du nicht mehr als diese Kette finden wirst. Alles andere wäre – schlimm.«

Salome lehnte sich an die Schulter des unbekannten Mannes, und er legte seine Arme um sie und hielt sie fest. Er wusste wohl, wer sie war, und ahnte, um wen sie trauerte. So vieles war über Salome geredet worden, Falsches und Wahres gleichermaßen, und noch vor zehn Tagen hatte er ebenso schlecht über sie gedacht wie die meisten, wenngleich er ihr eine ungewöhnliche Tatkraft zugute hielt. In diesem Moment jedoch fühlte er mit ihr, ja, er konnte seine eigene Rührung nicht verbergen und weinte, weinte um ihre verlorene Liebe, um einen Ungläubigen und um die Sünden, die sie begangen hatte. Sie selbst weinte nicht. Sie konnte nicht. Sie hatte erst ein einziges Mal in ihrem Leben geweint, und das war der Tag ihrer größten Demütigung gewesen, als Kephallion sie verprügelt hatte. Seither weigerte sie sich zu weinen, als könne sie damit auch die Demütigungen und Verluste vergessen.

Der Mann trug die völlig erschöpfte Salome auf Händen in die Antonia, brachte sie in ihr Gemach und ließ sie allein. Fünf Tage lag sie im Bett, trank wenig, aß nichts und ließ Timons Kette nicht los. Sie trauerte und grübelte von früh bis spät und auch noch nachts über die schrecklichen Verluste der letzten Zeit. Alles, was ihr Leben schön machte, war verloren – Liebe, Freundschaft, Ziele, Zukunft. Sie blickte auf Jerusalem und dachte an ihre Kindheit im Herodespalast und daran, dass die Menschen, die einmal mit ihr dort gelebt hatten, und die Menschen, die später hinzugekommen waren, alle auf die eine oder andere Weise gegangen waren. Sie hatte sich bemüht, hatte sich mit aller Kraft an jene geklammert, die sie liebte, und doch waren alle verschwunden. Zuletzt Timon. Dieser Verlust war der schlimmste von allen, ein Henkersschlag. Sie wünschte den Tod herbei, doch der Tod kam nie, wenn man ihn wollte. Wie sollte sie ohne den Menschen weiterleben, der einst in Ashdod die Liebe in ihr geweckt hatte, der sie geformt hatte, als er sie mahnte, nicht eine Fürstin *über* das Volk, sondern *für* das Volk zu sein, der ihr Wissen gegeben und Visionen geschenkt hatte, der ihr eine Moral vermittelte, die er von seinem Vater gelernt hatte, der ganze Jahre mit Liebe, Stunden mit Leidenschaft und Augenblicke mit Zärtlichkeit füllte, dessen Eigenheiten ihn ebenso kompliziert wie spannend machten, der mit ihr lachte, der mit ihr stritt, der sein Leben für sie aufgab. Zum ersten Mal spürte sie, wie sehr das Glück von einem einzigen Menschen abhing. Damals, in Ashdod, hatte sie ihn zwar auch verloren, doch nicht aufgegeben. Das war heute anders. Er würde nicht noch einmal aus dem Nichts auftauchen. Er war fort.

Für immer.

Sie konnte in der Welt nichts Gutes mehr sehen. Sie überlegte, sich einfach verurteilen zu lassen oder sogar ihr Schicksal zu beschleunigen und aus dem Fenster zu springen. In diesen Tagen hallte allerdings auch Harithas Stimme unentwegt in ihrem Kopf wider: niemals aufgeben. Niemals resignieren. Im Grunde war es ihre eigene Stimme, die aus der Vergangenheit rief, aus den Tagen, als sie sich und Haritha dieses Versprechen gegeben hatte. Anfangs hasste sie diese Stimme. Die Vergangenheit hatte gut reden, dachte sie. Die Vergangenheit, das waren warme Tage am See Genezareth, als sie so etwas wie eine Familie und Freunde und als sie noch Hoffnung hatte. Was war davon geblieben? Rauchende Trümmer, ein Aschenhaufen.

Das war das Stichwort: Trümmer. Wenn du vor einem Trümmerhaufen stehst, dann laufe darüber hinweg, hatte Haritha ihr geraten. Dieser Satz berührte irgendetwas in ihr. Es war, als glömme noch ein Funken, der dadurch angefacht wurde. Nach einem Tag ging es ihr etwas besser und am nächsten noch ein wenig mehr. Sie aß leichte Kost und fand die Kraft, ihr Gemach für einen kurzen Spaziergang zu verlassen.

Einen weiteren Tag später wusste sie, dass Timon nicht gegangen war, ohne ihr – außer einer Kette – noch etwas hinterlassen zu haben.

Sie war schwanger. Schon auf dem Weg von Bethsaida nach Jerusalem war ihr aufgefallen, dass ihre Blutung ausgeblieben war. Doch jetzt erst konnte sie sich wirklich sicher sein. Und für dieses Kind, sein Kind, musste und wollte sie leben, mit aller Kraft, die noch immer in ihr steckte. Das war sie Timon schuldig, das war sie dem Kind schuldig, das war sie letzten Endes auch sich selbst schuldig. Sie würde über den Aschenhaufen hinwegschreiten. Und dabei half ihr ein zweites Geschenk, das Timon ihr unmittelbar vor seinem Tod gegeben hatte. Timon war buchstäblich ihre und seines Kindes Rettung.

Salome suchte Pontius Pilatus im *praetorium* der Antonia auf, seiner Empfangshalle, wo er regierte und richtete. Er war sichtlich mit den Nerven am Ende, die Augen huschten unruhig vom einen seiner Untergebenen zum anderen, die Befehle klangen gereizt und er massierte immer wieder seine Schläfen. Er war nicht mehr der Mann, der einst in dieses Land gekommen war. Auf eine zynische, eigentümliche Weise hatte Judäa ihn besiegt. Pilatus war ein Wrack.

Als er Salome sah, rief er unwirsch: »Auch das noch. Ich sagte doch schon, Fürstin, ich kann mich nicht mit der unsinnigen Suche nach Verschütteten befassen.«

»Die unsinnige Suche hat zwei Menschen das Leben gerettet und vielen Hinterbliebenen wenigstens einen Leichnam zum Bestatten gegeben.«

»Wie schön für die Leichenbestatter. Ich habe jedoch ganz andere Sorgen. Gestern wurde der Anführer dieser verräterischen Rebellen gefasst und mir vorgeführt, ein Wahnsinniger mit funkelnden Augen, der mich mit Schimpfworten bedeckte und mir vor die Füße spuckte. Ein gewisser Barkassus.«

»Barabbas«, flüsterte ihm einer seiner Beamten zu.

»Wie? Ach so. Nun gut, dann eben Barabbas. Die seltsamen Namen in eurem Land sind noch am leichtesten zu verkraften. Eure Prediger allerdings hängen mir wirklich zum Halse heraus. Der Hohepriester möchte, dass ich einen dieser *Messiasse* hinrichte, die in Judäa wie Pilze wuchern, einen gewissen Janus.«

»Jesus«, korrigierte der Beamte.

»Sei's drum. Der Mann war hier und spielte sich auf. Ein König will er sein. Ich sage ja, ihr seid alle nicht richtig im Kopf, wie sich erst neulich wieder gezeigt hat. Also habe ich auch ihn zum Tode verurteilt, wie zuvor Bar ... Bar ... wie den Aufrührer. Doch nun der Witz bei der Geschichte: um das erregte Volk wieder auf unsere Seite zu bringen, raten mir meine Beamten, einen der Todgeweihten zu begnadigen, und zwar jenen, den das Volk begnadigt sehen möchte. Siehst du, mit welchen Narren ich es hier zu tun habe? Und da hat mir deine fanatische Suche nach einem verkokelten Griechen gerade noch gefehlt.«

Salome verstand nicht mehr, wieso sie Pilatus früher amüsant gefunden hatte. Er war ein beschränkter, selbstsüchtiger und ignoranter Wichtigtuer, der noch nicht einmal merkte, wie sehr er andere Menschen mit seinem Gerede verletzte. Doch sie hatte nicht vor, sich noch lange mit ihm abzugeben.

»Ich bin gekommen, um dir mitzuteilen, dass ich Judäa verlassen werde.«

Er sah sie an wie einen Geist. »Wie bitte?«

»Du hast mich gut verstanden, Pilatus.«

»Bist nun auch du völlig übergeschnappt? Es steht dir nicht frei zu gehen, wohin du willst. Du stehst vor Gericht. Gut, der Prozess wird sich verzögern, weil dieser ... dieser Natron von Aufständischen erschlagen wurde ...«

»Nathan«, berichtigte der Beamte.

Salome war bekannt, dass Nathan tot aus den Trümmern geborgen worden war; sie selbst hatte daneben gestanden, als man seine Leiche fand. Auch *Rabban* Jehudah, ihr größter Feind, war ebenso wie Timon im Gefängnis umgekommen. Und nicht nur das: Ein Drittel der Mitglieder des *Sanhedrin* waren tot, noch einmal so viele verletzt. Es würde Wochen dauern, bis ein neuer Gerichtshof zusammentreten konnte, aber sie hatte nicht die Absicht, so lange zu warten.

Timons Worte, als er abgeführt worden war, beschäftigten sie schon seit Tagen. Was hatte er damit gemeint, als er sie daran erinnern wollte, zu welcher Familie sie gehörte? Sie bezog die Worte natürlich zunächst auf die herodianische Familie, doch schließlich begriff sie, dass sie auch noch zu einer anderen Familie gehörte.

»Es spielt keine Rolle, dass Nathan und Jehudah tot sind«, sagte sie. »Ich habe das Recht, vom Kaiser selbst abgeurteilt zu werden, und ich beabsichtige, genau dieses Recht in Anspruch zu nehmen.«

»Du bist verrückt«, hauchte Pilatus kopfschüttelnd und wandte sich dann an den Beamten. »Sie ist verrückt, einfach verrückt.« Er erhob sich und schrie: »Gibt es denn in diesem Land niemanden mehr mit Verstand?«

»Ich bin die Letzte. Nach meiner Abreise«, konterte sie, »wird es so sein.«

»Du reist nirgendwohin, schon gar nicht zum Kaiser.«

»Ich«, sagte sie fest, »bin ein Mitglied der julisch-claudischen Kaiserfamilie, bin einst von Augustus aufgenommen worden.«

Pilatus erinnerte sich. Tatsächlich hatte Augustus noch zu Lebzeiten des Herodes dessen gesamte Sippe ehrenhalber in seine Familie aufgenommen. Noch heute lebten einige Nachkommen des Herodes in Rom und waren mit Mitgliedern der kaiserlichen Familie eng befreundet.

»Bei Minerva, du sprichst wahr«, staunte er.

»Und daher«, fuhr sie mit erhobenem Kopf fort, »hat kein Gericht der Welt das Recht, mich zu verurteilen, mit Ausnahme des Imperators selbst. Ich werde zu Tiberius reisen, schon morgen, und weder du noch sonst jemand kann mich daran hindern.«

Pilatus schluckte und ging zu Salome. Seine Stimme klang versöhnlich, als er sagte: »Hindern? Wieso sollte ich dich hindern? Wie gut, dass dir deine Stellung wieder eingefallen ist. Nicht auszudenken, ich hätte am Ende noch eine Verwandte des Kaisers dem Henker übergeben. Selbstverständlich schicke ich noch heute eine Depesche los, die Tiberius von deinem Eintreffen informieren wird. Ich wünsche dir eine gute Reise und viel Erfolg.«

Ohne ein weiteres Wort wandte sie sich um, doch Pilatus schickte ihr noch eine Frage hinterher.

»W-was wirst du Tiberius über die hiesigen Verhältnisse berichten, wenn er fragt?«

Sie lächelte den Prokurator mit allem Liebreiz an, der ihr zur Verfügung stand, nur ihre Augen redeten eine andere Sprache. »Die Wahrheit, edler Pilatus. Die reine und vollständige Wahrheit.«

Noch am gleichen Nachmittag ging sie ein letztes Mal durch Jerusalem, die Stadt, in der sie nicht immer gelebt, die dennoch immer ein Teil von ihr gewesen war. Sie streifte durch die Gänge des Herodespalastes, vorbei an den verdorrten Granatapfelbäumen und ausgetrockneten Teichen, um die sich schon lange niemand mehr kümmerte, spazierte über den Hügel Golgatha, ging durch das Quertal in die Unterstadt, verließ Jerusalem durch das Wassertor im Südosten und stieg dort die Hänge des »Bergs des Ärgernisses« hinauf, der von Juden so genannt wurde, weil dort die Ungläubigen opfern und sich bestatten lassen durften – da er in Sichtweite des Tempels lag, war er für viele Juden ein Ärgernis.

Salome ließ dort ein Grab für Timon errichten, in dem er vermutlich nie ruhen würde. Es konnte noch Monate dauern, bis das Verlies endlich freigelegt worden war, Zeit, nach der man den einen Leichnam nicht mehr vom anderen würde unterscheiden können. Alle Toten würden anonym auf dem Ölberg bestattet, aber Salome fühlte, dass sie einen Platz der Trauer brauchte, um sich verabschieden zu können.

Sie sprach sehr lange an diesem Grab mit Timon, entschuldigte sich für Fehler und für vieles, was zwischen ihnen ungesagt geblieben war, erzählte ihm von dem Kind in ihrem Bauch und von ihrem Vorhaben, Judäa für immer zu verlassen. Als sie nach Stunden gehen musste, um die Reise anzutreten, brach ihr fast das Herz. Eine Stimme befahl ihr zu bleiben und nannte sie eine Verräterin; die andere jedoch war stärker, die ihr sagte, sie müsse ihrem und Timons Kind die bestmögliche Zukunft bauen. Und die konnte es in Judäa nicht bekommen.

Am nächsten Morgen schrieb sie noch eine Botschaft an Kallisthenes, in der sie ihm alles berichtete und für seine Arbeit ebenso wie für seine Freundschaft dankte. Dann bestieg sie ihre Sänfte. Als sie durch das Damaskustor die heilige Stadt verließ, hallte von Ferne das Gebrüll der Volksmassen heran, die sich vor der Festung Antonia versammelt hatten, um von Pilatus entweder den Aufrührer oder den Prediger begnadigen zu lassen. »Barabbas, Barabbas«, schrien sie zum Himmel.

Salome wandte sich, wenig überrascht von dem Urteil, endgültig ab.

Siebter Teil

Römisches Intermezzo

22

Steil und abweisend ragte die Insel aus dem Tyrrhenischen Meer empor. Ihre Klippen trotzten der tosenden Brandung und dem Wind, und ihre Geheimnisse verbarg sie an diesem Tag hinter einem grauen Schleier aus feinster Gischt und Dunst. Tausende Seevögel nisteten in den zahllosen Falten der Hänge und kreisten, von Aufwinden getragen, gleichsam wie Wächter um sie herum. Über ihren Buckel eilten Wolken hinweg, so tief, dass man meinen konnte, es reiche, die Hand nach ihnen auszustrecken, und auf dem höchsten Punkt der Insel erhob sich eine weiße Villa wie die olympische Götterburg.

So sah Salome die Insel Capri, als sie auf einem Boot, vom Festland kommend, sich ihr näherte. Hier lebte Tiberius, der allseits gefürchtete und gehasste, der verachtete und verabscheute Imperator.

Salome hatte zwanzig anstrengende Tage hinter sich. Von Gaza aus war sie bis Alexandria gefahren, hatte drei Tage in der lärmenden Metropole zugebracht und dann das nächste Schiff nach Puteoli bestiegen, die Stadt unweit des Vesuv. Von dort reiste sie in einer gemieteten Sänfte bis Surrentum, vorbei an Herculaneum und Pompeji, wo sie schließlich das Boot bestieg, das sie nach Capri brachte. Tiberius hatte, als er vor sieben Jahren Capri zu seiner ständigen Residenz machte, die strikte Order erlassen, dass man sich nur aus Surrentum kommend, nur auf speziellen kaiserlichen Schiffen und nur nach Anmeldung beim Hafenkommandanten der Insel nähern durfte. Der Hafenkommandant schickte beim Auslaufen der Boote Lichtsignale nach Capri, und konnte dies wegen dichten Nebels nicht geschehen, durfte kein Boot Surrentum verlassen. So hatte der Kommandant auch heute gezögert, das Schiff mit Salome abfahren zu lassen. Er wartete, bis er von Capri das Signal zur Bestätigung erhielt, erst dann hatte Salome das Festland verlassen dürfen.

Zum ersten Mal in ihrem Leben setzte sie den Fuß auf eine Insel. Von der kleinen Anlegestelle aus führte ein steiler Treppenpfad durch die Klippen und Felswände. Bei diesem feuchten Wetter waren die moosbewachsenen Stufen glitschig, und sie musste aufpassen, nicht auszurutschen und in die Tiefe zu stürzen.

»Das ist hier schon einigen passiert«, erklärte die Ordonnanz, die sie führte. »Der Felsen dort unten ist bereits rot vom Blut der Verunglückten.«

Diese Tatsache wirkte, so seltsam es schien, beruhigend auf Salome. Übles Gerede besagte nämlich, Tiberius lasse unliebsame Gäste von seiner Villa aus in die Tiefe stürzen. Weiter hieß es, er sei ein misstrauischer Mensch, finster, uneins mit sich und der Welt, schwankend zwischen Angst und Hass, ein Menschenfeind, entstellt von Schwären auf der Haut und geplagt von Alterskrankheiten. Doch könnte es sich mit diesen Gerüchten nicht ähnlich verhalten wie mit denen über sie, die sie als verdorbene, schamlose Hure mit Lust an Gewalt beschrieben? Salome nahm sich vor, dem Kaiser unvoreingenommen gegenüberzutreten.

Doch sie trat ihm erst einmal überhaupt nicht gegenüber, denn Tiberius empfing sie den ganzen Tag nicht. Sie wurde in ein Gästehaus unterhalb der *Villa Iovis*, seiner Residenz, gebracht. Hier, dicht an den steil abfallenden Felswänden, war sie eingebettet zwischen Himmel und Meer, und als der glühende Sonnenball sich am Abend für wenige Momente zwischen Wolken und unendlichen Horizont schob, erstrahlte ihr Gemach in orangenen Farben, bevor sich schnell – schneller als irgendwo sonst – die Nacht wie ein Tuch über sie breitete.

Ihr wurde *garum* gebracht, ein Brot mit eingebackenem Käse, dazu Wein vom Vesuv, später noch eine gedämpfte Barbe mit Zitronen und Oliven sowie eine Schale frischer grüner Birnen, die zu dieser Jahreszeit gerade geerntet wurden. Jeder begegnete ihr wie einer Prinzessin, aber die Diener sprachen sehr wenig, und sie erfuhr von keinem etwas darüber, ob der Kaiser gedachte, sie am nächsten Tag zu empfangen.

Stunden später wurde Salome von einer Sklavin geweckt, die ihr mitteilte, Tiberius möchte sie sprechen.

»Es ist mitten in der Nacht«, stellte sie fest.

Die Sklavin machte eine entschuldigende Geste, die wirkte, als sei sie schon Routine geworden.

»Also gut«, sagte Salome missmutig. »Teile dem Kaiser mit, ich werde mich mit der Ankleide beeilen und …«

»Er möchte dich *jetzt* sehen, Herrin.«

»Ich trage nur mein Nachtgewand.«

»Dann wirf dir rasch noch eine *stola* über, Herrin, und folge mir. Der Kaiser wartet bereits.«

Salome war ziemlich ungehalten über diesen seltsamen Wunsch, sie mitten in der Nacht empfangen zu wollen. Ihr Haar war nicht gesteckt, die Augen verschlafen, das Gewand unpassend für eine Begegnung mit dem mächtigsten Herrn der Welt – und ihre Richter. Doch die Aufforderung war unmissverständlich. Wie die Sklavin ihr geraten hatte, warf Salome sich einen weißen Schleier über das nachtblaue Seidengewand, schlüpfte in die Sandalen und verließ dann sofort ihr Gemach.

Soweit sie erkennen konnte, war die *Villa Iovis* eine imposante und prächtige Palastanlage, ohne allerdings von Prunk überladen zu sein. Tiberius hatte vor seiner Kaiserschaft sechs Jahre lang auf Rhodos gelebt und den luftigen Baustil der Insel lieb gewonnen. Schlanke Säulen, lange Fluchten, Reliefs mit Motiven aus der olympischen Mythologie, ein Bad umrahmt von Statuen nackter Frauen … Tiberius ließ es sich gut gehen in seiner Einsiedelei.

Die Sklavin führte Salome in einen Saal, der nur schwach von Öllampen erhellt war, doch die Wolkendecke hatte sich aufgelockert und ließ bisweilen etwas Mondlicht herein. Sie sah sich um und bemerkte, dass sich niemand im Raum befand, nicht einmal Sklaven standen in dunklen Ecken und warteten dienstbereit auf eine Anweisung. Dann schloss sich die Tür hinter Salome, und sie war allein. Zumindest glaubte sie das.

Unschlüssig machte sie einige Schritte. Sie war nicht ängstlich, aber die Situation kam ihr merkwürdig vor. Außer einem Schemel und einer Liegebank war der Raum ohne Mobiliar, dafür jedoch mit zarten Malereien an den Wänden und einer schlichten Ornamentik auf dem Boden verschönert. Vom Meer erhob sich ein Rauschen, und ein frischer Wind spielte mit Salomes offenen Haaren.

»Ich lebe in der Nacht«, raunte eine Stimme, und jetzt erst bemerkte Salome die schlanke, hoch aufgeschossene Gestalt auf der Terrasse. Der Kaiser starrte über das dunkle Funkeln des Meeres hinweg. »In der Nacht leuchten die Sterne, und die Sterne sind meine Freunde. Sie schweigen, und doch sprechen sie zu denen, die wie sie sind. Sie strahlen, und doch prahlen sie nicht. Sie sind rein, und doch putzen sie sich nicht.«

Er schwieg eine Weile, ohne sich zu bewegen. Salome trat vorsichtig näher.

»Ich hasse Putz. Ich hasse geputzte Menschen. Ich hasse den Tand an ihnen, das glänzende Geschmeide, das nur ablenken soll von dem Schmutz in ihren Herzen. Wenn ich sie schon sehen muss, dann am liebsten so, wie sie nachts erscheinen: Umrisse, fahle Gesichter, frei von Tand. Dämonen erkennt man nur in der Nacht, wenn sie ihre Tarnung abgelegt haben, weil sie sich sicher wähnen. Darum liebe ich die Nacht, und wegen der Sterne.«

Noch immer blickte er in die Dunkelheit. »Komm näher«, rief er. »Ich bekomme nicht häufig Besuch von Verwandten, musst du wissen. Antonia, meine Schwägerin, kommt gelegentlich vorbei, doch sie ist spröde wie ein zu lange gebackenes Brot. Und ihr Sohn Claudius, ein zuckender Trottel, bei dem man aufpassen muss, dass er einen nicht mit seiner triefenden Nase bekleckert. Nicht zu vergessen Caligula, meinen Großneffen, der mit seinen Schwestern schläft und mich während seiner Besuche wie ein Geier ansieht, der nur darauf wartet, dass das Aas endlich seinen letzten Atemzug tut. Und nun also du, eine Liebhaberin schamloser Tänze und abgeschlagener Köpfe. Eigentlich kann man dich nicht dazuzählen. Wir sind ja nicht wirklich verwandt.«

»Augustus, dein Vorgänger, hat die unmittelbar von Herodes abstammende Familie in die seine aufgenommen«, beharrte Salome. »Ich bin die Enkelin von Herodes. Daher ist es mein Recht, mich deinem Gericht zu unterstellen, Caesar.«

Er ging nicht darauf ein. Langsam, fast versonnen, fragte er:

»Sag, ist es wahr, dass Herodes einst Kinder abschlachten ließ, weil er in ihren Reihen einen gefährlichen König vermutete? Dass er sogar über dich den Dolch hielt?«

»Das stimmt, Caesar.«

»Und trifft es zu, dass Archelaos mit Schwertern auf eine Menschenmenge einschlagen ließ, die sich auf einem Tempelgelände versammelt hatte?«

»Auch das ist wahr, Caesar.«

»Und Antipas? Hat er dir wirklich ein halbes Reich geboten, falls du vor ihm tanzt?«

Tiberius war gut informiert. »Ja, das hat er, Caesar.«

»In diesem Fall«, sagte er trocken, »ist deine Familie tatsächlich mit meiner verwandt, wenn nicht durch Blut, so doch im Geiste.«

Endlich wandte er sich um und sah sie an. Die Lippen spannten sich zu einem dünnen, freudlosen Lächeln über sein zerfurchtes Gesicht. Er sah aus wie ein Mensch, der viel Elend und noch mehr Bosheit in seinem mehr als siebzigjährigen Leben gesehen hat. Salome hatte an den Höfen in Judäa nur Bruchstücke dessen mitbekommen, was in Rom vorgefallen war; sie wusste allerdings, dass Tiberius unter Augustus und Livia hatte leiden müssen, dass sein einziger Sohn einem Giftanschlag zum Opfer gefallen war, dass Freunde sein Vertrauen missbraucht und sich vor einigen Jahren sogar gegen ihn verschworen hatten.

»Nein«, sagte er halblaut. »Du bist kein Dämon, sonst würde ich es sehen. Aber *er* ist einer.«

»Wer?«, fragte sie.

»Caligula. Ich nenne ihn auch manchmal mein Lieblingsmonster. Er wird mein Nachfolger. Du hast Glück, dass ich es bin, der über dich richtet, nicht das Monster.«

Salome verstand, dass Tiberius damit zum eigentlichen Zweck der Begegnung überleitete. »Ich erwarte ein Kind, Erhabener«, sagte sie. »Es ist von dem Mann, den ich liebte. Doch er ist tot, ein Opfer des jüngsten Aufstandes in Jerusalem. Mein Gemahl Philipp wusste von der Liebe. Er hat sie gebilligt, sogar gutgeheißen, damit er sich seiner eigenen Liebe zuwenden konnte. Du siehst, Erhabener, ich verdiene den Tod nicht.«

»Doch«, konterte Tiberius. »Wie wir alle.« Er wandte sich wieder der Dunkelheit zu. »Wer immer uns erschaffen hat, war klug genug, unsere Lebenszeit zu begrenzen. Mit viel Glück werden wir achtzig Jahre alt, wahrlich keine lange Zeit angesichts der Jahrtausende. Trotzdem schaffen wir es in so kurzer Zeit, uns das Leben gegenseitig zu vergällen. Wir lügen und betrügen, wir neiden und missgönnen, wir morden, führen Kriege und schlachten Menschen ab und behaupten dabei auch noch, dies alles zum Wohle von irgendwem oder irgendwas zu tun. Habgier und Egoismus halten uns in ihrem Würgegriff. Würden wir ewig leben, es wäre furchtbarer als die schlimmste Folter.«

Er machte eine Pause. »Du hast Ehebruch begangen? Meine zweite Frau hat mich betrogen, und ich habe sie mit meiner ersten Frau betrogen. Meine Schwiegertochter hat meinen Sohn betrogen. Neun Zehntel der Senatoren gehen in die Freudenhäuser und betrügen ihre Frauen fast jede Woche. Was sie nicht wissen, ist, dass die Frauen die Dauer ihrer Abwesenheit nutzen, um ebenfalls zu betrügen. Jeder betrügt jeden, das ist in Rom so, und das ist auch in Judäa so. Vielleicht betrügen Juden nicht so häufig wie andere Völker, das weiß ich nicht, aber niemand kann allen Ernstes behaupten, dass es einen moralischen Unterschied macht, ob wir zehnmal betrügen oder nur fünfmal. Du bist also eine Betrügerin, Prinzessin Salome. Herzlich willkommen in der menschlichen Gesellschaft!«

Salome wusste nicht, wie sie reagieren sollte. Hatte der Kaiser sie verurteilt oder nicht?

»Und was bedeutet das nun für mich?«

»Das bedeutet«, erwiderte Tiberius, »dass ich dich gewiss nicht wegen eines Vergehens bestrafen werde, das niemandem geschadet hat. Nein, für Rom ist die Sache erledigt. Das Provinzgericht deiner Heimat wird informiert, du kannst also unbesorgt zurückkehren, irgendjemanden heiraten und ihn erneut betrügen.«

Salome war erleichtert, und auch die zynische Art des Kaisers trübte ihre Freude nicht.

»Ich habe vor, in Rom zu bleiben«, sagte sie.

»Es war mir immer schon ein Rätsel, was Leute freiwillig nach

Rom ziehen lässt. Diese Stadt ist eine Harpyie, ein Ungeheuer, ein ...« Er seufzte: »Dennoch, es steht dir frei zu gehen, wohin du willst. Du wirst sicher bei Agrippa wohnen wollen.«

Salome runzelte die Stirn. »Agrippa?«

»Er ist einer deiner jüdischen Verwandten, der schon seit seiner Kindheit hier lebt.«

Salome erinnerte sich schwach. Agrippa war der jüngste Bruder ihrer Mutter, geboren, als Herodias gerade mit ihr schwanger gewesen war. Schon im Alter von zwei Jahren war er vom Hof des Herodes nach Rom gebracht worden. Salome war ihm nie begegnet, und sie wusste fast nichts über ihn.

»Ich möchte ihm nicht zur Last fallen.«

»Dieses Wort kennt er überhaupt nicht«, berichtigte Tiberius. »Er hat gerade ein prächtiges Haus im siebten Bezirk gekauft, auf dem Quirinal, kurz nachdem ich ihn zum Nachfolger deines verstorbenen Mannes gemacht habe.«

Salome schluckte. Sie hatte nicht erwartet, dass die Tetrarchie neu vergeben würde; sie konnte den Kaiser jedoch verstehen. Philipp tot, Antipas regierungsunfähig, Pilatus nach dem jüngsten Aufstand in seiner Autorität angeschlagen – die Römer mussten alles versuchen, um die Situation zu beruhigen, und da konnte ein neuer jüdischer Tetrarch nicht schaden. Dennoch war sie ein wenig betrübt, denn Agrippa bekäme mit Basan auch ein Teil von ihrem Leben, die Ideen, die Arbeit, die Mühen von vielen Jahren. Und er würde Philippi bekommen, das sie immer als ihre und Timons Stadt angesehen hatte.

»Ist er der Richtige für diese Aufgabe?«, fragte sie.

»Nein«, erwiderte Tiberius und setzte wieder sein dünnes, zynisches Lächeln auf. »Er ist so fehl am Platz wie Pontius Pilatus. Man findet keine geeigneten Männer mehr, nur noch Dilettanten, die aus Mangel an Kreativität auf Gewalt zurückgreifen, weil sie denken, das könnte mich beeindrucken. Korrupt sind sie außerdem noch, sie plündern die ihnen anvertrauten Provinzen aus. Augustus, mein überschätzter Vorgänger, hatte die Angewohnheit, seine Prokuratoren schon nach zwei Jahren auszuwechseln. Das war dumm, denn so werden Provinzen unentwegt ausgeplündert. Ich dagegen lasse Prokuratoren manchmal zehn und mehr Jahre in den Provinzen, und zwar nur aus einem einzigen Grund: Nach den ersten zwei Jahren haben sie sich dermaßen ausgiebig bereichert, dass sie satt sind und die restlichen acht Jahre wenigstens hin und wieder an die ihnen anvertrauten Menschen denken. Und was Agrippa angeht: Bei ihm weiß ich wenigstens, dass er nicht versuchen wird, sein neues Fürstentum zu regieren, sondern dass er brav in Rom bleibt. Die bloße Tatsache seiner Ernennung wird einige aufgeregte Gemüter in deiner Heimat beruhigen. Würden sie sehen können, was für ein Geck er ist, wäre alles wieder zunichte. Soll er sich lieber ganz langsam in Rom zu Tode saufen. Geld genug dafür hat er ja jetzt.«

Tiberius hatte schnell und beinahe ohne Pause gesprochen, nun atmete er einige Male tief durch und fasste sich an die Brust. Als er sich wieder erholt hatte, stützte er sich mit beiden Händen auf der Brüstung der Terrasse ab und blickte zum Himmel hinauf, wo mondbeschienene Wolken gemächlich ihre Bahn zogen.

»Ich wünsche dir und deinem Kind alles Gute, Prinzessin Salome. Wir werden uns nicht wiedersehen.«

Sie bekam plötzlich Mitleid mit dem verbitterten Mann. »Vielleicht könnte ich dich wieder einmal besuchen«, bot sie an. »Wenn mein Kind erst geboren ist …«

»Nein«, unterbrach er. »Die Sterne lügen nicht. Auch das haben sie den Menschen voraus.«

Salome folgte dem Hinweis von Tiberius und ließ sich gleich nach ihrer Ankunft in Rom zur neuen Villa Agrippas auf dem Quirinal bringen. Einerseits war sie neugierig auf den Mann, der sie quasi beerbt hatte, zum anderen brauchte sie tatsächlich einen Anlaufpunkt in dieser Stadt, in der sie niemanden kannte. Doch es stellte sich heraus, dass Agrippa derzeit nicht in Rom war. Sein Verwalter sagte, er sei auf dem Land, wo er bei hochgestellten Persönlichkeiten die letzten schönen Herbsttage verbringen wolle. Mehr war nicht zu erfahren.

So mietete Salome sich zunächst ein eigenes Haus. Nach ihrem Freispruch durch den Kaiser standen ihr wieder die Einnahmen aus

Ashdod zu. Ihre kleine Stadt war in den letzten Jahren hervorragend gediehen, die *pax romana*, der römische Friede, sorgte dort für gute Geschäfte, für Wohlstand und damit für hohe Steuereinnahmen. Trotzdem beschränkte Salome sich auf ein mittelgroßes Haus im neunten Bezirk, nahe dem Pantheon. Das war nicht die beste Adresse, dafür war es ruhig und übersichtlich, mit einem hübschen Atrium, einem plätschernden Brunnen und viel Sonnenlicht, genau das Richtige für eine Frau, die ein Kind erwartete.

Nun war sie frei, doch sie hatte sich ihre Freiheit stets anders vorgestellt, behüteter, geselliger, abenteuerlicher. Nie hatte sie sich gewünscht, ohne einen Mann an ihrer Seite zu leben, ohne Timon; nie auch hätte sie sich vorstellen können, ohne Verantwortung für eine Stadt oder ein Land ausgefüllt zu sein. Gewiss, Ashdod unterlag wieder ihrer Regentschaft, aber ein Verwalter samt Mitarbeitern leitete die Geschäfte in ihrer Abwesenheit. Er schrieb ihr dreimal in der Woche Berichte, und sie sandte dreimal wöchentlich eine Botschaft zurück. Eine Aufgabe fürs Leben war das nicht. Seltsamerweise fehlte es ihr dennoch an nichts. Sie freute sich über das in ihr wachsende Kind und sog jeden Tag in Rom neue Eindrücke auf. Damit war sie vorerst zufrieden.

In den ersten Wochen streifte sie über die Foren, besuchte Theater und Sportwettkämpfe, ging in die Therme für Frauen, kaufte sich Schmuck bei syrischen Goldschmieden, Gewänder bei griechischen Webern, duftende Ebenholzmöbel bei ägyptischen Zimmerleuten und viele wärmende Felle, die sie im Winter auf den Boden legen wollte, bei germanischen und gallischen Händlern. Sie lauschte den Unterhaltungen flanierender Patrizierinnen ebenso wie den derben Zwistigkeiten der plebejischen Arbeiter, beobachtete die Römer, wenn sie in die Arenen strömten und wenn sie wieder herauskamen, probierte ihre Speisen, sog ihre Luft ein, las ihre Komödiendichter und versuchte, mit so vielen und so verschiedenen Leuten wie möglich zu sprechen.

Nach drei Monaten war sie ernüchtert, desillusioniert – und abgestoßen. Dass die Stadt schmutzig und weitgehend hässlich war, dass aus ihren engen Straßen Uringestank aufstieg, dass der Tiber täglich dutzendweise Tierkadaver an die Ufer spuckte, dass die

Händler sie und jeden anderen, der wohlhabend aussah, an jeder Ecke mit ihren billigen Waren belästigten und die Karren selbst nachts über das Pflaster ratterten, so dass gesunder Schlaf kaum möglich war, das alles war noch das geringste Übel.

Von Judäa aus war ihr Rom stets wie die Verkörperung all dessen vorgekommen, was die Welt nötig hatte. Die Millionenmetropole war in ihren Augen das Zentrum eines neuen Denkens gewesen, eine Garantin für Frieden und eine Ideenschmiede, die sich frei gemacht hatte vom Diktat des Glaubens und des Kastendenkens. In Rom wurden jahrhundertealte Gesetze über Bord geworfen, der alte Adel löste sich langsam auf und neue Schichten drängten nach oben, Priester hatten keine politische Macht mehr, Menschen aus den fernsten Provinzen konnten das römische Bürgerrecht erwerben, Dichtung und Architektur kamen zu neuer Blüte ... Salome hatte jahrelang, ja, jahrzehntelang, von diesen aufregenden Veränderungen geschwärmt, die eine neue Epoche einzuleiten schienen.

Und tatsächlich, auf den ersten Blick versprach Rom all das und noch mehr. Hier war der Schmelztiegel eines gewaltigen Reiches, jede Art von Handel, jedes Gesetz, jede Münze hatte hier Ursprung und Bestimmung – nicht umsonst hieß es, dass alle Wege nach Rom führten. Diese Stadt schlief nie. Jeden Tag wurden hier tausend Geschäfte beschlossen und jede Nacht rauschten tausend Feste in den Villen der Reichen ebenso wie in den Tavernen der kleinen Leute. Menschen mit bunten Kopfbedeckungen kreuzten die Wege von altehrwürdigen Senatoren in langen Togen, und Gallier in Hirschfellen kauften bei Händlern mit schwarzer Haut. Hier war der Gipfel aller Möglichkeiten, alles war hier zu gewinnen und zu verlieren, unsagbar dicht lagen Erfolg und Reichtum sowie Unglück und Armut beieinander, und nicht wenige junge Männer verloren hier an einem einzigen Tag alles, wofür ihre Väter und Mütter dreißig Jahre lang geschuftet hatten, und so herrschte ein ständiges Kommen und Gehen der Abenteurer auf der Suche nach Glück und der Gescheiterten auf der Flucht vor ihren Gläubigern.

Rom war aber auch eine Weltstadt des Überflusses. Edelsteine, Metalle, Gewürze, Rauschmittel, Sklaven, Hölzer, Getreide, Marmor, Wein und Speisen, exotische Tiere und Statuen wurden jeden

Tag in gigantischen Mengen in die Metropole gebracht – und das wenigste davon verließ den Umkreis der sieben Hügel wieder. Selbst Götter und Kulte aus fernen Gegenden wurden von den Leuten ebenso begierig aufgesogen wie einige Jahre später zu Gunsten eines neuen modischen Kultes wieder fallen gelassen. Nichts lebte lange in Rom. Unersättlich, unstillbar war der Hunger der Metropole. Vergeblich, dass schon Augustus und nicht anders Tiberius den Einwohnern der Hauptstadt das Getreide kostenlos ausgaben, vergeblich auch, dass fast täglich zur Unterhaltung des genusssüchtigen Publikums Wagenrennen, Wettkämpfe und Gladiatorenspiele veranstaltet wurden und dass die Hälfte der Römer nicht selten weniger als fünfzehn Tage im Monat arbeiten musste, weil ein Feiertag den anderen ablöste – nie waren sie zufrieden, immer mehr wollten sie haben, immer weniger dafür tun.

Von der Welt wussten diese Menschen recht wenig. Wenn Salome ihnen sagte, dass sie aus Judäa stamme, vermuteten manche dieses Land hinter Britannien und andere glaubten, es sei eine Insel bei Griechenland. Doch gleichgültig, wer man war und woher man kam: niemand galt einem Römer so viel wie ein Römer. Es spielte keine Rolle, ob man persischer Himmelsforscher war oder griechischer Philosoph, ob Kaufmann aus Ägypten, Architekt aus Hispanien oder Dichter aus Africa, solange man kein Römer war, war man in den Augen selbst des größten römischen Nichtsnutzes wenig wert. Es war, als gäbe es keine wirkliche Welt außerhalb der ihren, als seien alle anderen Menschen und Städte nur Kulissen für ihre Stellung und Macht, und darum war es ihnen auch gleichgültig, ob zu ihrem Vergnügen hundert, tausend oder dreitausend Menschen in den Arenen zugrunde gingen und ob bei den Rennen zwei oder fünf Pferdewagen an der Bande zerschmetterten. Dass ganze Provinzen an Menschen, Tieren und Rohstoffen ausbluteten, damit eine einzige Stadt träge und satt sein konnte und nie Langeweile ertragen musste, damit sie ihre Genüsse vervollkommnen und ihre Lust zu neuen Höhepunkten treiben konnte, bereitete hier niemandem eine schlaflose Nacht. Nicht, dass die Römer besonders grausam gewesen wären – fast niemand von ihnen hätte gerne selbst jemanden umgebracht oder gequält. Doch ihre geistige

Unbeweglichkeit, gepaart mit ihren schlechten Manieren, ihre Verführung durch ein nahezu perfektes Vergnügungssystem, gepaart mit der selbstzufriedenen Feststellung, als größte Macht müsse man auch etwas von seiner Größe haben, machte diese Stadt für Salome an manchen Tagen unerträglich.

Wobei es enorme Unterschiede gab. Nie, so merkte Salome schnell, war ein Volk ein Wesen aus einem Guss. Direkt hinter den sieben Hügeln traf sie auf völlig andere Menschen, auf ländliche Gutsbesitzer, Handwerker und Kaufleute, die mit den ausgefallenen Vergnügungen der Hauptstadt wenig zu tun hatten, die weder Arenen besuchten, noch die Nächte durchzechten, sondern Brot backten, Äcker bestellten und Wein kelterten. Die enorme Machterweiterung des Imperiums, die Dekadenz der Oberschicht, der Vergnügungs- und Ablenkungstaumel der städtischen Masse stieß bei diesen Leuten auf Gleichgültigkeit oder sogar Ablehnung. Zu ihnen nach Tibur, Antium und Tusculum reiste Salome, wenn sie durchatmen wollte.

Doch schon bald war das nicht mehr möglich. Ihre Schwangerschaft erschöpfte sie schnell, und sie ging nur noch selten aus dem Haus. Eine der wenigen Ausnahmen machte sie, als sie eine überraschende Einladung erhielt.

Antonia, die greise Schwägerin des Kaisers, bat sie zum Abendmahl zu sich. Tiberius hatte nur wenig übertrieben, als er sie spröde nannte. Als Patrizierin von altem Schlag war sie steif und förmlich und leicht distanziert. Am liebsten redete sie über die »alten Tage« Roms, als Disziplin, Aufopferung, Pflichtbewusstsein und Loyalität gegenüber dem Staat noch selbstverständliche Werte gewesen seien, als man Moral und Ordnung schätzte, als ... Kurz, sie sprach von einer vergangenen Epoche. Ihr hinkender und zuckender Sohn Claudius, etwa in Salomes Alter, war kein schöner Anblick, aber er war ausgesprochen belesen. Die wichtigsten Städte Judäas waren ihm ebenso bekannt wie herausragende geschichtliche Ereignisse, und er konnte sogar einige Sätze Aramäisch sprechen. Als ihn seine Mutter jedoch mit einem ihrer verächtlichen Seitenblicke bedachte, ebbte seine Begeisterung für dieses Thema schnell ab.

»Soso«, sagte Antonia und blickte Salome an. »Du willst also in Rom bleiben und dein Kind hier großziehen?«

»Das habe ich vor, ja«, bestätigte Salome.

»Früher hätte ich das ja für eine gute Idee gehalten. Zu der Zeit, als ich noch jung war, gab es nichts Besseres als eine römische Erziehung. Die Jungen lernten Tapferkeit, Standfestigkeit und Ehrfurcht, die Mädchen Bescheidenheit und Gehorsam, alles Tugenden, auf die unser Staat gründet. Heute dagegen ...« Sie winkte ab.

Salome machte ihre Gastgeberin aus Höflichkeit nicht darauf aufmerksam, dass diese angeblich beste Erziehung nicht hatte verhindern können – vielleicht sogar begünstigt hatte –, dass die julisch-claudische Herrscherfamilie sich in gegenseitigen Intrigen, Verschwörungen und Giftanschlägen selbst ausgemerzt hatte und dass nur ein kläglicher Rest noch von ihr übrig war.

»Ich würde dir raten«, fuhr Antonia fort, »keinen allzu engen Kontakt zu Agrippa zu halten. Ich weiß, jeder hält ihn für einen lustigen Gesellen, sogar« – sie warf wieder einen verächtlichen Seitenblick auf Claudius – »sogar mein Sohn. Den jungen Leuten heutzutage gilt Humor anscheinend als wichtigste Tugend. Aber was ist schon Humor? Die größten Feiglinge und Versager der Geschichte besaßen Witz und Geschmeidigkeit. Und was hat es ihnen genutzt? Nichts! Die Helden der Welt waren eisern, stark und ernst.«

Claudius mischte sich ein. »Da-das stimmt ni-icht ganz, M-mmutter. Ich habe ein B-beispiel, das deine T-these widerlegt.«

Antonia zog die Mundwinkel nach unten. »So? Welches?«

»Au-au-au ...«

»Nun spuck es schon aus, Claudius! Wir haben nicht den ganzen Tag Zeit.«

»Augustus. Er b-besaß einen ausgepr-rägten Hu-hu-hu ...«

»Hu-hu-hu«, unterbrach ihn Antonia und verdrehte die Augen. »Humor wolltest du wohl sagen. Du hast nicht nur eine Ewigkeit gebraucht, um dein Beispiel vorzutragen, sondern es ist auch schlecht. Augustus mit Agrippa zu vergleichen! Absurd! Dieser Mann ist verspielt, seicht und rückgratlos, Salome wird mir sicher Recht geben.«

»Ich bin ihm bisher noch nicht begegnet.«

»Sehr vernünftig von dir, mein Kind.«

»Oh, das ist nicht mein Verdienst. Er befindet sich seit Monaten nicht in Rom.«

»A-a-agrippa v-verbringt den Winter auf dem Land«, erklärte Claudius. »Zusammen mit C-c-calig-g-gula. Die beiden sind die besten Freunde.«

»Auf dem Land?«, rief Antonia. »Dort ist es im Winter doch schrecklich langweilig, selbst für mich.«

»I-ich frage mich au-auch, was sie dort den g-g-ganzen T-t-tag tun.«

»Das will ich mir überhaupt nicht vorstellen. Hat Caligula seine Schwestern mitgenommen?«

»Nur Dru-dru-drusilla.«

»Die ist so gut wie drei«, spottete Antonia.

»M-m-m-mutter, bitte! Wir h-haben einen G-gast.«

»Wisch dir erst einmal die Nase, bevor du mir Manieren beibringen willst. Außerdem weiß jeder, was für eine Person Drusilla ist. Ich möchte nicht weiter über dieses unappetitliche Thema sprechen.« Sie wandte sich Salome zu. »Wie geht es meinem Patenkind?«

»Verzeihung«, bat Salome. »Ich weiß leider nicht, wen du meinst.«

»Berenike, natürlich. Es war damals eine Marotte von Augustus, dass jedes seiner Familienmitglieder eine Patenschaft für ein Kind aus befreundeten Dynastien übernehmen sollte. Ich habe Berenike nie gesehen, und seit einigen Jahren erhalte ich auch keine Briefe mehr von ihr. Vermutlich fühlt sie sich in ihrer Ehe so wohl, dass sie keine Neigung mehr hat, einer alten Tante wie mir zu schreiben. Nun, das kann ich verstehen.«

Salome dachte kaum noch an Berenike. Sie hatte ihre Jugendfreundin in den Jahren in Bethsaida völlig aus den Augen verloren, und daran war nicht nur Kephallion schuld. Es stimmte, dass er Briefe an seine Frau abfing, las und verbrannte, offenbar nicht nur Salomes Briefe, sondern auch die von Antonia und anderen. Selbst zu schreiben war ihr wohl ebenfalls nicht erlaubt, geschweige denn, Besuche zu machen. Trotzdem, Salome hatte immer ein wenig abschätzig über Berenikes Nachgiebigkeit geurteilt, über die geradezu hündische Loyalität gegenüber diesem wirklich unsäglichen Gatten und über den mangelnden Mut, sich gegen vergilbte Regelwerke aufzulehnen. Sie hatte sich daher nicht weiter um Berenike bemüht, hatte sich enttäuscht abgewendet und die Freundin von einst ihrem Schicksal überlassen. Doch wie sehr hätte sie in den vergangenen Monaten eine Freundin nötig gehabt, die loyal zu ihr gestanden wäre! Und wie sehr konnte Berenike womöglich eine Freundin gebrauchen?

»Ich werde mich nach ihr erkundigen«, versprach Salome ihrer Gastgeberin. »Noch heute.«

In Menahems kleinem Nazarener Haus herrschte Totenstille. Berenike und Menahem sahen dabei zu, wie Sadoq die Schriftstücke überflog, die sie ihm gegeben hatten. Es handelte sich um Berenikes Aufzeichnungen. In fein säuberlicher Schrift hatte sie in den vergangenen Monaten jeden Besucher notiert, der zu Kephallion gekommen war, jedes Gespräch belauscht und anschließend protokolliert und jedes von Kephallions Schriftstücken heimlich abgeschrieben, das sie in die Finger bekommen konnte. Aus diesen Hunderten von Mosaiksteinen setzte sich ein Bild des Schreckens zusammen.

»Unfassbar«, flüsterte Sadoq schließlich.

»Verrat«, präzisierte Menahem. »Kephallion hat eine Sekte innerhalb unserer Sekte gegründet, eine Organisation, die nur auf ihn hört. Er ist verantwortlich für Hunderte von Morden an Unschuldigen und für den Jerusalemer Aufstand. Er widersetzt sich damit deinem Willen, Sadoq, denn es war ausgemacht, dass es keinen Aufstand geben soll.«

Sadoq nickte. »Er hat uns geschadet.«

»Er hat uns verraten«, beharrte Menahem. »Er hat sich unserer Kontrolle völlig entzogen.«

»Was schlägst du vor? Soll ich mit ihm reden?«

»Das hat keinen Sinn, Sadoq. Kephallion ist schon lange keinen Argumenten mehr zugänglich. Er glaubt fest daran, dass du der verheißene *Messias* bist, fester als du selbst. In seinem Wahn wird er jeden deiner Befehle missachten, weil er denkt, dass es seine Aufgabe als Paladin ist, deine Hände sauber zu halten und seine eigenen für den Dienst an dir in Blut zu tauchen.«

»Das ist doch verrückt«, sagte Sadoq.

»Das ist Kephallion, dein Zögling.«

Sadoq blickte auf. Seine Augen waren schon lange matt und von tiefen Falten umgeben, aber gelegentlich konnten sie noch aufblitzen. »Warum betonst du, dass er *mein* Zögling ist?«

»Weil ich von Anfang an gegen ihn war.«

»Du hast ihm immer schon alles geneidet.«

»Das ist nicht wahr.«

»Er reißt die Menschen mit, er hat Visionen, er bringt Ideen voran, er kann die Fäuste ballen und zuschlagen …«

»Oh ja«, platzte Berenike dazwischen. »Das kann er: zuschlagen.«

Sadoq senkte seinen Blick. Natürlich ahnte er, was Kephallion seiner Frau antat. »In solche Dinge darf sich niemand einmischen«, sagte er kleinlaut.

»Doch«, widersprach Menahem, »ich mische mich ein. Ich werde nicht länger zusehen, wie dieser Mann alles pervertiert, wofür wir stehen. Wir sind keine Ungeheuer, Sadoq. Wir töten keine Kinder oder schicken sie mit Steinen gegen waffenstrotzende Legionäre. Wir schlachten keine Griechen hinterrücks ab, nur weil sie einen anderen Glauben haben. Wir prügeln auch nicht unsere Frauen halb tot. Das alles tun wir nicht, aber *er* tut es. In *unserem* Namen! Ich werde nicht länger dafür einstehen. Mein Name ist mir noch etwas wert. Wenn du nicht auf Kephallion verzichten willst, musst du eben auf mich verzichten.«

Sadoq erschrak. »Menahem«, rief er und fasste seinen Freund an den Schultern. »Menahem, das kannst du nicht ernst meinen. Wir sind Kameraden von Kindheit an, wir haben zusammen unsere Freunde sterben sehen, haben Ideen geteilt, innerste Gedanken …«

»Er oder ich.«

Sadoq seufzte. »Ich könnte dich nie gehen lassen, Menahem. Das weißt du.«

Menahem lächelte. »Ja, jetzt weiß ich es.«

»Was sollen wir also tun?«

Menahem hatte bereits einen Plan. »Kephallion ist zu mächtig, um ihn einfach aus unserer Bewegung auszuschließen. Wir müssen ihn dort treffen, wo er am verwundbarsten ist, und mit Hilfe von Berenikes Aufzeichnungen ist das auch möglich.«

»Du willst doch nicht etwa …«

»Er wird laufen wie ein Hase«, sagte Menahem grinsend und legte seinen Arm um Berenikes Schulter.

Wenige Tage später erhielt Pontius Pilatus anonym einen Stapel Pergamente überbracht, in denen die Verbrechen des *Toparch* von Nazareth Punkt für Punkt aufgelistet und belegt waren. Daraufhin befahl er sofort, Kephallion zu verhaften. Doch dieser verfügte über ein Netz von Spitzeln, und einer von ihnen konnte ihn gerade noch rechtzeitig warnen. Im letzten Moment konnte Kephallion seiner Verhaftung entgehen und untertauchen. Er war zwar seiner Stellung enthoben, und sein Vermögen wurde beschlagnahmt, auch wurde von den Römern eine Belohnung auf ihn ausgesetzt, doch er blieb unauffindbar, nicht nur für die Leute des Prokurators, sondern auch für seine zelotischen Mitstreiter, denen er nicht mehr trauen konnte.

»Du kannst nicht allein in deinem Haus bleiben, Berenike«, sagte Menahem. »Er wird ahnen, dass du ihn verraten hast, und sich an dir rächen. Wenn du zu mir ziehst …«

»Nein, Menahem«, erwiderte Berenike. »Auch bei dir wäre ich nicht sicher, das weißt du ebenso wie ich.«

Er biss sich auf die Lippe und senkte den Kopf. Noch immer schämte er sich für sein Versagen, als Kephallion ihn wie einen Hund aus dem Haus geprügelt hatte.

»So habe ich das nicht gemeint«, stellte Berenike richtig. »Dass ihr Männer immer noch denkt, die Frauen würden euch nach der Qualität eurer Muskeln und Fausthiebe beurteilen. Selbst wenn du ein Gladiator wärst, könntest du mich nicht vor Kephallion beschützen. Er ist besessen, Menahem, und Besessene haben einen zerstörerischen Willen. Es gibt keinen Ort in Judäa, an dem er mich nicht finden würde.«

»Wohin willst du gehen?«

»Nach Rom.«

»So weit fort?«, fragte er traurig.

Sie sah ihn zärtlich an. »Du hast eine Aufgabe. Ich habe gar nichts mehr, nicht mal eine Familie, nur noch Salome.«

»Wann wirst du ... Ich meine, wie lange ...«

»Ich weiß es nicht, Menahem. Aber ich liebe dich. Und ich werde eines Tages zurückkommen.«

23

»Kusinchen«, rief Agrippa und lief Salome mit offenen Armen entgegen. Mit den Vorboten des Frühlings war auch er wieder nach Rom gekommen und feierte seine Rückkehr mit einem großen Fest.

»Ich bin deine Nichte«, korrigierte sie sanft. »Nicht deine Kusine.«

»Ich weiß«, flüsterte er. »Die anderen werden mich jedoch für schrecklich alt halten, wenn eine so bezaubernde und ... nun ja, reife Frau wie du mich Onkel nennt. Also tue mir den Gefallen und spiele mit, ja?«

Er war ein nicht mehr ganz schlanker Mann, in dessen schwarzes Haar sich bereits zahlreiche graue Strähnen gemischt hatten. Wenig an ihm erinnerte daran, dass er Jude war. Die Wangen waren entgegen aller jüdischer Tradition glatt rasiert, die Schmuckstücke an seinen Ohren und Fingern wären in Judäa verpönt gewesen, und er roch wie eine Blumenwiese im Frühsommer. Außerdem trug er nur weiße Kleidung, selbst seine Sandalen waren weiß eingefärbt.

Er bemerkte wohl ihren verwunderten Blick, denn er erklärte: »Ich *liebe* Weiß, Kusinchen. Es hebt meine braune Haut so herrlich hervor.«

Agrippa zwinkerte ihr zu, nahm sie an der Hand, tänzelte mit ihr durch den Festsaal seiner Villa und rief jedem, an dem sie vorbeikamen, zu: »Darf ich euch meine Kusine Salome vorstellen, meine

Lieben? Oh, sie ist nicht dick, nur schwanger.« Nachdem er den gleichen Scherz fünfmal gemacht und ebenso oft selbst darüber gelacht hatte, gelangten sie zu den hochgestellten Gästen des Abends.

»Salome, ich habe die Ehre, dich dem edlen Gaius Caligula vorzustellen, von dem du sicher schon gehört hast. Und dies ist seine Schwester, die edle Drusilla.«

Salome fand sich einem frühreifen Mädchen mit rosa geschminkten Wangen gegenüber, die unentwegt mit der Zunge an einem halbvollen Weinkelch leckte und es gerade noch schaffte, ihr mit glasigen Augen so etwas wie eine Begrüßung zuzuzwinkern. Wohingegen Caligula völlig nüchtern zu sein schien, jedoch schlechter Laune. Er sah aus, als würde er allen Gästen, sie eingeschlossen, am liebsten den Hals umdrehen.

»Was ist das für ein Gefühl«, fragte er, »wenn man eine solche Kugel mit sich herumschleppt?«

»Ein schönes Gefühl«, erwiderte sie, »da es keine Kugel ist, sondern ein Kind.«

Ihre Antwort schien ihm nicht zu passen. »Und wie fühlt man sich, wenn man jemandem eigenhändig den Kopf abschlägt? Ich habe nämlich irgendwann selber vor, jemanden zu köpfen. Ratschläge sind also willkommen.«

Es kostete Salome große Mühe, sich zu beherrschen. Was bildete sich dieser verlebte junge Mann mit den schlechten Zähnen und der Halbglatze eigentlich ein! »Erstens«, sagte sie, die Worte einzeln betonend, »kann ich darüber keine Auskunft geben, weil ich noch nie jemandem eigenhändig den Kopf abgeschlagen habe. Zweitens sind hier in Rom gewiss schon mehr Köpfe gerollt als in Judäa, und drittens …«

»Oh bitte, keine Politik, Kinder«, ging Agrippa dazwischen. »Politik verdirbt jedes Fest.« Sichtlich bemüht, das Thema zu wechseln, fragte er Salome: »Du warst auf Capri, habe ich gehört. Wie findest du die Insel?«

»Nicht so beeindruckend wie den Kaiser«, antwortete sie und fügte mit einem Seitenblick auf Caligula hinzu: »Er war ausgesprochen freundlich und munter. Ja, mir schien, als könne er noch zwanzig Jahre leben.«

Agrippa hakte sich bei ihr unter und führte sie einige Schritte weg. »Das war nicht nett von dir, Kusinchen. Mit Caligula steht und fällt mein Fest. Wenn er geht, werden die anderen auch gehen. Er ist ohnehin schon schlechter Laune, weil es März geworden ist und Tiberius noch lebt – einer Weissagung nach soll Tiberius im gleichen Monat sterben wie Julius Cäsar, also im März. Und nun berichtest du ihm, wie blendend es dem Kaiser geht.«

»Und über seine Unhöflichkeit verlierst du wohl kein Wort, wie?«

»Kusinchen, Kusinchen, du musst noch eine Menge lernen, wenn du in Rom glücklich werden willst. Caligula ist die Zukunft des Imperiums, *unsere* Zukunft. Ich werde doch nicht die Zukunft zurechtweisen! Also, wenn du deinen Patzer wieder gutmachen willst, dann tanze vor Caligula. Ich meine natürlich nicht heute. Mit diesem Bauch siehst du ja wirklich verboten aus.«

»Herzlichen Dank, *Onkel* Agrippa«, parierte sie. »So galant du auch bittest, ich werde gewiss nicht tanzen.«

Agrippa zuckte mit den Schultern. »Wie du meinst. Wir suchen jetzt erst mal eine andere Gesprächsrunde für dich. Warte, wo könnten wir dich denn …«

Er stellte sich auf die Zehenspitzen und suchte die Gästeschaft ab, und auch Salome sah sich um. Sie entdeckte jedoch nur Menschen, denen sie bereits ansah, dass sie sie nicht mögen würde: verwöhnte junge Männer, betrunkene Senatoren, übertrieben geschmückte Frauen. Ihr Blick blieb schließlich auf einem älteren Mann in einem schlichten Gewand haften, der abseits stand und gelassen dem Treiben zusah. Agrippa bemerkte ihr Interesse an ihm.

»Da hast du dir den Langweiligsten von allen ausgesucht, Kusinchen. Ich lade ihn bloß ein- oder zweimal im Jahr ein. Im Grunde bin ich froh, dass sich jemand um ihn kümmern will, noch dazu eine Glaubensgenossin.«

»Er ist Jude?«

Agrippa nickte. »*Rabban* Efraim, einer der Führer der jüdischen Gemeinde in Rom.«

Salome zuckte zurück, doch es war zu spät. Sie stand dem *Rab-*

ban bereits gegenüber. Alles andere, als ihn zu begrüßen und wenigstens einige Worte mit ihm zu wechseln, wäre enorm unhöflich gewesen, doch alles in ihr sträubte sich dagegen, erneut mit einem jüdischen Glaubenslehrer in Verbindung zu kommen. Die Erinnerung an die Feindschaft mit Jehudah war noch zu frisch; allerdings hatte nicht nur er Salome in der Vergangenheit wegen ihres Lebenswandels bekämpft: Zacharias, Johannes, Kephallion, Nathan ... Tatsächliche und selbsternannte Hüter der Bräuche hatten sie zeit ihres Lebens wegen ihrer Meinung und ihrer Forderungen verachtet. Von einem *Rabban*, selbst wenn er nicht in Judäa, sondern in Rom lebte, konnte sie nichts anderes erwarten.

Da Agrippa sich schnell verdrückte und daher als Vermittler ausschied, beschloss Salome, reinen Tisch zu machen, um die Begegnung hinter sich zu bringen.

»Vermutlich weißt du, wer ich bin«, sagte sie und blickte den *Rabban* entschlossen an. »Darum sage, was du zu sagen hast, und danach trennen sich unsere Wege für immer. Ich mute dir meine Gesellschaft nicht lange zu, und du mir nicht die deine.«

Rabban Efraim lachte. Er lachte, dass ihm Tränen in die klaren Augen schossen. »Das ist die ungewöhnlichste Begrüßung, die ich je erlebt habe«, sagte er und musste erneut lachen. Beinahe hätte sie in das Gelächter eingestimmt, aber ihr Misstrauen überwog.

»Was gibt es denn da zu lachen?«, fragte sie.

Er tupfte sich die Tränen aus den Augen und sagte: »Köstlich, wirklich köstlich. Die meisten Menschen meiner Gemeinde treten mir immens ehrfürchtig entgegen, wie einem Weisen. Ich möchte das überhaupt nicht. Wenn man jedoch alt ist und einen langen grauen Bart hat, bekommt man nun einmal eine bestimmte Prägung von den Menschen aufgedrückt. Hübschen Frauen geht das übrigens nicht anders, wie du sicher weißt.«

Sein Verhalten irritierte sie, daher sagte sie zunächst gar nichts.

»Ja, ich weiß, wer du bist«, bestätigte er. »Andererseits weiß ich es auch wieder nicht. Gerede und Gerüchte schaffen es manchmal, aus einem Menschen drei zu machen, wenn du verstehst, was ich meine.«

Unter seinem Bart zeichnete sich ein Lächeln ab, und seine Augen ruhten sanft auf ihr. »Du weißt nicht viel über die Juden in Rom, nicht wahr?«

Sie wusste überhaupt nichts über die Juden in Rom, oder generell über die Juden in der Diaspora. In Judäa wurden sie nur *galuths* genannt, die Zerstreuten, das griechische Wort dafür war *diaspores*. Und tatsächlich lebten sie zerstreut über das ganze Imperium, in Syrien, Africa, Griechenland, Rom, manche auch außerhalb des Reiches in Persien oder Arabien. Bei den Juden im Heiligen Land waren die *galuths* nicht hoch angesehen.

Efraim deutete ihr Schweigen richtig. »Das ist nicht weiter schlimm. Wir sind es gewöhnt, Vergessene zu sein, und ein wenig genießen wir diesen Status sogar. Warum kommst du nicht einfach zum nächsten *shabbat* in unsere schöne Synagoge im vierzehnten Bezirk und lernst uns kennen? Wir würden uns freuen.«

»Das bezweifle ich.«

Efraim schüttelte bedächtig den Kopf. »Ich kann nicht für alle römischen Juden sprechen, aber meine Gemeinde im vierzehnten Bezirk wird dich mit offenen Armen empfangen. Du bist nun eine von uns, ebenso wie schon bald dein Kind.«

»Siehst du, *Rabban*«, sagte sie, »genau das ist der Irrtum.«

Berenikes überraschendes Eintreffen in Rom war für Salome das Beste, was ihr passieren konnte. Berenike war ein bekanntes Gesicht in der Fremde, denn obwohl Salome sowohl von Antonia wie auch von Agrippa freundlich aufgenommen worden war, konnte sie doch weder zur einen noch zum anderen eine vertraute Beziehung aufbauen. Die Julierin konnte ganze Nachmittage hindurch über die Übel der Zeit lamentieren, und das kostete Salome ebenso viel Nerven wie das seichte, alberne Geplapper ihres Onkels. Mit Berenike hingegen war eine Freundin aus längst vergangenen Tagen zurückgekehrt.

Mit ihr konnte Salome viele wunderbare Gespräche führen, denn sie teilten gemeinsame Erinnerungen. Die Kindertage im Herodespalast wurden wieder lebendig, die Spiele an den Teichen, die Ausflüge der Familie zu den Schafherden auf dem Hügel Garebs und in die Haine von Hebron, wo Gott mit Abraham den Bund eingegangen war, oder in die Gärten von Jericho, wo Herodes künstliche Wasserkaskaden angelegt hatte. Auch die ersten Jahre in Ashdod zogen noch einmal an ihnen vorüber, ihre ersten schwärmerischen Gefühle, das Auftauchen Timons. Es tat Salome gut, diese Zeit zusammen mit jemandem heraufzubeschwören, der sie selbst miterlebt hatte.

Auf den ersten Blick schien ihre Freundin kaum verändert. Sie war fröhlich und hübsch und beides so sehr, dass Agrippa sich einige Tage lang auffällig bemühte, sie in seinen Kreis von Spaßvögeln zu ziehen. Doch sogar er merkte schnell, dass Berenike nicht die war, die sie zu sein schien. Auf Stunden der Heiterkeit folgten bei ihr nicht selten Stunden melancholischer Nachdenklichkeit, und Agrippa wollte wohl nicht das Risiko eingehen, Berenike zu einer Gesellschaft oder einem Landausflug mitzunehmen und seinen Freunden dann einen Trauerkloß zuzumuten. Für Salome freilich waren die Anzeichen des wahren Gemütszustands ihrer Freundin noch deutlicher: Berenike vermied es, über Kephallion zu sprechen, und selbst in den Phasen ungezwungener Fröhlichkeit blieben ihre Augen seltsam erloschen. An einem Nachmittag jedoch brach alles aus Berenike hervor, und sie erzählte Salome von den Verbrechen und Grausamkeiten Kephallions, den Schlägen, Beleidigungen und Erniedrigungen, die er ihr zugefügt hatte, und von seiner Unfähigkeit, Kinder zu zeugen, wofür er jedoch sie verantwortlich machte.

Salome hatte geahnt, dass Berenikes Ehe mit Kephallion kein Honigschlecken gewesen war, aber *diese* Torturen hätte selbst sie ihm nicht zugetraut. Umso erstaunlicher – und erfreulicher – war, dass Berenike nicht schwächer, sondern stärker geworden war. An die frühere Berenike, die etwas naive, ideenlose, leichtgläubige Frau mit ihrem seichten Geplapper erinnerte fast nichts mehr. Sie hatte Kephallion aus eigener Kraft besiegt, und die bitteren Jahre hatten sie glücklicherweise nicht streng, sondern reif gemacht.

»Du warst mir ein Vorbild«, gestand Berenike. »Wenn du mir nicht durch dein Beispiel gezeigt hättest, dass es besser ist, zu widerstehen als hinzunehmen, würde ich wohl immer noch in Nazareth von meinem Mann verprügelt werden.«

»Nicht doch! Nicht mir gebührt der Verdienst.«

»Weißt du nicht, wie man dich mittlerweile in Judäa hinter vorgehaltener Hand nennt? Die Löwin.«

Salome hatte in der Tat davon gehört, und sie wusste nicht, ob es eine Beleidigung oder Anerkennung war, mit einem Raubtier verglichen zu werden.

»*Du* bist die Löwin, Berenike. Du allein hast den Mut aufgebracht, gegen deinen Mann aufzustehen.«

»Mit deiner Hilfe«, korrigierte Berenike. »Und der von Menahem. Ich vermisse ihn.«

Das allerdings konnte Salome nicht nachvollziehen. »Nach allem, was du mit einem Zeloten erlebt hast, trauerst du bereits wieder einem anderen nach? Das darf doch nicht wahr sein!«

»Menahem ist nicht wie Kephallion.«

»Das wäre ja auch noch schöner«, schimpfte Salome. »Es reicht bereits, dass du für einen schwärmst, der denselben abstrusen Ideen wie dieses Ungeheuer anhängt. Du bist zu vertrauensselig, Liebes.«

»Und du zu misstrauisch. Du kannst ja kaum noch einem Juden die Hand geben, nicht einmal *Rabban* Efraim, der dir nun wirklich sehr entgegengekommen ist.«

Über diese Sache mochte wiederum Salome nicht gerne reden, und genau das wusste Berenike, deswegen ließ sie nicht locker. »Ich finde, du solltest Beziehungen zur römischen Diaspora aufnehmen, Salome. Du kannst nicht verleugnen, wer du bist und woher du kommst, das geht doch nicht!«

»Und ob«, trotzte Salome. »Ich bin nicht aus Judäa weggegangen, um mich in Rom dem Willen der jüdischen Diaspora zu fügen.«

»Wenn du dich wie Agrippa von den Juden absonderst, werden die Leute denken …«

»Was sie denken, interessiert mich nicht mehr«, erwiderte Salome scharf, und Berenike ließ seufzend von dem Thema ab.

Doch sie gab ihren Plan, Salome mit ihren jüdischen Brüdern und Schwestern zu versöhnen, nicht auf und unternahm wenige Tage später erneut einen Versuch, indem sie von Salome einen Gefallen erbat.

»Wozu, um alles in der Welt, soll ich dich morgen in die Synagoge begleiten?«, fragte Salome.

»Weil ich mich dann sicherer fühle. Alles ist neu für mich in Rom, so fremd.«

»Die Diener kennen den Weg.«

»Es geht um die Leute in der Synagoge, Salome, nicht um den Weg. Alle werden wissen wollen, wer ich bin, woher ich komme, ob ich verheiratet bin ... Ich bin noch nicht soweit, Scharen von Menschen Rede und Antwort zu stehen.«

»Warum gehst du dann hin?«

Darauf fiel Berenike nichts Passendes ein, außer die Beleidigte zu spielen. »Zum ersten Mal seit zwanzig Jahren bitte ich dich um einen winzigen Gefallen, und du musst so lange quengeln und sticheln, bis ich ... bis ich ...« Sie rannte davon – und erreichte ihr Ziel. Salome bekam ein schlechtes Gewissen und versprach, sie am nächsten Tag in die Synagoge zu begleiten, obwohl sie hochschwanger war und sich unwohl fühlte.

Die Synagoge des vierzehnten Bezirks Transtiberim lag, wie der Name des Bezirks schon besagte, jenseits des Tiber im Westen Roms. Mehrere kleine Häuser am Fuße des Hügels Ianiculum waren zu einem einzigen zusammengebaut worden, so dass ein kleiner Innenhof entstanden war, in dem eine hohe Palme wuchs. Ihr Samen war vor einer Generation aus Judäa mitgebracht und hier eingepflanzt worden, und die Erde um sie herum stammte aus Idumäa, Samaria, Peräa, Galiläa und den anderen Teilen des Gelobten Landes. Auch aus dem Lande Dan, rund um Philippi, war ein Beutel Erde beigemischt. Der Hof und die Räume um ihn herum waren voller Menschen, die miteinander schwatzten und lachten. Traditionell waren Synagogen nicht bloße Bethäuser, sondern Mittelpunkte des gesellschaftlichen Lebens einer Gemeinde, aber Salome hatte das Gefühl, dass es in dieser Synagoge besonders fröhlich zuging.

Die nächste Überraschung erlebte sie, als Efraim sie und Berenike in einen Raum führte, in dem ein Duft süßen Zitronentees sie begrüßte, der sich angenehm mit dem von Mandelbroten und geschmorten Äpfeln vermischte. Die eigentliche Sensation war, dass die Erfrischungen von Frauen *und Männern* gereicht wurden. In Judäa undenkbar.

Die Leute gingen sofort auf Salome und Berenike zu, und binnen weniger Atemzüge hatten sie die Bekanntschaft von zwei Weberinnen, einem Töpfer und einem Parfümhersteller gemacht, die alle durcheinander redeten, bis Salome schwindelte. Nach drei Kelchen Zitronentee und zwei Stücken Mandelkuchen ebbte das Geplauder ab, und die Leute versammelten sich im angrenzenden Raum, wo sie sich auf gemütlichen Bodenkissen niederließen. Salome erwartete eine Predigt und wollte innerlich bereits die Ohren verschließen, doch nichts dergleichen geschah. Wem danach war, der konnte sich erheben und etwas sagen, was die anderen kommentieren konnten oder auch nicht. Eine Frau stand auf, sah Salome an, lächelte und sagte: »Es ist keine Sünde, sich seines Lebens zu erfreuen, solange diese Freude aus dem tiefsten Innern kommt.« Zustimmendes Gemurmel ertönte von allen Seiten. Ein Mann erhob sich, blickte sie ebenfalls an und sagte: »Diejenigen, die Häme und Fluch schicken, werden in Schimpf und Schande untergehen. Allein der Herr verurteilt und spricht frei.« Und eine dritte Frau meinte: »Wenn die Menschen häufiger auf ihr Herz hören würden und weniger auf die Zungen von anderen, gäbe es weniger Feindschaft in der Welt.«

Einer nach dem anderen stand auf und sagte etwas, und bei jedem fühlte Salome, dass die Worte an sie gerichtet waren, Worte des Trostes und des Rückhalts. Auch für Berenike gab es Unterstützung, denn ihr Schicksal hatte sich herumgesprochen und berührte die Leute. Sie beide waren in dieser Stunde von Freunden umgeben.

Irgendwann trat *Rabban* Efraim nach vorne und kündigte ein Prosagedicht an. Solche *pijutim*, die wahlweise gesprochen oder gesungen werden durften, waren sehr beliebt in Synagogen. Üblicherweise, das wusste Salome, trug sie der *chasan* vor, der Vorbeter, doch an diesem Tag musste es sich wohl anders verhalten, denn eine Frau trat an Efraims Seite und sang das Gedicht. Ihre wundervolle Stimme füllte die gesamte Synagoge aus und mischte sich mit dem Gesang der Vögel, der von draußen kam. Das *pijut* war erstaunlich lang, aber Salome genoss jeden Moment davon. Sie hätte es nie für möglich gehalten; sie fühlte sich tatsächlich wohl unter dem Dach der Synagoge.

Nach dem Ende des Gedichts, als alle sich erhoben und in den Innenhof strömten, wo Efraim sie verabschiedete, ging Salome zu der Frau und lobte sie für die Schönheit der Strophen und der Stimme.

»Aus dem Mund einer Frau klingen solche *pijutim* viel innerlicher und poetischer«, fügte sie hinzu. »Gut, dass in dieser Synagoge nicht nur die Vorbeter singen.«

»Oh, das ist ein Missverständnis«, sagte die Frau. »Ich *bin* Vorbeter.«

Diese Neuigkeit raubte Salome fast den Atem. In Judäa wären Tumulte entstanden, wenn dort eine Frau zum *chasan* gemacht worden wäre. Doch hier schien so etwas selbstverständlich zu sein.

»Bis auf das Amt des *Rabban*«, fügte Efraim erklärend hinzu, »kann eine Frau so gut wie jede Aufgabe in der Gemeinde übernehmen, nicht nur bei uns im vierzehnten Bezirk, sondern in ganz Rom. Soweit ich weiß, trifft das auch auf die Gemeinden in Africa und Hispanien zu.«

Salome war ehrlich beeindruckt, und nun schämte sie sich, dass sie Efraim kürzlich so angefahren hatte. Der *Rabbiner* schien es ihrer Miene anzusehen.

»Wir freuen uns, wenn wir Menschen durch unser Verhalten angenehm überraschen – und dadurch anleiten, es uns nachzutun. Wir möchten fröhliche Gesichter sehen, Fürstin, keine beschämten.«

Sie verstand den Wink und strahlte ihn an. »Darf ich dich und die *chasan* für heute Abend in mein Haus einladen«, sagte sie. »Ich möchte euch so gerne ...«

Sie verspürte einen plötzlichen Schmerz und beugte sich nach vorne. Berenike und Efraim mussten sie auffangen und auf den Boden legen. Krämpfe schüttelten Salome. »Das Kind«, sagte Berenike. »Es ist so weit.«

»Ich hole einen Arzt«, bot Efraim sofort an und rannte aus der Synagoge. Schon nach wenigen Augenblicken kam er mit einem der Gäste zurück, die zuvor der Versammlung beigewohnt hatten. Der Arzt tastete Salomes Bauch und Becken ab, dann sagte er: »Das

Kind liegt falsch. Es könnte sein, dass ich ...« Er sah Efraim an und sprach leiser weiter. »Dass ich nicht beider Leben retten kann.«

In einem solchen Fall war die Entscheidung im Grunde schon getroffen. Die Erhaltung bestehenden Lebens galt im jüdischen Glauben als oberstes Prinzip, und bei einer schweren Geburt war die Tötung des Kindes ausdrücklich erlaubt und durch die heiligen Schriften gedeckt.

»Wir dürfen kein Risiko eingehen«, sagte *Rabban* Efraim.

»Nein«, schrie Salome. Ihr Gesicht war rot, und Schweißperlen standen ihr auf der Stirn. »Nein, das will ich nicht. Rettet das Kind, ich bitte euch. Es ist ... sein Kind. Es muss leben. Es muss ...«

Sie verlor das Bewusstsein.

»Was sollen wir nun tun?«, fragte der Arzt.

»Du hast es gehört«, mischte Berenike sich ein. »Sie möchte, dass das Kind lebt, Glauben hin oder her.«

»Mir ist nicht erlaubt ...«

»Es geht hier um den Willen der Mutter«, unterbrach ihn Berenike mit Tränen in den Augen. »Wenn sie ihr eigenes Leben geben will, um das des Kindes zu retten, so ist das allein ihre Entscheidung.«

»Es ist auch meine«, erwiderte der Arzt. »Denn ich bin es, der dieses Leben auf sich nimmt.«

Efraim hatte zwischenzeitlich das Für und Wider abgewogen. Nun legte er dem Arzt die Hand auf die Schulter und sagte: »Es ist Gott allein, der Leben nimmt und gibt. Überlassen wir ihm die Entscheidung.«

»Und wenn beide sterben?«

»Leite die Geburt ein«, riet Efraim. »Alles andere geschieht, wie es geschehen muss.«

24

Eine Woche später hatte der Frühling Rom mit seinen Farben überzogen. Sogar die sonst stinkende Stadt kam nicht gegen die weißen und rosaroten Obstblüten an, die von Palatin, Esquilin und Pincius Ströme von Düften durch die Gassen schickten. Die rauen Winde des Winters waren milder Seeluft gewichen, die Erde war warm und fruchtbar, überall kämpften sich Blumen durch die Erde und wilde Kräuter durch die Ritzen der Mauersteine ans Sonnenlicht. Nie hätte Rom schöner und angenehmer sein können als in diesen letzten Apriltagen.

Doch die Hauptstadt feierte die Floralien, das Fest zu Ehren der Blumengöttin Flora. Was ursprünglich eine reizvolle Begrüßung der Blütenpracht war, begangen mit Ausflügen in die Campagna und mit feinen Speisen, war im Laufe der letzten Jahrzehnte zu einem wüsten Treiben verkommen. Trunkene stolperten durch die Straßen, nackte Hetären ließen sich zum Vergnügen aller anfassen, Vermummte fielen über jede Frau her, die ihnen zu nahe kam, und Ziegen und Hasen wurden unter Gelächter der Massen zu Tode gehetzt. Messerstechereien, erbrechende Menschen, ineinander verschränkte Leiber – jede Ecke und jeder Winkel wurden ausgenutzt, um sich auszutoben.

Der Lärm dröhnte auch über die Mauer in Salomes kleinen Garten, in dem die damaszenischen Rosen an diesem Tag ihre ersten tiefroten Blüten öffneten. Als Berenike den Garten betrat, saß Salome noch immer auf der Marmorbank inmitten der erblühenden Pracht. Sie legte ihrer Freundin einen wärmenden Umhang über die Schultern und setzte sich neben sie.

Unglaublich, dachte Berenike, wie schnell Salome sich erholt hatte. Vor drei Tagen noch waren ihre Augen von dunklen Schatten umrandet gewesen, ihre Haut ungewöhnlich blass und der Atem flach, fast zerbrechlich. Doch nun waren fast alle Anzeichen der schweren Geburt verschwunden, besiegt vom Glück einer jungen Mutter; übrig geblieben war nur noch eine leichte Erschöpfung.

»Schläft er?«, fragte Salome.

Berenike lächelte. »Ja, endlich. Er ist ein unruhiger kleiner Bursche, zäh wie seine Mutter.«

»Und wie sein Vater«, ergänzte Salome. »Diese Zähigkeit hat uns das Leben gerettet.«

Berenike wusste, wie nahe beide dem Tod gewesen waren. Der Arzt hatte Stunden um den Jungen und die Mutter gerungen, unterstützt von ihr, *Rabban* Efraim und der *chasan*. Vor der Synagoge hatte sich die Gemeinde versammelt und gebetet, und als die Nachricht kam, alles sei gut überstanden, waren die Menschen in Jauchzen und Jubel ausgebrochen. Seither war der Strom der Geschenke nicht abgerissen: die Weberinnen schickten Decken für die Wiege, die Bäcker Mohnkuchen, der Goldschmied einen dünnen Ring in Erinnerung an den frohen Tag, die Töpferinnen eine Amphore mit Mandelöl …

»Da fällt mir ein«, erinnerte sich Berenike, »der Parfümier hat vorhin eine Salbe abgegeben, die wie ein Zitrushain duftet und zur Säuglingspflege verwendet werden kann. Die Anteilnahme ist riesig.«

»Ja«, sagte Salome nur.

Berenike kannte die Ursache für Salomes Einsilbigkeit sehr wohl und kam gerade deswegen auf sie zu sprechen. »Morgen ist der achte Tag nach der Geburt«, begann sie.

»Bitte, Berenike«, wehrte Salome ab, »ich bin wirklich nicht wild darauf, dieses Thema zum sechzehnten Mal in dieser Woche zu diskutieren.«

»Gemäß dem Brauch wird ein Knabe am achten Tag beschnitten.«

»Das weiß ich selbst.«

»Dann weißt du sicher auch das: Die Gemeinde, allen voran *Rabban* Efraim, wird morgen vor deiner Tür stehen.«

»Ich befürchte es.«

»Willst du sie etwa wegschicken?«

»Ich weiß noch nicht, was ich tun werde.«

»Dann werde ich dir mal nachhelfen. Du wirst sie selbstverständlich hereinbitten und die *b'rit milá* vollziehen lassen, die Beschneidung.«

»Gilead ist der Sohn eines Griechen«, entgegnete Salome. »Ich sehe keine Veranlassung …«

»Gilead? Das wird sein Name?« Berenike schmunzelte. »Du siehst keine Veranlassung, ihn wie einen Juden beschneiden zu lassen, gibst ihm aber einen jüdischen Namen? Meine liebe Salome, ich glaube, du bist dir nicht so sicher, was die *b'rit milá* angeht, wie du immer tust. Sitzt du darum stundenlang im Garten und starrst auf eine Ziegelmauer?«

Salome atmete tief durch. »So etwas will gut überlegt sein, Berenike. Ein Name ist nur ein Name. Wenn ich Gilead hingegen beschneiden lasse, ist er in den Bund eingeführt und damit ein Teil des jüdischen Volkes. Nicht nur Teil dieser Gemeinde, Berenike, sondern des *ganzen* Volkes. Und du weißt, dass ich schlechte Erfahrungen gemacht habe.«

Berenike senkte den Kopf und schloss die Augen. »Schlimmer als meine Erfahrungen können sie nicht gewesen sein«, murmelte sie. »Trotzdem würde ich keinen Moment zögern, meinen Sohn Jude sein zu lassen. Vielleicht ist es falsch, dass unser Volk darauf beharrt, auserwählt zu sein, sozusagen das erste Volk Gottes. Allerdings haben wir auch keinen Grund, uns zu schämen. Wir sind aufrecht, tapfer, friedliebend und doch streitbar. Was ist falsch daran?«

»Ich habe Angst, dass ...«

»Ja, ich weiß«, schnitt Berenike ihr das Wort ab. »Du hast Angst, dass Gilead werden könnte wie Kephallion oder Jehudah, und diese Vorstellung ist schlimm. Doch jedes Volk hat seine Kephallions und Jehudahs. Sieh dir diesen Caligula an oder Pilatus. Was für ein Mensch Gilead wird, hängt nicht davon ab, ob er beschnitten wird oder nicht. Ob er eine Heimat haben wird, schon. Enthalte ihm nicht vor, was er durch dich nun einmal ist: ein Jude. Erziehe Gilead im Geiste dieser Gemeinde – weltoffen, mitfühlend, freundschaftlich –, und er wird ein Jude, der alle Tugenden in sich vereint und unserem Volk Ehre machen wird.«

Salome ergriff Berenikes Hand. »Du bist ja richtig weise geworden«, scherzte Salome. »Ich ... ich habe noch eine andere Angst.«

Berenikes Stirn legte sich in Falten. Sie hatte Salome selten so verunsichert gesehen wie in diesem Augenblick.

»Ich habe dir doch erzählt«, begann Salome, »wie Johannes der Täufer mich verflucht hat, das erste Mal am Jordan, das zweite Mal kurz vor seinem Tod. Er hat auch Antipas und Herodias verflucht, und nun ist der eine wahnsinnig und die andere ...«

Berenike nickte. Vorgestern war die Nachricht von Herodias' Tod eingetroffen.

»Was ich dir noch nicht erzählt habe«, fuhr Salome fort, »ist, dass er auch meine Kinder verflucht hat. Wenn ich Gilead nun nicht zu einem Juden mache ...«

»Du denkst, dann würde er nicht dem Fluch eines Juden unterliegen?« Berenike atmete tief durch. »Auch du bist verflucht worden, Salome. Und was ist passiert? Der Herr hatte wahrlich genug Möglichkeiten, dich zu zerstören: der Prozess, der Aufstand, die Geburt ... Du warst während eines Jahres dreimal in größter Gefahr. Nein, Salome, es gibt keine Flüche, und im Grunde weißt du das auch. Du hast nie an so etwas geglaubt. In den vergangenen Monaten ist jedoch so viel geschehen, dass es auch an dir nicht spurlos vorbeigegangen ist. Du hast Timons Tod noch immer nicht verwunden und ...«

Salome brach in Tränen aus, wie noch nie zuvor. Sie hatte seit der Demütigung durch Kephallion in Ashdod nicht mehr geweint und geschworen, es nie wieder zu tun. Doch sie schaffte es nicht mehr, diesen Schwur zu erfüllen. Berenike nahm sie tröstend in die Arme. »Schon gut, schon gut«, flüsterte sie ihrer Freundin zu. »Lass es raus. Es wurde höchste Zeit.«

Die Trauer und das Leid eines ganzen Jahres brachen an diesem Nachmittag aus Salome hervor, und ihr Weinen mischte sich für eine ganze Stunde mit dem Getöse einer enthemmten Römerschaft.

»*Baruch ha-ba*«, wisperte die Gemeinde, als Salome mit dem Säugling auf dem Arm die Synagoge betrat. »Gesegnet sei, der da kommt.«

Sie hätte die Leute auch in ihrem Haus empfangen können, zog es jedoch vor, Gilead an dem Ort beschneiden zu lassen, an dem er geboren worden war.

Sie übergab ihren Jungen *Rabban* Efraim, den sie zum *sandak* bestimmte, zum Paten, und dieser reichte ihn dem Arzt weiter, der ihn zur Welt gebracht hatte und nun als Beschneider fungierte, als *mohel*. Auf den Knien Efraims wurde der Säugling abgelegt und die Beschneidung vollzogen. Nachdem der Arzt die Wunde versorgt hatte, sprach er den Segen über den Wein, und die Gemeinde antwortete: »Möge dieser Kleine groß werden. Wie er in den Bund eingeführt worden, so möge er in die *thora*, in die Ehe und die Ausübung guter Werke eingeführt werden.«

Die folgenden Jahre waren Balsam für Salome und Berenike. Sie nahmen sich ein größeres Haus im vierzehnten Bezirk, nahe der Porta Aurelia und einem Aquädukt, das ihnen ständig frisches Wasser garantierte. Sie taten es der Synagoge gleich und pflanzten sich eine Palme in den Innenhof, unter der sie jeden Abend ihre Mahlzeiten einnahmen. Zum *shabbat* gingen sie in die Synagoge. Bald waren sie ein fester Bestandteil der Gemeinde, und damit sie wie die anderen bei den selbst gemachten Präsenten mithalten konnten, die man sich in der Gemeinde zu bestimmten Anlässen gegenseitig schenkte, begann Berenike wieder mit Sticken und Weben, was während der Ehe mit Kephallion ihre Hauptbeschäftigung gewesen war, während Salome ihre Abneigung gegen handwerkliche Tätigkeiten überwand und Schleier zuschnitt.

»Du kannst wohl doch nicht ganz von den Schleiern lassen, wie?«, neckte Berenike sie manchmal.

»Sie gehören zu mir wie das Atmen«, erwiderte Salome dann. Doch sie hatte seit jener Nacht in Masada keinen Schritt mehr getanzt.

Efraim kam jede Woche vorbei und besuchte die beiden Frauen und sein Patenkind. Für Gilead wurde er jedoch der Großvater, und wenn der *Rabban* einmal unabkömmlich war und sich zwei Wochen nicht blicken ließ, fragte der Knabe nach ihm.

Auf ihren Jungen war Salome stolz. Gilead war aufgeweckt und neugierig und sog neue Eindrücke wie ein Schwamm in sich auf. Bald schon genügte ihm der vierzehnte Bezirk nicht mehr. Er wollte mehr von Rom sehen, und so unternahmen sie zahlreiche Ausflüge zu den Foren oder entlang der Via Appia. Wenn Salome mit ihm durch die Gassen der Metropole spazierte, fragte sie sich oft, ob hier einst auch Timon als kleiner Junge gegangen war, wo er gespielt und mit welchen Leuten er gesprochen hatte. Ob einer der Händler sich womöglich an den blonden Jungen erinnerte, der immer etwas kleiner als die anderen gewesen war, dafür hellwach und freimütig? Sie erkundigte sich bei verschiedenen Kaufleuten –

Goldschmieden, Geldverleihern, Bäckern –, bis sie eines Tages tatsächlich jemanden fand, der sich an Timon erinnern konnte.

»Ich war noch ein junger Mann«, erzählte der dickbäuchige Kaufmann. »Das Geschäft gehörte meinem Vater, und der war ganz vernarrt in den kleinen Griechen, der vor nichts Angst zu haben schien. Timon, ja ja, der kannte sie alle hier in der Gegend, vom kleinen Dieb bis zum Senator. Hier, aus dieser Gewürzbüchse hat er immer genascht – mein Vater bewahrte darin Gebäck auf. Und du bist sein Sohn?«, fragte der Mann.

Gilead nickte.

»Ein prima Bursche, dieser Timon«, sagte er. »Genau wie du.«

Gilead gefiel dieser Ausflug zu dem Kaufmann, und er besuchte ihn von da an häufig und naschte aus der Gewürzbüchse, auch wenn Salome nicht dabei war.

»War es richtig, Gilead über den Kaufmann mit seinem Vater bekannt zu machen?«, fragte sie Berenike zweifelnd.

»Es war die beste Idee, die du seit langem hattest«, erwiderte Berenike. »Du hast Gilead ein Geschenk gemacht, wie es kein anderes gibt. Trotzdem«, schränkte sie ein, »musst du aufpassen, dass deine Erinnerung an Timon nicht übermächtig wird. Das Leben geht weiter, Salome.«

»Ich weiß.«

»Nein«, widersprach Berenike. »Ich glaube, du weißt es nicht.«

Zu Agrippa hatten Salome und Berenike kaum Kontakt. Er besuchte weder sie noch die Synagoge, sondern ging völlig im turbulenten Treiben der römischen Clique um Caligula auf. Ab und an trafen sie sich zufällig bei Antonia, wenn die Greisin eine kleine Gesellschaft gab, ansonsten jedoch lebte Salome zufrieden und ohne etwas zu vermissen in ihrem kleinen Kreis von Freunden.

Doch eines Märztages zogen über diesem Idyll die ersten dunklen Wolken auf. Tiberius starb, und Caligula wurde zusammen mit dem minderjährigen Gemellus, einem Enkel Antonias, Kaiser. Rasch wandelte sich der junge Mann, dessen körperliche und geistige Gesundheit durch jahrelange Exzesse völlig zerrüttet war, vom Lebemann zum Tyrannen. Noch im Jahr seines Herrschaftsantritts starb Gemellus unter rätselhaften Umständen, die alte Antonia nahm sich das Leben, indem sie sich die Pulsadern öffnete, und Drusilla fiel bald darauf einem Wutanfall ihres kaiserlichen Bruders zum Opfer.

Diese Morde waren nur der Anfang der beispiellosen Welle von Gewalt. Caligula witterte überall Verrat, und wer gestern noch sein Freund und Verbündeter gewesen war, den konnte er morgen schon als Feind betrachten. Der getreue Gardekommandant fiel diesem sprunghaften Denken Caligulas ebenso zum Opfer wie seine übrigen Schwestern, die er verhaften und auf winzigen Inseln im Tyrrhenischen Meer einkerkern ließ. Bald zitterte ganz Rom in Todesfurcht, und auch in den Provinzen konnte sich kein Amtsträger mehr seines Lebens sicher sein.

Sogar Antipas fiel dem Verfolgungswahn des Kaisers zum Opfer und wurde – Glück im Unglück – »nur« nach Gallien verbannt.

»Ein Wahnsinniger rottet den anderen aus«, spottete Salome bitter. »Wenn es nicht so ernst wäre, könnte man fast darüber lachen.«

Sie war mittlerweile dankbar dafür, die »Kusine« Agrippas zu sein, denn während fast jede Patrizierfamilie Roms in irgendeiner Weise unter den Verrücktheiten Caligulas zu leiden hatte, blieben Berenike und sie verschont. Salome wusste aber auch, dass der Segen von Agrippas schützender Hand von einem Tag zum anderen zum Verhängnis werden konnte, dann nämlich, wenn Agrippa in Ungnade fallen sollte. So hing auch für Salome über jedem einzelnen Tag ein Damoklesschwert, und es konnte passieren, dass man irgendwann mitten in der Nacht geweckt und abgeführt wurde. Wochenlang überlegte Salome hin und her, ob es besser wäre, Rom zu verlassen. Als sie schließlich den Entschluss dazu fasste, stand sie vor dem nächsten Problem. Der Kaiser hatte befohlen, dass sich jede Person von Rang abmelden musste, wenn sie die Stadt verlassen wollte; das galt auch für sie als Prinzessin und entferntes Mitglied der kaiserlichen Familie. Dem Kaiser jedoch Gesuche vorzulegen, hieße, seine Aufmerksamkeit auf sich zu lenken – und Caligulas Aufmerksamkeit zu haben war gefährlich.

Sie suchte Rat bei Agrippa.

»Auf keinen Fall«, empfahl er. »Du bist zu reich.«

Salome runzelte die Stirn. »Was hat denn das damit zu tun?«

»Caligula zwingt Reiche, ihn als Haupterben ins Testament zu setzen.«

»Und?«

»Wenn sie danach noch lange leben, wird er ungeduldig.«

»Ich verstehe«, seufzte Salome. »Und so etwas nennst du deinen Freund.«

»Moment mal, Kusinchen, keine Vorwürfe bitte. Er hat sich in den Jahren seiner Herrschaft nicht ein einziges Mal nach dir erkundigt, und das ist, wenn du gestattest, mein Verdienst. Wann immer er auf meine Verwandtschaft zu sprechen kommt, lenke ich ihn geschickt ab. Wenn du ihm schreibst, machst du alles zunichte.«

So blieb sie also, wenngleich ihr diese Stadt mehr und mehr zuwider wurde. Immer häufiger sehnte sie sich nach Jerusalem zurück, nach Ashdod und nach Philippi, das mittlerweile von Kallisthenes fertig gestellt worden war und das Pontius Pilatus eingeweiht hatte. So steckte ein Römer den Ruhm für etwas ein, das als Idee in ihrem Kopf entstanden und von zwei Künstlern und Tausenden von Händen umgesetzt worden war. Der stille Ärger darüber war jedoch Salomes geringster Kummer.

Vierzig Monate nach Caligulas Herrschaftsantritt wurde die Situation unerträglich, selbst für Agrippa. Fast jeden Tag musste er sich die grausamen Spielereien eines Größenwahnsinnigen mit ansehen, dem kein Scherz zu blutig und kein Einfall zu verrückt sein konnte. Als der Kaiser zu einem »Feldzug« gen Britannien aufbrach – in Wahrheit eine Farce –, sah Agrippa die Gelegenheit gekommen, um einen Landurlaub zusammen mit Freunden und Familie zu erbitten. Caligula war in einer kindisch euphorischen Stimmung und gewährte den Urlaub.

Was dann geschah, verblüffte Salome. Agrippa lud nämlich nicht nur Berenike, Gilead, sie und seine engsten Freunde ein, ihn zu begleiten, sondern auch Menschen, die er kaum kannte, die jedoch potenziell gefährdet waren: vier Senatoren, einen römischen Priester des Jupiter, drei reiche Witwen, eine Hand voll bekannter Kaufleute und zwei jüdische Schiffseigner aus der römischen Gemeinde, allesamt mit Familie. Schließlich suchte auch Claudius, der stotternde Onkel Caligulas, Zuflucht bei Agrippa. Es war eine wenig homogene Mischung von Menschen, die Rom durch die *Porta Tiburtina* gen Osten verließ, gespalten durch Herkunft, Alter und Stellung, doch zusammengehalten von dem gemeinsamen Wunsch, zu überleben. Es war das erste Mal, seit Salome ihrem Onkel begegnet war, dass Agrippa etwas Selbstloses tat. Noch am Tag davor hätte sie ihm das nicht zugetraut, aber die gefährlichen Zeiten hatten auch ihn verändert.

»Heute bin ich stolz darauf, deine ›Kusine‹ zu sein«, gestand sie ihm unterwegs.

Agrippas Landgut östlich von Rom, an den Ausläufern der Sabiner Berge, war komfortabel ausgestattet. Neben neun großen Räumen gab es noch ein Gästehaus, ein beheizbares Außenbecken, Ställe, Pavillons mit Blick auf die zerklüftete Hügellandschaft, Wälder, Wiesen und Gärten, sogar ein *Vivarium*, wo wilde Tiere in einem großen umzäunten Gelände gehalten wurden. Es fehlte den Gästen an nichts. Überwogen anfangs noch die Unsicherheit und Angst, die man aus Rom mit hierher genommen hatte, verflüchtigten sich diese Gefühle bald wie übler Gestank in der herrlichen Sommerbrise Latiums, und das Leben wurde unbeschwerter. Es war einfach nicht möglich, in einer solchen Landschaft lange trübsinnig zu sein. Nach einigen Wochen führten Salome und die übrigen Gäste das typische Leben römischer Patrizier: Zum Frühstück aßen sie Knoblauchbrot, Käse, Eier und Honig, und anschließend vertrieben sie sich die Zeit mit kurzweiligen Ballspielen. Bevor sie einen Ausflug in die nähere Umgebung machten, aßen sie noch etwas Obst oder Gemüse. Am Abend ließ Agrippa im Garten Fackeln, Tische und Bänke aufstellen und große Küche servieren: Enten, Aale, Hirsche, Krebse, und selten befolgte er dabei die *kashrut*, die rituellen Speisevorschriften des jüdischen Glaubens. Das konnte bei jemandem, der einen unjüdischen Lebenswandel führte, auch nicht überraschen, aber selbst die anwesenden Juden stießen sich nicht daran. Es waren genug Speisen da, die sie essen durften, und außerdem war er ihr Beschützer.

Eines Abends – man lauschte nach dem Essen den Lyraspielern oder unterhielt sich leise – tauchte plötzlich wie aus dem Nichts *Rabban* Efraim auf und brachte schlimme Nachrichten mit.

»Der Kaiser hat von der Kanalküste aus eine Botschaft an den Senat geschickt und mitteilen lassen, er sei ein Gott. Man stelle sich das vor, ein Mensch als Gott! Schlimmer ist, dass er angeordnet hat, jeder römische Bürger habe ihm binnen eines Monats ein Weihrauchopfer zu bringen. Den meisten Römern macht das vielleicht wenig aus, uns Juden dagegen schon.«

Er wandte sich an Agrippa. »Mein Junge, ich bitte dich, du musst unserer Gemeinde helfen. Viele von uns haben das römische Bürgerrecht, wir müssten opfern.«

Agrippa fühlte sich sichtlich unwohl. »Ich weiß nicht, *Rabban*, ob ich das kann. Caligula ist – wie soll ich sagen? – sehr eigen in diesen Dingen.«

Efraim schüttelte den Kopf. »Ich erwarte nicht, dass du den Kaiser umstimmst. Aber ich habe dreißig meiner Gemeindemitglieder mitgebracht, die ein Versteck suchen, um dem Opfergebot zu entgehen.«

Diese Bitte brachte Agrippa in große Verlegenheit. Er hatte sich bisher nie direkt gegen Caligula gestellt, sondern hatte jeden Schritt äußerst lange und vorsichtig erwogen, so als bewege er sich in einem dichten Wald voller Fallen und gefährlicher Tiere. Zwar hatte er mit der Einladung an gefährdete Senatoren und sonstige Edle Hilfe geleistet, doch auch dabei hatte er sich zuvor geschickt beim Kaiser abgesichert, indem er sich von ihm selbst die Erlaubnis geben ließ, so viele Freunde und Verwandte mitzunehmen, wie er wollte. Doch nun bat Efraim ihn darum, Hochverrat zu begehen – zumindest das, was Caligula unter Hochverrat verstand. Dazu kam, dass er seine Entscheidung schnell treffen musste, etwas, das ihm überhaupt nicht lag.

Er schluckte und wurde blass. Alle sahen ihn an, einige erwartungsvoll, andere mitleidig oder gespannt. Er setzte mehrfach an, etwas zu entgegnen, doch die Zunge klebte ihm am Gaumen. Er stotterte fast wie Claudius.

»Das ist ... Ich ... Das kommt so ... so überraschend«, begann er. »Vielleicht ... vielleicht finden wir noch eine andere Lösung. Ich meine ...«

»Soll ich die verängstigten Menschen etwa wieder wegschicken?«, fragte Efraim leicht verärgert über Agrippas Zaudern. »Es sind deine Brüder und Schwestern im Blute, deine ...«

»Schon gut«, unterbrach ihn Agrippa. »Ich werde es vermutlich noch sehr bereuen: Alle, die du mitgebracht hast, können bleiben. Im Stall ist ausreichend Platz.«

»Wo immer du willst«, lächelte Efraim, umarmte ihn und küsste ihn auf beide Wangen. »Ich wusste, du würdest dein Volk nicht im Stich lassen.«

An diesem Abend sprach Agrippa kaum noch ein Wort und ging früh zu Bett.

Wochen vergingen, ohne dass etwas geschah, und wieder klammerten sich alle an die Hoffnung, dass das Schlimmste überstanden sei. Die Septembersonne unterstützte diese Gefühle, prächtiger konnte ein Spätsommer in Latium nicht sein. Die Tage begannen und vergingen in einem wunderbaren Leuchten, das Zirpen der Grillen erfüllte die Luft, und die umliegenden Hügel waren bedeckt vom satten, goldgelben Getreide. In den Weingärten, die zum Landgut gehörten, begann die erste Lese. Die Morgenfrische nutzend, schwärmten die Arbeiter aus und brachten die Ernte in die nahe gelegene Kelter. Traditionell halfen dabei auch die Besitzer, doch Agrippa verzichtete auf diese Ehre und ließ sich gerne von Salome vertreten. Das Pflücken der blauschwarzen Trauben machte ihr Spaß und lenkte sie ab, außerdem fühlte sie sich stärker mit den Gemeindemitgliedern verbunden, die Agrippas Gastfreundschaft und Hilfe mit der Arbeit im Weingarten vergalten. Manchmal stellte Salome sich vor, was wohl Herodes, Akme oder Herodias sagen würden, wenn sie sie so sehen könnten, eine Prinzessin von Judäa und Fürstin von Ashdod mit Messer und Strohhut bestückt, die Hände fleckig vom Rebensaft. Dann lachte sie auf und fing sich so manchen verwunderten Blick ein.

An diesem späten Vormittag holte Efraim sie ab. Auch er trug einen Strohhut und sah damit aus wie ein alter Weinbauer.

»Du mutest dir zu viel zu«, schalt er sie. »Du bist diese Arbeit nicht gewöhnt.«

»Dann gewöhne ich mich jetzt an sie.«

»Und du bist nicht mehr die Jüngste, wie jeder sehen kann.«

Sie stützte die Fäuste in die Hüften. »Ausgesprochen galant«, kommentierte sie, aber ihrer beider Lächeln zeigte, dass sie nur scherzten.

»Wo ist Gilead?«, fragte Efraim und sah sich suchend um.

»Er spielt irgendwo mit Agrippinos. Berenike ist bei ihnen.«

Agrippinos war Agrippas Sohn. Er war mit seinen zehn Jahren gut drei Jahre älter als Gilead; die beiden verstanden sich prächtig und verbrachten fast jede Stunde des Tages zusammen. Salome freute sich, dass Gilead einen guten Freund gefunden hatte, noch dazu einen, der jüdisches Blut, griechische Erziehung und römische Weltoffenheit in sich vereinigte.

»Wirf endlich dieses dumme Messer weg«, sagte Efraim. »Ich begleite dich zum Haus zurück.«

Salome leistete keinen Widerstand. Tatsächlich war sie nicht mehr die Jüngste und freute sich bereits auf ein kühles Bad in ihrem Quartier, auf Brot, gemischten Wein und eine Bank zum Ausruhen. Zuerst musste sie jedoch den kleinen Korb mit Trauben in der Kelter abliefern. Sie verließen den Weingarten und schlenderten nebeneinander her.

»Ich muss oft an die Schwestern und Brüder in Rom denken«, seufzte Efraim. »Ob sie wohl alle die Stadt verlassen konnten, bevor die Opferungen begannen?«

»Rom hat viele Verstecke«, beruhigte ihn Salome.

»Die Ungewissheit zehrt an mir. Wir leben hier völlig abgeschnitten von den Geschehnissen. Am liebsten würde ich mein Bündel packen und nach Rom zurückkehren.«

»Was könntest du dort schon ausrichten, Efraim? Die Menschen hier brauchen dich, deinen Zuspruch und deine Führung.«

Efraim wiegte den Kopf hin und her. »Meine Schwestern und Brüder hier hätten andere, die ihnen zusprechen und sie führen könnten«, sagte er.

»Falls du dabei an Agrippa denkst …«

»Himmel, nein!«, rief er. »Ich bin Agrippa für seine Hilfe wirklich dankbar, doch ein Führer und Betreuer ist er nicht gerade. Er hat wieder angefangen zu trinken und reitet jeden Tag mit seinen Freunden auf die Jagd ins *vivarium*. Hirsche, Fasane, Strauße, er erlegt sie wie ein Besessener. Du weißt, unser Glauben lehnt die Jagd zum Zwecke des Vergnügens ab. Ich weiß«, kam er einem Einwand Salomes zuvor. »Du nimmst es auch nicht immer so genau mit den Geboten, doch bei Agrippa ist es etwas anderes. Nicht simple Achtlosigkeit oder harmlose Vergnügung steckt bei ihm dahinter. Ich spüre Mordlust in ihm.«

»Efraim!«

»Doch, doch. In Rom hat er fast keinen Tag verstreichen lassen, ohne Gladiatorenkämpfe oder Tierhetzen zu besuchen.« Efraim holte tief Luft und dämpfte seine Stimme. »Eigentlich wollte ich ja nicht über Agrippa sprechen. Als ich vorhin sagte, dass unsere Brüder und Schwestern hier jemand anderen hätten, der sie gut betreuen würde, meinte ich damit dich.«

»Mich? Das ist ja absurd. Ich könnte dich niemals ersetzen, Efraim.«

»Merkst du nicht, wie die Leute zu dir aufblicken? Du bist eine Prinzessin, aber du hast sie vom ersten Tag an wie Freunde behandelt. Du hast fortschrittliche Ideen, von denen die meisten unserer Heimat gut tun würden, und das spüren die Menschen hier. Du besitzt etwas, Salome, das man nicht kaufen und nicht verkaufen kann: Würde.«

Efraims Worte waren für Salome wie Honig, sie taten gut. Wann hatte je irgendjemand so mit ihr gesprochen! »Dein Lob ehrt mich. Vermutlich weißt du nicht, was damals in Judäa vorgefallen ist.«

Er machte ein Zeichen, dass sie nicht weiterreden müsse. Natürlich hatte jemand wie *Rabban* Efraim seine Quellen, die ihm einiges über Salome berichten konnten.

»Ich spreche nicht von Sitte, sondern von Würde, mein Kind. Ich heiße nicht alles gut, was du damals getan hast – du selbst vermutlich auch nicht. Deiner Persönlichkeit jedoch haben die Fehler, die du gemacht hast, nicht geschadet, im Gegenteil, sie haben dich weitergebracht, weil du sie erkannt hast. Und das ist eine Eigenschaft, die nur wenige Menschen besitzen, ich möchte beinahe sagen, die wichtigste Eigenschaft überhaupt.«

Sie waren in der Kelter angekommen, wo es von Arbeitern nur so wimmelte. In großen Fässern gärte bereits der erste Most und musste ständig umgerührt werden. Im *torcularium*, dem Pressraum, übergab Salome einem Arbeiter ihren Korb voller Trauben, der sie zum Stampfen in einen riesigen Trog kippte. Er bot ihnen zwei Becher des Mostes an, den sie kosteten, indem sie etwas Brot hineintunkten.

»In Judäa«, knüpfte Salome wieder an das Gespräch an, »würden nicht viele deine Meinung über mich teilen.«

»Und welche Meinung hast du über die Juden in unserer Heimat?«

Salome hatte das Thema Judäa in ihren Jahren in Rom stets gemieden, denn die jüdische Gemeinde war in dieser Frage seltsam gespalten. Einerseits hieß die Diaspora viele der Entwicklungen in der Heimat nicht gut, vor allem die übertrieben strengen Auslegungen der *thora*, andererseits hielt man dem Volk die Treue und übte, wenn überhaupt, nur sehr verhaltene Kritik.

»Darüber möchte ich lieber nicht reden.«

»Warum? Vertraust du mir nicht?«

»Doch, natürlich.«

»Also dann, sprich offen.«

»In Judäa gibt es nur noch Zwietracht und Hass«, brachte sie ihre Ansicht auf den Punkt. »Die Pharisäer und die Zeloten ziehen Menschen in ihre Ideologie hinein und benutzen sie für ihre jeweiligen Zwecke, die einen, um einen absoluten Priesterstaat mit Tausenden von Geboten zu errichten, die anderen, um das vermeintlich Böse zu besiegen. In Wahrheit geht es ihnen nur um Macht, den einen wie den anderen.«

Rabban Efraim nickte und gab Salome ein Zeichen, dass es besser wäre, das Gespräch im Freien weiterzuführen, denn im *torcularium* herrschte ein permanentes Kommen und Gehen jüdischer Arbeiter. Sie spazierten über die mit weißen und gelben Blumen gesprenkelte Wiese in Richtung des Hauses.

»Mein Kind, unsere Glaubensbrüder in Judäa haben sich in etwas eingeschlossen. Weißt du, was ich damit meine? Manche Menschen schließen sich in die Kunst ein und leben nur für ihre Gedichte oder Skulpturen. Andere schließen sich in ihre Kinder ein, wieder andere in den Wunsch nach Reichtum oder Macht. Die Juden Judäas – zumindest nicht wenige von ihnen – haben sich in den Glauben eingeschlossen. Sie stehen mit dem Glauben auf, sie denken während des Essens daran, auf dem Weg zur Arbeit, während der Arbeit, wenn sie wieder nach Hause kommen, wenn sie vor dem Feuer sitzen und sogar, wenn sie träumen. Nicht, dass ich etwas gegen den Glauben hätte …«

Er lachte und kraulte seinen Bart. »Für einen *Rabbiner* wäre das eine befremdliche Einstellung. Aber Gott hat gewiss nicht gewollt, dass wir unentwegt an ihn denken, selbst in den intimsten Momenten unseres Daseins. Wir Menschen brauchen Genuss, wir brauchen Vielfalt. Leben wir nur für eine Sache und füllt uns diese Sache völlig aus, dann kontrolliert sie bald unser Herz, unseren Verstand, unseren Lebensatem. Sie beherrscht uns, sie verselbständigt sich, sie macht uns blind für andere Schönheiten. Leider, leider ist genau das im Gelobten Land passiert: Der Glauben hat sich verselbständigt.«

Salome konnte sich dieser überzeugenden Einschätzung nur anschließen und fühlte sich in ihrer Meinung bestätigt. Doch Efraim war noch nicht fertig.

»Je unsicherer die Menschen sind«, führte er weiter aus, »desto mehr Propheten treten auf. Sie versprechen all das, wonach Menschen sich sehnen, sie geben den Verunsicherten Sicherheit, den Jungen Hoffnung, den Alten ein Leben nach dem Tod und den Durstigen Wasser.«

»Fauliges Wasser«, wandte Salome ein.

»Wohl wahr. Doch ein Verdurstender wird auch fauliges Wasser trinken, wenn er nichts anderes zur Verfügung hat. Reicht man ihm hingegen eine Schale frischen Wassers als Alternative zum fauligen … Judäa braucht ein neues Leuchtfeuer, das die Verirrten um sich schart. Es braucht einen Menschen mit Ideen, jemanden, der die Tradition und die neue Zeit miteinander versöhnt.«

Er kraulte seinen Bart. »Womit ich wieder zu dir komme.«

Salome sog die schwüle, spätsommerliche Luft ein. »Du weißt nicht, was du da sagst.«

»Ich muss doch sehr bitten«, lächelte er. »Senil bin ich noch nicht.«

»Ich gebe zu, früher habe ich davon geträumt, das Leuchtfeuer Judäas zu sein. Doch die Realität hat mich aufgeweckt. Ich wäre nie imstande …«

Salome kam nicht weiter, denn ein Reiter preschte auf seinem Rappen über die Wiese heran, stoppte abrupt vor ihnen und sprang schwungvoll ab. Er war ein hoch gewachsener Mann in Salomes Alter, glatt rasiert und stattlich wie ein Römer. Seine Uniform allerdings war nicht römisch, und seine Haut hatte die gleiche nussbraune Farbe wie die von Salome.

»Verzeiht«, stöhnte er erschöpft und in gebrochenem Latein, »ich suche dringend Agrippa. Niemand weiß, wo er steckt.«

»Er ist ausgeritten.« Salome blickte dem Fremden in die großen, braunen Augen, die so sanft wirkten und gar nicht zu seiner kriegerischen Aufmachung passten. »Wer bist du?«, fragte sie, obwohl ihre erste Frage zunächst dem Grund seiner Eile hätte gelten müssen. Doch sie war zu neugierig, wer sich hinter diesen Augen verbarg.

»Ich bin ein Jugendfreund von Agrippa. Aristobul ist mein Name. Ich bin … ich meine, ich war …«

»Nun?«, fragte sie schmunzelnd. Ihr gefiel es, den atemlosen Mann zu verunsichern. »Was bist oder warst du?«

»Prinz von Armenien.«

»Du *warst* Prinz von Armenien?« Sie lachte so kokett wie schon lange nicht mehr. »Und was bist du jetzt?«

Er sah ihr in die Augen: »Mein Vater, der König von Armenien, ist vor wenigen Tagen in Caligulas Auftrag ermordet worden.«

Auf der Stelle wurde Salome ernst, und sie schämte sich, so frech gewesen zu sein. »Das tut mir Leid. Ich wusste ja nicht …«

»Schon gut.« Einen Augenblick lang herrschte Schweigen. Dann besann er sich wieder seines Anliegens: »Deswegen will ich allerdings nicht zu Agrippa. Ihr beide seid Juden?«

»Gewiss«, bestätigte Efraim. »Ich bin ein *Rabban*, und dies hier ist Salome, Prinzessin von Judäa und Agrippas Nichte.«

Salome wurde wieder bewusst, dass sie wie eine Magd herumlief, mit schmutzigem Gewand, roten Fingern und Haaren, die wirr unter einem alten, zerrupften Strohhut hervorstanden. Über Aristobuls feine Lippen flog ein amüsiertes Lächeln, bevor er wieder ernst wurde.

»Ich fürchte«, sagte er, »dass ich schlimme Neuigkeiten für euch habe.«

Das Licht der zahlreichen Fackeln erhellte den Garten und schimmerte schwach bis zu dem abgelegenen Winkel, in den Salome, Efraim, Agrippa und Aristobul sich zurückgezogen hatten. Im vorderen Teil des Gartens nahmen die Gäste gerade die *cena* ein, das große Abendmahl. Zwei Ferkel brieten am Spieß, Sklaven tischten gewürzten Kürbisbrei, Oliven und Trockenfrüchte auf, Gilead und Agrippinos schürten das Feuer und brieten Äpfel in der Glut. Die Leute waren munter wie selten, denn die Arbeit im Weingarten hatte ihnen Freude und auch Appetit gemacht. Vor allem die Anekdoten, die Claudius vom Leben der kaiserlichen Familie unter Augustus erzählte, brachten alle zum Lachen.

Sie wussten noch nicht, was die vier wussten. Agrippa war erst vor kurzem von seinem Ausritt zurückgekehrt, und Aristobul wiederholte ihm im Einzelnen, was er zuvor schon Salome und Efraim berichtet hatte.

Gut gelaunt war Caligula von seinem Feldzug zurückgekehrt, die Truhen voller »Beute« – Muscheln von der Kanalküste. Dann erkundigte er sich nach den Opferungen zu seinen Ehren und nach den Huldigungen und Geschenken, die eingegangen waren. Fast aus allen Teilen des Reiches trafen Abordnungen ein, Säcke voll Kostbarkeiten mit sich schleppend; Götterstatuen wurden errichtet, Tempel neu geweiht, Städte nach ihm benannt, Sterne nach ihm benannt ... Die Provinzen übertrafen sich darin, Caligula größere und noch größere Verehrung zukommen zu lassen. Nur zwei Provinzen weigerten sich: *Armenia minor*, in der Aristobuls Vater König unter Roms Oberherrschaft war, und Judäa. Armenien bestrafte Caligula, indem er dessen König tötete. In Judäa gab es keinen König, so dachte sich der Kaiser eine andere Strafe aus. Er verfügte, dass eine Statue, die ihn als Gott zeigte, im Heiligtum des Jerusalemer Tempels aufgestellt werden solle.

Jeder hier wusste, dass das jüdische Volk eine solche Provokation, ja, Schändung, nicht hinnehmen *konnte*. Der Tempel war heiliger Bezirk, Zentrum des Glaubens und des Staates, Verkörperung des Stolzes und der Einigkeit der Juden. Schon das Betreten des Allerheiligsten war nur Priestern gestattet, niemals durfte ein einfacher Jude und schon gar kein Ungläubiger das Innerste des Tempels mit seiner Anwesenheit entweihen, denn bereits dies würde Groll und Unruhe im ganzen Land hervorrufen. Eine bildliche Darstellung, eine Statue, aufzustellen, noch dazu die eines Römers, eines Kaisers, der sich selbst zum Gott ernannt hatte, würde weitaus schlimmere Folgen haben: Sie würde einen Sturm entfachen. Die Meinungsverschiedenheiten der Sekten und ihrer Anhänger wären mit einem Schlag vergessen, und alle Männer und Frauen Judäas würden einträchtig gegen die Schändung kämpfen bis aufs Blut.

Agrippa saß blass auf dem Gras und starrte vor sich hin, unfähig, etwas zu sagen. Es war Efraim, der als Erster das Wort ergriff.

»Eines ist klar: Es muss etwas geschehen. Wir können nicht einfach zusehen, wie unser Volk in berechtigter Empörung in einen Krieg zieht, der Tausende das Leben kosten wird. Die römische Diaspora hat eine besondere Verantwortung in dieser Stunde. Ich werde vor den Kaiser treten und um Gnade bitten.«

»Das wäre sinnlos«, wandte Salome ein. »Du würdest nur seinen Zorn auf dich ziehen und hingerichtet werden, ohne Nutzen für irgendjemanden.«

»Ich muss es versuchen.«

»Ich stimme der Prinzessin zu«, sagte Aristobul. »Man kann mit einem Größenwahnsinnigen nicht reden. Man kann ihn nur töten.« Aristobul rieb sich die müden Augen. Er war erschöpft von der überstürzten Reise von Armenien nach Rom und von dort nach Latium, dazu der elende Tod seines Vaters und die Ungewissheit, was Caligula mit ihm vorhatte. »Ich würde ihn töten, wenn ich es könnte, glaubt mir. Aber ich komme nicht an ihn heran, er gewährt mir keine Audienz. Daher muss Agrippa es tun. Er ist der Einzige, der nahe genug an den Kaiser herankommt.«

Man sah Aristobul an, dass er diesen Vorschlag nicht gerne machte. Er hatte ein weiches, melancholisches Gesicht, das weit mehr von Trauer und Ratlosigkeit gezeichnet war als von Wut oder Rachegedanken, die Miene eines harmlosen Zivilisten. Trotz seiner Uniform trug er nicht einmal ein Schwert.

Agrippa reagierte nicht auf Aristobuls Vorschlag. Regungslos starrte er auf die Grasbüschel vor ihm.

»Agrippa?«, weckte Aristobul ihn auf.

»J-ja?«

»Du sollst Caligula töten.«

Agrippa schüttelte verängstigt den Kopf. »Das kannst du nicht verlangen.«

»Nicht für mich sollst du es tun, sondern für dein Volk.«

Agrippa schüttelte weiter den Kopf. »Du verstehst das nicht, Aristobul. Ich hatte noch nie einen Dolch in der Hand, geschweige denn, dass ich damit zustoßen könnte.«

»Ich zeige dir, was du zu tun hast.«

Salome unterbrach diese seltsame Verhandlung. »Das macht doch alles keinen Sinn. Caligula wird nicht nur von der Prätorianergarde beschützt, sondern ist auch von einer germanischen Leibwache umringt, die ihn auf Schritt und Tritt begleitet. Jeder Besucher wird vorher nach Waffen durchsucht. Agrippa würde entlarvt werden, bevor er auch nur in die Nähe des Kaisers käme.«

Agrippa blickte sie dankbar an, und erneut machte sich Ratlosigkeit breit. Sie liefen unruhig hin und her, setzten sich wieder, kauten nachdenklich auf Brot herum und spülten es mit kleinen Schlucken Wein hinunter. Jeder wusste, dass etwas getan werden musste, aber keiner wusste, was.

Salome hatte in ihrem Leben schon manche schwierige Situation bestehen müssen. Sie erinnerte sich an die Aufregung vor dem Disput mit Kephallion im *cheder*, an die Schliche ihrer Großtante Akme, an ihre schüchterne Annäherung an Timon, an die Auseinandersetzungen mit Jehudah, den drohenden Verlust Ashdods nach dem Tod ihres Vaters, an die List, Philippi zu bauen, um Timon wiederzusehen, an die Gefahren ihrer Liebe, an Masada und den Tanz, an …

Plötzlich lächelte Salome. »Wenn wir Caligula nicht überzeugen können, und wenn wir ihn nicht töten können, so müssen wir ihn eben überlisten.«

»Das mache ich nicht«, regte Agrippa sich auf.

Er hatte sich mit Salome ins Atrium der Villa zurückgezogen, nachdem sie ihre Idee vorgebracht hatte. Efraim und Aristobul warteten draußen.

»Von uns vieren kannst nur du den Plan umsetzen. Und es ist der einzige Plan, den wir momentan haben.«

»Was ist mit Claudius? Er könnte es auch tun.«

»Claudius ist zwar Caligulas Onkel, doch er wird bespöttelt und belächelt. Wenn er es macht, erzielen wir keine Wirkung. Außerdem – warum sollte er das tun? Es ist ja nicht sein Volk, dem Schlimmes droht.«

»*Du* könntest es tun.«

»Caligula kennt mich doch kaum.«

»Dein Tanz ist berühmt. Wenn du vor ihm …«

»Du scherzt wohl. Ich bin zu alt, um noch irgendjemanden mit meinem Tanz zu becircen.«

Agrippa lief wie ein gefangenes Tier auf und ab, das nach Auswegen sucht. »Dein Plan ist nicht sicher.«

»Sichere Pläne sind schlechte Pläne.«

»Oh«, rief er übertrieben gedehnt, »wirklich weise, Kusinchen. Du hast gut reden.«

»Ich werde dabei sein«, korrigierte sie sacht. »Und Aristobul auch. Wir werden an deiner Seite stehen, und wir werden mit dir untergehen, wenn es denn so sein soll.«

Er blieb abrupt stehen und sah Salome an. Schweiß stand ihm auf der Stirn, seine Hände zitterten. »Ich weiß, du bist eine Löwin, so nennen dich die Menschen doch, oder? Aber ich, ich habe Angst, Salome.»

Sie umarmte ihn wie einen Bruder. »Ich auch, Agrippa, ich auch.«

25

Ein solches Fest hatte Rom noch nicht gesehen. Agrippas Villa auf dem Aventin erstrahlte im goldenen Glanz eines Feuerwerks, als Caligula aus seiner Sänfte stieg. Feine Streifen mit Blattgold belegten Pergaments regneten vom Nachthimmel, zweihundert hübsche Mädchen und Jungen in weißen Gewändern standen Spalier, und Weihrauch hüllte Vorhalle und Atrium ein. Drinnen waren die vornehmsten Gäste versammelt, alle in Weiß gekleidet, und weiße Schleier hingen überall von der Decke herab, spannten sich an Wänden und Eingängen entlang, waren um Säulen gewickelt und über Bänke und Tische geworfen.

Agrippa überreichte Caligula zur Begrüßung einen golddurchwirkten Umhang, so dass allein der Kaiser unter den Anwesenden strahlte wie die Sonne. Caligula war entzückt und ließ sich in den großen Festsaal führen.

Dort begrüßte ihn auch Salome. Er wartete ihre Verbeugung ab, dann sagte er: »Ich erinnere mich. Die mordende Tänzerin, nicht wahr?« Er kicherte albern und rief pathetisch: »Doch auch dein schöner Kopf wird fallen, wenn ich es befehle.« Caligula kringelte sich fast vor Lachen über seine Bemerkung, doch bei jemandem wie ihm wusste man nie, ob er es nicht ernst meinte. Vor einigen Tagen erst war er bei einem Gastmahl plötzlich in Gekicher ausgebrochen, und als die beiden Gastgeber ihn fragten, was denn so komisch sei, antwortete er: »Ich muss lachen, weil ich daran denke, dass ich euch beiden auf der Stelle die Kehle durchschneiden lassen kann, wenn ich will.« Die beiden lachten notgedrungen mit ihm, und sie hatten noch nicht damit aufgehört, als ein Centurio sie von hinten packte und ihnen tatsächlich die Kehle durchschnitt. Caligula hatte daraufhin nachdenklich auf die Leichen geblickt und gesagt: »Ich muss so etwas wirklich einmal selbst versuchen.«

Aristobul hielt sich im Hintergrund. Erst als die Musik zu spielen begann und alle sich auf die Bänke niederließen, setzte er sich zu Salome. »Sollte er dich auch nur anrühren, Prinzessin, werde ich ihn eigenhändig erwürgen«, flüsterte er.

Salome blinzelte ihm zu. »Bitte, nenne mich bei meinem Namen, Aristobul.«

»Gerne.«

»Und bitte ...« Sie zögerte.

»Ja?«

»Halte meine Hand. Ich brauche jetzt jemanden, der nahe bei mir bleibt.«

Unter lautem Getöse strömten Tänzerinnen in den Saal, die je zwei silberne Tablette mit Speisen trugen und sie servierten: gebratene und mit Honig übergossene Haselmäuse, Damaszenerpflaumen und Granatäpfel, dazu alter Falerner in edelsteinbesetzten Silberkelchen. Ihnen folgten Artisten, die mit Pfaueneiern jonglierten und sie anschließend dem Kaiser zu Füßen legten – die Eier waren aus reinem Gold. Ringer trugen einen gebratenen Eber herein. Sie schnitten ihn auf, und heraus flatterten – zum Erstaunen aller – winzige bunte Vögel. Aus einem ebenfalls herbeigeschafften Schwein purzelten etliche Brat- und Blutwürste heraus, goldene Krüge waren mit Muscheln und Austern gefüllt und Wannen mit Eselsmilch. Ein Gang folgte dem anderen: Kalmare, Muränen, Ferkel, Kaninchen, Ziegenfleisch in Minzöl ... Zwischen den Gängen regnete es Hyazinthenblüten, Schauspieler sangen komische Verse, und nackte Artisten führten allerlei Kunststücke vor. Eine Sensation jagte die nächste, und jede war aufwändiger und glanzvoller als die vorherige – und teurer.

Agrippa hatte eine komplette Jahreseinnahme aus seiner Tetrarchie aufwenden müssen, doch das hatte noch immer nicht gereicht. Also hatte Salome ihm fast ihr gesamtes Vermögen gegeben und Berenike und Aristobul einen weiteren Teil. Für das Gelingen des Planes war die sagenhafte Verschwendung von entscheidender Bedeutung. Caligula amüsierte sich königlich – oder wie er es ausdrückte »göttlich«. Und darauf kam es an.

Als der vierundzwanzigste und letzte Gang hereingetragen wurde – Storchenköpfe –, griff sich Caligula einen der Köpfe, spielte damit und sagte: »Dieser Kopf erinnert mich an etwas, das ich schon den ganzen Abend tun wollte. Agrippa!«

Agrippa bemühte sich um ein Lächeln. Damit man seine zitternden Hände nicht sehen konnte, hielt er nun ebenfalls einen Storchenkopf fest. »Ja, Gottheit?«

»Diese Dingsda, deine Kusine oder was auch immer sie ist …«

»Ja, Gottheit?«

»Sie soll mal herkommen.«

»Jawohl, Gottheit.«

Inzwischen waren alle Gäste im Saal verstummt. Agrippa rief Salome zu sich, doch Aristobul wollte sie nicht gehen lassen. »Wir haben keine Wahl«, wisperte sie ihm zu und wechselte einen innigen Blick mit ihm. Schließlich ließ er ihre Hand zögernd los.

Salome stellte sich neben Agrippa.

»Du da«, sagte Caligula, »du hast doch einmal getanzt und dafür einen Kopf gefordert, so war es doch?«

»Nicht ganz«, erwiderte sie mit belegter Stimme. »Ich habe …«

»Also, war es nun so oder nicht«, donnerte Caligula. Er drohte seine gute Laune zu verlieren, also gab Salome ihm Recht.

»Ja, so war es.«

Caligula lachte. »Siehst du, Agrippa. Du sollst dafür, dass du dieses Fest mir zu Ehren gegeben hast, belohnt werden.«

Salome, Agrippa und die anderen atmeten erleichtert auf. Genau das hatten sie erreichen wollen: eine Belohnung dafür, dass Agrippa dem Kaiser ein Fest von geradezu olympischem Luxus ausgerichtet hatte. Agrippa würde sich wünschen, dass der Tempel frei von Bildnissen bleiben solle. Doch wie würde der launische Imperator darauf reagieren?

Agrippa erhob sich wieder und dankte dem Kaiser für die Großzügigkeit.

»Kann ich das denn wirklich annehmen, Gottheit?«

»Natürlich kannst du.«

»Und ich darf mir alles wünschen?«

»Du darfst dir einen beliebigen – Kopf wünschen.«

Alle stöhnten auf.

»Einen Kopf?«, fragte Agrippa verwundert.

»Natürlich, das ist doch der Witz! Ich lasse köpfen, wen immer du willst. Vielleicht Claudius? Sein Gestotter geht mir langsam auf die Nerven. Oder einen deiner Gläubiger?« Caligula lachte. »Ein herrlicher Abschluss des Abends. Jemand wird einen Kopf kürzer gemacht. Und deine Dingsda, deine Kusine, tanzt dann ein wenig um den Kopf herum, ja? Das ist doch lustig. Also, welchen Kopf wünschst du dir?«

Agrippa schluckte. »Einen beliebigen Kopf?«

»Ja doch! Nun mach schon.«

»So wünsche ich mir ...«

Salome ahnte, an welchen Kopf Agrippa dachte, und als er sie Rat suchend ansah, nickte sie ihm aufmunternd zu.

Er zögerte einen weiteren Moment – da er befürchtete, es könnte sein letzter sein – und sagte dann: »So wünsche ich mir den Kopf der Statue, die im Tempel von Jerusalem aufgestellt werden soll.«

Caligula gefror das Lachen im Gesicht.

Ein Atemzug verging, ein zweiter, ein dritter. Alles konnte jetzt geschehen. Er konnte sie vor Wut töten lassen, er konnte sie nach Germanien verbannen, sie in Armut fallen lassen, versklaven, zu den Löwen in die Arena schicken ...

»So soll es geschehen«, rief er unwirsch. »Und da Statuen ohne Kopf unnütz sind, soll sie überhaupt nicht aufgestellt werden. Einen Gefallen hast du dir damit aber nicht getan, Agrippa. Du bist nicht länger mein Freund.«

Missmutig stand er auf und verließ die Villa.

Das Gerücht von Agrippas mutiger Tat verbreitete sich rasend schnell. Die jüdische Gemeinde in Rom feierte, und in alle Richtungen wurden Botschaften mit der guten Nachricht verschickt. Tausendmal ließ man Agrippa hochleben. Eine Schändung des Tempels war vermieden worden, ohne einen einzigen Tropfen Blut zu vergießen. Ein Geniestreich, lobten die Menschen.

Agrippa und Salome feierten nur zögerlich. Sie zitterten noch einige Wochen lang, ob Caligula sich an ihnen rächen würde.

Dann, an den Kalenden des Monats *janus*, machte eine Horde aufgebrachter Prätorianer dem Treiben des Verrückten ein Ende und schlachtete ihn ab wie ein Stück Vieh.

Der neue Kaiser Roms hieß Claudius. Er, der hinkende, stotternde Mann, hatte in seinem Leben genug Demütigungen erfahren, um die Demütigung der Juden durch Caligula besser zu verstehen als irgendein anderer Nichtjude. Er dankte Agrippa für seine Hilfe und bewunderte dessen Mut auf dem Fest. Wenige Wochen nach seinem Herrschaftsantritt ernannte er ihn zum König von Judäa und stellte damit den Status wieder her, den das Land zuletzt vor vielen Jahrzehnten am Todestag Herodes des Großen innegehabt hatte.

Agrippa war von dieser Entwicklung wie benommen. War er bereits in den Tagen und Wochen nach dem Fest schweigsam gewesen, erschien er fortan geradezu gleichmütig. Ohne Freude oder Eile ordnete er seine Angelegenheiten in Rom und besprach wichtige Einzelheiten mit Kaiser Claudius, zu denen auch gehörte, was Judäa künftig durfte und was nicht, wie es die griechische Minderheit zu schützen hatte und dass es seine Bevölkerungsanzahl nicht durch Umsiedlung von Juden aus Ägypten, Syrien und anderswo vergrößern durfte und allerlei ähnliche, vernünftige Maßnahmen, die den Frieden in der Region garantieren sollten. Agrippa stimmte nahezu kommentarlos allem zu. Er feierte nicht, trank keinen einzigen Schluck Wein, zeigte wenig Appetit und lachte kaum noch. Er war ein völlig anderer Mensch als noch vor kurzem.

Eines Abends nach Einbruch der Dunkelheit klopfte er an Salomes Pforte. Ohne Begleitung und zu Fuß war er in strömendem Regen durch halb Rom gelaufen. Er bat sie, mit ihm nach Judäa zu kommen.

»Wozu?«, erwiderte sie überrascht. »Du bist nun König. Dein Wort hat Gewicht, umso mehr, als alle deine Untertanen dich für das verehren, was du für sie getan hast.«

»Wir wissen beide, dass es deine Idee war, das Fest für Caligula zu geben.«

»Im entscheidenden Moment«, wandte sie ein, »war es deine Standhaftigkeit, die uns gerettet hat.«

»Du bist die Löwin.«

Sie verdrehte sie Augen. »Das ist dummes Gerede launischer Menschen. Heute bin ich die Löwin, morgen die Hure. So ist das, übrigens nicht nur in Judäa.«

Agrippa ging wieder in die Nacht hinaus, und Salome glaubte, dass das Thema damit erledigt sei.

Doch das war es nicht. Am nächsten Mittag klopfte es erneut. Diesmal stand Efraim an der Pforte. Nachdem er Gilead und Berenike begrüßt hatte, bat er Salome um ein Gespräch.

Sie führte ihn in den Innenhof, wo sie auf zwei römischen Liegebänken neben der Dattelpalme Platz nahmen. Wie häufig hatten sie hier zusammengesessen, mit Freunden und der Familie, und schöne Nachmittage und Abende verbracht!

Von dieser entspannten Atmosphäre war heute nichts zu spüren. Ohne Umschweife begann Efraim: »Mein Kind, was soll das? Agrippa war gestern Nacht bei mir, zum ersten Mal seit gewiss zehn Jahren. Durchnässt wie ein Hund bat er mich, mit ihm nach Judäa zu gehen.«

»Mich bat er um das Gleiche.«

Efraim nickte. »Das hat er mir erzählt. Warum hast du abgelehnt?«

Er beugte sich zu ihr und nahm ihre Hände in die seinen, wie er es schon oft getan hatte. »Mein Kind, Agrippa braucht einen Ratgeber, der sowohl Judäa als auch *ihn* kennt, jemanden, der Erfahrung im Regieren hat und dem die Widerstände bekannt sind. Mir fällt niemand ein, der dafür besser geeignet wäre als du.«

Sie wollte protestieren.

»Nein, lass mich ausreden. Erinnerst du dich, was ich dir kürzlich auf Agrippas Landgut sagte? Das Leuchtfeuer, Salome, das die Menschen von ihren Irrwegen wegholt. Ich hatte dich dabei im Sinn.«

Erneut unterband er ihren Einspruch.

»Nun ist Agrippa dieses Leuchtfeuer, ob es uns beiden gefällt oder nicht. Judäa wird Kopf stehen vor Freude über den neuen König. Darin liegt, wie ich dir sicher nicht erklären muss, eine unglaubliche Gelegenheit, ebenso wie eine unglaubliche Gefahr. Das Pendel kann in die eine oder die andere Richtung ausschlagen. Alles hängt von Agrippa ab, und wir beide wissen, was für ein Charakter er ist: verspielt, oberflächlich, verführbar ... Oh, er ist kein schlechter Mensch, nein, doch er ist geprägt von allem, was Rom ausmacht. Er braucht eine Hand, mein Kind, die ihn führt, und Augen, die für ihn sehen.«

Efraim sah ihr tief in die Augen, als er sagte: »Er hat Angst, Salome. Angst bis in die letzte Faser seines Körpers. Zu wem ist er in diesem Zustand gegangen, um Hilfe zu suchen?«

»Zu mir und zu dir.«

Efraim blinzelte zustimmend. »In dieser Reihenfolge. Zuerst zu dir und dann erst zu mir. Ein Gefühl sagt ihm, dass du ihm besser helfen kannst, als es mir oder einem anderen je möglich wäre. Du *darfst* ihn nicht abweisen. Es ist deine *Pflicht* als Jüdin, als Prinzessin und als ehemalige Fürstin, ihm zu helfen, wo es geht.«

Für Salome war es eine Entscheidung von großer Tragweite. In Rom schien sich unter Claudius Erleichterung breit zu machen. Die Furcht wich. Das alte Rom, hungrig und vergnügungssüchtig, erwachte zu neuem Leben. Eine Zukunft in Judäa dagegen war voller Unwägbarkeiten – die Erfahrungen früherer Tage waren ihr noch gut in Erinnerung. Aber *Rabban* Efraim hatte Recht: Ein König konnte das Land verändern, ihm neuen Schwung verleihen und es mit Zuversicht in eine neue Zeit führen, falls er die richtigen Entscheidungen traf. Sie allein kannte sowohl Judäa wie auch Agrippa, und Agrippa war ihre letzte Hoffnung, aus dem alten Judäa einen modernen Staat zu machen. Dieses Ziel hatte sie sich schon als Kind gesetzt und als Fürstin von Ashdod und Basan weiter betrieben, dann hatte sie es aus den Augen verloren. Jetzt ergab sich eine neue Gelegenheit.

Gilead tat ein Übriges. Er konnte sich ein Leben in Rom ohne Agrippinos nicht vorstellen, und selbst Berenike brannte darauf, ins Gelobte Land zurückzukehren, seit sie von Menahem erfahren hatte, dass Kephallion seit Jahren nicht gesehen worden war.

Nach einer schlaflosen Nacht sagte Salome Agrippa schließlich zu.

Am Tag vor seiner Abreise gab Agrippa doch noch ein letztes Fest, bei dem alle Freunde und Weggefährten auf sein Wohl anstießen. Noch einmal entfaltete er den Luxus, den er von Kindheit an in Rom genossen hatte, er scherzte, trank und warf Münzen unter die Gäste. Alternde Dirnen, deren Kunde er vor vielen Jahren gewesen sein mochte, saßen auf seinem Schoß und küssten ihn unter Tränen, denn sie hatten ihn lieb gewonnen. Erst bei Morgengrauen endete Agrippas letzte Feier in der Stadt, die er kannte und liebte.

Salome hingegen fiel der Abschied leichter, als sie dachte. Die meisten Menschen, an denen sie innig hing, begleiteten sie nach Judäa – mit zwei Ausnahmen.

Am Vormittag der Abfahrt traf sie sich zum Abschied mit Aristobul. Er war in den vergangenen Monaten zu einem festen Bestandteil ihres Lebens geworden, hatte sie täglich in ihrem Haus besucht oder zusammen mit Berenike und Gilead auf Ausflügen begleitet. Er war kein Mann großer Worte, kein rastloser Abenteurer oder starker Held, aber er war auf eine gelassene Art mutig, großherzig – und sogar zärtlich.

Genau das war das Problem.

»Ich werde Judäa wohl bald einen Besuch abstatten«, sagte er, als sie nebeneinander in den Gärten des Palatin spazieren gingen. Claudius hatte beide eingeladen, die Tage vor ihrer Abfahrt im Kaiserpalast zu wohnen.

»Staatsgeschäfte?«, fragte sie.

Er verneinte. »Um dich wiederzusehen.«

Sie sah ihm in die ruhigen Augen. Ein seltsames Gefühl stieg in ihr hoch. Sie mochte Aristobul, doch sie hatte ihn stets auf Distanz gehalten; seine Zurückhaltung hatte ihr dies leicht gemacht. Jetzt bekannte er sich zu ihr, und plötzlich spürte sie Furcht. Unwillkürlich griff sie nach der Kette, die Timon gehört hatte, und hielt sich an ihr fest, so dass Aristobul es sehen konnte.

»Würdest du dich freuen?«, fragte er, obwohl er die Bedeutung der Kette kannte.

»Gewiss«, antwortete sie sachlich. »Ein bekanntes Gesicht ist immer willkommen.«

Er berührte sie an der Schulter. »Was ich meine, ist …«

»Auch Agrippa und Berenike würden dich gerne begrüßen«, unterbrach sie ihn.

Aristobul schluckte. Er schien unschlüssig, was er sagen oder tun sollte. Schließlich verabschiedete er sich höflich und unverbindlich von ihr und ritt noch in der gleichen Stunde gen Armenien, wo er als König regieren würde.

Als er gegangen war, fühlte Salome Erleichterung wie auch Traurigkeit. An der Kette hielt sie sich noch den ganzen Tag fest und legte sie entgegen ihrer sonstigen Gewohnheit nicht einmal in der Nacht ab, in der sie abwechselnd an Timon dachte – und an Aristobul.

Rabban Efraim würde sie uneingeschränkt vermissen. Er war der Mann, der sie gelehrt hatte, den Glauben aus einer anderen Perspektive zu sehen, nicht als bloßes Regelwerk für sittliches und religiöses Verhalten, sondern als verbindendes Element. Was andere in ihr zerstört hatten – den Glauben an Gott –, hatte er wieder zum Leben erweckt. Und er gab ihr das Vertrauen zurück, dass sie mit viel Beharrlichkeit und Kraft etwas verändern könne in dem Land, das ihre Heimat war und dem sie heute entgegenreiste.

Er saß neben ihr auf dem Wagen, als sich der Prunkzug, mit dem Agrippa verabschiedet wurde, von Rom aus nach Ostia in Bewegung setzte, bejubelt vom römischen Volk, das sich diese Gelegenheit zum Feiern nicht entgehen ließ. Noch einmal streute Agrippa sackweise Goldmünzen in die Massen und genoss den Beifall.

Efraim sah dem Treiben skeptisch zu. »Das musst du ihm abgewöhnen, wenn ihr in Judäa seid«, seufzte er kopfschüttelnd. »Ein wahrer König hat so etwas nicht nötig.«

Er sparte in diesen letzten gemeinsamen Stunden nicht mit Ratschlägen.

»Denke daran, mein Kind, Völker lernen langsam und zögerlich, manchmal brauchen sie Jahrhunderte, um eine einzige Sache zu begreifen. Du wirst Geduld haben müssen.«

»Zweihundert Jahre werde ich wohl nicht schaffen«, scherzte sie.

»Jemand muss den Anfang machen. Der Preis für den Erfolg wird sein, dass du stets in Agrippas Schatten bleiben musst, ein Geist, unsichtbar für das Volk. Wenn das Volk merkt, dass Agrippa schwach ist …«

In diesem Sinn ging es während des gesamten Weges nach Ostia weiter. Während Agrippa nicht müde wurde, zu winken und zu lachen, besprachen Efraim und Salome, wie er am besten regieren solle.

In der Hafenstadt angekommen, wurde Efraim stiller. Man sah ihm deutlich an, wie schwer ihm der Abschied fiel.

»Ich wünschte«, sagte er mit belegter Stimme, »dass ich mitkommen könnte.«

»So komm doch mit. Auf diese Weise könntest du Judäa wiedersehen.«

Er nahm ihre Hände ein letztes Mal in seine. »Wenn ich in deine Augen blicke«, erwiderte er, »sehe ich Judäa.«

Als sie in Ostia das Schiff bestiegen, war es schon später Nachmittag, und die Sonne stand tief am Horizont. Berenike, Gilead, Agrippinos und Salome winkten von der Reling aus den Zurückbleibenden zu, nur Agrippa sonderte sich ab. Die Fröhlichkeit, die er eben noch bei dem Prunkzug gezeigt hatte, verschwand wie das Tageslicht mit jedem Augenblick etwas mehr.

Salome bemerkte die Veränderung. »Winke ihnen«, bat sie. »Sie wollen ihren König verabschieden.«

»Ich will kein König sein«, erwiderte er beinahe schroff. »Ich bin ein Spaßvogel, ein Lebemann. Ich bin nie dazu erzogen worden, ein Szepter zu halten, sondern nur Weinkelche und Frauenbrüste. Wie soll ich da ein Land regieren, ein Volk? Das kann nicht gut gehen.«

»Du wirst dich schnell eingewöhnen«, sagte sie. »Und ich bin ja auch noch da.«

Salome konnte ihn nicht beruhigen. Schwermut umhüllte ihn wie ein dunkler Mantel. Er wandte sich ab, ging zum Heck des Schiffes und blickte zurück auf die Küste, die langsam verschwand. Diese Fahrt in die Abendsonne hinein war für Agrippa tatsächlich eine Reise in die Dämmerung, nur halb noch Licht und halb schon Dunkelheit.

Achter Teil

Der letzte König

26

Als das Schiff nach elftägiger ruhiger Fahrt in den Hafen von Caesarea einlief, bot sich Agrippa und den anderen ein atemberaubendes Bild. Der Jubel Tausender empfing ihn schon von Ferne und schwoll mit jedem Augenblick mehr an. Männer, Frauen, Kinder, Greise winkten und hüpften, reckten die Köpfe und weinten, als sie die ersten Umrisse ihres Königs auf dem Bug des Schiffes sahen. Was für eine Kulisse bildete die Stadt! Weißer Marmor, breite, saubere Straßen, ein ovales Theater, alles umrahmt von sattgrünen Zedernwäldern. Im Hintergrund leuchteten die Berge Samarias im Licht der hoch am Himmel stehenden Frühlingssonne.

Agrippa war überwältigt. Die Melancholie der letzten Tage war wie weggefegt. »Caesarea ist gewiss die schönste Stadt meines Landes«, hauchte er.

»Das lasse nicht die Leute hören«, flüsterte Salome ihm von hinten zu. »Caesarea ist überwiegend von Griechen bewohnt.«

»Na und?«

»Die schönste Stadt deines Landes muss offiziell immer Jerusalem sein.«

Er nickte wie ein lernbereiter Schüler, dann wandte er sich wieder der Menschenmenge auf den Molen zu und winkte. Das Freudengeschrei, das auf diese Geste folgte, war ohrenbetäubend, und als das Schiff anlegte, mussten Scharen von Soldaten eine Gasse freimachen, damit Agrippa überhaupt an Land gelangen konnte.

Erst jetzt, die begeisterten, verweinten, bewegten Gesichter vor Augen, begriff er, was er diesen Menschen bedeutete. Für sie war der Zustand höchsten Glücks erreicht. Der Prokurator war gegangen, mit ihm die Adler, die Standarten, die Steuereinnehmer, Legionäre, Tribunen und Centurionen, und Agrippa war das Symbol dieser neuen Freiheit und Reinheit des Heiligen Landes.

Salome reichte ihm von hinten den goldenen Reif der Könige, den Claudius ihm zwar ausgehändigt, Agrippa jedoch noch nicht ein einziges Mal aufgesetzt hatte.

»Seit Herodes hat ihn niemand mehr getragen«, sagte sie. »Es wird Zeit.«

Und erneut brach ein Beifallssturm los, als er ihren Rat befolgte und den Reif aufsetzte.

Einige Abgesandte aus Jerusalem begrüßten ihn überschwänglich und äußerten die Hoffnung, er werde bald die Hauptstadt besuchen.

»Ich freue mich schon, die schönste und ehrwürdigste Stadt meines Landes zu erblicken«, antwortete er, der Worte Salomes gedenkend.

Den Abgesandten der Griechen Caesareas hingegen kanzelte er ab, als dieser ihn darauf hinwies, dass diese gewaltige Anzahl von Juden, die nach Caesarea gekommen waren, einen Bruch der mit Kaiser Claudius vereinbarten Regeln darstellten.

»Stell dich nicht so an«, sagte Agrippa. »Es ist doch nur für heute.« Dann ging er weiter.

Salome hatte anschließend die größte Mühe, den aufgebrachten Griechen wieder zu beruhigen. Diese Minderheit in Judäa, die selbst jede Gelegenheit nutzte, um gegen die Juden zu sticheln, war äußerst empfindlich, wenn sie selbst etwas einstecken musste.

Es gelang Salome schließlich, einen Streit zu verhindern, indem sie verkündete, es sei dem König ein Verlangen, die Kosten für den nächsten Wettkampf in Caesarea zu übernehmen. Daraufhin weiteten sich die Augen des Abgesandten, er gewann sein Lächeln wieder und verbeugte sich sogar.

Agrippa wäre gern noch länger in Caesarea geblieben, denn hier fühlte er sich sowohl verehrt und gefeiert wie auch an Italien erinnert. Die Berge und die von Blütenstaub glänzenden Haine waren beinahe ein Abbild der Campagna, und die Bäder, Theater und *cryptoportici*, die Säulenhallen, hätten auch in Rom stehen können. Hier konnte er wieder lachen und trinken. In Jerusalem dagegen, das ahnte er, erwarteten ihn Protokoll und Pflicht.

Salome jedoch drängte zum Aufbruch. Derzeit flogen Agrippa alle Herzen zu, die Gelegenheit für erste wegweisende Regierungshandlungen war einfach zu günstig. Nur einige wenige Fehler, sei es nun in Caesarea oder sonstwo, könnten alles erschweren.

Nach vier Tagen gab er endlich nach. Ihre erste Station war Philippi, die Stadt, die als Idee in ihrem Kopf geboren und von Timon und Kallisthenes zu Stein gemacht worden war. Sie stand in ihrer Pracht Caesarea in nichts nach, aber ihren Glanz gewann sie nicht aus Monumenten, sondern aus ihren herzlichen Menschen. Die einstigen Sklaven und Erbauer stellten einen guten Teil der Bewohner, und diese jubelten Salome zu, als sie zum ersten Mal überhaupt Einzug im fertigen Philippi hielt.

»Wieso«, fragte Agrippa säuerlich, »rufen sie nur deinen Namen und nicht meinen?«

»Sie hatten noch keine Gelegenheit, mir zu danken.«

»Wieso kommen wir überhaupt hierher?«

»Weil ich noch keine Gelegenheit hatte, *ihnen* zu danken.«

Agrippa brummte etwas in sich hinein und ließ den zweitägigen Aufenthalt widerspruchslos über sich ergehen, doch es war unübersehbar, dass ihm das Aufhebens um Salome nicht gefiel, während er nur ehrenvoll und nicht begeistert begrüßt wurde.

Über Sepphoris, Tiberias, Jesreel und Jericho zogen sie gen Jerusalem. Die sonnenfahlen Felder Galiläas, die Segelboote der Fischer auf dem See Genezareth, die Reben des Jordantales, die Wüste ... Für Agrippa war es eine Reise durch fremde Gegenden, die ihm vertraut werden mussten, damit er ein Gefühl für sein Königreich und das Volk bekam.

»Die meisten Juden sind einfache Bauern«, erklärte Salome. »Sie leben von Ackerland und Obstanbau, einige auch von Viehzucht. An den Seen leben Fischer, an der Küste die Kaufleute. Doch nicht jeder hat Arbeit. Viele Knechte haben nur zur Aussaat und Ernte zu tun und streifen in der übrigen Zeit auf der Suche nach Anstellung durch das Land. Als Hilfskräfte pflastern sie zum Beispiel Straßen – was miserabel bezahlt wird.«

»Was du alles weißt …«

»Vielen Dank. Du wirst mich allerdings noch verfluchen, denn wir haben viel Arbeit vor uns.«

Das Volk von Jerusalem bereitete Agrippa einen nicht weniger herzlichen Empfang als die Bürgerschaften in den Städten zuvor. Wie er jedoch bereits vermutet hatte, galt es hier, protokollarische Aufgaben zu erfüllen, die nicht auf die leichte Schulter genommen werden durften. Am Fuß des Tempels erwarteten ihn bereits der Hohepriester, die *kohen* sowie die Tempelaufseher, Kämmerer und Schatzmeister. Ein Chor intonierte Psalmen, das Volk schwieg mit gesenkten Köpfen. Agrippa trat der Priesterschaft entgegen. Zu Füßen des Hohepriesters stand ein Korb mit Früchten und daneben zwei Knaben, die die Aufgabe hatten, ihn die Stufen hoch zum Tempel und dort zum Altar zu tragen, damit Agrippa die Früchte dem Einen Gott als Opfer darbringen konnte. Intuitiv nahm Agrippa den Knaben den Korb ab und trug ihn selbst die Stufen hinauf. Und wieder jubelte das Volk, so dass sogar die Psalmen nicht mehr zu hören waren.

Nach dem Opfer wandte Agrippa sich direkt an die Menschen. Den Tempel im Rücken, die Menschen zu Füßen, hielt er eine Rede. Er versprach, die einst eingestürzte Halle des *Sanhedrin* wieder aufzubauen, die Steuern maßvoll zu halten und keine Ungerechtigkeit in seinem Königreich zu dulden. Er versprach ein goldenes Zeitalter – und die Menschen glaubten ihm. Agrippa übertraf ihre sämtlichen Erwartungen.

Am Abend, als er mit Salome und der übrigen Familie im prächtigen Herodespalast eintraf, hatte der Jubel noch immer nicht aufgehört. Agrippa platzte beinahe vor Freude und Selbstbewusstsein. »Was soll denn schwierig an diesem Volk sein?«, fragte er. »Es sind wunderbare Menschen.«

Er trat zusammen mit seinem Sohn Agrippinos auf eine Terrasse, genoss ein weiteres Mal den Beifall der Menge und winkte ihr wieder und wieder zu. Dann bat er auch seine übrige Familie zu sich.

Wie oft hatte Salome sich früher gewünscht, ebenso umjubelt zu werden, doch es war ihr nie vergönnt gewesen. Die Versuchung, jetzt neben Agrippa zu treten und ein wenig von seinem Glanz abzubekommen, war groß, denn sie hatte ihren Anteil daran, dass er König geworden war und als Retter Judäas galt. Doch sie vergaß die Worte Efraims nicht: Bleibe verborgen! Sei ein unsichtbarer Geist! Sie musste lernen, damit zu leben, nie wieder in der hellen Sonne der Macht zu stehen, sondern immer nur im Schatten zu dienen.

Salome und Gilead blieben ein Stück hinter Agrippa zurück, um von unten nicht gesehen zu werden.

Der König strahlte über das ganze Gesicht. »Ich bin auf dem Gipfel angekommen, Salome. Auf dem höchsten Gipfel.«

Salome erwiderte nichts, um Agrippa die Laune nicht zu verderben. Sie wusste aber, dass jemand, der auf dem Gipfel stand, vom Abgrund umgeben war.

Natürlich ebbten die Feierlichkeiten und Freudenfeste irgendwann ab. Was blieb, war die Zuversicht der Menschen, dass alles nun besser würde, und ein großes Interesse an den Entscheidungen, die der König traf. Einerseits versprach diese Aufmerksamkeit des Volkes eine schwungvolle Beteiligung in der Umsetzung etwaiger Maßnahmen, andererseits lag eine umso schwerere Verantwortung auf Agrippa. Wie sollte er die Probleme lösen? Und welche sollte er lösen? Wo durfte er reformieren und wo lagen die Stolperfallen? Wenn er bei kniffligen Fragen nicht weiter wusste, fragte er Salome um Rat und ließ sich von ihr auch gerne auf neue Ideen bringen. Ihre Besprechungen hielten sie nie vor dem Hohepriester, dem Schatzmeister oder anderen Beamten ab – Agrippa wollte Selbständigkeit beweisen. Salome vermutete noch einen weiteren Grund, dass es ihm nämlich peinlich war, von einer Frau beraten zu werden, noch dazu von einer Nichte. Meistens also kamen sie am Vorabend seiner Besprechungen zusammen, was zweimal wöchentlich geschah. Ausreichend Zeit für Salome, nach Missständen Ausschau zu halten und Verbesserungen vorzuschlagen.

»Du solltest dir einmal die Monopole ansehen, Agrippa.«

»Monopole?«

»Einige Familien besitzen für Herstellung oder Verkauf bestimmter Waren Monopole, die ihnen vor vielen Jahrzehnten gewährt wurden. So besitzt zum Beispiel die Familie Garmo das Monopol für die Zubereitung der Schau- und Opferbrote für den Tempel.«

»Ich soll mich um Brote kümmern?«

»Es handelt sich über das Jahr gerechnet um zweitausend Brote, und jedes einzelne kostet das Zwanzigfache eines Brotes von anderen Bäckern. Die Kosten für diese umgerechnet vierzigtausend Brote trägt nicht der Tempel, sondern deine Staatskasse. Das Gleiche gilt übrigens für das Weihrauchmonopol der Familie Abtinas. Du solltest die Monopole aufheben und allen Bäckern und Weihrauchhändlern damit einen Gefallen tun.«

Er nickte bereitwillig, denn wo es um den Ausbau seiner Beliebtheit ging, war Agrippa für alles zu haben.

Ein anderes Anliegen trug sie schon seit Jahrzehnten mit sich herum, da es nur ein König umsetzen konnte. Wenige Wochen nach der Ankunft in Jerusalem trug sie es Agrippa vor.

»Ein Mann kann sich von seiner Frau scheiden lassen, indem er ihr einen Scheidebrief zuschickt, den *gittin*. Eine Frau hingegen kann sich nicht einmal dann scheiden lassen, wenn ein Gericht ihr im Grunde Recht gibt.«

»Warum?«

»Ohne Einwilligung des Gatten ist bisher keine Scheidung möglich.«

»Kann ich das überhaupt ändern?«

»Du brauchst die Einwilligung des *Sanhedrin*, aber wenn du die Priestergehälter erhöhst, bekommst du die leicht.«

Er rieb sich den flaumigen Bart, den er sich seit einiger Zeit wachsen ließ. »Ob eine Änderung den Männern gefallen wird?«, fragte er unsicher.

»Den Frauen wird sie gefallen. Es geht ja vorerst nur darum, dass eine Ehe aufgelöst werden kann, wenn die Frau es beantragt *und* ein Gericht zustimmt.«

Er seufzte. »Meinetwegen. Können wir zum Ausgleich noch etwas beschließen, das den Männern gefällt? Ich muss an meine Beliebtheit denken.«

Sie zwinkerte schelmisch. »Da fällt mir bedauerlicherweise nichts ein.«

In den folgenden Monaten fielen ihr stattdessen viele andere Verbesserungen ein. In den heiligen Schriften wimmelte es von Regeln für den Alltag, zum Beispiel, wie Bauern ihre Böden umzugraben hatten oder wie man den Brandschutz in den Städten handhaben musste. Salome hatte nie verstanden, weshalb Gott sich für die Höhe von Häusern interessieren sollte, und sie empfahl Agrippa, die Gesetzeswerke daraufhin zu überarbeiten. Hier stieß er allerdings auf den ersten Widerstand des *Sanhedrin*, vor allem den der Pharisäer, die sich seit Jahrzehnten erfolgreich bemühten, das Regelwerk stetig zu erweitern – zum Wohlgefallen des Herrn, wie sie sagten. Dieses Argument allein reichte, um ihre Anhänger im Volk zu überzeugen, dass alle diese Regeln einen Sinn ergaben. Schließlich konnten sich hundert Prediger Gottes unmöglich irren! Ein Ketzer, wer dem widersprach! Agrippa hatte es schwer mit den Pharisäern, und zum ersten Mal seit seinem Eintreffen in Judäa musste er sich anhören, gottlos zu sein, ja, sie gingen sogar so weit, im *Sanhedrin* zu beantragen, dass Agrippa vorerst den Tempel nicht mehr betreten dürfe. Er erschrak zutiefst und warf Salome vor, ihn falsch beraten zu haben.

»Ein König muss tun, was seinem Volk nutzt«, erwiderte sie. »Nicht, was Religionsführern gefällt.«

»Und was meinem Volk nutzt, das bestimmst also neuerdings du, ja?«

»Wenn du deinem Volk weiterhin jeden Gang zum Abort vorschreiben willst, ist das deine Sache. Phantasie und Wissenschaft werden sich dann in deinem Königreich allerdings nie entwickeln.«

»Aber sie wollen die Reformen doch überhaupt nicht.«

»Sie wollen sie nicht, weil sie Angst vor ihnen haben. Und sie haben Angst vor ihnen, weil sie sie nicht kennen. Wenn sie erst einmal mit den Änderungen leben, werden sie feststellen, dass Gott nicht die Erde aufreißt und Judäa verschlingt, nur weil die Abfallbeseitigung künftig im Ermessen der Städte liegt.«

Agrippa setzte einige Änderungen widerwillig durch, weil er sein Gesicht nicht verlieren wollte. Ihren künftigen Empfehlungen stand er allerdings wesentlich skeptischer gegenüber.

»Allgemeiner Unterricht an Schulen?«

»Jawohl. Geometrie, Rhetorik, Naturwissenschaften, Geschichte, Medizin … alles, was auch in Griechenland und Rom gelehrt wird. In Philippi und Ashdod habe ich solchen Unterricht schon vor langem eingeführt.«

»Es heißt hierzulande, diese Wissenschaften seien profan.«

Salome kannte dieses Argument noch aus ihrer eigenen Schulzeit im *cheder* von Zacharias. »Wie kann etwas, das uns die Welt besser verstehen lässt, profan sein?«

»Warum das Volk mit fremden Lehren in seinem Glauben verunsichern?«

»Darauf wüsste ich tausend Antworten. Hier nur eine: Wenn sich ein Glaube dadurch erschüttern lässt, dass die Menschen verstehen, wie ihr Körper funktioniert oder wer Alexander der Große war, dann scheint dieser Glaube schon vorher brüchig gewesen zu sein, meinst du nicht?«

Letztendlich brachte Agrippa zwar den Vorschlag vor den *Sanhedrin*, holte sich dort jedoch eine schroffe Ablehnung, schon deswegen, weil er nicht entschieden genug auftrat. Hatten die Pharisäer anfangs geglaubt, Agrippas Ideen seien auf sein Leben in Rom zurückzuführen, kamen sie nun dahinter, dass im Grunde nicht seine Stimme zu ihnen sprach, sondern die seiner Nichte. Sie trachteten fortan danach, Salomes Einfluss zu schmälern, wussten jedoch nicht, wie. Zudem tappten sie immer wieder in Fallen, die ihnen Salome stellte. Kurz nachdem die Pharisäer Agrippa eine Abfuhr mit seinem Schulgesetz erteilt hatten, ließen sie sich dazu überreden, dass nur jene Schulen frei von profanem Lehrstoff bleiben mussten, in denen *Rabbiner* unterrichteten. Das waren alle, daher stimmten sie dem neuen Text zu. Als Salome kurz darauf aus eigenen Mitteln je eine Mädchenschule in Jericho, Jebna und Hebron gründete, in denen jüdische Gelehrte aus der Diaspora heidnische Wissenschaften unterrichteten – was dazu führen würde, dass einige junge Frauen bald mehr von der Welt verstanden als gleichaltrige Männer –, fühlten sie sich hintergangen. Ihr Ärger über die listige Herodianerin, die im Volk nicht wenige »die Löwin« nannten, steigerte sich allmählich zur Wut.

Wenn Salome keine Gesetzestexte auf Missstände überprüfte, die Rechte der Frauen stärkte oder umfangreiche Korrespondenz mit der Diaspora führte, um dortige Gelehrte nach Judäa zu holen, machte sie Ausflüge mit Berenike und den Kindern. Agrippa schloss sich ihnen selten an, aber er hatte nichts dagegen, dass Agrippinos mit ihnen ging. Er selbst bevorzugte es, sich einige Tage in Caesarea, Apollonia oder anderen vorwiegend von Griechen bewohnten Küstenstädten zu amüsieren, denn hier durfte er die strengen Regeln der *thora*, die auch für Könige galten, etwas lockerer handhaben als im heiligen Jerusalem.

Sukkot, das herbstliche Laubhüttenfest im Monat *tishri*, feierten Salome, Berenike und die Kinder daher nur zu viert auf dem Land. Die beiden Frauen reisten in Sänften, Gilead und Agrippinos dagegen galoppierten auf ihren jungen Pferden die staubigen Wege entlang.

»Nicht so schnell«, mahnte Salome ihren Sohn, sobald er ausnahmsweise einmal in Rufweite kam, doch es half wenig.

»Er ist ein Wildfang«, lachte Berenike. »Das bekommst du nicht aus ihm heraus.«

Salome lächelte. Gilead erinnerte sie tatsächlich häufig an Timon. Die schwarzen Haare und Augen hatte er zwar von ihr, doch die helle Haut und die schlanke, sehnige Gestalt stammten eindeutig von Timon. Auch Gileads verhältnismäßig kleine Statur rührte vom Vater. Er war verglichen mit Kindern seines Alters beinahe einen halben Kopf kleiner, doch er glich dies durch besondere Aufgewecktheit und Abenteuerlust aus. Agrippinos war weit vorsichtiger als Gilead, und so kam es, dass er trotz seines Altersvorsprungs selten derjenige war, der den Ton angab, sondern sich häufig von Gilead mitreißen ließ.

Sie gelangten auf eine herrliche, weite Wiese, aus der sich bei jedem Schritt Schmetterlingsschwärme erhoben. Dort stellten sie die Körbe ab, breiteten Decken aus und holten alle Speisen hervor, die der Erntesegen in diesem Jahr Judäa geschenkt hatte: Trauben, Granatäpfel, aromatische Salate, Süßspeisen aus Feigen ...

»Halt«, rief Salome den Kindern zu, »noch nicht essen.«

»Wir haben Hunger.«

»Erst brauchen wir ein traditionelles *sukkot*-Gebinde auf unserer Tafel, bestehend aus vier verschiedenen Zweigen. Von einer Myrte, weil sie wohlriechend ist, von einer Dattel, weil ihre Früchte wohlschmeckend sind, von einem Zitrusbaum, weil er sowohl wohlriechend wie auch wohlschmeckend ist, und von …«

Berenike übernahm für sie. »Und von einer Bachweide, die zwar weder wohlriechend noch wohlschmeckend ist, dafür aber nützlich. Alle vier sind unerlässlich fürs Leben. Die Weisheit ist …«

Gilead und Agrippinos sahen sich ratlos an, und die Freundinnen riefen gleichzeitig: »Kein Mensch ist unnütz.«

Dann fielen die Frauen rücklings ins Gras und lachten, während die Jungen sich auf die Suche nach den Zweigen machten.

Salome und Berenike kicherten wie Mädchen. Vor vielen Jahrzehnten waren sie diejenigen gewesen, die die Weisheiten des jüdischen Glaubens vorgebetet bekommen hatten. Allerdings waren ihre Väter dabei wesentlich ernster vorgegangen. Salome und Berenike achteten heutzutage zwar viele der Bräuche – sie tauchten zum Beispiel jedes neue Geschirr im Palast eigenhändig in einen Brunnen –, doch für sie war es mehr ein Spaß als eine heilige Handlung.

»Du konntest die Sprüche deines Vaters nicht ausstehen«, erinnerte sich Berenike. »Und du hast auf der Suche nach den Zweigen geschummelt.«

»Wie bitte?«, fragte Salome in gespielter Empörung.

»Jawohl! Du hast dir die Zweige bereits im Palast gepflückt und unter das Gewand gesteckt. So warst du immer früher als wir anderen mit deinem Gebinde fertig und konntest dich über das *charosseth* hermachen.«

»Danach hatte ich immer Bauchschmerzen.«

»Und du tatest mir dann sogar noch Leid. Schön dumm von mir!«

Salome blickte ihre Freundin liebevoll über das sattgrüne Gras an. »Im Gegenteil. Damals habe ich mir oft gewünscht, etwas von deiner Güte und Sanftmut zu haben, und heute ist das manchmal auch noch so. Weißt du, diese vielen Pläne, die ich hatte, kamen mich teuer zu stehen.«

»Und wohin hat meine Sanftmut mich gebracht?«, widersprach

Berenike. »Nein, Salome, so darf man sein Leben nicht betrachten. Natürlich hast du einiges verloren, andererseits auch vieles gewonnen. Gilead, vor allem, außerdem ein glückliches Ashdod und schließlich Philippi. Du hast etwas, worauf du stolz sein kannst. Was mich angeht: Ich bin zufrieden wie nie zuvor. Durch das neue Scheidungsgesetz konnte ich die letzte Verbindung zwischen Kephallion und mir endlich kappen. Ich bin eine freie Frau. Und ich werde Menahem heiraten.«

Salome gefiel der neueste Plan Berenikes nicht, diesen Menahem zu heiraten. Zwar hatten die Bluttaten aufgehört, und der Sektenführer Sadoq hatte kürzlich sogar verlautbaren lassen, er werde die Zeloten bald auflösen, da ihr Ziel eines von Rom befreiten Judäas vollbracht sei, doch Salome traute dem neuen Frieden im Land noch nicht.

Berenike bemerkte Salomes Skepsis. »Er hat mich vor Kephallion gerettet.«

»Er ist ein Zelot.«

»Ein gemäßigter Zelot.«

»Das ist ein Widerspruch in sich, so als würde man sagen ›himmlische Unterwelt‹ oder ›milder Hass‹.«

»Du selbst hast Agrippa dazu überredet, die Zeloten schon bald zu begnadigen.«

»Ja, damit in diesem Land endlich die Gewalt aufhört. Nichtsdestotrotz diente dein Menahem jahrzehntelang einem Verrückten.«

»Sadoq ist nicht verrückt. Er will Frieden und Freiheit.«

»Dann hat er eine seltsame Art, seinem Willen Ausdruck zu verleihen.«

»Kephallion hat ihn zu einigen falschen Entscheidungen überredet.«

»Dann ist Sadoq nicht nur verrückt, sondern auch beeinflussbar, und solche Menschen sind im höchsten Grade gefährlich.«

»Nackte Frauen, die tanzen, können auch gefährlich sein.«

Berenike bereute im nächsten Moment ihre Worte und schlug sich die Hand vor den Mund. »Das hätte ich nicht sagen dürfen, Salome. Bitte verzeih.«

Salome richtete sich halb auf und blickte ihre Freundin mit todernster Miene an. »So leicht kommst du mir nicht davon«, sagte sie eisig.

»Es tut mir Leid. Ein Wort hat das andere gegeben.«

»Weißt du, wie ich vor vielen Jahren Timon bestraft habe, als er mich beleidigte?«

Berenike schluckte. »Nein, wie?« Im nächsten Moment klatschte ihr ein klebriger Klumpen *charosseth* ins Gesicht.

»So!«, sagte Salome lachend. »Da hast du jetzt das *charosseth* bekommen, das dir als Kind entgangen ist.«

Ehe sie sich's versah, klatschte Berenike ihr eine Hand voll des süßen Breis ins Gesicht, woraufhin die beiden sich lachend und kreischend mit Datteln und Trauben bewarfen und bald wie die Spätsommerwiese in allen Farben leuchteten.

Als Gilead und Agrippinos zurückkamen, trauten sie ihren Augen nicht. »Werden wir auch mal so?«, fragte Agrippinos.

Gilead lächelte. »Hoffentlich.«

Und dann stürzten sie sich in die Schlacht.

Der Winter kam in diesem Jahr ungewöhnlich früh und heftig nach Nazareth. Eisige Stürme peitschten über die Hochebenen Galiläas, denen schon bald die Stille des Schnees folgte. Das Leben ruhte. Bauern und Handwerker saßen untätig in ihren Häusern, Märkte schlossen, und Soldaten und Polizei gingen nicht mehr auf Streife. Durch den Schnee konnte man kaum vorankommen. Nur einer kämpfte sich auf seinem Pferd durch die Täler bis nach Nazareth hinein.

Sadoq schloss eilig die Tür hinter seinem Gast, und zwar nicht nur wegen der Kälte.

»Du hättest nicht kommen dürfen«, sagte er.

»Warum? Hast du Angst vor mir?« Kephallion wartete nicht ab, bis Sadoq ihm anbot, den Mantel abzulegen, sondern warf ihn über das nächstbeste Möbelstück. »Ich hätte viel mehr Grund, Angst vor dir zu haben als umgekehrt. Schließlich hast du mich damals verraten.«

Sadoq schüttelte den Kopf. »Nicht, bevor du mich verraten hast.«

Kephallion grinste. »Geschichten von vorgestern, Sadoq. So etwas sollte nicht länger zwischen uns stehen.« Er ging zum wärmenden Kohlenbecken und rieb sich die Hände. Er kannte die Kälte noch von früher, doch in den letzten Jahren hatte er in Arabien gelebt, wo die Römer ihm nichts anhaben konnten. Was für ein grauenhaftes Leben hatte er dort geführt! Er, ein judäischer Prinz, ein Diener Gottes, beinahe mittellos in einem Land voller Ungläubiger. Wie sehr hatte er diese Jahre gehasst. Und wie sehr hasste er jene, die an seinem Martyrium schuld waren. Er würde es ihnen allen heimzahlen: Berenike, Menahem, den Römern und – auch Sadoq. Der, den er früher für den *Messias* angesehen hatte, war für ihn jetzt nur noch ein gewöhnlicher Greis ohne Rückgrat, ein Verräter aus Schwäche. Nicht nur, dass Sadoq sich damals gegen seinen treuesten Anhänger gewandt hatte, gegen ihn, heute wandte Sadoq sich sogar gegen die Bewegung als Ganzes, gegen die zelotische Idee, denn er plante die Auflösung der Sekte. Als Kephallion in seinem arabischen Exil davon gehört hatte, war ihm die Erleuchtung gekommen – im wahrsten Sinne des Wortes. Welch einem Irrtum war er so viele Jahre aufgesessen! Wie blind war er doch für den wahren Willen des Herrn gewesen! Nicht Sadoq war der *Messias*, der große Befreier des Volkes, sondern *er* selbst war es, Kephallion. Er war dazu bestimmt, den Staat Gottes zu errichten.

Aber mit dieser Erleuchtung war ihm auch die Erkenntnis gekommen, dass er raffinierter und geduldiger als damals vorgehen musste, um das erhabene Ziel zu erreichen. Zunächst einmal musste er wieder in die Führungsriege der Zeloten aufgenommen werden, denn nur von dort aus konnte er weiterkommen.

»Ich habe damals Fehler gemacht«, räumte er ein. »Heute sehe ich die Dinge anders, das musst du mir glauben.«

Sadoq setzte sich müde auf ein Bodenkissen. »Was macht das für einen Unterschied, ob ich dir glaube oder nicht? Die Schlacht ist geschlagen, unser Kampf ist zu Ende. Der Zweck, weshalb ich die Zeloten einst gründete, hat sich erfüllt. Judäa ist frei. Ich warte nur noch auf die Bestätigung, dass alle Zeloten begnadigt werden, dann löse ich die Sekte auf. Ich rechne noch in diesem Monat mit der Amnestie des Königs.«

Des Königs, dachte Kephallion bitter. Warum fiel das Volk bloß auf diesen so genannten König herein? Agrippa war doch eher ein Römer denn ein Jude, eingesetzt vom römischen Kaiser, dazu ein Sünder, der lieber in Caesarea seichten Vergnügen frönte, als von Jerusalem aus Judäa zu einem starken Staat zu machen. Wenn es noch eines Beweises bedurft hätte, wie gottlos Agrippa war, dann musste man sich nur ansehen, welche Gesetze er in den letzten Monaten beschlossen hatte: Rechte für Frauen, Bruch der Traditionen, und alles unter dem Einfluss der Heidenhure Salome.

»Gewiss, die Römer sind abgezogen, Sadoq, aber was wäre, wenn Judäa nun von anderer Seite Gefahr drohte?«

Sadoq runzelte die faltige Stirn. »Ich verstehe nicht. Von welcher Seite?«

»Antworte mir. Warum hast du die Zeloten gegründet?«

»Wegen der Römer.«

»Es waren doch nicht nur Römer, die deinen Freund Zelon umgebracht haben. Verräterische, vom Glauben abgefallene Juden wie Archelaos waren ebenso beteiligt gewesen. Sind solche Juden nicht ebenso unsere Feinde wie die Römer? Sind sie nicht noch viel gefährlicher, weil sie unseren Glauben unterwandern?«

»Schon richtig. Aber diese Zeiten sind längst vorbei, Kephallion. Agrippa mag nicht unser Idealkönig sein, aber er ist kein Verräter an unserem Glauben.«

»Ich spreche nicht von Agrippa«, orakelte Kephallion. »Im Gegenteil. Wenn ich dir nun sagen würde, dass Agrippa die Zeloten bald schon bräuchte, um eine Gefahr vom Volk abzuwehren, würdest du dich dann diesem Auftrag verweigern? Und würdest du meinen Beistand in diesem Kampf ablehnen?«

Sadoq verstand überhaupt nichts mehr. »Natürlich nicht«, antwortete er. »Er *bittet* uns, *ihm* zu helfen?«

»Er wird, Sadoq, er wird. Erst muss ich Kontakt zu den Pharisäern aufnehmen, dann …«

»Den Pharisäern?«

Kephallion grinste. »Bevor ich dir erzähle, worum es geht, trinken wir erst einmal einen guten heißen Tee.«

Salome beugte sich in ihrem Gemach über den Plan der heiligen Stadt und studierte ihn eingehend. Agrippa hatte sich in den Kopf gesetzt, Jerusalem ein großartiges Bauwerk zu schenken, das auf immer mit seinem Namen verknüpft werden sollte. Das war schwierig, denn Jerusalem hatte von Herodes und seinen Vorgängern bereits alles bekommen, was eine Stadt sich wünschen konnte: Paläste, Festungen, Türme, Heiligtümer … Was Monumentalbauten anging, stand Jerusalem Städten wie Alexandria und Antiochia in nichts nach. Was hingegen fehlte, waren eine gute Wasserversorgung und gepflasterte Straßen – die Gassen der Unterstadt wurden jeden Winter zu Schlammlöchern. Doch davon wollte Agrippa nichts wissen. Als sie ihm einen entsprechenden Vorschlag unterbreitet hatte, hatte er sie angesehen, als sei sie nicht mehr ganz richtig im Kopf. Er wollte nicht, dass sein Name in hundert Jahren mit simplen Wasserleitungen oder ein paar Pflastersteinen verknüpft würde. Ihm schwebte ein Jahrtausendwerk vor.

»Jahrtausendwerk, lächerlich«, murmelte Salome, als ihr Blick über den Stadtplan huschte. Sie hatte für diesen aberwitzigen und kostspieligen Plan insgeheim nur Hohn übrig. »Warum nicht gleich ein Jahrmillionenwerk, warum nicht den Turm zu Babylon neu errichten oder Jerusalem in Agrippopolis umbenennen?« Natürlich war sie diplomatischer vorgegangen, als sie versucht hatte, Agrippa diese Idee auszureden – vergeblich. Wenn also schon monströs gebaut werden musste, dann wenigstens etwas Sinnvolles. Ihr Zusammenleben mit Timon und der Bau Philippis hatten ihr Auge für Pläne und Bauwerke geschärft, doch ihr wollten nur Gebäude einfallen, die auch einen praktischen oder künstlerischen Zweck erfüllten, oder solche, die nur von Nichtjuden genutzt würden, wie zum Beispiel eine Therme. Agrippa bestand dagegen auf etwas, das die Herzen des jüdischen Volkes erfreuen würde.

Ihr Finger glitt auf der Karte langsam von Norden nach Süden, über die Hügel Golgatha und Ophel, über Oberstadt und Unterstadt und wieder zurück. Es war zum Verzweifeln. Das Einzige, was ihr einfiel, war ein Mausoleum für die kommenden Könige, aber ob Agrippa so begeistert davon wäre, jetzt schon sein künftiges Grabmal …

»Ich hatte die Möglichkeit, dich zu töten«, raunte plötzlich eine Stimme hinter ihr.

Sie fuhr erschrocken herum.

»Kephallion!«

Er grinste. »Ich bin gerührt, dass du mich nach all den Jahren sofort erkennst.«

Für einen Augenblick war es, als blicke sie einen Geist an. Sie hatte diesen Mann, der früher sie und dann Berenike gepeinigt hatte, völlig vergessen. Seine Züge waren noch ausgeprägter als damals: pralle Backen und zwei tiefe Furchen an der Nase entlang, die Augen in tiefen Höhlen liegend, ein kleiner dicklippiger Mund, der schon seit langer Zeit nicht mehr ehrlich gelacht zu haben schien – das Gesicht eines Menschen, der nur für eine einzige Idee lebte.

»Deine Fratze würde ich immer erkennen, und wenn du fünf Masken trügest«, erwiderte sie scharf. Sie hatte sich schnell vom ersten Schreck erholt und blickte Kephallion misstrauisch an.

»Zuletzt haben wir uns in Tiberias gesehen«, fuhr er fort. »Das waren noch Zeiten, was? Zur Einweihung der Stadt stand ich hinter dir und dem Römer, und beinahe hätte ich zugestoßen.«

»Du warst schon immer ein Feigling«, parierte sie und genoss das kurze zornige Aufblitzen in seinen Augen.

»Unverschämt wie je«, stellte er mit falschem Grinsen fest.

Salome war angewidert von ihm. Seine Verbrechen fielen unter die Amnestie, dagegen war nichts zu machen. Sie würde jedoch verhindern, dass er wieder den Status eines Prinzen von Judäa bekäme und womöglich in den Palast einzöge.

»Was willst du hier? Berenikes Hochzeit verhindern? Das wird dir nicht gelingen. Sie ist rechtmäßig von dir geschieden und kann heiraten, wen sie will.«

»Mir ist sogar recht, dass sie Menahem heiratet. Dann leben sie zusammen und ich kann die beiden irgendwann – besuchen. Das macht vieles einfacher für mich.«

»Ich rate dir gut, die beiden in Ruhe zu lassen, sonst …«

Er lachte schallend. »Die Prinzessin droht mir. Ich zittere, oh, siehst du, wie ich zittere?« Er ging einen Schritt auf sie zu.

Sie wich instinktiv zurück und griff nach einem Gegenstand.

»Nicht doch«, sagte er. »Du denkst doch wohl nicht, ich würde Hand an dich legen? Jetzt bin ich enttäuscht. Nein, das wäre billig und einfallslos. Ich habe mir etwas viel Besseres für dich überlegt. Nacheinander werde ich dir alles nehmen, was dir noch etwas bedeutet. Mit deinem Einfluss auf Agrippa fange ich an.«

»Ich lasse dich auf der Stelle aus dem Palast werfen.«

Wieder lachte er. »Typisch Salome, impulsiv bis ins Grab. Ich gebe dir einen Rat. Das mit dem Rausschmiss solltest du besser bleiben lassen, denn ich bin auf Einladung des Königs hier. Noch in dieser Stunde habe ich eine Besprechung mit ihm, dem Hohepriester und einem Führer der Pharisäer.«

»Mit ... Agrippa?«, fragte sie verwundert.

»Soweit ich weiß, ist er der König – noch jedenfalls. Er zählt auch zu den Dingen, die ich dir eines Tages nehmen werde, ebenso übrigens wie deine Freundin und ...« Er machte eine Pause und funkelte sie gemein an. »Ich habe eben dein niedliches Söhnchen getroffen. Dafür, dass er ein Hurensohn ist, sieht er erstaunlich jüdisch aus. Für mich ein Zeichen, dass jüdisches Blut stärker ist als griechisches. Dennoch bleibt der Bursche ein Bastard, und niemand wird ihm eine Träne nachweinen, wenn ich ihn eines Tages ...«

Ihre Ohrfeige hallte wie ein Peitschenknall durch das Gemach. »Wenn du ihn auch nur schief ansiehst«, flüsterte sie, »wirst du es bereuen. Das schwöre ich dir, *chamor*.«

Kephallion rieb sich die feuerrote Wange. »Der Letzte, der mich so genannt hat – mein Vater, wie du weißt – starb mit meinem Dolch im Rücken. Du wirst länger leiden, Hure, das schwöre *ich* dir.«

Salome wartete, bis Kephallion den Raum verlassen hatte, dann erst setzte sie sich und atmete tief durch. Sie gestand es sich nicht gerne ein, aber Kephallion hatte es geschafft, sie aufzuregen. Seine Drohungen, seine unheimlichen Andeutungen bezüglich Gilead und Agrippa ... Und dann diese seltsame Besprechung: der König, die Zeloten, die Pharisäer. Eine beunruhigende Konstellation. Schon die Tatsache, dass zwei verfeindete Sekten bei Agrippa zusammentrafen, verwirrte sie.

Kephallion hatte immer schon eine Spur von Gewalt hinterlassen, wo er stand und ging. Wenn er nach Jerusalem gekommen war, dann nur, um Verderben zu bringen.

27

Agrippa blickte von der einen Gruppe zur anderen und wieder zurück. Auf der einen Seite des Tisches standen der Hohepriester sowie Matthias, ein führender Pharisäer, in ihren weiten Gewändern. Sie verkörperten nicht nur die Würde des *Sanhedrin*, sondern zugleich die Mehrheit des Volkswillens. Auf der anderen Seite standen die beiden Zeloten, schlicht gekleidet, Kämpfer in einem jahrzehntelangen, wenn auch vergangenen Krieg. Und das Erstaunliche war: Diese völlig unterschiedlichen Repräsentanten, die lange Zeit verschiedenen Seiten angehörten – die einen duldeten die Römer, die anderen mordeten sie, wo sie konnten –, waren sich in der Frage, um die es heute ging, völlig einig.

»Das habe ich nicht gewusst«, sagte Agrippa.

»Vielleicht hast du dich in der Vergangenheit zu sehr von Schulreformen und von der Lockerung jahrhundertealter Monopole einnehmen lassen, mein König«, bemerkte der Pharisäer.

»Den König trifft keine Schuld«, sagte Kephallion generös. »Die übelsten Gefahren schleichen auf leisen Sohlen daher. Diese ist so eine.«

Agrippa blieb vorsichtig. »Sind diese Leute, diese … Wie heißen sie noch gleich?«

Kephallion spie das Wort geradezu aus. »*Christiani.*«

»Sind diese *Christiani* denn wirklich eine so große Gefahr? Hohepriester, wie ist deine Meinung?«

Der Hohepriester war ein Sadduzäer und stand als solcher sowohl den Pharisäern wie den Zeloten im Allgemeinen ablehnend bis feindlich gegenüber. In dieser Frage pflichtete er ihnen bei. An den Fingern zählte er auf. »Die *Christiani* lassen ihre Söhne nicht beschneiden und verweigern damit den Bund mit Gott. Sie halten die meisten Speisevorschriften nicht ein, zum Beispiel essen sie Wild oder Schalentiere aus dem Meer. Sie machen sich ein Bild vom Herrn, indem sie seinen angeblichen Sohn am Kreuz anbeten. Und sie …«

»Was hat es mit diesem Gekreuzigten auf sich?«, wollte Agrippa wissen.

»Ein selbsternannter *Messias*, der sich von Zöllnern, Dirnen und sonstigen Ausgestoßenen und Außenseitern begleiten ließ. Er prophezeite schlimme Sachen, zum Beispiel, dass der Tempel mit der Bundeslade, Licht und Klammer unseres Volkes, schon bald zerstört würde, und zwar von Juden selbst.«

Agrippa erschrak. »Unser höchstes Heiligtum? Von uns selbst zerstört?«

»Ja, und dass anstelle unseres Königreiches ein anderes treten wird.«

»Undenkbar«, rief Kephallion. »Mit solchen bösartigen Prophezeiungen soll das Volk verunsichert werden, mein König. Nach der Hinrichtung des falschen Propheten schwärmten seine Anhänger aus und streuten ihre falschen Lehren unter das Volk. Ihre größte Anhängerschaft finden sie bei den Essäern und in abgelegenen Dörfern.«

»Bei den Friedlichen und Bedürfnislosen«, rief eine Stimme dazwischen. Salome war unbemerkt durch eine Seitentür eingetreten und hatte dem Gespräch eine Weile gelauscht. Nun trat sie wie selbstverständlich in die Runde der Männer. Ihr Blick blieb zunächst auf Sadoq haften. Sie war dem Führer der Zeloten noch nie begegnet, hatte sich aber aus Berichten und Erzählungen ein Bild von ihm gemacht – ein falsches, wie sie nun sah. Er war ein hagerer Mann mit schütterem Bart und eingefallenen, müden Augen, der aussah, als habe man ihn gegen seinen Willen geweckt. So wie er jetzt vor ihr stand, war es für Salome kaum vorstellbar, dass er früher voller Kraft und Visionen gewesen sein sollte. Es bedurfte keiner großen Menschenkenntnis, um festzustellen, dass Sadoq nur noch formal die Geschicke der Zeloten lenkte. Kephallion beherrschte ihn, trieb ihn in ein neues gewalttätiges Abenteuer und schickte sich nun an, auch den König zu treiben und zu beherrschen. Offenbar hatte er sich zuvor schon der Unterstützung der Pharisäer versichert, während der bucklige alte Hohepriester arglos genug war, das tückische Spiel mitzuspielen.

»Ihr macht es euch zu einfach«, sagte sie an den Hohepriester und den Pharisäer gewandt. »Wenn die Menschen den *Christiani* zuhören, dann deswegen, weil sie der aufgeblähten Regelwerke unseres Glaubens überdrüssig sind, weil die unzähligen Vorschriften sie einengen und weil jede Abweichung ihnen vorgehalten wird wie ein Schwerverbrechen. Vierhundert pharisäische Vorschriften, zusätzlich zu den sechshundertdreizehn göttlichen Geboten. Ihr lasst den Menschen zu wenig Freiheit.«

»Die Gebote müssen penibel eingehalten werden«, beharrte der Pharisäer Matthias.

»Und was ist die Belohnung, wenn man sie einhält?«, fragte Salome, obwohl sie die Standardantwort der Pharisäer darauf kannte.

»Lohn des Gebotes ist ein weiteres Gebot.«

»Na bitte«, sagte Salome und blickte Agrippa an. »Muss ich noch mehr sagen? Je fester sich die Faust der Vorschriften und Gebote um das Volk schließt, desto mehr Menschen werden unserem Glauben durch die Finger schlüpfen.«

Agrippa war geneigt, ihr zuzustimmen. Auch ihm gefielen die tausend Bestimmungen nicht, an die er sich halten musste, wenn er in Jerusalem war. Hier war ihm alles zu ernst, doch er wagte nicht wie einst der große Herodes die Vorschriften zu ignorieren. Deswegen fuhr er fast jeden Monat ins abseits gelegene Caesarea und wohnte packenden Wettkämpfen und rauschenden Festen bei.

»Da ist viel Wahres dran«, sagte er nickend in die Runde.

Kephallion war aufgebracht. »Mein König. Kaum einer der falschen Prediger, die sich selbst Apostel nennen, hat die *thora* studiert. Sie sind Fischer und andere arme und ungebildete Leute, die keinerlei Recht haben zu predigen. Trotzdem verdrehen sie die Worte unserer heiligen Schriften. Wo kommen wir hin, wenn jeder Dahergelaufene die Worte des Herrn interpretieren darf!«

»Nun ja …«, stammelte Agrippa. »Ich weiß nicht recht.«

»Sie maßen sich Ämter an«, ergänzte Kephallion. »Der Bruder

des Gekreuzigten, ein gewisser Jakobus, wird von den *Christiani* als ›Bischof von Jerusalem‹ bezeichnet, was so viel bedeutet wie Provinzleiter. Sie teilen also unser heiliges Land bereits unter sich auf. Falls wir die *Christiani* gewähren lassen, wird das schon bald den Zusammenbruch der geistlichen und anschließend der weltlichen Autorität zur Folge haben.«

Agrippa schluckte. »Zusammenbruch meiner Autorität?«

»Als letzte Folge, ja. So gesehen sind die *Christiani* Hochverräter.«

»Tja, aus diesem Blickwinkel betrachtet …« Agrippa rieb sich das Kinn.

»Kephallion ist doppelzüngig«, wandte Salome ein. »Vor kurzem waren die Zeloten ebenfalls Hochverräter und er selbst ein verfolgter Verbrecher. Warum, Kephallion, haben die Zeloten sich noch nicht aufgelöst?«

»Weil unsere Dienste im Kampf gegen die Abtrünnigen des wahren Glaubens vonnöten sind.«

»Ob sie Feinde sind, hast nicht du, sondern der König zu entscheiden.«

»Deswegen sind Sadoq und ich hergekommen. Im Übrigen – Du selbst warst es doch, die einen der ersten *Christiani* hat töten lassen: Johannes den Täufer.«

»Ist das wahr?«, fragte Agrippa. »War dieser Prophet ein Christ?«

Salome atmete tief durch. Der Fehler mit Johannes dem Täufer schien sie ihr ganzes Leben zu verfolgen. »Gewissermaßen, aber …«

»Ich habe genug gehört«, unterbrach Agrippa sie. »Wir müssen etwas gegen die *Christiani* unternehmen, das sehe ich ein. Allerdings sollen nur die Führer der Sekte verhaftet werden, und sollten sie untertauchen, werden wir sie mit Hilfe der Zeloten aufspüren, nicht wahr?«

Sadoq nickte müde. »Wir haben unsere Augen und Ohren überall, mein König. Wenn du es befiehlst, stehen dir die Zeloten zur Verfügung.«

»Ja, ich befehle es.«

»Du machst einen Fehler«, warf Salome ein. »Siehst du nicht, was deine neuen Ratgeber erreichen wollen? Die Zeloten, gestern noch unsere Feinde, machst du mit einem Schlag hoffähig, und den Pharisäern geht es nur darum, ihren Einfluss auf das Volk und dich zu behalten.«

Agrippa schätzte es ganz und gar nicht, vor Mitgliedern des *Sanhedrin* kritisiert zu werden. »Ich glaube«, entgegnete er zähneknirschend, »dass es *dir* darum geht, *deinen* Einfluss zu behalten.«

»Du tust Menschen etwas zu Leide, die nichts …«

»Du selbst hast den Kopf eines der *Christiani* gefordert, hast ihn dir sogar auf einem Tablett servieren lassen, und nun …«

»Das sind kranke Fantasien. Ich habe niemals etwas Derartiges …«

»Und nun«, führte er seinen Satz zu Ende, »wirfst du mir vor, einige von ihnen verhaften zu lassen. Seltsame Logik.«

»Du bekommst ein paar Halbwahrheiten vorgesetzt, und schon fällst du dein Urteil. Weise ist das nicht, Agrippa.«

»Was fällt dir ein, mich bei meinem Namen anzusprechen«, donnerte er, »und meine Fähigkeiten in Frage zu stellen! Wer bist du, dass du so etwas wagen darfst!«

Salome senkte den Kopf. Sie sah ein, dass sie zu weit gegangen war. »Verzeih, mein König. Ich war respektlos. Doch ich habe dir im vergangenen Jahr manchen guten Rat gegeben, wie du weißt.«

»Du hast mir nichts als Ärger gemacht in diesem einen Jahr, seit wir hier sind.«

»Du selbst hattest mich in Rom geradezu angefleht, mit dir …«

»Schweig«, schrie er, erregt wie nie. »Du hetzt mich gegen die Pharisäer, die Pharisäer gegen mich, mich gegen die Zeloten … Einen hetzt du gegen den anderen, damit am Ende nur noch du und deine närrischen Ideen übrig bleiben. Ein falsches Weib bist du, wie meine Schwester. Hier sind wir versammelt, Sadduzäer, Pharisäer, Zeloten und König, einig wie nie, und du versuchst, uns wieder zu spalten. Aber da mache ich nicht mehr mit. Geh!«

Als sie nicht sofort gehorchte, schrie er mit aller Kraft: »Geh, sage ich. Sofort. Und erscheine nicht wieder vor mir, ehe du gerufen wirst.«

Mit erhobenem Kopf wandte sie sich um.

»Ach übrigens«, rief ihr Kephallion hinterher. »Grüße bitte Berenike von mir. Viel Glück für ihre Ehe.«

Berenikes Hochzeit war deprimierend. Dabei hatten sie und Menahem sich mit den Vorbereitungen große Mühe gegeben. Die Zeremonie fand an einem warmen Vollmondabend im Garten Gethsemane statt, die Blätter raschelten im Wind, ein großes Feuer knisterte, und an der langen Tafel gleich daneben warteten Diener darauf, die Gäste mit allerlei Köstlichkeiten zu bewirten. Die Tafel blieb jedoch leer. Außer Gilead und Salome war nur Agrippinos gekommen, und auch das nur, weil er sich davonschleichen konnte. Das Fernbleiben seines Vaters war ihm ausgesprochen peinlich.

»Du kannst am wenigsten dafür«, sprach ihm Salome gut zu. »Vermutlich will er mir aus dem Weg gehen. Und wenn der König nicht kommt, kommt niemand.«

Trotzdem waren Berenike und Menahem an diesem Tag glücklich. Nach vielen Jahren voller Schmerz und Trennung gehörten sie von heute an zusammen, und Salome konnte nicht verhindern, dabei auch an sich selbst und Timon zu denken, die ein ähnliches Schicksal erlitten hatten – allerdings mit weniger glücklichem Ausgang. Seit Timons Tod hatte sie nie wieder einen Mann zärtlich berührt, doch als sie sah, wie Menahem und Berenike sich anblickten und küssten, musste sie plötzlich, und ohne es zu wollen, an Aristobul denken. Sofort verbot sie sich den Gedanken.

Alle brachten die Zeremonie, so gut es ging, hinter sich, und an der Tafel versuchten sie, so viel Appetit wie möglich aufzubringen. Ihre Gespräche drehten sich um die zurückliegenden und die aktuellen Ereignisse.

Agrippas Garde war bald nach der Besprechung ausgeschwärmt, um die Führer der *Christiani* zu ergreifen. Seltsamerweise konnten diese alle ihrer Verhaftung entgehen: ein gewisser Thomas floh nach Antiochia, ein Bartholomäus nach Damaskus, ein Paulus nach Cilicia … Lediglich ihr bedeutendster Führer, Petrus, konnte in der Ebene Saron festgenommen werden. Doch schon einen Tag später gelang ihm unter rätselhaften Umständen die Flucht.

»Das ist Kephallions Werk«, sagte Menahem, während er nachdenklich an einer Feige lutschte. »Am liebsten wendet er Gewalt an, aber wenn es sein muss, kann er auch tückisch sein. Ich sage euch, er hat diese Leute gewarnt oder befreit.«

Salome hatte Menahem in den letzten Tagen kennen gelernt und konnte ihn mittlerweile gut leiden. Erst gestern hatten sie bis in die Nacht hinein diskutiert, Berenike war an seiner Schulter eingeschlafen. Salome hatte wissen wollen, warum Menahem damals ein Zelot geworden war und was die ursprünglichen Ziele der Sekte gewesen waren. Konnte sie die einstigen Motive wenn nicht gutheißen, so doch wenigstens verstehen – die Missbilligung der Fremdherrschaft, die Wut über Archelaos' Metzeleien –, so blieb ihr die Zuspitzung der Gewalt von zelotischer Seite unverständlich. Menahem hatte ihr ehrlich geantwortet, dass er auch nicht mehr begriff, wie es jemals dazu kommen konnte. Die Verhältnismäßigkeit war ihnen entglitten.

»Ich habe Sadoq und die Zeloten endgültig verlassen«, erklärte er.

»Wie hat Sadoq reagiert?«, wollte Salome wissen.

»Er hat mich beschworen, ihn nicht im Stich zu lassen, und als ich standhaft blieb, hat er geweint. Sadoq ist mein ältester Freund. Ich hätte ihn nie verlassen, doch mir blieb keine Wahl. Mit diesem feigen Kampf gegen harmlose Glaubensabweichler will ich nichts zu tun haben. Das Schlimme ist: Ich glaube, Sadoq will auch nichts damit zu tun haben, doch er ist nur noch ein Schatten seiner selbst.«

»Und warum vermutest du, dass Kephallion hinter den Misserfolgen bei der Verhaftung der christlichen Führer steckt? Er selbst hat Agrippa eingeredet, sie seien gefährlich. Und nun soll er sie entkommen lassen?«

Darauf hatte auch Menahem keine Antwort. Doch jeder an der Tafel wurde das ungute Gefühl nicht los, dass irgendwo eine Schlinge auslag, die sich langsam zuzog. Und zwar nicht nur um die *Christiani*.

Die Fehlschläge bei der Verhaftung der *Christiani* ärgerten Agrippa nicht sonderlich. Im Grunde interessierte ihn diese Sekte wenig. Die *Christiani* hatten seine Aufmerksamkeit nur insoweit, als sie offenbar bei allen anderen Sekten Abneigung und Widerstand hervorriefen – außer bei den eigenbrötlerischen Essäern, die politisch nicht ins Gewicht fielen. Unter seiner Führung sollte Harmonie im Land herrschen, konnte er doch auf diese Weise zeigen, dass er ein geschickter Monarch war, der es verstand, alle Gegensätze auszugleichen. Das förderte nicht nur seine Beliebtheit im Volk, sondern war auch ein Zeichen in Richtung Rom, dass Judäa ein verlässlicher Partner im Osten sein konnte, eigenständig und trotzdem loyal dem Imperium gegenüber.

Kephallion durchschaute die Motive des Königs und machte sie sich für seine Zwecke zunutze. Damit die Zeloten eine entscheidende Position im Heiligen Land einnehmen konnten, war es erforderlich, dass sie bedeutende Aufgaben zugewiesen bekamen, denn anders als die anderen drei Sekten hatten sie keinen Sitz im *Sanhedrin*, standen also außerhalb der formalen Autoritäten. Diese Schwäche machte Kephallion zu einer Stärke.

Er unterrichtete zunächst Agrippa davon, dass die Misserfolge im Kampf gegen die *Christiani* bereits ersten Streit zwischen Pharisäern und Zeloten hervorgerufen habe.

»Einer misstraut dem anderen, mein König«, sagte er Agrippa unter vier Augen. »Die Pharisäer beschuldigen Sadoq und mich, die Apostel gewarnt zu haben. Der Hohepriester und wir trauen den Pharisäern dasselbe zu. Wenn nicht bald Erfolge erzielt werden …«

»Ich verstehe. Was rätst du?«

»Wir sollten die Verhaftungen auf alle *Christiani* ausdehnen und ihnen den Prozess machen.«

Agrippa gefiel dieser Vorschlag nicht, er wollte jedoch um jeden Preis einen Kleinkrieg zwischen den Sekten verhindern. »Wie soll das vonstatten gehen?«, wollte er wissen.

»Ganz einfach, mein König. Du ersuchst die Zeloten öffentlich, alle *Christiani* aufzuspüren. Sobald die Abtrünnigen gefasst sind, übergeben wir sie dem *Sanhedrin* zur Aburteilung. Auf diese Weise leistet jeder seinen Beitrag im Kampf für unseren Glauben. Die Juden werden dir diese Tat ewig danken.«

Agrippa rang noch drei Tage mit sich und war in dieser Zeit mehrmals versucht, Salome um Rat zu fragen. Am Ende siegte immer seine Eitelkeit. Der Gang zu seiner Nichte wäre ihm wie ein Kniefall vorgekommen. So folgte er schließlich Kephallions Strategie.

Damit hatte Kephallion ein weiteres Etappenziel erreicht. Er konnte nun Sadoq endgültig davon überzeugen, dass der König und das Land die Zeloten dringend benötigten. Sadoq wollte trotz seines Alters die bevorstehende Aufgabe koordinieren, doch Kephallion redete auf ihn ein:

»Du bist wie Moses«, meinte Kephallion schmeichlerisch. »Du hast uns eine gute Strecke geführt. So wie Moses den Stab an Aaron übergab, solltest du ihn nun mir übergeben.«

Sadoq übertrug schließlich zwar nicht die Führung der Zeloten, jedoch die Verantwortung für die Verfolgungen Kephallion.

Die erste Folge dieser Entscheidungen des Königs und Sadoqs nahm sich noch vergleichsweise harmlos aus. Kephallion bezog mit Zustimmung Agrippas zum ersten Mal seit dem Tod des großen Herodes wieder Gemächer im Palast, was natürlich bedeutete, dass Berenike und Menahem Jerusalem verließen. Es wäre ihnen unmöglich gewesen, mit Kephallion unter einem Dach zu leben, auch wenn es ein riesiges Dach war. Salome bot ihnen den Palast in Ashdod an, blieb selbst aber noch in der heiligen Stadt. Sie wollte Kephallion und Agrippa im Auge behalten.

Kaum waren die beiden abgereist, hörte sie, dass Agrippa einem weiteren Vorschlag Kephallions nachgekommen war: Jerusalem sollte ein gigantisches Bauwerk erhalten – die Agrippa-Mauer, ein Bollwerk, das die ganze Vorstadt umschließen sollte.

Agrippa war in diesen Tagen bester Laune und dachte überhaupt nicht daran, die Prozesse gegen die *Christiani* abzubrechen, nachdem sie einmal begonnen hatten. Die Einigkeit im *Sanhedrin* war nie größer, außerdem waren die Urteile maßvoll: Öffentliche Zurschaustellung und Maßregelung sowie Geldbuße waren die häufigsten Strafen, selten eine Züchtigung. Das Volk zeigte Verständnis für die Maßnahmen. Wenn Juden sich vom wahren Glauben abwandten, konnte man das ja tolerieren – dass diese neuen Glaubensanhänger jedoch andere Leute auf ihre Seite ziehen wollten, empfanden viele als ungeheuerlich. Agrippa, so sagten sie, bestand seine erste wirkliche Herausforderung als König vortrefflich.

Wenig später zeichnete Agrippa jenen Mann, dem er seine weiter gewachsene Beliebtheit verdankte, vor dem versammelten Hof aus. Auch Salome musste zusehen, wie Kephallion vom König wieder in den Rang eines Prinzen von Judäa erhoben wurde.

Das Haus des Pharisäers Matthias lag inmitten der Unterstadt mit ihren verwinkelten Gassen. Anders als die Sadduzäer lebten die Mitglieder seiner Sekte bescheiden, Tafel und Einrichtung waren schlicht und die Kleidung schwarz. Zu ihren wichtigsten Utensilien, wenn sie das Haus verließen, gehörten das Gebetbuch und die Kopfbedeckung, und selbst in ihren vier Wänden legten sie diese ungern ab.

Matthias' Hände krallten sich um die Rolle mit den Psalmen, als er Kephallion die Tür öffnete, und er hielt sich noch immer daran fest, als er sich gemeinsam mit ihm auf den Boden setzte, ein Stückchen Brot in Salz tunkte und es mit einem winzigen Schluck Wasser hinunterspülte.

»Ich wollte soeben mein Mittagsgebet halten«, erklärte er dem überraschenden Besucher.

»Wenn du mir nur ein wenig Zeit schenkst, können wir im Anschluss gemeinsam das *minsha* beten.«

Matthias nickte. »Also, was zieht einen Zeloten in das Haus eines Pharisäers?«

»Der gemeinsame Gott.«

»Mein Gott liebt die Frommen, deiner die Gewalttätigen. Kann das derselbe sein?«

»Du vergisst wohl, dass wir schon längst in seinem Namen zusammenarbeiten. Dass du es warst, der meinen Vorschlag angenommen hat, gemeinsam vor den König zu treten, um unsere Feinde zu besiegen.«

»Ein Bündnis auf Zeit«, wandte der Pharisäer ein und hob mahnend den Zeigefinger. »Des Königs falsche Ratgeber und die *Christiani* sind schlimmer als ihr Zeloten, doch darum lieben wir euch noch lange nicht. Der Aufstand des Barabbas vor einigen Jahren hat auch angesehene Pharisäer das Leben gekostet. Ihr seid wie ... wie ...«

Kephallion grinste. »Sprich es ruhig aus. In euren Augen sind wir gewöhnliche Knochenbrecher, nicht wahr?«

Der Pharisäer krallte die Hände noch fester um das Gebetbuch. Doch er schwieg.

»Oh ja«, raunte Kephallion. »So wie die Sadduzäer auf euch herabblicken, weil ihr die Stimme des gewöhnlichen Volkes seid, so blickt ihr auf uns herab, weil wir die Stimme der Freiheit sind.«

»Freiheit ist Willkür.«

»Ihr braucht unsere Willkür. Wir machen die Drecksarbeit, wühlen den Untergrund auf, um die *Christiani* aufzuspüren ...«

»Wie die Wildschweine.«

»... während ihr euch in fromme Gewänder hüllt und im *Sanhedrin* den Hammer der Gerechtigkeit schwingt.«

»Wie kannst du es wagen! Wenn du nur gekommen bist, um uns zu beleidigen, kannst du gleich wieder gehen.«

Matthias wollte sich erheben, Kephallion hielt ihn sacht davon ab. Er hatte den Streit angefacht, um Matthias zu zeigen, dass die Zeloten nicht so dumm waren, wie die Pharisäer glaubten, und dass sie deshalb gleichberechtigte Partner waren.

»Ihr braucht uns jetzt mehr denn je«, sagte er leise, um die Schärfe aus dem Gespräch zu nehmen.

Matthias senkte die Augen. »Wieso das?«

Wieder grinste Kephallion. »Mir ist zu Ohren gekommen, dass einer eurer herausragenden Prediger, Saulus mit Namen, zu den *Christiani* übergelaufen ist. Ein schwerer Schlag, nicht wahr?«

Matthias hielt die Augen gesenkt und ließ sich mit der Antwort einige Atemzüge lang Zeit. »Wir sind darüber empört«, kommentierte er den Verrat des Saulus diplomatisch.

»Empörung allein wird euch nicht weiterhelfen. Dieses Pack erweist sich als widerstandsfähiger, als wir dachten.«

»Sie werden öffentlich zur Schau gestellt und vom Volk beschimpft, mit empfindlichen Geldstrafen belegt und mit Ruten gezüchtigt. Bei Rückfall drohen wir sogar mit Gütereinziehung. Wir haben alles versucht.«

»Irrtum«, widersprach Kephallion.

Der Pharisäer ahnte, worauf sein Gast hinauswollte, und runzelte die Stirn. »Dazu brauchen wir den König.«

»Nicht, wenn wir Hand in Hand vorgehen. Läuft unsere Aktion erst einmal an, wird Agrippa es nicht wagen, sie zu stoppen.«

Matthias dachte nach. »Aber das Volk könnte ...«

Kephallion lachte kurz auf. »Das Volk, Matthias, ist eine Hammelherde, die rennt, wohin der Hund sie treibt. In diesem Punkt sind Juden nicht anders als andere. Ich weiß das, du weißt das – denn wir sind die Hunde.«

Kephallion ließ einen Moment verstreichen, bevor er sich erhob und sagte: »Und jetzt, Matthias, lass uns beten.«

Salome beugte sich zu Timons Grab vor und grub mit den Fingern ein kleines Loch in den Boden. Die Erde war heiß und trocken. Immer wieder musste sie ihre Arbeit unterbrechen, um sich Staub aus den Augen zu reiben, und so dauerte es eine Weile, bis das Loch groß genug war. Sie setzte das Pflänzchen hinein, achtete darauf, dass die Wurzeln viel Platz hatten, und schob die Erde wieder in das Loch zurück. Aus der mitgebrachten Amphore goss sie Wasser um den Trieb und drückte die Erde danach fest. Zufrieden betrachtete sie ihr Werk.

Das Zitrusbäumchen stammte aus den Hainen von Ashdod und war ein Nachkömmling jener Pflanzen, die dort zu der Zeit wuchsen, als sie Timon kennen gelernt hatte. Wieso war sie nicht früher auf den Gedanken gekommen, das Grab mit Zitrus zu schmücken? Er hatte den feinherben Duft der Pflanzen geliebt, und mit Ashdods Hainen verknüpften sie zahlreiche gemeinsame Erlebnisse. Dort hatte er ihre Wunden gepflegt, hatte sie schön genannt ... Manche Erinnerungen an ihn verblassten mit den Jahren, aber es gab einige, die sie bis zu ihrer letzten Stunde in sich tragen würde, dessen war sie sich sicher.

War es trotzdem Verrat, wenn sie auch für einen anderen Mann zärtliche Gefühle empfand? Nicht zum ersten Mal stellte sie sich hier diese Frage, an diesem seltsamen Ort, der Timon gehörte und doch auch wieder nicht.

Die sterblichen Überreste ihres Geliebten lagen irgendwo auf dem Ölberg, wo man die Toten aus dem Gefängnis des *Sanhedrin* vor fast einer Dekade anonym bestattet hatte. Trotzdem war sie mit Gilead in den letzten Monaten oft hierher gekommen, denn sie brachte es nicht fertig, ihm zu sagen, dass sein Vater an einem unbekannten Ort begraben lag. So konnte Gilead ihn wenigstens besuchen und mit ihm reden. Das tat er oft. Er erzählte von seiner Freundschaft mit Agrippinos, von Spielen und Ausflügen, Abenteuern und Problemen, von seiner Vorliebe für Pferde und dass er eines Tages Wagenlenker oder Kundschafter werden wolle. Manchmal ließ Salome ihn allein, denn sie mutmaßte, dass Gilead seinem Vater vielleicht auch das eine oder andere mitteilen wollte, das nicht für ihre Ohren bestimmt war. Es kam vor, dass er ihr Fragen stellte, die schwer zu beantworten waren, beispielsweise, wie es sein könne, dass sein Vater gestorben war, bevor er auf die Welt kam. »Ich dachte, ihr habt mich gemeinsam auf die Welt gebracht?«, hatte er sie schon mehrmals gefragt. Anfangs druckste sie herum, bis sie irgendwann das schelmische Zucken um seine Mundwinkel bemerkte und auf den Gedanken kam, dass Gilead von seinem älteren Freund mehr über die Entstehung des Lebens wusste, als er vorgab, und ihre Unsicherheit geradezu auskostete.

Er war ein Strolch, und Salome fragte sich, ob Timon in seinem Alter ebenfalls diesen augenzwinkernden Humor besessen hatte.

Heute war er etwas ruhiger und ernster als sonst, doch das konnte sich bei ihm auch schnell wieder ändern. Sie richtete sich auf, nahm ihn in den Arm und sagte: »So, das wäre geschafft. Das wird der Baum von uns dreien.«

»Wann können wir die Früchte essen, Mutter?«

»Wenn du ein Mann bist.«

»Also im nächsten Jahr schon?«

Sie lächelte und fuhr ihrem Kleinen über die lockigen schwarzen Haare. »Im übernächsten – vielleicht.«

»Und wann können wir unter seinen Zweigen sitzen?«

»Wenn ich am Stock gehe.«

»Du doch nicht!«

Sie blickte ihn mit einer Mischung aus Glück und Schmerz an, und plötzlich wurde sie von ihren Gefühlen überwältigt und drückte Gilead fest an sich. Sie hatte schon so vieles in ihrem Leben verloren. Für jeden Schritt vorwärts hatte sie zwei zurückmachen müssen, und Menschen, die sie lieb gewonnen hatte, waren aus ihren Händen gerissen worden. Dieser Junge, ihr Sohn, war das Wichtigste und Beste in ihrem Leben. Für ihn hätte sie alles andere hingegeben, woran ihr lag. Etwas in ihr wollte ihn nie wieder loslassen, aus Angst, er könnte ihr genommen werden wie so viele und vieles andere. Aber ihr war klar, dass sie ihn nicht würde festhalten können – und nicht dürfen. Eines Tages ginge er aus der Tür, setzte sich auf sein Pferd und ritt davon. Sie wusste es. Sie träumte es. Sie sah dieses Bild immer wieder vor sich, und sie überlegte sich, was sie ihm in dieser Stunde, die irgendwann kommen würde, sagen konnte.

»Ich liebe dich, mein Kleiner«, sagte sie und küsste ihn auf die Stirn.

»Ich habe dich auch lieb, meine Große.«

Sie lachten, und dann wässerten sie das zarte Pflänzchen, das einmal ein Schatten spendender Baum werden sollte, noch einmal.

»Sieh, Mutter«, sagte Gilead plötzlich und zeigte auf einen Reiter, dessen Rappe sich gerade auf den »Berg des Ärgernisses« mühte, auf dem sie standen. »Wer mag das sein?«

Salome erkannte sofort, wer es war. Ein feines Lächeln zog über ihr Gesicht.

»Aristobul«, rief sie dem Reiter entgegen und winkte.

Als er abstieg, schien es ihr, als wolle er sie zur Begrüßung umarmen, denn er strahlte wie ein heimkehrender Ehemann über das ganze Gesicht. Doch im letzten Moment ließ er davon ab, denn Gilead stand nur einen Schritt entfernt.

Salome blickte an sich herab und stellte fest, dass ihre Hände schmutzig waren und sie zwischenzeitlich auch ihr Gewand besudelt hatte. »Immer, wenn wir uns begegnen, sehe ich aus wie eine Landmagd«, scherzte sie.

Sie lachten, und die Spannung löste sich.

»Ich bin Aristobul«, stellte er sich Gilead vor.

»Der König von Armenien«, stellte der Junge fest. »Ich habe dich damals in Rom gesehen.«

»Du erinnerst dich an mich?«

Gilead wiegte den Kopf zur Seite. »Mehr an dein Pferd.«

Aristobul lachte, und Salome stimmte ein. Während Gilead den Rappen musterte, sagte sie: »Du hast dein Versprechen also wahr gemacht.«

»Ich habe die erstbeste Gelegenheit genutzt, dich zu besuchen. Und als Agrippa mich einlud ... Mir scheint, du weißt nichts von der Einladung, oder?«

»Ich erfahre so gut wie nichts mehr. Agrippa hat sich verändert, seit wir in Judäa sind.«

»Tut mir Leid zu hören«, sagte er. »Jedenfalls hat er mich und einige andere Klientelkönige der Römer eingeladen, einige Tage in Jerusalem zu verbringen. Ich schätze, er will ein bisschen vor uns angeben, das hat er immer schon gerne gemacht.«

»Ja«, seufzte sie, »das passt zu ihm.«

Gilead unterbrach ihr Gespräch. »Bitte, darf ich einmal auf dem Rappen reiten?«

Aristobul nickte, und Salome konnte gar nicht so schnell widersprechen, wie ihr Sohn sich auf das Pferd schwang.

»Nicht weit«, rief sie hinter ihm her. »Und nicht so schnell ... Ach, er hört sowieso nicht zu.«

»Keine Sorge«, sagte Aristobul schmunzelnd. »Mein Gaul ist ein braves Tier, überhaupt nicht ungestüm.« Er wurde etwas ernster und fügte hinzu: »Ich übrigens auch nicht. Da bin ich wohl ganz anders als dein Sohn und ... und der Mann, der hier begraben liegt.«

Eine unangenehme Stille entstand zwischen ihnen, und Salome begriff, dass es für Aristobul besonders schwer sein musste, ausgerechnet hier, vor Timons Grab, Worte für sie zu finden. Trotzdem – oder gerade deshalb – war sie froh, jetzt hier zu stehen und nirgendwo anders. Hier fühlte sie sich sicher vor Aristobuls Gefühlen – und vor ihren eigenen.

Nachdem Gilead unversehrt zurückgekehrt war, spazierten sie zu dritt in die Stadt zurück. Gilead freute sich, weil er das Pferd am Zügel halten durfte, und Salome betätigte sich als höfliche Gastgeberin, indem sie Aristobul Jerusalem zeigte. »Hier siehst du den Siloa-Teich, er wird durch einen Tunnel mit Quellwasser gespeist und bildet das einzige nachfüllbare Wasserreservoir Jerusalems. Dort vorne siehst du den Berg Ophel, den ehemaligen Kern der heiligen Stadt. Er ist Jahrtausende alt. Dort gehen wir hinauf.«

»Er sieht steil aus.«

»Er ist steil«, bestätigte Gilead und schnitt eine Grimasse.

»Müde Knochen, die Herren? Kommt nicht in Frage. Ich will Aristobul den Vorhof des Tempels zeigen, und dazu müssen wir erst auf den Ophel hinauf. Marsch, marsch, faules Volk.«

Auf dem weiteren Weg ging Salome zielstrebig voraus, legte eine gewisse Distanz zwischen sich und die beiden Männer und beobachtete, wie die beiden miteinander zurechtkamen. Aristobul kehrte mühsam all sein Wissen über Pferde und Pferderennen hervor und erzählte von der Reiterkohorte, die noch von seinem Vater aufgestellt worden war und seither als bewegliche Eingreiftruppe bei der Grenzverteidigung Armeniens diente. Gilead war derart begeistert, dass er unbedingt einmal in Aristobuls Heimat wollte.

»Geht das, Mutter?«

»Wir werden sehen«, antwortete sie vorsichtig.

»Oh bitte.«

Aristobul sah zuerst Salome an, dann den Jungen. »Deine Mutter wird am besten wissen, wann der richtige Zeitpunkt für einen Besuch gekommen ist.«

Salome verglich, ohne es zu wollen, Timon und Aristobul miteinander. Wie verschieden sie waren! Timon war klein, schlank und agil gewesen, ein beherzter Draufgänger, dessen Körper von hundert kleinen Narben übersät war, die er sich bei Kämpfen, Rennen und Unfällen geholt hatte. Er hatte Salome bei ihrem ersten Treffen verteidigt und bis zu ihrer letzten Begegnung nicht damit aufgehört. Er war kritisch und voller Ansprüche, doch wenn sie ihn brauchte, war er bedingungslos für sie da gewesen.

Aristobul, groß und breitschultrig, strahlte eine große Ruhe aus, gleichgültig, ob er ging, saß oder sprach. Seine Augen streiften nicht ruhelos umher wie einst Timons, und seine Gedanken schienen in mächtigen, gelassenen Strömen zu fließen. Er wirkte stets konzentriert, aber nie verbissen. Nur zwei Dinge hatte er mit Timon gemeinsam: die Zärtlichkeit in den Augen und den Mut, jene Eigenschaften, die sie an Timon am meisten geliebt hatte.

Sie waren in den Gassen des Ophel angekommen und hörten aufgeregte Stimmen.

»Was ist das?«, fragte Aristobul und schloss unauffällig die Faust um den Schwertknauf.

»Keine Sorge«, erklärte sie unbeeindruckt. »Wir nähern uns dem Tempel.«

»Und?«

»Es gibt hier ein Sprichwort: Je näher beim Tempel, umso erhitzter die Gemüter. Ein Streit wahrscheinlich oder ein ...«

In diesem Moment bog sie um eine Ecke – und ein blutender Mann stolperte ihr in die Arme. Sie schrie auf und schreckte zurück. Dem Mann fehlte ein Auge, und er klebte von Schmutz und Schweiß.

»Hilfe«, stöhnte er. »Hilf mir.«

Zu dritt halfen sie ihm wieder auf die Beine, aber noch bevor sie fragen konnten, was ihm widerfahren sei, stürzte eine Meute von Männern herbei. Ein Steinregen prasselte auf sie nieder. Gilead wurde am Kopf getroffen. Das Pferd scheute. Salome beschützte ihren Sohn, und Aristobul packte sie beide und drängte sie an eine Hauswand. Er wollte auch dem verletzten Mann helfen, doch die Männer stießen ihn zur Seite, so dass er zu Boden fiel. Er rappelte sich auf. Mit dem Schwert in der Hand drohte er der Menge und hielt sie davon ab, weitere Steine zu werfen.

»Stecke es wieder ein, Ungläubiger«, rief einer aus der Menge. »Du hast hier kein Recht.«

»*Ich* habe hier Recht«, rief Salome. »Ich bin Prinzessin von Judäa. Ihr habt meinen Sohn verletzt.«

»Ihr standet im Weg.«

»Ich befehle euch, den Mann in Ruhe zu lassen.«

»Das ist Jakob, der sich selbst ›Bischof von Jerusalem‹ nennt. Einer der *Christiani*, der Bruder ihres falschen *Messias*.«

»Wer auch immer er ist. Ihr dürft ihn nicht töten.«

»Der *Sanhedrin* hat ihn rechtens verurteilt«, riefen sie.

Inzwischen war der Pharisäer Matthias hinzugekommen und drängte sich durch die Menge. »Du schon wieder, Weib«, sagte er. »So weit ist es noch nicht gekommen, dass dein Wort über das der hohen Richter geht. Störe nicht weiter die Ordnung. Nimm deinen Bastard und den Buhlen und scher dich davon.« Dann wandte er sich wieder der Menge zu. »Und ihr: Was lasst ihr euch von einem Weib und einem Ungläubigen dazu verführen, innezuhalten? Macht weiter.«

Sofort schwoll ihr Geschrei wieder an, und Steine flogen auf den schon am Boden liegenden Mann. Aristobul ging in Deckung, um nicht auch getroffen zu werden, und Salome wandte ihren Blick ab. Gilead war nur leicht verletzt. Sie hielt ihn fest an sich gedrückt und murmelte: »Sieh nicht hin, mein Kleiner. Sieh nicht hin.«

Bald schien alles vorbei. Die letzten Steine flogen auf den Bewegungslosen am Boden. Plötzlich jedoch richtete der Totgeglaubte sich noch einmal halb auf. Wie ein Geist kniete er vor ihnen, starrend vor Blut, die Haut in Fetzen. Die Menge wich entsetzt zurück. Auf ein Zeichen von Matthias hin trat einer hervor, der eine schwere Walkerkeule trug, holte aus und versetzte dem Bischof von Jerusalem einen Schlag in den Nacken.

28

Die Tötung Jakobs sprach sich in Windeseile herum und wurde zum Auftakt einer Verfolgung, die kein Zögern mehr kannte. Mit Genehmigung des *Sanhedrin* wurden auch in anderen Städten die örtlichen Anführer der neuen Sekte gesteinigt, und deren Gefolgsleute wurden nicht selten vertrieben. Sie flohen nach Syrien oder bestiegen Schiffe, die sie nach Rom brachten. Der große Teil des jüdischen Volkes, vor allem die Landbevölkerung, lehnte es ab, sich an dem Kesseltreiben gegen die *Christiani* zu beteiligen, und war angewidert von den Verfolgungen; in den Städten jedoch reichte eine kleine, fanatische Minderheit aus, um ein völlig anderes Bild entstehen zu lassen. Agrippa wagte nicht durchzugreifen, denn er befürchtete Unruhen. Da zudem der *Sanhedrin* das Treiben sanktionierte, schwieg er beharrlich und zog lieber nach Caesarea, wo er zur Freude der dortigen Griechen fröhliche Spiele veranstaltete und von allem nichts mitbekam. Aristobul und die anderen Könige, die er hatte beeindrucken wollen, bekamen in den wenigen Wochen ihres Aufenthaltes ein desaströses Bild Judäas vermittelt.

»Was für ein Land!«, sagte Aristobul, als er mit Salome am Rande eines Zedernwalds nahe Jerusalem spazieren ging. Die Luft war frisch, und die hohen Nadelbäume schwankten und knarrten im Wind. »In diesem Königreich fühlt man sich so wohl wie auf einem Ameisenhaufen. Ich reise übermorgen ab, und ich würde Judäa keine Träne nachweinen, wenn nicht …« Er senkte den Kopf.

Salome nutzte sein Stocken, um einen möglichen Themenwechsel zu verhindern. Sie wollte mit Aristobul keinesfalls über Gefühle reden. »So kaltherzig es klingt: Das Schlimmste ist gar nicht, dass einige *Christiani* hingerichtet werden. Natürlich, es sind harmlose Menschen, die keine Strafe verdienen. Weit gefährlicher ist allerdings, dass die Gewalt hierzulande am Köcheln gehalten wird. Seit Herodes' Tod ist Judäa nie mehr zur Ruhe gekommen: Unruhen gegen Archelaos, Morde von den Zeloten an Rabbinern, die Repressalien von Antipas, die Ignoranz von Pilatus, Aufstände in Jerusalem, die Eifersüchteleien zwischen Juden und Griechen, zwischen Juden und anderen Juden …« Sie atmete tief durch, denn sie hatte, ohne Luft zu holen, aufgezählt. »Ich hatte wirklich die Hoffnung, das alles würde mit Agrippa enden. Und anfangs schien es ja tatsächlich so, als sei der Frieden zum Greifen nahe.«

»Irgendetwas ist wohl dazwischen gekommen.«

Sie nickte entschieden. »Die Dummheit ist dazwischen gekommen. Die Dummheit und Kephallion – was beinahe dasselbe ist. Nur dass Kephallions Dummheit äußerst gewalttätig ist. Ich habe die Erfahrung gemacht, dass Gewalt die Eigenschaft hat, sich fortzupflanzen, sie entsteht wieder und wieder aus sich selbst und kann das ganze Land ins Verderben stürzen.«

»Nun übertreibst du.« Er lächelte beruhigend. »Es bedarf mehr als ein paar verwirrter Köpfe, um ein Königreich zu Fall zu bringen. Ich muss es wissen, ich bin ein König.«

»Ja«, bestätigte sie, »aber nicht von Judäa.«

»Du solltest einmal mein Königreich sehen«, schwärmte er. Vor seinem inneren Auge schienen die Landschaften und Städte seiner Heimat vorüberzuziehen. »Wir haben dort Berge, bedeckt mit Wäldern. Wir haben den breiten Euphrat, wo schon vor Jahrtausenden Siedlungen standen, und wir haben das *Pontus Euxinus*, das Schwarze Meer. Ein bisschen ist meine Heimat wie deine, alt und ehrwürdig, nur die Menschen sind weniger religiös und verkrampft.«

»Klingt wie das Paradies.«

»Es wartet auf dich.«

Salome schloss die Augen. Diesen Moment hatte sie kommen sehen und gefürchtet seit dem Tag, als Aristobul auf den »Berg des Ärgernisses« geritten kam, ja, vielleicht schon seit dem Abschied auf dem Palatin in Rom.

»Versteh bitte, Aristobul. Ich kann Judäa nicht einfach den Rücken kehren. Ich bin als Kind durch diesen Wald hier spaziert, ich habe jeden Morgen Jerusalem gesehen, habe Feigen aus den Hainen gegessen ...«

»Das ist doch nicht der wirkliche Grund«, stellte er trocken fest.

»Du willst weitere Gründe hören? Schön, du bekommst sie. Ich bin in der Familie geboren worden, die seit einem Jahrhundert die Verantwortung für das Land trägt, im Guten wie im Schlechten. Wir sind die Nachfolger Davids und Salomons. Dieses Land verlässt man nicht so einfach, wenn man eine Herodianerin ist.«

»Du hast es doch schon einmal verlassen.«

»Im Zorn, ja. Und bin dennoch wieder zurückgekehrt.«

»Du selbst hast gesagt, wie schwierig die Juden sind.«

»Es ist kompliziert, dies jemandem zu erklären, der kein Jude ist.«

»Du hast dich nie wie eine typische Jüdin gefühlt.«

»Woher willst du wissen, wie ich mich fühle?«

»Ich bitte dich, jeder weiß das. Ich habe mit einigen Leuten gesprochen, die mir deine Geschichte erzählt haben – deine *ganze* Geschichte.«

Ihr fehlten beinahe die Worte. »Das darf doch nicht wahr sein! Du schnüffelst in meinem Leben herum?«

Aristobul lächelte bitter und schüttelte leicht den Kopf. »Du versuchst gerade, einen Streit vom Zaun zu brechen.«

»So, meinst du?«

»Ja«, erwiderte er ruhig. »Deine wortreichen Entschuldigungen, weshalb du Judäa nicht verlassen willst, deine rührenden Kindheitserinnerungen und deine vermeintliche Verpflichtung dem Land gegenüber, das alles sind doch nur Ausflüchte, Salome. Du belügst dich selbst.«

»Jetzt bin ich also auch noch eine Lügnerin. Fein, was möchtest du mir noch sagen?«

»Nichts mehr. Es hat keinen Sinn, solange du die Wahrheit nicht anerkennen willst. Ich liebe dich, und ich weiß, dass du starke Empfindungen für mich hast. Du lässt sie nur nicht zu.«

»Ich will nichts mehr hören. Du bist ja völlig verrückt.« Sie wandte sich abrupt ab und ging in den Wald davon. Dutzende Stimmen in ihr schrien – die einen, dass sie zurückgehen solle und um Entschuldigung bitten, die anderen, dass sie den Namen Aristobul für immer vergessen solle. Die Stimmen nannten sie eine Närrin, eine Furie, eine Matrone, einen kalten Fisch, eine Verräterin, eine Verfluchte ...

Irgendwann, sie war schon tief im Wald, lehnte sie sich an einen Baumstamm und weinte, weil sie sich innerlich zerrissen fühlte wie nie zuvor.

»Timon«, rief sie in das Gewirr der Äste hinauf, »sag mir doch, was soll ich tun?«

Ganz Caesarea hallte wider vom Beifall der Massen, als Agrippa, gefolgt von seinem Sohn Agrippinos, das Amphitheater betrat und sich eine Weile mit siegreich erhobenen Händen feiern ließ. Die Griechen der Stadt jubelten weniger ihm zu als den prächtigen Vergnügungen, die ihnen seine Besuche brachten, doch das zu erkennen, war Agrippa nicht der Mensch. Für diesen Tag hatte er den Leuten eine besondere Überraschung versprochen, und er hatte seiner gesamten Familie befohlen, diesem Ereignis beizuwohnen. So betrat Salome zum ersten Mal eine Arena. Sie ahnte nichts Gutes. Kephallion hatte seine Drohung von damals wahr gemacht und übte mittlerweile einen beherrschenden Einfluss auf den König aus. Agrippa vertraute Kephallion in allem, denn alle Ratschläge, die dieser ihm gab, vergrößerten seine Beliebtheit im Volk, zumindest im städtischen Volk. Das neue Bollwerk, die Agrippa-Mauer im Norden Jerusalems, war fertig gestellt und schien die Stadt für künftige Feinde uneinnehmbar zu machen, und die Christenprozesse schmiedeten die verschiedenen Sekten zusammen. Über Reformen bei den Gesetzen, über die Verbesserung der Lebensbedingungen von Bauern und Landarbeitern, über Wasserversorgung und Straßenbau wurde nicht länger geredet, alles drehte sich nur um die Verteidigung gegen vermeintliche und künftige Feinde, also um unsichtbare Gespenster, die nur existierten, weil man ihre Existenz lange genug propagiert hatte.

»Wo ist dein Bastard?«, zischte Kephallion, während Agrippa eine Ansprache hielt. »Der König hat befohlen, dass alle seine Verwandten heute anwesend sein sollen.«

Salome antwortete, ohne ihn anzusehen. »Was immer hier heute geboten wird: Es entstammt deinem kranken Kopf, und davor werde ich meinen Sohn bewahren, solange es geht.«

»Solange es geht, ja«, grinste er. »Sieh dich mal um.«

Zwei Wachen führten Gilead in ihrer Mitte und übergaben ihn Kephallion.

»Sie haben mich einfach mitgenommen, Mutter«, rief Gilead.

Salome wollte ihren Sohn zu sich holen, doch Kephallion stieß sie mit Hilfe einer Wache zurück.

»Getrennte Plätze von Männern und Frauen«, erklärte er zufrieden. »Auf Anweisung des Königs sitzen Weiber links auf der Tribüne, wir Männer rechts. Keine Angst, ich passe *gut* auf ihn auf und sorge dafür, dass er alles mitbekommt.«

»Du bist ein mieses Schwein, Kephallion, und ich ...«

»Was ist denn hier los?« Agrippa hatte seine Ansprache beendet und stand kurz davor, die Überraschung zu präsentieren. Salome störte ihn dabei empfindlich.

»Gilead ist noch ein Kind und gehört nicht in eine Arena«, sagte sie.

»Dass ihr Weiber euren Söhnen nie etwas zutraut«, antwortete Agrippa. »Meine Mutter war genauso, und sieh her, ich bin ein König geworden.«

»Und was für einer«, parierte Salome in unmissverständlichem Ton.

Agrippa gefror die gute Laune. »Willst du mir diesen Tag verderben, Salome? Kephallion hatte Recht: Du bist eifersüchtig auf mich, warst es immer schon, darum missgönnst du mir meinen heutigen Triumph.«

Er ließ ihr keine Zeit zu antworten, sondern nahm auf seinem Thronschemel Platz und hob den Arm. Das dunkle Dröhnen der Hörner verkündete den Beginn der Spiele.

Üblicherweise wurden die Wettkämpfe in den griechisch beeinflussten Teilen der Welt, also auch in Caesarea, von Ringern, Reitern, Läufern oder Wagenlenkern bestritten, waren somit sportlich ausgerichtet. Zwar steigerte der Kitzel, dass Pferde oder Wagen verunglückten, die Spannung, ansonsten floss jedoch kein Blut in den griechischen Arenen. Anders in Rom und den meisten Provinzen, wo die Besucher Schwertkämpfe auf Leben und Tod erwarteten. Und genau das wollte Agrippa heute auch dem Volk von Caesarea bieten.

Unter dem begeisterten Applaus der zehntausend Zuschauer zog eine Kolonne bewaffneter Männer in die Arena. Nur wenige sahen wie professionelle Gladiatoren aus, muskulös und siegesgewiss. Die meisten wirkten eher wie normale Bürger, die noch nie ein Schwert in der Hand gehabt hatten, und manche mussten sogar von Soldaten in die Arena gepeitscht werden.

»Das darf doch nicht wahr sein«, murmelte Salome. In Judäa galt das Gebot ›Morde nicht‹ für alle Lebensbereiche, ausgenommen die Todesstrafen, die in der *thora* für schwerste Vergehen vorgesehen waren. Aber dass Gladiatoren sich vor den Leuten gegenseitig abschlachten sollten, war ein Novum im Heiligen Land. Nicht einmal Herodes hatte das gewagt, und sowohl die römischen Prokuratoren wie auch die griechische Minderheit im Land hatten sich immer daran gehalten.

»Das sind zum guten Teil verurteilte Verbrecher«, erklärte Agrippa freudestrahlend. »Gott, wie ich diese römischen Spiele vermisst habe.«

»Sie sehen nicht aus wie Verbrecher«, sagte Salome. »Außerdem sind es enorm viele. Die Kolonne nimmt ja kein Ende mehr. So viele Schwerverbrecher gibt es in Judäa doch nie und nimmer.«

»Eintausendvierhundert«, klärte Kephallion sie auf. »Und davon etwa ein Drittel *Christiani*. Zusammengetrieben und für den heutigen Tag aufgespart von meinen Leuten.«

»Was machen wir, wenn sie sich weigern, gegeneinander zu kämpfen?«, fragte der König seinen neuen Ratgeber.

»Keine Sorge. Ich habe einige professionelle Gladiatoren unter sie gemischt, mein König. Entweder sie wehren sich oder ...« Er machte eine Geste, als schneide er jemandem die Kehle durch, und lachte.

Agrippa gab das Zeichen, dass die Kämpfe zu beginnen hatten, und wenige Augenblicke später vermischte sich die Begeisterung in den Rängen mit dem Klirren der Schwerter und den Schreien der ersten Opfer.

Salome erhob sich. Sie konnte kaum glauben, welches Ausmaß die Verfolgung mittlerweile erreicht hatte. Die Zeloten trieben die *Christiani* zusammen, die Pharisäer verurteilten sie und der König und die Griechen ergötzten sich an ihrem Tod. Kephallion hatte eine zynische, kaltherzige Symbiose geschaffen, in der jeder der Beteiligten seine Triebe ausleben konnte. Die Gewalt bekam mit dem heutigen Tag eine offizielle, beinahe auch spielerische Grundlage, und das in einem Land, dessen sechstes Gebot das Morden verbot. Das war nicht mehr das Volk, von dem in den heiligen Schriften die Rede war.

»Agrippa«, rief sie entsetzt, »bemerkst du denn nicht, welchem Irrwitz du erliegst!«

So feindselig wie in diesem Moment hatte ihr Onkel sie noch nie angesehen. »Ich habe dir schon einmal gesagt, dass du mich vor anderen nicht mit meinem Namen anzureden hast. Du und dein Sohn, ihr werdet euch die Spiele heute und morgen ansehen, und danach werdet ihr meinen Palast verlassen und nach Ashdod gehen. Ich will euch nicht mehr um mich haben.«

Salome hob trotzig den Kopf. »Nichts lieber als das«, entgegnete sie ihm und nahm Gilead an der Hand, um die Tribüne zu verlassen. Kephallion wollte ihr den Jungen wieder wegnehmen und sie aufhalten. Sie zögerte keinen Moment und trat ihm in den Unterleib. Er knickte ein, und sie nutzte seine Wehrlosigkeit, um ihm eine Ohrfeige zu versetzen, die so heftig war, dass er zu Boden fiel.

Agrippa sprang auf. »Was, beim Jupiter, tust du da? Bist du jetzt vollkommen verrückt geworden?«

»*Du* bist verrückt geworden«, schrie sie. »Das Land ist verrückt geworden. Alle Hoffnungen, die Efraim, ich und der große Teil des Volkes hatten, hast du zerstört. Wärst du bloß in Rom geblieben und hättest dich dort tot gesoffen!«

Vor Überraschung brachte Agrippa keinen Ton hervor. Wer hatte je gewagt, so mit ihm zu sprechen! Sein Mund stand weit offen.

»Du hättest ein großer König werden können«, fügte Salome traurig hinzu. »Und kurz sah es so aus, als ob du wenigstens ein mittlerer König würdest. Aber du hast es vorgezogen, der Popanz zu bleiben, als den ich dich kennen gelernt habe. Leb wohl.«

Salome und Gilead verließen die Arena, und auch Agrippinos drängelte sich am König vorbei. »Entschuldige, Vater«, sagte er, »mir ist bei dem vielen Blut schlecht geworden.«

Agrippa setzte sich nachdenklich auf den Schemel und achtete weder auf die Kämpfe in der Arena noch auf Kephallion, der sich langsam aufrappelte und dabei leise fluchte.

»Vielleicht hat sie Recht«, murmelte Agrippa vor sich hin und starrte plötzlich voller Befremden auf das blutige Geschehen. »Was, beim Jupiter, richte ich hier an! Ich bin ja nicht viel besser als Caligula.«

Kephallion erfasste die neue Situation schnell. Wenn der König die Verfolgungen einstellen sollte, dann würden die Zeloten überflüssig werden und jegliche Legitimation verlieren. Wenn Agrippa jedoch plötzlich stürbe ... Der Zeitpunkt dafür war perfekt: Die Stimmung war durch die Verfolgungen aufgeheizt, die Menschen gewaltbereit, die Zeloten anerkannt und einflussreich und Agrippinos zu jung, um schon einen starken Herrscher abzugeben. Ihn auf irgendeine Weise zu beseitigen, das wäre ein Leichtes, und dann würde der Weg frei sein für den Übergang vom Königreich zum Gottesreich: Kephallions große Stunde.

Gut, dachte er, dass er stets einen Ring trug, der eine geringe Menge Pulvers enthielt. Er schenkte Wein in den königlichen Kelch, ließ den Mundschenk kosten, nahm das Gefäß wieder an sich und beobachtete konzentriert und von den anderen unbemerkt, wie das Pulver in den Wein rieselte.

Dann reichte er ihn Agrippa.

Am Abend ging Salome in den Gärten von Caesarea spazieren und betrachtete die fallenden Blüten der Blumen. Sie schloss mit ihrer Mission ab, denn sie musste einsehen, nichts mehr bewirken zu können. Statt Demütigung fühlte sie sogar Erleichterung über die bevorstehende Verbannung aus Agrippas Nähe. Ein großer Teil der Bürde, die seit der Abfahrt aus Rom auf ihren Schultern gelegen hatte, fiel von ihr ab. Sie redete sich nicht ein, versagt zu haben, und verstand, dass sie im Grunde nicht Kephallion unterlegen war, sondern vielmehr einer Macht, gegen die kein Mensch ankommen konnte: das Blut. Agrippa war Herodianer, und bis auf Philipp hatten alle männlichen Mitglieder der Familie eine Neigung zur Grausamkeit besessen, selbst der närrische Archelaos. Zusätzlich war Agrippa in der gefühllosen Welthauptstadt erzogen worden, wo sich alles nur um Vergnügen und Geld drehte. Nicht einmal Gott selbst hatte den König im Zaum halten können, wie konnte da sie es schaffen!

Sie wollte nach Ashdod zurück, das sie eine Ewigkeit nicht gesehen hatte, wollte in den Hainen und am Strand spazieren, Gilead das Schwimmen beibringen und ihn heranwachsen sehen. Sie wollte Timon nahe sein.

Gilead kam angerannt. In seiner grünen, griechischen Tunika und mit den weiten Schritten sah er aus wie sein Vater.

»Mutter«, rief er fast atemlos und umarmte ihren Körper.

Sie streichelte ihm über die Haare. »Du hast dich ja schon wieder völlig verausgabt.«

»Der König«, sagte er. »Er stirbt.«

Einem alten, fast vergessenen Brauch zufolge wurde ein sterbender König vom Volk umringt. Natürlich hatte Herodes, nachdem er sein Leben lang Traditionen missachtet hatte, auch diese unterbrochen. Agrippa hatte sich ihrer wieder erinnert und die Palasttore öffnen lassen. »Ich wollte wie ein großer König sterben, wenn ich schon nicht wie einer gelebt habe«, begrüßte er Salome mit gebrochener Stimme, als sie an sein Bett trat.

Sie wusste nicht, was sie ihm antworten sollte. Was immer sie sagen würde, klänge unglaubwürdig, nachdem sie ihm erst vor Stunden an den Kopf geworfen hatte, nichtswürdig zu sein.

»Aber sieh her«, fügte er hinzu, »nicht einmal das will mir gelingen.«

Sie wusste, worauf er anspielte. Nur wenige Caesareaner waren erschienen. Die Griechen akzeptierten Agrippa nur so lange als König, wie er sie mit Spielen und Geschenken verwöhnte. Wie einst den armen Archelaos, hatten sie auch ihn weder geliebt noch geachtet. Und was die Juden der Küstenstadt anging: Sie nahmen ihm die Spiele übel, die er hier des Öfteren veranstaltet hatte. Außer zwei knappen Dutzend Bürgern befanden sich nur Höflinge, ein *Rabbiner*, ein Arzt sowie Agrippinos, Gilead und Kephallion im Raum. Salome war die einzige Frau.

»Ein grausamer Witz des Schicksals«, sagte er schwach. »Den Griechen war ich zu jüdisch, den Juden zu römisch, und den Römern werde ich bald zu ... zu tot sein.« Er lachte bitter auf, was ihm sichtbare Schmerzen verursachte.

Der Arzt flößte ihm einen Kräutertrank ein.

»Woran stirbt er?«, fragte ihn Salome leise.

»Ich weiß es nicht«, gab der Mediziner zu. »Schmerzen in der Brust, das könnte alles sein.«

»Es ist Gott«, widersprach Agrippa, der den Arzt gehört hatte. »Er zürnt mir, weil ich ihn gelästert habe.« Unvermittelt ergriff er

Salomes Hand und richtete sich etwas auf. »Du musst ... du musst auf Agrippinos achten. Er braucht jemanden wie dich. Das Land braucht jemanden ...«

Erschöpft sackte er wieder auf das Kissen. »Versprich es mir.«

Sie zögerte. Selbst ein flehender Blick des Sterbenden konnte sie zunächst nicht bewegen, ein solch weitgehendes, verantwortungsvolles Versprechen zu geben. Erst Gilead, der an ihre Seite trat und sie erwartungsvoll ansah, brach ihren Widerstand. »Ich verspreche es.«

Jetzt wandte der König sich an seinen Sohn. »Höre auf deine Kusine. Sie ist so viel älter als du. Sie weiß guten Rat. Und höre ... höre niemals auf den Rat von ... von ...« Agrippas Blick blieb auf Kephallion ruhen. Dann sackte sein Kopf zur Seite.

Ein Augenblick herrschte Stille, dann übernahm Kephallion die Aufgabe des Arztes und rief: »Agrippa ist tot.« Und er fügte hinzu. »Gott hat ihn abberufen, weil er ihn gelästert hat. Agrippa rief heute mehrfach nach römischer Art einen der Götter der Ungläubigen an, und zwar Jupiter. Darum ...«

»So ein Unsinn«, fuhr Salome dazwischen. Es widerstrebte ihr, in diesem Augenblick, kaum dass Agrippa gestorben war und sein Sohn um ihn trauerte, einen lauten Streit auszufechten. Doch Kephallions Thesen durften nicht unwidersprochen bleiben.

»Agrippa selbst«, rief Kephallion, »hat eingestanden, gelästert zu haben.«

»Damit meinte er die blutigen Verfolgungen der *Christiani*, die nicht im Einklang stehen mit den friedlichen Traditionen von uns Juden. Du bist ein Esel, Kephallion, wenn du das nicht verstehst. Dein Leben lang hast du die Schriften verdreht, nun verdrehst du bewusst die Worte des Königs.«

Zustimmendes Gemurmel machte sich breit.

»Du bist schuld an seinem Tod«, rief sie.

Er erschrak und erbleichte, was selten passierte. Salomes Beschuldigung betraf die Tatsache, dass er Agrippa zur Christenverfolgung und zu blutigen Spielen gedrängt und damit eine zu schwere Schuld auf sich geladen hatte. Was jedoch, wenn man plötzlich auf die Idee kam, dass er noch viel konkreter mit seinem Tod zu tun haben könnte. Darum gab er lieber klein bei und schwieg, obwohl es ihm schwerfiel, vor Salome zurückzustecken.

Agrippinos nickte Salome dankbar zu. Sie war ihm in diesen Jahren fast eine Mutter geworden, und so fiel es ihm leicht, die Bitte seines Vaters zu befolgen. Er ging sogar noch weiter.

Agrippinos wandte sich an die Bürger im Sterbezimmer. »Trage es hinaus in die Welt, mein Volk, dass der König, mein Vater, tot ist, und dass seine letzten Gedanken mir gehörten sowie seiner Nichte Salome. Uns gemeinsam hat er die Sorge um das Heilige Land und seine Menschen aufgetragen. Nach unserem Willen sollen alle Verfolgungen ein Ende haben. Friede soll unser Land durchdringen, und jeder Gegner des Friedens ist unser Feind. Hört mich, ich bin euer König Agrippinos. Und an meiner Seite steht die Königin Salome.«

Das war eine Überraschung, auch für Salome. Schon als Kind hatte sie sich gewünscht, Königin von Judäa zu sein, und später hatte sie manches dafür getan. Dass es nie dazu gekommen war, hatte sie längst akzeptiert. Heute Morgen noch war sie so etwas wie eine Verbannte gewesen, und nun sah sie an der Seite eines kaum mündigen Knaben einen Traum verwirklicht, der schon Vergangenheit geworden schien. Agrippinos brauchte sie, so viel stand fest. Der Junge spürte, dass Kephallion und die Pharisäer ihm gefährlich werden konnten, dafür war sein Vater ein Beispiel gewesen. Aber er ging mit dieser verblüffenden Entscheidung auch ein Risiko ein.

Wie würde das Volk reagieren? Atemzüge lang schwankte die Stimmung. Die Bürger wisperten miteinander. Salomes berüchtigter Tanz, ihr Prozess wegen Ehebruchs, ihre bisweilen den Traditionen zuwider laufende Gesinnung – konnte das Volk mit einer solchen Königin leben? Hier im Saal waren nur wenige Bürger versammelt, doch wenn sie Salome akzeptierten, konnte der Funke leichter auf Caesarea überspringen und von dort auf andere Städte.

Aus dem Zischeln wurde ein Raunen. Schließlich rief ein Einzelner: »Es lebe König Agrippinos.« Und dann, einen gespannten Moment lang später: »Es lebe Königin Salome.«

Nun stimmten alle anderen ein. »Es lebe König Agrippinos. Es lebe Königin Salome.« Dreimal noch wiederholten sie es.

Salome schloss die Augen und lächelte.

Neunter Teil

Finsternis bedeckt die Erde

29

Aus den meisten Städten Judäas trafen schon nach wenigen Tagen Huldigungsschreiben in Caesarea ein, was darauf hindeutete, dass Salome als Königin akzeptiert wurde. Allerdings erwähnten die meisten Briefe sie lediglich in der Grußformel, während man sich an Agrippinos mit konkreten Bitten wandte. Die Botschaft dahinter war kaum verschleiert: Agrippinos verkörperte für die Menschen die Macht, sie nur den Schmuck der Macht. Salome traf das nicht. Sie war von ihrem Volk nichts anderes gewöhnt und stellte sich darauf ein, wie in den ersten Monaten von Agrippas Herrschaft, im Hintergrund zu agieren. Der Unterschied war allerdings, dass sie nun den Reif der Könige trug.

Glücklicherweise war Agrippinos ein ganz anderer Mensch als sein Vater. Er musste nicht erst von Reformen überzeugt werden, und gleich in den ersten Tagen nach seines Vaters Tod sprach er von sich aus die Überarbeitung von Rechtsvorschriften an. Er begegnete Salome voller Freundlichkeit und Respekt, aber er zeigte sich auch seiner neuen Rolle gewachsen und trat für einen Fünfzehnjährigen selbstbewusst und würdevoll auf. Er war jetzt schon ein vollwertiger König. Trotzdem verwandelte er sich, kaum dass er mit Salome und Gilead allein war, wieder in den sympathischen und zurückhaltenden Knaben, der sich bei Spielen von seinem agileren Freund neidlos besiegen lassen konnte.

»So einen König bekommt man nicht alle Tage«, sagte Salome zu ihrem Sohn. »Ich hoffe, auch die Bewohner Jerusalems verstehen das.«

Das taten sie. Jerusalem war die letzte große Stadt Judäas, die auf den plötzlichen Thronwechsel reagierte. Im *Sanhedrin* wurde wieder einmal heftig gestritten. Den Pharisäern widerstrebte es, jene Frau, der sie einst den Prozess gemacht und die sie später unter Agrippa bekämpft hatten, als Souverän anzuerkennen. Auch Kephallion sprach vor der Versammlung und heizte die Stimmung noch einmal an. Doch es half ihm nichts. Man kam nicht darum herum, dass Agrippinos selbst es gewesen war, der Salome den Titel verliehen hatte. Der junge König war im Volk äußerst beliebt, obwohl man fast nichts von ihm wusste. Allein die Tatsache, dass seine Existenz Judäa vor einer neuerlichen Besetzung durch die Römer bewahrte, machte ihn zum großen Hoffnungsträger. Zudem kannte man bei den Pharisäern die List und Entschlossenheit Salomes zur Genüge, und so wagte der *Sanhedrin* nicht, sich zu diesem Zeitpunkt auf einen Machtkampf mit Agrippinos und der »Löwin« einzulassen. Das Huldigungsschreiben wurde abgesandt und beinhaltete auch die Grußformel an Salome.

Für Kephallion liefen die Dinge schlecht. Er hatte sich verrechnet, als er glaubte, die aufgeputschte Stimmung weitertragen zu können, und Agrippinos' überraschender Meisterstreich mit Salome tat ein Übriges. Der Junge würde sich nicht kontrollieren lassen, und er konnte vorerst auch nicht entmachtet werden. Binnen zwei Wochen redete niemand mehr von Verfolgungen. Auch der *Sanhedrin* ließ dieses Thema fallen. Die Zeloten standen allein da, Sadoq redete bereits wieder von der Auflösung der Sekte, und Agrippinos leitete Schritte ein, Kephallion den Prinzentitel abzuerkennen. Es sah so aus, als hätte Salome ihn endgültig besiegt.

Doch dann traf eine Nachricht ein, die niemand erwartet hatte. Als Kephallion davon hörte, konnte er es zuerst nicht glauben. »So dumm können doch nicht einmal die Römer sein«, rief er. Als die Meldung sich bewahrheitete, brach er in ein schallendes, nicht enden wollendes Gelächter aus.

Fünf fast reglose Körper saßen um eine Tafel versammelt, die alle Köstlichkeiten bot, die aber nicht angerührt wurden. Agrippinos und Salome hatten zur Begrüßung für Berenike und Menahem ein Festmahl aufgetischt. Die beiden waren aus Ashdod gekommen, um zu gratulieren, und waren mit großer Freude über sie hergefallen. Sie hatten noch nicht gewusst, was Salome, Agrippinos und Gilead kurz zuvor erfahren hatten.

Rom erkannte die Machtübergabe an Agrippinos und Salome nicht an. Kaiser Claudius hatte sich bei der Ernennung Agrippas jenen Vorbehalt zusichern lassen, den auch Herodes vor vielen Jahrzehnten Augustus geben musste, nämlich ein Einspruchsrecht in das königliche Testament. Dem Einspruch des Kaisers war keine Begründung beigefügt, aber Salome, die die Geschehnisse in Rom nie völlig aus den Augen ließ, konnte sich einen Grund zusammenreimen. Der neue Prokurator, der in der Botschaft angekündigt wurde, Fabius Felix, war ein Günstling am römischen Kaiserhof, der vor allem Claudius' Gemahlin nahe stand. Salome konnte sich lebhaft vorstellen, was auf dem Palatin in den Tagen nach Eintreffen der Nachricht von Agrippas Ableben vorgegangen war. Die Statthalterschaften der rund vierzig Provinzen des Imperiums waren heiß umkämpft, denn nur über den Umweg einer Prokuratur konnte man Karriere in Rom machen. Jeder, der am Hof etwas zu sagen hatte, wollte eigene Günstlinge fördern, und da die Zahl der Ämter begrenzt war, wurde nach Kräften intrigiert. Da kam es den Kratzfüßen sehr gelegen, dass eine ehemalige Provinz ihren König verlor. Claudius war vermutlich von den verschiedensten Klüngeln bedrängt worden, Judäa wieder zur Provinz zu machen, und lieferten dem Imperator »vernünftige« Begründungen für ein solches Vorgehen: Agrippinos sei zu jung, Agrippinos könne sich nicht gegen die konservativen Kräfte im Land halten, Agrippinos sei einer Frau hörig, und überhaupt sei eine umstrittene Person wie Salome in einer solchen Machtposition untragbar. Schnell hatten sie den Kaiser mit vereinten Kräften überzeugt und begannen dann, um den Posten eines Prokurators zu streiten. Einer von ihnen, eben dieser Felix, hatte das Rennen gemacht.

»So eine Gemeinheit«, schimpfte Berenike, nur um irgendetwas zu sagen. »Die Entwicklung eines ganzen Landes, das Schicksal Hunderttausender, wird der Geldgier und Karrielelust einer Hand voll Nichtsnutze geopfert.«

»Ich reise nach Rom«, sagte Agrippinos; er glaubte allerdings selbst nicht, dass er dort etwas bewirken könne.

»Claudius hat kein Rückgrat«, seufzte Salome. »Ich habe ihn damals kennen gelernt. Er ist gewiss nicht so dumm, wie er zunächst scheint, aber er ist ein Leben lang von seiner Mutter Antonia beherrscht worden. Und nun sind es eben die Ehefrauen, die ihn beherrschen. Felix ist der Günstling der Kaiserin. Glaube mir, Agrippinos, ich weiß, wovon ich rede, wenn ich sage, dass ein schwacher Mann keine Chance gegen eine starke Frau hat.«

Er ließ die Schultern hängen. »Irgendetwas müssen wir doch tun können.«

Menahem wusste zu berichten, dass eine Legion aus Syrien bereits die Grenze nach Judäa überschritten hatte. »In Jerusalem, Jesreel und Jericho kam es schon zu kleineren Ausschreitungen. Einige römische Kaufleute wurden zusammengeschlagen und ausgeraubt.«

»Das ist die Antwort auf deine Frage, Agrippinos«, sagte Salome. »Wir müssen das Volk zur Ruhe aufrufen. Mehr können wir nicht tun, bis der Prokurator eintrifft.«

»Es gibt noch etwas«, widersprach Menahem. »Lasst Kephallion und Sadoq verhaften. Denn die Zeloten werden jetzt einen Zulauf bekommen, wie sie ihn noch nie hatten – und sie werden ihre neue Stärke ausnutzen, das könnt ihr mir glauben.«

Keine zwanzig Tage war Salome Königin Judäas gewesen, und diese knapp drei Wochen wurden noch nicht einmal in die Annalen des Landes aufgenommen. Der *Sanhedrin* verweigerte den Eintrag ihres und Agrippinos' Namen in die Reihe der Könige, da – wie es hieß – ihr Titel von Anfang an nicht legitimiert gewesen sei. Die Pharisäer hatten immer schon gemeinsame Sache mit den Römern gemacht, wenn es darum ging, ihren Einfluss auf das Volk zu behalten. Nach außen »bedauerten und verurteilten« sie den neuerlichen Einmarsch der Römer. Tatsächlich jedoch freuten sie sich, dass Agrippinos und Salome abgesetzt waren, und schickten dem neuen Prokurator heimlich Ergebenheitsadressen entgegen.

Felix wusste sehr wohl, dass die abgesetzten Herrscher sich in Caesarea aufhielten. Er landete jedoch mit seinem Schiff im syrischen Antiochia und reiste von dort, an Caesarea vorbei, direkt nach Jerusalem, wo er den Herodespalast in Beschlag nahm. Als Salome und Agrippinos davon hörten, reisten sie ihm in die heilige Stadt nach. Dort wurden sie zunächst nicht vorgelassen. Drei volle Tage warteten sie darauf, dass Felix sie empfing, und als es endlich so weit war, fiel seine Begrüßung ausgesprochen unfreundlich aus.

»Ihr beide«, bellte er sie an, »habt, obwohl ihr bereits das Schreiben des erhabenen Kaisers erhalten hattet, noch Regierungshandlungen vorgenommen.«

Felix' Gesicht erinnerte Salome an das eines überfressenen Hundes. Er war nicht größer als Agrippinos, dafür viermal so breit, und er schnaufte und ächzte bei jedem Schritt, als habe er soeben die Wüste Juda mit schwerem Gepäck durchwandert.

»Ja«, erwiderte sie fest, »wir haben das Volk zur Ruhe aufgerufen, damit es dich nicht mit Steinen empfängt.«

Er blies die dicken Backen auf. »Du wirst deine ironischen Bemerkungen künftig unterlassen.«

»Prinzessin«, sagte sie.

»Was?«

»Künftig unterlassen, Prinzessin, heißt es korrekt, edler Felix.«

»Was in dieser Provinz korrekt ist und was nicht, bestimmt der Vertreter des Kaisers. Und das bin ich. Nicht korrekt, zum Beispiel, war die Fahndung, die ihr angeordnet habt. Ich habe den Befehl daher aufgehoben.«

»Wie bitte?«, rief Salome erbost.

»Ich wiederhole mich nicht gerne. Ihr hattet keine Befugnis mehr, Fahndungen auszugeben.«

»Sadoq und Kephallion sind die Anführer der Zeloten«, schrie Salome ihn an. »Die Verhaftung wäre im Sinne Roms gewesen.«

»Du bist anmaßend«, entgegnete er. »*Ich* bin hierzulande Rom, und es ging mir bei dem Widerruf eures Befehls ums Prinzip. Ihr dürft jetzt gehen.«

»Oh, vielen Dank«, blaffte Salome ihn an. »Wohin sollen wir, deiner Meinung nach, gehen? Du hast unseren Palast bezogen.«

Felix schlug mit der fleischigen Faust auf den Tisch. »Diese Unterhaltung beginnt, mich zu ärgern. Du besitzt eine Stadt, hörte ich. Dorthin wirst du gehen, und dort wirst du bleiben. Agrippinos wird Jerusalem nicht verlassen, sondern Gemächer hier im Palast beziehen.«

»Ich will nicht allein hier bleiben«, sagte er.

Felix' Faust donnerte ein zweites Mal nieder. »Bei allen Göttern, du tust, was ich befehle. Ich werde nicht zulassen, dass du dich am gleichen Ort wie diese Ränkeschmiedin aufhältst.«

Nach dieser Äußerung war Salome klar, dass der *Sanhedrin* oder zumindest einige seiner Mitglieder den Prokurator in ihrem Sinne über Salome aufgeklärt hatten. Welche Lügen man ihm erzählt hatte, konnte sie nur vermuten. Felix schien außerdem nicht der Mann zu sein, der sich Gedanken über die Glaubwürdigkeit seiner Zuträger machte.

»*Nomen non est omen*«, scherzte Salome, nachdem sie mit Agrippinos gegangen war. »In diesem Fall scheint der Name nicht Programm zu sein: Felix, der Glückliche, ist ein höchst unzufriedener Mensch.«

Sie versuchte, Agrippinos aufzuheitern, aber sie wusste, dass das momentan unmöglich war. Dem Jungen war nicht nur sein Erbe genommen und seine Fähigkeit zum Regieren aberkannt worden, er wurde zudem noch behandelt wie ein Hausdiener und musste allein in Jerusalem zurückbleiben.

»Ich schreibe dem Kaiser, notfalls reise ich nach Rom«, versprach ihm Salome. »Du wirst bei mir und Gilead leben, das verspreche ich dir.«

Am nächsten Tag reisten sie ab. Die beiden Freunde fielen sich in die Arme, und zum ersten Mal sah Salome ihren Sohn, der sonst immer so stark war, weinen.

Kephallion und Sadoq hatten sich in einem Städtchen nicht weit von Jerusalem im Kellergewölbe eines Hauses einer ihrer Anhänger versteckt. Sie wurden zwar nicht gesucht, doch das war nur eine Frage der Zeit, denn Kephallion rüstete zum Kampf.

»Unterzeichne«, bat er Sadoq, es hörte sich jedoch wie ein Befehl an.

Sadoq nahm das oberste Pergament des Stapels in die zittrigen Hände und hielt es sich dicht vor die Augen. Er ließ sich Zeit beim

Lesen, was Kephallions Ungeduld noch weiter schürte. Nervös spielte er mit der Feder.

Schließlich ließ Sadoq das knittrige Schreiben sinken. »Schon wieder Blut?«, fragte er heiser. Er hatte kaum noch Stimme und ständig einen trockenen Mund.

Kephallion ließ keinen Zweifel mehr daran, was er von Sadoq hielt. »Du bist eine Memme, Sadoq, warst immer eine. Wir könnten viel weiter sein, wenn du nicht früher schon immerzu gejammert und gezaudert hättest. Um jedes einzelne Menschenleben machst du dir Gedanken und verlierst immer wieder den Blick auf das Ganze, das Große. Es geht nicht um ein paar Tote. Es geht um Gott. Um sein Reich, seinen Willen. Ach, was rede ich mit dir darüber! Du solltest deinen Platz endlich räumen.«

»Was sagst du?«, fragte Sadoq. »Ich bin der Gründer unserer Sekte, ich habe ...«

»Ja, ja, ja, jetzt kommst du wieder mit diesen alten Geschichten, die ich in- und auswendig kenne, das Massaker im Tempel, die Ermordung deines Vaters, die Kreuzigung Zelons ... Das alles war einmal. Damals hattest du wenigstens noch Glut in dir, Sadoq, auch wenn du von Anfang an einen entscheidenden Fehler gemacht hast. Du hast die Gewalt der anderen so sehr verabscheut, dass du selbst keine anwenden wolltest. Das war ein fataler Irrtum, auf der alle deine späteren Irrtümer aufbauten. Furchtbarer und schrecklicher noch als die anderen hättest du zuschlagen müssen, denn nur Angst und Schrecken können solch riesige Feinde wie die Römer besiegen. Heute bist du nur noch ein Haufen kokelnder Asche. Du brennst nicht mehr, Sadoq, sondern gibst nur noch Wärme ab. Und das reicht nicht, alter Mann.«

»Wenn nur Menahem hier wäre.«

»Er ist ein Verräter, der uns verlassen hat. Er ist dem Bösen verfallen. Und nun unterschreibe die Briefe, wenn du schon nicht abtreten willst. Sie werden in alle Orte geschickt, wo wir Anhänger haben. Bald wird es ziemlich ungemütlich für die Römer.«

Noch immer zögerte Sadoq.

»Gott will es so«, bekräftigte Kephallion. »Warum sonst hätte er uns vor der Verhaftung bewahrt? Die Häscher der Heidenhure hätten uns beinahe geschnappt, aber ein Wunder bewirkte, dass sie plötzlich ihre Suche einstellten. Braucht es einen besseren Beweis für den Willen des Herrn?«

Sadoq seufzte. Er griff nach der Feder und unterschrieb alles, was Kephallion ihm vorlegte, so als könne er sich dadurch einer Last entledigen.

Gileads dreizehnter Geburtstag fiel mit dem *shabbat* zusammen, und es war üblich, dass Knaben an diesem Tag ihre *derasha* hielten, einen *thora*-Vortrag, mit dem sie ihre religiöse Mündigkeit bewiesen. Gilead hatte sich jedoch gegen die Prozedur gewandt und damit eine wichtige Entscheidung für sein Leben getroffen. Er war beschnitten, und er hatte im Laufe der Jahre von Efraim, Salome und anderen den alten Glauben gelehrt und gedeutet bekommen. Hier in Judäa allerdings sah er fast nur die extremen Auswüchse des jüdischen Glaubens, und dies beeinflusste ihn derart stark, dass er von keinem Gott mehr etwas wissen wollte, von welchem auch immer.

Stattdessen feierten Salome und er zusammen mit Berenike und Menahem auf einer Terrasse im Palast von Ashdod, genau jener Terrasse, wo Salome ihre erste Unterhaltung mit Timon geführt hatte. Hier hatte sich fast nichts verändert. Noch immer blühte der Oleander in riesigen Büschen, noch immer spendeten Palmen wohltuenden Schatten, und noch immer schimmerten Ashdods weiße Häuser wie Perlen im Mittagslicht. Aus großen Amphoren wucherten Minze und Lavendel, und vorwitzige Vögel hüpften zwitschernd zwischen den Schemeln und Bänken, auf denen Salome und ihre Freunde saßen.

»Was ist eigentlich mit meinen Geschenken?«, fragte Gilead irgendwann.

»Für den dreizehnten Geburtstag ist nur ein Gebetsmantel üblich«, lächelte Salome.

Gilead schnitt eine wenig begeisterte Grimasse.

»Ich dachte mir schon«, ergänzte Salome, »dass dich das keinen Purzelbaum schlagen lässt. Darum gleich weiter zu den übrigen Gaben. Die größte zuerst.«

Auf ein Klatschen von ihr hin führte der Stallmeister eine tiefschwarze Stute auf die Terrasse, deren Fell wie ein kostbares Vlies in der Sonne schimmerte. Gilead brachte vor Staunen keinen Ton heraus. Er musterte das Pferd von allen Seiten, streichelte über die Mähne und drückte seine Wange an den Hals. Schließlich blickte er seine Mutter voller Dankbarkeit an.

»Ich habe nichts damit zu tun«, stellte sie richtig. »Es ist vom König von Armenien.«

»Aristobul?«

Salome nickte. »Einer seiner Soldaten hat es vor zehn Tagen für dich abgeliefert.«

»Ich *liebe* es.«

»Kaum mündig und schon verliebt«, schmunzelte Salome, und musste wieder an Timon denken, der nicht anders gewesen war.

»Darf ich es gleich reiten?«

»Dazu könntest du unsere Geschenke gut gebrauchen.« Berenike überreichte Gilead eine Reitdecke, die von ihr mit roten und schwarzen Ornamenten bestickt worden war und fabelhaft zu dem Pferd passte, und Menahem hatte eine Striegelbürste mit eigener Hand gefertigt.

»Und damit du mich nicht ewig mit einem Gebetsmantel in Verbindung bringst«, sagte Salome und legte ihrem Sohn jene Kette um den Hals, die Timon stets getragen und die er ihr kurz vor seinem Tod gegeben hatte. »Von mir und deinem Vater. Du bist jetzt ein Mann, Gilead, wie er.«

Diesmal war es Gilead, der seine Mutter umarmte – obwohl die anderen dabei waren. Dann warf er die Decke über den Pferderücken, schwang sich auf das Pferd und fragte: »Wie hieß die Stute meines Vaters?«

»Andromeda.«

Er nickte und blickte geradeaus. »Lauf, Andromeda.«

Salome sah ihm hinterher, bis Berenike an ihre Seite trat. »Du hast ihn ja gar nicht ermahnt, langsam zu reiten.«

»Und es ist mir enorm schwer gefallen.«

Die beiden Freundinnen lächelten einander an, hakten sich unter und setzten sich wieder in den Schatten. Eine Dienerin brachte frische Datteln, Feigen und Pampelmusen, eine andere servierte kühles Wasser, in dem Minzblätter schwammen.

»Gibt es Neuigkeiten aus Jerusalem?«, wollte Berenike wissen.

Salome trank erst einen großen Schluck des Minzwassers, bevor sie antwortete. »Nein. Seit vorgestern ist kein Bote mehr eingetroffen.«

Der Prokurator Felix hielt es nicht für nötig, mit der herodianischen Familie in Kontakt zu bleiben. Anfangs hatte Salome ihm noch Briefe geschrieben und um Auskunft zu bestimmten Vorfällen gebeten – sie hatte nie eine Antwort erhalten. Also war sie dazu übergegangen, eigene Kundschafter in Jerusalem und Caesarea zu postieren, die Informationen sammelten und ihr mehrmals wöchentlich zur Kenntnis brachten. Auf diese Weise blieb sie auf dem Laufenden, doch manchmal wünschte sie angesichts der schlimmen Nachrichten, sie würde nicht alles erfahren. Denn was sie erfuhr, raubte ihr nicht selten den Schlaf.

Alles hatte mit Aqraba begonnen, einem kleinen Städtchen in Samaria. Radikale Zeloten überfielen den Ort, in dem hauptsächlich friedliche Juden lebten, und massakrierten die Bevölkerung. Als eine berittene Streife der Römer für Ordnung sorgen wollte, wurden auch sie angegriffen und in die Flucht geschlagen. Felix reagierte mit der Hinrichtung einiger Radikaler, die er verdächtigte, an dem Überfall beteiligt gewesen zu sein, ohne dass er konkrete Beweise dafür hatte. Er gab auch eine Fahndung nach Sadoq und Kephallion heraus, die natürlich erfolglos blieb.

Die schmähliche Niederlage bei Aqraba sorgte für schlechte Stimmung bei den Römern. Zu *passah*, als Tausende Juden sich in den Höfen des Tempels von Jerusalem versammelten und den Opferzeremonien beiwohnten, stellte sich ein Legionär der Besatzung auf eine hohe Mauer des Heiligtums, zog seine Hose herunter und pinkelte auf die Gläubigen. Ein Aufruhr war die Folge. Statt sofort den schuldigen Legionär zu bestrafen – was die Lage beruhigt hätte –, schickte Felix Truppen auf das Tempelgelände, was einen zusätzlichen Frevel bedeutete, und ließ die Menge auseinander treiben. Wenig später handelte er ähnlich, als ein Tribun seiner Truppe in eine Synagoge eindrang und bei einer Durchsuchung auch

Hand an den *aron ha-kodesh* legte, den heiligen Behälter, in dem die Abschriften der *thora* aufbewahrt werden. Der Offizier zerfetzte die heilige Schrift und spuckte darauf, aber als der zu erwartende Tumult folgte, waren es wieder die Juden, denen Felix die Schuld gab und die er bestrafen ließ.

Den Zeloten verschaffte er dadurch nur noch mehr Zulauf, als sie ohnehin schon hatten. Selbst Juden, die bis dahin Gewalt als Mittel der Befreiung abgelehnt hatten, stellten sich in den Dienst von Sadoqs Sekte, sei es, dass sie römische Truppenbewegungen ausspionierten, sei es, dass sie *Christiani* und Zelotengegner denunzierten oder sogar selbst zur Waffe griffen. Schlimmer noch als vor vielen Jahren, als Männer vereinzelt Ungläubige oder Gemäßigte niedergestochen hatten, verbreiteten die *sicarii*, die Attentäter mit dem Krummdolch, Schrecken im ganzen Land. Überfälle auf Dörfer, christliche Versammlungen und auf Karawanen waren an der Tagesordnung, und Felix antwortete auf die Gräueltaten, indem er Verdächtige nach schnellem, zweifelhaftem Prozess ans Kreuz nageln ließ. Sogar Kinder, die sich zu einem Anschlag auf römische Legionäre hatten hinreißen lassen, wurden kurzerhand hingerichtet. Das wiederum steigerte den Hass der Juden und diente den Radikalen als Vorwand, Vergeltung zu üben. Die Römer ihrerseits bezeichneten ebenfalls jede ihrer Maßnahmen als Vergeltung, und schon bald wusste niemand mehr, wer wann welche Vergeltung wofür verübte. Jeder Tag brachte neue Verzweiflung und neues Blutvergießen.

»Irgendwann werden die Gemüter sich wieder beruhigen«, meinte Berenike. »So war es doch immer.«

Salome schüttelte den Kopf. »Das glaube ich nicht. Sieh dir doch nur die Führer der Parteien an, die sich gegenüberstehen. Nach allem, was du und Menahem mir über Sadoq erzählt habt, hatten die Zeloten damals noch so etwas wie einen Kodex und ein konkretes Ziel. Kephallion dagegen führt zwar solche schönen Begriffe wie Freiheit, Gotteswille und Vaterlandsliebe im Mund, aber die sind nur Tarnung für den abgrundtiefen Hass auf alles, was ihm nicht gefällt. Das Schicksal des Volkes kümmert ihn keinen Deut.«

Berenike und Menahem nickten zustimmend.

»Und auf der anderen Seite?«, setzte Salome ihre Einschätzung fort. »Man kann über Herodes, Augustus, Tiberius und Pilatus denken, was man will – ich bin selbst kein Anhänger ihrer kurzsichtigen Politik. Sie hatten jedoch zumindest so viel Verstand, Judäa einen Rest der einstigen Würde zu belassen. Wer hat heute das Sagen bei den Römern? Ein debiler, leicht beeinflussbarer Kaiser mit erheblichen Sprachschwierigkeiten, und ein gefräßiger Prokurator, dessen Fingerspitzengefühl sich mit dem eines brünstigen Büffels vergleichen lässt – womit ich dem Büffel noch Unrecht tue. Dazu kommt, dass die Griechen kräftig gegen die Juden intrigieren und sie bei Felix anschwärzen, wo sie können. Sie provozieren und schieben die Schuld dann auf die Juden. Felix ist natürlich viel zu beschränkt, um das perfide Spiel zu durchschauen.«

Salome regte sich immer mehr auf. »Alles geht hier vor die Hunde, Berenike. Das Land unserer Familie, das Volk, das wir eigentlich beschützen sollten, und niemand steht dagegen auf und gibt dem Frieden eine Stimme. Nicht mal Gott. Wo ist er denn, der Gott, den Gilead vorhin zitierte, unser Schild und Schwert und Glücksbringer und …«

Salome brach abrupt ab und stützte das Gesicht in die Hände. Berenike gab ihrem Mann ein Zeichen, dass er sie allein lassen solle, dann setzte sie sich zu ihrer Freundin und strich ihr zärtlich die Haare aus der Stirn. Sie wusste, Salome war gleichermaßen stark geworden durch die Erfolge und die Verluste ihres Lebens. Wie kein anderer Mensch hatte Salome es verstanden, aus jedem Wind, der ihr ins Gesicht blies, Schwung und Kraft für neue Pläne und Ziele zu finden. Ja, sie war ihr Vorbild gewesen, als sie in der demütigenden Ehe mit Kephallion feststeckte, und sie war stets der lebende Beweis für sie gewesen, dass es sich auch für Frauen lohnte, zu kämpfen, um Liebe, um Schönheit, um Freiheit und auch um Macht. Nicht alles, was sie getan hatte oder wofür sie eingestanden war, hatte Berenikes Beifall gefunden, doch Salomes unbeirrten Unabhängigkeitsgeist hatte sie immer bewundert. Salome war eine Träumerin und Abenteurerin, ein Zugpferd, das manchmal stur in die falsche Richtung galoppierte, aber sie hatte wahrhaft gelebt und würde es bis zur letzten Stunde tun.

Berenike kannte ihre Freundin gut genug, um zu wissen, dass eine politische Krise sie nicht derart aus der Bahn werfen konnte, um hier vor ihnen schluchzend zusammenzubrechen. Gewiss, Salome hatte ihr Land und Volk immer mit der gleichen Leidenschaft geliebt, wie sie es kritisierte, doch das allein reichte nicht als Ursache für ihren Zustand. Sie war wesentlich dünnhäutiger geworden in letzter Zeit.

»Könnte es sein, dass noch etwas anderes an dir nagt?«, fragte sie.

Salome blickte sie an. »Was meinst du damit?«

»Nun ja, du bist unruhiger geworden. Zuletzt habe ich dich so im Herodespalast und in Ashdod erlebt. In der Zeit vor Timon. Damals fehlte dir auch der – wie sage ich es bloß? – der Ruhepunkt. In dem Leben, das du jetzt führst, fehlt etwas.«

»Oh, Frau Weisheit spricht wieder.«

»Mach dich nur darüber lustig. Das beweist nur, dass ich auf dem richtigen Pfad bin.«

»Mir ist schleierhaft, was du meinst.«

»Und mir ist schleierhaft«, erwiderte Berenike, »wie jemand, der so hellsichtige politische Analysen treffen kann wie du, kläglich versagt, wenn es um die eigene Person geht. Es ist offensichtlich, dass du Aristobul gewaltsam aus deinem Leben drängen willst. Nicht einmal seinen Namen nimmst du noch in den Mund, nennst ihn König von Armenien, und selbst das nur, wenn es unbedingt sein muss, wie vorhin, als du Gilead das Pferd übergeben hast.«

»Ich möchte nicht über ihn reden.«

»Du liebst ihn.«

»Wie kannst du so etwas behaupten!«

»Du liebst ihn, trotzdem hast du ihn nach Armenien zurückgeschickt. Warum?«

»Das reicht jetzt, Berenike.« Sie wollte aufstehen, aber Berenike hielt sie beherzt zurück.

»Warum?«

Salome zögerte. Schließlich stieß sie einen tiefen Seufzer aus. »Timon ist noch zu lebendig in mir, Berenike. Es käme mir vor wie …«

Sie wurde unterbrochen, denn plötzlich kamen Menahem und ein weiterer Mann angerannt. Berenike verdrehte die Augen. »Wirklich, Menahem, du hast kein gutes Gefühl für den richtigen Zeitpunkt. Was ist denn so wichtig?«

»Dieser Bote hier bringt die neuesten Nachrichten aus Jerusalem«, erklärte er keuchend und übergab Salome eine Schriftrolle. »Offenbar hat es einen Aufstand gegeben.«

Berenike schnitt eine ungeduldige Grimasse. »Es hat schon viele Aufstände in Jerusalem gegeben. Was ist an diesem so dringend, dass du uns gerade jetzt stören musstest?«

Fassungslos starrte Salome auf die Botschaft. »Oh nein«, hauchte sie.

»Was ist?«

»Der Aufstand ...«

»Ja?«

»Er ist gelungen.«

»Das gibt es doch nicht«, rief Berenike und überflog die Schriftrolle. »Unglaublich! Jerusalem ist in den Händen der Zeloten. Auch Caesarea und Jericho sind gefallen. Von überall treffen Meldungen über Kämpfe ein, aus Nazareth, Hebron, Jesreel ...«

»Das ganze Land befindet sich im Aufstand«, sagte Salome.

Und als sei dies noch nicht entsetzlich genug, fiel ihr noch etwas anderes ein. Ihre Augen weiteten sich. »Mein Gott. Agrippinos!«

Noch am gleichen Abend trafen Berichte ein, wonach sich mehrere hundert Aufständische von Osten her Ashdod näherten. In der Stadt entstand Panik, die auch von Salomes Wachen nicht gestoppt werden konnte. Vereinzelt brachen Brände aus, die alles noch schlimmer machten. Plünderer überfielen die Villen reicher Griechen, und Schiffe, die im Hafen lagen, wurden um ihre Fracht erleichtert. Daraufhin gaben die Kapitäne Befehl zum Auslaufen – auch Salomes persönliche Galeere suchte Schutz in offenen Gewässern.

»Hier können wir nicht bleiben«, sagte Salome. »Die Aufständischen machen uns nieder, bevor wir auch nur den Mund öffnen.«

»Nach Osten können wir nicht, und die Flucht aufs Meer ist uns auch versagt«, zählte Menahem auf. »Gaza im Süden ist ebenfalls im Aufstand. Uns bleibt nur die Küste nach Norden.«

»Oder der Kampf«, fügte Gilead hinzu.

»Den verlieren wir«, sagte seine Mutter. »Ich habe nichts gegen Kampf, aber er muss wenigstens *irgendeinen* Sinn haben. Die meisten Einwohner Ashdods sind bereits geflohen, die Stadt brennt, und unsere Soldaten sind den Feinden zwanzig zu eins unterlegen. Ich wüsste nicht, was wir hier verteidigen sollten.«

»Dann will ich nach Jerusalem«, sagte Gilead. »Ich muss Agrippinos befreien.«

»Wir wissen nicht mal, ob er noch ... ob er überhaupt gefangen ist.«

»Ob er noch lebt, wolltest du sagen. Er lebt. Er ist gefangen. Er braucht mich.«

»Er braucht eine Armee, Gilead. Keinen dreizehnjährigen Jungen, der neben ihm an einem Galgen baumelt.«

»Du hast vorhin gesagt, dass ich von nun an meine eigenen Entscheidungen treffen darf.«

»Ich nehme alles zurück.« Salome blickte ihren Sohn mit ernster Miene an. »Ich verstehe dich. Und ich mache mir genauso große Sorgen um Agrippinos wie du. Ich brauche dich allerdings hier, Gilead. An meiner Seite.«

Dieses Argument – nichts anderes – hielt Gilead davon ab, sofort nach Jerusalem zu reiten.

Noch in der Nacht brachen sie gen Norden auf, nachdem Salome ihrer Truppe die Flucht nahe gelegt und sich bei jedem der Getreuen mit einer Börse voll Münzen bedankt hatte. Die beiden Frauen, die bisher nie geritten waren, setzten sich hinter die Männer auf die Pferde und hielten sich an ihnen fest. »Stundenlang den erwachsen gewordenen Sohn umarmen – welche Mutter träumt nicht davon?«, scherzte Salome und lockerte damit die Stimmung etwas auf.

Sie wurden von zehn Soldaten begleitet, aber als der Morgen anbrach, waren es nur noch sieben, und als sie die Gegend um Joppe erreichten, noch vier. Schuld an diesem Schwund waren die Leichen, an denen sie vorbeikamen und die davon zeugten, wie gefährlich dieser Ritt durch »Feindesland« war. In jeder Stunde sahen sie wenigstens drei Tote, manche halb verwest, andere, die erst vor kurzem ermordet worden waren: Griechen, Araber, Essäer, *Christiani* mit kleinen Kreuzen um den Hals, einfache Bauern und Kaufleute ... Sie lagen am Wegesrand, mit durchschnittenen Kehlen oder großen Löchern in ihren Leibern. Andere hingen an Ästen, umlagert von Krähen, Elstern und Raben. Und wieder andere waren von Dorfbewohnern notdürftig verscharrt worden, wobei nicht selten eine Hand oder ein paar Zehen aus dem staubigen Boden ragten. Für Salome waren es grauenhafte Stunden, doch nach einer Weile lernte sie – wie die anderen, auch Gilead – die Toten zu übersehen, gleichsam durch sie hindurch zu blicken. Sie wurden beinahe zu einem Teil der Landschaft, und hatten die vier Flüchtenden anfangs im Angesicht der massakrierten Leiber noch entsetzt geschwiegen, schafften sie am zweiten Tag irgendwie, wieder einigermaßen normal miteinander zu reden. Sie mussten reden und die Toten dabei vergessen, sonst wären sie wahnsinnig geworden.

Was Salome allerdings nicht vergessen oder übersehen konnte, waren die traurigen Augen der Dorfkinder. Kinder waren die Zukunft des Landes. Sie hätten Frieden gebraucht, damit der Frieden in ihren Herzen zu einer kräftigen Pflanze wachsen konnte. Nun würde dieses zarte Pflänzchen in der Gluthitze des Hasses verkümmern, und das erschütterte Salome weit stärker als eine Leiche im Sand.

Ursprünglich hatte sie vorgehabt, ins griechisch dominierte Sebaste zu fliehen, eine junge, gut gesicherte Stadt im Herzen des Landes. Sie mussten allerdings feststellen, dass Sebaste bereits umzingelt war, daher wichen sie in Richtung des Sees Genezareth aus, schon deswegen, weil ihre Wasservorräte knapp wurden. Nach mehr als dreißig Stunden Ritt gönnten sie sich ihre erste längere Rast. In der Ebene von Megiddo, wo vor Jahrtausenden ein riesiges Pharaonenheer die Völker des Ostens unterworfen hatte, schliefen sie eine ganze Nacht lang durch. Als sie erwachten, waren die sie begleitenden Soldaten bis auf einen einzigen verschwunden.

Diesem Mann sagte Salome: »Mir wäre es lieber, wenn wenigstens du dich nicht fortschleichen würdest. Das ist entwürdigend. Wenn du gehen willst, dann sieh mir in die Augen und sage es.«

Er sah sie an – und sagte es.

Nun waren sie allein.

Zu viert schlugen sie sich bis zum See Genezareth durch, wo sie ein Bad nahmen und so viel Wasser tranken, bis es in ihnen schwappte.

»Von hier ist es nicht mehr weit bis nach Phönizien«, sagte Menahem. »Wenn wir uns beeilen, sind wir dort, bevor die Sonne untergeht.«

»Ich verlasse das Land nicht«, sagte Salome.

»Wie bitte?«

»Du hast mich verstanden, Menahem. Ihr könnt ja gehen, aber ich werde Judäa nicht verlassen. Nicht jetzt. Nicht in diesem Zustand. Nicht, bevor alle unsere Freunde mit uns kommen können.«

Gilead sah seine Mutter bewundernd an, Menahem dagegen schlug die Hände über dem Kopf zusammen. »Ganz Judäa ist in der Hand der Zeloten. Es ist nur eine Frage der Zeit, bis jemand entdeckt, wer wir sind.«

Mit seiner zweiten Bemerkung hatte Menahem zweifellos Recht. Zwar trugen sie einfache Kleidung, hatten den Schmuck abgelegt und jegliche anderen Zeichen von Reichtum und Würden in Ashdod zurückgelassen. Außerdem wimmelte es auf den Straßen und Wegen von Reitern und Wanderern, die quer von Nord nach Süd, Süd nach Nord, West nach Ost und so weiter unterwegs waren, auf der Suche nach Verwandten, Freunden oder einfach einem ruhigen Flecken, wo sie bleiben konnten, bis alles vorbei war. Dennoch ließ sich die vornehme Herkunft der vier nicht völlig verbergen. Salome und Berenike sah man schon an den Händen und Haaren an, dass sie keine Bäuerinnen waren, und die Pferde kamen unübersehbar aus einem hervorragenden Stall. Gilead schließlich fiel durch seine helle Haut auf – in Zeiten, in denen Griechen von radikalen Juden erschlagen wurden, war das nicht ungefährlich.

In einem allerdings irrte Menahem.

»Nicht ganz Judäa ist im Aufstand«, berichtigte Salome. »Ich weiß vielleicht einen Ort, der noch nicht vom Wahn erfasst ist.«

Philippi sah nie schöner aus als an diesem Julinachmittag. Die Pfirsich- und Olivenhaine, die die Stadt wie ein Ring umgaben, standen in voller Frucht, und die gelben Häuser und Türme flimmerten in der Hitze wie eine Fata Morgana. Alles schien völlig friedlich, so als stünde Philippi in einer anderen Welt.

Fast stimmte das ja auch. Die Provinzen östlich des Jordan hatten immer schon ein wenig abseits gelegen. Geographisch gesehen nur einen Sprung von Galiläa entfernt, einem jüdischen Herzland, spielte Basan im Denken der Juden keine große Rolle und war nur selten in deren Bewusstsein gerückt – das letzte Mal, als Philippi, die Stadt der Entrechteten, gebaut worden war. Was für eine Empörung hatte das einst ausgelöst! Unendlich weit schienen diese Tage zurückzuliegen. Fast bekam Salome eingedenk der heutigen Lage Sehnsucht nach den Problemen, die sie damals noch gehabt hatte.

Ihre Ankunft sprach sich in der Stadt rasend schnell herum. Wie einst während des Besuchs mit Agrippa strömten die Bürger auf die Straße und feierten die Gründerin. Der *Toparch* Philippis, ein Nichtjude, begrüßte sie mit einem Kniefall, ganz so, als sei sie noch Fürstin von Basan.

Dann verdunkelte sich die Miene des Toparchen. »Zwar sammeln die Römer derzeit ein Heer in Phönizien, aber das wird für uns zu spät kommen. Etwa zweitausend Aufständische werden spätestens morgen hier erwartet. Und wir haben keine Mauern.«

Keine Mauern. Diese Offenheit war der Traum von Timon und Kallisthenes gewesen. Philippi sollte einladen, nicht abwehren, Handel treiben, keine Kriege führen.

»Die Zeloten hassen Philippi. Sie werden unsere Stadt niederbrennen«, fuhr der *Toparch* fort.

»Nur, wenn wir es zulassen«, rief Gilead im Brustton der Überzeugung. Er wusste natürlich, dass sein Vater Philippi gebaut hatte, und er wollte nicht tatenlos dabei zusehen, wie die Stadt, Timons Meisterwerk, in Schutt und Asche sank.

Salome seufzte. »Gilead. Ich möchte Philippi auch gerettet sehen. Aber die Leute hier wissen am besten, ob ...«

»Ich habe viele junge Leute auf den Straßen gesehen«, unterbrach er. »Wollen die ihre Stadt nicht verteidigen?«

»Wir sind keine Kämpfer«, erklärte der *Toparch*.

»Das sind die Aufständischen auch nicht. Sie haben zwar Schwerter, doch sie wissen nicht, wie man damit umgeht.«

Menahem sprang ihm zur Seite. »Der Junge spricht die Wahrheit. Ihr solltet nicht so schnell aufgeben.«

Der *Toparch* sah Salome an und wartete auf ein klärendes Wort von ihr. Obwohl sie schon lange keine Machtbefugnis mehr in Philippi hatte, unterstellten die Menschen sich freiwillig ihrer Führung.

»Ich habe als Sklave beim Bau Philippis mitgearbeitet«, erklärte der *Toparch*. »Ebenso die Väter der jungen Leute, von denen dein Sohn sprach. Wir leben hier, Prinzessin, weil du uns diesen Platz geschenkt hast. Sage uns, was wir tun sollen.«

Salome blickte den Mann nachdenklich an, dann Menahem, Berenike und schließlich ihren Sohn. »Also gut«, sagte sie, »verteidigen wir unsere Stadt.«

30

Binnen Stunden formierte sich in Philippi eine Streitmacht von zweitausend Mann. Die meisten waren Gewürz- und Tuchhändler, Schmiede und Schneider, die nur mit Nadel und Hammer umgehen konnten. Glücklicherweise befanden sich auch etwa einhundert Söldner in der Stadt, die normalerweise von Kaufleuten zum Schutz ihrer Karawanen angeheuert wurden. Die Rettung Philippis lag ihnen in keiner Weise am Herzen – es gab Dutzende anderer Städte in Syrien und Phönizien, wo sie ihrem Gewerbe nachgehen konnten. Prall gefüllte Geldsäcke brachten sie allerdings schnell auf die Seite der Philippianer.

Die Söldner bildeten die Speerspitze der Streitmacht. In ihren

Uniformen, die denen der Römer ähnlich waren, wirkten sie ausgesprochen bedrohlich. Sie schlugen vor, nicht erst zu warten, bis die Angreifer bis zu den Hainen vorgedrungen waren, sondern ihnen entgegenzumarschieren und sie an einer günstigen Stelle anzugreifen.

»Im Hule-Tal«, schlug Salome vor. »Ich war früher häufig dort, zusammen mit ...« Sie räusperte sich. »Jedenfalls ist die Stelle ideal für einen Überraschungsangriff.«

»Warum?«, wollte der Kommandant der Söldner wissen.

»Ich habe vor einigen Jahren die Schriften des römischen Generals Corbulo studiert«, erwiderte sie wie selbstverständlich und zur Überraschung aller. »Erstens: Wir kämen von oben, das macht uns bedrohlich. Zweitens: Die Wälder im Tal sind so dicht, dass die Zeloten nicht sehen, wie viele wir tatsächlich sind. Das macht uns ebenfalls bedrohlich. Drittens: Der Hule führt zu dieser Jahreszeit kein Wasser, das Flussbett ist von Schlamm bedeckt. Ich weiß, wovon ich rede, ich lag selbst einmal in diesem Dreck. Wenn wir sie dort hineintreiben könnten ...«

»Genug«, brummte der Anführer der ungehobelten Söldner. »Das ist eine gute Idee, Weib. Aber du schwatzt zu viel.«

Sie amüsierten sich alle über diese unverblümte Bemerkung.

Dann wurden sie schnell wieder ernst, denn es blieb wenig Zeit, die Ausrüstung zu organisieren und zum Hule-Tal zu marschieren. Menahem und Gilead reihten sich in die Mitte des Trosses ein, Salome und Berenike blieben gemeinsam mit anderen Frauen, die Körbe mit Nahrung trugen, am Ende. Als sie durch die enge Schlucht gingen, flüsterte Salome: »Hier bin ich immer mit Timon entlanggegangen, wenn wir zu unserem Versteck wollten. Zwanzig Jahre ist das her, mir kommt es dagegen vor, als seien es nur ...«

»Entschuldige bitte«, sagte Berenike. »Mir ist im Moment überhaupt nicht danach, Geschichten zu hören, in denen du dich mit Timon im Laub gewälzt hast. Menahem könnte im Kampf sterben.«

»Das könnten wir alle.«

»Vielen Dank. Du weißt wirklich, wie man andere tröstet.«

»Meinst du denn, ich mache mir keine Sorgen um Gilead? Er ist noch ein Junge, und das Schwert, das er bei sich hat, ist größer als er selbst. Ich hätte ihm nie erlaubt, mitzukämpfen, wenn nicht so viele Philippianer seines Alters ebenfalls …«

»Salome.«

»Ja?«

»Der Söldner hatte Recht. Du redest tatsächlich zu viel.«

Die Sonne neigte sich bereits dem Horizont entgegen, als sie die Hügel oberhalb des Hule-Tales erreichten. Der Moment hätte nicht günstiger sein können. Wie erhofft, schlängelte sich das Aufgebot der Zeloten am Flussbett entlang. Wie viele es waren, war durch den Blätterwald nicht zu erkennen, aber das spielte jetzt ohnehin keine Rolle mehr.

Salome wollte sich noch von Gilead verabschieden, ihm Glück wünschen, ihn zur Vorsicht mahnen, ihm sagen, wie sehr sie ihn liebe; in dem Gewirr fand sie ihn jedoch nicht mehr. Der Anführer der Söldner gab ein Zeichen – ein Schrei wie der eines brünstigen Hirsches –, und der Heerhaufen stürzte sich mit Gebrüll und erhobenen Schwertern die Hügel hinunter.

Salome und Berenike hielten sich gegenseitig fest. Von ihrem Platz aus konnten sie kaum etwas erkennen. Vögel flatterten auf, Metall klirrte, Schreie stiegen in den Himmel – doch kaum zehn Atemzüge später setzte sich Jubel durch, erst zaghaft, dann unüberhörbar.

Einer der Söldner, blutüberströmt, schleppte sich zu den Frauen auf den Hügel hinauf, keuchte und fiel auf die Knie. »Wir haben …« Er reckte die Arme empor. »Gesiegt.«

Die Frauen lachten und tanzten, doch gleich darauf hatten sie es alle eilig, in den Wald hinunterzulaufen und ihre Männer und Söhne zu suchen.

Nur wenige Tote lagen auf dem Waldboden. Als Salome den Anführer der Söldner erblickte, fragte sie ihn, ob er Gilead gesehen habe. Doch der Mann kam aus dem Lachen nicht wieder heraus. »Wenn sie nur halb so gut kämpfen würden, wie sie predigen, wären wir verloren gewesen. Wie die Hasen sind sie gerannt. Wie die Hasen!«

Aus dem Mann war nichts herauszubekommen. Salome irrte

durch die Reihen der Philippianer. Einige lehnten verwundet an Baumstämmen, und vereinzelt beugten sich auch Frauen weinend über ihre toten Männer. Dann sah sie Menahem, der sich auch über einen regungslosen Körper beugte. Sie erkannte die Stiefel ihres Sohnes. Salome erstarrte und presste sich die Hand vor den Mund. »Nein«, rief sie. »Nein, nein, nein.« Sie rannte los, stolperte im Schlamm, stand auf, stolperte erneut. Auf allen vieren kroch sie voran, stieß Menahem zur Seite und blickte in das Gesicht ihres Sohnes, der – sie anlächelte.

»Mutter«, sagte er. »Wir haben gewonnen, Mutter.«

Sie konnte in diesem Moment nur noch weinen. Kraftlos fiel sie neben Gilead in den Schlamm.

»Warum weinst du denn, Mutter?«

»Warum ich …? Ich dachte, du seist …« Sie sprach es nicht aus. »Weißt du«, sagte sie stattdessen und wischte sich die Tränen von den Wangen. »Ich habe hier vor vielen Jahren zusammen mit deinem Vater gelegen.«

»Im Schlamm?«

»Im Schlamm. Und es war einfach herrlich.«

Sie lachten. Salome blickte ihren Sohn und Menahem und Berenike an. »Ich will, dass wir von jetzt an zusammenbleiben«, sagte sie. »Versprochen?«

Berenike und Menahem nickten. Niemandem fiel auf, dass Gilead es nicht tat.

Am nächsten Morgen fand Salome ein Stück Pergament auf dem Bett ihres Sohnes. Darauf stand: »Ich muss Agrippinos helfen.« Und darunter, ganz klein geschrieben, schnell noch hinzugefügt: »Ich liebe dich. Gilead.«

Genau so hatte Kephallion sich den Moment der Rache immer vorgestellt. Lange hatte er darauf warten müssen, doch es hatte sich gelohnt. Beim Anblick des toten Körpers, vor dem er kniete, durchströmte ihn ein ungeheures Glücksgefühl, so als würde die Kraft von Tausenden Kämpfern sich in seiner Brust vereinen. Er besaß nun ungeheure Macht; nicht einmal Herodes hatte je solche Macht besessen. Er war der Herr über Leben und Tod in Judäa. Wen er töten wollte, konnte er töten, ausnahmslos jeden. Seine Anhänger folgten ihm blind. Jede Stadt, die er zwischen Gaza und Bethsaida zerstören wollte, konnte er zerstören, so wie Gott Sodom und Gomorrha zerstört hatte. Heere, die er zerschmettern wollte, konnte er zerschmettern. Er hatte die Römer vernichtet, so wie Gott das Pharaonenheer des großen Ramses vernichtet hatte. Jeder Gegner, der im Befreiungskampf fiel, machte ihn ein Stück stärker und brachte ihn dem Willen und Geist Gottes näher. Wenn die Welt im Blut ertrunken wäre, würde er auf der Woge dieses Blutes in den Himmel aufsteigen. Er war der *Messias*.

Kephallion erhob sich. »Sadoq ist tot«, verkündete er den Männern, die ihn umstanden. »Der Herr hat seinen Diener abberufen. Er war alt. Zu alt, um uns in diesem Kampf gegen das Böse weiterzuführen. Von nun an übernehme ich seinen Platz.«

Niemand widersprach ihm. Er war seit Jahren der zweite Mann der Zeloten, und selbst wenn ihm jemand die Führung missgönnte, würde er es nicht offen aussprechen. Die vier dunkeläugigen Leibwächter Kephallions, die stets mit einer Hand den Knauf ihres Krummschwerts umklammerten, sahen nicht aus, als würden sie Diskussionen schätzen.

»Ich befehle, dass ihr die Botschaft in alle Richtungen tragt. Von heute an existiert das Reich Gottes auf Erden, rein und untertänig bis zum letzten Stein. Darum müssen alle Ungläubigen auf unserem Boden sterben. Ich befehle, alle Griechen Jerusalems zu töten, alle Araber, Römer und sonstigen Gottesleugner.«

»Damit wird der Hohepriester nicht einverstanden sein«, gab einer der Leute zu bedenken.

»So tötet auch ihn.«

Die Männer erschraken. Den höchsten Vertreter ihres Glaubens zu ermorden, das war selbst für sie, die sonst nicht zimperlich waren, lästerlich.

»Weiterhin werdet ihr die Führer der scheinheiligen Pharisäer töten, allen voran Matthias, außerdem die eitlen sadduzäischen Priester. Den *Sanhedrin* erkläre ich für abgeschafft, und den Tempeldienst übernehmen nun Männer von uns, die vorher geweiht werden, wie der Brauch es vorschreibt. Ich selbst werde einige Räume des Tempels beziehen.«

Das war viel auf einmal. »Vielleicht«, sagte der mutigste der Männer, »solltest du dich mehr der militärischen Lage widmen als den Hinrichtungen. Unser Angriff auf Philippi ist gescheitert, und von Norden kommend, fallen drei römische Legionen in Samaria ein. Caesarea haben wir bereits wieder verloren, armenische Hilfstruppen haben unter Führung des Königs Aristobul unsere Belagerung von Sebaste gesprengt und …«

»Halt den Mund«, schrie Kephallion mit hochrotem Kopf. »Zweifler wie du sind es, die unseren Sieg verzögern, Schwächlinge, Halbgläubige, Hasenfüße! Die Welt ist voller Zwerge wie du, die sich von Angst beherrschen lassen. Das Zeitalter der Angst ist vorbei. Wenn wir mutig sind, werden wir belohnt. Darum sage ich: Voran mit dem Schwert in die Schlacht!«

»Wie wäre es«, sagte der Zweifler ironisch, »wenn du selbst Mut zeigen würdest und voran mit dem Schwert in die Schlacht gingest.«

Kephallion zögerte nur einen kurzen Augenblick, dann riss er einem seiner Leibwächter den Dolch aus dem Gurt, rammte ihn in den Leib des vorlauten Mannes, drehte ihn einige Male um und zog ihn dann ebenso beherzt wieder heraus. Röchelnd brach der Mann zusammen.

»Und jetzt«, flüsterte Kephallion und blickte von einem zum anderen, »führt meine Befehle aus.«

Ohne Zögern eilte die Gefolgschaft davon und kümmerte sich nicht weiter um ihren ermordeten Kameraden.

Kephallion blieb allein mit zwei Toten zurück. Seltsamerweise fühlte er sich in Gesellschaft des Todes am wohlsten. Das war nicht immer so gewesen. Vor seiner ersten derartigen Herausforderung, dem geplanten Mord an Pilatus, war er noch zurückgeschreckt, und nachdem er seinem Vater den Dolch in den Rücken getrieben hatte, war die Panik wie eine Flut über ihn hereingebrochen. Dann folgte Harithas Steinigung. Er konnte noch immer das Kribbeln empfinden, als er die Hand um den Stein legte, mit dem Arm ausholte und … Zum ersten Mal spürte er damals eine eigenartige Erregung, als der Brocken die zarte Frauengestalt traf. Von diesem Tag an mordete und steinigte er in seinen Träumen am Tag und in der Nacht etliche Menschen: er tötete seine Mutter, die schon längst tot war, er tötete Pilatus, Salome, Herodias, seine Frau Berenike … Frauen tötete er lieber als Männer. Durch diese Träume wurde alles leichter. Als es darum ging, im Namen der Zeloten die ersten Morde an Rabbinern in Auftrag zu geben, vermisste er zunächst jenes kribbelnde Gefühl. Erst durch die Vielzahl der Morde stellte sich die alte Erregung wieder ein. Doch nicht für lange. Immer ausgefallener und immer zahlreicher mussten die Opfer werden, gipfelnd in jenem Schlachtfest von Caesarea, als auf seine Veranlassung hin tausend *Christiani* an einem einzigen Tag starben – und der törichte Agrippa gleich noch dazu. Und heute? Je mehr Opfer der Kampf für das Gottesreich kostete, desto stärker glaubte Kephallion, dass noch nicht genug Blut geflossen sei, desto nötiger waren weitere Tote, außergewöhnliche Tote: der Hohepriester, der heuchlerische Pharisäer Matthias …

»Herr«, rief eine Stimme hinter ihm. Einer seiner Leibwächter war eingetreten und führte jemanden in Fesseln vor, den Kephallion kannte. »Er wollte in das Gefängnis eindringen, Herr.«

Kephallion grinste breit. »Sieh an«, seufzte er glücklich, als habe man ihm ein kostbares Geschenk überreicht. »Der Bastard der Heidenhure.«

Über Jerusalem ging die Sonne auf, als Salome sich den Mauern näherte. Unmittelbar vor ihr ragte der Herodespalast auf. Sie blickte zu den Balustraden hoch, wo sie als Kind oft gestanden und in die Ferne gesehen hatte, über die Hügel Judäas, die ziehenden Karawanen und die Dächer der Heiligen Stadt. Sie erinnerte sich, wie sie auf Bäume geklettert war und an den Teichen gespielt hatte, erinnerte sich an die Myriaden von Vögeln in den Gärten, an die Brunnen, an den Gewürzduft, der von den Märkten in der Unterstadt heraufgezogen war.

Nichts davon war geblieben. Brandgeruch lag über Jerusalem. Alle nichtjüdischen Bauten wie Hippodrom und Theater brannten, an den Mauern hingen Dutzende Leichen, und an den Toren entstand die kuriose Situation, dass Kolonnen von Menschen aus der Stadt strömten, um dem zelotischen Terror zu entgehen, und ebenso lange Kolonnen hineinströmten, um den Römern zu entgehen. Zwei Legionen näherten sich der heiligen Stadt. Noch an diesem Vormittag würden sie eintreffen, doch es war ungewiss, ob sie sofort angreifen oder eine Belagerung vorbereiten würden.

Auf die Römer konnte Salome sich nicht verlassen. Bald würden die Tore geschlossen werden, dann gäbe es keine Möglichkeit mehr für sie, Gilead zu helfen. Sie hatte vor, Kephallion ihr Leben für das Leben ihres Sohnes anzubieten.

»*Ich* werde gehen«, hatte Menahem ihr angeboten. Doch das hatte sie abgelehnt. »Nein, Menahem. Mich hasst er mehr als dich. Wir alle kennen Kephallion. Er wird nicht zögern, Agrippinos und Gilead zu töten, selbst wenn es die letzte Tat seines Lebens wäre.«

»Und was, wenn Kephallion sich nicht auf den Austausch einlässt? Oder wenn Gilead bereits ...« Menahem senkte den Kopf.

Salome wusste, was er meinte. »Dann«, sagte sie, »ist ohnehin alles egal.«

Unter die Leute gemischt, passierte Salome das Tor und ging auf direktem Weg zum Tempel. Die Zeloten hatten ihr Ziel erreicht. Angst stand in den Gesichtern der Menschen, Angst vor der Rache der Römer und Angst vor dem, was ihre eigenen Glaubensbrüder ihnen noch antun könnten. Hineingeraten in den Kampf zwischen Ungläubigen und Radikalen, irrten sie hilflos durch die Straßen. Jeder erbärmliche Winkel, in dem sie sich verstecken konnten, kam ihnen wie ein Gottesgeschenk vor, denn die zelotischen Kämpfer rekrutierten alle Männer, derer sie habhaft werden konnten, und schickten sie auf die Mauern und Zitadellen. Zwölfjährige Knaben wurden ihren Müttern entrissen, sechzigjährige Greise ihren Frauen. Unbeschnittene hingen stranguliert an Häuserwänden, Wucherer und Monopolhändler wurden nackt zur Schau gestellt. Das also sollte sie sein, die große Stunde Judäas, dachte Salome bitter. Hemmungslose Strenge, Tränen, fliehende Menschen, ermordete Menschen, Menschen voller Zorn und blindem Hass, Menschen, die kalt bis ans Herz geworden waren, Menschen, die den tief verwurzelten Willen der Juden nach Freiheit und Frieden ins Irrwitzige übersteigert hatten und durch Krieg und Mord verwirklichen wollten. Es war kaum zu glauben, dass diese Apokalypse einst mit dem lächerlichen, abgeschlagenen Flügel eines Bronzeadlers so unscheinbar angefangen hatte.

Salome kam unbehelligt im Vorhof des Tempels an, wo die Zeloten ihr Hauptquartier errichtet hatten. Weil sie nicht wusste, an wen sie sich wenden sollte, ging sie auf den nächstbesten Bewaffneten zu und sagte: »Ich bin Salome, Prinzessin von Judäa. Und ich bin sicher, euer Anführer Kephallion möchte mich sofort sehen.«

31

»Ist das nicht ein Witz?« Kephallion saß inmitten des ehemaligen Versammlungssaales des *Sanhedrin*, gleich neben dem Tempel, und beschäftigte sich mit dem Schärfen eines Krummschwertes. Hinter und neben seinem Schemel standen mehrere *menorot* und warfen ihr gleichmäßiges Licht auf ihn. Begleitet von zwei Wächtern, war Salome zu ihm gebracht worden und hatte erklärt, warum sie sich ihm ergeben habe.

»Genau in diesem Raum«, raunte er, »standest du schon einmal unter Anklage. Der Unterschied ist nur, dass du damals davongekommen bist. Heute wirst du das nicht.«

»Das habe ich auch nicht erwartet«, erwiderte Salome mit erhobenem Kopf.

»Hättest du das je gedacht? Ich als dein Richter?«

Sie antwortete nicht.

»Für mich jedenfalls geht ein Traum in Erfüllung«, bekannte er. »Schade ist nur, dass ich so lange darauf warten musste. Wir waren noch Kinder, da sehnte ich mich danach, dir einen Dolch an den Hals zu halten und zuzustoßen.«

Er stand auf und ging langsam auf sie zu. Als er nur noch zwei Schritte von ihr entfernt war, streckte er seinen Arm aus und drückte ihr die Spitze seines Schwertes an die Kehle. Salome zuckte zusammen und spürte, wie ein Rinnsal aus Blut über ihre Brust floss. »Ja«, flüsterte er, »das Warten hat sich gelohnt.«

»Du bist ein …« Im letzten Moment besann sie sich auf ihr Ziel. Kephallion in Rage zu bringen, würde ihr nichts nützen, im Gegenteil.

Er lachte. »So wortkarg heute? Ach ja, dein Bastard. Weißt du, das ist der zweite Witz des Tages. Er steckt in demselben Gefängnis, das auch sein Vater einst bewohnte. Rührend, dass du ihn besuchen wolltest, aber ich fürchte, dafür wird dir die Gelegenheit fehlen.«

»Ich will nur, dass du ihn freilässt. Und Agrippinos auch.«

»Stimmt ja, die beiden sind unverbrüchliche Freunde. Deswegen werden sie von mir auch gleich behandelt. Willst du wissen, wie? Ihre Arme sind gebunden und mit einem Seil nach oben gezogen, so dass ihre Zehenspitzen gerade noch den Boden berühren. Jeden Tag erhalten sie exakt so viele Peitschenhiebe, wie sie Jahre zählen – was natürlich bedeutet, dass der arme Agrippinos ein wenig mehr leiden muss. Und damit sie in dieser erbärmlichen Sommerhitze nicht so schwitzen müssen, habe ich veranlasst, dass sie ständig mit Wasser aus dem Salzmeer erfrischt werden. Ihren Wunden allerdings gefällt diese Behandlung gar nicht, wovon ich mich selbst überzeugt habe.«

»Du bist krank, Kephallion«, spie sie ihm entgegen.

Er drückte das Schwert etwas tiefer in ihre Kehle, so dass noch mehr Blut floss. Sie wollte zurückweichen, doch die beiden Wächter hielten sie fest.

»Aus deiner Sicht scheint das vielleicht so«, sagte er. »In Wahrheit sind es du und deinesgleichen, die krank sind. Ihr tretet die Traditionen mit Füßen. Ihr verderbt die Menschen. Geld ist der einzige Gott, den ihr kennt. Doch damit ist Schluss. Gottes Reich ist da.«

»*Dein* Reich ist dem Untergang geweiht, Kephallion. Der Aufstand bricht zusammen, die Römer stehen fast schon vor den Toren.«

»Sie werden vernichtet«, schrie er. »Sie werden von Gott in den Boden gestampft!«

»Gott, Gott, Gott … Der Gott, den du meinst, ist ein Hirngespinst. Es gibt ihn nicht.«

»Du Ketzerin«, schrie er und schlug sie mit der flachen Hand auf die Wange, so dass sie taumelte. Nur die kräftigen Arme der Wachen hielten sie auf den Beinen.

Er funkelte sie an. »Zacharias, Haritha, die Beseitigung der Rabbiner, die Vernichtung der *Christiani* und schließlich der Aufstand: ER hat mir dabei die Hand geführt. ER hat mich berufen, das Volk in die große Schlacht zu führen.«

»Oh nein«, rief sie trotz des brennenden Schmerzes. »Du selbst hast all das getan, und wenn es einen Gott gibt, dann wird er Tränen weinen über deine Verbrechen.«

Sein zweiter Schlag warf sie zu Boden. Die Wächter traten zur Seite.

»Elende Hure«, schrie Kephallion mit aller Kraft. Er zitterte vor Wut. Mit dem Schwert zerschnitt er mehrmals die Luft, und ein Hieb kam ihr so nahe, dass sie den Luftzug spürte.

Salome versuchte aufzustehen, doch er trat sie, so dass sie wieder stürzte.

Er setzte sich auf sie und schlug ihr ins Gesicht. »Flehe um Gnade vor dem *Messias.*« Wieder schlug er zu. »Flehe auf Knien. Erkenne, wer ich bin. Sprich es aus. Ich bin der Erlöser.«

Mochte er sie auch totschlagen, diesen letzten Triumph gönnte sie ihm nicht. Sie sah, wie er das Schwert zwischen die Fäuste klemmte und die Arme hob, um zuzustoßen. Dann schloss sie die Augen. Sie meinte, Timon zu sehen. Er schwamm im Meer vor Ashdods Küste und stieg aus dem Wasser. Dann umarmte er sie. Sie sah Gilead, lachend und winkend auf einem Pferd sitzen. Und sie sah, wie ein Mann durch das kniehohe Gras der Campagna auf sie zukam.

»Angriff!« Die Legionäre klopften auf ihre Schilde, beschleunigten ihren Schritt und rannten mit Gebrüll auf die Mauern Jerusalems zu. Steine und Pfeile dezimierten ihre Reihen, aber jede Lücke, die entstand, wurde durch Aristobuls armenische Hilfstruppen geschlossen. Der König selbst feuerte seine Männer vom Pferd aus an. Leitern wurden an Mauern gelegt, Rammböcke gegen die Tore gestoßen. Von Süden, Norden und Westen brach der Sturm über die heilige Stadt herein.

Ein Zelot stürzte in den Saal, als Kephallion weiter und weiter auf Salome einschlug.

»Die Römer. Die Römer kommen.«

Verwirrt stand Kephallion auf und blickte aus dem Fenster. Wie eine Flut schwappten Massen römischer Soldaten über die Mauern. »Das kann nicht sein. Das ist ... unmöglich. Wir ... wir haben doch alles getan, was ER wollte. Wo ist ER?«

Reglos vor Fassungslosigkeit, starrte er aus dem Fenster. Er erwartete Blitze, die Faust Gottes, die niederfahren und die Angreifer vernichten würde, Donnergrollen, Flutwellen, irgendetwas. Doch nichts dergleichen geschah. Die Sonne schien von einem wolkenlosen Himmel, kein Lüftchen wehte. Legionäre strömten durch die Straßen und überrannten jeden Widerstand.

»In den Kampf, ihr Memmen«, schrie er, woraufhin der Mann und die beiden Wächter hinausrannten.

Kephallions irrlichternder Blick zuckte durch den Saal. Er atmete schwer und unregelmäßig, Schweiß stand ihm auf der Stirn. Er konnte Gott nicht verstehen. Warum ließ ER das zu? Was hatte IHM missfallen?

Sein Blick blieb auf Salome haften, die benommen am Boden lag, und da kam ihm ein Gedanke. »Verbrenne, Hure«, flüsterte er.

Nur das blieb ihm noch zu tun.

Er nahm eine Amphore, die mit Öl für die Lampen gefüllt war, und verteilte sie auf dem Boden des Saales. Anschließend öffnete er die Verbindungstür zum Tempel, verschüttete auch dort etwas Öl und warf die halbleere Amphore ins Allerheiligste, wo die Bundeslade aufbewahrt wurde.

Zurück im Saal des *Sanhedrin,* entzündete er die Flüssigkeit. Wie Lebewesen krochen die Flammen der Spur entlang, die er gelegt hatte, und schlugen in die Höhe. Schwarzer Qualm stieg zur Decke hoch und füllte schnell den Saal aus.

Kephallion betrachtete sein Werk und kicherte. Den Tempel wenigstens würden die Römer nicht in ihre Gewalt bekommen. Das war sein Triumph, sein Ruhm. Bis in alle Ewigkeit würde das Volk der Juden ihm diese Tat danken.

Salome fiel ihm wieder ein. »Stirb«, rief er und wankte durch den Rauch zu der Stelle, wo sie gelegen hatte.

Doch sie war fort.

Hektisch blickte er sich um – und plötzlich traf ihn eine goldene *menora* am Kopf. Das Schwert glitt ihm aus den Händen. Noch bevor er sich gesammelt hatte, traf ihn der schwere Leuchter ein weiteres Mal. Benommen wälzte er sich am Boden. Er sah Salomes Gesicht über sich, sah ihre Silhouette im Qualm verschwinden. Der Rauch hüllte ihn vollständig ein; er keuchte, hustete, bekam keine Luft mehr. Die Flammen erfassten sein Gewand. Panisch schlug er nach ihnen, rannte irgendwohin, aber im nächsten Moment brannte er wie eine Fackel.

Sein fürchterliches Kreischen, das einem wahnsinnigen Lachen glich, erfüllte den Saal und erstarb schließlich im Feuersturm.

32

Der Himmel war rot von Flammen. Mauern stürzten ein, schwere Quader zerschmetterten auf den Kacheln der Höfe, Juden und Legionäre lieferten sich letzte Gefechte, einige Zeloten stürzten sich in ihre Schwerter, andere rannten sinnlos gegen die Übermacht der Römer an. Zu Dutzenden starben die Menschen um Salome, doch sie achtete nicht darauf, sondern lief geradewegs durch das Inferno. Nur ein einziger Gedanke beherrschte sie: Gilead.

Sie wusste, wo der Eingang des Gefängnisses lag, und sie wusste, dass ihr Sohn sterben würde, wenn der Tempel und die Halle des *Sanhedrin* einstürzten. Vor vierzehn Jahren war Timon in dem gleichen Gefängnis ums Leben gekommen, erstickt, erschlagen, verbrannt.

Nicht Gilead, dachte sie. Nicht auch noch unser Sohn, Timon!

Als sie vor dem Gefängnis ankam, fand sie das Tor von riesigen Gesteinsbrocken versperrt. Sie zögerte keinen Augenblick. Mit aller Kraft zerrte und drückte sie gegen die Quader. Da sich nichts bewegte, ergriff sie eine Stange und versuchte damit, das Gestein zur Seite zu bewegen. Als sich noch immer nichts tat, stellte sie sich einem Legionär in den Weg und flehte ihn an, ihr zu helfen, doch der Soldat nannte sie eine dreckige Jüdin und stieß sie von sich.

Aus den Dächern des Tempels und *Sanhedrin* züngelten die Flammen. Sie spürte, dass ihr nicht mehr viel Zeit blieb. Mit der Kraft der Verzweiflung kletterte sie auf den Steinhaufen und versuchte, wenigstens ein kleines Loch frei zu bekommen, um in das Innere des unterirdischen Gefängnisses zu schlüpfen.

Keiner der Steine bewegte sich.

»Verdammt«, fluchte sie und schlug auf die Quader ein. Jeden Moment konnten die Gebäude zusammenbrechen und ihren Sohn – und sie selbst – unter sich begraben.

Von hinten legte sich eine Hand auf ihre Schulter, und noch bevor sie sich umdrehte, erkannte sie, wem sie gehörte. Aristobul blickte ihr in die Augen und wies auf eine Stelle, wo die Römer einige Verwundete versorgten. »Gilead ist dort«, sagte er. »Und auch Agrippinos.«

»Sie … sie leben?«

Er nickte. »Ich konnte sie befreien, bevor der Kerker verschüttet wurde. Die Folterungen haben sie geschwächt, aber du musst nicht um sie fürchten. Sie sind in Sicherheit.«

Salome konnte nichts sagen, sich noch nicht mal bei Aristobul bedanken. Wortlos folgte sie ihm zu dem Lager.

Als sie die beiden Jungen entdeckte, die auf einer Decke am Boden lagen, miteinander sprachen und gestikulierten, blieb sie stehen und schloss für einen Moment die Augen. Ihr Kopf zitterte vor Glück und Erschöpfung.

Sie war dankbar, dass Aristobul seinen Arm um ihre Schulter legte, und schaute in den Himmel auf, wo dichter Qualm, aus dem Tempel quellend, die Sonne über der heiligen Stadt verhüllte.

Finsternis bedeckte die Erde.

Mit dem Fall Jerusalems und dem Tod der führenden Zeloten verlor der Aufstand der Juden jegliche Aussicht auf Erfolg, sollte dieser je bestanden haben. Binnen Tagen fielen die letzten Städte wieder in römische Hand, und selbst solche, die früher nie unter römischer Besatzung gestanden hatten, erhielten nun Garnisonen. Der Kaiser entzog Judäa jegliche Autonomie. Der *Sanhedrin* wurde für abgeschafft erklärt, die *thora* verlor ihre gesetzgeberische Kraft, die jüdischen *Toparches* wurden abgesetzt, nicht wenige Juden versklavt oder zwangsweise in entlegene Gebiete umgesiedelt. Adler und Standarten, Statuen und Bildnisse hielten Einzug und demütigten die Menschen. Die schlimmste aller Strafen jedoch hatte das Volk sich selbst zugefügt: Der Tempel mit dem Allerheiligsten, der Bundeslade, war unwiederbringlich zerstört, und mit ihm waren gleichsam die Seele und Kraft des Gelobten Landes in Flammen aufgegangen.

Salome stand am Ufer des Salzmeeres nahe Masada und betrachtete nachdenklich eine Münze in ihren Händen: Eine klagende Frau kauert unter einer Palme, neben ihr steht ein Legionär in siegreicher Pose. *Iudaea capta* lautete die Aufschrift, Judäa unterworfen. Die Römer hatten es eilig mit der Prägung der Münzen, brachten sie überall in Umlauf, und mit Katapulten schossen sie regelmäßig kleine Mengen davon zur Festung hinauf, um die Moral der letzten Widerständler zu brechen.

Masada war schon immer eine Schicksalsburg gewesen, auch für Salome. Hier war sie zur Welt gekommen und hatte ihren ersten Sieg errungen, weil sie ein Mädchen war und darum dem Wahnsinn des Großvaters Herodes entkam. Hier hatte sie aber auch ihren schlimmsten Fehler begangen, als sie vor Antipas tanzte und den Tod eines Mannes forderte, eines heiligen Mannes vielleicht. Und nun wurde in Masada das Schicksal ihres Volkes besiegelt. Die letzten Aufrührer samt Frauen und Kindern hielten sich in der fast uneinnehmbaren Bergfestung verschanzt.

»Sie können dort oben gut ein Jahr überleben«, sagte Menahem und Aristobul nickte zustimmend.

»Vielleicht zwei«, meinte Gilead.

»Oder sogar drei«, überbot ihn Agrippinos.

Salome seufzte leise und schüttelte den Kopf. »Entscheidend ist, dass sie es *nicht* überleben werden, es sei denn, sie geben auf. Von

Zeloten ist das allerdings nicht zu erwarten. Und so werden sie also zum Symbol werden für gerechten Widerstand, für einen heroischen Kampf gegen böse Mächte, für die Unbeugsamkeit der Juden und ähnliches dummes Zeug, das nur dazu taugt, die gemeine, schmutzige, blutige Wahrheit zu bemänteln, die ihr alle kennt. Die Menschen neigen dazu, selbst das Hässliche zu einer schönen Legende zu machen, irgendwann womöglich sogar zu einem Festtag. Das traue ich einigen aus unserem Volk ohne weiteres zu. Masada bedeutet zwar jetzt das Ende der Gewalt, ja, aber es bedeutet auch den Anbeginn der künftigen.«

Nach diesen Worten herrschte beklommenes Schweigen, das erst durch ein fernes Donnergrollen unterbrochen wurde. Die trockene Landschaft um das Salzmeer dürstete seit Jahren, weil die Wolken stets vorüberzogen, ohne sich zu entleeren.

Aristobul beruhigte Salome mit einem langen, zuversichtlichen Blick. Er war es, der ihr in diesen Tagen Hoffnung gab und Kraft. Am Tag nach dem Fall Jerusalems war sie zu Timons Gedenkstein auf den »Berg des Ärgernisses« gegangen und hatte ihrem toten Geliebten von einst alle Gefühle erklärt. Eine ganze Stunde hatte sie zu ihm gesprochen und anschließend Aristobul geholt. Sie wäre sich wie eine Verräterin an Timon vorgekommen, an einem anderen Ort als jenem ihre Liebe zu einem anderen Mann einzugestehen, zu Aristobul. Er machte ihr sogleich einen Heiratsantrag. Das Leben ging weiter. Anderswo. Mit einem Mann, der sie nicht weniger liebte als Timon, und bei einem Volk, das sie als Königin anerkennen und schätzen würde.

Aristobul legte den Arm um ihre Schultern und küsste sie. Die anderen taten so, als würden sie wegsehen, doch natürlich lugten sie alle nach dem Paar, das sich endlich gefunden hatte.

»Es scheint so, dass ich bald ein richtiger Prinz werde«, sagte Gilead augenzwinkernd.

Alle lachten. »Besser«, sagte Aristobul, »du wirst ein Held.«

Gilead klopfte seiner Stute Andromeda auf die Mähne. »Ein reitender Held. Ein unglaublich schnell reitender Held. Und als solcher will ich in Armenien nicht andauernd umarmt werden. Also bringen wir's hinter uns und machen es hier. Alle zusammen.«

Das Gelächter war groß, und alle umarmten sich herzlich. Es war zugleich ein Abschied. Salome hatte Berenike und Menahem zwar gebeten, sie nach Armenien zu begleiten und dort zu leben, doch die beiden hatten abgelehnt. Sie wollten das Land und das Volk gerade jetzt nicht verlassen, wo die Not so groß war. Menahem fühlte sich zum Teil mitschuldig an der unseligen Entwicklung der letzten Jahrzehnte und wollte seine Fehler wieder gutmachen, indem er sich am Aufbau des zerstörten Jerusalem beteiligte. Und Berenike ging nirgendwohin, wo Menahem nicht war. Agrippinos hingegen war vom Kaiser zum König von Chalcis ernannt worden, einem kleinen Gebiet in Syrien, das er als Ausgleich für das aberkannte Erbe seines Vaters erhielt.

Noch einmal blickten alle einen Augenblick lang nach Masada hinauf, über dem sich dunkle Wolken türmten.

»Wird es je Frieden geben?«, fragte Berenike nachdenklich. »Einen endgültigen, ewigen Frieden für alle?«

»Erst an dem Tag«, antwortete Salome, »an dem die Menschen das Geld und die Grenzen und alle ihre Götter abschaffen. Dann könnte es wahr werden, denn dann haben sie keinen Grund mehr, Kriege zu führen.« Sie küsste Aristobul. »Lass uns gehen.«

Auf halbem Weg blieb Salome stehen, so als wolle sie sich noch einmal umdrehen und von der Schicksalsburg verabschieden. Sie wartete, bis alle an ihr vorbeigegangen waren. Einen Moment schien sie unentschlossen. Sie dachte an all das, was sie in diesem Land erlebt hatte, und von dem sie sich nun abwenden sollte: an die sonnigen Kindertage in Jerusalem, an ihre Freude bei der Aufnahme in den *cheder*, an Harithas Tänze vor dem Hintergrund des schimmernden Sees Genezareth, an die Hochzeit mit Philipp, den Bau der Stadt der Entrechteten, den Jubel Caesareas bei der Ankunft des letzten Königs, an die Zedernwälder und Zitrushaine, an die Karawanen und die speziellen warmen Winde, die es nur hier in Judäa gab. Und sie dachte an das Beste: an Timon, seine Augen, seinen warmen Körper, seine Umarmungen. Ihre erste Begegnung in Ashdod, ihre Stunden am Meer, ihre Jahre in Basan, das letzte Wiedersehen in Jerusalem und das Grab auf dem Ölberg – all das würde immer ein bedeutender Teil ihres Lebens bleiben.

»Wo bleibst du?«, fragte Aristobul und streckte die Arme nach ihr aus.

Sie zog sich den meerblauen Schleier über die offenen Haare und atmete tief durch, wie jemand, der endlich das wiedergefunden hatte, was ihm das Wichtigste im Leben war. Dann lächelte sie glücklich ihrer Zukunft entgegen. »Ich komme.«

Ein leichter Regen setzte ein und löschte die Spuren, die sie im Sand Judäas hinterlassen hatte.

Nachwort

»… Als aber der Geburtstag des Antipas gefeiert wurde, tanzte die Tochter der Herodias vor den Gästen. Und sie gefiel Antipas so sehr, dass er schwor, ihr alles zu geben, was sie sich wünschte …«

Auf diese knappe Bemerkung gründet sich der gesamte »Ruhm« Salomes – mehr hat die Bibel nie über sie erzählt. Sogar über ihren Namen schweigt die Heilige Schrift sich aus. Dichter und Maler, Bildhauer und Komponisten sind seit zwei Jahrtausenden fasziniert von der jungen jüdischen Prinzessin und der Tat, die sie begangen haben soll. Die einen machten aus ihr eine Nymphomanin, die Johannes den Täufer begehrte und dessen Zurückweisung mit Rache beantwortete, andere sahen in ihr nur die Marionette ihrer Mutter Herodias, und wieder andere dichteten ihr eine perverse Vorliebe für Blut und Gewalt an. Im Lauf der Zeit wurde Salome zu einer dramatischen, ja gespenstischen Figur, ähnlich wie Medea, die Kindermörderin in der griechischen Mythologie, und dabei ebenso wie sie immer unwirklicher, phantastischer. Man konnte kaum noch glauben, dass sie je existiert hat, zumal sich die Bibel nicht in jedem Fall als zuverlässige Berichterstatterin erwies und Historisches gern mit Sagenhaftem vermischte.

Erst seit drei, vier Jahrzehnten schält sich – ganz langsam – die Legende um Salome heraus, und es zeigen sich erste Konturen der wirklichen, historischen Frau und Prinzessin: Schriften antiker Historiker (die uns ihren Namen überlieferten), Münzen, die in Philippi gefunden wurden, und neue Erkenntnisse über die herodianische Dynastie beweisen nicht nur, dass Salome tatsächlich gelebt hat, sondern werfen auch ein anderes, milderes Licht auf sie.

Aus der unheimlichen Dämonin wird eine Ehefrau und Mutter, die ihren beiden Gatten mehr als eine Stütze war, die aber auch ein Opfer rigoroser dynastischer Politik, kalten politischen Kalküls und fanatischer Hetzkampagnen wurde.

Wie schon in meinem ersten Roman »Die Herrin der Päpste« sind auch hier die meisten historischen Ereignisse nicht erfunden: Der Kindermord von Bethlehem, die in letzter Minute erfolgte Enterbung Theudions durch seinen Vater, die Intrigen von Salomes Großtante, der Bau der Metropole Philippi und die merkwürdigen, ungeklärten Tode von Salomes erstem Gemahl Philipp und von Agrippa sind ebenso historische Tatsachen wie der langsame Machtzuwachs der Zeloten innerhalb des jüdischen Volkes und deren verschiedene Aufstände gegen Rom, um nur einige Beispiele aufzuzählen. Ganz besonders möchte ich darauf hinweisen, dass der Brand des Tempels von Jerusalem nicht das Werk der Römer war, wie in älteren Geschichtswerken häufig zu lesen ist, sondern von fanatischen Zeloten verschuldet wurde, die nicht wollten, dass das Heiligtum noch einmal in die Hände der »ungläubigen« Römer fällt. In neueren Sachbüchern, die sich mit der Zeit befassen, ist das als Tatsache anerkannt, und einige Historiker bezeichnen die Zeloten wegen ihrer blindwütigen Gewalt und der zahlreichen Massaker und Attentate gegen Unbeteiligte sogar als die ersten Terroristen der Geschichte (den Begriff Märtyrer verwendeten die Zeloten tatsächlich für gefallene Gefolgsleute).

Natürlich sind viele Ereignisse von mir dramatisch ausgestaltet oder komprimiert worden, und Lücken in den historischen Überlieferungen habe ich frei und kreativ ausgestaltet. Der große jüdische Aufstand am Ende des Buches, zum Beispiel, verlief zwar im Wesentlichen so, wie ich ihn geschildert habe, doch habe ich ihn zeitlich vorverlegt. Auch ein Aufenthalt Salomes in Rom ist nicht belegt. Andererseits habe ich mich oft sogar in kleinsten Details an die historische Wahrheit gehalten. Herodes der Große beispielsweise starb tatsächlich an einer Geschwulst im Unterleib, Livia und Akme führten einen regen Briefwechsel, Archelaos wurde in die Pyrenäen verbannt, Antipas verfiel dem Wahnsinn und wurde vom Kaiser abgesetzt und beseitigt, Caligula wollte eine Statue von sich im Tempel von Jerusalem aufstellen lassen, Berenike war das Patenkind der Römerin Antonia, Jesus' Bruder Jakobus war Bischof von Jerusalem und wurde gesteinigt, und der Mörtel, der beim Bau Philippis verwendet wurde, war in der Tat eine bahnbrechende Erfindung der Zeit um Christi Geburt. Sogar die Münze mit der Aufschrift »Iudaea capta« über der Abbildung einer gedemütigten Jüdin neben einem siegreichen Legionär, die Salome am Ende des Romans in Händen hält, wurde tatsächlich geprägt. Auch meine Beschreibungen von Städten wie Jerusalem, Epidauros oder Caesarea entstammen sorgfältiger Recherche. Und da wir gerade bei Details sind: Allen, die sich über die geradezu paradiesischen Naturbeschreibungen im Roman wundern, möchte ich sagen, dass erst die Desertifikation der letzten zweitausend Jahre, also die langsame Ausdehnung der Wüsten auf unserem Planeten, die Landschaft Judäas bis heute stark verändert hat. Meine Beschreibungen der Natur orientieren sich an den Überlieferungen antiker Historiker, vor allem des jüdischen Geschichtsschreibers Flavius Josephus.

Im Anhang finden Sie ein Personenregister, dem Sie entnehmen können, welche Figuren historisch sind und welche nicht – und dabei werden Sie vielleicht einige Überraschungen erleben. Nur wenige Figuren habe ich erfunden, zumeist nebensächliche. Die einzige erfundene Hauptperson ist ausgerechnet – und leider – Timon. Allen, die ihn mochten, sage ich: Entschuldigung (Ich mochte ihn auch).

Manchmal habe ich Namen geändert, um Verwirrungen wegen Namensgleichheit vorzubeugen. Die Männer der herodianischen Dynastie hießen fast alle Herodes, so auch Salomes Vater. Und Salomes Großtante Akme trug in Wahrheit den gleichen Namen wie sie. Von Antipas' erster Frau ist kein Name überliefert, also habe ich sie Haritha genannt, ein typisch nabatäischer Name. Ihr Schicksal fiel übrigens in Wahrheit weniger tragisch aus: Sie konnte einer Ermordung durch ihren Mann entkommen und nach Nabatäa fliehen. Die grausame Strafe der Steinigung allerdings war damals in Judäa an der Tagesordnung – und ist es in Teilen Afrikas und des Orients bis heute.

Manche Figuren sind erfunden, stehen aber sinnbildlich für eine bestimmte Strömung jener Zeit, so zum Beispiel Jehudah oder sein Pendant, der in der liberalen römischen Diaspora lebende Efraim. So, wie sie dargestellt wurden, könnten sie gelebt haben.

Einige Figuren sind zwar nicht direkt erfunden (sie haben gelebt), aber mit ihrem von mir verliehenen Charakter stehen auch sie stellvertretend für eine bestimmte Denkweise innerhalb des antiken Judentums. Als Beispiel greife ich Kephallion heraus. Es hat mehrere Herodianer dieses Namens gegeben; ebenso weiß man, dass einige Mitglieder der herodianischen Familie mit den Ideen der Zeloten sympathisierten und sich der Sekte sogar insgeheim anschlossen. Aus dieser Kombination heraus entstand meine Figur, halb historisch, halb fiktiv.

Was den Charakter der Figuren angeht, habe ich mich an mein Prinzip gehalten: Ich verlasse mich zunächst nur auf die Fakten und auf nichts anderes, und gebe der Figur erst danach ihr endgültiges, von Propaganda befreites Profil. Pontius Pilatus ist hierbei ein wunderbares Beispiel. Für uns, die wir aus der Bibel, von der Kanzel und durch hundert Filme zum Thema geprägt sind, ist Pilatus der Inbegriff des grausamen Römers geworden, der Unterdrücker schlechthin. Doch je mehr Quellen ich studierte, desto stärker geriet dieses Bild ins Wanken. Pilatus als Prokurator von Judäa war unsicher, wankelmütig, in politischen Dingen geradezu ängstlich. Er war zu einfältig, um die Juden zu verstehen, und deshalb beging er üble Fehler, die ihm gering erschienen, die für die Juden jedoch enorme symbolische Bedeutung hatten. Trotzdem galt er unter den damaligen Juden nicht als schlimmer als seine Vorgänger oder Nachfolger im Amt, im Gegenteil: Die Lust an Brutalität ging ihm im Vergleich zu anderen völlig ab. Die meisten seiner Untaten entstanden aus Unkenntnis. Erst die christliche Geschichtsschreibung hat es geschafft, aus einem simplen römischen Ignoranten den Inbegriff des Despoten zu machen. Ich habe ihm seine Dummheit und seinen Dilettantismus wiedergegeben.

Umgekehrt ist es mir mit Johannes dem Täufer ergangen. Er hatte bei mir einen Stein im Brett, bis ich seine polternden Tiraden gelesen habe. Die meisten seiner Worte im Roman entstammen Zitaten der Bibel.

Ebenso wie Pilatus und Johannes habe ich mich so umstrittenen Figuren wie Tiberius und Agrippa genähert, und natürlich und vor allem auch meiner Heldin, Salome. Ich habe die Fakten sprechen lassen und habe diese psychologisch durchdacht und verknüpft. Zwar gibt es auf den ersten Blick keine historische Quelle, die einen Abdruck von Salomes Charakter liefert, doch wenn man genauer hinsieht …

Man weiß zum Beispiel anhand zahlreicher Berichte sehr genau, welchen Charakter Philipp hatte, ihr Onkel und erster Gemahl. Er war liberal, weitsichtig, aufrichtig, wenn auch ein wenig spröde. Und ein solcher Mann soll eine blutrünstige Nymphomanin heiraten? Viele Jahre lang mit ihr verheiratet bleiben, obwohl er keine Kinder mit ihr hat und ein simpler Scheidungsbrief genügen würde, sich von ihr zu trennen? Und der Armenier Aristobul, ihr zweiter Mann? Auch er soll ein guter König gewesen sein, sagen die Quellen. Weshalb fiel auch er auf die vermeintlich verderbte Prinzessin herein, zumal sie ja nicht mehr die Jüngste und Schönste war und auch keine sagenhaften Reichtümer besaß? Drei Kinder gingen aus der Ehe der beiden hervor, und sie blieben verheiratet bis an ihr Lebensende. Verzeihung, aber das passt nicht zu einer dämonischen Gestalt.

Die Vorgänge um den Tod Johannes des Täufers werden wohl für immer im Dunkel der Geschichte bleiben. Abgesehen davon, dass die Bibel, um es vorsichtig auszudrücken, dramatischen Ausgestaltungen nicht abgeneigt ist: viele Erklärungen sind denkbar, weshalb Salome die Hinrichtung des Täufers gefordert haben soll – wenn nicht meine romanhafte Variante, dann vielleicht eine politische … Denn sie lebte in einer Zeit des Umbruchs in Judäa, als Herodes und seine Nachfolger versuchten, die Gesetze dem Einfluss der alles beherrschenden Religion und deren erzkonservativen Predigern zu entziehen und das Denken der Juden weltlicher zu machen. Die herodianische Familie, mit Ausnahme von Antipas, war hierbei Vorreiter. Die emanzipierten Rollen von Salomes Großtante, von ihrer Mutter Herodias und anderen weiblichen Mitgliedern der herodianischen Familie weisen darauf hin, dass auch Salome höchstwahrscheinlich über weibliches Selbstbewusstsein verfügte, dass sie die Umbrüche in Judäa, speziell in ihrem Fürstentum, mitgestaltete und durchkämpfte und eben wegen dieser charakterlichen Eigenschaft von ihren politisch klugen und sanftmütigen Ehemännern geschätzt wurde – von anderen wie Johannes dem Täufer dagegen gehasst und verachtet, allen jenen, die die Zeit am liebsten angehalten hätten.

So gesehen gleicht Salome weniger einer Medea, sondern eher einer anderen Frau der Antike, einer Königin, die nur wenige Jahre vor ihr lebte und über der ebenfalls der Schleier des Geheimnisses liegt: Kleopatra.

Personenregister

Aufgelistet sind Personen, die im Roman eine Rolle spielen. Nichthistorische, fiktive Personen sind kursiv geschrieben.

Agrippa: Herodias' Bruder; letzter König von Judäa 41–44.

Agrippinos: (eigentlich Agrippa II); Sohn Agrippas; später König von Chalcis.

Akme: (eigentlich Salome d. Ä.); Schwester Herodes' des Großen; Tetrarchin von Ashdod, Freundin Livias.

Antipas: (eigentlich Herodes Antipas); Sohn Herodes' des Großen; Tetrarch von Galiläa und Peräa.

Antonia: Schwägerin des Kaisers Tiberius; Mutter von Claudius.

Archelaos: Sohn Herodes' des Großen; Ethnarch von Judäa.

Aristobul: König des unter römischer Oberherrschaft stehenden Armenia minor (Klein-Armenien).

Augustus: Römischer Kaiser 30 v. Chr. bis 14 n. Chr.

Berenike: Mitglied der herodianischen Familie; beste Freundin Salomes.

Caligula: Großneffe des Kaisers Tiberius; römischer Kaiser 37–41.

Claudius: Onkel des Kaisers Caligula; römischer Kaiser 41–54.

Coponius: Erster römischer Prokurator von Judäa.

Efraim: Rabbiner; einer der Führer der römischen Diaspora.

Felix: Römischer Prokurator von Judäa.

Gilead: Salomes und Timons Sohn; Freund von Agrippinos.

Haritha: Nabatäerin; 1. Gattin des Antipas.

Herodes: König von Judäa.

Herodias: Salomes Mutter; Gattin Theudions, später des Antipas.

Jehudah: Pharisäer; Rabbiner; Berater des Antipas.

Joazar: Hohepriester unter Herodes und Archelaos.

Johannes: Genannt »der Täufer«; Prediger.

Kaiphas: Hohepriester ca. 18–36.

Kallisthenes: Griechischer Architekt.

Kephallion: Mitglied der herodianischen Familie; Zelot.

Livia: Gattin des Kaisers Augustus; Freundin Akmes.

Matthias: Rabbiner; einer der Führer der Pharisäer.

Menahem: Sadoqs Freund.

Nathan: *Schreiber am Hof von Philipp in Bethsaida.*

Nikolaos: Historiker; Berater von Kaiser Augustus und Archelaos; Timons Vater.

Philipp: Jüngster Sohn Herodes' des Großen; Tetrarch von Basan.

Pilatus: Römischer Prokurator von Judäa.

Sadoq: Gründer der Zeloten.

Theudion: (eigentlich Herodes); Sohn Herodes' des Großen (enterbt); Salomes Vater.

Tiberius: Stiefsohn des Kaisers Augustus; Römischer Kaiser 14–37.

Timon: *Sohn von Nikolaos; Geliebter Salomes.*

Zacharias: *Vater Kephallions; Lehrer am Hof von Ashdod; Sadduzäer.*

Zelon: *Jüdischer Widerstandskämpfer.*

Danksagung

Ich danke …

… den Leserinnen und Lesern meines ersten Romans »Die Herrin der Päpste«. Der Erfolg des Buches hat mir viel Selbstvertrauen gegeben.

… meiner Agentin Petra Hermanns, die immer an mich geglaubt hat, und die mir fachlich und menschlich eine große Hilfe war und ist.

… meiner Lektorin Maria Dürig von der Verlagsgruppe Random House, deren Betreuung dafür sorgt, dass ich mich weiterentwickle.

… meinen Freunden Thorsten Land und David Leyendecker, die mir für den Roman Literatur zur Verfügung gestellt haben.

… meinem privaten »Dauerlektor« René Schwarzer, der unermüdlich meine Texte liest.

Ohne Euch wäre mein Weg zur »Salome« steiniger und weit weniger erfreulich geworden, als er es war.